新潮日本古典集成

太平記

一

山下宏明　校注

新潮社版

目次

凡例

一、南北朝期動乱の中で書き続けられた『太平記』は、物語僧によって語られる一方、動乱の体験者やその関係者らの要請をも受けて加筆や省略が行われ、複雑な変化を続けた。室町時代に入って宮中の貴紳や寺院の僧侶《そうりよ》などの手により写され、読まれ（音読を含む）ることも多く、数々の異本を生じたものと思われる。江戸時代に入り、古典刊行の機運の中で、『太平記』も流布本としての形を完成する。本書の底本には、その慶長八年古活字本を用いた。慶長十年古活字本・寛永版本を以って校訂を加え、その部分については頭注にことわった。

一、底本は、漢字・片仮名交じりで、時に漢文表記を交えるが、本書では、これを読みやすくするため、およそ次の方針に従って改めた。

＊片仮名を平仮名に改め、漢文表記は読みくだす。ただし、文中に引用される漢詩・偈《げ》の類は、作品の効果を考慮して原文の表記を残す。

＊現代国語における仮名書きの基準に従い、感動詞・代名詞・接続詞・副詞・助詞・助動詞などの多くは、仮名書きに改める。

＊仮名づかいは、歴史的仮名づかいにより統一する。

＊送り仮名は、原則として新送り仮名の方針に従う。

＊漢字・仮名の表記は、通行の表記による。なお底本には、あて字が見られるほか、「剋」と「刻」、「責」と「攻」、「甲」と「冑」など、同じ語でありながら表記の不統一がしばしば見られるが、つとめて通行の表記に統一する。
＊読みは、原則として寛永無刊記整版本の振り仮名に従うが、清濁など現代の読みと異なる語、訓読みと音読みの区別を示すべき語、それに人名・地名・年号・官名など、必要に応じて読みを補い、いずれも歴史的仮名づかいによって示す。
＊音便は、寛永版本に表記のあるものはそれに従い、表記のないものは『平家物語』の語りを参照して適宜判断した。
＊くりかえし符号は、漢字一字をくりかえす場合の「々」を用いるにとどめる。
＊本文に、適宜、句読点や会話の「　」、段落をほどこす。
一、傍注（色刷り）は、本文の読解を助けるため、簡潔に現代語訳を行ったものである。なお、主語や接続詞などは〔　〕で、補足説明は（　）でくくって示した。ただし、スペースの都合で、傍注とすべきものを頭注に移した場合もある。
一、頭注では、人名・事項の説明や解釈、本文の校異、傍注の補足、論旨の説明などを行った。また、各章段もしくは段落の内容について、＊印を付して簡単な説明を加えた。なお色刷りで、適宜小見出しをつけた。
一、作品の構成の理解を助けるため、各巻頭に所収年代とその内容を略述した。
一、本巻巻末の解説では、『太平記』を理解する上に必要と思われる作者・成立・諸本など基礎的な書誌事項を記すにとどめ、校注者の「太平記論」は最終巻に載せる。なお、付録として、年表、系図、地図を収めた。
一、本書の校注を行うにあたり、古くは『参考太平記』『太平記抄』『太平記考証』など江戸時代の注釈をはじめ、新しくは佐伯常麿・永積安明・後藤丹治・釜田喜三郎・岡見正雄・高橋貞一・市古貞次・大曾根章介・山崎正和・青木晃・長谷川端・増田欣の諸氏の注釈・テキスト・口語訳・研究から学恩を受けた。一々ことわらないが、ここに記して感謝する。
一、貴重な御蔵書の利用をお許しくださった横山重氏（慶長八年・十年両古活字本）および長谷川端氏（寛永版本）にお礼を申し上げる。なお、本文の作成に、今井正之助・長坂成行両氏の協力をえたことを申しそえる。

太平記　一

太平記　巻第一

巻第一の所収年代と内容

◇元亨《げんこう》元年（一三二一）の頃から、正中《しょうちゅう》の変が一応の落着を見る正中二年（一三二五）の頃まで。

◇儒教的政道論をよりどころに、北条高時の暴虐、これに対する後醍醐《ごだいご》天皇の善政を記し、天皇親政再興への行動開始を正中の変として描く。その作者の儒教的政道論は確固としたもので、一応は天皇の治政を天の意にかなう正当なものと見ながらも、現実の後醍醐天皇については、その武断に走りがちな狭量さとその後宮《こうきゅう》の乱れを指摘し、さらにその側近の頽廃《たいはい》をも指摘する。作者の目は、単に関東に対する後醍醐天皇の対立ということを越えて、さらに広い治政論に徹している。その思想のよりどころを示すのが冒頭の序である。

序

[一]蒙《もう》ひそかに古今の変化を採つて安危の来由をみるに、[二]覆《おほ》[三]つて外無きは天の徳なり。明君これに体して国家を保つ。のせて棄つること無きは地の道なり。良臣これにのつとつて社稷《しやしよく》を守る。もしそれその徳欠くるときは、位有りといへども持たず。いはゆる夏《か》[四]の桀《けつ》は南巣《なんさう》に走り、殷《いん》[五]の紂《ちう》は牧野《ぼくや》に敗《やぶ》らる。その道違ふときは威有りといへども久しからず。かつて聴く、趙高《てうかう》[六]は咸陽《かんやう》に刑せられ、禄山《ろくさん》[七]は鳳翔《ほうしやう》に滅ぶ。ここを以つて、前聖[八]慎んで法を将来に垂るることをえたり。後昆《こうこん》顧みていましめを既往に取らざらんや。

古代から現代までの歴史の中に世の平和と乱れの由来を　万物を公平に覆うのが　徳をよりどころとして　万物を公平に育てるのは　道理　道理に従って　国家　〔君子が〕　帝位にあっても位を維持しきれない　周知のように　〔臣下が〕臣の道を誤れば　威勢をふるってもそれは長続きしない　御承知のとおり　このゆえに　昔の聖人は治世の法を後世に教えさとしたのである　我々後代の人間もこれら昔の教訓に学ぶべきだろう

一　いたらぬわたくしが。「蒙」「ひそかに」ともに作者の謙譲。

二　考えてみると（その由来は、以下に述べる通りである）。

三　「夫《そ》れ覆つて外《ほか》無きは天也《なり》、其の徳の在らざるは無し。載《の》せて棄つる無きは地也、其の物の殖《う》ゑざるは莫《な》し」（『古文孝経』三才の注）による。『明文抄《みようぶんしよう》』などの故事熟語集にも見え、当時、人口に膾炙《かいしや》したことば。

四　中国伝説上、最古の王朝の暴君。殷《いん》の湯王《とうおう》に追われ、南巣（安徽《あんき》省巣《そう》県の東北）において敗れた。

五　中国古代の王朝。紀元前一一〇〇年頃、紂が牧野（河《か》南《なん》省淇《き》県の南）で、周の武王に討たれて滅んだ。

六　秦《しん》の始皇帝の臣。二世皇帝を殺したが、紀元前二〇七年、三世皇帝子《し》嬰《えい》に咸陽《かんよう》（陝《せん》西《せい》省）で討たれた。

七　唐の玄宗皇帝にとりいり栄達、大軍閥となり謀叛を起し皇帝を称したが、七五七年長安で長男慶緒《けいちよ》に謀殺された。鳳翔（陝西省鳳翔県）で滅んだのではない。

八　唐の太宗が帝王の範を説いた『帝範』に「非を既往に悔いんと欲せば唯過《あやまち》を将来に慎め」とある。

＊『太平記』の成立には複雑な過程があったようで、この序文がいつの段階で書かれたかもまだ明らかではない。しかし、ここに、この長編の乱世告発の書の執筆を持続させた、作者の思想の中核をなす治政の論が、整然とした漢文体で格調高く開陳されていることを見るべきであろう。

後醍醐天皇御治世《ごだいごのてんわうごぢせい》の事付けたり武家繁昌《ぶけはんじやう》の事

高時の暴虐と世の乱れ

ここに《さて》、本朝《わが国》[一]人皇《にんわう》の始め神武《じんむ》天皇《てんわう》より九十五代[二]の帝《みかど》、後醍醐天皇の御宇《御代のことだが》に当たつて、武臣相模守《さがみのかみ》[三]平高時《たひらのたかとき》といふ者あり。この時、上《かみ》[四]君の徳に乖《そむ》き、下臣《しも》(高時)の礼を失ふ。これより四海《国内》大いに乱れて、一日もいまだ安からず。狼煙《らうえん》[五]天をかすめ、鯢波《げいは》[六]地を動かすこと、今に至る[七]まで四十余年[八]、〔人民は〕一人として春秋に富めることをえず《やすらかに寿命を全うできない》。万民手足を[九]おくに所無し《人民は安んじて手足をおく所も無いほどだ》。

将軍と執権の確立

つらつらその濫觴《らんしやう》《乱の発端を考えると》を尋ぬれば、ただ禍《わざは》ひ[一〇]一朝一夕の故にあらず《一朝一夕で起きたものではない》。元暦《げんりやく》年中に鎌倉の右大将頼朝卿《よりとものきやう》、平家を追討してその功有るの時《手柄のあった時》、後白河院《ごしらかはのゐん》叡感《御感心》のあまりに、[一一]六十六箇国《日本全国》の総追捕使《そうづいぶし》[一二]に補《ふ》せらる《任ぜられた》。これより武家《幕府》始めて諸国に守護[一三]を立て、庄園《しやうゑん》に地頭《ぢとう》を置く。かの頼朝の

一 神代に対して、神武以後の天皇を言う。

二 九六代説もある。南朝に仕えた北畠親房《きたばたけちかふさ》の『神皇正統記《じんのうしょうとうき》』などは、神功《じんぐう》皇后を加え、弘文《こうぶん》・仲恭《ちゅうきょう》を削り後醍醐を九五代とする。

三 北条高時。北条は桓武《かんむ》平氏。

四 「上」は後醍醐天皇を指すが、以下批判の対象とするのは主として高時である。

五 のろし。昔、狼《おおかみ》の糞を焚《た》いて揚げたので言う。

六 鬨《とき》の声。雌鯨《めくじら》が岸に産んだ数万の子を海に連れ帰る時にたてる波音をたとえて言う。

七 底本・寛永版本に「至《テ》レ今《ニ》」。玄玖《げんきゅう》本などで読む。

八 「二十余」「三十余」とする諸本がある。乱の始めを元亨四年（一三二四）とするか、元徳三年（一三三一、南朝の年号では元弘元年）とするかによって違ってくるが、この年数記述から計算して、各諸本の成立年代を推定しようとする説がある。解説参照。

九 「刑罰あたらざれば則《すなは》ち民手足を措《お》く所無し」（『論語』子路）など多くに見られることば。

一〇 「一朝一夕の故《こ》にあらず。その由つて来《きた》るところのもの漸なり」（『易経』坤卦）。

一一 『延喜式』（十世紀初めに制定された法典）に、壱岐《いき》・対馬《つしま》を除き、全国を六十六国に分ける。

一二 治安維持のため諸国に追捕使を置いた、その首領。ただし頼朝がこれに補せられた事実はない。

長男左衛門督《さゑもんのかみ》頼家《よりいへ》、次男右大臣実朝公《さねともこう》、相続《あひつ》いで皆征夷将軍《せいいしやうぐん》[一四]の武将に備はる。これを三代将軍と号《かう》す。しかるを頼家卿[一五]は実朝のために討たれ、実朝は頼家の子悪禅師《あくぜんじ》公暁《くげう》のために討たれて、父子三代わづかに四[一六]十二年にして尽きぬ。その後、頼朝卿の舅《しうと》遠江守《とほたふみのかみ》平時《とき》政《まさ》の子息前陸奥守《さきのむつのかみ》義時《よしとき》、自然に《平和の中に》天下の権柄《執政権》を執《と》り、勢《いきほ》ひやうやく四海《国内》を覆《おほ》はんとす。この時の太上《だいじやう》天皇は、後鳥羽院《ごとばのゐん》なり。武威下に振るはば《幕府の威勢が盛んになり》、朝憲《朝廷の権威》上にすたれん事を歎きおぼしめして、義時を滅ぼさんとしたまひしに、承久《じようきう》の乱出で来て、天下暫《しばら》くも静かならず。つひに[一七]旌旗《せいき》日をかすめて《空をおおって》宇治[一八]・勢多《せた》にして相《あひ》戦ふ。その戦ひいまだ一日も終《を》へざるに、官軍たちまちに敗北せしかば、後鳥羽院は隠岐《おきの》国へ遷《うつ》されさせたまひて、義時[一九]いよいよ八荒《日本全国》を掌《たなごころ》に握る。それ[二〇]より後、武蔵守《むさしのかみ》泰時《やすとき》・修理亮《すりのすけ》時氏《ときうぢ》・武蔵守経時《つねとき》・相模守《さがみのかみ》時頼《ときより》・左馬権頭《さまのごんのかみ》時《とき》宗《むね》・相模守貞時《さだとき》相続《あひつづ》いて七代、政《まつりごと》武家より出でて《幕府がおこない》、徳、窮民を撫するに足れり《その善政は困窮する人民を救済した》。威、万人の上にかうむるといへども《その権威は人民を従わせたが》、位《くらゐ》[二一]四品《しほん》のあひ

[一三] 文治元年（一一八五）、治安維持・武士統制のため各国に守護を、国府・荘園に地頭を置き、頼朝はそれらの任命権を掌握することで全国を制した。
[一四] もと臨時の官。頼朝以後、幕府主宰者の意となる。頼朝は建久三年（一一九二）、頼家は建仁二年（一二〇二）、実朝は同三年の任官。
[一五] 北条をめぐる関東土豪間の争いから頼家は元久元年（一二〇四）伊豆の修禅寺で殺され、実朝は建保七年（一二一九）公暁《くぎよう》に鎌倉の鶴岡八幡宮で殺された。
[一六] 治承四年（一一八〇）の頼朝挙兵から四十年。
[一七] 戦の旗。「日を」を底本は「日に」とする。
[一八] 幕府の公式記録『東鑑《あずまかがみ》』によれば、承久三年（一二二一）五月十五日に義時追討の宣旨《せんじ》が下り、以後一カ月にわたり乱が続くが、宇治・勢多（瀬田）の戦闘は六月十三、十四日にあっけなく終った。『増鏡』「新島もり」にも、この事が見える。
[一九] 九条家の慈円《じえん》の『愚管抄《ぐかんしよう》』、北畠親房の『神皇正統記』、足利幕府側の史論『梅松論《ばいしようろん》』には、乱の責任を天皇の軽挙に求め、義時には非を見ない。
[二〇] 以下、時氏に疑問があるが、北条氏の家督相続（得宗《とくそう》）者をたどるものらしい。執権の順ではない。
[二一] 四位。「品」は親王の位であるが、臣下の位を唐風に表した。歴代の執権は四位どまりで公卿には列しなかったことを言う。例えば義時について『神皇正統記』も「義時ナドハイカホドモアガルベクヤアリケン、サレド正四位下右京権大夫《うきやうのごんのだいぶ》ニテヤミヌ」とする。

だを越えず。謙に居て《謙虚で》仁恩《じんおん》を〔民に〕施し、己を責めて《自らを反省して》礼義を正《ただ》す。これを以つて、一高しといふとも危ふからず《高い位にあっても安泰で》、盈《み》てりといふとも溢《あふ》れず《その力にもおごらない》。二承《じよう》久《きう》よりこのかた、三儲王《ちよわう》・摂家《摂関家》の間に、理世安民の器《世をおさめ民を安心させることのできる》に相当たりたまへる貴族を一人、鎌倉へ申し下《くだ》したてまつて四、征夷将軍と仰いで、臣下武臣《臣下の武士》皆拝趨《はいすう》の礼《参って礼を尽す》を事とす。五同じき三年に、始めて洛中《京に》に両人《二人》の一族を居《す》ゑて、両六波羅《ろくはら》と号して西国の沙汰を執り行はせ《三河以西の行政を行わせ》、京都の警衛《けいゑい》に備へらる。また六永仁《えいにん》元年より、鎮西《九州》に一人の探題《たんだい》を下し、九州の成敗《行政》を司《つかさど》らしめ、異賊襲来の守りを《外敵に対する防備を》固《かた》うす。されば一天下《天下》あまねくかの下知《北条の命令》に従はずといふ所もなく、四海の外も《国内はもちろん国外まで》ひとしくその権勢に服せずといふ者は無かりけり。七朝陽《てうやう》犯さざれども残星光を奪はるる《朝日の出とともに明け方の星が消える》習ひなれば、必ずしも武家《幕府が》より公家《朝廷を》を蔑《ないがし》ろにしたてまつるとしもは《というわけで》無けれども《もないが》、所には《在地では》地頭《ぢとう》強うして領家《荘園の持ち主》は弱く、国には守護重うして《〔の威が〕》国司は軽し。この故に、朝廷は年々に衰へ、武家は日々に盛んなり。

これによつて代々の聖主、遠くは八承久《じようきう》の宸襟《しんきん》を休めん《はらすため》がため、近

一 「上に居て驕《おご》らざれば高くして危ふからず、節を制し度を謹めば満ちて溢《あふ》れず」（『古文孝経』諸侯）による。当時、人口に膾炙《かいしや》したことば。

二 承久元年（一二一九）藤原道家の息頼経《よりつね》をはじめとして、後嵯峨《ごさが》天皇の皇子宗尊《むねたか》親王などが、将軍となった。

三 親王。もともと世嗣《よつぎ》の君、皇太子の意。

四 底本は「奉て」。「奉りて」の促音便形で、その読みは、『平家物語』の語りによれば「たてまつって」ではなく「たてまって」である。

五 承久三年、乱の直後、六月十四日、時房と泰時をそれぞれ南北六波羅の探題に任じた。探題は、幕府から離れた京都・鎮西にあって、その地の政務・訴訟・軍事などをつかさどった官。もと幕府の執権（統轄者）・連署（執権の補佐役）をも加えて探題と称した。

六 一二九三年三月七日、北条兼時を鎮西探題に任じた。この官は、もと文永・弘安以後の蒙古の襲来に備えたもの。

七 当時の格言として行われた。出典は未詳。

八 承久の乱を起した後鳥羽院、土御門《つちみかど》・順徳《じゆんとく》の各上皇、仲恭《ちゆうきよう》天皇の御心。特に後鳥羽院の怨念《おんねん》を指すか。

九 東国武士をいやしみ言うことば。以下、具体的な行動があったわけではなく、承久の乱以後の幕府と朝廷の対立をこのように言う。

一〇 八代が正しいが、南北朝

高時の悪政、滅びの兆

くは朝議の陵廃《朝廷の政の衰微》を歎きおぼしめして、[九]東夷を亡ぼさばやと常に叡慮《御思慮》を回《めぐ》らされしかども、あるいは勢微《せいび》にして《微力なために》かなはず、あるいは時いまだ至らずしてもだしたまひける《静観しておられた》ところに、時政九代[一〇]の後胤《子孫》、前相《さきの》模守平高時入道[一一]崇鑑《そうかん》が代に至りて、天地命《めい》を《統治者を》革《あらた》むべき危機《重大な時機》ここに顕《あらは》れたり。つらつら[一二]いにしへを引きて今を見るに、行跡《高時の行動》はなはだ軽く《軽率で》して人の嘲《あざけ》りを顧みず、政道《政令》正しからずして民の弊《つひ》えを《困窮を》思はず。ただ日夜に逸遊を事として《気ままな遊びにふけって》、前烈を地下にはづかしめ《地下にある先祖の功名をけがし》、朝暮《日夜》に奇物《珍奇な物》を翫《もてあそ》びて傾廃を生前に致さんとす《権勢の失墜を目前に見ようとしていた》。[一三]衛《ゑい》の懿《い》公《こう》が鶴を乗《じよう》せし楽しみ早《はや》尽き、[一四]秦《しん》の李斯《りし》が犬を牽《ひ》きし恨み今に来たりなんとす。見る人眉を《不快に》ひそめ《思い》、聴く人唇《くちびる》をひるがへす《憎んで悪口を言った》。

後醍醐天皇の聖徳

この時の帝《みかど》後醍醐天皇と申せしは、後宇多院《ごうだゐん》の第二の皇子、[一五]談天門院《だつてんもんゐん》の御腹《おんばら》にておはせしを、[一六]相模守《高時》が計らひ《はからいで》として、御年三十一の時御位に即《つ》けたてまつる。御在位の間、内には《日常生活には》[一七]三綱五常の儀を正しうして、[一八]周公・孔子の道《聖人の道》に順《したが》ひ、外には《公的には》万機百司の政《まつりごと》《あらゆる政務を》怠りたま

のころから北条九代と称した。

一一 高時の法名。正中三年（一三二六）三月、病により出家。

一二 義時・泰時らの例に照らして高時の所行を見ると。

一三 衛の懿公が鶴を士大夫の乗る車に乗せて寵愛《ちょうあい》した楽しみに、高時の逸遊をたとえた。『左伝』四や『史記』「衛康叔世家」に見える故事。臣よりも鶴を愛し行幸にもこれを同輿《どうよ》させるなどした懿公が、北方の異民族狄《てき》の侵攻にあって兵を召すが、鶴に敵を討たせればよいだろうと兵に見放され、ついに狄に討たれた。

一四 秦の忠臣李斯は趙高《ちょうこう》に讒言《ざんげん》せられ、処刑されるにあたって、次子に、ともに黄犬を連れて上蔡《じょうさい》の東門を出て兎を追おうと思ったが、それも今はかなわぬと語り悲しんだ、という。『史記』「李斯列伝」に見える。

一五 参議藤原忠継《ただつぐ》の娘、忠子。歴代の外戚西園寺家の権力の強かった当時、この家系の力は弱かった。

一六『神皇正統記』は、祖父亀山上皇と父後宇多上皇の推挙による、とする。文保二年（一三一八）の即位。

一七 儒教で説く、君臣・父子・夫婦の間の三つの道と、仁・義・礼・智・信の五つの徳。

一八 周の文王の息。成王を助けて政治を行い、制度礼楽を定めて周を盛んならしめた。聖君として孔子がもっとも尊敬した。

後醍醐の善政

はず。[一]延喜《えんぎ》・天暦《てんりやく》の跡を追はれしかば〔聖君をかがみとされたので〕、四海〔天下〕風《ふう》を望んで悦び〔その執政を喜び仰ぎ〕、万民徳に帰して楽しむ〔その聖徳に従って喜んだ〕。およそ諸道の廃れたるをおこし〔もろもろの政道の中絶したのを再興し〕、一事の善をも賞ぜられしかば〔小さな善行でも見のがさず報いられたので〕、寺社・禅律の繁昌ここに時をえ〔禅宗や律宗などの寺院も繁盛し〕、顕密・儒道の碩才〔仏教や儒学のすぐれた学者〕も皆望みを達せり。誠に天に受けたる聖主〔生れながら天よりその徳をうけた聖君〕、地に奉ぜる明君なり〔地上の万物が仰ぎいただく明君だ〕と、その徳を称じ、その化に誇らぬ者は無かりけり〔その教化を誇らしく思わぬ〕。

新関停止

関所停止《せきところちやうじ》の事

それ[二]四境七道の関所は〔他国からの入国者に〕、[三]国の大禁を知らしめ、時の非常を誡めんがためなり〔非常の事態に備えるものであった〕。しかるに今[四]壟断《ろうだん》の利によつて〔利益を独占し〕、商売往来の弊《つひ》え〔商品運送上の難儀〕、年貢《ねんぐ》運送の煩《わづら》ひありとて、[五]大津・[六]葛葉《くずは》のほかは、ことごとく所々の新関《しんせき》を止《や》めらる。

元亨の凶年

また元亨《げんかう》元年の夏、大旱地〔大ひでり〕を枯らして、田服《でんぷく》の外百里の間〔畿内周辺百里の地域も〕、[七]空し

一 醍醐《だいご》・村上天皇の聖代。後醍醐天皇もこれを尊敬する気持が強く、そのおくり名も醍醐を念頭に、生前自ら選んだものと言う。

＊ 執権の歴代をたどって高時に及び、その暴虐に世の乱れの因をとらえる。一方、序に示した聖君の典型として後醍醐天皇を位置付け、以下、高時との間に覇《は》が争われることを予告する。こうした構想は、足利幕府の史論『梅松論《ばいしようろん》』にも見られる。

二 京から四方への出口と、東海・東山・北陸・山陰・山陽・南海・西海の七道に置かれた関所。

三 国の厳しい法。「臣始めて境に至り国の大禁を問ひ、然る後敢へて入れり」(『孟子』梁恵王《りようけいおう》・下)。

四 あるいやしい大夫が壟断(小高い丘)に登り、市場の状況を見て売買を操作し、利益を独占したという話が『孟子』「公孫丑《こうそんちゆう》・下」に見える。

五 滋賀県大津市。北陸道への要衝。

六 大阪府枚方《ひらかた》市楠葉《くずは》。もと淀《よど》川にのぞみ西国への要衝。

七 「荐食《せんしよく》蚕の如く飛ぶこと雨に似たり、雨飛《うひ》蚕食《さんしよく》す千里の間《かん》、青苗《せいべう》を見ず空しく赤土《せきど》あり。河南《かなん》の長吏《ちやうり》農を憂ふと言ひ、人に課《くわ》して昼夜蝗虫《くわうちゆう》を捕へしむ。この時粟斗《ぞくと》に銭三百、蝗虫の価《あたひ》粟と同じ」(『白氏文集』三・捕蝗)による。

八 「関中旱《ひでり》し大いに饑《う》う。太宗、侍臣に謂《い》ひて曰《いは》く、水旱《すいかん》、調《ととの》はざるは皆人君の徳を失ふ。朕が徳の修まらず。天まさに朕を責むべ

く赤土のみ有つて、青苗無し。餓莩《がへう》野に満ちて、飢人《きにん》地に倒る。この年銭三百を以つて、粟一斗《もみごめ》を買ふ。君遥かに天下の飢饉を聞こしめして、八「朕《ちん》不徳あらば、天予一人《われいちじん》を罪《つみ》すべし。黎民何の咎《とが》有りてか、この災に逢へる」と、自ら帝徳の天に背ける事を歎きおぼしめして、九朝餉《あさがれひ》の供御《ぐご》を止められて、飢人窮民の施行に引かれけるこそありがたけれ。これもなほ万民の飢ゑを助くべきにあらずとて、一〇検《け》非違使《びゐし》の別当に仰せて、当時富裕の輩《ともがら》が、利倍のために蓄へ積める米穀を点検して、一一二条町に仮屋《かりや》を建てられ、一二検使自ら断《ことわ》つて直《あたひ》を定めて売らせらる。されば商買《しやうばい》ともに利を得て、人皆一三九年の蓄へ有るがごとし。訴訟の人出来《しゆつらい》の時、もし下の情上に達せざる事もやあらんとて、一四記録所へ出御成つて、直《ぢき》に訴へを聞こしめし明らめ、理非を決断せられしかば、一五虞芮《ぐぜい》の訴へたちまちに停まつて、刑鞭も朽ちはて、諫鼓も撃つ人無かりけり。

誠に一六理世安民の政《まつりごと》、もし機巧についてこれを見れば、一七命世亜聖《めいせいあせい》の

赤ちゃけた土
青々と育つ苗
餓死者が野に溢れ
宮中にあって
庶民
施しを行われた
救えない
豊かな
利をむさぼるために
改め調べて
判断して
下々の事情が当局に通じないこともあるかと
お出ましになり
直接
明らかにし
正否の
判断を下されたので
土地の争い
刑罰用の鞭
朝廷に訴えるための鼓も無用となった
狭量なるためその治政は続かず

し。百姓何の罪にて多く困窮に遭《あ》へる」(『貞観政要《じようがん》』六・仁惻《じんそく》)。『論語』にも類句が見える。

九 朝のお食事。

一〇 警察・裁判をつかさどる役所の長官。参議以上の公卿が任ぜられた。元亨元年当時、参議土御門経宣《つちみかどつねのぶ》がその任にあった。この窮民救済の政策は、『神皇正統記』『増鏡』『桜雲記《おううんき》』にも見える。

一一 室町と西洞院《にしのとういん》にはさまれる南北路を特に町と言う。これをはさんで室町・西洞院にまたがる帯状の地区に商家が並んだ。この町と二条通の交わる所が二条町である。ただし東寺の記録『東寺執行日記《しぎよう》』によればこの事実は元徳二年五、六月のこと。米価高騰の原因には、商人の酒造のための買占めがあったらしい。

一二 検非違使が事実を見とどけて。

一三『礼記《らいき》』「王制」に、国に九年分の食糧の蓄積のあるのを常の状態とした。

一四 荘園関係の訴訟を決裁する役所。

一五 周代の虞《ぐ》・芮《ぜい》二国の王が、西伯《せいはく》に仁政の行われるのを見て自らの政を恥じた、という『孔子家語《こうしけご》』に見える故事。「刑鞭蒲《けいべんがま》朽ちて蛍《ほたる》空しく去りぬ、諫鼓《かんこ》苔深くして鳥驚かず」(『和漢朗詠集』下・帝王)による。

一六 世を治め民を安んぜしめる政治のその執政方法の巧みさについては。

一七 有名な聖君にもつぐ才能を示したものと言えよう。

才とも称じつべし。ただ恨むらくは、[一]斉桓覇《せいくわんは》を行ひ、[二]楚人《そひと》弓を遺《わす》れしに、（〔似て〕）叡慮《えいりよ》少しき似たる事を（帝に度量の欠けるところがあった）。これすなはち草創は一天をあはすと（初めは武力をもって天下を制して）いへども、（も）[三]守文《しゆぶん》は三載を越えざるゆゑんなり（政治をもってする統一も三年を越えられなかったわけだ）。

立后《りつこう》の事付けたり三位《さんみ》殿御局《どのおんつぼね》の事

文保《ぶんぽう》二年八月三日、[四]後西園寺太政大臣実兼公《のちのさいをんじだいじやうだいじんさねかねこう》の御娘（〔禧子〕）、皇妃（皇后）の位に備はつて、[五]弘徽殿《こうきでん》に入らせたまふ。この家（西園寺家）に女御《にようご》を立てられたる事すでに[六]五代、[七]これも承久以後、[八]相模守《さがみのかみ》、代々西園寺の家を尊崇《そんそう》せ（重視したので）しかば、一家の繁昌あたかも（すっかり）天下の（〔人々の〕）耳目を驚かせり。君も関東の聞（帝も幕府の印象がよろしかろうと）えしかるべしとおぼしめして、とりわけ（わざわざ）立后の（〔禧子の〕）御沙汰も有りけるにや。（〔禧子は〕）御齢《よはひ》すでに[九]二八（十六歳）にして、[一〇]金鶏障のもとにかしづかれて（金鶏の画のついたての中に大事に育てられ）、玉楼殿（立派な御殿）の内に入りたまへば、夭桃《えうたう》の春をいためるよそほひ（若い桃の花がなやましげに咲き）、垂柳の風を含（しだれ柳の風にそよ）

一 聖君と言われた斉の桓公は武力で天下を治めた。

二 楚の恭王の度量のせまいことを言う。恭王が烏嘷《うこう》の弓を失った。家来がこれを探そうとするのを、いずれはわが楚の人が拾うだろうからと制止した。これを聞いた孔子は、恭王が楚の人に限ったことを、度量がせまい、と言った。『孔子家語』二「好生」に見える。

三 建武の中興後、三年を待たず足利尊氏《あしかがたかうじ》の叛乱を見たことを言う。「守文」の語は、『貞観政要《じようがんせいよう》』の古鈔本《しようほん》に見える。

＊ 数々の善政を行いながら、ともすれば武力に頼り度量のせまかったことに後醍醐天皇のつまずきを見る。これまでの高時への批判とともに、すでに後醍醐の治世へも批判を見せていることに注目。

禧子に帝の愛薄し

四 公経《きんつね》を西園寺と号したのに対して三代後の実兼の家号を言う。

五 天皇の居間である清涼殿の北にある、皇后や有力な女御の住む奥むきの宮殿。

六 姞子が後嵯峨、公子が後深草、嬉子・瑛子が亀山、鏱子が伏見のそれぞれ后になった。

七 承久の頃、公経は親幕派に属し、ために乱後、北条は西園寺を支援、持明院・大覚寺両統の対立にも実兼は幕府の支援をえて京極為兼《きようごくためかね》をおさえた。

八 北条執権は相模守に任ぜられた者が多かった。

九 「入りし時は十六、今は六十」(『白氏文集』三・上陽白髪人) による。

一〇 「梨花の園中に冊《さく》して妃となし金鶏障下《きんけいしやうか》に養ひて

〔ぐような様子に〕める御形、一一毛嬙《もうしやう》・西施《せいし》もおもてを恥ぢ〔恥じて顔を伏せ〕、一二絳樹《かうじゆ》・青琴《せいきん》も鏡をおほふ程なれば、君の御覚え〔御寵愛も〕もさだめて〔きっと〕たぐひあらじ〔肩を並べる者があるまいと〕と覚えしに、君恩〔帝の御寵愛は〕葉よりも薄かりしかば、一三一生空しく玉顔に近づかせたまはず〔帝のおそばに〕、深宮の中〔空しく宮殿の奥深くにいて「帝のお召しのないまま」〕に向つて、春の日の暮れがたき事を歎き、秋の夜の長き恨みに沈ませたまふ。金屋《きんをく》〔後宮〕に人無くして、皎々《かうかう》〔明るく〕たる残んのともしびの壁にそむける影〔壁のかげの燃え残りのともしびがいたずらに〕、薫籠〔香炉〕に香消えて、一四蕭々《せうせう》たる暗雨《よるのあめ》の窓を打つ声、物ごとに皆御涙を添ふる〔もよおす〕媒《なかだち》と成れり。一五「人生れて婦人の身となることなかれ〔この世に生をうけるにしても女には生れるな〕、百年の苦楽は他人による〔生涯の苦楽を決めるのは夫なのだ〕」と、一六白楽天が書きたりしも、ことわりなりと覚えたり〔もっともと思われる〕。

その頃、一七阿野《あの》中将公廉《きんかど》の娘に、三位殿《さんみどの》の局《つぼね》と申しける女房〔(廉子)〕、中宮〔(禧子)〕の御方に候《さぶら》はれけるを、君一度《ひとたび》御覧ぜられて、他に異なる御覚えあり〔特別御寵愛になられた〕。一八三千の寵愛一身に在りしかば〔他を退けて帝の愛を独占してしまったので〕、六宮〔後宮の〕の粉黛《ふんたい》〔美女〕は、顔色《がんしよく》無きがごとくなり。すべて三夫人、九嬪《きうひん》、二十七の世婦《せいふ》、八十一の女御《にようご》、および後宮《こうきゆう》の美人、一九楽府《がふ》の妓女《ぎぢよ》といへども、天子顧眄《こめん》の御心をつけられ〔顧みようともされなかっ〕

児となす」（『白氏文集』三・胡旋女《こせんじよ》）による。

一一 ともに中国春秋時代、越《えつ》の国の代表的な美女。

一二 絳樹は中国古代の美女、青琴は同じく神女。「絳樹青琴だもこれに対《むか》はば羞《は》ぢ死なん……能《よ》く西施をして面を掩《おほ》つて……南国をして心を傷《いたま》しめて千たび鏡を撲《う》たしめん」（『遊仙窟《ゆうせんくつ》』）による。『文選』十九「神女《しんじよの》賦《ふ》」にも類句がある。

一三「妬《ねた》みて潜《ひそか》に上陽《じやうやう》宮に配せしむ、一生遂に空房に向つて宿《しゆく》す。空房に宿して秋の夜長し。夜長く寝《い》ぬること無くして天明けず、耿耿《かうかう》たる残燈壁に背《そむ》く影、蕭《せう》蕭《せう》たる暗雨牕《まど》を打つ声」（『白氏文集』三・上陽白髪人）による。禧子が帝の愛薄かったというのは史実かどうか。『白氏文集』などを念頭に、廉子との対比を行い、天皇の西園寺家に対する姿勢を描くもの。

一四 さびしげな。

一五『白氏文集』三「太行路」に見える。

一六 九世紀前半の唐の詩人。名は居易《きよい》。「長恨歌《ちやうごんか》」などを収める『白氏文集』がある。

廉子、帝の愛を専らにし国を傾ける

一七 藤原北家阿野公仲《きんなか》の息。右中将正四位下。南朝に仕えた。「阿野」は、底本に「安野」とある。

一八 以下、『白氏文集』十二「長恨歌」と、陳鴻《ちんこう》の『長恨歌伝』による。三夫人・九嬪・二十七世婦・八十一女御は、中国の後宮の女官を階層に分け、それぞれの数を示したもの。

一九 音楽をつかさどる役所のうたい女。

ず。ただ[一]殊艶尤態《しゆえんいうたい》のひとりよくこれをいたすのみにあらず。けだし[二]善巧便佞叡旨《ぜんげうべんねいえいし》にさきだつて、奇を争ひしかば、花の下の春の遊び、月の前の秋の宴にも、駕すれば輦《てぐるま》をともにし、幸《みゆき》すれば席を専らにしたまふ。これより君王[三]朝政《あさまつりごと》をしたまはず。たちまちに[四]准后《じゆごう》の宣《せん》旨《じ》を下されしかば、人皆皇后[五]元妃《げんぴ》の思ひをなせり。驚き見る、光彩の始めて門戸になることを。この時天下の人、男を生む事を軽んじて、女を生む事を重んぜり。されば御前の評定、雑訴の御沙汰までも、准后の御口入《ごこうじふ》とだに言ひてんげれば、[六]上卿《しやうけい》も忠なきに賞を与へ、奉行も理有るを非とせり。[七]関雎《くわんしよ》は楽しんで淫《いん》せず、かなしんで傷《やぶ》らず。詩人採つて后妃の徳とす。[八]いかんがせん、傾城傾国の乱今に有りぬと覚えて、あさましかりし事どもなり。

た〔それも〕姿だけが愛を独占する因となったのではない　思うに廉子が　春は花見の宴　秋は月見の宴　乗車すれば　側近くに乗り　行幸にも彼女だけが側近くお仕えした　〔廉子を〕　のように扱った　〔世の人は〕　その一門が栄華をきわめるに至ったことを驚いた　会議　所領に関する訴訟の裁決も　おとりなしだとさえ言えば　勲功　判決を行う役人も　中国の詩人は詩に詠んで皇妃の徳にたとえた　しかるに当代は　美女ゆえに亡国の乱となりそうなのをいかんともしがたく

儲王《ちよわう》の御事

一 人よりすぐれてあでやかな姿。
二 天皇の意表をつく興味ある事をお話し申し上げる機知を発揮したので。
三 朝早く天子の行う政治、転じて朝廷の政治。
四 天皇の外戚などが太皇太后・皇太后・皇后の三后に準じた待遇を受ける詔《みことのり》。ただし廉子が准三后に列せられたのは、建武二年（一三三五）のこと。
五 皇后に同じ。
六 公事《くじ》を行う上席の公卿《くぎよう》。納言《なごん》・大臣などが担当。
七 みさごの雌雄は、楽しんで度を過さず、悲しんでも極端に心をいためるということがない。『論語』「八佾《はちいつ》」に見えることば。
八 この読みは、寛永版本の振り仮名にあるのを生かす。振り仮名の見えぬ所は「いかが」で通すことにした。
＊ 楊貴妃《ようきひ》などの故事を念頭に、禧子の悲劇を描く一方で、天皇の寵愛を専らにした廉子が后妃としての徳に欠けたことを、世の乱れの一因と見て批判する。巻十二の巻末にも、この廉子について「牝《ひん》鶏晨《けいあした》するは家の尽くる相なりと古賢の言ひし言《ことば》の末、げにもと思ひ知られたり」と批判が見られる。
九 いなごの繁殖が盛んなように、子を産む女性の多いこと。中国古代の詩集『詩経《しきよう》』「国風」に見える句。
一〇 後醍醐天皇の子女の数については諸説があり明らかでない。
一一 醍醐天皇の皇子、左大臣源兼明《かねあきら》の邸宅を藤原長家《ながいえ》

[九]螽斯《しゆうし》の化行はれて〔後宮に皇妃が多く〕、皇后《きさき》元妃のほか、君恩に誇る官女〔帝の御寵愛をこうむる〕、はなはだ多かりければ、宮々次第に御誕生有つて、[一〇]十六人までぞおはしける。

中にも第一の宮、尊良親王《そんりやうしんわう》は、[一一]御子左《みこひだん》の大納言為世卿《ためよのきやう》の娘、贈従《ぞう》三位為子《ためこ》の御腹にておはせしを、[一二]吉田内大臣定房公《さだふさこう》、養君にしたてまつりしかば〔お育て申し上げたので〕、[一三]志学の歳〔十五歳〕の始めより、[一四]六義《りくぎ》〔詩や和歌〕の道に長じさせたまへり〔すぐれていらっしゃった〕。されば[一五]富の緒川の清き流れを汲み〔古くからの和歌の道をきわめ学ばれて〕、[一六]浅香山《あさかやま》の古き跡を踏んで、嘯風《せうふう》弄月《ろうげつ》に御心を傷ましめたまふ〔花鳥風月の道にはげまれた〕。

第二の宮〔(尊澄法親王)〕も同じ御腹にてぞおはしける〔為子を母親として生れられた〕。総角《あげまき》の御時より〔御幼少の時から〕、[一七]妙法院の[一八]門跡《もんぜき》に御入室有つて、釈氏〔釈迦〕の教へを受けさせたまふ。これも[一九]瑜伽《ゆか》三密《さんみつ》の間には〔仏道修行のかたわら〕、歌道数奇《すき》の御もてあそび有りしかば〔風流の世界をたしなまれたので〕、高祖大師の旧業〔開山伝教大師の修行〕にも恥ぢず〔おとらず〕、[二〇]慈鎮和尚《じちんくわしやう》の風雅にも越えたり。

第三の宮〔(護良親王)〕は、民部卿三位殿〔(村上源氏師親の娘親子)〕の御腹なり。御幼稚の時より、利根聡明〔利発〕におはせしかば、[二一]君御位をばこの宮にこそとおぼしめしたりしか

が伝領してからその家系を言う。為世は定家の曾孫。

後醍醐、子女に恵まれる

一二 藤原氏。大覚寺統の臣として信任あつく、北畠親房《きたばたけちかふさ》・万里小路宣房《までのこうじのぶふさ》とともに三房《さんぼう》に数えられた。

一三 「吾れ十有五にして学に志す」(『論語』為政)による語。

一の宮尊良親王

一四 「詩に六義あり」(『毛詩』序)、「和歌に六義あり」(『古今集』真名序)。

一五 聖徳太子に救われた飢え人が「いかるがや富の緒川の絶えばこそわが大君のみ名を忘れめ」と詠んだ故事(『古今集』真名序)による。

一六 陸奥《むつ》の国の采女《うねめ》が「安積《あさか》山影さへ見ゆる山の井の浅き心をわが思はなくに」と詠み、怒る葛城《かつらぎ》王の心を解いたという故事(『古今集』仮名序)による。

一七 延暦寺門跡の一。最澄《さいちよう》が叡山《えいざん》の一院として建てたもので、鎌倉時代には祇園に近い綾小路小坂にあった。

二の宮尊澄法親王

一八 法親王が住持となる寺。

一九 密教の修行。手に印を結び、口に真言《しんごん》を唱え、心に本尊を思い浮べて仏と一体となる修行。

二〇 関白藤原忠通《ただみち》の息。天台座主ともなる。『新古今集』の歌人として著名で、『拾玉集《しゆうぎよくしゆう》』がある。

三の宮護良親王

二一 建武元年(一三三四)、皇太子に立ったのは、廉子腹の恒良《つねなが》親王である。護良《もりよし》親王(「もりがな」とも読む)を立てようとしたというのは事実かどうか疑問がある。

ども、御治世《皇位》は、[一]大覚寺殿《だいかくじどの》と持明院殿《ぢみやうゐんどの》とかはるがはる持たせたまふべしと、後嵯峨院《ごさがのゐん》の御時より定められしかば、今度の春宮《とうぐう》《皇太子を》をば、[二]持明院殿の御方に立てまゐらせらる。天下の事小大となく《なにとなく万事》、関東《幕府》の計らひとして、叡慮《帝の御心》にもまかせられざりしかば、〔護良の〕御元服の義を改められ、[三]梨本《なしもと》の門跡に御入室有つて、[四]承鎮親王《じようちんしんわう》の御門弟と成らせたまひて、一を聞いて十を悟る、〔明敏さで〕御器量《その御才能は》世にまたたぐひ《比類》も無かりしかば、〔当時〕[五]一実円頓《いちじつゑんどん》《法華経の教義は》の花、匂ひを[六]荊渓《けいけい》《天台に広まり》の風に薫じ、[七]三諦即是《さんたいそくぜ》《天台の哲理は美しい泉にうつる月光のようにさえた》の月の光を、玉泉の流れに浸せり。されば消えなんとする法燈《仏法の燈火をともし》をかかげ、絶えなんとする恵命《ゑみやう》《仏法の流れを伝えること》を継がんこと、ただこの門主《もんしゆ》の御時なるべしと、一山《全山》掌《たなごころ》を合はせて悦び、九院《全山》首《かうべ》を傾けて仰ぎたてまつる《感謝してほめたたえた》。

四の宮静尊法親王

第四の宮《（静尊法親王）》も、[八]同じ御腹《三の宮と母を同じくされた》にてぞおはしける。これは、[九]聖護院《しやうごゐん》二品親王《（覚助法親王）》の御附弟《御弟子》にておはせしかば、[一〇]法水を三井の流れに汲み《仏法を三井寺に学び》、[一一]記莂《きべつ》《弥勒菩薩が下って説法される時を待って修行に励んでおられる》を慈尊の暁に期したまふ。

このほか儲君・儲王の選び《有力な皇子も数が多く》、[一二]竹苑椒庭《ちくゑんせうてい》の備へ、誠に王業再興の運《天皇親政再興の機運》、

一 後嵯峨の後（史実は後宇多以後）、後深草《ごふかくさ》（持明院）と亀山《かめやま》（大覚寺）の両統に分れ、西園寺実兼《さねかね》と京極為兼との対立もからまって曲折を経た後、文保二年（一三一八）両統が交互に天皇を立てるとの和談が成った。

二 持明院系の量仁《かずひと》親王。後の光厳《こうごん》天皇。

三 延暦寺門跡の一。もと紫野にあり、今の三千院。

四 順徳《じゅんとく》天皇の曾孫。彦仁王《ひこひとおう》の息。

五 真実の理を明らかにし、その功徳が円満でこれを信ずれば成仏が早いと言う法華経をたたえることば。

六 比叡山。中国の天台の第九祖湛然《たんぜん》が住んだ晋陵《しんりょう》の荊渓になぞらえた。

七 天台宗に説く、すべての存在が空無だとする空、あらゆる事象が仮のものだとする仮、すべての存在がこれら空や仮といった言葉や思慮の対象を越えたものだとする中、これら三つの諦（真理）をそのまま円満な月の光にたとえる。玉泉は中国荊州《けいしゅう》の天台玉泉寺。

八 静尊の母を参議藤原実俊《さねとし》の娘とする説もある。

九 京都市左京区聖護院中町にある、三井寺智証大師の草創になる修験宗の大本山。覚《かく》助《じょ》は後嵯峨天皇の皇子。

一〇「水」「井」「流れ」は縁語。

一一 仏の、弟子たちに対する予言。

一二 皇室と後宮。前漢の孝王が梁《りょう》に封ぜられ、その庭に多くの竹を植えたことから皇室を竹苑と言う。山椒の実は、暖をとり悪気をとり除く効果があるため後宮

福祚《ふくそ》長久の基〔皇位長久の基礎を確立する時期が到来したと〕、時をえたりとぞ見えたりける。

中宮御産御祈りの事付けたり俊基《としもと》偽《いつは》つて籠居《ろうきよ》の事

[一三]元亨《げんかう》二年の春の頃より、中宮〔(禧子)〕懐妊の御祈り〔御安産の祈り〕とて、諸寺・諸山〔多くの寺々の〕の貴〔尊く位の高い僧〕僧・高僧に仰せて、様々の大法・秘法〔密教の重要な修法〕を行はせらる。

中にも[一四]法勝寺《ほつしようじ》の[一五]円観《ゑんくわん》上人、[一六]小野の[一七]文観《もんくわん》僧正二人は、別勅をうけて〔特別に勅命を受け〕金闕《きんけつ》〔皇居〕に壇を構へ、玉体に近づき〔中宮のお側に〕たてまつて、肝胆を砕いて〔心をこめて〕ぞ祈られける。[一八]仏眼《ぶつげん》・金輪《こんりん》・五壇の法・一宿五反孔雀経《いつしゆくごへんくじやく》・七仏薬師・熾盛《しじやう》光《くわう》・烏蒭沙摩《うすさま》変成男子《へんじやうなんし》の法・五大虚空蔵《ごだいこくうざう》・六観音・六字訶臨《ろくじかりん》・訶利《かり》帝母《ていも》・八字文殊《はちじもんじゆ》・普賢延命《ふげんえんみやう》・金剛童子の法〔を行う〕、[一九]護摩の煙は内苑〔宮中の庭〕に満ち、[二〇]振鈴《しんれい》の声《こゑ》は掖殿《えきでん》〔後宮〕に響きて、いかなる悪魔怨霊《をんりやう》なりとも、障碍《しやうげ》を成し〔御出産を〕がたし〔邪魔することはできないと思われた〕とぞ見えたりける。かやうに功〔功徳〕を積み、日を重ねて、御祈り

の壁に塗りこんだといい、この事から後宮を椒房《しようぼう》・椒《しよう》庭《てい》と言う。

＊後醍醐天皇にすぐれた皇子が輩出し親政再興の機の熟したことを言い、正中の変の近いことをにおわせる。

一三『増鏡』「むら時雨」によれば嘉暦元年（一三二六）のことで、『太平記』諸本にも「嘉暦二年春夏ノコロ」と改めるものがある。史実は、正中の変の後にあったことで、事情については諸説があったらしい。

一四 左京区岡崎にあった白河天皇の勅願寺。

御産の修法と偽り関東を調伏

一五 天台宗の学僧。慧鎮《えちん》とも。元応寺の伝信興円に師事して円頓戒《えんどんかい》を受けた。延文元年（一三五六）入滅。『太平記』の編者に想定する説がある。

一六 山科《やましな》の真言宗古義小野派の本山随心院。

一七 真言宗立川《たちかわ》派の大成者、弘真。呪術《じゅじゅつ》に巧みであった。巻二、五四頁注一一参照。延文二年入滅。

一八 以下、大部分が中宮御産の儀を記した『御産御祈目録』に見える密教の修法《しゅほう》。ただし『増鏡』「むら時雨」に見えるこの時の修法とは異なり、むしろ建礼門院御産の儀に関する『平家物語』諸本（延慶本や『源平盛衰記』など）と重なるところが大きい。

一九 知恵の火をもって迷いの薪《たきぎ》を焼くという護摩木を焚《た》く、密教の修法。

二〇 仏の注意を呼び起し、人々の精進をうながすために振る金剛鈴《こんごうれい》の音。

の精誠〔真心〕を尽されけれども、[一]三年までかつて〔いっこうに〕御産の御事は無かりけり。後に子細〔わけ〕を尋ぬれば、関東〔幕府〕[二]調伏《てうぶく》のために、事を中宮の御産に寄せて〔かこつけて〕、かやうに秘法を修《しゆ》せられけるとなり。

謀叛に協力する人々

これ程の重事《ちようじ》〔重大事〕をおぼしめし立つ事なれば、諸臣の異見〔意見〕をも窺ひたく〔聞きたいと〕おぼしめしけれども、事多聞に及ばば〔広く伝わると〕、武家〔幕府〕に漏れ聞ゆる事や有らんと、憚《はばか》りおぼしめされける〔お思いになられたので〕あひだ、深慮智化の〔考え深く知恵のある〕老臣、近侍の人〔近く仕える〕にも仰せ合はせらるる〔相談される〕事もなし。ただ[三]日《ひ》野《の》中納言資朝《すけとも》・[四]蔵人《くらうど》右少弁俊基《としもと》・[五]四条中納言隆資《たかすけ》・[六]尹《ゐんの》大納言師賢《もろかた》・[七]平宰相〔（参議）〕成輔《なりすけ》ばかりに、ひそかに仰せ合はせられて、さりぬべき〔たよりにできる〕兵を召されけるに、[八]錦織判《にしこりのはう》官代《ぐわんだい》・[九]足助《あすけ》次郎重成《しげなり》、南都〔奈良〕・北嶺〔比叡山〕の衆徒《しゆと》、少々勅定に〔帝の仰せに〕応じてんげり。

俊基、宮中を退き諸国を下見

かの俊基は、累葉の儒業を〔代々儒学の家で〕継《つ》いで、才学優長なりしかば〔才知学識に秀でていたので〕、[一〇]顕職〔重職〕に召し仕はれて、官蘭台〔弁官（書記）〕に至り、職職事《しきじ》〔蔵人をつとめた〕をつかさどれり。しかるあひだ出仕事繁うして〔勤務が多忙で〕、[一一]籌策《ちうさく》に隙《ひま》無かりければ、いかにもして暫《しばら》く籠居して、謀叛《むほん》の計略を回《めぐ》らさんと思ひけるところに、山門〔延暦寺〕[一二]横川《よかは》の衆徒《しゆと》、

一『増鏡』「むら時雨」によれば「十七・八、二十、三十月にも余らせ給ふまで」とある。
二 祈禱《きとう》によって相手を降伏《ごうぶく》させること。
三 文章博士《もんじようはかせ》、権《ごん》大納言藤原俊光《としみつ》の息。資朝も文章博士で検非違使《けびいし》別当・権中納言に昇った。後日、捕えられて処刑される。
四 文章博士、大学頭《だいがくのかみ》藤原種範《たねのり》の息。資朝と同じ日野の流れであるがこの家系の人々は官が低かった。後日、やはり処刑される。
五 検非違使別当、権大納言藤原隆顕《たかあき》の孫。後まで南朝に仕え、大将として討死する。ただし、この正中の変当初から参加していたかどうかは疑問。
六 弾正台《だんじようだい》の長官。親王の官なので、納言以上の臣で兼ねる者を尹大納言などと言う。師賢は内大臣藤原師《もろ》信《のぶ》の息。後日、捕えられて下総《しもうさ》に流され病死する。
七 桓武《かんむ》平氏、権中納言正二位惟輔《これすけ》の息。後日捕えられて斬られる。
八 河内《かわち》の出身。後日、笠置《かさぎ》の合戦で討死する。
九 三河《みかわ》の住人。清和源氏、貞親《さだちか》の息。後日、六条河原で処刑される。重範《しげのり》とする諸本があり巻三、一一九頁や巻四、一五三頁にも「重範」が見えるが、事実はその息重政らしい。
一〇『花園院宸記《はなぞのいんしんき》』の元亨三年（一三二三）六月二十七日の条に、この俊基が凡卑の身ながら蔵人《くろうど》に任ぜら

款状《くわんじやう》《嘆願書》を捧げて、禁庭《宮中》に訴ふる事あり。俊基かの奏状を披《ひら》いて読み申されけるが、読み誤りたるていにて《わざと読み違いをして》、[一三]楞厳院《りようごんゐん》を慢厳院《まんごんゐん》とぞ読みたりける。座中の《居合せた》諸卿これを聞いて、目を合はせて《見合せて》、「[一四]相《さう》の字をば、篇に付けても、作りに付けても、もくとこそ読むべかりける」と掌《たなごころ》を拍《う》つて《手を打って》ぞ笑はれける。俊基大いに恥ぢたる気色にて《様子で》、面《おもて》を赤めて退出す。それより、「恥辱に逢ひて籠居す」と披露して、半年ばかり出仕を止め、[一五]山伏《やまぶし》の形に身をかへて、大和《やまと》・河内《かはち》に行きて、城郭に成りぬべき所々を見置いて《なりそうな場所に目をつけておいて》、東国・西国に下つて、国の風俗《風習》、人《各地》の分限《土豪の財力》をぞ窺《うかが》ひ見られける。

無礼講《ぶれいかう》の事付けたり玄恵《げんゑ》文談《ぶんだん》の事

ここに美濃《みの》国の住人、[一六]土岐《とき》伯耆《はうきの》十郎頼貞《よりさだ》・[一七]多治見《たぢみ》四郎次郎国長《くにたが》と

無礼講に討幕の企て

れたことについて世の批判のあったことが見える。

一一 策略をめぐらす余暇がなかったので。

一二 延暦寺の三塔の一。中堂首楞厳院《しゆりようごんいん》を中心とする。

一三 横川の中堂、首楞厳院。慈覚大師開山。

一四 万の字を含む「楞」をまんと読むのなら、「相」は偏・旁《つくり》ともにもくだからもくと読むのだなあ。

一五 款状誤読の話が事実かどうか不明だが、山伏姿で回国したことは『増鏡』「春の別れ」にも見える。山伏は、高山に起臥《きが》して行に励む修験者《しゆげんじや》。修験道は、山岳信仰に密教の秘儀の結びついたもので、行者はその非凡な呪力《じゆりよく》のゆえに恐れられ、そのため有名な義経など、身の安全をはかって山伏に扮《ふん》する者が多かった。

＊中宮御産の修法を擬したという話には虚構があるらしい。その虚構と俊基の行動開始を有機的に結び付けて、いよいよ討幕の動きの具体化し始めることを描く。

一六 従五位下隠岐守《おきのかみ》光定の息で、母は平貞時の娘であるから、北条高時の甥《おい》にあたる。歌人。ただし伯耆十郎を称するのは頼遠《よりとお》、もしくは頼貞の息頼兼。『花園院宸記』も元亨四年九月十九日の条に、事件への参画者を「土岐左近蔵人源頼貞（兼歟）」とする。異伝があったようで、『太平記』でも頼時・頼貞の二人をあげる諸本がある。三七頁注一三参照。

一七『土岐系図』に、土岐又太郎国純の息「多治見国長　土岐孫四郎」が見える。三七頁注一三参照。

いふ者あり。ともに清和源氏の後胤《こういん》〔子孫〕として、武勇の聞えありければ〔ほまれが高かったので〕、資朝卿《すけともきやう》、さまざまの縁を尋ねて〔縁故をさぐり〕、むつび近づかれ〔接近されて〕、朋友《ほういう》の交はりすでに〔いよいよ〕浅からざりけれども、これ程の一大事を、さうなく〔たやすく〕知らせん事、いかが有るべからんと思はれければ、なほもよくよくその〔相手の〕心を窺《うかが》ひ見んために、一無礼講《ぶれいかう》といふ事をぞ始められける。その人数《にんじゆ》には〔仲間には〕、尹《ゐんの》大納言師賢《もろかた》・四条中納言隆資《たかすけ》・二洞院左衛門督実世《とうゐんさゑもんのかみさねよ》・蔵人《くらうど》右少弁俊基《としもと》・三伊達《だての》三位房游雅《いうが》・四聖護院庁の法眼玄基《ほふげんげんき》・足助《あすけ》次郎重成《しげなり》・多治見四郎次郎国長等なり。その交会〔集会〕遊宴の体《てい》〔様子〕、見聞〔見聞く人々〕耳目を驚かせり。献盃の次第〔盃をさす順序は〕、上下をいはず〔身分の上下を無視し〕、男は烏帽子《えぼし》を脱いで髻《もとどり》を放ち〔むき出しにし〕、法師は衣〔黒衣〕を着ずして白衣〔下着の〕になり、年十七、八なる女の、眄形《みめかたち》優に、膚《はだへ》殊に清らかなるを二十余人、五褊《すずし》のひとへばかりを着せて、酌《しやく》を取らせければ、雪の膚《はだへ》すき通つて、六太液《たいえき》の芙蓉《ふよう》新《あら》たに水を出でたるに異ならず。山海の珍物を尽し〔珍味をとりそろえ〕、旨《し》酒《しゆ》〔美酒を〕泉のごとくに湛《たた》へて、遊び戯《たはぶ》れ舞ひ歌ふ。その間には、ただ東夷〔関東幕府〕を亡ぼすべき企て〔手だてを考えるのに専らであった〕のほかは他事なし。

一 守るべき礼儀を無視して、ほしいままにくつろぎ行う宴。『花園院宸記』元亨四年十一月一日の条にこの無礼講のことが見え、花園上皇はこれに批判的である。
二 従一位太政大臣洞院公賢《とういんきんかた》の息。当時従四位上右少将。後醍醐天皇の信任あつく、この後も南朝に従う。
三 出雲《いずも》・但馬《たじま》の伊達氏か。『花園院宸記』の元亨四年十一月一日の条に、問題の無礼講に参集の輩の名を、祐雅法印が一紙に記したと言う。その祐雅か。
四 聖護院を管理する、法印に次ぐ僧位。玄基は未詳。
五 練らない絹で織った、軽くて薄いひとえの衣。
六 あの「長恨歌」に歌われた太液（漢の宮中の池）の蓮の花が、今水中に咲き出したような美しさである。
七 天台宗の学僧。宋学に明るく、宮中で『論語』などを講じた。洞院公賢の日記『園太暦《えんたいりやく》』の観応元年（一三五〇）三月二日の条にその死を「文道の衰微」と嘆いている。『難太平記』によれば、足利直義《ただよし》の面前で『太平記』を読んだと言い、『太平記』の編者に数えられるほか、『平家物語』『庭訓往来《ていきんおうらい》』、狂言などの作者にも擬せられる。解説参照。
八 唐の文章家、韓愈《かんゆ》（七六八～八二四）の作品集。韓愈は字《あざな》は退之《たいし》。本籍が河北省の昌黎であったので昌黎とも自称した。闘志に満ち、超自然を尊ぶ仏教を攻撃し帝の怒りをかった。その文集は、虎関師錬《こかんしれん》など五山の禅僧に高く評価された。
九 奥深い真理を講義し。老子や荘子流の清談を談玄と言う。

玄恵の文談に擬して策をめぐらす

一〇 潮州は中国広東省の地名。韓愈は「仏骨を論ずる表」を書き排仏を主張、帝の怒りにふれ潮州へ流された。「潮州の刺史《しし》上表を謝す」の文があり、長篇とはこれを言うか。
一一 以下、呉起《ごき》・孫武《そんぶ》・呂望《りよぼう》・黄石公《こうせきこう》の撰と言われる兵書であるが、いずれも偽書。南北朝時代に多く読まれ、『太平記』をはじめ『源平盛衰記』『義経記』などに強い影響を与えている。
一二 中唐が正しい。以下全く同じ文が、仏教説話集『三国伝記』三に引用されている。
一三 杜甫《とほ》（七一二〜七七〇）の字《あざな》。人間愛の立場から社会悪に挑戦した詩人。

韓昌黎の不吉な故事

一四 李白（七〇一〜七六二）。太白はその字。俗世の政事にいや気がさして、自由な人間として生の充実を求めた。
一五 以下、紀元前三世紀から紀元五世紀に及ぶ中国の時代を言う。
一六 兄弟の子。実は、韓湘は昌黎の次兄の孫に当る。
一七 道教に説く長生不死の術など神秘的な術。
一八 聖人として、人のなすわざを去って自然に従い、人間世界の相対的な意味しか持ち得ぬ言語をも捨てる。「ここを以つて聖人は無為の事にをり不言の教へを行ふ」（『老子』二）。

その事と無く《しかるべき目的も無く》常に会交せば《集まったのでは》、人の思ひ咎《とが》む《怪しむ》る事もや有らんとて、事を文談に寄せんがために《文学の談義にかこつけるため》、その頃才覚無双の聞えありける《当時第一流の学者との評価のあった》[七]玄恵《げんゑ》法《ほふ》印《いん》といふ文者《儒者》を請《招いて》じて、[八]昌黎文集《しやうれいぶんじふ》の談義《講義》をぞ行はせける。かの法印、謀叛の企てとは夢にも知らず、会合の日毎《ごと》に、その席に臨《のぞ》んで[九]玄を談じ、理をひらく《道理を説き明かした》。かの文集の中に、「[一〇]昌黎潮州《しやうれいてうじう》に赴《おもむ》く」といふ長篇有り。この所に至つて、談義を聞く人々、「これ皆不吉の書なりけり。[一一]呉子《ごし》・孫子《そんし》・六韜《りくたう》・三略《さんりやく》なんどこそ、しかるべき当用の文な《現代に有用な書》れ」とて、昌黎文集の談義を止《や》めてんげり。

この韓昌黎《かんしやうれい》と申すは、[一二]晩唐の末に出でて、文才優長《才知学識のすぐれた》の人なりけり。詩は[一三]杜子美《としみ》・[一四]李太白《りたいはく》に肩をならべ、文章は[一五]漢《かん》・魏《ぎ》・晋《しん》・宋《そう》の間《あひだ》に傑《ぬき》出せり《んでていた》。昌黎が[一六]猶子《いうし》、韓湘《かんしやう》といふ者あり。これ《韓湘は》は文字《学問》をも嗜《たしな》まず、詩篇にも携《たづさ》はらず、ただ《もっぱら》[一七]道士の術を学んで、[一八]無為《ぶゐ》を業とし、無事を事とす。

ある時、昌黎、韓湘に向つて申しけるは、「汝《なんぢ》天地《この世に》の中に化生《くわせい》し《生》

て《れ》、[一]仁義の外に逍遙《せうえう》す。これ君子の恥づるところ、小人《徳のない者の》の専らとするところなり。われ常に汝がためにこれを悲しむこと切《せつ》なり」と教訓しければ、韓湘《かんしやう》大いにあざ笑《大声で笑って》つて、「[二]仁義は大道《たいだう》の廃《すた》れたるところに出で、学教《学問》は大偽《たいぎ》の起る時に盛んなり。われ無為の境に優遊し《大自然の中に悠々自適して》て、[三]是非《ぜひ》の外に自得《じとく》す。されば[四]真宰《しんさい》の臂《ひぢ》をさいて《妨害をして》、[五]壺中《こちゆう》に天地を蔵《かく》し、造化の工を奪うて《万物の創造神のわざを奪って》、[六]橘裡《きつり》に山川《さんせん》を峙《そばだ》つ。かへつて悲しむらくは、公《あなた》のただ古人《昔の聖人》の[七]糟粕《さうはく》を甘《あま》なつて、空しく一生を区々《小さな事にかかずらう》の中に誤る事を」と答へければ、昌黎《しやうれい》重ねていはく、「汝が言ふところわれいまだ信ぜず。今すなはち《すぐに》、造化の工を奪ふ事を得てんや《創造神のわざを越えることができるというのか》」と問ふに、韓湘答ふる事無くして、前に置いたる瑠璃《るり》の盆《宝石作りの盆》をうち覆《うつぶ》せて、やが《すぐに》てまた引きあふむけたるを見れば、たちまちに碧玉《青い宝石の》の牡丹《ぼたん》の花の嬋《せん》娟《けん》《あでやかな》たる一枝あり。昌黎驚いてこれを見るに、花中に金字《金文字で》に書ける一[八]聯の句有り。「[九]雲秦嶺《しんれい》によこだはつて家《わが家は》いづくにか在る、雪[一〇]藍関《らんくわん》を[一一]擁《よう》して馬前《すす》まず[一二]云々《うんぬん》」。昌黎不思議の思ひを成して、これを読んで

一 孔子や孟子の教えを無視し、勝手気ままにふるまう。
二 大道がすたれたために仁義という次善の道が説かれ、知恵ある者が出てから偽りも生れたと説くもの。「大道廃れて仁義有り、知恵出でて大偽有り」（『老子』十八）。
三 善悪・正邪という相対的な人為を離れ、絶対の境地に入っている。
四 真の主宰者である天。
五 『後漢書《ごかんじよ》』「方術列伝」に、薬を売る老人の秘術を見た費長房《ひちようぼう》が、ともに壺中に入り「玉堂厳しく麗にして旨酒《しし》甘肴《かんかう》その中に盈衍《えいえん》（充ちあふれる）する」のを見たという話がある。
六 橘《たちばな》の実の中に山があり、川が流れる。巴邛《はきよう》の人某が橘の実を割ると、中に二人の老人が象戯（将棋）を楽しみ、その楽しみは商山に隠れた四聖人のそれにも劣らないと言ったという話が、唐の『幽怪録』に見える。
七 言いふるした説に満足して従い。
八 漢詩文で、二句が対句形式をなすもの。
九 陝西《せんせい》省の西安市（昔の長安。洛陽と並ぶ中国の旧都）の南に連なる一大山脈。秦山を主峰とする。
一〇 藍田にある関。西安市の南東にあたる。
一一 覆い積り。
一二 古本に「云々」なし。後で昌黎が句をつぎ八句全体が明らかになるのであるから、この「云々」はない

一三一唱三歎するに、句の優美遠長なる体製のみ有りて《形としては情趣が深く詩文の格式にかなっているが》、その趣向《その意図する》落着のところを知り難《がた》し。〔花を〕一四手に採つてこれを見んとすれば、忽然《こつぜん》として《たちまち》消え失《う》せぬ。これよりしてこそ、韓湘は仙術の道を得たりとは《会得していると》、天下の人に知られけれ。

人々、昌黎の主張を理解できず

その後、昌黎仏法一五を破つて、儒教《孔孟の教え》を貴《たつと》むべき由《よし》、奏状を奉りける咎《とが》に依つて、潮州《てうじう》へ流さる。一六日暮れ馬泥《なづ》んで《行き悩み》前途程遠し《行く先遥かである》。遥かに故郷の方を顧《かへり》みれば、秦嶺に雲よこだはつて、来つらん方も覚えず《やって来た方角すらわからない》。一七悼《いた》んで万仞《ばんじん》の嶮《けは》しきに登らんとすれば、藍関《らんくわん》に雪満ちて《雪が降り積って》、行くべき末の《前方の》路も無し。進退歩みを失つて、頭《かうべ》を回《めぐ》らすところに《周りを見回すと》、いづくより来たれるともなく、韓湘悖然《ぼつぜん》として《にわかに》かたはらにあり。昌黎悦んで馬より下《お》り、韓湘が袖を引《とつ》いて、涙の中《うち》に申しけるは、「先年碧玉《青い宝石の》の花の中に見えたりし一聯の句は、汝われにあらかじめ左遷の愁へ〔のあるのを〕を告げ知らせるなり。今また汝ここに来たれり。〔今や〕はかり知んぬ《私にもわかる》、われつひに謫居《たつきよ》一八に愁死して、帰る事を得じと。一九再会期《ご》無うして遠別《ゑんべつ》今

ほうがよい。
一三 詠唱しては幾度も感嘆したのであるが。
一四 底本に「を」とあるを正す。
一五 唐の憲宗が、釈迦の指の骨と称する物を宮中に入れて供養しようとしたのを、当時法務次官であった昌黎が「仏骨を論ずる表」を差し出して激しく非難した。
一六 「日晩《く》れ途遥かなり、馬疲れ人も乏《つか》る」(『遊仙窟』)による。
一七 悲しみを胸に、高く切り立つ山を登ろうとすると。「仞」は垂直の高さを計る単位。八尺(約二・四メートル)とも、また、四尺ともいい、諸説がある。
一八 流刑地に愁いつつ生涯を終り、帰郷できないであろうことを。
一九 今や永遠の別れとなり、再び会えることはなかろう。

にあり。あに悲しみに堪へんや」とて、一前《さき》の一聯に句を継《つ》いで、八句一首と成して、韓湘に与ふ。

この悲しみをなんとしようぞ

二一封《いつぷう》三朝奏ス四九重《きうちよう》ノ天
夕《ゆふべ》ニ貶《へん》セラル二五六潮陽ニ一路八千
欲《スレバ》下為ニ聖明ノ除カント中弊《へい》事《し》ヲ上
豈《あに》将《も》ッテ二八衰朽ヲ一惜《シマンヤ》二残年ヲ一
九雲横《よこだは》ッテ二秦嶺ニ一家何《いづく》ニカ在ル
雪擁《よう》シテ二藍関ヲ一馬不レ前《すす》マ
知リヌ汝遠ク来ル須《すべから》クレ有ルレ意ベシ
好《よ》シ收メヨ二吾ガ骨ヲ一〇瘴江ノ辺ニ一

朝 帝に一封の諫言の書を奏上したわたくし
その夕べには八千里のかなた潮州刺史に遷されんとは
ひとえに帝の誤りを正さんと期するのみなので
年老い先の短い己に何の後悔があろうぞ
ああ秦嶺にかかる雲はわが郷里を隠そうとするか
藍関も雪にとざされ馬も進みかねるこの嶮難
はるばると見送るそなたの心に謝す 願わくば
わが骨をおぞましき瘴江のほとりに拾いたまえ

韓湘、この詩を袖に入れて、泣く泣く東西に別れにけり。誠なるかな「一一痴人《ちじん》の面前に夢を説かず」といふ事を。この談義を聞きける人の忌《い》み思ひけるこそ愚かなれ。

一 前に示した（三二頁一三〜一四行）句。
二 天子への親書は密封するので封と言う。
三 宮中の役所は朝開かれるので、朝、帝に奏上することを言う。次の「夕」に対する。
四 宮門は九重の楼門を有するので宮中をたとえて言う。
五 潮州刺史《しし》（知事）として左遷追放される。
六 広東省の地名。潮州とも。
七 弊害のある事柄。「事」は清音。
八 年老い衰えた体。昌黎は当時五十二歳であった。
九 以下、決意にもかかわらず、妻子や故郷への愛着の断ち難いことをうたう。
一〇 毒気が立つ、瘴江《しようこう》という名のあるおぞましい川。
一一 ばか者はとんでもない誤解をするから、その面前でめったに夢の話をしてはならない。宋の黄庭賢《こうていけん》の文集『予章黄《よしようこう》先生文集』二十六に見えることば。玄恵としては帝臣の道を説くべく文集を講じたのであるが、下心のある参会者がそれを理解し得なかったことを作者は批判する。
＊ 目的はさることながら無礼講については、これを退廃的とし、文談についても、老荘と道教による韓湘の主張をからませることで昌黎の儒教論を一層激しいものにし、それを講ずる玄恵の政道論を卑近な形でしか受けとめられない謀叛参画者に対し、やはり作者は厳しい。

頼員回忠《よりかずかへりちゆう》の事

土岐頼員、妻に謀叛を語る

謀叛人《むほんにん》の与党《に加わる》、土岐《とき》左近蔵人《さこんくらうど》頼員《よりかず》[一二]は、六波羅《ろくはら》の奉行[一三]斉藤《さいとう》太郎左衛門尉《たらうざゑもんのじよう》[一四]利行《としゆき》が娘と嫁《か》[一五]して《結婚し》、最愛したりけるが《深く愛したが》、世の中すでに《いよいよ》乱れて合戦出で来たりなば、千に一つも討死せずといふ事有るまじと思ひ《思った》けるあひだ《ので》、かねて《早くも》なごりや惜しかりけん、ある[一六]夜の寝覚《ねざめ》の物語に「一樹《いちじゅ》[一七]の陰《かげ》に宿り、同じ流れを汲むも、皆これ多生《たしやう》の縁浅からず、いはんや《まして》あひ馴れたてまつて《夫婦となって》すでに三年に余れり。なほざりなら《かりそめのものでは》ぬ志の程をば《ないこの私の志を》、気色につけ《日頃の態度からも》、折にふれても《その時々に》思ひ知りたまふらん。さても定めなきは人間[一八]の習ひ、あひ逢ふ中の契りなれば《会う者は必ず別れるという定めなので》、今もしわが身はかなく成りぬと《死んだと》聞きたまふ事有らば、無からん跡までも《わが亡き後まで》貞女《ていぢよ》[一九]の心を失はで、わが後世《ごせ》を問ひたまへ《とぶらってください》。[二〇]人間に帰らば、再び夫婦の契りを結び、[二一]浄土に生れば、同じ蓮《はちす》の台《うてな》に半座《座の半分》を分けて待つべし」と、

一二 頼直とする諸本がある。『花園院宸記』は頼員、『尊卑分脈』は頼春とする。

一三 六波羅府の職で、評定衆の指揮を受けて、訴訟争論の実務を担当した。

一四 左衛門尉藤原基行の息。『常楽記』の嘉暦元年（一三二六）五月七日の条に死去の記が見える。

一五『花園院宸記』元亨四年九月十九日の条に「斉藤某俊幸　頼員、俊幸の婿為《た》りと云々」と見える。

一六『花園院宸記』によれば、頼員の情勢判断による寝返りである。妻をからませるのは、室町以後の物語に見られる類型的手法によるものか。

一七 同じ木の下に暫く宿り合い、同じ川の水を汲《く》むのも、前からの縁浅からぬゆえである。古くからことわざとして行われ、歌謡・音曲の類にもしばしば見られる。「多生の縁」は、多くの生を生れかわる間に結ばれた因縁。一般に言う「他生の縁」は誤り。

一八 人間界。仏教で言う、衆生《しゅじょう》が経めぐる六道の中の一つ。

一九 一人の夫だけに操をたてる女。

二〇 いつの世にか、再び人間界に生れ会うならば。

二一 浄土信仰で、極楽浄土に往生して、相手とともに同じ蓮台に生れようという考え。一蓮托生《いちれんたくしょう》。ここは夫婦仲のよいことを言うため、特に「半座を分けて待つ」と言った。

その事と無く《それとなく》かきくどき、涙を流してぞ申しける。女つくづくと《しみじみと》聞きて、「怪しや、何事のはんべるぞや。明日[一]までの契りの程も知らぬ世に、後世《ごせ》までのあらましは《約束をするとは》、忘れんとての情けにてこそはんべ《きっと逃げ出そうとのお考えでございましょう》らめ。さらでは《でなければ》、かかるべし[二]とも覚えず」と、泣き恨み[三]て問ひければ、男は心浅う《軽率にも》して、「されば[四]よ、われ不慮《思いがけず》の勅命をかうむつて、君にたのまれたてまつるあひだ《主上に信任が厚いので》、辞[五]するに道無くして、御謀叛に与《くみ》しぬるあひだ《参加したので》、千[六]に一つも命の生きんずる事難《かた》し。あぢきなく[七]存ずる程に、近づく別れの悲しさに、かねてかやうに《はやばやとこのように》申すなり。この事あなかしこ《ゆめゆめ》人に知らさせたまふな」と、よくよく口をぞ固めける《口止めをした》。

女、事を父に語る

かの女性《によしやう》[八]心の賢《かし》き者なりければ、夙《つと》におきて《早朝起きて》、つくづくと《しみじみと》この事を思ふに、君《主上》の御謀叛事ならずば《不成功ならば》、たのみたる男《頼りに思う夫を》たちまちに誅《ちゆう》せらるべし。《〔といって〕》もしまた武家《幕府》亡びなば、わが親類《〔幕府に仕える〕一族》誰《たれ》かは一人も残るべき《誰も生き残れまい》。さらばこれを《謀叛の企てを》父利行に語つて、左近蔵人《夫の頼員》を回忠の者《内通者》に成し、これを《頼員》も助け、親類《一族》をもたすけばやと思ひて、急ぎ父がもとに行きて、忽《こつ》

一 男女の仲も明日はどう変るかも知れぬこの世に。
二 今さらこんなに改まっておっしゃるわけはございますまい。
三 底本に「眼」とあるのを正す。
四 さてさて困ったな。相手のことばを受け、予想通りであったとの心をこめて言うことば。この場合、相手が自分の身の上を思っていてくれたことへの喜びがこめられている。
五 おことわりするわけにもいかなくて。
六 いずれは千に一つも生きながらえられまい。
七 そう思うとわびしくなり、また別れの近づくことが悲しいので。
八 頭のめぐりのはやい者であったので。
九 想像もできないこと。
一〇 無知のゆえに身を滅ぼすことになる、そのたとえ。「また懈怠《けだい》して懺悔《ざんげ》を勧めざるは、これも亦譬《またたと》へ

び《そり》やかにこの事を、有りのままにぞ語りける。

斉藤、婿より事を聞く

斉藤大いに驚き、やがて《早速》左近蔵人《頼員》を呼び寄せ、「かかる《こんな》[九]不思議を承る、誠にて候ふやらん。今の世に、かやうの事思ひ企て《幕府に対し謀叛を計画するなど》たまはんは、ひとへに《まるで》[一〇]石を抱いて淵《ふち》に入る者にて候ふべし。もし《万一》他人の口より漏れなば、われ等に至るまで《〔そなた夫婦はもちろん〕》、皆誅せらるべきにて候へば、利行、急ぎ御辺《そなた》の告げ知らせたる由《よし》を、[一一]六波羅《ろくはら》殿《どの》に申して、ともにその咎《追及》を遁《のが》れんと思ふは、いかが《いかがでござろうか》計らひたまふぞ」と問ひければ、これ程の一大事を女性《によしやう》に知らする程の心にて《浅はかさでは》、[一二]なじかは仰天せざるべき。「この事は、[一三]同名《どうみやう》頼貞《よりさだ》、多治見《たぢみ》四郎次郎《(国長)》が勧めに依つて、同意つかまつて候ふ。ただともかくも《どのようにも》身の咎《とが》を助かるやうに御計《おんぱか》らひ候へ」とぞ申しける。

六波羅、兵を集める

夜いまだ明けざるに、斉藤急ぎ[一四]六波羅へ参つて、事の子細をくはしく告げ申しければ、すなはち《早速》[一五]時をかへず鎌倉へ[一六]早馬《はやうま》を立てて、京中・洛外《京の内外の》の武士どもを六波羅へ召し集めて、まづ[一七]着到《ちやくたう》をぞつけられ

ば石を抱きて淵に沈むが如し」(『仏説仏名経』三)。淵は、水がよどんで深い所。

一一 六波羅探題。当時、北探題は範貞《のりさだ》、南探題は維貞《これさだ》であった。主導権は北探題が有し、ここも範貞を指すのであろう。範貞・維貞は、北条一門。

時政―義時―泰時―時氏―時頼―時宗―貞時―高時
　　　義時―重時―時茂―時範―範貞
　　　義時―時房―朝直―宣時―宗宣―維貞

一二 指摘されて事の重大さに驚くのがおちである。

一三 同じ一門。頼員と頼貞は、土岐《とき》氏の光定の家系であり、多治見四郎次郎国長も、さかのぼれば光定の父光行に発する同じ土岐氏である。

光行―光俊―国綱―国純―国長
光行―光定―頼貞―頼遠
　　　　　　頼貞―頼兼
　　　光定―定親―貞経―頼員

一四 京都市東山区、賀茂川の東の地にあった六波羅探題の役所。

一五 同じ一時《ひととき》のうちに。時は、日の出、日の入りを境として、昼夜を各六つに分けた。その一つを一時と言う。日照時間の違いから、季節によりその時間は異なるが、現在のほぼ二時間が一時にあたる。

一六 突発事件の起った時にたてる急使。

一七 集まった者の名を記録すること、またその記録。

ける。その頃[一]摂津《つの》国葛葉《くずは》といふ所に、[二]地下人《ぢげにん》、[三]代官を背《そむ》きて、合戦に及ぶ事あり。かの[四]本所《ほんじよ》の[五]雑掌《ざつしやう》を、六波羅の沙汰《命令で》として、[六]庄家にし《赴》するゑんため《任させるため》に、[七]四十八箇所の篝《かがり》、ならびに[八]在京人を催さるる《召される》由《よし》を披露せらる《公示された》。これは謀叛の輩《ともがら》を落さじがための《逃がさぬための》謀《はかりこと》なり。土岐《とき》も多治見《たぢみ》も、わが身の上とは思ひも寄らず、明日は葛葉へ向ふべき用意して、皆おのれが宿所《宿泊所》にぞ居たりける。

さる程に、明くれば[九]元徳元年九月十九日の卯の刻（午前六時頃）に、軍勢雲霞《うんか》のごとくに六波羅へ馳《は》せ参る。[一〇]小串《をぐし》三郎左衛門尉範行《のりゆき》・山本《やまもと》九郎時綱《ときつな》、[一一]御紋の旗を賜つて、討手の大将を承つて、[一二]六条河原へうち出で、三千余騎を二手に分けて、多治見が宿所、[一三]錦小路《にしきのこうぢ》高倉《たかくら》、土岐《とき》十郎が宿所、[一四]三条堀川へ寄せけるが、時綱、かくてはいかさま《これではきっと》大事の敵を討ち《重要な敵を討ち》漏らしぬと思ひけるにや《もらしてしまうだろうと思ったのか》、大勢をばわざと[一五]三条河原に留めて、時綱ただ一騎、[一六]中間《ちゆうげん》二人に長刀《なぎなた》持たせて、忍びやかに土岐が宿所へ馳《は》せて行き、門前に馬をば乗り捨てて、[一七]小門《こもん》より内へつつと入つて、

一 河内が正しい。二〇頁注六参照。
二 土地の農民。
三 守護地頭の代理として現地支配に当る役人。
四 代官などを使って間接的に荘園を支配する主。
五 領主に従い、その雑役や荘園現地の直接管理を行う役人。当時、領主と守護地頭の対立する状況の中でこの雑掌の勢力が増大した。
六 荘園の現地管理役。
七 要所要所に篝火《かがりび》を焚《た》いて町の警固に当った詰所の役人。『建武年間記』の「二条河原落書」にも「町ごとに立つ篝屋は荒涼五間板三枚」とその略式のものが多く建てられたことを記す。

山本、土岐の不意を衝き自害させる

八 周辺から上洛《じようらく》して京の警固に当った武士。
九 「元徳元年（一三二九）」は、元亨四年（一三二四）が正しい。
一〇 「小串」は、三重県桑名郡多度神社の神官の出。探題範貞に仕え、その代官となった。「山本」は、未詳。
一一 主家北条の紋の入った旗。三鱗《みつうろこ》の紋。巻五「時政《ときまさ》榎島《えのしま》に参籠《さんろう》の事」を参照。
一二 六条通と賀茂川べりとの交わる所。
一三 錦小路（四条通の北）と高倉小路の交わる所。
一四 三条通と堀川小路の交わる所。
一五 三条通と賀茂川べりとの交わる所。
一六 武家にあって侍と下男との中間に位する家来。

[一八]中門の方を見れば、宿直《とのゐ》しける者よと覚えて、[一九]物具《もののぐ》・太刀・刀、枕《枕もと》に取り散らし、高いびきかきて寝入りたり。厩《うまや》の後《うしろ》を回《まは》つて、いづくにか[二〇]匿地《くけぢ》の有ると見れば、後は皆[二一]築地《ついぢ》にて、門より外《ほか》は路も無し。さては心安し《たやすい》と思ひて、客殿《客間》の奥なる[二二]二間《ふたま》をさつと引きあけたれば、土岐十郎ただ今起きあがりたりと覚えて、[二三]鬢《びん》の髪を撫《な》で揚げて結《ゆ》ひけるが、山本九郎をきつと見て、「心得たり」と言ふままに《言うが早いか》、立てたる太刀を取り、傍《そば》なる障子《ふすま》を一間《ひとま》踏み破り、[二四]六間《むま》の客殿へ跳《をど》り出で、天井《てんじやう》に太刀を打ち付けじと、払ひ切りに《横払いに》ぞ切つたりける。

〔山本〕時綱はわざと敵を〔客殿の前の〕広庭へをびき出し《さそい出し》、透間も有らば《すきがあれば》生捕《いけど》らんと志して、〔敵の太刀を〕打ち払ひては《横へ払いのけては》退き、打ち流しては《そらしては》飛びのき、人まぜもせず《相手と一騎討ちに》戦つて、後をきつと見たれば、後陣《後にひかえた》の大勢二千余騎、[二五]一の関《きど》よりこみ《どっと》入つて《攻め入り》、同音に関を作る《一斉にときの声をあげた》。土岐十郎、久しく戦つてはなかなか《かえって》生捕《いけど》られんとや思ひけん、本《もと》の寝所へ走り帰つて、腹十文字にかき切つて、[二六]北枕にこそ臥《ふ》したりけれ。[二七]中の間に寝たりける若党ども《若い家来たち》、思

一七 正面の正門以外の方角にある小さい門。「惣門はじやうのさされてさぶらふぞ。東面の小門よりいらせ給へ」（『平家物語』五・月見）。
一八 道路に面して外側にある門を入り、主殿につながる中間の門。警固の武士が主殿から遠く離れてここに待機した。
一九 鎧《よろい》、兜《かぶと》。
二〇 隠された逃げ道。
二一 泥土を盛った、土手のような垣。
二二 間口二間、奥行一間の部屋。納戸《なんど》や寝所として利用される。「間」は、柱と柱との間の数を言う。
二三 左右側面の髪。
二四 間口二間、奥行三間の部屋。
二五 第二の木戸。城などで、警固のために設けた門を木戸と言い、外側から内へ、一の木戸、二の木戸などと言う。ここは、中門口を指すか。
二六 釈迦の涅槃《ねはん》像にならい、頭を北に向けて。死ぬことを言う。
二七 古本いずれも「中門」とする。遠侍《とおざむらい》として中門に寝泊りしていた若党を言うのであろう。

ひ思ひに討死して、遁《のが》るる者一人も無かりけり。首を取つて[一]鋒《きつさき》に貫いて、山本九郎は、これより六波羅へ馳《は》せ参る。

多治見、小串に奇襲され討死

多治見が宿所へは、小串三郎左衛門範行を先と《先頭に》して、[二]三千余騎にて押し寄せたり。多治見は終夜《よもすがら》の酒に飲み酔ひて、前後も知らず臥したりける《完全に寝込んでしまっていたが》が、鬨《とき》の声に驚いて《はっと目ざめ》、「これは何事ぞ」とあわて騒ぐ。傍《そば》に臥《ふ》したる遊君《遊女》、物馴れたる女なりければ、枕なる《枕もとの》鎧《よろひ》取つてうち着せ、[三]上帯《うはおび》強く縮《し》めさせて、なほ《まだ》寝入りたる者どもをぞ起しける。

[四]小笠原孫六、傾城《遊女》に驚かされて《起され》、太刀ばかりを取つて、中門に走り出でて、目を磨《す》る磨《す》る四方をきつと見ければ、[五]車の輪の旗一流れ《一本》、築地《ついぢ》の上より見えたり。孫六、内へ入つて、「六波羅より討手の向つて候ひける《討手がやって来ましたぞ》。この間の《この度の》御謀叛はや顕れたり《露顕したと思われますぞ》と覚え候ふ。はや面々《各々方》太刀の[六]目貫《めぬき》の堪《こら》へん程は切り合ひて《耐えられる限りは戦ってその後に》、腹を切れ」と呼ばはつて、[七]腹巻取つて肩になげかけ《素早く身につけ》、二十四差いたる[八]胡簶《えびら》と、[九]繁籐《しげどう》の弓とを提《ひつさ》げて、門の上なる[一〇]櫓《やぐら》へ走り上り、[一一]中差《なかざし》取つて打ち番《つが》ひ、[一二]狭間《さま》の板八文《完全に》

一　太刀の先。
二　三八頁に寄手全体を「三千余騎を二手に分けて」、三九頁に土岐への寄手を「二千余騎」とするから、この「三千余騎」は合わない。古本は、土岐への勢を「一千余」、ここを「二千余」とする。
三　鎧の胴を締める紐《ひも》。二重に締め、前で結ぶ。
四　清和源氏の流れの甲斐《かい》源氏の家系。
五　車の輪をかたどった家紋。北条氏の家紋と見るべきだが、北条は三鱗《みつうろこ》（三八頁注一一参照）。これは小串の紋か。
六　刀身を柄《つか》にとめるため貫き通した金具。
七　鎧を簡略化したもの。背中の中央で合わせ着る。
八　矢を入れる器として、箱型のものと袋状のものがあるが、「胡簶」（箙）はその前者。二十四本の矢を差すことが多い。
九　弓を籐《とう》で巻いたもので、その巻く個所の数により二所籐《ふたところどう》、三所籐などと言う。「繁籐」は、その個所の多いもの。多くは大将級の武士が使用した。『太平記』では、この小笠原のほかに、侍大将長崎悪四郎左衛門尉の本繁籐《もとしげどう》（弓の握りから下を繁籐に巻いたもの）が見えるのみである。
一〇　敵の動きを監視し、攻撃または防備するための高い物見櫓。
一一　箙《えびら》に差す矢のうち、その表側に差す矢（鏑矢《かぶらや》など）を上差《うわざし》と言うのに対し、内側に差す征矢《そや》（実戦用

字に開いて、「あらことごとし《ものものしい》の大勢や。われ等がてがらのほどこそ顕《あらは》れたれ《おかげでわれわれの手並みも知れようもの》。そもそも討手の大将はたれと申す人の向はれて候ふやらん。近付いて矢一つ受けて御覧候へ」と言ふままに《言うが早いか》、十二束三伏《そくみつぶせ》[一三]、忘るるばかり《ぎりぎりいっぱいに》引きしぼりて切つて放つ《さっと放った》。真先《まつさき》に進んだる狩野下野《かのののしもつけの》[一四]前司が若党に、衣摺助房《きぬずりのすけふさ》が冑《かぶと》のまつかう《真正面〔から〕》、鉢付《はちつけ》[一五]の板まで、矢先《矢じり》白く射通して馬よりさかさまに射落す。これを始めとして、鎧[一六]の袖、草《くさ》[一七]摺《ずり》、冑の鉢[一八]ともいはず《目標を選ばず》、指しつめて《矢つぎばやに》思ふ様に《思う存分に》射けるに、面《おもて》に立つたる《矢の前面の》兵二十四人、矢の下に《やにわに》射て落す。今一筋《あと一本》胡籙《えびら》に残つたる矢を抜いて、胡籙をば櫓の下へからりと投げ落し、「この矢一つをば冥途《めいど》の旅の用心に持つべし」と言ひて腰にさし、「日本一の剛《かう》[一九]の者、謀叛に与《くみ》し自害する有様、見置いて人に語れ」と高声《かうじやう》に呼ばはつて《大声で呼びかけ》、太刀の鋒《きつさき》を口に呀《くは》へて、櫓よりさかさまに飛び落ちて、貫かれてこそ《〔太刀に〕》死ににけれ。この間に多治見を始めとして、一族若党二十余人、物具《鎧兜をしっかりと身につけ》ひしひしと固め、大庭[二〇]に跳り出でて《飛び出して》、門の関《くわん》[二一]の木差して《がっちりとかけて》待ちかけ

の矢）を中差と言う。
一二 外をのぞき見したり、石・矢などを放つために城の壁・塀《へい》・櫓などに設けた窓。平素は板戸で閉じておいたものか。
一三 束・伏は、矢の長さの単位。その射手の、親指を除く握りこぶしを一束と言い、端《は》数《すう》を指一本の幅（伏）で数える。したがって人によりその絶対的長さには違いがあるが、十二束を標準の長さとした。
一四 藤原氏で、伊豆の豪族。巻六に狩野七郎左衛門尉、巻十に狩野五郎重光らが見える。前司は、前任の国司。
一五 兜《かぶと》の鉢に接する、最上部の錣《しころ》。
一六 鎧を着けた時、両肩から上膊《じようはく》を覆う具。
一七 胴の下、腰を覆う具。鎧は四面の草摺を伴う。
一八 兜の、頭を包む部分。

一九 勇敢で、たけだけしい者。「剛」の読みは清音。
二〇 客殿の前の広庭。
二一 門を閉ざすために横にさす木。貫の木。かんぬき。

たり。寄手《よせて》雲霞《うんか》の如しといへども、思ひ切つたる《決死の思いの》者どもが、死狂ひ《死にものぐ》をせんと《るいに戦おうと》引き籠《こも》つたるがこはさに《恐ろしさに》、内へ切つて入らんとする者も無かりけるところに、[一]伊藤彦次郎父子兄弟四人、門の扉の少し破れたる所より、這《は》うて内へぞ入りたりける。志の程は武《たけ》けれども《勇ましかったが》、待ちうけたる《待ちかまえていた》敵の中へ這うて入りたる事なれば、敵に打ち違ふるまでも《太刀を打ち合せるまでにも》無くて《及ばず》、皆門の脇にて討たれにけり。寄手これを見て、いよいよ近づく者も無かりける《こうなっては近く攻め寄せる者もなかったので》あひだ、内より門の扉を押し開いて、「討手を《討手の役を》承るほどの人たちの、きたなうも見えられ候ふものかな《見苦しゅうござるな》。はやこれへ御入り候へ、われ等が首ども引出物《贈物に》にまゐらせん《進ぜよう》」と、恥ぢしめ《からかって》てこそ立つたりけれ《〔敵の面前に〕立ちふさがった》。寄手ども敵にあくまで《さんざん》欺《あざむ》[二]かれて、[三]先陣五百余人馬を乗り放して《乗り捨てて》、歩立ち《かちだ》[四]に成り、をめいて庭へこみ入る《わっと声をあげて庭へ攻めこんだ》。たて籠るところの兵ども、とても遁れじと《どうせ逃げられぬと》思ひ切つたる事なれば、いづくへか一足も引くべき《一歩たりとも退くまいと》、二十余人の者ども、大勢《〔寄手の〕》の中へ乱れ入つて、面もふらず《わき目もふらずひたすら》切つて回る。先懸けの寄手五百余人、散々に切り立てら

一　未詳。作中、ほかに登場せず。
二　ばかにされて。見くびられて。
三　味方の最前線に出て戦う軍勢。
四　徒歩になり。
五　火花がとび散るほど（激しく）。

れて、門より外へさつと引く。されども《〔なにぶんにも〕》寄手は大勢なれば、先陣引けば二陣《第二陣》をめいて懸け入る。懸け入れば追ひ出だし、追ひ出だせば懸け入り、辰《たつ》の刻《（午前八時頃）》の始めより、午《うま》の刻《（正午頃）》の終りまで、五火出づる程こそ戦ひけれ。かやうに大手《正面を守る兵》の軍《いくさ》強ければ、《〔寄手の〕》六佐々木判官が手の者《部下》千余人、後へ回つて七錦小路より、在家《民家》を打ち破つて乱れ入る。多治見、今はこれまでとや思ひけん、中門に並み居《並び坐って》て、二十二人の者ども、たがひに《〔太刀を〕》差し違へ差し違へ、八算《さん》を散らせる如く《算木を乱したように》臥したりける。大手の寄手どもが、門を破りける《打ち破っている》その間に、九搦手《からめて》の勢ども乱れ入り、《〔多治見らの〕》首を取つて、六波羅へ馳せ帰る。一〇二時《ふたとき》ばかりの合戦に、手負《ておひ》・死人《死傷者》を数ふるに、一一二百七十三人なり。

資朝《すけとも》・俊基《としもと》関東下向の事付けたり御告文《ごかうぶん》の事

六 宇多源氏、佐々木時信。この後、しばしば六波羅勢の先頭を切って戦うが、元弘三年（一三三三）五月、近江《おうみ》の番場《ばんば》での一門自害に馳《は》せおくれ、味方全滅との誤報にまどわされて、降伏する。「判官」は検非《けび》違使尉《いしのじょう》。検非違使は、司法・警察をつかさどる官で、尉はその三等官。

七 北側に面する錦小路の側から。多治見の宿所は、錦小路高倉にある。三八頁注一三参照。

八 易で使う、長さ一〇センチほどの角木で、陰陽各三本の組で占う。死体の散らばるさまを算木にたとえて生々しく描いたもの。

九 正面（大手）に対し、背後から攻める軍。

一〇 約四時間にわたる。三七頁注一五参照。

一一 細かく示されているが、こうした数字は、合戦の終った後、死傷者の氏名を記して報告するのが慣例であった。その記録によるものだろう。

＊ 正中の変も、土岐頼員の妻との寝物語から事が洩れ、六波羅勢の奇襲にあってあっけなく終ったとする。いかにも『太平記』らしい。小笠原の、まるで『史記』の世界を思わせるような躍動的な行動とその討死、一方で伊藤彦次郎という無名の武士父子の犬死をもらさず記し、兜を貫く白い矢じり、死体散乱の場面を描き、その死傷者が二百七十三人だったとしめくくる写実性の濃い軍記物語の世界が見られる。正中の変は空しく失敗に終ったが、もちろん、事態は後へと尾をひく。

鎌倉の使者、資朝・俊基を捕える

土岐《とき》・多治見《たぢみ》討たれて後、君《帝の》の御謀叛次第に隠れ無かりければ《明るみに出てきたので》、東使《鎌倉の使者》長崎《ながさき》四郎《しらう》左衛門《ざゑもん》泰光《やすみつ》[一]・南条《なんでう》次郎左衛門宗直《むねなほ》[二]二人上洛《しやうらく》して、五月[三]十日、資朝《すけとも》・俊基《としもと》両人を召し捕りたてまつる。土岐が討たれし時、生捕《いけど》りの者一人も無かりしかば、白状はよも有らじ。さりとも《どうころんでも》われ等が事は顕れじ《もれまい》と、はかなき《あてにならぬ》憑《たの》みに油断して、かつて《全く》その用意《万一への備え》も無かりければ、〔こうなっては〕妻子東西に逃げ迷ひて、身を隠さんとするに所なく《身の隠し所もなく》、財宝《家財家宝》は大路に引き散らされて、馬蹄の塵と成りにけり《馬の蹄に蹴散らされてしまった》。

人々、無常の理を思う

かの資朝《すけとも》[四]卿は、日野《ひの》[五]の一門にて、職、大理《だいり》[六]を経、官は中納言に至りしかば、君の御覚えも《帝の御信任も》他に異《こと》にして《人よりあつく》、家の繁昌時をえたりき《時運に乗っていた》。俊基[七]朝臣《あそん》は、身、儒雅《じゆが》[八]のもとより出でて、望み勲業の上に達せしかば《その出世の望みは挙げた実績以上に叶えられたので》、同官も《で同僚も》肥馬の塵を望み[九]《彼にこびへつらい》、長者も《目上の者も彼に》残盃の冷《れい》に従ふ《へりくだる》。むべなるかな《もっともなことよう》「不[一〇]義にして《不正を行い》富みかつ貴《たつと》きは、われにおいて《私には》浮かべる雲の如し《浮雲のようにはかない》」と言へる事、これ孔子の善言《名言で》、魯論《ろろん》《論語》に記するところなれば、なじかは違ふべき《どうして誤りがあろう》。夢の中に楽しみ尽きて《両人の栄華は夢のように消え去り》、眼前の悲しみここに来たれり。かれ《なにか》

一　桓武《かんむ》平氏、重盛の孫盛綱の子孫を長崎と言う。「泰光」は、高貞の誤り。高貞は円喜《えんき》の子（巻二、七〇頁の「新左衛門尉高資《たかすけ》」は高貞の兄か）。ただし、史実としては、その時の東使は工藤右衛門と諏訪《すわ》三郎の両人である。

二　伊豆田方郡韮山《にらやま》町南条の土豪。

三　『太平記』では元徳二年（一三三〇）と理解されるが、元亨四年（一三二四）九月の誤り。

四　藤原内麿《うちまろ》の子孫。文章博士・権大納言俊光の息。検非違使別当・権中納言などを歴任。この後、佐渡へ流され、処刑される。俊基とともに王朝人ながら武人的な気性の強い人として描かれる。卿は公卿の敬称。

五　京都市伏見区日野町に住したことから称する。

六　検非違使別当の唐名。

七　藤原種範《たねのり》の息。二八頁注四参照。

八　儒者の系統で、文の道にすぐれた家柄。

九　「朝には富児の門を扣《たた》き、暮には肥馬（富貴の人の乗る馬）の塵に随ふ、残盃（飲み残しの酒盃）と冷《れい》炙《しや》（冷えたあぶり肉）と到る処潜《ひそか》に悲辛《ひしん》す」（『杜少陵詩集』一・韋左丞丈に贈り奉る二十二韻）による。

を見、これを聞きける人ごとに《と両人の身の上を聞く人々はすべて》、一一盛者《じやうしや》必衰の理《ことわり》を知らでも、袖をしぼりえず《悲しみの涙をとどめえなかった》。

東使、資朝・俊基を鎌倉へ護送

同じき二十七日、東使両人《二人》、資朝・俊基両人を具足し《同道して》たてまつて、鎌倉へ下着《帰着した》す。この人々は、ことさら《とりわけ》謀叛の張本《張本人》なれば、やが《早速》て誅せられぬと覚え《処刑されるだろうと》しかども、ともに朝廷の近臣として《帝の側近として》、才覚優長《学識豊かな》の人たりしかば、世の《〔幕府も〕》譏《そし》り《非難》、君の御憤《いきどほ》りを憚《はばか》つて、嗷問《がうもん》の沙汰《拷問の処置》にも《にも》及ばず。ただよのつね《普通の》の一二放し召人《めしうど》のごとくにて、一三侍所《さむらひどころ》にぞ預け置かれける。

帝、関東を恐れ、誓紙を差し出す

七月七日、今夜は、牽牛《けんぎう》・織女《しよくぢよ》の二星、一四烏鵲《うじやく》の橋を渡して、一年の懐抱《くわいばう》を解く《思いを解き放す》夜なれば、宮人《王朝人》の風俗《ならはし》、一五竹竿《ちくかん》に願ひの糸を懸け、庭前に嘉菓《かくわ》を列ねて《果物を供え》、一六乞巧奠《きつかうでん》を修《しゆ》する夜なれども、世上《世の中》騒がしきをりふし《時節がら》なれば、詩歌を奉る一七騒人《さうじん》も無く、絃管を調ぶる《管絃の音を奏する》一八伶倫《れいりん》もなし。たまたま一九上臥《うへぶし》したる月卿《公卿》雲客も《殿上人も》、二〇なにと無く世の中の乱れ、またたが《〔その災難が〕誰》身の上にか来たらんずらんと《の上に降りかかることかと》二一魂を消し肝を冷やすをりふし《時なので》なれば、二二皆眉

一〇『論語』「述而」、『古文孝経』「孝優劣の注」に見えることば。
一一「盛んなる者も必ず衰へ、実なる者も必ず虚《むな》し」(『仁王経』護国品)による。近くは『平家物語』の冒頭に見えるのが有名。この道理を改めて持ち出すまでもなく。
一二 軟禁状態にとどめ、獄舎に禁足されない罪人。
一三 摂関家にならい、幕府に設けた官庁で、御家人《ごけにん》の統制・兵士の統率・刑事裁判の任に当った。
一四 かささぎの渡す橋を渡って。唐の韓鄂《かんがく》の『歳華紀麗』に「風俗通にいはく、織女七夕《たなばた》河を渡るに当りて、鵲《かささぎ》をして橋を為《な》さしむ」とある。かささぎの群がり飛ぶさまが橋のように見えることから言う。
一五 願いの成就を祈り、竿《さお》の先に五色の糸をさげ織女星にささげた行事を言う。
一六 たなばた祭。
一七 風雅の士。楚《そ》の屈原が『離騒』を作ったことから、転じて詩人を言う。
一八 楽人のこと。もと、黄帝の臣で、十二律の楽律を作ったと言われる人の名。
一九 宮中に宿直すること。
二〇 把握しがたい世の乱れに。
二一 恐れおののく。
二二 恐れあやぶみ、小さくなっていた。

を顰《ひそ》め面《おもて》をたれてぞ候ひける。夜いたく深《ふ》けて、「たれか候ふ」《〔帝が〕たれかある》と召されければ、「吉田中納言冬房《ふゆふさ》[一]候ふ」とて、御前に候ず《参った》。主上、席を近づけて仰せ有りけるは、「資朝・俊基が囚《とら》はれし後、東風[二]なほいまだ静かならず。中夏《ちゅうか》[三]常に危ふきを踏む《危険な状態にある》。〔関東が〕この上にまたいかな《どのよう》る沙汰をか致さんずらんと《な処置に出てくることかと》、叡慮更に穏やかならず《わが心はまだ》。いかがして《なんとかして》先づ東夷を《幕府を》しづむべき謀《はかりこと》有らん《方法があるか》」と、勅問有りければ、冬房謹んで申しけるは、「資朝・俊基が白状有りとも承り候はねば、武臣この《幕府もこれ以》上の沙汰には及ばじと存じ候へども《上の追及には及ぶまいと》、近日《最近の》東夷のふるまひ《行為》、楚忽《そこつ》[四]の儀多く候へば、御油断《ゆだん》有るまじきにて候ふ。先づ告文一紙《かうぶんいつし》[五]を下されて、相模入道《北条高時》が怒りを静め候はばや」と申されければ、主上げにも《なるほどと》とやおぼしめされけん、「さらばやがて《ただちに》冬房書け」と仰せ有りければ、すなはち《早速》御前《おんまへ》にして草案をして《下書を作って》、これを奏覧す《御覧に入れた》。君しばらく叡覧《えいらん》有つて、御涙の告文[六]にはらはらとかかりけるを、御袖にて押し拭《のご》はせたまへば、御前に候ひける《参っていた》老臣、皆悲啼《ひてい》を含まぬは無かりけり《悲嘆の涙を浮べない者はなかった》。

一 古本の「冬方」が正しいか。冬方は、正二位藤原経長《つねなが》の息。正中三年（一三二六）二月、権中納言に任じた。また「定房」の誤りとも言う。定房は、冬方の兄。

二 関東の様子を、東から吹く風にたとえた語。

三 中国で自国を尊び言う語。「中」は中央、「夏」は大の意で、京都を尊大に言った語。

四 かるはずみで、思い切ったしわざ。

五 天皇からの誓紙。「こうもん」とも読む。本来、天皇が神や祖先の廟所《びょうしょ》に奉る文。

六 底本に「を」とあるのを正す。

七 藤原高藤の子孫、従三位左京大夫《さきょうのだいぶ》資通《すけみち》の息。藤房の父。後醍醐天皇を補佐し、吉田定房・北畠親房とともに三房に数えられた。『増鏡』「春の別れ」に、宣房がこの困難な勅使にたち、関東側の心を解いたことが見え、また『花園院宸記』元亨四年九月二十三日の条に「この暁権中納言（九月当時は権中納言が正しい）宣房卿勅使として関東に下向す。これこの事の根源詔の旨に依つて両人奉行の由風聞の間、御陳謝の為と云々」と見える。

八 出羽介が秋田城を管理したので「城介」と言う。『花園院宸記』の十月三十日の条に、事件の処置をめぐって、安達時顕《あだちときあき》と長崎高綱（円喜）とが宣房と問答したと見える。その安達時顕か。時顕は、従五位下藤原顕盛の孫で、城介、左兵衛尉。正慶二年（一三三三）、高時らとともに鎌倉で自害する。

告文を見た斉藤急死　高時恐れ恭順

やがて万里小路《までのこうぢ》[七]大納言宣房《のぶふさ》卿を勅使として、この告文を関東へ下さる。相模入道《高時》、秋田城介《あいたのじやうのすけ》[八]を以って告文を受け取りて、すなはち《その場で》披見《開封して見よう》せんとしけるを、二階堂出羽《にかいだうではの》[九]入道道蘊《だううん》、堅《かた》く諫《いさ》めて申しけるは、「天子《帝が》、武臣《武家》に対してぢきに《直接》告文を下されたる事、異国にもわ[一〇]が朝にも、いまだその例を承らず。しかるをなほざりに《軽々しく》披見《ひけん》せられん事、冥見《みやうけん》《神仏の目にもとまり恐れ多い》につけてその恐れあり。ただ《絶対に》文箱《ふんばこ》をひらかずして、勅使に返しまゐらせらるべきか」と、再往《再度にわたり》申しけるを、相模入道、「何《何の》か苦しかるべき《さしさわりがあろう》」とて、斉藤太郎左衛門利行《としゆき》[一一]に読みまゐらせさせられけるに、「叡心偽らざるところ、天の照覧に任ず」[一二]《帝の御心に偽りのないことは天の御覧になるところである》とあそばされ《記された》たる所を読みける時に、利行にはかにめくるめき《目まいがし》、はなぢたりけれ《鼻血が出たので》ば、読みはてずして《読みおわらぬまま》退出す。その日より喉《のんど》の下に悪瘡《あくさう》[一三]出でて、七日が中《うち》に血を吐いて死ににけり。時澆季《げうき》[一四]に及んで、道塗炭《とだん》[一五]に落ちぬといふとも《「いかに乱世とはいえ」》、君臣上下の礼違《たが》ふときは、さすが仏神の罰も有りけりと、これを聞きける人ごとに、懼《お》ぢ恐れぬは無かりけり《おそれぬ者はなかった》。「いかさま《ともあれ》

九 藤原乙麿《おとまろ》の子孫、従五位上行藤の息、貞藤。元応二年（一三二〇）出家して道蘊と号した。鎌倉の二階堂の地に住し、幕府の執事・評定衆などを勤めた。

一〇『増鏡』「さしぐし」によれば、正応三年（一二九〇）の浅原事件（浅原為頼が伏見天皇の暗殺を志し宮中に乱入したが果さず自害）に関し、亀山上皇が誓紙を幕府に提出した先例がある。

一一 史実ではあるまい。利行は、『常楽記』によれば嘉暦元年（一三二六）の死去で、前に六波羅の奉行とあったので地理的にも合わない。正中の変挫折《ざせつ》の原因をなした利行に対する、また高時の不遜に対する作者の批判が虚構をなしたものか。

一二 水戸の彰考館で『大日本史』編纂《へんさん》の際の史料として編まれた『太平記』の研究書『参考太平記』（以下「参考本」と略記）に、「土岐騒動の時関東へ下さるる綸旨《りんし》」を収める。その綸旨は吉田定房の筆になるものであるが、それに例の文は見られない。

一三 悪性のできもの。

一四 人情が薄く、乱れた末の世。「澆」は、薄いの意。

一五 人の道が、まるで泥や火の中に落ちたようにすたれたとは言っても。「塗炭」は、泥水と炭火。

俊基赦され、資朝は佐渡へ流される

資朝・俊基の隠謀、叡慮《帝の御心》より出でし事なれば、たとひ〔帝が〕告文を下されたりといふとも、それに依るべからず《告文を信用してはならない》。主上をば遠国《をんごく》へ遷《うつ》したてまつるべし」と、初めは評定一決してんげれども《評議一決したのであるが》、勅使宣房卿の申されしおもむき《弁明の趣旨も》、げにもと《もっともと》覚ゆる上、告文読みたりし利行、にはかに血を吐いて死にたりけるに、諸人皆舌を巻き《驚き恐れ》、口を閉づ《一言も発言しなくなった》。相模入道も、さすが天慮その憚り有りけるにや《天の御心を恐れたのか》、「一御治世《御執政》の御事は、朝議に《朝廷の評議に》任《まか》せたてまつる上は、武家いろひ申すべきにあらず《幕府が干渉申し上げるべきことではない》」と勅答を申して《お答え申し上げて》、告文を返進せらる《お返し申し上げた》。宣房卿すなはち《ただちに》帰洛して、この由を奏し申されけるにこそ、宸襟始めて解けて《帝の御心もやっとやわらぎ》、群臣色をば直されけれ《側近の人々もほっとして顔色をとりもどされた》。

さる程に、二俊基朝臣は、三罪の疑はしきを軽んじて赦免せられ《証拠不十分ということで赦され》、資朝卿は、死罪一等をなだめられて《死刑になるべき罪を一段軽くして》、佐渡《さどの》国へぞ流されける。

一 『花園院宸記』元亨四年十月三十日の条によれば、関東側の姿勢はかなり強硬であったというのが史実らしい。

二 『花園院宸記』正中二年二月九日の条に、資朝流罪、俊基放免との噂《うわさ》を記しているが、花園上皇はこの決定に不満で「今の趣《おもむき》においてはすでに疑ひ有るに似たり。尤《もっと》も驚嘆すべし。禁裏この趣殊に隠密にせらると云々」と記している。

三 「罪の疑はしきはこれ軽くし功の疑はしきはこれ重くす」（『尚書』大禹謨《だいうぼ》）による。

＊ 正中の変が挫折に終った後醍醐天皇の不如意を描き、末世とはいえ帝意の恐るべきことを虚構をも用いて言う。しかも、資朝・俊基の栄達に批判的であり、彼らが土岐頼員の利己的で無節操な変心という現実に対処しえないことをも批判し得る、歴史を見る目を作者は持っている。

太平記　巻第二

巻第二の所収年代と内容

◇一部、嘉暦二年（一三二七）の記事を含むが、ほぼ元徳二年（一三三〇）から元徳三年（元弘元年）の頃まで。

◇前の巻の正中《しょうちゅう》の変から約六年を経過するが、話はただちに元弘の乱へと展開する。元徳の頃から後醍醐《ごだいご》天皇は、南都・叡山《えいざん》へ法会《ほうえ》の行幸と称しておもむき、ひそかに挙兵を準備するが、事は露顕し幕府の追及が始まる。かつて関東調伏《ちょうぶく》の儀を行った三人の聖僧の逮捕、俊基《としもと》の再逮捕とその哀傷に満ちた道行《みちゆき》が一編の物語として見られる。この騒ぎを契機に持明院側は、幕府に皇位継承問題を提起する。やがて処刑される資朝《すけとも》・俊基をめぐって、その処刑と、妻子の哀話を、当時行われた口承文芸をも踏まえたスタイルで描く。

その頃相ついで起った天下の怪異を、作者は動乱の前兆とし、はたせるかな東使が上洛《じょうらく》するに及んで後醍醐天皇は笠置《かさぎ》へ脱出、六波羅《ろくはら》を牽制《けんせい》するため師賢《もろかた》が主上を僭称《せんしょう》し叡山に登る。事を知った六波羅は叡山を攻めるが、琵琶湖岸の唐崎《からさき》浜に大敗を喫する。しかし師賢の正体が顕れるに及んで山門内に動揺を生じ、師賢も笠置へと脱出する。この師賢の主上僭称が、実は漢楚《かんそ》の故事の紀信の話に倣《なら》うものであることを言う。このように、語り物・中国の故事、それに合戦談を集めて、元弘の乱の核心へと迫るのが、この巻である。

南都・北嶺《ほくれい》行幸の事

[一]元徳《げんとく》二年二月四日、[二]行事《ぎやうじ》の[三]弁別当《べんのべつたう》[四]万里小路《までのこうぢ》中納言藤房《ふぢふさ》卿を召されて、「来月八日、東大寺・興福寺行幸有るべし。早く供奉《ぐぶ》の輩《ともがら》に触れ仰すべし《随行の輩に申しつけよ》」と仰せ出《い》だされければ、藤房、古《いにしへ》を尋ね例を考へて《昔の行幸の際の慣例を調べ》、供奉の[五]行装《ぎやうさう》、路次の行列を《道中行列の順序を》定めらる。[六]佐々木備中守《(時信)》、[七]廷尉《ていゐ》に成つて〔道中の〕橋を渡し、[八]〔京中警固の〕四十八箇所の篝《かがり》、甲冑《かつちう》を帯し、〔京の〕辻々を固む。[九]三公《さんこう》・[一〇]九卿《きうけい》相従《あひ》ひ、百司千官《もろもろの役人》列を引く、言語道断の厳儀なり《言葉では言い表せぬ盛儀であった》。

東大寺と申すは、聖武《しやうむ》天皇の御願《勅願により建つ寺》、[一一]閻浮《えんぶ》第一の[一二]盧舎那仏《るしやなぶつ》、興福寺と申すは、[一三]淡海公《たんかいこう》の御願、藤氏尊崇《そんそう》の大伽藍《藤原氏があがめる大寺》なれば、代々の聖主も、皆結縁の御志はおはせども《寺と仏縁を結ぶ御心はおありだが》、一人《いちじん》出でたまふ事《帝の行幸は》容易《たやす》からざれば、多年臨幸の儀もなし。この御代に至つて《後醍醐帝の御代になって》、絶えたるを継ぎ、廃《すた》れたる

一 前の巻の正中の変から六年を経ている。
二 宮中の諸儀式をとりしきる官。
三 左大弁で検非違使《けびいし》別当を兼ねる。左大弁は、太政《だじよう》官にあって中務《なかつかさ》・式部《しきぶ》・治部《じぶ》・民部《みんぶ》の四省を掌握する重職。家柄・能力ともにすぐれた者が任ぜられた。
四 藤原高藤《たかふじ》の子孫、権大納言宣房《のぶふさ》の息。後日、常陸《ひたち》へ流されるが、建武の新政に復帰し、天皇の執政をめぐって諫言《かんげん》し遁世する。

南都行幸の盛儀

五 旅の身仕度。
六 『東寺《とうじ》執行《しぎよう》日記』元徳二年三月七日の条に、佐々木新判官が橋警固のため鳥羽に下向した事が見える。
七 検非違使の二、三等官の唐名。
八 町の要所要所にあって警固に当るその詰所の役人。巻一、三八頁注七参照。
九 太政大臣と左右大臣、または左右大臣と内大臣。
一〇 公卿《くぎよう》の異称。

南都の衆徒、聖代をことほぐ

一一 人間世界。「閻浮提《えんぶだい》」の略。もと、インドのこと。
一二 華厳《けごん》宗の本尊、東大寺の大仏。「毘盧遮那仏《びるしやなぶつ》」の略で、仏知の広大なことを太陽にたとえたことば。
一三 藤原鎌足《かまたり》の息、不比等《ふひと》のおくり名。公は貴人に対する敬称。

叡山行幸の盛儀

を興《おこ》して、鳳輦《ほうれん》を回《めぐ》らしたまひしかば（天子の車をお寄せくださったので）、衆徒歓喜の掌を合はせ（手を合わせ拝み喜び）、一霊仏威徳の光を添ふ。されば春日山《かすがやま》の嵐の音も（に吹く風の音も）、今日よりは万歳を呼ぶかと（春日明神が聖代をことほぐかと）怪しまれ（思われ）、二北の藤波千代かけて、花咲く春の陰深し（北に咲く藤は千年にわたり年々花を咲かせ春の風情が濃い）。

また同月（〔三月〕）二十七日に、比叡《ひえい》山に行幸成つて、三大講堂供養（回向の儀）あり。かの堂と申すは、四深草《ふかくさ》天皇の御願、〔本尊は〕五大日遍照《だいにちへんせう》の尊像なり。中頃（むかし）造営の後、いまだ供養を遂げずして、星霜《せいざう》すでに積りければ（年月を経過したので）、六甍《いらか》破れては霧不断の香《かう》をたき、七扉《とぼそ》落ちては月常住のともしびをかかぐ。されば満山（叡山の全僧侶）歎いて年を経《ふ》るところに、たちまちに（〔この度〕）修造（修築）の大功（功徳）を遂げられ、すみやかに供養（回向）の儀式を調《ととの》へたまひしかば、一山（全山）眉を開き（喜びをなし）、八九院首《からべ》を傾けり（感謝した）。九御導師は妙法院尊澄法親王《めうほふゐんのそんちようほつしんわう》、一〇呪願《じゆぐわん》は時（当時の）の一一座主《ざす》大塔尊雲《うん》法親王にてぞおはしける。称揚讃仏のみぎりには（仏をたたえる法会の盛儀は）、一二鷲峰《じゆぶう》の花薫《はなくん》を譲り、一三歌唄頌徳《かばいじゆとく》の所には、一四魚山の嵐響きを添ふ（梵天の声を添えるようだ）。一五伶倫遏雲《れいりんあつうん》の曲を奏し、舞童（舞人）回雪（風にひるがえる雪のように）の袖を翻せば、一六百獣も率し（共に来て）舞ひ、鳳鳥も来儀するばかり（鳳凰も飛来して礼拝するほどの）なり（盛儀だった）。住吉（住吉神社）の神主《かんぬし》一七津守《つもり》の国夏《くになつ》、大鼓《たいこ》の役にて登山《とうざん》したりけるが（叡山に登っていたが）、

一 霊験あらたかな御仏が、行幸の盛儀に光をそえるのであった。
二 藤原北家の栄華を、千年も咲き続けるという藤の花にたとえた。「春日山北の藤波咲きしより栄ゆべしとはかねて知りにき」（『詞花集』九・雑上）による。
三 学問修練のための道場。淳和《じゅんな》天皇の勅願により、天長元年（八二四）義真《ぎしん》和尚が開いた。
四 仁明《にんみょう》天皇。深草天皇の御陵が深草にあるので言う。
五 大日如来。仏知の広大無辺なことを、あまねく照らす太陽にたとえて言う。
六 甍の破れからしのび入る霧は絶えることのない香のようで、扉は朽ち果てそこからさし込む月光は常夜の燈火のようだ。出典未詳。『平家物語』灌頂「大原御幸」にも見える。
七 寛永版本は「へる」と読む。
八 叡山《えいざん》に設けられた九つの院。叡山全体を指す。
九 「導師」は、法会《ほうえ》において、願文《がんもん》・表白《ひょうびゃく》などを述べ、その座の人々を導く僧。「妙法院尊澄法親王」は、巻一、二五頁に、後醍醐天皇の第二皇子とある。
一〇 施主への福利を願う呪願文《じゅがんもん》を読む僧。
一一 天台座主。延暦寺の管長。
一二 釈迦が説法した霊鷲山《りょうじゅせん》の花の薫《かお》りも劣るほどで。
一三 仏徳をほめたたえる歌声。
一四 魏《ぎ》の曹植《そうしょく》が、ここで梵天《ぼんてん》の声を聞き梵唄《ぼんばい》を作ったという山。山東省泰安府にある。

宿坊の柱に一首の歌をぞ書き付けたる。

契り[一八]あればこの山[一九]もみつ阿耨多羅三藐三菩提《あのくたらさんみやくさんぼだい》[二〇]の種や植ゑけん

これは、伝教大師[二一]当山草創《創建の》のいにしへ、[二二]「我が立つ杣《そま》《わがこの山に》に冥加《みやうが》《仏の加護》あらせたまへ《あらせたまえ》」と、三藐三菩提《平等円満に悟りを開かれる》の仏たちに祈りたまひし故事を思ひて詠める歌なるべし。

行幸の真意　護良武技に励む

そもそも元亨《げんかう》以後、主愁[二三]へ、臣辱《はづか》しめられて、天下更《全く》に安き時なし。をりふし《折もあろうに》こそ多かるに、今南都・北嶺《叡山》の行幸、叡願《帝のいかなるお考えか》何事やらん《と》と尋ぬれば、近年《最近》相模入道《北条高時》、振舞ひ日来《ひごろ》の不義に超過せり《これまでの悪行を上回っている》。蛮夷《ばんい》[二四]の輩《ともがら》は、武命《幕府の命令》に順《したが》ふ者《もの》なれば、召すとも勅に応ずべからず《勅命に応ずるわけがない》。ただ《ついては》山門・南都の大衆《だいしゆ》を語らつて、東夷《幕府》を征伐せられんための御謀叛とぞ聞えし。これによつて、大塔《おほたふ》[二五]の二品親王《(護良)》は、時の貫首《当時の天台座主》にておはせしかども、今は行学《仏道の修行修学》ともに捨てはてさせたまひて、朝暮《終日》ただ武勇《武芸》の御嗜《たしな》み《稽古にもっぱらだった》のほかは他事なし。御好み有る故にや《もともとお好きなためか》よりけん、早業《はやわざ》は江都《かうと》[二六]が軽捷《けいせふ》《身軽さ》にも越えたれば、七尺《しちせき》の屏風《びやうぶ》いまだ必ずしも高しとせず《も楽々と越えられた》[二七]。打物《兵法》

一五 楽人は、あの雲をも留めたという秦青《しんせい》のようにすぐれた曲を奏し。『列子』「湯問」の故事による。
一六 多くのけもの。『列子』「黄帝」に見えることば。
一七 後宇多院の北面、住吉神主津守国冬の息。
一八 一首の意は、仏の説く悟りの種をまいておいたのであろう、こうして縁が実って叡山に参ることもできた。
一九 中世では、「この山」で特に叡山を言った。
二〇 この上なくすぐれて正しく平等円満な仏の知恵。
二一 日本天台、法華宗の祖最澄《さいちよう》のおくり名。東大寺に学び、入唐《につとう》して法華経をきわめた。
二二『袋草子』四に、上の句を「阿耨多羅三藐三菩提の仏たち」とし、「これ中堂建立の材木取りに杣に入りたまひし時の歌なり」と付記する。
二三「主憂ふるときは臣労す、主辱しめらるるときは臣死す」(『史記』越世家、故事熟語集の『明文抄《みようぶんしよう》』にも見える)。「主」は、ここは天皇を指す。
二四 東国武士を卑しめて言うことば。
二五 護良は、『天台座主記』によれば三品。品は親王の位。
二六 唐の人、高祖の孫の江都王。「江都が勁捷《けいせふ》を好《この》し　七尺《しつせき》の屏風《へいふ》それ徒《いたづら》に高かりき」(『和漢朗詠集』下・親王)による。
二七 底本は「も」あり。

一 中国の兵法家、張良の字《あざな》。
二 黄石公《こうせきこう》が張良に授けたという、偽書『三略』を指す。
三 最澄について学び、その入唐《につとう》にも随行。延暦寺の創建に協力し、初代の座主になった。天長十年（八三三）寂。
＊ 南都北嶺行幸の盛儀を描いて旧儀再興に後醍醐の聖代を謳歌《おうか》しつつ、実は討幕への擬装だとする。単なる行幸の記録ではない。以下、正中の変の後日談を重ねるが、あわせて元弘の乱への布石の進められることを、護良親王の動きに見ている。
四 唐の則天武后《そくてんぶこう》の撰になる、臣たる者の守るべき道を説く『臣軌』『慎密』などに見えることば。
五 あれこれ考え、その結論として。
六 承久の乱で、後鳥羽院と土御門《つちみかど》・順徳の二上皇を遠流《おんる》に処した先例。

幕府、円観・文観・忠円らを捕える

七 底本は「奉せ」。
八 天皇のお顔。
九 尊い人の近くに接すること。ここは、天皇のお側近くに参って。
一〇 巻一、二七頁に、中宮御産の祈禱《きとう》に擬装して関東調伏の法を行ったとある、慧鎮《えちん》。天台宗の僧。五八頁および解説参照。
一一 もと天台宗の僧。後、卜筮《ぼくぜい》・呪術《じゆじゆつ》に通じ、興福寺の良恩《りようおん》について法相《ほつそう》をも学んだ。後醍醐天皇の信任を

は子房《しばう》[一]が《の》兵法を得たまへば《学ばれたので》、一巻[二]の秘書尽されず《あますところなく完全に理解された》といふ事なし。天台座主始まつて義真和尚《ぎしんくわしやう》[三]よりこのかた一百余代、いまだかかる《このように》不思議の門主《管長》はおはしまさず。後に思ひ合はするにこそ、東夷《幕府》征伐のために御身を習はされける武芸の道とは知られたれ。

僧徒《そうと》六波羅《ろくはら》へ召し捕る事付けたり為明《ためあきら》詠歌の事

[四]事の漏れ安きは《隠し事はもれやすく》、禍《わざは》ひを招くなかだちなれば《となるもので》、大塔宮《おほたふのみや》の御ふるまひ、禁裡《宮中で》に調伏の法《幕府呪咀》行はるる事ども、一々に《つぶさに》関東へ聞えてんげり《もれてしまっていた》。相模入道《高時》大いに怒《いか》つて、「いやいやこの君御在位の程は《困ったことだが》、天下静まるまじ。所詮《しよせん》[五]君をば承久[六]の例にまかせて《承久の乱の先例にならって》、遠国《をんごく》へ移したてまつり[七]、大塔宮を死罪に処したてまつるべきなり。まづ、近日《最近》殊に龍顔《りようがん》[八]に咫《し》[九]尺《せき》したてまつて、当家を調伏したまふなる《呪咀するとの噂のある》法勝寺《ほつしようじ》の円観《ゑんくわん》[一〇]上人、小

野《の》の文観僧正《もんくわんそうじやう》[11]、南都の知教《ちけう》[12]・教円《けうゑん》[13]、浄土寺[14]の忠円《ちゆうゑん》僧正を召し捕りて、子細〔事情〕を相《あひ》尋ぬべし」と、すでに〔いよいよ幕府の命を受けて〕武命を含んで、二《に》階堂下野判官《かいだうしもつけのはうぐわん》[15]、長井遠江守《ながゐとほたふみのかみ》[16]二人、関東より上洛《しやうらく》す。両使〔二人の使者〕すでに京着せしかば〔京に到着したので〕、「またいかなる荒き沙汰をか致さんずらん〔処断をしようとするのか〕」と、主上宸襟《しんきん》〔御心〕を悩まされけるところに、五月十一日[17]の暁《あかつき》、雑賀《さいか》[18]隼人佐《はやとのすけ》を使ひにて、法勝寺の円観上人、小野の文観僧正、浄土寺の忠円僧正三人を六波羅へ召し捕りたてまつる。

忠円も嫌疑を受ける

この中に忠円僧正は、顕宗《けんしゆう》[19]の碩徳《せきとく》〔高僧〕なりしかば、調伏の法行うたりといふ、その人数《にんじゆ》には入らざりしかども、これ〔忠円〕もこの君〔後醍醐帝〕に近付きたてまつつて、山門の講堂供養以下《いげ》の事、よろづぢきに申し沙汰せられしかば〔万事みずから直接に指図をして行われたので〕、衆徒与力の事〔僧徒が帝の謀叛に協力したことを〕、この僧正よも存ぜられぬ事はあらじとて、同じく召し捕られたまひにけり。これのみならず、知教・教円二人も、南都より召し出だされて、同じく六波羅へ出でたまふ〔六波羅の庁へ出頭された〕。

為明捕われるも詠歌により難を免れる

また、二条中将為明卿《ためあきらの》[20]は、歌道の達者にて、月の夜、雪の朝《あした》、

得て醍醐寺・四天王寺の別当をつとめ、東寺の長者にも昇った。五八頁参照。

一二 西大寺の律宗の僧。

一三 唐招提寺《とうしようだいじ》の律宗の僧。

一四 天台宗の寺。後一条天皇の代、天台座主明救《みようぐ》僧正が開山。室町時代に廃絶、銀閣寺の地がその旧跡。「忠円」は、五八頁参照。中宮亮《ちゆうぐうのすけ》・蔵人頭《くろうどのとう》・参議を歴任した、勘解由小路中納言兼仲の息か。

一五 従五位下筑前守藤原行光の息、下野守時元か。後日、上洛の関東軍の中にも見える。

一六 この人物については未詳。

一七 巻二巻頭のつながりから見れば元徳二年と見られるが、実は元徳三年。

一八 和歌山市雑賀《さいか》町出身の武士で鈴木氏の一族か。名は不明。「隼人佐」は、勇猛で名高い大隅《おおすみ》・薩摩《さつま》両国の民をして宮城を守衛させた庁、隼人司の次官。

一九 顕教《けんぎよう》。一般人のために教えを言語・文字で明示する仏教。法相《ほつそう》・天台・華厳《けごん》・禅・浄土宗など。密教の対。

二〇 中納言藤原為藤の息。大覚寺統に接近して左中将・右衛門督などを歴任、元弘の乱にも捕われるが、持明院統にも仕え権中納言、正三位に至る。『続千載集』などの勅撰集、大覚寺派の私撰集『続現葉集《しよくげんようしゆう》』『臨《りん》永《えい》集』にも入集した歌人。

褒貶《はうへん》[一]の歌合《うたあはせ》の御会《ごくわい》に召されて、宴に侍る事隙無かりしかば《いつも歌会の宴席に出席していたので》、さした《それほど》る嫌疑の人にては《疑いをかけるべき人では》無かりしかども、叡慮《帝の心中》の趣《おもむき》を尋ね問はんために召し捕られて、斉藤 某《それがし》[二]にこれを預けらる。五人の僧たちの事は、もとより《当然》関東へ召し下して沙汰有るべき《追及すべき》事なれば、六波羅にて尋ね窮《きは》むるに及ばず。為明卿の事においては、先づ京都《六波羅》にて尋ね沙汰有つて《訊問の処置を行われて》、白状有らば関東へ注進《報告せよ》すべしとて、検断[三]に仰せて《命じて》、すでに《いよいよ》嗷問《がうもん》の沙汰に及ばんとす《拷問にかけようとした》。六波羅の北の坪に《庁の北の中庭に》炭をおこす事、鑊湯炉壇《くわくたうろだん》[四]のごとくにして、その上に青竹をわりて敷きならべ、少し隙《ひま》をあけ《あけてある》れば《ので》、猛火炎《みやうくわほのほ》を吐いて烈々たり《猛火が激しく吹き上げた》。朝夕雑色《てうじやくざふしき》[五]左右に立ちならんで、〔為明の〕両方の手を引つ張つて、その上を歩ませたてまつらんと支度《用意》したる有様は、ただ四重五逆[六]の罪人の、焦熱・大焦熱[七]の炎に身を焦《こ》がし、牛頭《ごづ》[八]・馬頭《めづ》の呵責に《厳しい責めに》逢ふらんも、かくこそ有らめ《こうもあろうかと》と覚えて、見るに《見ただけ》も肝は消えぬべし《で失神してしまいそうだ》。為明卿、これを見たまひて、「硯《すずり》[九]や有る」と尋ねられければ、白状のためかとて、硯に料紙[一〇]を取り添へて奉りけれ

一 提出された歌をめぐって、いろいろと批評をかわす歌合。

二 南都本に「斉藤左衛門尉基世」とする。基世とすれば、巻一で、土岐の謀叛をあばき正中の変を妨げた利行と一族である。「某」の読み「それがし」は、底本による。

三 幕府で、刑事裁判を検察し断罪する官。天正本《てんしやう》にも巻三、一一五頁に「六波羅ノ検断糟谷《かすや》ノ刑部左衛門尉」とあり、底本で「六波羅の両検断、糟谷《かすや》三郎宗《むね》秋《あき》・隅田《すだ》次郎左衛門」と見える。

四 脚のない大きな金属製のなべに熱湯を煮たて、炉に炭火を真赤におこして、それらで罪人を責めるという地獄の拷問《がうもん》を言うか。「炉壇」は、「炉炭」が正しい。

五 幕府で雑役に従事する下役人。昼夜雑色《ちゆうやざふしき》とも言う。

六 仏教で禁じている重い罪。四重禁（殺生・偸盗《ちゆうたう》・邪淫・妄語《もうご》）と五逆罪（父母・阿羅漢《あらかん》を殺す罪、仏体を損傷する罪、教団の和合を乱す罪）。

七 八大地獄の中の、第六・第七の地獄。熱気に苦しめられる地獄。

八 地獄の獄卒で、牛の頭、馬の頭をしたもの。

九 硯はあるか。

一〇 （白状を書くための）用紙。

ば、白状にはあらで、一首の歌をぞ書かれける。

[一一]思ひきやわが敷島の道ならで浮世の事を問はるべしとは

[一二]常葉駿河守《ときはするがのかみ》、この歌を見て、感歎肝に銘じければ《非常に感動したので》、涙を流して理《もっとも》に伏す《と思った》。東使両人《関東の使者二人も》もこれを読みて、もろともに袖を浸《ひた》しければ《涙でぬらしたので》、為明は、[一三]水火の責めを遁《のが》れて、咎《とが》なき人に成りにけり《無罪放免された》。詩歌は、朝廷の翫《もてあそ》ぶところ、弓馬は、武家の嗜《たしな》む道なれば、そのならはし《これら武士としては》、いまだ必ずしも[一四]六義《りくぎ》[一五]数奇《すき》の道に携《たづさ》はらねども、[一六]物相《あひ》感ずる事、皆自然なればこそ、この歌一首の感によつて、嗷問の責め《拷問の追及》を止めける、東夷の心中こそやさしけれ。[一七]力をも入れずして天地を動かし《天地の神々を感動させ》、目にみえぬ鬼神《きじん》をも哀れと思はせ、男女《なんにょ》の中をも和らげ、猛《たけ》き武士《もののふ》の心をも慰むるは歌なりと、[一八]紀貫之《きのつらゆき》が古今《こきん》の序《じょ》に書きたりしも、理《ことわり》なりと覚えたり《真実だと思われた》。

三人の僧徒関東下向の事

一一 思いもしなかったことよ。わが志す和歌の道ではない、俗事のゆえに責めをこうむろうとは。

一二 巻三、一三四頁に「範貞《のりさだ》」と明記。北条範貞。執事、重時の子孫で、『続千載集』に入集した歌人でもあった。

一三 本来、水と火を断って責める刑であるが、ここは灼熱《しゃくねつ》の炎と熱湯とをもって責める刑。

一四 和歌の道。

一五 風雅の道。

一六 物事は互いに感じ合うのが自然だから。「それ雲集まりて龍興《おこ》り虎嘯《とらうそぶ》きて風起る、物の相感ずること自然なる者有るは毋《な》しと謂《い》ふべからず」(『古文孝経』孔安国序)による。

一七 以下、紀貫之《きのつらゆき》の作と言われる『古今集』の仮名序に見えることば。

一八 武内宿禰《たけうちのすくね》の子孫。紀望行《きのもちゆき》の息。『古今集』撰者の一人で、平安時代のもっとも著名な歌人。

＊ 幕府の追及は核心に迫る。天皇、大塔宮、五人の僧、それに為明へと追及の手がのびる。為明は一首の詠をもって難を免れる。この話は歌徳説話を踏まえ、和歌の世界の影響が濃いが、しかも為明の毅然《きぜん》とした態度は『太平記』らしく、和文体ではない、やや過剰でさえある漢文的修辞をもってする描写とも見合っている。

忠円・文観・円観は高僧なること

同じき年《(元徳三年)》六月八日、東使《幕府の使者》、三人の僧たちを具足《お連れして》したてまつて、関東に下向す。

かの忠円僧正と申すは、浄土寺慈勝《じしよう》[一]僧正の門弟として、十題判断《じふだいはんだん》[二]の登科《とうくわ》[三]、一山無双の碩学《せきがく》なり。文観僧正と申すは、元は播磨国《はりまのくに》法華《ほつけ》[四]寺《じ》の住侶《住僧》たりしが、壮年の頃より醍醐寺《だいごじ》[五]に移住して、真言の大阿闍梨《だいあじやり》[六]たりしかば、東寺《とうじ》[七]の長者《ちやうじや》、醍醐の座主《ざす》に補《ふ》せられて、四種三密[八]の棟梁《真言密教の指導者》たり。円観上人《ゑんくわんしやうにん》と申すは、元は山徒[九]にておはしけるが、顕密両宗《顕教密教を併せ修める学才は叡山に並ぶ者のないほどで》の才一山に光有るかと疑はれ、智行兼備の誉れ、諸寺に人無きがごとし《才知と修行ともにすぐれたことは他の諸寺にも無類だった》。しかれども、「久しく山門澆漓《げうり》の風に従はば《軽薄な風になれると》、情慢《じやうまん》の幢《はたほこ》高くして《慢心に陥りがちで》、つひに天魔[一〇]の掌握の中に落ちぬべし《にとりつかれてしまうだろう》。しかじ《いっそのこと》、公請論場《くしやうろんぢやう》[一一]の声誉《名声》を捨てて、高祖大師《伝教大師》の旧規に帰らんには《本来の教えに帰るがよかろう》」と《[決心してからは]》、一度名利の轡《くつばみ》を返して《名利を求める道を断って》、永く寂寞の苔のとぼそを閉ぢたまふ《静寂の草庵に閉じこもられた》。初めの程は、西塔《さいたふ》の黒谷《くろたに》[一二]といふ所に居《きよ》を卜《し》めて《定めて》、三衣《さんえ》[一三]を荷葉《かえふ》の秋の霜に重ね、一《いつ》[一四]

一 藤原氏、近衛の流れ。関白家基の息。文保二年（一三一八）より元亨三年（一三二三）まで天台座主。

二 論議の多くの題を一人で判断する能力を有した大学者。「登科」は、中国で官吏任用の試験に合格すること。

三 叡山《えいざん》で並ぶ者のない学者である。

四 兵庫県加西《かさい》市北条町にある天台宗の寺、法華山一乗寺。法道仙人の創立という。

五 古義真言宗醍醐派の総本山。京都市山科《やましな》区にあり、貞観《じようがん》年中、聖宝《しようぼう》が開く。醍醐天皇の勅願寺。

六 弟子の行為を正し、師範となる徳の高い僧。転じて僧職の一つとなるが、ここは高僧の意。

七 真言宗東寺派の総本山、教王護国寺。京都市南区九条大宮西にあり、その長官を長者と言い、勅任。はじめは一人であったが、後、一の長者から四の長者まで置かれた。文観は、建武・観応の頃の任。

八 「四種」は、真言密教で用いる四種曼荼羅《まんだら》。道場に集まる仏・菩薩を図形化したものを曼荼羅と言い、仏の尊い姿を描いた大曼荼羅、その持物や印契などを描いた三昧耶《さんまや》曼荼羅、仏の種子《しゆうじ》・真言を描いた法曼荼羅、仏のはたらき・動作を描いた羯磨《かつま》曼荼羅の四種がある。仏の教えにかなって修められる、人間の身口意《しんくい》の行為を「三密」と言い、具体的には四種曼荼羅などで示される。

九 叡山の大衆の一階級で、妻帯し公家・武家への使者となった。
一〇 人が善事をなそうとする時、邪魔をする他化自在《たけじざい》天《てん》の魔王。
一一 公に僧を招き、法を論じさせる晴れの場。
一二 叡山三塔の一。西塔北谷の一部を黒谷と言う。
一三 蓮《はす》の葉に霜の降る秋にも、三衣のみを着て修行に励み。三衣は、僧の所有することを許された三種の衣服。公の晴れ着である大衣、礼拝・聴講のための上衣、ふだん着の中衣の三種を言う。
一四 松の花が咲く四、五月頃、朝風に吹かれて托鉢《たくはつ》に出かけられるが。
一五 徳ある人には必ず共鳴者があるもので。『論語』「里仁《りじん》」に見えることば。
一六 後伏見・花園・後醍醐・光厳《こうごん》・光明《こうみよう》の五代の天皇の戒師として。
一七 一切の諸悪を離れるための戒法、自己のための修行、慈悲にもとづく利他行の、以上三種を称し、転じて、あらゆる面から見た仏教生活の意。
一八 前世に行った行為の報いによるのか。
一九 影が体につき従うように、従って離れない。
二〇 鎌倉幕府の駅制で、各宿場に常備した馬。
二一 上の「まだ夜深きに」を受けつつ、「東」に掛る枕詞でもある。
二二 露のようにはかなくも命のある間から、心が先に消え入りそうであった。「露」と「消え」は縁語。

三人の僧、関東下向　道中の不安

鉢《ばち》を松華《しようくわ》の朝《あした》の風にまかせたまひけるが、一五徳孤ならず必ず隣有り、大明ひかりをかくさざりければ（その聖徳の光は太陽の明るさにもまさって）、つひに（結局）一六五代聖主の国師として、一七三《さん》聚浄戒《じゆじやうかい》の太祖（始祖）たり。かかる有智高行の尊宿（知恵修行ともに備わる高徳の老僧）たりといへども、時の横災（不慮の災）をば（難）遁《のが》れたまはぬにや、また一八前世《ぜんぜ》の宿業《しゆくごふ》にやよりけん、遠蛮《ゑんばん》（東夷）の囚はれと成つて、逆旅《げきりよ》の月にさすらひたまふ（月を仰いでさすらう旅人となられた）。不思議なりし事どもなり。

円観上人ばかりこそ、宗印《そういん》・円照《ゑんせう》・道勝《だうしよう》とて、一九如影随形《によやうずいぎやう》の御弟子三人、随逐（つき従って）して輿《こし》の前後に供奉しけれ（おとも申し上げた）。そのほか、文観僧正・忠円僧正には、相従《あひ》ふ者一人も無くて、怪しげなる（粗末な）二〇伝馬《てんま》に乗せられて、見馴《な》れぬ武士にうち囲まれ、まだ夜深きに、二一鳥が鳴く東《あづま》の旅に出でたまふ、心の中《うち》こそ哀れなれ。鎌倉までも下し着けず、道にて（途中で）失ひたてまつるべしなんど聞えしかば、かしこの宿に着いても今や限り（今斬られるか）、ここの山に休めばこれや限り（これが最期かと）と、二二露の命のある程も、心は先に消えつべし。昨日も過ぎ、今日も暮れぬと行く程に、われとは急がぬ道（急ぐわけもない旅ながら）

文観・忠円、白状　円観、神の加護により拷問を免れる

なれど、日数積れば《を重ねて》、六月二十四日に、鎌倉にこそ着きにけれ。

円観上人をば、佐介《さすけ》[一]越前守、文観僧正をば、佐介遠江守《さすけとほたふみのかみ》、忠円僧正をば、足利讃岐守《あしかがさぬきのかみ》[二]にぞ預けらる。

両使《[三]二人の使者》帰参して、かの僧たちの〔祈った〕本尊の形、炉壇《ろだん》[四]の様《やう》、画図《ゑづ》に写して注進す《報告した》。俗人の見知るべき事ならねば、佐々目《ささめ》[五]の頼禅《らいぜん》僧正を請じたてまつて《お招きして》、これを見せられしに、「子細なき《まちがいなく》調伏《てうぶく》[六]の法なり」と申されければ、「さらばこの僧たちを嗷問《がうもん》せよ」とて、侍所《さむらひどころ》[七]に渡して、水火[八]の責《せ》めをぞ致しける。文観房、暫《しば》しが程は、いかに問はれけれども落ちたまはざり《白状されなかったが》けるが、水問《[九]水責めが》重なりければ、身も疲れ、心も弱くなりけるにや、「勅定《ちよくぢやう》[一〇]によつて調伏の法行うたりし条《こと》、子細なし《相違ない》」と白状せられけり。その後、忠円房を嗷問せんとす。この僧正、天性《生れつき》臆病の人にて、いまだ責めざる先に、主上山門を御語らひありし事《叡山の衆徒を味方にさそわれたこと》、大塔宮《護良親王》の御ふるまひ、俊基《としもと》の隠謀なんど、有るもあらぬ事までも、残るところなく《すっかり》白状一巻に載せられたり。この上は《忠円の白状が》、

一 南都本によれば有時。北条時政の息、時房の家系を佐介と号し、鎌倉の佐助に住んだ。

二 天正本によれば貞氏。貞氏は、清和源氏、伊予守従五位下家時の息。足利高氏（のちの尊氏）の父。

三 五五頁に見える二階堂下野判官《しもつけのはうがん》・長井遠江守《とおとうみのかみ》の二名。

四 修法《しゆほふ》の護摩を焚《た》く壇の形。

五 頼禅は未詳。鎌倉の笹目谷に住んだ北条の一族か。

六 この事、巻一、二七頁以下に見える。御産の祈禱《きとう》をよそおって関東調伏を行った。「調伏」は、ここでは祈禱によって相手をのろい殺すこと。

七 幕府で、御家人の統制、兵士の統率および刑事裁判を行った役所。

八 熱湯と炭火で責めること。五六頁に「鑊湯炉壇《くわくたうろだん》（炭）」とあった。

九 玄玖《げんきゆう》本は「推問」。これだと追及することとの意。

一〇 天皇の仰せ。

何の疑ひか有るべきなれども《あったのでさらに質すべき事もないはずだが》、同罪の人なれば、さしおくべきにあらず《見のがすわけにもゆかない》、円観上人をも、明日問ひたてまつるべき《訊問せよと》と評定ありける《合議決定した》、その夜、相模入道《高時》の夢に、比叡山の東坂本[一一]より、猿ども二、三千群がり来《き》て、この上人を守護したてまつる体《てい》[一二]にて並み居たり《〔上人の前に〕》と見たまふ。夢の告げただ事ならずと思はれければ、未明《夜明け方》に預人《あづかりびと》のもとへ使者を遣《つか》はし、上人嗷問の事、暫くさしおくべし《中止せよと》と下知せらるる《命令を下された》ところに、預人さへぎつて[一三]、相模入道の方に来て申しけるは、「上人嗷問の事、この暁すでに《いよいよ》その沙汰を致し《実行しようと》候はんために上人の御方へ参つて候へば、燭《ともしび》をかかげて観法[一四]定座《ちやうざ》せられて候ふ。その御影、後の障子にうつつて《ふすまに映って》、不動明王[一五]の貌《かたち》に見えさせたまひ候ひつるあひだ、驚き存じて、先づ事の子細《次第》を申し入れんために参つて候ふなり」とぞ申しける。夢想[一六]といひ、示現《じげん》[一七]といひ、ただ人に《〔この円観は〕》あらずとて、嗷問の沙汰《に処すのを》を止められけり。

円観も奥州へ遷《うつ》される

同じき七月十三日に、三人の僧たち、遠流《をんる》[一八]の在所《ざいしよ》定まつて、文観

一一 大津市坂本。比叡山の東麓で、比叡山の守護神日《ひ》吉《え》山王神社がある。猿はその使者で、叡山に事ある場合、これが騒いだという話は『平家物語』一「内裏炎上」にも見える。
一二 様子。
一三 命令を受けるよりも先に、先手をうって。
一四 心に真理を観じ念じて座禅を組むこと。
一五 五大明王・八大明王の主尊。修行者をして、悪を断ち菩提心を起させて成仏させる。多くは猛火を背に負い、右手にとがった剣、左手に羂索《けんさく》を持ち、煩悩《ぼんのう》を断つ憤怒《ふんぬ》の相を見せる。このように神仏が夢に現れて罪人の助命をはかるという話は、例えば『源平盛衰記』四十六「忠快免《ゆる》さるる事」にも見られる類型的なものである。
一六 夢のお告げ。高時の見た夢を指す。
一七 不動明王の出現。
一八 流刑のうち、もっとも重い刑。流罪地の、京からの距離により中流・近流と区別し、伊豆・安房《あわ》・常陸《ひたち》・佐渡・隠岐《おき》・土佐などを遠流の地とする。

僧正をば硫黄《いわう》[一]が島、忠円僧正をば越後国へ流さる。円観上人ばかりをば、遠流一等〔一段〕を宥《なだ》めて〔減刑し〕、結城《ゆふき》[二]上野《かうづけ》入道に預けられければ、奥州へ具足したてまつり〔お連れし〕、長途の旅にさすらひたまふ〔長い旅路をさすらわれた〕。左遷・遠流と言は〔と言わない〕ぬばかりなり〔までも〕、遠蛮の外〔〔現実に〕辺境の地へ〕に遷《うつ》されさせたまへば、これもただ同じ旅〔他の二人と同じ〕程の思ひにて〔旅路をさすらう身で〕、肇法師《でうほふし》[三]が刑戮《けいりく》〔しおき〕の中に苦しみ、一行阿闍梨《いちぎやうあじやり》[四]の火羅国《くわらこく》[五]に流されし水宿山行《すいしゆくさんぎやう》[六]の悲しみも、かくやと思ひ知られたり〔このようであったかと〕。名取川《なとりがは》[七]を過ぎさせたまふとて、上人一首の歌を詠みたまふ。

　陸奥《みちのく》[八]のうき名取川《なとりかは》流れ来て沈みやはてん瀬々《せぜ》の埋《うも》れ木

時[九]の天災をば、大権《たいごん》[一〇]の聖者も遁《のが》れたまはざるにや。

波羅奈国王、誤って沙門を斬る

昔[一一]、天竺《てんぢく》の波羅奈国《はらなこく》[一二]に、戒定慧《かいぢやうゑ》[一三]の三学を兼備したまへる〔兼ねおさめられた〕一人の沙門〔仏道修行者〕おはしけり。一朝〔一国〕の国師〔高僧〕として、四海〔天下が〕の倚頼《いらい》たりしかば〔頼りとしたので〕、天下の人、帰依《きえ》渇仰《かつがう》〔信じ仰ぐこと〕せる事、あたかも大聖世尊の出世成道〔釈迦が現れ悟りを開いた時のようである〕のごとくなり。ある時、その国の大王、法会〔仏の供養〕を行ふべき事有つて、説戒[一四]の導師にこ〔指導者として〕の沙門《しやもん》をぞ請ぜられける〔招かれた〕。沙門すなはち〔ただちに〕勅命に従つて鳳闕《ほうけつ》に参ぜら〔皇居に参ら〕

一　鹿児島の沖、大島郡の喜界ヶ島・竹島・黒島の三島の総称。『平家物語』で、鹿谷《ししのたに》謀叛の首謀者俊寛らの流刑地として見える。

二　道忠、俗名宗広。藤原氏、藤成の子孫。後、南朝に属し、朝敵追討の執念深く凄惨《せいさん》な死を遂げる。巻二十「結城入道地獄に堕つる事」に詳しい。

三　秦《しん》の僧。『景徳伝燈録』二十七に秦王のため処刑されたことが見えるが、事実かどうか未詳。七七頁に見られる資朝《すけとも》の辞世の頌《じゆ》が、この肇の偈《げ》を踏まえている。

四　唐代、真言の高僧。『旧唐書』「列伝」などに流刑の事は見えぬが、日本では『宝物集』『平家物語』などにそれが見られる。

五　中央アジアの吐火羅国《とから》のことか。室町時代の辞書『運歩色葉集《うんぽいろはしゆう》』に「掛落国、三道有り綸地道御幸の道なり、遊地道は雑人行く、闇穴《あんけつ》道は重科者の行く也」と見える。

六　船中や水辺に宿り、山を行く旅の身の悲哀。

七　仙台市と名取市との境を流れる川。古くより歌枕として知られた。

八　あらぬ疑いをかけられ、こうして陸奥の名取川まで流されて来たのであるが、この川の底に沈む埋れ木のように、このまま浮ぶこともなくこの地に埋もれ果てるのだろうか。「うき」は「憂き」と「浮き」を掛

る《れた》。帝をりふし碁を遊ばされけるみぎりへ《ところへ》、伝奏《上奏の役人》参つて、沙門参内《さんだい》の由《よし》を奏し申しけるを、〔帝は〕あそばしける碁に御心を入れられて《熱中しておられて》、これを聞こしめされず。碁の手について《のことで》、「[一五]截《き》れ」と仰せられけるを、伝奏聞き誤りて、この沙門を截《き》れ《斬れ》との勅定《帝の仰せ》ぞと心得て、禁門《皇居の門》の外に出だし、すなはち《ただちに》沙門の首を刎《は》ねてんげり。帝、碁をあそばしはてて《打ち終って》、沙門を御前へ召しければ、[一六]典獄《てんごく》の官、「勅定に従つて首を刎《は》ねたり」と申す。帝大いに逆鱗《げきりん》ありて《怒られ》、「『[一七]行死《かうし》定まりて後三奏す《処刑と決っても念のために三度上》』と言へり《奏すると昔から言われるのに》。しかるを、一言のもとに《ただの一言で事をはこび》誤りを行うて、〔結果的に〕朕《ちん》が不徳をかさね《重ねた》ぬ。[一八]罪大逆に同じ」とて、すなはち《ただちに》伝奏《上奏の役人》を召し出だして、[一九]三族の罪に行はれけり。さてこの沙門、罪なくして死刑に逢ひたまひぬる事、ただ事にあらず、前生《ぜんじやう》の宿業《因縁》にておはすらんとおぼしめされければ、帝その故《原因》を[二〇]阿羅漢《あらかん》に問ひたまふ。阿羅漢、七日が間、定《ぢやう》に入つて《座禅を組み》、[二一]宿命通《しゆくみやうつう》をえて過現《過去現在》を見たまふに、沙門の前生は、耕作を業《げふ》とする田夫《でんぷ》《農夫》なり。帝の前生は、水にすむ蛙《かはづ》にてぞありける。この田夫、鋤《すき》

け、「流れ」「沈み」と縁語。「名」は「うき名」「名取川」の両方に掛る。

九 時にふりかかる、予期せぬ天災。

一〇 仏・菩薩が、仮にこの世に姿を現した聖人。

一一 以下、沙門の話を欠く本がある。『賢愚因縁経』四の曇摩苾提《どんまひつだい》の話に発するもので、九冊本『宝物集』五にも見られる仏教説話の一類型。

一二 中インドの古国。釈迦の説法所として有名。「はらない」とも読む。

一三 悪を止め善を修める戒《かい》、静寂に心の統一をはかる定《じやう》、煩悩《ぼんのう》を断ち真実を見究める慧《え》の三つの修行。

一四 戒を犯さなかったかどうかを告白懺悔《ざんげ》する集り。

一五 碁用語で、相手の石と石との連なりを断つこと。

一六 牢獄を管理する所長。

一七 「諸司奏して死囚を決するに宜《よろ》しく三日の中に五たび覆奏し、天下の諸州三たび覆奏すべし」(『貞観政要《じようがんせいよう》』八)とある。

一八 君王・父を殺し、先祖の墓を破るような、人間としてあるまじき罪悪。

一九 三族を連座させる罪。「三族」は、父・子・孫、父の兄弟・母の兄弟・妻の兄弟、父母・兄弟・孫の三説がある。

二〇 一切の煩悩を断ち、仏道修行により達し得る最高の境地に達した人に与えられる称号。

二一 修行者の持ち得る超自然的能力の一つで、過去を知る力。

を取つて春の山田をかへしける時《耕していた》、誤つて《不注意に》鋤《すき》のさきにて、蛙の首をぞ切つたりける。この因果によつて《前世の行為の報いとして》、田夫は《〔現世に〕》沙門と生れ、蛙は波羅奈国の大王と生れ、誤つてまた死罪を行はれけるこそ哀れなれ。されば、この上人もいかなる一修因感果《しゅいんかんくわ》の理《り》によつてか、かかる不慮《思いもよらぬ》の罪に沈みたまひぬらんと、不思議なりし事どもなり。

俊基朝臣《としもとあつそん》再び関東下向の事

俊基再び捕われる

俊基朝臣は、先年土岐《とき》十郎頼貞《よりさだ》が討たれし後、召し捕られて鎌倉まで下りたまひしかども、様々《さまざま》に陳じ申されし《申し開きされたことが》おもむき、げにもと《もっともと認められ》て、赦免せられたりけるが、また今度の白状どもに《〔文観　忠円の〕白状の中に》、専ら隠謀の企て《陰謀の首謀者は》、かの朝臣に《俊基だと》ありと載せたりければ《記録されていたので》、七月十一日《（元徳三年）》に、また六波羅へ召し捕られて、関東へ送られたまふ。二再犯《さいほん》赦《ゆる》さざるは、法令の定

一　前世で行った行為が原因となって、現世にその結果を招くこと。因果。
＊　関東調伏に参加した三人の僧がもともと聖僧であることを言い、その調伏への参加を聖僧にふさわしくない、あるまじき事とする。そしてこのようになったのも前世の因縁によるものと同情的に描く。
二　「聖言はく、再犯は容《ゆる》さずと。仰山深くこれを肯《うべな》ふ」（『碧巌録《へきがんろく》』七）と見える。
三　読みは、古くは清音。
四　「又やみんかたののみ野の桜がり花の雪散る春のあけぼの」（『新古今集』二・春下）による。「片野」は、今の大阪府枚方《ひらかた》市禁野《きんや》。桜の名所で歌枕の地。
五　散りかかる紅葉を錦に見たてた。「朝まだき嵐の山の寒ければ紅葉の錦きぬ人ぞなき」（『拾遺集』三・秋）による。「嵐の山」は、京都市右京区嵯峨《さが》の嵐山。
六　旅人を留めても、この辛《つら》さを留めることのない。
七　大津市逢坂山にあった関所。「逢坂の関とはいへど走り井の水をばえこそとどめざりけれ」（『後拾遺集』九・羇旅）、「逢坂の名をも頼まじ恋すれば関の清水に袖もぬれけり」（『後拾遺集』十一・恋一）による。
八　山路をうち出る（越える）と、地名「打出」（大

むるところなれば、何と陳ずるとも《弁明しても》許されじ。[三]路次《ろし》《道中》にて失はるるか、鎌倉にて斬らるるか、二つの間をば離れじと《そのいずれかに違いあるまいと》、思ひ儲《まう》けてぞ《あらかじめ覚悟を》出でられける。《して出発された》

俊基の東下り　その道行

[四]〔春〕落花の雪に《雪と見まがう落花の中》踏み迷ふ、片野《かたの》の春の桜がり、〔秋〕[五]紅葉《もみぢ》の錦《にしき》をきて帰る、嵐の山の秋の暮、〔そんな風情のある所で〕一夜を明かす程だにも、旅宿《たびね》となればものうきに、恩愛の契り浅からぬ、《情愛のきずな絶ちがたい》わが故郷《ふるさと》の妻子をば、ゆくへも知らず思ひ置き、《その行く末を案じつつ残し置いて》年久しくも住み馴《な》れし、九重《ここのへ》の帝都をば、今を限りと《これが見おさめかと》顧《かへり》みて、思はぬ《予期せぬ》旅に出でたまふ、心の中《うち》ぞ哀れなる。[六]憂きをば留めぬ[七]逢坂《あふさか》の、関の清水《しみづ》に袖ぬれて、《袖をぬらし涙ながらに山路を越え》末は山路を[八]打出《うちで》の浜、沖を遥かに見渡せば、[九]塩ならぬ海にこがれ行く、身を浮舟の浮き沈み、《淡海を浮き沈みつつ漕ぐ舟はまさにわが身の上》[一〇]駒もとどろと踏み鳴らす、《馬の足音高く踏みならし》[一一]勢多《せた》の長橋うち渡り、行きかふ人に[一二]近江路《あふみち》や、[一三]世のうねの《憂き世の中に》野に鳴く鶴も、〔その〕子を思ふかと哀れなり。[一四]時雨《しぐれ》もいたく森山の、《ふりしきる森山の》木の下露に《木の下》袖ぬれて、《露に袖もぬれ》風に露散る[一五]篠原《しのはら》や、[一六]篠《しの》分くる道を過ぎ行けば、[一七]鏡の山は有りとても、《有りながら》涙に曇りて見え分かず。物を思へば《物思いゆえに一夜のうちに》夜の間にも、

津市松本石場町の浜）とを掛ける。

九 類似の道行《みちゆき》が「逢坂越て打出の浜より遠くを見渡せば塩ならぬ海にそばだてる石山詣の昔まで」（宴曲『海道』上）や延慶本『平家物語』五末「重衡卿関東へ下給事」に見られる。

一〇「相坂山打越テ勢多ノ長橋駒モトドロト踏ナラシ」（南都本『平家物語』十一）。

一一 瀬田川にかかる唐橋《からはし》。山崎・宇治の橋とともに三橋に数えられた。

一二「近江路《あふみち》」の「あふ」に「逢ふ」を掛ける。

一三「世のうねの野」は、地名「うねの野」（滋賀県蒲生《がもう》郡）の「う」に「憂」を掛ける。「近江より朝たち来ればうねの野に鶴ぞなくなる明けぬこの夜は」（『古今集』二十・大歌所御歌）による。なお底本は「世のうね野のに」とある。

一四「森山」の「もり」は「洩る」を掛ける。森山は滋賀県守山市。「白露も時雨もいたく洩る山は下葉残らず色づきにけり」（『古今集』五・秋下）、「時雨ていたく守山の篠に露ちる篠原の小竹分くる袖もしをれつつ」（宴曲『海道』上）。

一五 野洲郡野洲町篠原。

一六 群生する細い竹。

一七「鏡」と「曇り」は縁語。「名にしおへば曇らざりけり鏡山うべこそ夏のかげはみえけれ」（『源順《みなもとのしたごう》集』）。「鏡の山」は、蒲生郡竜王町にある山。

一老蘇《おいそ》の森の下草《したくさ》に、二駒を止《とど》めて顧みる、故郷《こきやう》を雲や隔つらん（雲はかくすのか）。三番《ばん》場《ば》・醒井《さめがゐ》・柏原《かしはばら》・四不破《ふは》の関屋は荒れ果てて、なほもる物は秋の雨の（秋雨ばかりが漏るという）、いつか（いずれ果つべき）五わが身の尾張なる（わが身ながら）、熱田《あつた》の六八剣《やつるぎ》伏し拝み、塩干に今や（折しも潮引く）七鳴海潟《なるみがた》、傾く月に道見えて（西に傾く月の光をたよりに）、明けぬ暮れぬと行く道の、末はいづくと遠江《とほたふみ》（行方はいずこと問えばはや）、八浜名の橋の夕塩に（夕波に）、引く人も無き（人なくただよう）捨て小船《をぶね》、沈みはてぬる身にしあれば（わが身も同じさすらいの身なれば）、たれか哀れと（哀れみかける人もなく）夕暮の、入り逢ひ鳴れば今はとて（夕べの鐘の音を聞く頃にようやく）、九池田の宿《しゆく》に着きたまふ。元暦《げんりやく》元年の頃かとよ（頃であったとか）、一〇重衡《しげひら》中将の、東夷（関東武士）のために囚《とら》はれて、この宿《しゆく》に着きたまひしに、「東路《あづまぢ》の丹生《はにふ》の小屋のいぶせきに（粗末な小屋のむさ苦しさに）、故郷《ふるさと》いかに恋しかるらん」と、長者（宿場のあるじ）の娘が詠《よ》みたりし、そのいにしへの哀れまでも、思ひ残さぬ涙なり（思えば涙が尽きなかった）。一一旅館《りよくわん》の燈《ともしび》かすかにして（かすかになり）、鶏鳴（鶏が）暁《あかつき》を催せば（を告げる頃）、一二疋馬《ひつば》風に嘶《いば》へて、天龍川をうち渡り、一三小夜《さよ》の中山越え行けば、白雲路を埋み来て（白雲が来た路に立ちこめ）、そことも知らぬ夕暮に（いずこともわからぬ夕暮れの道を）、家郷の天（故郷の空）を望みても（をかえりみるにつけ）、昔、西行法師が、一四「命なりけり」（生きながらえて越えることよ）と詠じつつ、二度《ふたたび》越えし跡までも、うらやましくぞ思はれける。ひま行く駒の足はや（時の過ぎ行くのは早く）

一「夜の間にも老い」を掛ける。「老蘇」は蒲生郡安《あ》土《づち》町にある。「年経ぬる身はこの老いぬるか老蘇の森の下草の茂みに駒を留めても」（宴曲『海道』上）。
二「道の辺の草の青葉に駒とめて猶《なほ》古郷をかへりみるかな」（『新古今集』十・羈旅）による。
三 番場・醒井・柏原とも坂田郡内の地名。
四 岐阜県不破郡関ヶ原町松尾にあった古関。「人住まぬ不破の関屋の板びさし荒れにし後はただ秋の風」（『新古今集』十七・雑中）による。「もる」は（関を）「守る」と（雨が）「漏る」を掛ける。
五「身の」に「美濃《みの》」、「尾張《をはり》」に「終り」を掛ける。
六 熱田神宮の境内にある別宮、八剣宮。
七 名古屋市緑区内の地。「さ夜千鳥声こそ近く鳴海潟傾く月に潮や満つらん」（『新古今集』六・冬）による。
八 静岡県浜名郡新居《あらい》町にあった橋。古くこの辺で外海につながっていた。「白須賀崎に居る鷗《かもめ》入海遠き浜名の橋渚《なぎさ》の松が根年を経て誰主ならむおぼつかな朽ちぬるあまの捨小舟」（宴曲『海道』中）。
九 静岡県磐田《いわた》郡豊田町にあった宿場。
一〇 平清盛の息。一谷《いちのたに》合戦で捕われ、関東へ送られた。続く話は延慶本『平家物語』五末「重衡卿関東へ下給事」に見える。
一一 宿屋のともしび。出典があろうが、未詳。
一二 一頭の馬が風の中にいななき。
一三 掛川市にある山で、歌枕。

一四「年たけて又越ゆべしと思ひきや命なりけりさ夜の中山」（『新古今集』十・羇旅）と詠みこの地を再度通っているが、その西行とわが身とを対比している。
一五 輿を舁《か》くための二本の棒。
一六 静岡県榛原《はいばら》郡金谷町菊川。
一七 藤原顕隆の子孫、権中納言光雅の息で正二位権中納言。後鳥羽院の寵臣《ちようしん》。承久の乱に謀叛の院宣を書き、その責めにより駿河《するが》の加古坂で斬られた。ただしこの菊川で頌《じゆ》を詠んだのは、中御門《なかみかど》入道宗行《むねゆき》であり、光親ではない。
一八 中国河南省南陽酈県《なんようれきけん》。山中の菊の甘い液が川に流れ、その流域の住民はこれを飲み長寿を全うしたという故事が『抱朴子《ほうぼくし》』『太平御覧《たいへいぎょらん》』などに見える。
一九 この菊川に命を果てた故人があると聞くが、この私も同じ運命に遭う身なのか。「菊」に「聞く」を掛ける。「川」「流れ」「沈め」は縁語。
二〇 南アルプス連峰に源を発し、静岡県志太《しだ》郡大井川町で駿河湾に注ぐ川。
二一 その名から、京都の桂川の上流の大堰《おおい》川を思い起したもの。
二二 今の天龍寺の地にあった離宮。建長年間、後嵯峨《ごさが》上皇が檀林寺の旧地に造営。亀山上皇が仙洞《せんとう》としたので亀山殿と称した。
二三 へさきを、龍と、想像上の水鳥である鷁《げき》にかたどる、二隻で一対をなす船。貴人や楽人が乗船し、管絃を奏し、宴を催した。

み、日すでに亭午《ていご》（正午になると）に昇れば、餉《かれひ》まゐらする程とて（食事を差し上げる頃だと）、〔ある家の〕輿《こし》を庭前に舁《か》き止《とど》む。[一五]轅《ながえ》を叩《たた》いて警固の武士を近付け、宿《しゆく》の名を問ひたまふに、「[一六]菊川《きくかは》と申すなり」と答へければ、承久《じようきう》の合戦の時、院宣《ゐんぜん》書きたりし咎《とが》に依つて、[一七]光親卿《みつちかのきやう》関東へ召し下されしが、この宿にて誅《ちゆう》せられし時、

[一八]昔《むかし》南《なん》陽《やう》県ノ菊水（昔　南陽に甘い菊水が流れ）
汲ンデ二下流ヲ一而延ブレ齢《よはひ》ヲ（これを飲む者長寿を全うす）
今東海道ノ菊川（いま東海道　名は同じ菊川ながら）
宿ツテ二西岸ニ一而終フレ命ヲ（その西岸にわが命を終えんとす）

と書きたりし、遠き昔の筆の跡（詩に詠まれたことが）、今はわが身の上になり、哀れやいとど増《ま》さりけん、一首の歌を詠みて、宿の柱にぞ書かれける。

[一九]いにしへもかかるためしを菊川の同じ流れに身をや沈めん

[二〇]大井川を過ぎたまへば、[二一]都にありし名を聞きて、[二二]亀山殿の行幸の（への行幸に従い）、嵐山の花盛り（嵐山の桜見に）、[二三]龍頭鷁首《りようどうげきしゆ》の舟に乗り、詩歌管絃の宴に侍りし事（つらなったこ

も、（とも）今は二度見ぬ夜の夢と成りぬと（再び見ることもないはかない夢となったのかと）思ひつづけたまふ。[一]島田《しまだ》・藤枝《ふぢえだ》にかかりて、[二]岡辺の[三]真葛《まくず》うら枯れて（葉末が枯れて）、物かなしき夕暮に、[四]宇都《うつ》の山辺を越え行けば、蔦《つた》・楓《かへで》いと茂りて道もなし。昔、業平《なりひら》の中将の住《すみ》所《どころ》を求むとて、東《あづま》の方に下るとて、〔偶然出会った修行者に〕「夢にも人に逢はぬなりけり」と、詠みたりしも、かくやと（詠んだのもこのような思いのゆえであったかと）思ひ知られたり。清見潟《きよみがた》を過ぎたまへば、都に帰る夢をさへ、通さぬ波の関守に（さながら関守のような波の音に妨げられて見られず）、いとど涙を催され、向ひはいづこ[五]三穂《みほ》が崎、奥津（興津）・[六]神原《かんばら》うち過ぎて、富士の高峰《たかね》を見たまへば、[七]雪の中より立つ煙《けぶり》、上なき思ひに比《くら》べつつ、[八]明くる霞に松見えて（晴れゆく霞の間に松が見え）、[九]浮島が原を過ぎ行けば、塩干や浅き船浮きて（潮干の浅瀬に船が浮び）、[一〇]おり立つ田子のみづからも（田に降り働く農夫同様に苦しいわが身も）、浮世をめぐる[一一]車返し、[一二]竹の下道行きなやむ、[一三]足柄山《あしがらやま》の巓《たうげ》より、[一四]大磯《おほいそ》・小磯《こいそ》を見おろして、[一五]袖にも波はこゆるぎの、急ぐとしもはなけれども（波のしぶく小余綾の磯を行き悩み急ぐ思いはないけれど〔早や〕）、日数つもれば、七月二十六日の暮《くれ》程に、鎌倉にこそ着きたまひけれ。

俊基、鎌倉下着　監禁される

その日やがて（早速）、[一六]南条左衛門高直《たかなほ》受け取りたてまつて、諏訪《すは》左衛

一　静岡県の島田市と藤枝市。
二　志太郡岡部町。宇津ノ谷峠にさしかかる地。「岡の辺《あた》り」の意をも掛ける。
三　「真」は美称。葉の大きい多年生マメ科のつる草。
四　静岡市と志太郡との境の山。『伊勢物語』九段の、主人公がここで顔見知りの修行者《すぎようじや》に会い、京の人への文を託して「駿河なる宇津の山べのうつつにも夢にも人にあはぬなりけり」と詠んだという話を指す。
五　清水市興津《おきつ》町あたりの地で、昔、関があった。
六　清水市内の三保の松原。「古郷もおなじ月ながら、光は清見が関路より向ひを遥かに三穂が崎」（宴曲『海道』下）。
（「三《み》」に「見」を掛ける。）

六　庵原《いはら》郡蒲原町。
七　雪のおおう頂《いただき》から立ち昇る噴煙のようにわが思いも限りなく。富士山は、江戸中期まで噴火を重ねた。「富士の嶺《ね》の煙も猶《なほ》ぞ立ち昇る上なき物は思ひなりけり」（『新古今集』十二・恋二）。
八　「明け渡る沖つ波間にねをたえて霞にやどるうき島の松」（『夫木抄』二）による。
九　沼津市、愛鷹《あしたか》山の南麓にあった沼沢地。
一〇　「みづから」に「水」を掛け、「田子」（農夫）に地名の「田子」（蒲原、由比から富士川河口の辺り）を掛ける。「袖ぬるるこひぢとかつは知りながら降り立つ田子の自らぞ憂き」（『源氏物語』葵）による。
一一　車のめぐるように
この浮世をめぐり来

門に預けらる。[一七]一間《ひとま》なる所に、蜘手《くもで》きびしく結うて《木を蜘蛛手のように打ちつけ》、押し籠《こ》めたてまつる有様、ただ地獄の罪人の、[一八]十王《じふわう》の庁に渡されて、[一九]頸械《くびかせ》・手械《てかせ》を入れられ、罪の軽重《きやうぢゆう》を糺《ただ》すらんも《裁かれるのも》、かくやと《こうもあろうかと》思ひ知られたり。

長崎新左衛門尉《ながさきしんざゑもんのじよう》意見の事付けたり阿新殿《くまわかどの》の事

当今《たうぎん》御謀叛の事露見の後《今上帝の御謀叛が露顕して後》、御位はやがて《ただちに》[二〇]持明院殿へぞまゐらんずらんと《移るだろうと》、〔持明院殿の〕近習の人々、[二一]青女房《あをにようばう》に至るまでよろこびあへるところに、土岐《とき》が討たれし後も、かつて《いっこうに》その沙汰もなし。今また俊基《としもと》召し下されぬれども、御位の事については、いかなる沙汰ありとも聞えざりければ、持明院殿方の人々、案に相違して《予想と違って》、[二二]五噫《ごい》を謳《うた》ふ者のみ多かりけり《悲嘆する者だけが》。

されば、とかく申し進むる人の《あれこれ進言する》ありけるにや、持明院殿より、内

持明院殿、主上に譲位を迫る　高資《たかすけ》と道蘊《どううん》の議論

て、今のような身になり車返しの地（沼津市三枚橋の辺り）に来た。「めぐる」と「車」は縁語。
一二 地名「竹之下」（駿東郡《すんとう》小山町《おやま》）を掛ける。
一三「行きなやむ足」を掛ける。「巓」は「峠」に同じ。
一四 ともに、神奈川県中郡大磯町の地名。
一五「ゆるぐ」と「急ぐ」は縁語。「こゆる」と地名「小余綾《こゆるぎ》」（大磯と国府津《こうづ》の間の海岸の古称）、「急ぐ」と「磯」を掛ける。
一六 幕府の侍大将級の武者。
一七 柱と柱との間が一つしかない、せまい部屋。
一八 冥途《めいど》で亡者を裁く、秦広《しんこう》・初江《しょこう》・宋帝《そうだい》・五官《ごかん》・閻《えん》魔《ま》・変成《へんじょう》・太山《たいざん》・平等《びょうどう》・都市《どし》・五道転輪《ごどうてんりん》の十王。
一九 首・手に掛けて自由を奪う鉄または木の刑具。
* 道行《みちゆき》の型にのせて歌枕をつなぎ、その和歌的なリズムにより哀傷に満ちたものにする。ただ、その出典の『平家物語』や宴曲とは異なり、漢語や頌《じゅ》が、和歌的な抒情に流れ去るのをひきしめる効果をあげている。
二〇 後深草天皇の系統。巻一、二六頁注一参照。当時は後伏見院の皇子量仁《かずひと》（後の光厳《こうごん》天皇）が皇太子。
二一 身分が低く、若い女房。
二二 もと、五つの「噫（嘆）」の字を頭にすえて悲痛な思いを詠んだ歌のこと。『後漢書』の「逸民《いつみん》、梁鴻《りょうこう》伝」に見え、鴻がその妻と山中に隠遁し自適の生活を送り、詠んだという。

内関東へ御使ひを下され、「[一]当今御謀叛の企《くはだ》て、[二]近日事すでに急なり。武家《幕府にて》すみやかに糺明《きうめい》[三]の沙汰《処置》なくば、天下の乱れ近き《近く天下の乱れとなるだろう》に有るべし」と仰せられたりければ、相模入道げにもと《もっともと》驚いて、むねとの[四]一門ならびに頭人《とうにん》[五]・評定衆《ひやうぢやうしゆう》[六]を集めて、この事いかが有るべき《いかがすべきか》と、各《おのおの》所存《意見》を問はる。しかれども、あるいは他に譲りて口を閉ぢ、あるいはおのれを顧みて《自己の利益を思って》、言《ことば》を出ださざるところに、執事《しつし》[七]長崎入道[八]《(円喜)》が子息、新左衛門尉高資《たかすけ》、進み出でて申しけるは、「[九]《(元徳元年)》先年土岐十郎が討たれし時、当今の御位を改め申さるべかりしを《御譲位を促すべきだったのを》、朝憲《朝廷の権威》に憚《はばか》つて御沙汰《御処置が》緩《ゆる》かりし《なまぬるかったため》によつて、この事《謀叛》なほいまだ休《や》まず。乱ををさめて《収めて》[一〇]治を致す《世を治めるの》は、武の一徳《なし得る一つの力である》なり。すみやかに当今を遠国に遷《うつ》しまゐらせ、大塔宮《おほたふのみや》を不返の遠流《をんる》[一一]に処《しよ》したてまつり、俊基・資朝以下の乱臣《逆臣》を、一々《それぞれ》に誅せらるる《処刑される》より外《ほか》は、別儀《他の方法》あるべしとも存じ候はず」と、憚るところなく《恐れずに》申しけるを、[一二]二階堂出羽入道道蘊《だううん》、暫く思案《考えて》して申しけるは、「この儀もつともしかるべく《仰せのとおりと思いますが》聞え候へども、退いて愚案を回らすに《見方をかえて考えてみますのに》、

一　今、帝位にある天皇。ここでは後醍醐天皇を指す。
二　このところ、にわかにさし迫っている。
三　罪状をただして責任を明らかにすること。
四　一門の主だった人々。
五　幕府の、引付衆《ひきつけしゅう》（裁判官）の長官。裁判や政務を合議決裁した高官の評定衆がなる。
六　幕府で、執権とともに、評定所で裁判やその他の政務を合議決裁した高官。北条氏の外、大江・三善氏ら文官出身の有力者も加わる十四、五人で構成した。
七　幕府の、政所《まんどころ》（幕府財政・鎌倉行政・訴訟担当庁）・問注所《もんちゅうじょ》（裁判所）などの長官。
八　俗名、高綱（高経とも）。
九　史実は元亨四年。話は巻一「頼員回忠の事」に見える。
一〇「それ武は暴を禁じ兵を戢《をさ》め大を保ち功を定め、民を安んじ衆を和らげ財を豊かにする者なり」（『左伝』宣公十二年）による。ただし『左伝』の場合は武の前提に徳をおき、武に七徳ありとする。高資の主張は武そのものを主張し、『左伝』のままではない。
一一　終身の流刑、それも最も重い遠流。六一頁注一八参照。
一二　執事・評定衆などを勤めた貞藤。巻一、四七頁注九参照。

武家権を執《と》って《幕府が政権》すでに百六十余年、威四海に及び《その威勢は全国に及び》、一三運累葉《るいえふ》をかかやかすこと、更に他事なし《外でもない》、一四ただ上には一人《いちじん》を仰ぎたてまつて、一五忠貞に私なく、下は百姓を撫でて《下に対しては庶民に心を配って》、仁政に施しある故なり《仁政を施してきたからである》。しかるに、今、君の寵臣一両人召し置かれ《二人を捕え》、御帰依の《帝の帰依される》高僧両三人《三人》流罪に処《しょ》せらるる事も、一六武臣悪行の専一と言つつべし。この上にまた主上《帝》を遠所へ遷《うつ》しまゐらせ、天台座主《大塔宮》を流罪に行はれん事、一七天《天》道奢《おご》りをにくむのみならず、一八山門いかでか憤りを含まざるべき。神怒り人背《そむ》かば、武運の危ふきに近かるべし《幕府の運も危険に瀕しましょう》。『一九君君《きみきみ》たらずといへども、臣以つて臣たらずんばあるべからず』と言へり。御謀叛の事、君たとひおぼしめし立つとも、武威《幕府の力が》盛んならん程は、与《くみ》《〔謀叛に〕協力する》し申す者有るべからず。これにつけても、武家いよいよ慎んで勅命に応ぜば《従えば》、二〇君もなどかおぼしめし直す事無からん。かくてぞ国家の太平《平和》、武運《幕府の運》の長久にて候はんと存ずるは、面々《御一同》いかがおぼしめし候ふ」と申しけるを、長崎新左衛門尉《(高資)》、また自余の《他の人々の》意見をも待たず、以つての外《ほか》に《非常に》気色を損じて《怒りをなして》、

一三 代々、武運を輝かしてきたのも。
一四 ひたすら天皇を上に仰ぎたてまつって。
一五 私心をさしはさむことなく忠節を尽し。
一六 臣である武家として全くあるまじき、悪行と言うべきであろう。
一七「先王は驕《おご》りを疾《にく》む、天道は盈《み》つるを毀《か》く」(『古文孝経』諸侯の注)による。
一八 延暦寺の僧たちも、きっと憤激することでしょう。天台宗二大流派のうち、三井寺を寺門と言うのに対し、延暦寺を山門と言う。
一九 たとえ君王が君王にふさわしくない行動に及んだとしても、その君王に仕える臣が、臣下としての道にそむいてよいとは言えない。『古文孝経』「孔安国序」に見えることば。この道蘊の主張は、『平家物語』二「烽火《ほうか》之沙汰」の平重盛の教訓を念頭におくものだろう。「ずんば」の読みは寛永版本による。
二〇 主上もお考えを改められることがなくはございますまい。

重ねて申しけるは、「[一]文武おもむき一つなりといへども《文も武も志す所は同じく世を治めることにあるが》、用捨《それぞれの用い》時異なるべし《ようは時により異なる》。静かなる世には、文を以つていよいよ治め、乱れたる時には、武《武力》を以つて急に《すみやかに》静む。故に戦国の時には《戦乱の時代には》、[二]孔孟用ふるに足らず、太平の世には[三]干戈《かんくわ》用ふること無きに似たり《ないと言ってよかろう》。事すでに急に当たりたり《今や事態は切迫している》。武を以つて治むべきなり。異朝《外国》には、[四]文王・武王、臣として無道の君《暴虐の王紂王》を討ちし例あり。わが朝には、義時《(北条)》・泰時、下として《臣下の身ながら》[五]不善の主を流す例あり。世みなこれを以つて当たれりとす《世間でも義時らの行為を当然のことと認めている》。されば古《古い》典《書物》にも、『[六]君《きみ》臣を見ること土芥のごとくするときは《帝が臣を土や芥のように遇する時は》、すなはち臣《臣下も》君を見る《帝を》こと寇讎《こうしう》のごとし《仇敵のように見る》』と言へり。事停滞して《ぐずぐずしていて》《〔帝の側から〕》、[七]武家追罰の宣旨を下されなば、後悔すとも益有るべからず《かなうまい》。ただすみやかに君を遠国に遷しまゐらせ、大塔宮を[八]硫黄が島へ流したてまつり、隠謀の逆《げき》臣《しん》資朝・俊基を誅せらるる《処刑される》より外《ほか》の事有るべからず。《〔かくて〕》武家の安泰万《永遠》世に及ぶべし《に続きましょう》とこそ存じ候へ」と、[九]ゐたけだかに成つて申しけるあひだ、当座《居合せた》の頭人《とうにん》・評定衆、《〔長崎の〕》権勢にやおもねりけん《追従したか》、また[一〇]愚案にや

一 出典は未詳だが、七〇頁注一〇の『左伝』の、武も徳を背景とするという主張と一連の論であろう。
二 孔子や孟子の説く君子の道。
三 楯《たて》と鉾《ほこ》。戦闘武具。
四 文王は周王朝の太祖。殷《いん》の紂《ちゅう》王に捕われたが釈放され、西伯《せいはく》に諸侯を討つ資格を与えられた。『史記』「周本紀」によれば、その子の武王が、文王の位牌《いはい》をかかげ、文王が討つと称して牧野《ぼくや》に紂王を討ち、暴政をとどめて貧民を救い、聖君と仰がれた、という。
五 承久の乱に、後鳥羽院と土御門・順徳の二上皇を流刑に処したことを指す。
六 『孟子』「離婁《りろう》・下」に見えることば。
七 天皇の命令を、手続きも簡略に、迅速《じんそく》に伝えるために下される文書。叙位・任官に関するものが多い。
八 鹿児島の沖にある、遠流の流刑地の一。六二頁注一参照。
九 坐ったまま背を高くそびやかし、いきりたって。
一〇 愚かな意見に屈服したのか。
＊ 動乱の契機として持明院殿の動きを見ていること、これを受けとめる高時に見識がないとする批判を見るべきだろう。作者は、道蘊に即し『平家物語』の重盛像を念頭に孔孟の教えを説くが、一方で高資の主張する乱世の論理を対置することで、観念論に陥る『平家物語』とは違った現実感を見せている。『太平記』作者の批評精神の一端が見られる。

落ちけん、皆この義に同じければ《賛成したので》、道蘊《だううん》、再往の忠言に及ばず《繰り返し忠告することもせず》、眉をひそめて退出す。

阿新《くまわか》、父資朝を尋ねて佐渡に渡る

さる程に、「君の御謀叛を申し勧めけるは、[一一]源中納言具行《ともゆき》・右少弁俊基・日野中納言資朝なり。おのおの死罪に行はるべし」と、評定一途に定まつて《たちまちに決定して》、「先づ去年より佐渡国へ流されておはする資朝卿を斬りたてまつるべし」と、その国の[一二]守護[一三]本間《ほんま》山城《やましろ》入道に下知せらる《命令された》。この事京都に聞えければ、この資朝の子息[一四]国光《くにみつ》の中納言、その頃は阿新殿《くまわかどの》とて、歳《とし》十三にておはしけるが、父の卿[一五]召人《めしうど》に成りたまひしより、[一六]仁和寺《にんわじ》辺に隠れて居られけるが、父誅《ちゆう》せられたまふべき由を聞いて、「今は何事にか《何のために》命を惜しむべき。父とともに斬られて、冥途《めいど》の旅の伴《とも》をもし、また〔父の〕最後の御有様をも見たてまつるべし」とて、[一七]母に御暇《おんいとま》をぞ乞はれける。[一八]母御《ははご》しきりに諫《いさ》めて、「佐渡とやらんは、人も通はぬ怖《おそ》ろしき島とこそ聞ゆれ。日数を経る《要する》道なれば、[一九]いかんとしてか下るべき。その上《それに私も》汝《なんぢ》にさへ離れては、一日[二〇]片時《へんし》も命

一一 村上源氏、従三位師行《もろゆき》の息。この後、処刑される。
一二 治安維持・武士統制のために各国に置いた官。多くはその土地の土豪を任じた。巻一、一七頁注一三参照。正しくは本間は守護代であった。注一三佐藤氏著参照。
一三 村上源氏か。佐藤進一氏著『鎌倉幕府守護制度の研究』に引く西蓮寺文書（元亨三年十二月）に、大仏《おさらぎ》貞直が佐渡波多郷内本間十郎左衛門入道忍蓮女子跡代官職に安堵《あんど》せしめた、と見える本間有綱か。
一四 南朝に仕え、権中納言に昇った人物。ただし阿新が父を尋ねて佐渡に渡ったとするこの話の史実性は不明で、おそらく、佐渡から北陸一帯に行われた流刑人をめぐる哀話を踏まえた口承文芸があったのだろう。
一五 囚われ人。
一六 京都市右京区御室《おむろ》にある、真言宗御室派の大本山で、門跡《もんぜき》。
一七 以下、阿新の渡島談は諸本の間に異同が多い。この事実からも注一四に述べたように、この話が広く口承されていたことを思わせる。西源院本では、阿新が自ら中間《ちゆうげん》をかたらい、悲しむ母を振り切って離れて行くさまを描いて悲傷性が濃い。
一八 「母御前」の略。母の敬称。
一九 そなたの身でどうして行き着けますか。
二〇 かたときも。暫くの間も。読みは清音。

ながらふべしとも覚えず」と、泣き悲しみて止《とど》めければ、「[一]よしや伴ひ行く人なくば、いかなる淵瀬《ふちせ》にも身を投げて死なん」と申しけ《申したの》るあひだ《で》、母いたく《母としてもきつく》止《とど》めば《制止して》、また目の前に憂き別れも有りぬべしと《死なれてしまってはと》思ひわびて《思い嘆き》、力なく《やむなく》、今までただ一人付き添ひたる[二]中間《ちゅうげん》を相《あひ》そへられて、遥々と佐渡国へぞ下りける。路遠けれども、乗るべき馬もなければ、はきも習はぬ《はきなれない》草鞋《わらぢ》に、[三]菅《すげ》の小笠を傾けて《深くかぶって》、露分けわくる《露を分け行く》[四]越《こし》路《ぢ》の旅、[五]思ひやるこそ哀れなれ。

本間、阿新の資朝との対面を許さず

都を出でて十三日と申すに、[六]越前の敦賀《つるが》の津に着きにけり。これより商人船《あきんどぶね》に乗つて、程なく《まもなく》佐渡国へぞ着きにける。[七]人してからど言ふべき便り《たより》もなければ、みづから《ひとりで》本間が館《たち》《邸》に到つて、[八]中門の前にぞ立つたりける。をりふし《ちょうど》僧の有りけるが立ち出でて、「この内への御用にて御立ち候ふか。またいかなる用にて候ふぞ」と問ひければ、阿新殿《くまわかどの》、「これは《わたくしは》日野中納言の一子にて候ふが、[九]このころ斬られさせたまふべしと承つて、その最後の様をも見候はんために、都

一 母がおとどめなさるなら、同行しようとする者もあるまい。ままよ、それなら川の深みか急流にでも身を投げて死んでしまおう。
二 武家にあって侍と下男との間に位する家来。
三 菅の葉で編んだ笠。「小」は接頭語。
四 北陸路の旅。
五 語り手の、主人公に寄せる思いを示す。
六 福井県敦賀の港。北陸と京都とを結ぶ商港として栄えた。
七 人を頼って案内を乞《こ》う方法もないので。「から」は、「かく」(このように)のウ音便形。続く「と」は連濁してにごる。
八 道路に面する外側の門を入り、主殿につながる中間の門。警固の武士が主殿から離れた詰所としてここに待機した。
九 近く父が処刑されるはずと承って。

より遥々と尋ね下つて候ふ」と、言ひもあへず涙をはらはらと流しければ、この僧心《人情の》有りける人なりければ、急ぎこの由を本間に語るに、本間も岩木[一〇]ならねば、さすが哀れにや思ひけん、やがて《すぐさま》この僧を以つて、〔阿新を〕持仏堂[一一]へいざなひ《招き》入れて、蹈皮《たび》[一二]行纏《はばき》脱がせ、足洗うてお《丁重》ろそかならぬ《にもてなした》体《てい》にてぞ置いたりける。阿新殿、これをうれしと思ふにつけても、「同じくは父の卿を疾《と》く《はやく》見たてまつらばや」と言ひけれども、〔本間は〕今日明日[一三]斬らるべき人に、〔阿新〕これを見せては、なかなか《かえって》よみ《冥途の》路《ぢ》の障《さは》りとも成りぬべし。また関東[一四]の聞えもいかが有らんずらんとて、父子の対面を許さず。〔父子を〕四、五町隔たつたる所に置いたれば、父の卿は、これを聞きて、行末《ゆくへ》[一五]も知らぬ都にいかが有るらんと思ひやるよりもなほ悲し[一六]。子は、その方を《父のいる方を》見やりて、浪路遥か[一七]に隔たりし鄙《ひな》のすまひをおもひやつて、心苦しく思ひつる涙は、更に[一八]数ならずと、〔涙に〕袂の乾くひまもなし。これこそ《この中にこそ》、中納言のおはします牢の中よとて《父中納言のおられる牢があるのだと》見やれば、竹の一村《一むれの竹の》茂りたる所に、堀ほり回《まは》し屏《へい》塗つて、行き通《か》ふ

一〇 情を解さぬ岩や木ではないので。「人は木石にあらず皆情あり」（『白氏文集』四「李夫人」）。

一一 祖先の位牌《いはい》や、所有する仏像を安置する堂。

一二 猿・熊などの皮で作った革足袋と脚絆《きゃはん》。

一三 今日、明日のうちに斬られるはずの人に。

一四 鎌倉に知られても不都合であろうと。

一五 遠い都で、将来のあてもなく不安なまま、どうして暮しているかと妻子の身を思うよりも。

一六 事情がゆるせばすぐにも会えるはずの側近くにいながら、仲を隔てられるのが一層悲しい。

一七 都にあって海を遠く隔てた佐渡の辺境にある父の境遇を想像して。

一八 こうしてすぐ近くにいながら父に会えぬ苦しみに比べれば、（遠く京にいてこの佐渡の父を思いやった苦しみは）物の数ではない。

人もまれなり。情けなの《人情を解さぬ》本間が心や。父は禁籠せられ《閉じこめられ》、子はいまだ稚《をさな》し。たとひ一所《いつしよ》に置いたりとも、何程の怖畏《ふゐ》か有るべきに《おそれもないのに》、対面をだに許さで、まだ同じ世の中ながら、生を隔てたるごとくにて《生死の境を隔てたように》、なからん後の苔の下《死後の墓の下か》、思ひ寝に見ん夢ならでは《〔もしくは〕思いながらに寝たその夢でなくては》、相みん事も《会うことも》有りがたしと、互ひに悲しむ恩愛[一]の、父子の道《ちぎり》こそ哀れなれ。

資朝、斬られる

五月《(元弘二年)》二十九日の暮《くれ》程に、資朝卿を牢より出だしたてまつて、「遥《永く》かに御湯も召され候はぬに《湯にも入っておられないから》、御行水候へ」と申せば、早《はや》斬らるべき時に成りけりと思ひたまひて、「ああうたてしき[二]《情けなく嘆かわしい》事かな。わが最後の様を見んために、遥々と尋ね下つたるをさなき者を、一目も見ずしてはてぬる事よ《終ることよ》」とばかり《だけ》のたまひて、その後はかつて《全く》諸事につ《何事があって》けて《も》言《ことば》をも出だしたまはず。今朝までは気色しをれて《悲しみに沈んで》、常には涙を押し拭《のご》ひたまひけるが、人間[三]の事においては、頭燃《づねん》[四]を払ふごとくに《ただちに振り払うべ》成りぬ《きだと》と覚《さと》つて、ただ綿密[五]の工夫のほかは、余念有りとも見えたま《他に考えることがないかに見受け》はず《られた》。夜に入れば、輿《こし》さし寄せて乗せたてまつり、ここより十町ば

一 親子・夫婦の間の、互いに執着する情愛。
二 「うたてし」は、古くはク活用の形容詞であるが、中世にはシク活用の用例が見える。
三 仏教で、衆生《しゆじよう》が経《へ》めぐると言われる六道の中の一。いろいろと情に動かされる人間道。
四 頭髪についた火を消すのに猶予のならないことをたとえて言う。九冊本『宝物集』にも見えることば。
五 ひたすら禅に説く無心の境に入るほかは。「工夫」は、禅の語で、座禅にはげむこと。
六 多くは仏徳をたたえる内容の、四字もしくは五字、七字の四句から成る詩。偈《げ》（梵語で歌謡の意）とも言う。
七 『増鏡』「久米のさら山」に、「資朝の中納言をも、いまだ佐渡の島にしづみつるを、この程のついでに、かしこにて失ふべきよし、あづかりの武士に仰せけれ

かりある河原へ出だしたてまつり、輿舁《こしか》きすゑたれば《降ろしたところ》、〔資朝は〕少しも臆《おく》したる気色《様子》もなく、敷皮の上に居直つて《居ずまいを正し》、辞世の頌《じゅ》六を書きたまふ。七

八五《ご》蘊《うん》仮ニ成シレ形ヲ　《この世の事象は　いずれも仮のもの》
九四大今帰スレ空ニ　《死も所詮は空に帰るのみ》
将《もツテ》レ首《からべヲ》当ツ二白刃ニ一　《されば死も恐るるに足らず首を白刃に当て》
截《せつ》断《だんス》一陣ノ風　《ただ一陣の風とともにわが命終るのみ》

一〇年号月日の下に、名字を書き付けて、筆をさしおきたまへば、斬手《きりて》後へ回るとぞ見えし《見えたその瞬間》、御首は敷皮の上に落ちて、むくろ《胴体》はなほ坐《ざ》せるが如し。

この程《ここ暫く》常に法談《説教》なんどしたまひける僧来て、葬礼《葬儀を》形のごとく取り営み、空《むな》しき骨を拾うて阿新《くまわか》に奉りければ、阿新これを一目見て、一一取る手もたゆく倒れ伏し、「今生の対面つひに叶《かな》はずして、かはれ《変り果てた》る白骨を見る事よ」と、泣き悲しむもことわりなり《思えばもっともなことだ》。阿新いまだ幼稚なれども、けなげなる《気性はしっかりしていたので》所存有りければ、父の遺骨《ゆいこつ》をば、ただ一人

ば、このよしを知らせけるに、思ひ設けたる由言ひて、都にとどめける子のもとに哀れなる文書きてあづけけり。すでに斬られける時の頌《じゅ》とぞ聞き侍《はべ》りし。四大本主無く、五蘊本来空なり、頭をもつて白刃に傾くれば、ただ夏風をきるが如し」と見える。この『増鏡』にも見える頌は、僧肇《じょう》が秦王に罪せられて刑につかんとする時に詠んだという頌「四大元主無し、五陰本来空なり、頭を将《も》つて白刃に臨む、なほ春風を斬るに似たり」に近い。五山の禅僧無学祖元にも「大元三尺の剣、電光影裏、春風を斬る」の頌がある。

八 色（物質）、受（印象感覚）、想（知覚）、行（意志）、識（心）の総称。物質界と精神界のすべてにわたる現象の意で、これら事物の現象は、五蘊が仮に集まってできたにすぎない、とする。

九 仏教の元素説で、この世の物質は地・水・火・風の四つより形成されている、とする。

一〇 天正本は「五月二十九日和翁」と明示。

＊ 父を慕って遥々《はるばる》佐渡に下りながら、本間の慮《おもんぱか》りから対面のかなわぬ阿新父子の悲嘆を哀話として描く。じかも資朝最期の場面に見られる禅の思想がそうした人間の哀感を断ち切る如く鮮烈である。

阿新、復讐を志す

一一 悲しみのため、手にとるにも耐えられず倒れ伏し。

召し仕《つか》ひける中間《ちゆうげん》[一]に持たせて、「先づわれよりさきに高野山[二]に参つて、奥[三]の院とかやに収めよ」とて、都へ帰し上《のぼ》せ、わが身はいたは《病をいやし》る事有る由にて《たいと言って》、なほ、本間が館《たち》にぞ留まりける。これは、本間が情けなく父を今生《こんじやう》[四]にてわれに見せざりつる、鬱憤《うつぷん》[五]を散ぜんと思ふ故なり。かくて四、五日経《へ》ける程に、阿新、昼は病の由にて《と称して》終日《ひねもす》に臥し、夜は忍びやかにぬけ出でて〔宿を〕、本間が寝所《ねどころ》なんど細々《ほそぼそ》[六]に伺《うかが》うて、隙《すきが》あらば、かの入道父子が間に《の中のいずれか一人を》、一人さし殺して、腹切らんずるも《腹を切り自害しようも》のをと《のをと》、思ひ定めてぞねらひける。

阿新、父の仇を討つ

ある夜雨風烈《はげ》しく吹いて、番する郎等《とのゐ》[七]どもも、皆遠侍《とほざむらひ》[八]に臥した《寝ていた》りければ《ので》、今こそ待つところの幸ひ《好機》よと思ひて、本間が寝所《ねどころ》の方を忍びて《ひそかに》伺《うかが》ふに、本間が運やつよかりけん、今夜は常の寝所を替《か》へて、いづくに有りとも見えず。また二間《ふたま》[九]なる所に、燈《ともしび》《光》の影の見えけるを、これはもし《あるいは》本間入道が子息にてや有るらん。それなりとも討つて、恨みを散ぜん《はらそうと》とぬけ入つて《忍び入って》、これを見るに、それ《その子息》さへここには無う

一　七四頁注二参照。
二　和歌山県伊都《いと》郡の南部を占める山。標高約一〇〇〇メートル。弘仁七年（八一六）、弘法大師空海が金剛峰寺を創建、真言宗の総本山とした。
三　本堂とは別に、奥まった所にある開祖の霊廟《れいびよう》を言う。高野山では、ここに、弘法大師入定《にゆうじよう》の地とする大師廟がある。
四　この世で。
五　恨みと怒りを晴らそうと。
六　詳細に探って。
七　宿直の家来たちも。
八　主殿から遠く離れた番所。中門などにあった。
九　柱と柱との間が二つある部屋。寝所のそばにあって、貴人の住居の場合、その護持僧などが控えた。

して、中納言《（資朝）》殿を斬りたてまつりし本間三郎といふ者ぞ、ただ一人臥したりける。よしや《ままよ》これも、時[一〇]にとつては親の敵《かたき》なり。山城《（本間）》入道に劣るまじと思ひて、走りかからんとするに、われは《〔公卿の子の〕》元来太刀[一一]も刀も持たず。ただ人の《ひたすら他人の》太刀をわが物と憑《たの》[一二]みたるに、燈《ともしび》殊に明らかなれば《特に明るいので》、立ち寄らばやがて驚き合ふ事もや有らんずらん《すぐさま目をさますであろう》と危ぶんで、さうなく《容易には》寄りえず。いかがせんと案じ煩うて立ちたるに、をりふし《ちょうど》夏なれば、燈の影《光》を見て、蛾《が》といふ虫の、あまた《たくさん》明《あかり》[一三]障子に取り付いたるを、すはや《しめた》究竟《くつきやう》[一四]の事こそ有れと思ひて、障子[一五]を少し引きあけたれば、この虫あまた内へ入つて、やがて《たちまち》燈をうちけしぬ。今はか《今こそね》うとうれしくて《らうところと喜び》、本間三郎が枕に《枕もとに》立ち寄つて探るに、太刀も刀も枕に有つて、主《ぬし》[一六]はいたく《ぐっすり》寝入つたり。先づ刀を取つて腰にさし、太刀を抜いてむなもとに指し当てて《胸もとに突きつけ》、寝たる[一七]者を殺せば、死人に同じければ、驚かさんと《目をさまさせようと》思ひて、先づ足にて枕をはたとぞ蹴《け》つたりける。蹴られて驚くところを《目ざめるところを》、一の太刀に《最初の太刀で》臍《ほぞ》の上を、畳までつと突きとほ

一〇 たまたま、親の敵だ。
一一 「太刀」は、戦闘用の大きな刀、「刀」は、護身用の短刀を言う。
一二 あてにしているのに。

一三 障子紙などをはって、室内に外の光が入るようにした、今の障子に当るもの。襖《ふすま》障子の対。
一四 またとない道具立てよと。
一五 西源院本は、「障子ヲ玉唾《つわけ》ニテヌラシ穴ヲ開キテ」。

一六 本人。
一七 例えば『曾我物語』九「祐経《すけつね》、屋形をかへし事」の曾我兄弟が祐経を討つ場面にもこのことばが見られる。語り物の類型を見せるものだろう。

し、返す太刀《ひるがえす太刀で》に、[一]喉《のど》ぶえ指し《刺し》切つて、心閑《しづ》かに後《うしろ》の竹原《竹やぶ》の中へぞかくれける。本間三郎が、[二]一の太刀に胸を通されて、「あつ」と言ふ声に、[三]番衆《ばんしゅ》ども驚き《目をさまし》騒いで、火をともしてこれを見るに、血の付いたるちひさき足跡あり。「さては阿新《くまわか》殿のしわざなり。堀の水深ければ、木戸《門》よりへはよも出でじ《まさか逃げ出すまい》。さがし出だしてうち殺せ」とて、手に手に松明《たいまつ》をとぼし、木の下草の陰まで、残る所無うぞさがしける。阿新は、竹原の中に隠れながら、[四]今はいづくへか遁《のが》るべき。人《他人》手に懸からんよりは《の手にかかって殺されるよりも》、自害をせばやと思はれけるが、にくしと思ふ親の敵をば討ちつ《討ったことだ》、今はいかにもして[五]命を全うして《生きながらえて》、君の御用《帝のお役》にも立ち、[六]父の素意をも達したらんこそ、忠臣・孝子の義にてもあらん《道にもかなっていよう》ずれ。[七]もしやとひとまど落ちて見ばやと思ひ返して、堀を飛び越えんとしけるが、[八]口二丈、深さ一丈に余りたる堀なれば、越ゆ《を越える》べき様《方法》も無かりけり。さらばこれを橋にして渡らんよと思ひて、堀の上に末なびきたる《先端のたわんだ》[九]呉竹《くれたけ》の梢《こずゑ》へ、さらさらと登つたれば、竹の末《先端》、堀の向

一 のどの、気管の通っている部分。
二 最初に切りつけた太刀。
三 宿直《とのい》の武士。
四 こうなっては、どこへも逃げられまい。
五 『貞観政要《じょうがんせいよう》』五「公平」に「有徳の君は……誠に身を全うして国を保ち滅亡を遠く避けんと欲する者なり」とあり、『平家物語』一「殿上闇討」、書簡文集の『雲州消息』「上本」にも類句が見える。西源院本は「今ハ遁ツベキ程ナラバ、ニゲテ、命恙《つつが》ナクバ法師ニナリ、父ノ菩提ヲコソ弔ハメト思成テ」とある。
六 後醍醐天皇のもと、幕府を倒して天皇の親政にもどそうとする、父資朝の前々からの志。
七 もしもうまく逃げおおせるものならばと、とにかく逃げてみようと思いなおし。
八 幅約六メートル。一丈は十尺で、約三メートル。
九 ハチク。マダケ。中国原産の大形の竹。高さ二〇メートル、直径一二～一三センチに達するものがある。

うへなびき伏して《たわみ届いて》、やすやすと堀をば越えてんげり。夜はいまだ深し、湊《みなと》の方へ行きて、舟に乗つてこそ陸《くが》へは着かめと思ひて、一〇たどるたどる浦の方へ行く程に、夜もはや次第に明け離れて、一一忍ぶべき道もなければ、身を隠さんとて日を暮らし《日暮れを待って》、麻や蓬《よもぎ》の生ひ茂りたる中に、隠れ居たれば、追手どもと覚しき《思われる》者ども、百四、五十騎馳せ一二散つて、「もし十一、二《もしかして十二三歳の》ばかりなる、児《ちご》や通りつる《子供が通らなかったか》」と、道に行き逢ふ人ごとに、問ふ音《声》してぞ過ぎ行きける。

阿新、山伏に助けられ逃げる

阿新、その日は麻の中にて日を暮らし、夜になれば湊へと心ざし《湊へ達しようと思い》て、そことも知らず《方向もわからぬままに》行く程に、〔その〕孝行の志を感じて、仏神擁護《おうご》一三の眸《まなじり》をや回《めぐ》らされけん、〔おりしも〕年老いたる一四山伏《やまぶし》一人行き逢ひたり《と行き会った》。〔山伏は〕この児《ちご》の有様を見て、いたはしくや思ひけん、「これはいづくよりいづくをさし《志して》て、一五御渡り候ふぞ」と問ひければ、阿新、事の様《次第》をありのままにぞ語りける。山伏これを聞きて、われこの人を助けずば、ただ今の程《今すぐにも》に一六かはゆき目を見るべしと思ひければ、「御心安くおぼしめされ候《御安心ください》

一〇 (闇路を) たどりながら。
一一 人目を避けて通ることのできる道もないので。
一二 手分けをして駆け散って探し。
一三 加護の目をお向けになられたか。
一四 高山に起臥《きが》して行に励む修験者。その非凡な呪力《じゅりょく》のゆえに、人々に恐れられた。
一五 いらっしゃるのですか。「行く」をていねいに言うことば。
一六 むざんな様になるだろうと。「かはゆき」は、あわれで見ておれないこと。

へ。湊に商人舟《あきんどぶね》ども多く候へば、乗せたてまつて、越後・越中の方まで、送りつけまゐらすべし」と言ひて、足たゆめば《〔阿新の〕足が疲れると》、この児《ちご》を肩に乗せ、背《せなか》に負うて、程なく《まもなく》湊にぞ行き着きける。夜明けて、「[一]便《びん》船《せん》やある《があるか》」と尋ねけるに、をりふし《おりから》湊の内に、舟一艘《いつさう》も無かりけり。いかがせんと求むるところに、遥かの沖《おき》に乗りうかべたる大船、順風《追風》に成りぬと見て、檣《ほばしら》を立て篷《とま》[二]をまく。山伏手を上げて、「その船これへ寄せてたびたまへ《くだされ》。便船申さん《便乗したい》」と呼ばはりけれども、かつて《いっこうに》耳にも聞き入れず、舟人《船頭》声[三]をほに上げて、湊の外に漕《こ》ぎ出だす。山伏大いに腹を立て、[四]柿の衣の露を結んで肩にかけ、沖行く舟に立ち向つて、[五]いらたか誦珠《じゅず》をさらさらと押し揉《も》みて、「『[六]一持秘密《いちぢひみつ》呪《しゅ》、生々而加護《しやうじやうにかご》、奉仕修行者《ぶししゅぎやうじゃ》、猶如薄伽梵《いうによばかぼん》』と言へり。いはんや《まして》多年の勤行においてをや《多年の行を重ねたこの身が呼ぶのだ》。[七]明王の本誓あやまらずば《不動明王の誓いに相違がなければ》、[八]権現・[九]金剛童子・[一〇]天龍夜叉《てんりゆうやしや》・[一一]八大龍王、〔に願う〕その船こなたへ漕ぎ戻してたばせたまへ」と、跳《をど》り上《あが》り跳り上り、肝胆を砕いて《けんめいに》ぞ祈りける。行者の祈り

一 折よく志す方へ出港する船。
二 菅《すげ》や茅《かや》などを編んで作った覆い。停泊時には船頭らが雨水などを避けるために覆っておいたのを、出港時に客を乗せるためにとり払ったことを言う。
三 かけ声を高くあげて。「ほ」は高いことと船の「帆」を掛ける。「秋風に声を帆にあげてくる舟はあまのと渡る雁にぞありける」(『古今集』四・秋上)。
四 山伏の着る柿《かき》色の衣。「露」は、袖のくくり紐《ひも》の結び余りを飾りとして垂らしたもの。
五 「いらたか」は、角ばったこと。平たく、角ばった珠《たま》を貫きつないだ数珠《じゅず》。山伏が使用する。
六 ひとたび秘密の呪《じゅ》を身につける者は、生をかえてもいつまでも加護しよう。仏に奉仕し修行する者は、さながら仏だ。「薄伽梵」は、梵語で、福徳のある、尊いなどの意から、神仙の人や貴人に対して用いた語。仏教では、諸仏の意として、これを呼ぶのにこの語を唱える。なお、西源院本は、この経文を引かず、軍荼利夜叉明王《ぐんだりやしやみやうおう》以下、明王の名を列挙して呪咀《じゅそ》したこと、これを見た船人どもが揶揄《やゆ》したことを描いて、山伏の動きは一層劇的である。
七 明王の主尊で、忿怒《ふんぬ》の相を示し、行者をして悪を断ち菩提《ぼだい》心を起させて成仏させる、その誓い。
八 修験道で重視する熊野権現と蔵王《ざおう》権現。
九 阿弥陀仏の化身と言う、忿怒の相をした童子。
一〇 仏法を護持する異類、八部衆に数えられる。「天」は鬼神、「龍」は龍神、「夜叉」は空中を飛ぶ鬼神。

神に通じて、明王擁護《加護されたものか》やしたまひけん、沖の方よりにはかに悪風《強風》吹き来たつて、この舟たちまちに覆《くつがへ》らんとしけるあひだ、舟人ども《船頭たち》あわてて、「山伏の[一二]御房《ごばう》、先づ《とにかく》われらを御助け候へ」と、手を合はせ膝《ひざ》をかがめ、手に手に《めいめいがあわてて》舟を漕ぎもどす。汀《みぎは》近く成りければ、船頭舟より飛び下りて、児を肩にのせ、山伏の手を引いて、〔船の〕[一三]屋形の内に入つたれば、風はまた元のごとくに直《なほ》りて、舟は湊を出でにけり。その後追手ども、百四、五十騎馳せ来たり、遠浅に馬をひかへて《乗り入れて》、「あの舟止まれ」と招けども、舟人これを見ぬ由にて《見ぬふりをして》、順風に帆を揚げたれば、舟はその日の暮《くれ》程に、[一四]越後の府《こふ》にぞ着きにける。阿新、山伏に助けられて、[一五]鰐口《かくこう》の死を遁《のが》れしも、明王加護《かご》の御誓ひ、いちじるしかりけるしるしなり《確かであることを物語っている》。[一六]

俊基誅せらるる事ならびに助光《すけみつ》が事

一一 護法の善神である龍王の総称。

一二 僧に対する敬称。

一三 貴人のために屋根を設けた部分。

一四 「府」は、国府で、国司の庁の在った所。越後の府は、現在の新潟県上越市直江津。

一五 鰐《わに》の口に入ったような危険な状態。『曾我物語』や『義経記』にも見える当時のことわざ。

一六 天正本では、この後、山伏は姿を消し、後日、阿新が成人して父の跡を継いだことを語って、物語として完結した形をなしている。

＊ 南北朝期以後、北陸・東北を舞台とする、在地色の濃く動きの速い物語が行われた。この阿新の話も、そうした山伏と稚児とをめぐる語り物文芸を踏まえたものであろう。一挿話ながら、この阿新の激しい行動を描く物語は、父資朝の死に様とともに、これから展開する動乱の行方を予告するかのように効果的である。その意味で単なる挿話ではない。

俊基、法華経読誦の間、処刑を猶予

俊基朝臣《としもとあつそん》は、ことさら《中でも》謀叛の張本《首謀者》なれば、遠国《をんごく》に流すまでもあるべからず、近日《近日中》に鎌倉中にて斬りたてまつるべしとぞ定められ《決定された》たる。〔ところで〕この人、[一]多年の所願有つて、[二]法華経を六百部みづから読誦《どくじゆ》したてまつるが、今《あと》二百部残りけるを、「六百部に満つる程の《の読誦を達成する間の》命を相《あひ》待たれ候ひて、その後ともかくも成され候へ《思いのままに処刑されたい》」と、しきりに所望ありければ、「げに《まことに》もそれ程の大願を果たさせたてまつらざらんも罪なり」とて、今《あと》二百部の終る程、僅かの日数を待ち暮らす《数えながら暮す》、命の程こそ《その俊基に迫る運命は》哀れなれ《哀れなことだ》。

助光、主の俊基を訪ねる

この朝臣の多年《永年》召し仕ひける青侍《あをざむらひ》[三]に、[四]後藤左衛門尉助光《すけみつ》といふ者あり。主《しゆ》の俊基召し捕られたまひし後、〔俊基の〕北の方に付きまゐらせ、[五]嵯峨《さが》の奥に忍びて候ひけるが、俊基関東へ召し下されたまふ由を聞きたまひて、北の方は、堪《た》へぬ思ひに伏し沈みて、歎き悲しみたまひけるを見たてまつるに、〔助光は〕悲しみに堪へずして《耐えられず》、北の方の御文を賜

一 永年にわたり行って来た祈願があり。
二 大乗仏教の主要経典の一、『妙法蓮華経』。中国の智顗《ちぎ》がこの経典に基づいて天台宗を開き、日本でも最澄《さいちょう》がこれによって日本天台宗を開いた。鳩摩羅什《くまらじゅう》訳の八巻が行われた。ここは、その八巻から成るものを六百部読誦《どくじゅ》することを言う。
三 身分の低い若侍。
四 『尊卑分脈』によると、藤原則光の子孫、隼人祐《はやとのすけ》左衛門尉康景《やすかげ》の息に、左衛門尉殿下内舎人《うどねり》随身《ずいじん》助光が見える。中務省《なかつかさ》に属し、内裏の宿衛・雑役などに従事した官人を内舎人と言い、その中から選抜されて摂政・関白の随身となる者があった。助光もその一人であったらしい。
五 天正本は、嵯峨小倉谷。京都市右京区の西北一帯

つて、助光忍びて（ひそかに）鎌倉へぞ下りける。今日明日の程と聞えしかば（今日明日のうちにも処刑されると聞いたので）、今は早《はや》斬られもやしたまひつらんと、行き逢ふ人に事の由を問ひ問ひ、程なく鎌倉にこそ着きにけれ。

俊基、斬られる

右少弁俊基のおはするそばに〔助光は〕宿を借りて、いかなるたよりもがな（何とか手づるを求めて）、事の子細を申し入れんと伺《うかが》ひけれども、叶《かな》はずして日を過ごしけるところに、「今日こそ、京都よりの召人《めしうど》は、斬られたまふべきなれ（斬られるそうだ）。あな哀れや」なんど沙汰しければ（噂したので）、助光こはいかがせん（これはどうしたものかと）と肝を消し（肝をつぶし）、ここかしこに立ちて見聞きしければ、俊基すでに（いよいよ）張輿《はりごし》に乗せられて、粧坂《けはひざか》へ出でたまふ。ここにて工藤《くどう》二郎左衛門尉受け取つて、葛原《くずはら》が岡に大幕引きて、敷皮の上に坐したまへり。これを見ける助光が心中、譬《たと》へて言はん方《かた》もなし。目くれ足もなえて、絶え入るばか（眼前がぼうっとし足の力も抜けて気も遠くなるほどの）りにありけれども（衝撃を受けたが）、泣く泣く工藤殿が（の）前に進み出でて、「これは（私は）右少弁殿〔俊基〕の伺候の者（にお仕えする者）にて候ふが、〔主人の〕最後の様見たてまつり候はんために、〔京より〕遥々と参り候ふ。しかるべくば（できますれば）御免をかうむつて（お許しをいただいて）御前に参り、北

を嵯峨と言う。小倉谷は、嵐山の北岸、小倉山のふもとを言うか。この辺り、『平家物語』における成親の妻子、維盛《これもり》の妻子や斎藤兄弟、重衡《しげひら》の最期などを思わせるものがある。それらを念頭におくものか。

六 鎌倉での事の成り行きを問い聞きながら。

七 巻一、二八頁に「蔵人《くらうど》右少弁俊基《としもと》」と見える。

八 俊基との対面を願って下向して来ている事。

九 とらわれ人。

一〇 まわりを畳表で張り囲った粗末な輿。「我身はあやしげなるはりごしにやつれたまひて醍醐《だいご》寺よりしのびのびに参る」（金刀比羅本『保元物語』上・左大臣殿上洛の事）。

一一 化粧坂。鎌倉市扇《おおぎ》ガ谷《やつ》の西方。

一二 藤原南家を称する、伊豆の伊東の一族。巻六、二六七頁の上洛の関東軍の中に「工藤《くどう》次郎左衛門高景《たかかげ》」と見え、『楠木合戦注文』にも「大和道……軍奉行工藤二郎右《ママ》衛門尉高景」と見える、その高景か。

一三 化粧坂の山上、北側の原野地。その葛原岡神社には、明治十五年、俊基をまつる。

の方の御文をも見参に入れ候はん《ご覧に入れとうございます》」と、申しもあへず涙をはらはらと流しければ、工藤も見るに哀れを催されて、[一]不覚の涙せきあへず。「[二]子細候ふまじ。はや幕の内へ御参り候へ」とぞ許しける。助光幕の内に入つて、〔主の〕御前に跪《ひざまづ》く。俊基は助光をうち見て《ちらと見かけるや》、「[三]いかにや《なんと》」とばかりのたまひて、やがて《そのまま》涙に咽《むせ》びたまふ。助光も「北の方の御文にて候ふ」とて、御前に〔文を〕差し置いたるばかりにて、これも涙にくれて、顔をも持ちあげず泣き居たり。やや暫くあつて、俊基涙を押し拭《のご》ひ、文を見たまへば、「[四]消えかかる露の身の、[五]置き所なきにつけても、[六]いかなる暮にか、無き世の別れと承り候はんずらんと、心《心を》をくだく涙の程《苦しめるこの悲しみを》、御推しはかりもなほ浅くなん《とうていご想像も及びますまい》」と、[七]詞《ことば》に余つて思ひの色深く、[八]黒み過ぐるまで書かれたり。俊基いとど《ますます》涙にくれて、「[九]硯《すずり》やある」とのたまへば、[一〇]矢立《やたて》を御前にさし置けば、硯の中なる[一一]小刀にて、[一二]鬢《びん》の髪を少し押し切つて《おさえ切って》、北の方の文に巻きそへ、引き返し《返事として》一

一 思わず催す涙のとどめようもない。
二 さしつかえございますまい。
三 人に呼びかけることば。感動の助詞「や」を付して、俊基の驚きと感動を強く表している。
四 今にも消えそうな露のように、はかないこの身。
五 身の置くすべもない、この不安な思いにつけても。
六 夕暮れになると、いつもこの不安にかられるのです。いつなん時、あなたとの永遠の別れの報に接するかと。
七 言葉にも表現し尽しがたい思いが深く。
八 その思いがあふれる如く墨色も黒々と。
九 硯はあるか。
一〇 墨をしみこませた、携帯用の硯。もともと、矢を入れる箙《えびら》に入れたので言う。
一一 日用品としての小さな刀。
一二 側頭部の髪。

筆書いて、助光が手に渡したまへば、助光懐《ふところ》に入れて泣き沈みたる有様、ことわりにも過ぎて哀れなり。一三 工藤左衛門、幕の内に入つて、「余りに時の移り候ふ（遅くなります）」と勧《すす》むれば、俊基畳紙《たたうがみ》一四を取り出だし、首の回《まは》り押し拭《のご》ひ、その紙をおし開いて、辞世の頌《じゆ》一五を書きたまふ。

古来ノ一句（昔より言いふるされたことながら）
一六 無ク死モ無シ生モ（まこと死も生も恐るるに足らず）
一七 万里雲尽キテ（さながらわが思い）
長江水清シ（清く流れ行く揚子江の如し）

筆をさしおいて、鬢《びん》の髪をなでたまふ程こそあれ、〔その瞬間〕太刀かげ後に光れば、首は前に落ちけるを、〔俊基は〕みづから抱《かか》へて伏したまふ。一八 これを見たてまつる助光が心の中、譬《たと》へて言はん方もなし。さて泣く泣く死骸を葬したてまつり（火葬に付し）、空しき遺骨《ゆいこつ》を首に懸け、形見の御文身にそへて（しっかりと身につけ）、泣く泣く京へぞ上りける。

北の方、助光出家

北の方は、助光を待ちつけて一九、〔俊基〕弁殿の二〇ゆくへを聞かん事のうれし

一三 正気を失うばかりの有様で哀れであった。
一四 折り畳んで懐中に入れた紙。鼻紙や、歌を記す用紙として用いた。
一五 多くは仏徳をたたえる内容の四字もしくは五字、七字の四句から成る詩。七六頁注六参照。
一六 「白刃前に交はりて死を視《み》ること生の如き者は、烈士の勇なり」（『荘子』秋水）。
一七 「巨海一辺静かに、長江万里清し」（『李太白詩集』九）による。「長江」は、揚子江を指す。
一八 俊基の処刑について、「正慶元年（元弘二年）六月三日　俊基朝臣武蔵国クズハラ原ニテ誅セラレ了ンヌ」（『常楽記』）、「元徳元《ママ》年右大《ママ》弁俊基モ又関東ヘ召下サレ葛原ニテ五月二十日誅セラレケルニ角《カク》ナン　秋ヲマタデ葛原ハラニキユル身ノ露ノ恨ヤ世ニ残ルラン」（『神明鏡』下）と見える。
一九 待ちかねたかのように待ち受けて。
二〇 なりゆき。この後の「弁殿はいつ頃に御上り有るべし」に見られる、北の方の、夫の帰洛を待ちこがれる思いがこめられている。

さに、人目も憚《はばか》らず簾《みす》より外に出で迎ひ、「いかにや《いかがですか》、弁殿はいつ頃に御上り有るべしとの御返事ぞ」と問ひたまへば、助光はらはらと涙をこぼして、「はや斬られさせたまひて候ふ。これこそ今はのきはの《亡くなられる直前に書かれた》御返事《手紙》にて候へ」とて、鬢《びん》の髪と消息とを差しあげて、声も惜しまず泣きければ、北の方は、形見の文と白骨を見たまひて、内へも入りたまはず、縁に倒れ伏し、消え入りたまひぬと驚く程に見えたまふ《息絶えられたかと人々が狼狽するほどの御様子である》。ことわりなるかな《もっともなことだ》、[一]一樹の陰に宿り、一河の流れを汲む程も《たまたま同じ木の陰に宿り同じ川の水を汲む偶然の仲でも》、知れず知らぬ人にだに《お互いに面識のない人でも》、別れとなれば名残を惜しむ習ひなるに《惜しむのが人間の情であるのにまして》、いはんや[二]連理《夫婦の》の契《ちぎ》り浅からずして、十《と》年《とせ》余りに成りぬるに、夢よりほかはまたも相見ぬ《夢でなくては相見ることのかなわぬ》、この世の外の別れ《現世からの永遠の離別》と聞きて、絶え入り悲しみ《息絶えんばかりに》たまふぞことわりなる《もっともなことだ》。[三]四十九日と申すに、形《かた》のごとくの仏事営みて、北の方様《さま》をかへ《髪をおろし》、こき墨染に身をやつし《濃い黒の衣に身をつつみ》、[四]柴のとぼその明け暮れは、亡夫《ばうふ》の[五]菩《ぼ》提《だい》をぞとぶらひたまひける。助光も[六]髻《もとどり》切つて《〔出家し〕》、永く高野山に閉ぢ籠《こも》つて、ひとへに亡君の後生菩提をぞとぶらひた《死後成仏するよう供養を行った》

一 古くからのことわざとして「一樹の陰に宿り一河の流れを汲《く》むも多生の縁」がある。

二 二本の木の枝が互いにつながっている木。「天に在りては願はくは比翼の鳥となり、地に在りては願はくは連理の枝とならん」(「長恨歌《ちょうごんか》」)。

三 四十は、「しじゅう」と読む。人の死後、その霊魂が四十九日間は中有《ちゅうう》に迷ってどこにも生れかわらないと言う。そのため、その期間、故人の成仏を祈って七日ごとに供養を行い、七回目の四十九日をもってその儀を終るのを言う。満中陰。

四 柴で作った粗末な草庵の戸の中での日々の生活は。

五 迷いを断ち、得られた悟りの知恵。一般に、死者の霊魂の迷いを断ち、成仏できるようにと祈ることを、菩提を弔うと言う。

六 髪をたばねた部分を髻と言い、その部分から髪を切って出家することを言う。

＊『平家物語』の世界、特に処刑直前の重衡《しげひら》を木工《もく》右馬允知時《うまのじょうともとき》が訪ねる場面を彷彿《ほうふつ》させ、助光および俊基の北の方の悲嘆を描いて悲傷の色が濃い。けれども、俊基の辞世の頌《じゅ》、処刑の瞬間の描写が、そうした感傷を断ち切って禅の世界に通ずるものを思わせる。『平家物語』には見られない世界である。

七 興福寺の塔頭《たっちゅう》で門跡《もんぜき》。一乗院と並び有力で、両院

てまつりける。夫婦の契《ちぎ》り、君臣の義、無き跡までも留まつて（道〔夫や主の〕亡き後も絶えることなく）、哀れなりし事どもなり。

天下怪《け》異《い》の事

兵火・天災が相次ぎ騒乱の兆

嘉暦《かりやく》二年の春の頃、南都（奈良）[七]大乗院禅師《ぜんじ》房《ばう》と、六方《ろくばう》[八]の大衆（僧徒）と確執《かつしつ》（不和）の事有つて、合戦に及ぶ。金堂[九]・講堂[一〇]・南円堂[一一]・西金堂[一二]、たちまちに兵火の余煙（余燼によって）に焼失す。また元弘元年[一三]、山門（叡山）東塔[一四]の北谷より兵火（合戦の火が上って）出で来て、四王院[一五]・延命院[一六]・大講堂[一七]・法華堂[一八]・常行堂[一九]、一時に灰燼と成り（焼失してしまった）ぬ。これ等をこそ、天下の災難をかねて（あらかじめ）知らするところの前相（まえぶれ）かと、人皆《みな》魂を冷やしけるに、同じき年の七月三日[二〇]、大地震有つて、紀伊《きの》国千里浜《せんりばま》[二一]の遠干潟《とほひがた》[二二]、にはかに陸地《くがち》になる事二十余町なり。また同じき七日の酉の刻（午後六時頃）に、地震有つて、富士の絶頂[二三]崩《くづ》るる事、数百丈[二四]なり

から交替に興福寺別当（長官）を出した。禅師房は、大乗院に属する子院。
八 興福寺の、六組に分れる主要な末寺。
九 伽藍《がらん》の中心となる、釈迦本尊を安置する仏殿。
一〇 経典を講義し、仏法を説く堂。
一一 藤原冬嗣の創建。不空羂索《ふくうけんさく》観音と四天王を安置。
一二 光明皇后がその母のために創建した堂。
一三 元弘二年（一三三二）の誤り。この山門の騒動をも元弘の乱を予告するものと見、改め早めたか。
一四 延暦寺の三塔の一。「東塔」は延暦寺の主要地域で、東・西・南・北・無動寺の五つの谷に分れる。
一五 叡山《えいざん》九院の一。講堂の西にあり、文徳《もんとく》天皇の勅願による金銅四天王を安置した。
一六 講堂の東にあり朱雀《すざく》天皇の勅願による創建。
一七 学問・修練の道場。義真の創建。
一八 伝教大師の創建という根本法華三昧《さんまい》院。
一九 慈覚大師の創建になる常行三昧院。
二〇 この地震の事は、『神明鏡』下に元弘二年十月三日、『南方紀伝』上に元弘元年七月三日として見えるが、確実な史料は見られない。
二一 和歌山県日高郡南部《みなべ》町の岩代《いわしろ》の浜をいう。
二二 沖にある浅瀬。
二三 古本の「禅定」が正しい。山岳信仰で、修験者《しゅげんじゃ》が登って修行した場所。
二四 一丈は、十尺で、約三メートル。

と。卜部《うらべ》[一]の宿禰《すくね》、大亀《だいき》[二]を焼いて占ひ、陰陽《おんやう》[三]の博士《はかせ》、占文《せんもん》[四]をひらいて見るに、「国王位をかへ《退位し》、大臣災《さい》に遭《あ》ふ」とあり。「勘文《かんぶん》[五]の表《おもて》[六]穏やか《おだやか》ならず《でない》。もつとも《よくよく》御慎み有るべし」と密奏す《ひそかに奏上した》。「寺々の火災、所々の地震、ただ事にあらず。今や不思議出で来る《間もなく大事件が出来するか》」と、人々心を驚かしけるところに、はたして、その年の八月二十二日[七]、東使両人[八]、三千余騎にて《を率いて》上洛すと聞えしかば、何事とは知らず、京にまたいかなる事や有らんずらん《起きようとするのかと》と、近国の軍勢、われもわれもと馳せ集まる。京中何となく《事情は不明のまま》、以つてのほかに《異常に》騒動す。

大塔宮の進言により主上笠置へ遷幸

両使すでに京着して《いよいよ京に到着して》、いまだ文箱[九]をも開かぬ先に、何とかして聞えけん《どうして洩れたのか》、「今度《こんど》東使の上洛《しやうらく》は、主上を遠国へ遷《うつ》しまゐらせ、大塔宮《おほたふのみや》を死罪に行ひたてまつらんためなり」と、山門に披露ありければ《延暦寺で事が明らかにされたので》、八月二十四日の夜に入つて、大塔宮より、ひそかに御使ひを以つて、主上《帝》へ申させたまひけるは、「今度東使上洛の事、内々承り候へば、皇居《主上》を遠国へ遷したてまつり、尊雲《わたくしを》を死罪に行はんためにて候ふな《とか申します》

一 卜部は神祇官《じんぎかん》の職の一。亀卜《きぼく》をもって朝廷に仕えたことから吉田家の本姓となる。宿禰は、もと八姓のうち、朝臣《あそん》に次ぐ第三の姓であったが、ここは敬称。
二 亀の甲を焼き、ひびの入り方により吉凶を占い。
三 中国渡来の陰陽五行説に基づき、天文・暦数・卜《ぼく》筮《ぜい》を扱う陰陽寮の教授。
四 占いに出た内容。
五 主上や上役の質問に、その道の専門家が考えて答申する文書。
六 文書に表れたところ。
七 『増鏡』「むら時雨」に、「元弘元年八月二十四日」とあり、当時の断簡記録『光明寺残篇《こうみようじざんぺん》』には、九月十八日に、秋田城介《じようのすけ》・二階堂出羽入道が入洛したとある。
八 関東からの二人の使者。天正本は、工藤次郎左衛門、二階堂道蘊《どううん》の二名とする。
九 この場合は、幕府から朝廷にあてた文を入れた箱。

る。今夜、急ぎ南都《奈良》の方へ御忍び候ふべし《こっそりお移りください》。一〇城郭いまだ調《ととの》はず、官軍馳せ参ぜざる先に、一一凶徒もし皇居に寄せ来たらば、御方《みかた》防き戦ふに一二利を失ひ候はんか。かつうは《一つには》、京都の敵をさへぎりとどめんがため《ひきつけておくため》、または《また一つには》衆徒の一三心を見んがために、近臣を一四一人《いちにん》、天子の号を許されて《帝と称するのをお許しいただき》、山門へ上《のぼ》せられ、臨幸の由を披露候はば《〔山門へ〕行幸の由を言い触らせば》、敵軍定めて《きっと》叡山に向ひて、合戦を致し候はんか。さる程ならば、衆徒《しゅと》一五わが山を思ふ故に、防き戦ふに身命を軽んじ候ふべし《惜しみますまい》。凶徒力疲れ、合戦数日《すじつ》に及ばば、伊賀・伊勢・大和《やまと》・河内《かはち》の官軍を以つて、かへつて《逆に》、京都を攻められんに、凶徒の一六誅戮《ちゅうりく》、一七踵《くびす》を回《めぐ》らすべからず。国家の安危《存亡》、ただこの一《一つ》挙に有るべく候ふなり《の行動にかかっております》」と申されたりけるあひだ、主上ただあきれ《途方に暮》させたまへるばかりにて《れられるばかりで》、何の御沙汰にも及びたまはず《御指図をもされない》。一八尹《ゐん》大納言師賢《もろかた》・一九万里小路《までのこうぢ》中納言藤房《ふぢふさ》、同じき舎弟二〇季房《すゑふさ》、三、四人二一上臥《うへぶし》したるを御前に召されて、「この事いかがあるべき《いかがすべきか》」と仰せ出だされければ、藤房卿進んで申されけるは、「二二逆臣君を《主上を》犯《をか》したてまつらんとす

一〇 皇居の、敵を迎え撃つための陣。
一一 よこしまな賊徒。
一二 勝ちめはございますまい。
一三 山門の衆徒の本心を見届けるため。「衆徒」は、大寺院に住する多くの僧。
一四 お側近くに仕える寵臣《ちょうしん》。
一五 もともと、自分たちの所属する山の意であるが、ここは、特に比叡山の意に固定したもの。『曾我物語』一「惟喬《これたか》・惟仁《これひと》の位あらそひの事」や『続拾遺集』十六「雑上」などに用例が見られる。
一六 討ち滅ぼすこと。
一七 かかとをめぐらすほどの間も要すまい。
一八 弾正台の長官。もともと親王の官なので、納言以上の臣で兼ねる者を尹大納言などと言う。師賢は内大臣藤原師信《もろのぶ》の息。
一九 藤原高時の子孫、権大納言宣房の息。後日、常陸《ひたち》へ流されるが、建武の新政に復し、天皇の執政をめぐって諫言《かんげん》し遁世する。
二〇 実の弟。季房は、勘解由《かげゆ》次官、参議などを歴任、従三位に昇った。後日、捕えられ常陸に流され、正慶二年五月二十日、その地に死去。
二一 宮中に宿直すること。
二二 叛逆の臣。

る時、暫くその難を避けて、かへつて《結果として》国家を保つは、前蹤皆佳例に《先例があり皆よい結果に終》て候ふ。《っております》いはゆる《例えば》重耳[一]《ちようじ》は翟《てき》に奔《はし》り、大王[二]豳《ひん》に行く。ともに王業をな《いずれも後日王業をな》して、《しとげ》子孫無窮に《永く》光をかかやかし候ひき。とかくの《あれこれ余計な》御思案に及び候はば、夜も深《ふ》け候ひなん。はや御忍び候へ」とて、御車を差し寄せ、三[三]種の神器を乗せたてまつり、下簾[四]《したすだれ》より出絹[五]《だしぎぬ》を出だして、女房車の体に見せ、《ように見せかけ》主上をたすけ乗せまゐらせて、陽明門[六]より成したてまつる。《お連れ出し申し上げた》御門《ごもん》守護の武士ども、御車を押さへて、「たれにて御渡り候ふぞ」《いらっしゃるか》と、問ひ申しければ、藤房・季房二人、御車に従ひて供奉《ぐぶ》したりけるが、「これは中宮の《(禧子)》夜に紛れて、《夜ひそかに》北山殿[七]へ行啓ならせたまふぞ」《父西園寺実兼のもとへいらっしゃるぞ》とのたまひたりければ、「さては子細候はじ」《さしつかえございますまい》とて、御車をぞ通しける。かねて《あらかじめ》用意やしたりけん、源中納言具行《ともゆき》・按察[八]《あぜち》大納言公《きん》敏《とし》・六条少将[九]忠顕《ただあき》、三条河原にて追ひ付きたてまつる。これより御車をばやめられ、怪しげなる張輿[一〇]《はりごし》に召し替《か》へさせまゐらせたれども、にはかの事にて、駕輿丁[一一]《かよちやう》も無かりければ、大膳大夫重康《だいぜんのだいぶしげやす》・楽人豊原《がくじんとよはら》

一 晋《しん》の献公が驪姫《りき》を溺愛《できあい》、その子の奚斉《けいさい》を重んじ太子申生《しんせい》と公子重耳を遠ざけた。申生は自殺に追い込まれ、重耳も翟《てき》（えびす）に難を避けたが、献公の死後、秦《しん》の繆公《ぼくこう》の力を借りて晋に帰り文公となった。

二 匈奴《きようど》に攻められた古公亶父《ここうたんぷ》は、自分のために人民の苦しむを好まず豳《ひん》（陝西《せんせい》省邠《ひん》県）を去り岐山におもむいたが、なお人民に追慕されたという。「昔、大王豳に居る、狄人《てき》これを侵す」（『孟子』梁恵王・下）。

三 皇位継承に伝える聖器。八咫《やた》鏡・草薙《くさなぎの》剣・八坂瓊《やさかにの》勾玉《まがたま》の三つをいう。ただし史実は鏡は渡されなかった。

四 牛車の内部が見えないように、前後の簾《すだれ》の内側に掛け垂らす細長い布。

五 簾の外に出す、女房の衣の袖口や裳《も》の褄《つま》など。

六 御所の、東面の門。ただしここは富小路内裏の門。この里内裏《さとだいり》は、もと西園寺実氏の邸のあった地で、後堀河天皇以後、皇居や仙洞《せんとう》となった。

七 北山のほとりに建つ西園寺（今の金閣寺の地）。当時、実兼が住む。

八 藤原公季の子孫、左大臣従一位、洞院実泰の息。後、長門《ながと》へ流される。按察は、地方官の業績を調べ民情を視察する按察使《あぜち》。公敏は大納言でこの官を兼ねた。

九 村上源氏、権中納言有忠の息。主上の隠岐《おき》遷幸に同行、討幕に功あり、終始南朝に仕える。

一〇 畳表を四方に張りめぐらした粗末な輿。

一一 輿を舁《か》く下役人。

兼秋《かねあき》・[一二]随身秦久武《ずいじんはだのひさたけ》なんどぞ御輿《おんこし》をば舁《か》きたてまつりける。供奉《ぐぶ》の諸《つき従》卿《う公卿ら》、皆[一三]衣冠を解《ぬ》いで、[一四]折烏帽子《をりゑぼし》に[一五]直垂《ひたたれ》を着し、[一六]七大寺詣《まうで》する京家《公家》の青侍《あをざむらひ》なんどの、女性《にょしやう》を具足したる体に見せて《連れて行く様子に見せかけて》、御輿の前後にぞ供《つき》奉《従った》したりける。[一七]古津《こづ》の石地蔵を過ぎさせたまひける時、夜はほのぼのと明けにけり。ここにて朝餉《あさがれひ》の供御《ぐご》を進め申して《朝食をお勧めして》、先づ南都の[一八]東南院へ入らせたまふ。[一九]かの《その院の》僧正、元よりふたごころなき忠義を存ぜしかば、先づ臨幸なりたるをば披露せで《公表しないで》、衆徒《しゅと》の心を伺《うかが》ひ聞くに、[二〇]西室《にしむろ》の顕実《けんじつ》僧正は、関東《北条》の一族にて、権勢の門主たる《権力のある住職であるので》あひだ、皆その威《威勢》にや恐れたりけん、与力《〔主上に〕同心》する衆徒も無かりけり。かくては南都の皇居叶ふまじとて《に皇居を置くことはなるまいと》、翌日二十六日、[二一]和束《わつか》の鷲峰山《じゅぶうせん》へ入らせたまふ。これはまたあまりに山深く、里《人里》遠くして、何事の計略《戦略をめぐらす》も叶ふまじき所《にも不便な》なれば、〔さらに〕[二二]要害に御陣を召さる《構えるべきだと》べしとて、同じき二十七日、潜幸《忍びの行幸の儀をととのえ》の儀式を引きつくろひ、南都の衆徒少々召し具せられて、[二三]笠置《かさぎ》の石室《いはや》へ臨幸なる。

一二 摂政や大臣などに公認された警固の役人。近衛府の舎人《とねり》などが勤める。
一三 宮中の略式礼装。冠《かんむり》・袍《ほう》・袴《はかま》・腰紐《ひも》のみを付け沓《くつ》をはき、扇を持った服装。
一四 先端を折りたたんだ、私的、略装の烏帽子。
一五 袖・裾《すそ》を紐でくくる、簡略で行動に便利な着衣。
一六 東大・興福・元興・大安・薬師・西大・法隆の七大寺。唐招提寺《とうしょうだいじ》・法華寺を数えることもある。
一七 京都府相楽郡《そうらく》山城町の南端、木津川にかかる泉橋寺の入口の西側にある、俗称山城大仏の石仏地蔵。
一八 東大寺南大門の東脇にあった門跡寺。三論宗の本拠で真言・法相宗《ほっそう》を兼ねる。弘法大師の氏寺と言う。
一九 太政大臣藤原基忠の息、聖尋。東大寺別当・醍醐寺座主を歴任。
二〇 大仏殿の北にあった。顕実は未詳。古本に顕宝とある。
二一 相楽郡の東北隅、六八五メートルの山。修験道の道場。山頂近くに真言宗の金胎寺《こんたいじ》がある。
二二 険しくて、敵の攻撃を防ぐのに都合のよい所。
二三 相楽郡と奈良県との境、木津川の南にある二八九メートルの山。全山が花崗岩《かこうがん》から成り、奇岩・怪石が点在する。

* 相次ぐ兵火と天災を重ねて描き、風雲急なることを予告、やがて東使の上洛、大塔宮からの進言、さらに天皇の笠置への脱出と、急テンポで展開する。その叙事詩的な構成力を見るべきであろう。

師賢《もろかた》登山《とうざん》の事付けたり唐崎浜《からさきはま》合戦の事

師賢、帝と偽り称し叡山に登る

尹《ゐんの》大納言師賢卿は、主上（帝）の内裏《だいり》を御出《ぎよしゆつ》有りし夜、三条河原まで供《ぐ》奉《ぶ》せられたりしを（同行申し上げたが）、大塔宮《おほたふのみや》より様々[一]仰せられつる子細あれば、臨幸（行幸を）の由にて（よそおって）山門へ登り、衆徒《しゆと》の心をも伺ひ（探り）、また勢をも付けて（軍勢をも集めて）合戦をいたせと仰せられければ、師賢、[二]法勝寺《ほつしようじ》の前より、[三]袞龍《こんりよう》の御衣《ぎよい》を着て、[四]瑶輿《えうよ》に乗り替へて、山門の[五]西塔院《さいたふゐん》へ登りたまふ。[六]四条中納言隆《たか》資《すけ》・[七]二条中将為明《ためあきら》・[八]中院《なかのゐんの》左中将貞平《さだひら》、皆衣冠正しうして、供奉の体に（行幸に随行する様子で）相したがふ。事の儀式、まことしく（本物らしく）ぞ見えたりける。[九]西塔の釈迦堂を皇居と成さる。主上、山門を御憑《おんたの》み有つて臨幸（行幸）成りたる由、披露ありければ（公表されたので）、[一〇]山上・坂本は申すに及ばず、大津・[一一]松本・[一二]戸津《とづ》・[一三]比叡辻《へいつじ》・[一四]仰木《あふぎ》・[一五]絹川《きぬがは》・[一六]和仁《わに》・堅田《かただ》の者までも、われさきにと馳せ参

一 種々、進言された事もあるので。
二 左京区岡崎にあった。古本は、法性寺とする。法性寺は、藤原忠平が延長三年（九二五）創建。東福寺の西、伏見街道に面して在ったが、正慶二年の兵火により全く廃亡した。
三 龍などの模様を縫いとりした、天皇の礼服。
四 天皇や親王が乗る、玉飾りをした輿《こし》。
五 西塔院は、叡山《えいざん》九院の一、仁明天皇の勅願による法華千部西塔院であるが、ここは西塔の誤りか。
六 藤原隆顕《たかあき》の孫。巻一、二八頁注五参照。
七 藤原為藤の息。五五頁注二〇参照。
八 村上源氏、陸奥守《むつのかみ》定成の息、定平。南朝に仕えるが、新田義貞の北国落ちとともに河内《かわち》へ隠棲《いんせい》する。
九 西塔の中心をなす転法輪堂のこと。釈迦如来の立像を本尊とすることから釈迦堂とも言う。
一〇 延暦寺のある比叡山の山上や、東坂本は言うまでもないこと。
一一 大津市内、松本石場町の辺り。
一二 大津市下阪本の浜の古名。
一三 大津市下阪本比叡辻《ひえつじ》町。
一四 大津市堅田町内の地名。横川《よかわ》の北麓に当る。
一五 衣川。堅田町内の地名。
一六 和邇《わに》。滋賀郡志賀町内の地名。

六波羅、事を察知し、叡山へ発向

る。その勢《せい》、東西両塔に充満して、雲霞《うんか》のごとくにぞ見えたりける。

かかりけれども《このような状況になっても》、六波羅《ろくはら》にはいまだかつて《全く》これを知らず。夜明ければ、東使両人、内裏へ参つて、先づ行幸を六波羅へ成したてまつらんと《後醍醐帝を六波羅へお移ししようと》てうつ立ちけるところに《出かけようとしたところへ》、浄林房[一七]阿闍梨《あじゃり》豪誉《がうよ》がもとより、六波羅へ使者をたて、「今夜の寅の刻（午前四時頃）に、主上、山門《延暦寺》を御憑《おんたの》み有つて、臨幸成りたるあひだ、三千[一八]の衆徒ことごとく《叡山全山の衆徒がこぞって》馳せ参り候ふ。近江《あふみ》・越前の御勢[一九]を待つて、明日は六波羅へ寄せらるべき由評定あり《相談している》。事の大きに成り候はぬ先に、急ぎ東坂本へ御勢を向けられ候へ。豪誉後攻《ごづ》[二〇]めつかまつて、主上をば捕りたてまつるべし《捕え申し上げましょう》」とぞ申したりける。両六波羅[二一]大いに驚きて、先づ内裏《だいり》へ参つて見たてまつるに、主上は御座なくて《御不在で》、ただ局町《つぼねまち》[二二]の女房たち、ここかしこにさしつどひ《寄り集まって》て、泣く声のみぞしたりける。「さては、山門へ落ちさせたまひたる事子細なし《まちがいない》。勢つかぬ[二三]前に、山門を攻めよ」とて、四十八箇所[二四]の篝《かがり》に、畿内五箇国[二五]の勢を差し添へて、五千余騎大手の寄手として《〔都合〕五千余騎を正面からの攻め手として》、赤《せき》[二六]

一七 西塔の住人。実在の人物で山門の悪僧（気性や行動の荒々しい者）的人物であったらしい。「浄林房」は「上林房」とも書く。永和書写『秋夜長《あきのよのなが》物語』に叡山内の住坊として「西塔ニハ……常林房」と見える。
一八 天台宗に言う、宇宙全体の総称「三千」から転じて叡山全山を言う。
一九 朝廷に味方する軍勢の到着を待って。
二〇 敵の後方から攻撃すること。
二一 南北両六波羅探題。当時、北は仲時、南は時益が探題であった。
二二 女官の住む部屋の集まる所。
二三 主上に味方する軍勢の増大する前に。
二四 京都の町を警固するため要所要所に篝火を焚《た》いて詰めた、その詰所に詰める役人。
二五 京都を中心に、その周辺の山城《やましろ》・大和《やまと》・河内・和泉《いずみ》・摂津《せっつ》の五カ国。これらの国から上洛して京の警固に当った、その軍勢。
二六 左京区修学院開根坊《かいこんぼう》町にあり、天台の鎮守神として赤山明神を祭る。京の東北表の鬼門に当り、方除けの神としてもあがめられる。

山《さん》の麓《ふもと》、[一]下松《さがりまつ》の辺へ指し向けらる。搦手《からめて》《背後》へは、[二]佐々木三郎判官時《とき》信《のぶ》・[三]海東左近将監《かいとうさこんのしやうげん》・[四]長井丹後守宗衡《ながゐたんごのかみむねひら》・[五]筑後前司貞知《ちくごのぜんじさだとも》・[六]波多野上野前《はだのかうづけのぜん》司《じ》宣道《のぶみち》・[七]常陸《ひたちの》前司時朝《ときとも》に、美濃《みの》・尾張《をはり》・丹波《たんば》・但馬《たじま》の勢をさしそへて七千余騎、大津・松本を経て、[八]唐崎《からさき》の松の辺まで寄せかけたり。

六千の僧、山門防衛に参る

坂本《東坂本》には、かねてより《あらかじめ》合図を指したる事なれば《打ち合せがなされていたので》、[九]妙法院《(尊澄法親王)》・大塔宮両門主《門跡の主》、宵より[一〇]八王子へ御上《おんのぼ》りあつて、御旗を揚げられたるに、[一一]御門徒の[一二]護正院の僧都祐全《いうぜん》・[一三]妙光坊の阿闍梨玄尊《げんそん》を始めとして、三百騎、五百騎、ここかしこより馳せ参りける程に、一夜の間に、御勢六千余騎に成りにけり。天台座主を始めて《始めとして》、[一四]解脱同相《げだつどうさう》の御衣《おんころも》を脱ぎたまひて、[一五]堅甲利兵《けんかふりへい》の御かたち《武具に身を固める》に変はる。[一六]垂迹《すいしやく》和光のみぎり《平和な仏教の霊場》たちまちに変じて、勇士守禦《しゆぎよ》の場《防戦の戦場》と成りぬれば、神慮《神の御心》もいかが有らんと、はかりがたう《想像しがたく》ぞ覚えたる。

唐崎の合戦　快実・海東の攻防

さる程に、六波羅勢すでに戸津《とづ》の宿《宿場》の辺まで寄せたりと、坂本の《日吉社の陣》内《内》騒動しければ、[一七]南岸の円宗院《ゑんしゆうゐん》、中坊《なかのばう》の勝行房《しようぎやうばう》、はやりを《血気盛んな同宿の若者》の同宿

一　京都市左京区一乗寺下リ松町。赤山の南に位置する。
二　宇多源氏。巻一、四三頁注六参照。
三　天正本は仲家。大江広元の息忠成の家系を海東と号する。将監は、近衛府の三等官。
四　大江広元の息時広を長井と号し、その子孫に因幡《いなばの》守《かみ》宗衡が見える。その叔父の貞重は、海東忠成の娘を母とし、六波羅評定衆であった。
五　藤原道兼の子孫、小田知宗の次弟に六波羅頭《とう》人《にん》筑後守貞知が見える。
六　藤原藤成の子孫、左近将監宣茂の息。
七　貞知の兄、六波羅頭人常陸介和泉守《いずみのかみ》時知。
八　大津市坂本の南。古く一老松があり歌枕。
九　巻一、二五頁に、後醍醐天皇の第二子として見える。
一〇　日吉《ひえ》神社の中、その東北にある、上七社の中の第四社。その背後に八王子山がある。
一一　同じ師の教えを受ける門弟。
一二　延暦寺内の坊舎の一。祐全は未詳。
一三　未詳であるが、『平家物語』に「東塔の南谷妙光坊」（二・一行阿闍梨《いちぎようあじやり》之沙汰《さた》）と見える。
一四　解脱を求める人の着る衣。袈裟《けさ》。僧衣。
一五　堅固な甲冑《かつちゆう》や鋭利な武器。
一六　仏や菩薩が、衆生《しゆじよう》を救うために、悟りの知恵の光

ども、取る物も取りあへず、唐崎の浜へ出で合ひける。その勢皆歩《かち》立ちにて《徒歩で》、しかも三百人には過ぎざりけり。海東これを見て、「敵は小勢なりけるぞ。後陣の勢の[一八]かさならぬ前《さき》に、かけ散らさでは《蹴散らさねば》叶《かな》ふまじ。つづけや者ども」と言ふままに《言うが早いか》、三尺四寸の太刀を抜いて、鎧《よろひ》の[一九]射向《いむけ》の袖をさしかざし《頭上にかざし》、敵のうづ巻いてひかへたる真中へかけ入り、敵三人切りふせ、波打ち際《〔湖の〕》にひかへて、続く御方《〔の軍勢〕》をぞ待つたりける。岡本房の[二〇]播磨竪者快実《はりまのりつしやくわいじつ》、遙かにこれを見て、前につき《立て》並べたる[二一]持楯《もちだて》一帖《一枚》、かつぱと《がばと》踏み倒[二二]し、[二三]二尺八寸の小長刀《こなぎなた》、水車に《水車のように》回して躍りかかる《討ってかかる》。海東これを弓手にうけ《左手に受けとめ》、冑《かぶと》の鉢《はち》を真《ま》つ二つに打ちわらんと、かた手《片手》打ちに《〔相手を〕》打ちけるが、打ちはづして[二四]袖の冠板《かぶりいた》より[二五]菱縫《ひしぬひ》の板まで、[二六]片筋《かたすぢ》かひにかけず切つて落す。二の太刀を《続く二の太刀を》あまりに強く切らんとて《〔力みすぎて〕》、弓手の《左の》鐙《あぶみ》を踏みをり《折り》、すでに《危うく》馬より落ちんとしけるが乗り直りけるところを、快実長刀《なぎなた》の柄《え》を取りのべ《のばして》、[二七]内冑《うちかぶと》へ[二八]鋒《きつさき》上《あが》りに二つ三つ、すき間もなく入れたりけるに、海東あやまたず《みごとに》、

をやわらげかくし、現実界に仮の姿を現すこと。
一七 永和書写『秋夜長物語』に「本院ニ……円宗院、……西塔ニハ……南岸」と見える。『太平記』には混乱があるか。
一八 増強しない間に。
一九 左の袖。弓を引く時に、前方、敵の方へ向けることからいう。
二〇 法会《ほうえ》の論議の席で、座長の探題の出した課題に対し、道理をたてて、問者の反論に答える僧。快実は未詳。
二一 携帯用の楯《たて》。
二二 底本は「到」。
二三 刀身が約八〇センチの短い薙刀《なぎなた》。
二四 鎧《よろい》の大袖の最上部の、櫛形《くしがた》の板。
二五 鎧や兜《かぶと》の部分の名であるが、ここは鎧の大袖の最下部、×形に飾り綴《と》じをした板。
二六 斜めに、すっぱりと切りおろした。
二七 兜の前面、その内側、額の辺り。
二八 薙刀の先端を上向きに二、三度休む間なく。

[一]喉《のど》ぶえを突かれて、馬より真倒《まつさかさま》に落ちにけり。快実、やがて《すぐさま》海東が[二]あげまきに乗りかかり、鬢《びん》《側髪》の髪をつかんで[三]引つかけて《首を引き上げ》、首かき切つて長刀《なぎなた》に貫き、「武家の《武家方の》大将一人討ち取りたり。物始めよし《幸先よし》」と悦んで、あざ笑うて《高笑いをして》ぞ立つたりける。ここに何者とは知らず、見物衆の中より、年十五、六ばかりなる[四]小《こ》児《ちご》の、[五]髪唐輪《からわ》に上げたるが、[六]麹《き》塵《じん》の[七]胴丸《どうまる》に、[八]大口のそば高く取り、[九]金《こがね》作りの小太刀を抜いて、快実に走りかかり、冑《かぶと》の鉢《はち》をしたたかに《けんめいに》、三《み》打ち四打ちぞ打つたりける。快実きつと《急ぎ》振り返つてこれを見るに、齢《よはひ》二八ばかり《十六歳》なる小《こ》児《ちご》の、[一〇]大《おほ》眉《まゆ》に[一一]鉄漿黒《かねぐろ》なり。これ程《こんな》の小児を討ち留《とど》めたらんは、法師の身にとつては情け無し。〔といって〕討たじとすれば《相手にしまいとすると》走りかかり走りかかり、手繁く《しつこく》切り回りけるあひだ、よしよしさらば長刀の柄《え》にて、太刀を打ち落して、組み止めんとしけるところを、[一二]比叡辻《へいつじ》の者どもが、田の畔《くろ》[一三]に立《立ち》ち渡つて《並んで》射ける[一四]横矢に、この[一五]児胸板《ちごむないた》をつつと射抜かれて、やにはに《その場に》伏して死にけり。後にたれぞと尋ぬれば、海東が嫡子幸若丸《かうわかまる》と言ひ

一 のどの、気管の通る部分。
二 鎧の背面、逆板の中央に、鐶《かん》を打って総角《あげまき》（飾り紐《ひも》）を付けることから、この逆板を言うが、この場合はさらに広く鎧の背面を指す。
三 古本に「引アゲ」とある。
四 少年。
五 髻《もとどり》の上部を分けて二つの輪に作り、高く結い上げた髪形。
六 こうじの花に似て、青い、萌黄《もえぎ》に近い色。「きくぢん」とも読む。その色の糸で縅《おど》した。
七 胴丸鎧をつけ。「胴丸」は胴を丸く囲み、右脇で引き合せる、徒歩戦用の軽快な鎧。
八 大口袴の、股立《ももだち》をたぐり上げて。
九 金または金メッキの金具で飾った小ぶりの太刀。
一〇 女や稚児が、眉を太く描いて、目につくようにした化粧。
一一 おはぐろに染めていること。古く、貴族の男女が行った。例えば『平家物語』九「忠度《ただのり》最期」で、源氏に追われる忠度が、味方だとあざむこうとしたが、かねぐろであったため平氏の公達《きんだち》と見破られた、という話がある。
一二 大津市内の地名。九四頁注一三参照。
一三 あぜ道。
一四 相手の側面から射る矢。
一五 鎧の前面、最上部にある板。

一六 やはり父の身の上を不安に思ったか。
一七 手綱をつけるため、馬の口にかませる器具。くちばみ。くつわ。ここは、馬の頭を並べて、の意。
一八 お前さんたちは。二人称の代名詞で、対等の相手に対して用いる。
一九 きざし。本来、吉兆の意であるが、中世、「世の乱るる瑞相とか聞けるもしるく」(『方丈記』)のように、これを単なる前兆の意に用いる例が多く見られた。
二〇 巻十四「箱根竹下合戦の事」に「道場坊が同宿…坂本様の袈裟《けさ》切りに」とあり、いずれも比叡坂本の僧兵の武技に関する語であるから、坂本流儀の豪快な武技の意か。坂本から叡山を拝むように、との説もある。
二一 合掌して拝むように、刀の柄《つか》を両手で握り、頭上に構えて正面から切りおろすこと。
二二 火花を散らして戦った。
二三 馬を敵の方へと向けかね、浮き足立った。
二四 近江《おうみ》の佐々木氏の一族。滋賀県神崎郡能登川《のとがわ》町伊《い》庭《ば》の出身。
二五 近江、蒲生《がもう》郡から出た佐々木氏の一族。

ける小《こ》児《ちご》、父が留《とど》め置きけるによつて、軍《いくさ》の伴《とも》をばせざりけるが、一六 なほもおぼつかなくや思ひけん、見物衆に紛れて、〔父の〕跡について来けるなり。幸若幼しといへども、武士の家に生れたる故にや、父が討たれけるを見て、同じく戦場に討死して、名を〔後代に〕残しけるこそ哀れなれ。海東が郎等これを見て、二人の主《しゆ》を目の前に討たせ、あまつさへ《それぱかりか》〔主の〕首を敵に取らせて《取られて》、生きて帰る者や有るべきとて《おめおめと生きては帰れずと》、三十六騎の者ども、一七 轡《くつばみ》を並べてかけ入り、主の死骸を枕にして、討死せんと相《あひ》争ふ。快実これを見て、からからとうち笑うて、「心えぬものかな《わからぬことだなあ》。一八 御辺《ごへん》たちは、敵の首をこそ取らんずるに《取るべきなのに》、御方《みかた》の首をほしがるは、〔どうやら〕武家自滅の一九 瑞相顕《ずいさうあらは》れたり。ほしからば、すは《そら》取らせん」と言ふままに《言うが早いか》、持ちたる海東が首を敵の中へがばと投げかけ、二〇 坂本様《さかもとやう》の二一 拝《をが》み切り、八方を払つて《切りまくって》二二 火を散らす。三十六騎の者ども、快実一人に切り立てられて、二三 馬の足をぞ立てかねたる。佐々木三郎判官時信《ときのぶ》、後にひかへて、「御方討たすな、つづけや」と下知しければ《命令したので》、二四 伊庭《いば》・二五 目《め》賀多《かだ》・木村[一]・馬淵《まぶち》[二]、三百余騎をめいてかかる《大声あげて攻めかかった》。快実すでに討たれぬ《いよいよ討たれるかと》と見えけるところに、桂林房《けいりんばう》[三]の悪讃岐《あくさぬき》、中房《なかのばう》の小相模《こさがみ》、勝行房《しようぎやうばう》の侍《じ》従竪者《じゆうりつしや》定快《ぢやうくわい》、金蓮房《きんれんばう》の伯耆直源《はうきぢきげん》、四人左右より渡り合ひて《かかっていって》、鋒《きつさき》を指し合はせて《そろえて》切つて回る。讃岐と直源と同じ所にて討たれにければ、後陣《後に続く》の衆徒五十余人、連れて《そろって》また討つてかかる。唐崎の浜と申すは、東は湖にてその汀《みぎは》崩れたり[四]。西は深田《ふけだ》[五]にて、馬の足も立たず。平沙《へいさ》[六]渺々《べうべう》として道せばし。後へ取りまはさん《後ろへ回って背後をつこうとするもかなわず》とするも叶はず、中に取り籠めんとするも叶はず。されば衆徒も寄手《よせて》も、《〔両軍ともに〕》互ひに面《おもて》に立つた《先陣に進》る者ばかり《む者だけが》戦ひて、後陣の勢はいたづらに《なすこともなく》見物してぞひかへたる。

六波羅勢、背後をつかれ敗走

すでに唐崎に軍《いくさ》始まりたりと聞えければ、御門徒《延暦寺の僧兵》の勢三千余騎、白井《しろゐ》[七]の前を今路《いまみち》[八]へ向ふ。本院《東塔》の衆徒七千余人、三宮《さんのみや》林[九]を下り降る。《〔山門方の〕》和仁・堅田の者どもは、小舟三百余艘に取り乗つて、敵の後をさ《断と》へぎらん《うと》と、大津をさして漕《こ》ぎ回《まは》す。六波羅勢これを見て、叶はじとや思ひけん、志賀[一〇]の炎魔堂の前を横切りに《横切って》、今路に《今路越えを通って》かかつて引き

一 滋賀県蒲生町木村から出た紀氏の一族。佐々木氏と縁戚関係にあった。
二 近江八幡《おうみはちまん》市馬淵《まぶち》から出た佐々木氏の一族。
三 桂林房、中房、勝行房、金蓮房いずれも西塔の坊か。以下、悪僧と呼ばれた面々であろうが未詳。永和年間書写の『秋夜長物語《あきのよのながものがたり》』に「千人切ノ荒讃岐」が見える。
四 崖《がけ》くずれの状態である。
五 深い泥田。
六 戦闘をくりひろげる現場は、平らな砂原が遙《はる》か遠くまで続いて、その中、通行し得る道はせまい。
七 未詳。
八 京都市左京区修学院から音羽川に沿い四明岳《しめいがだけ》を経て延暦寺に至る坂を雲母《きらら》坂と言い、この坂から延暦寺東塔を経て東坂本へ下る道を言う。
九 山王七社の中、八王子とともにその西北にある三宮の辺りの林。
一〇 大津市見世《みせ》・南滋賀《みなみしが》町の辺りにあった堂。

返す。衆徒は案内者[一一]なれば、〔六波羅軍を〕ここかしこのつまりつまり《道の行きどまりへと》に落ち合ひ《追いつめて》て、散々に射る。武士は皆〔土地に〕無案内なれば、〔追われ〕堀《ほり》[一二]・峪《がけ》ともいはず、馬を馳せ倒して、引きかねける《逃げおおせかねたので》あひだ、後陣に引きける《最後尾を落ちていた》海東が若党八騎、波多野が郎等十三騎、真野《まの》[一三]入道父子二人、平井九郎[一四]主従二騎、谷底にして討たれにけり。佐々木判官(時信)も馬を射させて《射られて》乗りがへ《かわりの馬を》を待つ程に、大敵左右より取り巻いて、すでに討たれぬとみえける《いよいよ討たれようとするところを》を、名を惜しみ命を軽んずる若党ども、〔主を守らんと〕返し合はせ返し合はせ、所々《あちこちで》にて討死しけるその間に、〔時信は〕万死を出でて一生に会ひ[一五]、白昼に京へ引き返す。

この頃《このところ》までは、天下久しく静かにして、軍《いくさ》といふ事はあへて《全く》耳にも触れざりしに、にはかなる不思議出で来ぬれば《思いもかけぬ事が起きたので》、人皆あわて騒いで、天地もただ今打ち返す様に《今にも天地がくつがえるかのように》、沙汰せぬところも無かりけり《どこでもうわさし合った》。

持明院殿《ぢみやうゐんどの》[一六]六波羅へ御幸《ごかう》の事

一一 土地に明るいので。

一二 堀であろうと崖であろうと所かまわず乗り入れて馬を倒し。

一三 藤原氏で、尾張津島の武士。九六頁に山門を攻める六波羅軍について「美濃《みの》・尾張《をはり》・丹波《たんば》・但馬《たじま》の勢をさしそへて」とあった、その一員であろう。

一四 滋賀県愛知《えち》郡愛知川町平居《ひらい》の出身。

一五 全く絶望的な状況にありながら、かろうじて生きのびて。「太宗曰《いは》く、玄齢は昔我に従ひて天下を定め、つぶさに難苦を嘗《な》め万死を出でて一生に遇へり」(『貞《じよう》観《がん》政要』一)。

＊ 緒戦、大塔宮の戦略にはまって一歩立ち遅れた六波羅勢は、山門の悪僧集団の前に完敗を喫する。特に悪僧快実の豪快な行動が、逐次その動作をおって描かれ、躍動的な合戦談を構成している。

一六 後深草院の系統。ここは後伏見上皇とその皇子量《かず》仁《ひと》親王。ただし『増鏡』「むら時雨」によれば、花園上皇も同行した、とある。

世上《世間》乱れたるをりふし《頃なので》なれば、野心の者ども取りまゐらする事《叛逆の者どもが人質としてかくまい申し上げる事が》もやとて《あってはと》、昨日二十七日の巳の刻《(午前十時頃)》に、持明院本院《(後伏見上皇)》・[一]春宮《とうぐう》両御所《のお二人が》、[二]六条殿より[三]六波羅の北の方へ御幸なる。供奉《お供の》の人々には、[四]今出川前《いまでがはのさきの》右大臣兼季《かねすゑ》公・[五]三条大納言通顕《みちあき》・[六]西園寺《さいをんじの》大納言公宗《きんむね》・[七]日野前《ひののさきの》中納言資名《すけな》・[八]坊城《ばうじやうの》宰相経顕《つねあき》・日野宰相資明《すけあきら》、皆衣冠にて《衣冠をただして》、御車の前後に相《あひ》したがふ。そのほかの[九]北面・[一〇]諸司・[一一]格勤《かくご》は、大略《ほとんどが》[一二]狩衣《かりぎぬ》の下に[一三]腹巻を着《き》映《かかや》かしたるもあり。洛中須臾《しゆゆ》に変化して《たちまち変り》、[一四]六軍[一五]翠花《すいくわ》を警固したてまつる。[一六]見聞耳目を驚かせり。

主上臨幸実事《じつじ》に非ざるに依《よ》つて山門変儀の事
付けたり紀《き》信《しん》が事

山門の大衆《叡山の僧たち》、唐崎の合戦に討ち勝つて、[一七]事始《ことはじめ》よしと喜び合へる事

後伏見上皇ら六波羅殿の北へ避難

一 皇太子。両統迭立《てつりつ》の申し合せ（巻一、二六頁注一参照）により、当時、後伏見上皇の皇子量仁《かずひと》親王が、後醍醐天皇の皇太子であった。

二 古く後白河院の院の御所。六条の北、西洞院《にしのとういん》の西にあった。後深草院も御所とした。

三 六波羅府の北にある将軍領の邸。

四 藤原公季《きんすゑ》の子孫、西園寺実兼の息。

五 村上源氏、内大臣従一位通重《みちしげ》の息。

六 実兼の孫、内大臣右大将実衡《さねひら》の息。

七 この後の資明とともに俊光の息で、資朝と兄弟。

八 藤原高藤の子孫、権中納言正二位定資《さだすけ》の息。「宰相」は、参議の唐名。

九 院の御所を警固する武士。

一〇 多くの役所の役人。

一一 親王や大臣などの邸に仕える下級の役人。

一二 貴族のふだん着。

一三 鎧のうち、最も略式で、背中の中央で合わせて着るもの。鎌倉末期より、戦闘用として多く用いられた。

一四 一軍一万二千五百人で構成する軍六つをもって編成される天子の軍。

一五 かわせみの羽で飾った天子の旗。転じて天子の行幸を言う。

一六 見る者、聞く者、非常の事態に驚いた。

＊ 前段からひき続き、事態は急を告げる。人名の列挙が、この状

師賢の正体露顕

なのめならず。ここに西塔を皇居に定めらるる条、本院[18]面目[19]無きに似たり。寿永[20]のいにしへ、後白河院山門を御憑み有りし時も《頼って難を避けられた時も》、先づ横川《よがは》[21]へ御登山ありしかども、やがて《すぐに》東塔の南谷円融坊《ゑんゆうばう》へこそ御移り有りしか。かつうは先蹤なり《先例があることでもあり》、かつうは《それに》吉例なり。早く臨幸を本院《東塔》へ成したてまつるべしと、西塔院へ触れ送る《通告した》。西塔の衆徒理にをれて《道理に屈服して》、仙蹕《せんぴつ》[22]をうながさんために、〔西塔の〕皇居に参列す《参り集まった》。をりふし《ちょうど》深山《みやま》おろし〔の風が〕烈しうして《強く吹き》、御簾《みす》を吹き上げたるより、龍顔《お顔》を拝したてまつたれば、主上にてはおはしまさず、尹大納言師賢《ゐんのだいなごんもろかた》[23]の、天子の袞衣《こんえ》[24]を着したまへるにてぞありける。大衆《だいしゅ》これを見て、「こはいかなる天狗《てんぐ》[25]の所行《しわざ》ぞや」と興をさます《あきれかえった》。その後よりは、参る大衆一人もなし。かくては山門いかなる野心をか存ぜんずらん《どのような謀叛をたくらむかも知れずと》と覚えければ、その夜の夜半ばかりに、尹大納言師賢・四条中納言隆資・二条中将為明、忍びて《ひそかに》山門を落ちて、笠置《かさぎ》[26]の石室《いはや》へ参らる。

山門離反

さる程に、上林房阿闍梨豪誉《じやうりんばうあじやりがうよ》[27]は、元来《もともと幕府に》武家へ心を寄せしかば、大

況の変化を効果的に描き上げる。

一七 幸先よしと大変に喜び合った。

一八 東塔。根本中堂など、一山の主要部分がこの東塔にあったので言う。

一九 面目が立たぬように思われた。

二〇 源平動乱の時代。この話は『源平盛衰記』に「法皇……横河へ上らせましまして、寂場坊に御座ありけるを、大衆僉議《せんぎ》して、これ猶悪しかりなんとて、東塔南谷円融坊へ渡し入れ進《まゐ》らせけり」（三十二・円融坊御幸）とあり、『平家物語』八「山門御幸」にも見える。

二一 叡山三塔の一。北塔とも。東塔の北一里（約三・九キロ）の地。

二二 天子の行幸。

二三 内大臣藤原師信《もろのぶ》の息。九一頁注一八参照。

二四 龍などの模様を縫いとりした、天皇の礼服。袞龍《こんりよう》の衣。

二五 早く平安時代から見え、民間信仰から起った架空の魔物。修験道と関係が深く、深山に住み、山伏姿で鳥の嘴《くちばし》を有し、羽があって飛行自在、羽扇を持つ、とされた。巻五、二一四頁参照。

二六 主上の潜幸する笠置の仮の御所。九三頁注二三参照。

二七 西塔の悪僧。九五頁注一七参照。

塔宮の執事《しつし》[一]、安居院《あぐゐ》[二]の中納言法印澄俊《ちようしゆん》を生捕りて、六波羅へこれを出だす《突き出した》。護正院僧都祐全《いうぜん》は、御門徒《天台宗徒》の中の大名[三]にて、八王子の一の木戸《第一の城門を守る立場にあったものだから》を固めたりしかば、かくては叶はじとや思ひけん《これでは身が危ないと思ったか》、同宿《同僚や従者》手の者引きつれて、六波羅へ降参す。これを始めとして、一人落ち、二人落ち、落ち行きける《落ちて行ったので》あひだ、今は光林房[四]律師源存《げんそん》・妙光房[五]の小相模《こさがみ》・中坊《なかのばうの》[六]悪律師三、四人よりほかは、落ち止まる《踏みとどまる》衆徒も無かりけり。

妙法院・大塔宮も叡山を落ちる

妙法院《(尊澄法親王)》と大塔宮とは、その夜まで、なほ八王子に御座ありけるが、かくては悪しかりぬべし《身が危険と》と、ひとまど《ひとまず》も落ち延びて、君《主上》の御行末《ゆくへ》をも承らばや《見届け申し上げようと》とおぼしめされければ、二十九日の夜半ばかりに、八王子に篝火《かがりび》をあまた所《あちこちに多く》にたいて、いまだ大勢籠つたる由を見せ《大軍のたてこもっているように見せかけ》、戸津の浜より小舟に召され、落ち止まる《踏みとどまった》ところの衆徒三百人[七]ばかりを召し具されて、まづ石山[八]へ落ちさせたまふ。ここにて、「両門主一所へ《同じ方向へ》落ちさせたまはん事は、計略[九]遠からぬに似たる上、妙法院は御[一〇]

一 貴人の側近く仕えて事務を行う役。ただし巻三「主上笠置《かさぎ》を御没落の事」には、「妙法院の執事《しつし》澄俊《ちようしゆん》」と見え、大塔宮の執事は、殿法印良忠《りようちゆう》であり、ここと矛盾する。混乱があるか。
二 藤原貞嗣の子孫、天台の説教の家、安居院の一人で、有名な澄憲の四代後に法印大僧都《そうず》として見える。法印は、僧正の位。中納言とあるのは、その後見人として中納言に列する者がいたか。
三 多くの私有地を所有する有力者。
四 未詳。律師は、僧都《そうず》に次ぐ僧官。
五 未詳。一〇〇頁には「中房《なかのばう》の小相模《こさがみ》」とあった。
六 悪は、道徳上の悪の意ではなく、気性や行動の荒々しい者につける呼称。
七 神田本など古本の「三人」とするのが正しい。
八 大津市内の地。琵琶湖が瀬田川に流れ出る辺り。真言宗の石山寺がある。
九 あまりに策がなさすぎるように思われるし。
一〇 お足が弱くて歩行もはかがゆかぬので。

行歩《ぎやうぶ》もかひがひしからねば、ただ暫くこの辺に御座あるべし《お隠れなさい》」とて、石山より二人引き別れさせたまひて、妙法院は笠置《かさぎ》へ越えさせたまへば《向われると》、大塔宮は十津川《とつがは》[一一]の奥へと志して、まづ南都《奈良》の方へぞ落ちさせたまひける。さしも《こうも》やんごとなき《尊い》一山《叡山の》の貫首《座主》の位を捨てて、いまだ習はせたまはぬ《経験された事もない》万里[一二]漂泊《へうはく》の旅に浮かれさせたまへば《さまよい出られるので》、医王[一三]・山王[一四]の《との》結縁も《御縁も》、これや限りと《これが最後かと》名残惜しく、竹園[一五]連枝の再会も、今はいつをか期すべきと《今後いつを期待できることかと》、御心細くおぼしめされければ、互ひに隔たる御影の《別れ行くお姿の》、隠るるまでに顧《かへり》みて、泣く泣く東西へ別れさせたまふ、御心の中《うち》こそ悲しけれ。

漢楚の故事に学ぶ

そもそも今度主上、誠に山門へ臨幸成らざるによつて、衆徒[一六]の意たちまちに変ずること、一旦事ならずといへども、つらつら事の様を案ずるに《よくよくその事情を考えてみると》、これ叡智の浅からざる所に出でたり《帝としてもお考えがあっての事である》。昔、強秦[一七]亡びて後、楚《そ》の項羽《かうう》と漢の高祖と国を争ふ事八箇年、軍《いくさ》をいどむ事七十余箇度なり。その戦ひの度ごとに、項羽常に勝つに乗つて《勝ち運に恵まれ》、高祖甚《はなは》だ

一一 吉野の山上ヶ岳（標高一七二〇メートル）に発する川。奥とはその上流、吉野の深山を指す。

一二 万里の遠くまでさすらう旅に。

一三 根本中堂の、特にその中心ともいうべき薬師堂に本尊として安置する薬師仏。

一四 日吉《ひえ》神社にまつる山王権現。叡山の守護神。

一五 皇室の御兄弟が再びお会いになられるのも。

一六 衆徒が心変りし、一時、事は成功しなかったけれども。古本の「変ジテ一旦事ナラズ」とあるのに従うべきだろう。

一七 子嬰《しえい》の時代に、強国の秦《しん》が漢に滅ぼされて後、西楚の覇王《はおう》項羽と漢の高祖（沛公劉邦《はいこうりゆうほう》）とが争った。『史記』「項羽本紀」に「われ兵を起して今に至るまで八歳なり。身七十余戦して当る所の者破れ、撃つ所の者服す。いまだかつて敗北せず、つひに天下を覇有《はいう》す。しかれども今卒《つひ》にここに困《くる》しむ」とあるのによる。漢の三年、項羽は范増《はんぞう》の言に従い、飢えに苦しむ漢を攻め滎陽《けいよう》を包囲した。漢の高祖は陳平《ちんぺい》の策を用いて范増と項羽の仲を裂き、范増を病死せしめて後、紀信を身代りにたてて窮地を脱する。やがて紀信は事があらわれ殺された、とするのが『史記』である。『史記』では、陳平・紀信の策を用いた高祖の勝利と、范増の離反を招いた項羽の敗北との対比を意図するが、『太平記』では紀信の忠節に重点を置いて描いている。

苦しめる事多し。ある時、高祖[一]滎陽城《けいやうじやう》に籠る。項羽、兵を以つて城を囲む事数百重《すひやくへ》なり。日を経て、城中に粮《かて》尽きて、兵疲れ《〔も〕戦に疲れ》ければ、高祖戦はんとするに力なく、遁《のが》れんとするに道なし。ここに、高祖の臣に紀信《きしん》と言ひける兵、高祖に向つて申しけるは、「項羽、今《いま》城を囲みぬる事数百重、漢すでに《いよいよ》食尽きて、士卒《兵士》また疲れたり。もし兵を出だして戦はば、[二]漢必ず楚のために擒《とりこ》とならん。ただ《〔こうなっては〕》敵をあざむいて、ひそかに城を遁《のが》れ出でんにはしかじ《逃れ出る外に方法はありますまい》。願はくは、臣今[三]漢王の諱《いみな》を犯して、楚の陣に降せん《降伏しましょう》。楚これに《これによって》囲みを解いて臣を得ば、[四]漢王すみやかに城を出でて、重ねて大軍を起し、かへつて《形勢を逆転して》楚を亡ぼしたまへ」と申しければ、紀信が《〔高祖の身として〕》たちまちに楚に降《くだ》つて殺されん事悲しけれども、高祖、[五]社稷《しやしよく》のために身を軽くすべきにあらざれば、力無く《やむをえず》涙をおさへ、別れを慕ひながら、紀信が謀《はかりこと》に従ひたまふ。紀信大いに悦《よろこ》びて、みづから漢王の御衣《ぎよい》を着し、[六]黄屋《くわうをく》の車に乗り、[七]左纛《さたう》をつけて、「高祖の罪を謝して《高祖がその罪をわびて》、楚の大王に降ず」と呼《よ》ばはつて、

一 河南省成皐《せいこう》県の西南部の地。

二 漢の兵は必ず楚に敗れ、虜囚《りよしゆう》の身となろう。

三 おそれながら漢王のお名を拝借し名のって。「諱」は、実名を敬って言う。

四 わたくしめを捕える間に。

五 国家の将来を思えば、身を軽率に処してはならないので。

六 車の天井を黄絹で覆った天子の車。「紀信黄屋の車に乗り左纛《さたう》を傅《つ》け」(『史記』項羽本紀)。

七 犛牛《ばうぎゆう》(牛の一種。からうし)の尾で作った旗。車の左に付けたのでこの称がある。

城の東門より出でたりけり。楚の兵これを聞きて、四面の囲みを解いて、一所《東門に》に集まる。八軍勢皆万歳《ばんぜい》を唱ふ。この間に、九高祖、三十余騎を従へて城の西門より出でて、一〇成皐《せいかう》へぞ落ちたまひける。夜明けて後、楚に降る漢王を見れば、高祖にはあらず、その臣に紀信と言ふ者なりけり。項羽大いに怒つて、つひに紀信を一一指し殺す《刺し殺す》。高祖やがて成皐の兵を率して、かへつて《逆に》項羽を攻む。項羽が勢ひ尽きて後、つひに一二烏江《をうがう》にして討たれしかば、高祖長く漢の王業を起して《盛んにして》、天下の主と成りにけり。今主上《後醍醐帝も》も、かかりし佳例《このような吉例を》をおぼしめし、師賢もかやう《紀信の》の忠節を存ぜられける《知っていらっしゃったか》にや。かれ《(紀信)》は敵の囲みを解かせんために偽り、これ《(師賢)》は敵の兵をさへぎらん《牽制するために》ために謀《はか》れり。一三和漢時異なれども、一四君臣体を合はせたる、誠に千載一遇《千年に一度という忠誠》の忠貞、一五頃刻変化《きやうこくへんくわ》の智謀なり。

太平記巻第二

八「楚軍皆万歳を呼ぶ」（『史記』項羽本紀）。

九「（高祖は）数十騎と、城の西門より出でて成皐に走る」（『史記』項羽本紀）。

一〇 河南省の氾水《はんすい》県、その西北部の地。

一一『史記』に「焼き殺す」、神田本など『太平記』古本に「煎《いり》殺ス」とある。

一二 安徽《あんき》省和県の東北部の地。『史記』でも、項羽はこの地に自刃した、とある。

一三 日本と中国、それに時代も異にするが。

一四 君と臣とが心を合わせて事を行った。

一五 短時間に変化して敵の目をあざむく巧みな知謀。

＊ 山門内の勢力争い、深山おろしの風に師賢の正体露顕の契機を見る物語の手法、それに祐全に見るような打算的な衆徒の動きが、いかにもこの時代を描くにふさわしい。一方で、漢楚の故事を、国家的な見地から君臣の忠節にひき付けてうけとめ、主上の深慮と師賢の忠節を描くのが『太平記』の作者である。この師賢の行動を支えるものとして、引用の漢楚の故事がある。

太平記　巻第三

巻第三の所収年代と内容

◇元徳三年（元弘元年〔一三三一〕）の八月から十一月頃まで。

◇元弘の乱の緒戦《しよせん》、笠置《かさぎ》の合戦から、結局衆寡《しゆうか》敵せず乱が一応の頓挫《とんざ》を見るまでを描く。

笠置の城で後醍醐《ごだいご》天皇は霊夢を見る。物語はその夢に従って登場する楠正成《くすのきまさしげ》を神秘的に描き、この後、天皇の志が達成されるであろうとのふくみを見せている。しかし状況は一直線に終結へとは進まない。以後、専ら数の多さを頼みとする関東軍を相手に、天皇側はこれを奇略をもって翻弄《ほんろう》する。そしてこの動きが全国に波及し各地に状況の変化を見せ始める。楠らのねらいも実はこの点にあったはずだ。戦闘そのものは、天皇側の奇略も小勢をもっては大軍に抗し得ず、笠置の落城と、主上の悲しい六波羅遷幸、続いて兵糧《ひようろう》を絶たれた楠の落城を見るに至る。これらがせっかく備後《びんご》に兵を挙げた桜山の雄志をも挫折に追い込む。このような状況の変化の中に、関東軍と天皇側のそれぞれの動きを、後者を理想化しつつ描くのが『太平記』という作品である。

主上《しゆしやう》御夢《おんゆめ》の事付けたり楠《くすのき》が事

主上、霊夢を見る

元弘《げんこう》元年八月二十七日、主上笠置《かさぎ》[一]へ臨幸成つて《行幸あって》、本堂[二]を皇居となさる。はじめ一両日の程は《一二日の間は》、武威《幕府の威を》に恐れて、参り仕《つか》ふる人ひとりも無かりけるが、叡山《えいざん》[三]東坂本の合戦に、六波羅《ろくはら》勢《ぜい》うち負けぬと聞えければ、当寺《笠置寺》の衆徒をはじめて《僧たちをはじめとして》、近国の兵《つはもの》ども、ここかしこより馳《は》せ参る。されども、いまだ名ある武士、手勢《てぜい》[四]百騎とも二百騎とも《〔もしくは〕》もう《引き》たせたる《連れた》大名[五]は、一人《いちにん》も参らず。この勢ばかりにては《この軍勢だけでは》、皇居の警固いかがあるべからんと《不安ではなかろうかと》、主上おぼしめし煩《わづら》はせたまひて《思い悩まれて》、少し[六]御まどろみありける御夢に、所は紫宸殿《ししいでん》[七]の庭前と覚えたる地に《思われる地に》、大きなる常磐木《ときはぎ》[八]あり。緑の陰《葉が》茂りて、《〔中でも〕》南へ指したる《伸びた》枝、殊に栄え蔓《はびこ》れり。その下に、三公[九]・百官[一〇]位によつて列座す《位の順に並びひかえている》。南へ向いたる上座《じやうざ》に、御《貴人》

一 京都府相楽郡《そうらく》と奈良県の境、木津川の南にある標高二八九メートルの山。ここは、その山にある笠置寺を指す。
二 本尊をまつる仏堂。笠置寺の本尊は、石仏弥勒像《みろく》。
三 巻二の「唐崎浜合戦の事」にその経過が見える。
四 手下の軍勢。
五 多くの土地を私有する有力者。
六 うとうととしておられた、その夢に。
七 即位の儀式などを行う、内裏中央の正殿。南殿とも言う。その南に、左近《さこん》の桜、右近《うこん》の橘《たちばな》を配した広庭がある。読みは、寛永版本に「ししいてん」の振り仮名があるのによる。
八 常緑樹。この後、橘氏の後裔《こうえい》と称する楠正成が登場する伏線としてあるので、橘の木を指すか。
九 太政大臣と左右大臣、または左右大臣と内大臣。
一〇 もろもろの官人。

一 髪を左右に分け、それぞれ耳のあたりで束ねた、古代の童子の髪形。
二 どこからともなく現れ。
三 天子の御座。「扆」は、ついたて。天子が諸侯を謁見する時、扆を後ろに立てて南面するので、その座を言う。
四 天皇の自称。
五 文字について解き、お考えになると。文字を分解してその意味を考えるもので、中世に広く行われた。

帝、霊夢を解き、楠を召す

六 天子は南に向って座を占め、臣は北に向って天子に仕える、その天子の徳。転じて帝位につく意。『易経』「説卦」に「聖人南面して天下に聴き」と見える。
七 天下の人士を統率せよとのおもむきを。
八 薬師如来の脇侍《きょうじ》。ここは日天子（太陽）・月天子（月）の誤りか。
九 未詳。律師は、僧都《そうず》に次ぐ僧官で、僧尼を統率する官。

鬟

座の畳《用の畳》を高く敷き、いまだ座したる人はなし。主上、御夢心地に、たれを設けんための座席やらんと《誰のための座であろうかと》、怪《あや》しくおぼしめして立たせたまひたるところに、鬟《びんづら》[一]結うたる童子《どうじ》二人、忽然《こつぜん》[二]として来たつて、主上の御前《おんまへ》に跪《ひざまづ》き、涙を袖に掛けて《袖を涙にぬらし》、「一天下《この広い天下に》の間に、暫くも御身を隠さるべき所なし。ただしあの樹《き》の陰に、南へ向へる座席あり。これ御《〔帝の〕》ために設けたる玉扆《ぎょくい》[三]にて候へば、暫くこれに御座候へ」と申して、童子は遥かの天に上り去りぬと御覧じて、御夢はやがて《たちまち》覚《さ》めにけり。

主上、これは天の朕《ちん》[四]に告ぐるところの夢なりとおぼしめして、文[五]字につけて御料簡《ごれうけん》あるに、「木に南と書きたるは、楠《くすのき》といふ字なり。その陰に、南に向うて座せよ《向って すわれと》と二人の童子の教へつるは、朕再び南[六]面の徳を治めて《帝位について》、天下の士《し》[七]を朝《てう》せしめんずるところを、日光・月光[八]《日光月光両菩薩の》の示されけるよ」と、みづから御夢を合はせられて《夢解きをされて》、たのもしくこそおぼしめされけれ。夜明けければ、当寺の衆徒《しゅと》、成就房《じゃうじゅばうの》[九]律師を召され、「もし《あるいは》この辺に楠と言はるる武士や有る」と御尋ね有りければ、「近きあたりに、さやうの名字付けたる者、ありともいまだ承り及ばず候ふ。河内国《かはちのくに》[一〇]金剛山《こんがうせん》の西にこそ、楠多聞兵衛正成《たもんびやうゑまさしげ》[一一]とて、弓矢取つて名を得たる者は候ふなれ《誉れの高い者がいるそうでございます》。これは、敏達《びだつ》[一二]天皇四代の孫《そん》、井手左大臣《ゐでのさだいじん》橘諸兄公《たちばなのもろえこう》の後胤《こういん》[一三]たりといへども、民間《地方》に下つて年久し《永く時を経た》。その母若かりし時、志貴《しぎ》[一四]の毘沙門《びしやもん》に百日詣でて、夢想を感じて設けたる子《その夢のお告げをこうむって産んだ子》にて候ふとて、稚名《をさなな》[一五]を多聞とは申し候ふなり」とぞ答へ申しける。主上、さては今夜の夢の告げこれなりとおぼしめして、「やがて《早速》これ《正成を》を召せ」と仰せ下されければ、藤房卿《ふぢふさのきやう》[一六]、勅《勅命》をうけたまはつて、急ぎ楠正成をぞ召されける。

勅使、宣旨《せんじ》[一七]を帯《たい》して、楠が館《たち》へ行き向つて、事の子細《次第》をのべられければ、正成、弓矢取る身の面目《めんぼく》、何事かこれに過ぎん《これに過ぎるはあるまいと》と思ひければ、是非の思案にも及ばず《事の成否も考えないで》、先づ忍びて《こっそり》笠置へぞ参りける。主上、万里小路《までのこうぢ》中納言藤房卿を以つて《通して》仰せられけるは、「東夷《鎌倉幕府》征伐の事、

一〇「金剛山」は葛城山《かつらぎ》の一峰で、修験道《しゆげんどう》の山。楠は、大阪府南河内郡千早赤阪村を根拠地とした。一二二頁に「おのれが館《たち》の上なる赤坂山に城郭を構へ」とある。

一一 正成は、『楠氏系図』によれば従五位上正康《まさやす》の子、『橘氏系図』『尊卑分脈』によれば正遠《まさとお》の子とあって一致しない。歴史家の説によると、正成の父もしくは祖父と思われる河内楠入道が播磨《はりま》の国大部庄《おおべのしょう》で種々非法を働いたことが明らかで、おそらく悪党的な存在であったろう、と言う。なお、楠の挙兵の事は、『増鏡』「むら時雨」にも「心猛くすくよかなるものにて、河内国に、おのが館のあたりをいかめしくしたためて、このおはします所、もしあやふからん折は、行幸をもなしきこえんなど用意しけり」と見える。

一二 第三〇代の天皇。五七二～五八五年在位。「諸兄」は、井手左大臣、西院大臣と称された。

一三 子孫。

一四 奈良県生駒《いこま》郡平群《へぐり》町の志貴山上にある、真言宗の朝護孫子寺。本尊の毘沙門天は、四天王の一で、北方を守り、常に道場を守って仏の説法するのを聞くので多聞天とも言う。

一五 幼名。

正成参り、その決意を奏上

一六 藤原高藤の子孫、権大納言万里小路宣房《までのこうじ》の息。巻二より、後醍醐天皇の側近として見える。

一七 天皇の命令を簡略迅速に伝えるために行われる文書。ここは、勅命。

正成を憑《たの》みおぼしめさるる子細有つて、勅使を立てらるるところに、時刻を移さず馳せ参る条、[一]叡感《えいかん》浅からざるところなり。そもそも天下草創の事、いかなる謀《はかりこと》を回《めぐ》らしてか、勝つ事を一時に決して、[二]太平を四海に致さるべき。所存を残らず申すべし」と勅定ありければ、正成かしこまつて申しけるは、「東夷《とうい》近日の大逆[三]、ただ天のせめを招き候ふ上は、衰乱の弊えに乗つて、[四]天誅《てんちゅう》を致されんに、何の子細か候ふべき。ただし[五]天下草創《さうさう》の功は、[六]武略と智謀との二つにて候ふ。もし勢を合はせて戦はば、[七]六十余州の兵《つはもの》を集めて、[八]武蔵《むさし》・相模《さがみ》の両国に対すとも、勝つ事を得がたし。もし謀《はかりこと》を以つて争はば、東夷の武力《ぶりよく》、[九]ただ利《と》きをくだき、堅きを破る内を出でず。これ欺くに安うして、怖《おそ》るるに足らぬところなり。[一〇]合戦の習ひにて候へば、一旦《いつたん》の勝負をば、必ずしも御覧ぜらるべからず。正成一人《いちにん》いまだ生きて有りと聞こしめされ候はば、[一一]聖運つひに開《ひら》かるべしと、おぼしめされ候へ」と、たのもしげに申して、正成は河内へ帰りにけり。

一　帝も大層お喜びである。
二　天下を太平にすることができるか。
三　君王や父を殺し、先祖の廟《びょう》を破るような、人間としてあるまじき罪悪。
四　天に代り誅伐《ちゅうばつ》を加えるのに何の困難がございましょう。
五　天下統一の事を運ぶには。
六　武力とはかりごとの二つを要します。
七　日本全国。『延喜式』（十世紀初めに制定された法典）に、壱岐《いき》・対馬《つしま》を除き、全国を六十六国に分ける。
八　北条氏を指す。執権についた者が武蔵・相模守になることが多かったので言う。
九　ただ鋭利な刃をくだき、堅固な甲冑《かっちゅう》を破る力に頼るだけで。関東軍が、専ら力だけに頼り、奇略に欠けることを言う。関東軍の行動形態を評したもの。
一〇　合戦すれば当然勝敗はございます、一時の勝敗だけで事をお考えいただきませぬように。
一一　天皇の御運は、いずれ開けるものと。
＊　正成の登場を、天皇の瑞夢《ずいむ》を借りて神秘的に描き、その正成を物語の主役的人物にふさわしい、奇略にすぐれた、たのもしい人物とする。正成を軸として物語が新しい展開を始めることを予告する話である。

一二 延暦寺に住み、雑役に従事した僧侶《そうりよ》の集団。僧兵の主戦力を構成した。堂衆とも言う。
一三 宇多源氏。正中の変当時から、六波羅《ろくはら》の精兵として見える。
一四 武蔵《むさし》の私市党《きさい》（皇妃のために置かれた部民の子孫を称する豪族）の一。その一族が丹波に住んだ。

六波羅、笠置の動きに備える

一五 久下とともに藤原秀郷《ひでさと》の子孫を称する。室町期の軍記『明徳記《めいとくき》』にも「丹波国の住人、久下・長沢」と見える。
一六 未詳。宿は、宿場。
一七 二人の検断。幕府にあって、刑事裁判を検察し断罪する職。
一八 藤原良方の子孫を称する、神奈川県伊勢原市粕屋《かすや》出身の武士。正慶二年、探題仲時と行動を共にし、近江《おうみ》の番場《ばんば》に自害する。
一九 藤原氏、隅田通治《みちはる》。和歌山県橋本市隅田出身の武士。正慶二年、鎌倉の合戦に自害する。

高橋・小早川の抜駆け

二〇 京都府宇治市宇治にある。永承七年（一〇五二）、藤原頼通《よりみち》の創建。
二一 到着した軍勢の名を記録すること。
二二 戦闘を始めるにあたり、両方から鏑矢《かぶらや》を射合せること。開戦の合図。

笠置《かさぎ》軍《いくさ》の事付けたり陶山《すやま》・小見山《こみやま》夜討《ようち》の事

さる程に、主上笠置に御座有つて、近国の官軍付き従ひたてまつる由、京都へ聞えければ、〔六波羅では〕山門の大衆《だいしゆ》[12]また力を得て（勇気づいて）、六波羅へ寄する事も（攻め寄せる事も）や有らんずらんと（あろうかと）て、〔これに備え〕佐々木判官[13]時信《ときのぶ》に、近江《あふみ》一国の勢《せい》を相《あひ》そへて大津へ向けらる。〔時信は〕これもなほ小勢にて叶《かな》ふまじき由を申しければ、重ねて、丹波《たんばの》国の住人、久下《くげ》[14]・長沢《ながさは》[15]の一族等を差しそへて（同行させて）、八百余騎、大津東西[16]の宿《しゆく》に陣を取る。

九月一日、六波羅の両検断[17]、糟谷《かすや》[18]三郎宗秋《むねあき》・隅田《すだ》[19]次郎左衛門、五百余騎にて、宇治[20]の平等院へうち出でて、軍勢の着到[21]を着くるに、〔必ずしも〕〔六波羅の〕催促をも待たず、諸国の軍勢、夜昼ひきもきらず馳せ集まつて、十万余騎に及べり。すでに（早くも）、明日二日巳《み》（午前十時頃）の刻に押し寄せて、矢合はせ[22]

有るべしと定めたりける。〔ところが〕その前《まへ》の日、[一]高橋又四郎、[二]抜懸《ぬけが》けして、ひとり高名《かうみやう》に備へんとや思ひけん、わづかに一族の勢三百余騎を[三]率《そつ》して、笠置の麓《ふもと》へぞ寄せたりける。城に籠るところの官軍は、さまで大勢ならずといへども《それほどの大軍ではないが》、勇気いまだたゆまず《まだ衰えず》、[四]天下の機を呑《の》んで、回天の力を出ださんと思へる者どもなれば、〔寄手の〕わづかの小勢を見て、なじかは討つて懸からざらん《それを見のがすはずはなく》、その勢三千余騎、[五]木津川《きづがは》の辺におりあひて、高橋が勢をとり籠めて《中に取り囲んで》、一人も余さじと《もらすまいと》攻め戦ふ。高橋、はじめの勢ひにも似ず《元気もどこへやら》、敵の大勢《おほぜい》を見て、[六]一返《ひとかへ》しも返さず、[七]捨て鞭《ぶち》を打つてひきけるあひだ《退いたので》、木津川のさか巻く水に追ひ浸され《追い落され》、討たるる者のその数[八]そくばくなり《多数であった》。わづかに《かろうじて》命ばかりをたすかる者も、馬・[九]物具《もののぐ》を捨てて[一〇]赤裸《あかはだか》になり、白昼に京都へ逃げ上る。見苦しかりし有様なり。これを[一一]にくしと思ふ者やしたりけん、平等院の[一二]橋づめに、一首の歌を書いてぞたてたりける。

[一三]木津川の瀬々《せぜ》の岩波早ければ懸けて程なく落つる高橋

一　未詳。名を通宣《みちのぶ》と明記する本がある。正慶二年、番場にて探題と死をともにした人々の中に見える。
二　味方の軍勢から単独で先に攻めかけ、手柄をひとりじめしようと思ったのか。
三　底本「乖して」。
四　天下の時運をわがものにし、形勢を逆転しようと思っている者どもであるので。
五　この辺りの地勢は、木津川が宇治の南を西北へ向って流れ、やがて淀川へと合流する。
六　一度の反撃にも出ないで。
七　逃げ去るのに、馬の尻をむやみと鞭《むち》打ち急ぐこと、またその鞭を言う。
八　「若干」の字を当てるが、意味は現代語と異なる。
九　武具。
一〇　まっぱだかになり。
一一　にがにがしく思う者のしわざであろうか。
一二　橋のきわ。ここは、宇治橋の橋ぎわを指す。
一三　木津川の浅瀬を岩をかんで流れる波があまりにも速いので、せっかく高い橋を架けてもたちまち流されてしまうことですな。「瀬々」は、あちこちの浅瀬。（橋を）「懸け」に（高橋が）「抜懸け」、「高い橋」に人名の「高橋」を掛ける。この種の諷刺《ふうし》を意図するざれ歌を落首《らくしゅ》と言う。

高橋が抜懸けを聞いて、ひかば入り替はつて高名せんと、後《あと》に続きたる小早川《こばやかは》[一四]も、一度に皆追つたてられ、一返《ひとかへ》しも返さず、宇治までひいたり《退却した》と聞えければ、また札《落首の高札》を立てそへて、

懸[一五]けもえぬ高橋落ちて行く水に憂き名を流す小早川かな

昨日の合戦に、官軍打ち勝ちぬと聞えしかば《噂が立ったので》、「国々の勢馳せ参りて《国々の援軍が加わっては》、難儀なる事もこそあれ《面倒なことにもなろう》、時日を移すべからず《敵に余裕を与えるな》」とて、両検断、宇治にて四方の手分けを定めて《四方へと軍の手分けをして》、九月二日、笠置の城へ発向す《進軍した》。南の手には、五畿内[一六]五箇国の兵を向けらる。その勢七千六百余騎、光《くわう》[一七]明山《みやうせん》の後を回つて搦手《〔笠置の〕》に向ふ。東の手には、東海道[一八]十五箇国の内、伊賀・伊勢・尾張《をはり》・三河・遠江《とほたふみ》の兵を向けらる。その勢二万五千余騎、伊賀路[一九]を経て、金剛山《こんがうせん》越えに向ふ。北の手には、山陰道[二〇]八箇国の兵ども一万二千余騎、梨間《なしま》[二一]の宿《しゆく》のはづれより、市野辺山《いちのべやま》[二二]の麓を回《まは》つて、大手《正面》へ向ふ。西の手には、山陽道[二三]八箇国の兵を向けらる。その勢三万二千余騎、木津川を上りに、岸の上なる岨道《そばみち》[二四]を、二手に分

一四 土肥実平《といさねひら》の子孫で、小田原市出身。

一五 架けて早々に落ちてしまった高橋が流される、その同じ速い流れに、小早川まで醜態を見せることだよ。「速い川」に人名「小早川」を掛ける。

* 功にはやり抜駆けしながら、固い防禦《ばうぎよ》に逃げ出す高橋・小早川の軍が、落書によって笑いとばされる。あるいは作者のしわざかも知れぬが、口さがない者の口を借りて関東武士の生態を滑稽《こつけい》に描く。

六波羅軍、笠置を包囲

一六 山城《やましろ》・大和《やまと》・河内《かわち》・和泉《いずみ》・摂津の五カ国。

一七 京都府相楽郡《そうらく》山城町綺田《かばた》の地名。鎌倉末期まで真言宗の光明山寺があったので、この称がある。

一八 伊賀・伊勢・志摩・尾張・三河・遠江《とおとうみ》・駿河《するが》・甲斐《かい》・伊豆・相模《さがみ》・武蔵《むさし》・上総《かずさ》・安房《あわ》・下総《しもうさ》・常陸《ひたち》。

一九 鈴鹿の関（三重県鈴鹿郡）から伊賀上野を経て奈良へ達する道。ただし、金剛山を越えることはない。誤りがあるか。

二〇 丹波・丹後・但馬《たじま》・因幡《いなば》・伯耆《ほうき》・石見《いわみ》・隠岐《おき》・出雲《いずも》。

二一 京都府城陽市奈島《なしま》。

二二 城陽市市辺《いちのべ》。

二三 播磨《はりま》・美作《みまさか》・備前・備中・備後・安芸《あき》・周防《すおう》・長門《ながと》。

二四 けわしい山道。

足助重範、荒尾兄弟を射倒す

けて押し寄する。〔かくて〕大手・搦手《からめて》、都合《合わせて》七万五千余騎、笠置の山の四方二、三里が間は、[一]尺地《せきち》も残さず充満したり。

明くれば九月三日の卯の刻《(午前六時頃)》に、東西南北の寄手、相《あひ》近づいてとき《関の声》を作る《をあげた》。その声百千の雷《いかづち》の鳴り落つるが如くにして、天地も動くばかりなり。ときの声三度揚げて、矢合はせ《開戦合図の》の[二]流鏑《かぶら》を射かけたれども、城の中静まりかへつて、ときの声をも合はせず《あげず》、[三]当《たう》の矢をも射ざりけり。かの笠置の城と申すは、山高うして[四]一片《いつぺん》の白雲峰《はくうんみね》を埋み、谷深うして[五]万仞《ばんじん》の青岩《せいがん》路をさへぎる。[六]つづら折りなる道を回《まは》つてあがる事十八町、〔城は〕岩を切つて堀とし、石を畳うで《積み重ねて》屏《へい》とせり。されば、たとひ防き戦ふ者無くとも、たやすく登る事をえ難し。されども、城中鳴りを静めて《静まりかえって》、人ありとも見えざりければ、敵はや落ちたりと心えて、四方の寄手七万五千余騎、堀がけともいはず《堀であろうと崖であろうと》、[七]葛《くず》のかづら《つる》に取り付いて、岩の上を伝うて、[八]一の木戸口の辺、[九]仁王堂の前までぞ寄せたりける。ここにて一息休めて、城の中をきつと《きりっと》み上げければ、

一 一尺の地も余地のないほど、埋め尽した。
二 木もしくは角製の鏑《かぶら》形の矢じりをつけた矢。中が空《から》で、射ると、これに風をはらんで音を発する。矢合せなどに用いる。
三 矢合せに応ずる、答えの矢。
四 ひときれの白い雲が峰をおおい。この辺り、出典は未詳だが、漢詩の修辞が目立つ。
五 青い苔《こけ》のむした岩が高くそびえ立ち前方をさえぎっている。「仞」は、ひとひろ。七尺（約二・一メートル）もしくは八尺。
六 幾重にも折れ曲った。
七 マメ科の多年生つる草。その茎づるは、七、八メートルの長さにも達する。
八 一番外側の城門。
九 金剛杵《こんごうしよ》を持ち忿怒《ふんぬ》形で、仏法を守護する密迹《みつしやく》金剛・那羅延《ならえん》金剛の二像が寺門の左右に立つ仁王門。

一〇錦《にしき》の御旗に、日月《じつげつ》を金銀にて打つて付けたるが、白日（太陽）に耀《かかや》いて光り渡りたるその陰に、一一すき間もなく鎧《よろ》うたる武者三千余人、一二冑《かぶと》の星を耀かし、鎧の袖を連ねて、雲霞《うんか》の如くに並《な》み居たり。そのほか、櫓《やぐら》の上、一三さまの陰には、射手《いて》と覚しき者ども、弓の弦《つる》一四くひしめし、矢《や》一五束《づか》解いて押しくつろげ（ひろげ）、一六中差《なかざし》に鼻油引いて待ちかけたり。一七その勢ひ決然として、あへて攻むべき様ぞなき（とうてい攻略できそうにもない）。寄手一万余騎、これを見て（相手の勢いにのまれて）、すすまんとするも叶《かな》はず、ひかんとする（退こうにも）も叶はずして、心ならず（立ちすくんで）支へたり（しまった）。やや暫く有つて、木戸（城門）の上なる櫓より、さまの板を押しひらいて名乗りけるは、「三河国《みかはの》の住人足助《あすけ》一八次郎重範《しげのり》、かたじけなくも（おそれ多くも）一天の君（天下を統率する帝）にたのまれまゐらせて、この城の一の木戸を固めたり（守っている）。前陣に進んだる旗は、美濃《みの》・尾張《をはり》の人々の旗と見るはひが目か（誤りか）。一九十善の君（帝）のおはします城なれば、六波羅殿（六波羅探題殿が）や御向ひ有らんずらんと（お出向きくださることであろうかと）心えて（思って）、二〇御儲《まう》けのために、二一大和鍛冶《やまとかぢ》のきたうて（きたえて）打つたる鏃《やじり》を、少々用意つかまつて候ふ。一筋《ひとすぢ》受けて御覧じ候へ」と言ふままに（言うやいなや）、二二三人

一〇 天皇の軍のしるしとした錦地作りの旗。南北朝時代から用いられた。
一一 一分のすきなく完全武装した武者。
一二 兜《かぶと》の鉢に並べて打ち付けた金属の鋲《びょう》。
一三 矢を射たりするために、城の壁、櫓《やぐら》、塀《へい》に設けた窓。ふだんは板戸（さまの板）で閉じてある。
一四 口にふくみぬらして、矢をつがえやすくし。
一五 箙《えびら》に立てた矢がばらばらにならぬように束ねた緒を解いて、射やすいようにし。
一六 箙の内側に差す実戦用の征矢《そや》。外側には、鏑《かぶら》を差した。
一七 その決意の程は大変なもので。
一八 清和源氏、貞親《さだちか》の息。後日、六条河原で処刑される。巻一、二八頁には「重成《しげなり》」とある。
一九 十善戒を守った功徳により得た帝位。十善戒は、殺生・盗み・姦淫《かんいん》・嘘をつく・二枚舌を使う・悪口する・駄弁を弄《ろう》する・むさぼる・怒る・邪見にふける、の十悪を行わぬこと。
二〇 そのおもてなしに。
二一 古くは、広く韓《から》鍛冶に対しわが国の鍛冶を言ったが、ここは狭義の大和の国の鍛冶。当地方は、古くから鍛冶戸《かじべ》（鍛冶を職とする、行政上の一集落）が多かった。
二二 三人がかりで弦を張るほどの強い弓。

張りの弓に、十三束《ぞく》[一]三伏《ぶせ》、篦《の》[二]かづきの上までひつかけ（引きしぼって）、暫くかためて（ねらいを定めて）ちやうど[三]放つ。その矢、遥かなる谷を阻《へだ》てて、二町余りが外にひかへたる（待機していた）、荒尾《あらを》[四]九郎が鎧の千檀《せんだん》[五]の板を、右の小脇[六]まで篦深《のぶか》[七]にぐさと射込む。一矢《ひとや》なりといへども、究竟《くつきやう》[八]の矢坪《やつぼ》なれば、荒尾馬よりさかさまに落ちて、起きも直らで死ににけり（立ちあがることもなく即死した）。舎弟（実弟）の弥五郎《やごらう》、これを敵に見せじと、矢面《やおもて》に立ち隠して（立ちふさがろうと）、楯のはづれ（間）より進み出でて言ひけるは、「足助殿《あすけどの》の御弓勢《ゆんぜい》[九]、日ごろ（ふだんから）承り候ひし程は無かりけり。ここをあそばし候へ（射てごらんぜよ）。御矢一筋受けて、物具（鎧の）の実《さね》[一〇]の程（強さ）、試み候はん」と欺いて（あざけって）、弦走《つるはしり》[一一]をたたいてぞ立つたりける。足助これを聞いて、この者の言ふ様《やう》は、いかさま（きっと）、鎧の下に腹巻[一二]か鏁《くさり》[一三]かを重ねて着たればこそ、前《まへ》の矢を見ながらここ〔胸を〕を射よとはたたくらん。もし鎧の上を射ば、篦《の》くだけ鏃《やじり》折れて通らぬ事もこそあれ（通らぬかも知れぬ）。冑《かぶと》の真向《まつかう》[一四]を射たらんに、[一五]などか砕けて通らざらんと思案して（考えて）、胡籙《えびら》[一六]より金磁頭《かなじんどう》[一七]を一つ抜き出だし、鼻油引いて、「さらば一矢《ひとや》つかまつり候はん。受けて御覧候

一 矢の長さの単位で、握りしめた手の、親指を除く四本の指の総幅を「束」と言い、端数を指一本の幅、「伏」で数える。人により長さは異なるが、普通の人で十二束を標準とするから、十三束三伏は大矢に属する。
二 矢竹と矢じりとの境めまで。
三 矢を放つ様を擬音語で表現したことば。
四 在原《ありわら》氏。今の愛知県東海《とうかい》市荒尾町の出身。
五 栴檀《せんだん》の板。鎧と肩とのすきまを防ぐため、胸板の左右に付けた板の中、右側の、三枚の板から成る板。左側のを鳩尾《きゆうび》の板と言う。
六 わき。「小」は接頭語。
七 矢竹がくい込むほど深く。
八 全くの急所だったので。
九 弓の強さ。
一〇 札《さね》。鎧を構成する一枚ずつの板。にかわの液に浸し打ち固めたいため革に鉄を合わせて作った。これをとじ合せて鎧を構成する。
一一 鎧の胴の正面。染め革で包む。弓を射た時、弦《つる》が当るので、この名がある。
一二 略式の鎧。背中で合わせて着る。鎧より軽い。
一三 鎖かたびら。鎖をつづり合せて付けた麻布の襦袢《じゆばん》。
一四 兜《かぶと》の正面。
一五 きっと兜を砕いて射通すだろう。
一六 箙《えびら》。矢を入れて背負う、箱型の具。

へ」と言《言うが早いか》ふままに、しばらく鎧の[一八]高紐をはづ《解いて》して、十三束三伏、前よりもなほ引きしぼりて、手答へ高く《十分に》はたと射る。思ふ矢坪《ねらい》を違《たが》へず《たがわず》、荒尾弥五郎が冑の真向、[一九]金物の上二寸ばかり射砕いて、眉間《みけん》の真中を、[二〇]くつまきせめて《口巻の部分まで深々と》ぐさと射こうだりければ《射込んだので》、二言《〔荒尾は〕》とも言はず、兄弟同じ枕に倒れ重なつて死ににけり。

本性房、大石を投げ寄手を悩ます

　これをいくさの始めとして、大手・搦手、城の内をめき《わめき》叫んで攻め戦ふ。[二一]矢叫びの音、鬨《とき》の声、しばしも休《や》む時なければ、《〔まるで〕》大山《たいざん》も崩《くづ》れて海に入り、[二二]坤軸《こんぢく》も折れてたちまち地に沈むかとぞ覚えし。[二三]晩景《ばんげい》に成りければ、寄手いよいよ重なつて《勢いづき》、[二四]持楯《もちだて》をつきよせつきよせ、木戸口《城門》の辺まで攻めたりけるところに、ここに南都の[二五]般若寺《はんにやじ》より[二六]巻数《くわんじゅ》持つて参りたりける使ひ、本性房《ほんじやうばう》といふ大力《だいぢから》の[二七]律僧の有りけるが、[二八]編衫《へんさん》の袖を結んで引き違へ《肩にたくり上げ》、よのつねの人《普通の人では》の百人しても動かし難き[二九]大磐石《だいばんじやく》を、軽々と脇に挟《はさ》み、鞠《まり》の勢ひに《まりのように手どりにしては》ひつかけひつかけ、二、三十つづけ打ちにぞ投げたりける。数万《すまん》の寄手、楯の板を微塵《みぢん》に打ち砕

一七 鏑形で、中を空にしない木製の矢じりを「磁頭」と言う。当りが強く、楯などを砕くのに射る。その鉄製のものを「金磁頭」と言う。
一八 鎧の胴と、背の肩上とをつなぐ紐《ひも》。ぬいだ兜をかけるのにもこの紐を使う。ここは、矢を射るのに邪魔になるので、解いた。
一九 眉庇《まびさし》を鉢に打ち付けるための鋲《びよう》。三個打つのが普通。
二〇 矢じりを矢竹（箆《の》）に差し込んだ部分を補強するために糸や籐《とう》を巻いた、これを「口巻《くつまき》」と言う。
二一 矢を射当てた時、射手の発する声。
二二 地の軸。地の心棒。
二三 日の沈む頃。
二四 携帯用の楯をじりじりと突き押しながら。
二五 奈良市般若寺町《はんにやじ》にある、真言律宗の寺。
二六 読んだ経巻や陀羅尼《だらに》の名称とその読誦《どくじゅ》の度数を書いた目録。
二七 律宗の僧。
二八 律宗の僧が着る上衣の一。
二九 大きな岩石。

巻数

編衫

諸国の挙兵に、六波羅狼狽《ろうばい》

かるるのみにあらず、少しも《少しでも》この石に当たる者、尻居《しりゐ》[一]に打ちすゑられければ、東西の坂に人《ひと》[二]なだれを築《つ》いて、人馬いやが上に落ち重なる。[三]さしも深き谷二つ、《〔も〕》死人にてこそうめたりけれ。されば、いくさ散じて《終って》後までも、木津川の流れ血に成つて《あけに染まり》、紅葉《こうえふ》[四]の陰を行く水の、紅《くれなゐ》深きに異ならず。これより後は、寄手雲霞のごとしといへども、城を攻めんと言ふ者一人もなし。ただ城の四方を囲めて《包囲して》、遠攻め《遠くから攻めた》にこそしたりけれ。

かくて日数《ひかず》を経けるところに、同月《〔元弘元年九月〕》十一日、河内国より早馬を立てて《〔六波羅へ〕》、「楠兵衛正成《くすのきびやうゑまさしげ》といふ者、御所方[五]に成つて旗を挙ぐるあひだ《挙兵したところ》、近辺の者ども《〔正成に〕》、志あるは同心し《心を通ずる者は協力し》、志なきは東西に逃げ隠る。すなはち《〔楠は〕早速》国中の民屋《みんをく》[六]を追捕《ついふ》して、兵粮《ひやうらう》のために運び取り、おのれが館《たち》の上なる赤坂山[七]に城郭を構へ、その勢五百騎にてたて籠り候ふ。御退治《御征伐が》延引せば《遅れると》、事《こと》[八]御難儀に及び候ひなん。急ぎ御勢を向けらるべし」とぞ告げ申しける。これをこそ珍事《一大事》なりと騒ぐところに、また同じき

一 尻もちをついて打ち倒されたので。
二 人がなだれをうってくずれかかり、人と馬が上へ上へと落ち重なった。
三 あれほど深い二つの谷も、死骸で埋まった。軍記物語にしばしば見られる類型表現。
四 まるで紅葉の下を流れる水が深紅色に見えるのと同じようであった。惨状をこのように風雅の世界に託して描くことで、その凄惨《せいさん》さを減ずる効果がある。これも軍記物語によく見られる方法。
五 後醍醐天皇の味方になって。
六 民家を襲って食糧を没収し。
七 大阪府南河内郡千早赤阪村にある山。金剛山（一一一八メートル）の北面を指す。
八 事は重大になりましょう。

十三日の晩景（夕方）に、備後国《びんごの》より早馬[九]到来して、「[一〇]桜山《さくらやまの》四郎入道、同じき一族等御所方（帝の味方）に参つて旗を揚げ、当国の[一一]一宮《いつきゆう》を城郭としてたて籠るあひだ、近国の[一二]逆徒《ぎやくと》ら少々馳せ加はつて、その勢すでに七百余騎、国中をうち靡《なび》け（制圧し）、あまつさへ（それればかりでなく）他国へうち越えん（手をのばそう）と企て候ふ。[一三]夜を日に継《つ》いで討手を下されず候はば（お下しにならなければ）、[一四]御大事出で来ぬと覚え候ふ。御油断有るべからず」とぞ告げたりける。前には（目の前には）笠置の城強う（手ごわく）して、国国の大勢《おほぜい》日夜攻むれどもいまだ落ちず、後《うしろ》にはまた、楠、桜山の逆徒大いに起《おこ》つて、使者日々に急を告ぐ。[一五]南蛮《なんばん》・西戎《せいじゆう》はすでに乱れぬ、東夷《とうい》・北狄《ほくてき》もまたいかがあらんずらん（どうなるのであろうか）と、六波羅の北の方[一六]駿河守《するがのかみ》、安き心も無かりければ、日々に早馬をうたせて（たてて）、東国勢〔の援軍〕をぞ乞はれける。

東国の援軍、鎌倉を出発

相模入道（北条高時）大きに驚いて、「さらばやがて（早速）討手を差し上せよ」とて、[一七]一門他家むねとの人々、六十三人までぞ催されける（召集された）。大将軍には、[一八]大仏陸奥守貞直《だいぶつのむつのかみさだなほ》・同じき[一九]遠江守《とほたふみのかみ》、[二〇]普恩寺《ふおんじ》相模守《さがみのかみ》・[二一]塩田《しほだ》越前守《ゑちぜんのかみ》・[二二]桜田《さくらだ》

九 事を告げる急使。

一〇 広島県芦品《あしな》郡、吉備津《きびつ》神社の神官の家の、桜山慈《じ》俊《しゅん》。この後、笠置落城の報に、一宮の社壇に放火して自害する。

一一 芦品郡新市《しんいち》町宮内《みやうち》にある吉備津神社。

一二 謀叛のやから。

一三 夜も昼も休むことなく急いで。

一四 きっと一大事になろうと存じます。

一五 蛮《ばん》・戎《じゅう》・夷《い》・狄《てき》、いずれもえびす。河内を南蛮に、備後を西戎、東北を東夷・北狄になぞらえる。

一六 北探題の北条範貞《のりさだ》。

一七 北条一門および他の家の主だった人々。

一八 「おさらぎ」とも読む。民部少輔北条宗泰の息。正慶二年（一三三三）、鎌倉で討死する。

一九 「遠江守」については未詳。以下の人物については古本に載せぬものがあり、そのすべてがこの軍勢に加わっていたかどうか、史実としては疑いがある。

二〇 北条基時。歌人。元弘三年、鎌倉の合戦に自害する。

二一 正慶二年、鎌倉に自害する北条国時か。

二二 北条時頼の息時厳《じげん》の系を桜田と言う。人名は未詳。

三河守《みかはのかみ》・[一]赤橋《あかはし》尾張守・江馬《えま》越前守・糸田《いとだ》左馬頭《さまのかみ》・印具《いく》兵庫助《ひやうごのすけ》・佐介《さすけ》上総介《かづさのすけ》・名越《なごやう》右馬助《まのすけ》・金沢《かなざは》右馬助・遠江[二]左近大夫将監《さこんのたいふしやうげん》治時《はるとき》・[三]足利《あしかゞ》治部大輔《ぶのたいふ》高氏《たかうぢ》、[四]侍 大 将《さぶらひだいしやう》には、[五]長崎四郎左衛門尉《ざゑもんのじよう》、相従ふ侍には、[六]三浦《みうらの》介《すけ》入道・武田《たけだ》甲斐次郎左衛門尉・椎名《しひな》孫八《まごはち》入道・[七]結城《ゆふき》上野《かうづけ》入道・[八]小《を》山《やま》出羽入道・氏家《うぢへ》美作守《みまさかのかみ》・[九]佐竹《さたけ》上総入道・[一〇]長沼《ながぬま》四郎左衛門入道・土《つち》屋《や》安芸権守《あきのごんのかみ》・那須《なす》加賀権守《かがのごんのかみ》・梶原上野《かぢはらかうづけの》太郎左衛門尉・岩城《いはき》次郎入道・佐野安房弥太郎《さののあはのやたらう》・木村次郎左衛門尉・相馬《さうま》右衛門次郎・南部《なんぶ》三郎次郎・毛利丹後前司《もうりたんごのぜんじ》・[一一]那波《なば》左近大夫将監・[一二]一宮善《いぐせ》民部大夫・土肥《とひ》佐渡前司・宇都宮《うつのみや》安芸前司、同じき肥後権守《ひごごんのかみ》・葛西《かさい》三郎兵衛尉・寒《さん》河弥四郎《がうやしらう》・上野《かうづけ》七郎三郎・[一三]大内《おほち》山城前司・長井《ながゐ》治部少輔、同じき備前太郎、同じき因幡《いなば》民部大輔入道・筑後前司・下総《しもふさの》入道・[一四]山城《やましろ》左衛門大夫・宇都宮《うつのみや》美濃入道・岩崎弾正《いはさきだんじやう》左衛門尉高久《たかひさ》・同じき孫三郎・同じき彦三郎・伊達《だての》入道・田村《たむら》刑部大輔入道、入江《いりえ》・蒲原《かんばら》の一族、[一五]横山《よこやま》・猪俣《ゐのまた》の両党、このほか、武蔵《むさし》・相模《さがみ》・伊豆《いづ》・駿河《するが》・上野《かうづけ》五箇

一 北条氏のうち、義宗の系を「赤橋」、泰時の系を「江間（馬）」、九州探題左近将監貞義の系を「糸田」、義時の息有時の系を「印具」、時政の息時房の系を「佐介」、義時の息朝時《ともとき》の系を「名越」、義時の息実泰の系を「金沢」と号する。
二 北条時茂《ときもち》の息、越後守時治の誤りか。
三 清和源氏。栃木県足利の土豪。「大輔」は、この場合、治部省の次官。後の尊氏である。
四 大将軍の指揮のもと実際に侍を指揮して戦闘する大将。武士団の主領格の者がその任に当った。
五 巻一、四四頁に登場の泰光（実は高貞）。
六 「三浦」は桓武《かんむ》平氏、「武田」は清和源氏。
七 藤原秀郷《ひでさと》の子孫、朝光《ともみつ》系の宗広か。
八 「小山」は藤原秀郷の子孫。「氏家」は藤原北家、宇都宮氏の子孫。
九 清和源氏、義光《よしてる》の子孫。佐竹貞義か。
一〇 「長沼」「土屋」ともに藤原秀郷の子孫、小山氏。「那須」は藤原道長の子孫を称する栃木県那須の土豪。「梶原」「岩城」はともに桓武平氏。「佐野」「木村」はともに藤原秀郷の子孫。「相馬」は、桓武平氏の千葉氏。「南部」「毛利」は清和源氏。
一一 群馬の大江氏。『建武年間記』に「那波左近大夫将監政家」が見える。
一二 「一宮善」は、鎌倉幕府問注所執事三善《みよし》氏の一族。
一三 「土肥」は、桓武平氏、神奈川県足柄《あしがら》下郡湯河原町土肥（旧郷名）の土豪。「宇都宮」は、藤原北家で、一

国の軍勢、都合二十万七千六百余騎、九月二十日、鎌倉をたつて（出発して）、同じき晦日《つごもり》、前陣すでに美濃・尾張両国に着けば、後陣はなほいまだ高志《たかし》[一六]・二村《ふたむら》[一七]の峠《たうげ》に支へたり。

ここに、備中国の住人陶山藤三義高《すやまとうざうよしたか》[一八]・小見山《こみやま》[一九]次郎某《それがし》、六波羅の催促に従つて、笠置の城の寄手に加はつて、川向ひに（木津川を隔てて）陣を取つて居たりけるが、東国の大勢、すでに近江《あふみ》に着きぬと聞えければ、一族[二〇]の若党どもを集めて申しけるは、「御辺達（お前たち）、いかが思ふぞや（どう思うか）。この間（最近）、数日《すじつ》の合戦に、石に打たれ遠矢に当たつて死ぬる者、幾千万といふ数を知らず。これ皆、さしてしいだしたる事も無うて死ぬれば（大した戦功もあげずに死んでしまったので）、骸[二一]骨いまだ乾かざるに、名は先立つて消え去りぬ（その武名は埋もれてしまった）。同じく死ぬる命を、人目に余る（めざましい）程のいくさ一度して死したらば、名誉は千載に（千年の永きに）留まつて、恩賞は子孫の家に栄えん（その恩賞により子孫は栄えるだろう）。つらつら平家の乱より以来《このかた》、大剛《だいかう》[二二]の者とて、名を古今に揚げたる者どもを案ずるに（ふり返ってみると）、いづれもそれ程の高名とは覚えず（どれをとって見ても大した功績とは思えない）。先づ熊谷《くまがえ》[二三]・平山《ひらやま》が一谷《いちのたに》の先懸けは、後陣の大勢を憑《たの》み

本に名を公友と明記する。「葛西」は、桓武平氏で、一本に名を政平とする。「寒河」は、藤原秀郷の子孫、小山氏。
一三「大内」は、藤原秀郷の子孫。「長井」は、藤原利《とし》仁《ひと》の子孫。
一四「山城」は、藤原南家、工藤氏。「岩崎」は、桓武平氏。「伊達」は、藤原北家。

陶山・小見山、城内に潜入し、放火

「田村」は、藤原秀郷の子孫。「入江」は、藤原北家、工藤氏。「蒲原」は、藤原南家。
一五「横山」「猪俣」ともに小野氏で、武蔵七党の中。
一六 豊橋市のほぼ中央。東海道の沿線の地。
一七 古くから歌枕として諸説があるが、愛知県豊明《とよあけ》市内の山とするのが有力。
一八 陶山（岡山県笠岡市金浦）の土豪で、大江氏。
一九 小見山（岡山県井原市）の土豪。
二〇 一族の若武者たち。
二一 死後、まだ日を経ぬうちに早くも。
二二 勇敢な武士として。
二三『源平盛衰記』三十七「熊谷父子城戸口に寄す並に平山同所に来たる」、『平家物語』九「一二のかけ」に両人の先陣争いの話が見える。「一谷」は、神戸市須磨区の地名。

し故なり。[一]梶原平三《かぢはらへいざう》が二度の懸けは、源太を助けんためなり。[二]佐々木三郎《(盛綱)》が藤戸《ふぢと》を渡ししは、案内者のわざ《案内者があったからで》、[三]同じき四郎高綱《たかつな》が宇治川の先陣は、いけずき故なり《生喰に乗ったればこそだ》。これらをだに、今の世まで語り伝へて、名を天下の人口に残すぞかし《人々の間に残しているのだ》。いかに《まして》いはんや、日本国の武士どもが集まつて、数日《すじつ》攻むれども落しえぬこの城を、我らが勢ばかりに《だけで》て攻め落したらんは、名は古今の間にならびなく《名声は歴史に比類がなく》、[四]忠は万人の上に立つべし。[五]いざや殿原《とのばら》、今夜《こよひ》の雨風の紛《まぎ》れに、城中へ忍び入つて、[六]一夜《ひとよ》討ちして、天下の人に目を覚《さ》まさせん」と言ひければ、五十余人の一族若党、「もつともしかるべし《それがよろしかろう》」とぞ同じける《賛同した》。これ皆、千に一つも生きて帰る者あらじと思ひ切つたる《かたく決意した》事なれば、[七]かねての死《しに》でたちに、[八]皆曼陀羅《まんだら》を書いて〔兜や鎧に〕ぞ付けたりける。[九]差縄《さしなは》の十丈ばかり長き《十丈程の長さのものを》を二筋《二本》、一尺ばかり《約一尺ごとに》置いては、結び合はせ結び合はせして〔結び目を作り〕、その端に[一〇]熊手を結《ゆ》ひ着けて持たせたり。これは、岩石なんどの登られざらん所をば、木の枝、岩のかどに〔その熊手を〕うち懸けて、登らんための支度《用意》なり。

一 梶原平三景時が二度にわたり攻め入ったのは、敵陣に踏みとどまった子息の源太景季《かげすえ》を助けるためである。『源平盛衰記』三十七「景高景時城に入る」、『平家物語』九「二度のかけ」に見える。

二 佐々木盛綱が、浦人の示唆により馬で浅瀬を渡った話が、『源平盛衰記』四十一「盛綱藤戸を渡す児島合戦」、『平家物語』十「藤戸」に見える。「藤戸」は、岡山県倉敷市藤戸町。もとこの辺りは海であった。

三 佐々木高綱が、頼朝から賜った生喰《いけずき》に乗り、宇治川で梶原景季と争って先陣を果した話が、『源平盛衰記』三十五「高綱宇治川を渡す事」、『平家物語』九「宇治川」に見える。

＊ この辺り、『平家物語』や『源平盛衰記』に見える話を、歴史的事実として受けとめていることに注目したい。

四 忠節は、万人にぬきんでることだろう。

五 さあおのおの方。「殿原」の「殿」は、貴人や同僚以上の人に対する敬称、「原」は複数を表す接尾語で当て字。

六 ひとつ、夜討ちをかけて、天下の人々に目をみはらせてやろう。

七 覚悟の死出の旅の装束に。

八 仏・菩薩が充満する神聖な壇を描き、悟りの境地に達した者がおもむくという世界を表す図。

九 馬の口に付けてつなぐ縄。一丈は約三メートル。

一〇 先端に熊の手のような鉄製の爪を付けた、柄《え》の長

その夜は九月晦日《くわいじつ》の事なれば、目指す[一一]とも知らざる暗き夜に、雨風烈《はげ》しく吹いて（「その激しさに」）、面を向くべき様も無かりける（前方を見ることもできない程なのに）に、五十余人の者ども、太刀を背《せなか》に負ひ、刀を後に差いて（小刀を腰の後ろにさして）、城の北（北側の）に当たつたる石壁《いしかべ》の、数[一二]百丈聳《そび》えて、鳥もかけり難き所より（飛び越えられないような難所から）ぞ登りける。二町ばかりはとかう（何とか）して登りつ（して登ってはみたものの）、その上に一段高き所あり。屏風を立てたる如くなる岩石重なつて、古松枝《こまつえだ》[一三]を垂れ、蒼苔路《さうたい》[一四]なめらかなり。ここに至つて、人皆いかんともすべき様なくして（何ともしようがなくなって）、遥かにみあげて立つたりけるところに、陶山藤三《すやまとうざう》、岩の上をさらさらと走り上つて、くだん（例の）の差縄を、上なる木の枝にうち懸けて、岩の上よりおろしたるに、後《あと》なる（続く）兵ども、おのおのこれに取り付いて、第一の難所（要害）をば、やすやすと皆上りてんげり。それより上にはさまで[一五]の嶮岨《けんそ》無かりければ、あるいは葛《くず》[一六]の根に取り付き、あるいは苔の上を爪立てて（「滑らぬよう」爪先立ち）、二時《ふたとき》[一七]ばかりに辛苦して（苦労をして）、屏《へい》の際まで着きてんげり。ここにて一息休《やす》めて、おのおの屏を上り越え、夜回り[一八]の通りける後について（後をつけて）、先づ城の中の案（状況）

い武器。対象にひっかけて落すのに用いる。

一一 何かが目を刺そうとしてもわからない程の闇夜であり。

一二 前頁注九参照。もちろん、この辺りには、かなりの誇張がある。

一三 年を経た松の巨木。

一四 青い苔《こけ》が生え、路はしっとりとしてすべりやすい。「蒼苔路滑《なめ》らかにして僧寺に帰る　紅葉声乾いて鹿林に在り」（『和漢朗詠集』上・鹿）。

一五 それほどの難所も。

一六 マメ科の多年生つる草。その茎づるは、長さ七、八メートルにも達する。

一七 約四時間。

一八 夜の巡視。

内をぞ見《を探った》たりける。[一]大手《おほて》の木戸、西の坂口[二]をば、伊賀・伊勢の兵千余騎にて固めたり《警固している》。搦手《からめて》に対する東の出屏《だしべい》[三]の口をば、大和・河内の勢五百余騎にて固めたり。南の坂、仁王堂の前をば、和泉《いづみ》・紀伊《きの》国の勢七百余騎にて固めたり。北の口一方は《だけは》、〔山の〕けはしきを憑《たの》まれける《あてにした》にや《のか》、警固の兵をば一人《いちにん》も置かれず。ただ言ふかひなげなる《問題にするに及ばない》下部《しもべ》《雑兵》ども二、三人、櫓《やぐら》の下に薦《こも》[四]を張り、篝《かがり》を焼《た》いて眠り居たり。陶山《すやま》・小見山、城を回り、四方の陣をばはや見すましつ《すっかりのみこんだ》。皇居[五]はいづくやらん《どこだろうかと》と伺《うかが》うて、本堂の方へ行くところに、ある役所《警備の番所》の者、これを聞きつけて、「夜中《やちゆう》に大勢の足音して、ひそかに通るは怪しきものかな。誰人《たれびと》ぞ」と問ひければ、陶山吉次《すやまのきちじ》[六]とりもあへず《すぐさま》、「これは大和勢[七]にて候ふが、今夜《こよひ》あまりに雨風烈しくして、物騒がしく候ふあひだ《ざわざわとしておりますので》、[八]夜討や忍び入り候はんずらんと存じ候ひて、夜回りつかまつり候ふなり」と答へければ、「げに《なるほど御苦労》」と言ふ音《声》して、また《再び》問ふ事も無かりけり。これより後は、[九]なかなか忍びたる体《てい》も無くして、「面々《かたがた》の御

一 正面の城門。「大手」は、搦手の対。「追手」とも書く。
二 西方の坂の方向に向く城門。
三 矢を射たり、また物見のために、城の塀《へい》の一部を外へ突き出したもの。その塀のある東口。
四 まわりをむしろで囲った粗末な詰所を作って。
五 天皇の御座所。
六 吉次の名については、『義経記』の金売吉次の例があり、柳田国男（『海南小記』「炭焼小五郎が事」）の採訪した吉内・吉六などの類例もあり、物資の運搬を職掌とする者の名に由来するものと思われる。玄玖《げんきゆう》本に「陶山ノ吉次」とあり、陶山の輩下であろう。
七 大和に住む宮方の軍勢。
八 その隙に、あるいは夜討ちが忍び入りはしまいかと思いまして。
九 なまじっか忍びの様をやめて堂々と。

陣に、御用心候へ」と高らかに呼ばはつて、しづしづと本堂へ上つて見れば、これぞ皇居と覚えて、蠟燭《らつそく》あまた《たくさん》所にとぼされて、[一〇]振鈴《しんれい》の声かすかなり。[一一]衣冠正しくしたる人三、四人、[一二]大床《おほゆか》に[一三]伺候《しこう》して、警固の武士に「たれか候ふ《たれかいるか》」と尋ねられければ、「その国のそれがしそれがし」と名乗つて、[一四]回廊に[一五]しかと並《な》み居たり。陶山《すやま》、皇居の様まで見すまして《見とどけて》、今はかうと《今はこれでよし》思ひければ、[一六]鎮守《ちんじゆ》の前にて一礼《いちれい》をいたし、本堂の上なる峰へ上つて、人もなき坊の有りけるに《人けのない宿坊が有ったのに》火を懸け《放火して》て、同音に《いっせいに》ときの声を挙ぐ。四方の寄手《(六波羅方)》これを聞き、「すはや《それ》、城中に返り忠の者《寝返った者が》出で来て、火を懸けたるは《火をかけたぞ》。ときの声を合はせよや《合わせようぞ》」とて、大手・搦手七万余騎、声々にときを合はせてをめき叫ぶ。その声天地を響かして、いかなる[一七]須弥《しゆみ》《さしもの高山》の八万由旬《ゆじゆん》なりとも、[一八]崩れぬべくぞ聞えける。陶山が五十余人の兵ども、城の案内はただ今《すでに》くはしく見置いたり、ここの役所《こちらの番所》に火を懸けては、かしこに《あちらに》ときの声をあげ、かしこにときを作つては、この《こちらの》櫓に火を懸け、四角八方《四方八方》に走

一〇 仏事をいとなむ金剛鈴の音。一説に、主上がいでましの時、その先払いに振る鈴の音とも言う。
一一 公家の礼装に身をととのえた人。
一二 広い廂《ひさし》のある縁。広廂。
一三 お仕えして。
一四 長く折れ回って、建物と建物とをつなぐ、屋根づきの廊下。
一五 並んで待機し、厳しく警固していた。
一六 寺院内にあって、その土地を守護する神をまつった社。ここは、椿本《つばきもと》大明神を指す。
一七 仏教で、この世界の中心をなすという高山、須弥《しゆみ》山《せん》。その頂に、帝釈天《たいしやくてん》を主とする三十三天(忉利天《とうりてん》)の宮殿があり、日月《じつげつ》もこの山の中腹を回ると言う。その須弥山は、海上・海中ともにそれぞれ八万四千由旬の高さと深さだとする。「由旬」は、牛車の一日行程、約一四・四キロメートル。
一八 (その声の響きに)くずれ落ちるかと思われた。

り回つて、その勢城中に充《み》ち満ちたる様に聞えければ、陣々固めたる官軍ども、[一]城の内に敵の大勢攻め入つたりと心えて、物具《鎧兜》を脱ぎ捨て、弓矢をかなぐり棄てて《投げ捨てて》、がけ堀ともいはず、倒れまろびてぞ《崖をも堀をもかまわずつまずきながらころげるように》落ち行きける。[二]錦織判官代《にしこりのはうぐわんだい》、これを見て、「きたなき《なんと見苦しい》人々のふるまひかな。[三]十善の君に憑《たの》まれまゐらせて、武家を敵に受くる程の者ども《幕府を相手にまわすほどの者が》が、敵大勢なればとて、戦はで逃ぐるやうやある《戦わずに逃げ出すとはもってのほかだ》。[四]いつのために惜しむべき命ぞ」とて、向ふ敵に走り懸かり走り懸かり、[五]大はだぬぎに成つて戦ひけるが、矢種を《手持ちの矢を》射尽し、太刀を打ち折りければ、父子二人、ならびに郎等《らうどう》十三人、おのおの腹かき切つて、同じ枕に伏して《枕をならべて》死ににけり。

一 狼狽《らうばい》のあまり、城内に大勢の敵が攻め入ったと思いこんで。
二 巻一、二八頁に、官軍に味方する「さりぬべき（たよりにできる）兵」として見える。河内の武士。名は未詳。
三 十善戒を守った功徳により位につくことができた天皇。
四 いつのために命をとっておくのか（今こそ命を捨てて戦うべき大事の時ぞ）。
五 両肩ぬぎ上半身裸になって。

＊ 足助の強弓、本性房の怪力が目をみはらせる。城内・寄手ともども奇略と機敏な行動力を尽し合っての戦いが、豊かな誇張をもって展開し、笑いをさえ感じさせて明るい。

主上笠置《かさぎ》を御没落の事

主上、藤房・季房を具して笠置を落ちる

さる程に、類火《るいくわ》[六]東西より吹かれて、余烟《〔その〕煙が》皇居にかかりければ、主上をはじめまゐらせて、宮々《皇子たち》・卿相雲客《けいしやううんかく》[七]、皆かちはだしなる《素足という有様で》体《てい》にて、いづくを指すともなく《あてどもなく》、足にまかせて《足のおもむくままに》落ち行きたまふ。この人々、始め一、二町が程こそ、主上をたすけまゐらせて、前後に御ともをも申されたりけれ《なされたが》、雨風《〔おりから〕》烈しく、道闇《くら》うして、敵のときの声、ここかしこに聞えければ、[八]次第に別々《べちべち》に成つて、後には、ただ[九]藤房・季《すゑ》[一〇]房《ふさ》二人よりほかは、主上の御手を引きまゐらする人もなし。かたじけなくも、十善の天子、玉体を[一一]田夫野人《でんぷやじん》の形にかへさせたまひて、そことも知らず《行く先も定めず》迷ひ出でさせたまひける、〔その〕御有様こそあさましけれ《お気の毒で見ておれない》。いかにもして、夜の内に赤坂の城へと《〔楠の〕》、御心ばかりを尽されけれど《御心はあせられるけれども》も、[一二]仮にもいまだ習はせたまはぬ御歩行なれば、夢路をたどる御心地して、[一三]一足には休み、二足には立ち止まり、昼は道の傍《そば》なる[一四]青塚の陰に御身を隠させたまひて、[一五]寒草《かんさう》のおろそかなるを御座《敷物》のしとねとし、夜は人も通はぬ野原の露に分け迷はせたまひて、[一六]羅穀《らこく》の[一七]御袖

六 燃え広がる火。
七 公卿《くぎやう》および殿上人《てんじやうびと》。
八 人々は次第に散り散りになって。
九 万里小路《までのこうじ》藤房。巻二、五一頁注四参照。
一〇 藤房の弟。『増鏡』「むら時雨」には、「あやしき御姿にやつれて、たどり出でさせたまふ。座主の法親王尊澄、御手をひき奉りたまひつるも、いとはかなげなる御有様なり。……行幸もそなたざまにやと思し心ざして、藤房・具行《ともゆき》両中納言、師賢の大納言入道、手をとりかはして、炎の中をまぬがれ出づる」とあり、『太平記』と異なり季房が同行したことは見えない。中宮の野宮《ののみや》避難に同行したらしい。
一一 田や野に働く農民。
一二 なにぶん全く不なれな御歩行のことなので。
一三 一足歩いては休み。
一四 青い草や苔《こけ》の生えた塚。
一五 枯れてさびしげな草。この辺り「昼は伏し宵に行きて大漠を経、雲陰り月黒くして風沙悪し、驚きて青苔に蔵すれば寒草疎《おろそ》かに、偸《ひそか》に黄河を度《わた》れば夜氷薄し」(『白氏文集』四「縛戎人《じゆうじんをばくす》」)による。
一六 うすぎぬと、ちりめん。
一七 露と涙に袖がぬれがちであった。

をほしあへず。とかうして《苦労のすえ》、夜昼三日に、一山城の多賀《たが》の郡《こほり》なる有王《ありわう》山《やま》の麓《ふもと》まで落ちさせたまひてんげり。藤房も季房も、三日まで《この三日間》口中《こうちゆう》の食《じき》を断ちければ、足たゆみ《足はだるく》身疲れて、今はいかなる目に逢ふとも逃げぬべき心地せざりければ《逃げられそうにもなかったので》、せん方無うて、幽谷《深い谷》の岩を枕にて、君臣・兄弟もろともに、うつつの夢に《さながら夢心地で》伏したまふ。〔帝は〕梢を払ふ松の風を《梢にさわぐ松風を》、雨の降るかと聞こしめして、木の陰に立ち寄らせたまひたれば、下露《木の下露が》のはらはらと御袖にかかりけるを、主上御覧ぜられて、

二 さして行く笠置の山を出でしよりあめが下には隠れ家もなし

藤房卿、涙を押さへて、

三 いかにせんたのむ陰とて立ちよればなほ袖ぬらす松の下露

山城国の住人、四深須《みす》入道・五松井《まつゐ》蔵人《くらうど》二人《にん》は、この辺の案内者なりけれ《地理に明るかった》ば《ので》、〔幕府の命により〕山々峰々残る所無く捜《さが》しけるあひだ、皇居隠れなく《帝の在所は隠しようもなく》尋ね出だされさせたまふ。主上、誠に怖ろしげなる御気色《御様子》にて、「六汝ら心ある者ならば、天恩を戴いて《天子の恩寵を仰いで》、私の栄花を期せよ《一族の今後の栄華を考えよ》」と仰せられければ、

主上、深須・松井に捕われ、南都へ送られる

一 京都府綴喜《つづき》郡井手町田村新田《たむらしんでん》の南にある山。橘《たちばなの》諸兄《もろえ》の曾孫有王が隠棲《いんせい》したのでこの名があると言う。

二 赤坂を志して笠置山を出てより、この天下には雨宿りする場所にも事欠く身の上になったことよ。「さし」は「志す」と「笠をさす」を掛け、「さして行く」で笠置山の序。「天が下」と「雨が下」を掛ける。

三 どうすればよいのだろう、たのみにする松の木のかげも、その下露に一層袖をぬらすことだ。

四 京都市伏見の西、三栖《みす》の土豪。

五 綴喜郡田辺町松井の土豪。

六 大義を知る心があるならば。

七 檜《ひのき》もしくは竹を薄くはいだもので編んだ網代を張った粗末な輿。

八 まわりを畳表で張り囲った粗末な輿。

九 奈良県天理市杣之内《そまのうち》にあった内山永久寺。醍醐寺の末寺で、修験道《しゆげんどう》の寺。

一〇『史記』の「夏本紀」に見える故事。圧政を専らとする夏《か》の桀王《けつおう》は湯《とう》を召し、夏台(獄の名)に捕えたが、後に釈放。湯は善政を行って諸侯の讃仰を得、兵を率いて桀王を破った。

一一『史記』の「越王勾践世家」に見える故事。呉王夫差《ふさ》を討とうとした越王の勾践《こうせん》が敗れて会稽山(浙江《せつこう》省)に立て籠ったが、范蠡《はんれい》の言に従い降伏。その後の

さしもの深須入道、にはかに心変じて、あはれ《ああ》、この君を隠したてまつて、義兵《忠義のための兵》を揚げばやと思ひけれども、あと《後続の》につづける松井が所存《考え》、知りがたかりけるあひだ、事《陰謀の》の漏れ易《やす》くして道の成りがたからん事をはかつて《事の成就の困難なことを見通して》、もだしけるこそうたてけれ《〔帝の要請に〕応じなかったのは口惜しい限りだ》。にはかの事にて、網代《あじろ》[七]の輿《こし》だに無かりければ、張輿《はりごし》[八]の怪しげなる《粗末なものに》にたすけ乗せまゐらせて、先づ南都の内山《うちやま》[九]へ入れたてまつる。その体《てい》、ただ殷《いん》[一〇]の湯《たう》、夏台《かたい》に囚《とら》はれ、越王《ゑつわう》[一一]、会稽《くわいけい》に降《かう》せし昔の夢に異ならず《故事さながらの夢のような有様だ》。これを聞き、これを見る人ごとに、袖をぬらさず《〔帝の身の上を思って〕》といふ事無かりけり。

生捕りの人々

この時、ここかしこにて生捕《いけど》られたまひける人々には、先づ一宮《いちのみや》[一二]中務卿《なかつかさのきやう》親王（尊良）・第二宮妙法院尊澄《めうほふゐんそんちよう》法親王・峰《みねの》[一三]僧正春雅《しゆんが》・東南院[一四]僧正聖尋《しやうじん》・万里小路《までのこうぢ》大納言宣房《のぶふさ》・花山院《くわさんのゐん》大納言師賢《もろかた》・按察《あぜち》大納言公敏《きんとし》・源中納言具行《ともゆき》・侍従《じじゆう》[一五]中納言公明《きんあきら》・別当[一六]左衛門督《さゑもんのかみ》実世《さねよ》・中納言藤房・宰相（参議）季房・平宰相成輔《なりすけ》・左衛門督為明《ためあきら》・左中将行房《ゆきふさ》[一七]・左少将忠顕《ただあき》・源《みなもとの》少将能定《よしさだ》・四条少将隆兼《たかかね》[一八]・妙法院[一九]の執事《しつし》澄俊《ちようしゆん》法印、北《ほく》[二〇]

辛苦にも会稽での恥を忘れず、民心が呉王から離反する機を見てこれを攻め、滅ぼした。湯・越王の故事はいずれも、後日、建武新政の達成を予期して引用したもの。

一二 以下列挙する人物は、すべてがこの段階で捕えられた人ばかりではないらしい。

一三 「峰」は、右京区衣笠山の山頂にあった法華山寺。「春雅」については未詳。藤原経氏《つねうじ》の息、あるいは藤原忠継《ただつぐ》の息とする説があるが別人か。

一四 東大寺の一坊。「聖尋」は、鷹司基忠《たかつかさもとただ》の息で東大寺別当。これらの人々は、元弘の乱の参画者。

一五 天皇の執政に遺漏《いろう》のないよう、側近にあって献言する官。中納言でこれを兼ねる者を侍従中納言と言う。「公明」は、藤原公季《きんすえ》の子孫、従二位実仲の息で、権大納言、正二位に昇った。

一六 検非違使の長官で、衛門督を兼ねる。「実世」は藤原公季の子孫、従一位太政大臣公賢《きんかた》の息。

一七 藤原伊尹《これただ》の子孫、従二位経尹の息。姉妹に後醍醐天皇の勾当内侍《こうとうのないし》（のちの新田義貞の室）がある。

一八 「隆量《たかかず》」の誤りか。隆量は、藤原末茂《すえしげ》の子孫で大納言隆資の息。

一九 巻二の一〇三頁に、「大塔宮の執事、安居《あぐ》院の中納言法印澄俊《ちようしゆん》」とあり、早く、叡山の豪誉に生け捕られ六波羅へ突き出された、とある。混乱があるか。

二〇 院に仕え、その御所を警固する武士。

面《めん》・[一]諸家侍《しよかのさぶらひ》どもには、[二]左衛門大夫《たいふ》氏信《うぢのぶ》・右兵衛大夫有清《ありきよ》・[三]対馬《つしまの》兵衛重定《しげさだ》・大夫将監《しやうげん》[四]兼秋《かねあき》・左近将監宗秋《むねあき》・雅楽《うた》兵衛尉則秋《のりあき》・[五]大学助《だいがくのすけ》長明《ながあきら》・[六]足助《あすけ》次郎重範《しげのり》・[七]宮内丞《くないのじよう》能行《よしゆき》・大河原《おほかはら》源七左衛門尉有重《ありしげ》、[八]奈良法師に俊増《しゆんぞう》・教密《けうみつ》・行海《ぎやうかい》・[九]志賀良木《しがらきの》治部房《ぢぶばう》円実《ゑんじつ》・近藤三郎左衛門尉宗《むね》光《みつ》・国村三郎入道定法《ぢやうほふ》・源左衛門入道慈願《じぐわん》・奥《おくの》入道如円《じよゑん》・六郎兵衛入道浄円《じやうゑん》、[一〇]山徒《さんと》には、勝行房《しようぎやうばう》定快《ぢやうくわい》・習禅房《しふぜんばう》浄運《じやううん》・乗実房《じようじつばう》実尊《じつそん》、都合《合計》六十一人、その[一一]所従眷属《しよじゆうけんぞく》どもに至るまでは、かぞふるにいとまあらず《数えきれないほどだった》。あるいは[一二]籠輿《かごこし》に召され、あるいは[一三]伝馬《てんま》に乗せられて、白昼に京都へ入りたまひければ、その方ざまかと覚えたる《その縁者かと思われる》男女、[一四]街《ちまた》に立ち並んで、人目をも憚《はばか》らず《かまわず》泣き悲しむ。あさましかりしありさまなり。

後醍醐天皇、六波羅へ遷幸

十月二日《（元弘元年）》、六波羅の北の方《北探題》、[一五]常葉《ときは》駿河守範貞《のりさだ》、三千余騎にて路を警固つかまつて、主上を宇治の平等院へ成したてまつる《お移し申し上げた》。その日、[一六]関東の両大将、京へは入らずしてすぐに宇治へ参り向つて、龍顔に謁し《帝に拝謁し》したてまつり、先づ[一七]三種の神器を渡したまはつて《お渡しいただいて》、持明院新帝《（光厳天皇）》へ

一 公卿の邸に仕える武士。
二 大夫は五位。衛門（兵衛）の府の三等官である尉《じよう》は、六位相当の官であるので、五位でありながら尉にある者を「衛門（兵衛）の大夫」と称した。「氏信」は、清和源氏、武田信武の息。
三 宇多源氏の左衛門尉馬淵重定か。
四 以下、兼秋・宗秋・則秋の三名は、楽人の家、豊原家の一門。ともに兵衛尉を兼ねた。
五 大学寮の次官。「長明」は未詳。
六 三河の住人。清和源氏。巻一、二八頁には「重《しげ》成《なり》」とある。一一九頁注一八参照。
七 宮内省の三等官。「能行」は、藤原頼宗の子孫、従三位公仲の息。
八 奈良の東大寺・興福寺など大寺の僧。
九 今の滋賀県甲賀郡信楽《しがらき》町の出身か。
一〇 山門（延暦寺）の僧。
一一 家来や一族まで数え上げると。
一二 主として山道で用いる、竹製の粗末な輿。囚人用の輿ともいう。
一三 宿場に常備してある馬。
一四 街頭。
一五 北条範貞。執事、重時の子孫で歌人でもあった。ただし当時彼は探題ではなかったはず。その任期は元徳二年までで、この時の北探題は仲時。
一六 南都本は、大仏貞直・金沢貞将と明示する。

まゐらすべき由を奏聞す《申し上げた》。主上、藤房を以つて仰せ出だされけるは《藤房に命じて仰せくだされるのには》、「三種の神器は、いにしへより、継体《けいたい》[一八]の君位を天に受け《帝位を天より》させたまふ時《〔時の帝が〕》、自ら《直接》これを授けたてまつるものなり。四海《国内》に威を振るふ逆臣《反逆の臣》有つて、暫く天下を掌《たなごころ》に握る者ありといへども、いまだこの三種の重器《神器》を、〔逆臣が〕自らほしいままにして、新帝に渡したてまつる例を聞かず。その上、内侍所《ないしどころ》[一九]をば笠置《笠置寺》の本堂に捨て置きたてまつりしかば、定め《きっと》て戦場の灰塵《くわいぢん》にこそ落ちさせたまひぬらめ《なってしまわれたろう》。神璽《しんし》[二〇]は、山中《さんちゆう》に迷ひし時、木の枝に懸け置きしかば、遂《つひ》[二一]にはよもわが国の守《まも》りと成らせたまはぬ事あらじ。宝剣は、武家の輩《ともがら》、もし天罰を顧みずして玉体《わが体》に近付きたてまつる事あらば、自ら《自分が》その刃の上に伏させたまはんずる《伏して自害されるために》ために、暫くも《片時も》御身を放《はな》たる事あるまじきなり」と仰せられければ、東使両人も《幕府の二人の使者も》六波羅も《探題も》、ことば無うして退出す。翌日龍駕《りようが》[二二]をめぐらして、六波羅[二三]へ成しまゐらせんとしける《お移し申し上げようとしたが》を、前々臨幸の儀式ならでは《これまで通り行幸の儀を整えなければ》、還幸《くわんかう》[二四]成るまじき由を強《し》ひて仰せ出だされける《強硬に仰せになられたので》あひだ、力無く《やむなく》、鳳輦《ほうれん》[二五]

一七 皇位継承に際して伝える聖器、八咫鏡《やたのかがみ》・草薙《くさなぎの》剣《つるぎ》・八坂瓊勾玉《やさかにのまがたま》の三つを言う。

一八 王位を継承する君。皇太子。

一九 八咫鏡《やたのかがみ》のこと。八咫鏡を安置する賢所《かしこどころ》に、内侍が常に仕えることから、この称がある。

二〇 本来、天子の印の意。転じて三種の神器のうち、八坂瓊勾玉《やさかにのまがたま》。読みは清音。

二一 今どうあったとしても、いずれはこの国のお守りとなられるに違いない。

二二 天皇のお車。

二三 六波羅の役所。

二四 お帰りになるわけにはゆかぬと。

二五 屋形の頂に金の鳳凰《ほうおう》をかざりつけた天皇の輿。

一 龍の模様を縫いとりした、天子の礼服。
二 紫宸殿の玉座。中国で、北極星は動かないことから天の中心をなすと考え、これを天子の位に譬《たと》えた。
三 白茅《しろがや》で屋根を葺《ふ》いた粗末な家。
四 陳鴻《ちんこう》の『長恨歌伝』に見える文句。
五 忉利天《とうりてん》（須弥山《しゅみせん》の頂上）に住む天人が、死ぬ前にその身体に表すという、五種の衰亡の相。
六 唐代の小説『枕中記《ちんちゅうき》』などに見える故事。盧生《ろせい》という若者が、邯鄲《かんたん》の宿で道士の枕を借りて眠ったところ、栄華をきわめた一生を夢に見た。目覚めてみると、それは黄粱《こうりょう》も煮えない程のわずかな間のことであったという。この話は巻二十五「黄粱夢の事」に見える。
七 軒端に照る月をかすめてひとしきり降り通る時雨の音を耳にされて。
八 住みなれぬ粗末な板屋に軒を降り過ぎる時雨の音をきくにつけても、袖は涙にぬれがちだ。
九 持ち主のないこの琵琶に塵《ちり》ばかりが積りますが、それを見るにつけても涙の拭いようがございません。どうぞこの思いを御推察くださいませ。「四つの絃《を》（緒）」は、雅楽琵琶が四絃であるのでそれを言う。
一〇 十月上旬の上弦の月であるため、涙にかすんでさらに見にくいと仰せか。でも、昔そなたとともに眺めた半月をお忘れあるまい。中宮の贈歌に琵琶を詠んでいたのに答えて、琵琶の半月（胴面の三日月型の穴）を詠み込んだもの。
一一 一一五頁には「両検断、糟谷《かすや》三郎宗秋《むねあき》・隅田《すだ》次郎

を用意し衰衣《こんえ》[一]を調進《ととのえる》しけるあひだ、三日《三日間》まで平等院に御逗留《とうりう》有つてぞ、六波羅へは入らせたまひける。日ごろ《いつもの》の行幸に事替はつて、鳳輦は数万の武士にうち囲まれ、月卿《公卿》雲客《殿上人》は怪しげなる《粗末な》籠《かご》・輿《こし》・伝馬に扶け乗せられて《やっとのことで乗せられ》、七条《七条通》を東へ、河原を上りに《七条河原を北へ》、六波羅へと急がせたまへば、見る人涙を流し、聞く人心を傷《いた》ましむ。悲しいかな、昨日は[二]紫《し》宸《しん》北極《玉座に》の高きに座して、百司《ひやくし》礼儀のよそほひをつくろひしに《百官が礼装をととのえてお仕えしたのに》、今は[三]白屋《はくをく》東夷《東国人の住む粗末な家屋にお下りになり》の卑しきに下らせたまひて、万卒守禦のきびしきに《兵卒たちの厳重な警固に》御心を悩まさる。[四]時移り、事去り《栄華を極めた時とその生活は去り》、楽しみ尽きて悲しみ来たる。[五]天上《天人》の五衰《にも死はあるが》、[六]人間の一炊《この世の栄華はあの邯鄲の故事さながら夢のようだ》、ただ夢かとのみぞ覚えたる。遠からぬ雲の上《宮中》の御住居《おんすまゐ》、いつしかおぼしめし出だす御事多きをりふし《ともすれば思い出されることの多いこの頃》、[七]時雨《しぐれ》の音の一通《ひととほり》、軒端《のきば》の月に過ぎけるを聞こしめして、

[八]住みなれぬ板屋の軒の村時雨《むらしぐれ》音を聞くにも袖はぬれけり

四、五日有つて、中宮《（禧子）》の御方より御琵琶《おんびは》をまゐらせられけるに《贈られた時に》、〔その〕御文あり。御覧ずれば、〔御歌が次の通りあった〕

左衛門」とあった。混乱があるか。
一二 未詳。正慶二年（一三三三）、番場で討死する高橋九郎左衛門らと一門であろう。
一三 大江氏。幕府評定衆の家系。従五位上貞重の息。
一四 村上源氏、従三位師行《もろゆき》の息。巻二、七三頁に、謀叛の首謀者として見える。この後処刑される。

生捕り、諸大名に預けられる

一五 藤原道兼の子孫、六波羅頭人小田知宗の息。
一六 前項貞知の兄。六波羅頭人。
一七 村上源氏、権中納言従二位具俊の息。その叔母に、後宇多天皇の后、西華門院がいる。
一八 巻二、一〇二頁に、持明院殿六波羅御幸の随身の一人として見える。
一九 もと、後白河院が、六条殿（五条西洞院）の内に持仏堂として建てたものを言うが、その後焼失、ここは、土御門《つちみかど》東洞院に移したもの。後嵯峨《ごさが》院以後、その寺領が持明院系の私領として有力な財源となった。
二〇 大江氏。六波羅評定衆出羽守泰茂の孫、貞頼。
二一 大江氏。六波羅評定衆清有の息、秀有。

光厳天皇、践祚

二二 宇多源氏。左衛門尉宗清の息。正慶二年、番場で一族とともに自害する。
二三 光厳《こうごん》天皇の即位は、『花園院宸記《しんき》』などによると正慶元年三月二十二日である。諸説があるらしい。「登極」は、即位。「極」は北極（前頁注二参照）。

[九]思ひやれ塵のみつもる四つの絃《を》に払ひもあへずかかる涙を

引き返して、〔帝の〕御返事《おんぺんじ》有りけるに、

[一〇]涙ゆゑなかばの月はかくるとももともに見し夜の影は忘れじ

同じき八日（元弘元年十月）、[一一]両検断《けんだん》[一二]高橋刑部左衛門《ぎやうぶざゑもん》・糟谷《かすや》三郎宗秋《むねあき》、六波羅に参つて、今度《こんど》生捕《いけど》られたまひし人々を、一人づつ大名《だいみやう》に預けらる。一《いちの》宮《みや》（尊良）中務卿親王をば佐々木判官（検非違使尉）時信、妙法院二品親王（尊澄）をば[一三]長井左近大夫将監高広《たかひろ》、[一四]源中納言具行をば[一五]筑後前司貞知《さだとも》、東南院僧正（聖尋）をば[一六]常陸前司時朝《ときとも》、万里小路《までのこうぢ》中納言藤房・六条少将忠顕二人をば、主上に近《近く》侍《お仕えするようにと》したてまつるべしとて、放し召人《軟禁状態で》のごとくにて、六波羅にぞ留め置かれける。

同じき九日、三種の神器を持明院の新帝（光厳）の御方へ渡さる。[一七]堀河大納言具親《ともちか》・[一八]日野中納言資名《すけな》、これ《神器》を受け取つて[一九]長講堂《ちやうこうだう》へ送りたてまつる。その御警固には、[二〇]長井弾正蔵人《だんじやうのくらんど》・[二一]水谷兵衛蔵人・但馬民部大夫《たぢまみんぶのたいふ》・[二二]佐々木隠岐《おきの》判官清高《きよたか》をぞ置《配置された》かれける。[二三]同じき十三日に、新帝登《とう》極《きよく》の由にて、長講堂より内裏へ入らせたまふ。供奉《ぐぶ》の諸卿、花を折[一]つて行装《ぎやうさう》をひきつくろひ、随兵《ずいびやう》の武士、甲冑《かつちう》を帯して非常[二]をいましむ。いつしか前帝奉公[三]の方様《かたざま》には、咎《とが》有るも咎無きも、いかなる憂き目をか見んずらんと、事[四]にふれて身を危ぶみ心を砕けば、当今拝趨《たうぎんはいすう》[五]の人々は、忠有るも忠無きも、今[六]に栄花を開きぬと目を悦ばしめ、耳をこやす。子《み》[七]結んで陰を成し、花落ちて枝を辞す。窮達《きゆうたつ》[八]時を替《か》へ、栄辱《えいじよく》道を分かつ。今[九]に始めぬ憂き世なれども、ことさら夢とうつつとを分けかねたりしは、この時なり。

随行の武士
〔こうして〕早くも
〔一方〕
実を結び木が茂ると
花は散りつくす

赤坂の城軍《しろいくさ》の事

関東軍、赤坂を攻め、功にはやる

はるばると東国より上りたる大勢《おほぜい》ども、いまだ近江国《あふみのくに》へも入らざる前《さき》に、笠置の城すでに落ちければ、無念の事に思ひて、[一〇]一人《いちにん》も京

一 花のように美しくよそおい。「行装」は旅のいでたち。
二 非常に備えて警備した。
三 先帝にお仕えする人々は。
四 事あるごとに身の不安におびえ心配していたのであるが。
五 今上（光厳帝）にお仕えする人々は。
六 今や栄華の時期到来と、見る物、聞く物に期待を寄せ楽しみにした。
七 杜牧《とぼく》の詩による。実がなり葉が繁るのにひきかえ、花の散り尽すのに、時の変転・無常を見た。
八 困窮と栄達が時によりとって代り、栄華と衰滅が所をかえることになった。
九 この世の憂き世であることは今に始まったことではないが、特にこの時代は、夢とも幻とも判じがたい時代だ。
＊ 後醍醐天皇の笠置落ちから六波羅遷幸まで、天皇の幕府に対する強い姿勢に共感し、その没落を感傷の色濃く描く。とって代る持明院の栄華を見るにつけ、栄枯盛衰の理をひとしお感じさせる。最後の「この時なり」の語が、この感を強くにじませている。
一〇 戦功のあげようがなく、それを残念に思って。以

都へは入らず。あるいは伊賀・伊勢の山を経《へ》、あるいは宇治・醍醐《だいご》の道をよこぎつて《通って》、楠兵衛正成がたて籠つたる赤坂の城へぞ向ひける。石川河原[一一]をうち過ぎ《渡って》、城の有様を見やれば、〔城は〕にはかにこしらへたりと覚えて、はかばかしく[一二]堀をもほらず、わづかに《かろうじて》屏一重《ひとへ》[一三]塗つて、方《はう》[一四]一、二町には過ぎじと覚えたる、その内に、櫓二、三十が程《二三十の櫓を》、かきならべたり《建て並べていた》。これを見る人ごとに、「あなあはれの敵の有様や《ああ何とみすぼらしい敵の城のざまよ》。この城、われらが片手に載《の》せて投ぐるとも投げつべし。あはれ[一五]、せめていかなる不思議にも、楠が一日こらへよかし。分捕《ぶんどり》[一六]、高名《手柄をたて》して、恩賞に預からん」と思はぬ者こそ無かりけれ。されば、寄手三十万騎の勢ども、うち寄するとひとしく《攻め寄せるとすぐに》、馬を踏み放ち[一七]踏み放ち、堀の中に飛び入り、櫓の下に立ちならんで、〔城内へ〕われ先に討ち入らんとぞ諍《あらそ》ひける。

正成の奇略

正成は、もとより策《はかりこと》[一八]を帷幄《ゐあく》の中にめぐらし、勝つ事を千里の外《そと》に決せんと、陳平《ちんぺい》[一九]・張良《ちやうりやう》が肺肝《はいかん》の間より流出《りうしゆつ》せるがごときの者なり

下、「一人《いちにん》も京都へは入らず。あるいは……あるいは……」の表現が東国武士のはやる動きを滑稽に描いている。

一一 金剛山の西側に源を発し、大阪府柏原《かしわら》市で大和川に合流する川（一四三頁地図参照）。ここは、赤坂城麓近くの河原を指す。

一二 防備に役立つような堀も掘らず。

一三 一重を塗り築いただけで。

一四 広さも四方一、二町にも過ぎまいと思われた。

一五 ああ、何とか奇跡にでも楠が一日をもちこたえてほしいものよ。

一六 敵の武具などを奪うこと。後には「分捕高名」と熟して用いることのあることば。

一七 われもわれもと鐙《あぶみ》の足をゆるめ馬を乗り捨て。

一八 戦略を陣営の中で静かにめぐらし、策を用いて、勝負を千里も離れた遠方で決しようと。『史記』「留侯世家」に、子房の奇略について見られることば。『漢書』「高祖本紀」にも見られる。

一九 中国の勇将陳平や張良の肺や肝臓から生れたような人である。陳平は、漢代の人で、幼少より兵法を学び高祖らに仕えた。張良は漢の高祖に仕え、項羽《こうう》を滅ぼして天下を平定するのに功があった。蕭何《しょうか》・韓信とともに三傑に数える。

ければ、究竟《くつきやう》[一]の射手《いて》を二百余人、城中に籠めて、舎弟《実の弟》の七郎[二]と和田[三]五郎正遠《まさとほ》とに、三百余騎をさしそへて《ひき連れさせて》、よその山《ほかの山》にぞ置いたりける。寄手は、これを思ひもよらず、心を一片《いつぺん》[四]に取つて、ただ一揉《ひとも》[五]みに揉み落さんと、同時に皆四方の切岸《きりぎし》[六]の下に着いたりけるところを《登ろうととりついたところを》、櫓《やぐら》の上、さまの陰《矢ざま》より、さしつめ引きつめ[七]、鏃《やじり》[八]を支《ささ》へて射けるあひだ、時の程に《あっという間に》、死人・手負《負傷者》千余人に及べり。東国の勢ども、案に相違し《思いのほか手ごわいので》て、「いやいや、この城の体《てい》たらく《様子》一日二日には落つまじかりけるぞ。暫く陣々を取つて《めいめいが陣をとり》、役所[九]を構へ、手分けをして合戦を致せ」とて、攻め口を[一〇]少し引き退き、馬の鞍《くら》を下し、物具《武具》を脱いで、皆帷幕《ゐばく》[一一]の中にぞ休み居たりける。楠七郎・和田五郎、はるかの山よりみおろして、時刻よしと思ひければ《好機至れりと》、三百余騎を二手に分け、東西の山の木陰より、菊水《きくすい》[一二]の旗二流れ《二本》、松の嵐《松風》に吹き靡《なび》かせ、しづかに馬を歩ませ、烟嵐《えんらん》[一三]を捲《ま》いて押し寄せたり。東国の勢これを見て、敵か御《み》方《かた》かとためらひ怪しむところに《いぶかしげに様子を見守るところへ》、三百余騎の勢ども、両方より《〔東西の〕》とき

一 腕っぷしの強い。
二 『尊卑分脈《そんぴぶんみやく》』「橘氏」に、正成の弟として和田七郎正氏が見える。
三 本文の「舎弟の」は、この「和田」にもかかるのであろうが、『尊卑分脈』によれば、正成の父を「従五位上正遠」とする。楠系図については諸伝があるようで、今、決めがたい。
四 城ばかりに気を奪われて。
五 一気に攻め寄せ落そうと。「揉む」は、激しく攻め立てること。
六 切り立った岸。
七 休む間もなく矢を次々につがえて引き。
八 矢先をそろえて一せいに。
九 警備の詰所。
一〇 敵の木戸口から少し後退し。
一一 たれ幕と引き幕でかこった陣営。
一二 楠氏の家紋。菊の花に流れをあしらったもの。中国で、菊花の流れる谷水を飲んで長寿を全うするとした、それをわが国でもならってその図型を家紋としたもの。鎌倉期から南北朝期にかけて広く用いられた。
一三 山中の靄《もや》をまき上げて攻め寄せた。

菊水紋の一種

をどつと作つて、雲霞《うんか》のごとくに[一四]たなびいたる三十万騎が中へ、魚《ぎよ》[一五]鱗懸《りんが》かりにかけ入り、東西南北へわつて通り《かけめぐり》、四方八面《四方八方へ》を切つて回るに、寄手の大勢、あきれて[一六]陣を成しかねたり。城中より《〔それを見て〕》三の木戸《三つの城門》を同時にさつとひらいて、二百余騎鋒《きつさき》[一七]をならべてうつて出で、手[一八]さきをまはして散々に射る。寄手、さしもの大勢なれども、わづかの敵に驚き騒いで、[一九]あるいはつなげる馬に乗つてあふれども《けしかけるが》進まず、あるいははづせる《〔つるを〕》弓に矢をはげて《つがえて》射んとすれども射られず。物具一《一そ》領《ろい》に、二、三人取り付き、「われがよ、人のよ」と引きあひける、その間に、主《主人》討たるれども従者《家来》は知らず、親討たるれども子も助け《これを助ける》ず、《子もなく》くもの子を散らすがごとく、石川河原へ引き退く。その道五十町が間、馬・物具を捨てたる事、足の踏み所もなかりければ、東条[二〇]一郡《ひとこほり》の者どもは、[二一]にはかに徳付いてぞ見えたりける。

本間・渋谷、釣塀の奇略に敗れる

さしもの東国勢、思ひの外《ほか》にし損じて、初度《第一戦》の合戦に負けければ、楠が武略侮りにくし《あなどりがたい》とや思ひけん、吐田《はんだ》[二二]・楢原《ならばら》辺に、おのおのうち

一四 ひろがって待機している。
一五 魚鱗形の隊形を組んで攻め入り。攻撃の隊形の一で、魚鱗形に先を細く後方を広く隊列を組んで大軍の中へ攻め入る形。鶴翼《かくよく》の対。
一六 あっけにとられて隊列もととのえられなかった。
一七 太刀の先。
一八 先陣をかける部隊を回らせて。
一九 これより三行は、奇襲をかけられて狼狽《ろうばい》する様を描くのに見られる類型表現。「とる物もとりあへず、我さきにとぞ落ゆきける。あまりにあわてさわいで、弓とる物は矢をしらず、矢とるものは弓をしらず、人の馬にはわれのり、わが馬をば人にのらる。或はつないだる馬にのッて杭《くひ》をめぐる事かぎりなし」(『平家物語』五・富士川)。
二〇 赤坂の西。現在の大阪府富田林《とんだばやし》市内。「一郡」は、その辺り一帯の地域(一四三頁地図参照)。
二一 思わぬもうけ物をしたようだ。この一文には、作者の笑いがこめられている。
二二 ともに赤坂に東接する地域で、現在、奈良県御所《ごせ》市内(一四三頁地図参照)。

寄せたれども、やがて《すぐさま》また押し寄せんとは擬せず《重ねて攻め寄せようともしない》。ここに暫くひかへて《待機して》、畿内の[一]案内者を先に立てて、[二]後攻《ごづ》めのなき様に山を苅《か》り回り、家を焼き払つて、心易く《不安なく》城を攻むべきなんど評定ありけるを《相談していたところ》、[三]本間・[四]渋谷の者どもの中に、親討たれ子討たれたる者多かりければ、「命生きては何かせん《生きながらえて何になろう》、よしや《たとえ》われ等が勢ばかりなり《だけでも》とも、馳せ向つて討死せん」と憤りけるあひだ《いきりたったので》、諸人皆これに励まされて、われもわれもと馳せ向ひけり。かの赤坂の城と申すは、東一方こそ《東の一方だけは》[五]山田の畔《くろ》重々に高くして、少し難所の様なれ《けわしいようだが》、[六]三方は皆平地に続きたるを、堀一重に屏《へい》一重塗つたれば《(これでは)》、いかなる鬼神《きじん》が籠りたりとも《たてこもっていようと》、何程の事か有るべきと、寄手皆これを侮《あなど》り、また寄するとひとしく《ただちに》、堀の中、切岸の下まで攻め付いて、[七]逆木《さかもぎ》を引きのけて討つて入らんとしけれども、城中には音もせず。これは、いかさま《きっと》昨日《きのふ》の如く[八]手負《ておひ》を多く射出だしてただよふところへ、後攻《づ》めの勢を出だして揉み合は《乱戦にもちこ》せんずるよ《もうとする策よ》と心得て、寄手十万余騎を分けて後の山へ指し向けて、

一 土地に明るい者を導きとして。

二 背後を襲われぬよう。

三 小野氏、横山党で村上源氏を称する。神奈川県厚木市の地に住んだ武士。巻十「三浦大多和合戦意見の事」にも「相模国の勢松田……本間・渋谷を具足して」と並んで登場する。

四 藤沢市の地に住んだ武士。三重県伊勢市の光明寺に伝わるこの当時の軍中日記の断片『光明寺残篇』に、天王寺路を回った寄手の中に、渋谷遠江権守《とおとうみごんのかみ》が見える。

五 山田を幾重にも階段状に高く作っていて。ただし、現実は、北・西に山をひかえ東が川に面していて、この描写は事実ではない。

六 他の三方は皆平地続きで、そこへわずかに一重だけの堀をめぐらし、その内側に、これも一重だけの塀を塗りたてたものにすぎないので。

七 敵の侵入を防ぐため、とげのある木の枝などを立てかけた柵《さく》。

八 矢で攻めたて負傷者を多く出してうろたえるところを、背後から襲って。

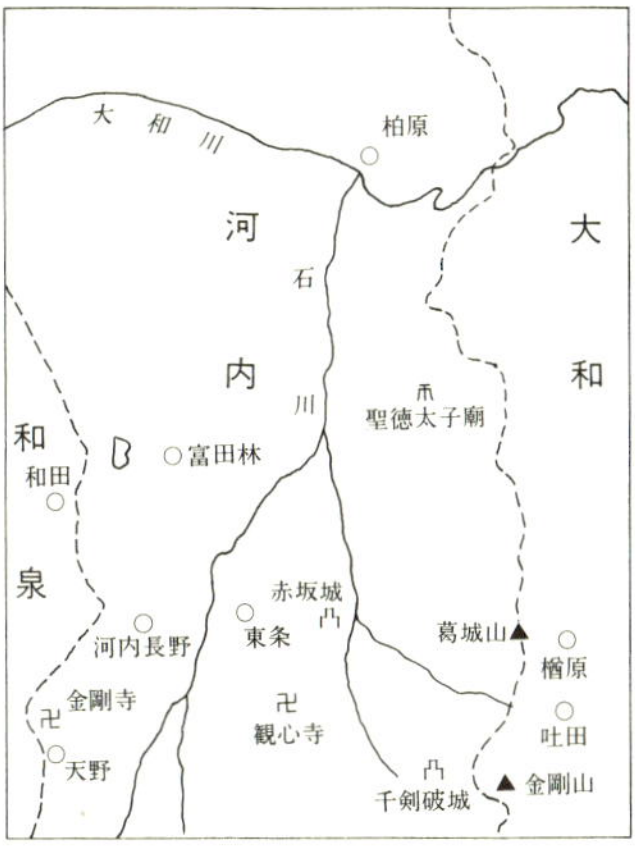

熱湯攻めの奇略

残る二十万騎、稲麻竹葦《たうまちくゐ》[九]の如く城を取り巻いてぞ攻めたりける。かかりけれども《このようにしても》、城の中よりは矢の一筋をも射出ださず、更に人有りとも見えざりければ《全く人のいる気配もないので》、寄手いよいよ気に乗つて《調子づいて》、四方の屛に手を懸け、同時に上り越えんとしけるところを、本より《あらかじめ》屛を二重に塗つて、外の屛をば〔中から〕切つて落す様にこしらへたりければ《用意しておいたので》、城の中より、四方の屛の釣縄《つりなは》を一度に切つて落したりけるあひだ、屛に取り付いたる寄手千余人、圧《おし》[一〇]に打たれたる様にて、〔動けず〕目ばかりはたらくところを《目だけ動かしているところに》、大木《たいぼく》・大石《たいせき》をなげかけなげかけ打ちける《打ったので》あひだ、寄手また今日の軍《いくさ》にも、七百余人討たれけり。

東国の勢ども、両日《二日間の》の合戦に手ごりをして《すっかりこりて》、今は城を攻めんとする者一人もなし。ただその近辺に陣々を取つて、遠攻めにこそしたりけれ。四、五日が程はかやうにて《この状態で》ありけるが、「あまりに暗然[一一]として守り居たるも言ふがひなし《じっとしていても何ともなるまい》。方《はう》[一二]四町にだに足らぬ平城《ひらじやう》[一三]に、敵四、五百人籠りたるを、東八箇国[一四]の勢どもが攻めかねて、遠攻めしたる

九 多くのものが、すきまもなく立ち並んでいるさまを、稲・麻・竹・葦が入り乱れているのにたとえた語。『法華経』「方便品《ほうべんぼん》」などに見られる表現。

一〇 ものを押えつけるためのおもし。

一一 悲しくて心のふさぐさま。意気消沈するさま。

一二 せいぜい四町四方にも満たぬ。

一三 平地に築いた城。

一四 関東八カ国。今の関東地方に当る。相模《さがみ》・武蔵《むさし》・安房《あわ》・上総《かずさ》・下総《しもうさ》・常陸《ひたち》・上野《こうずけ》・下野《しもつけ》の八カ国。

事のあさましさよなんど《などと》、後までも人に笑はれん事こそ口惜しけれ。前々《まへまへ》[一]はやりのまま楯《たて》をもつかず、攻め具足をも支度せで《攻撃用の武具も準備しないで》攻むればこそ、そぞろに《むだに》人をば損じつれ《そこなった》。今度はてだて《方法》をかへて攻むべし」とて、面々に《各自に》持楯《もちだて》[二]をはがせ《調達させ》、そのおもてにいため皮[三]を当てて、たやすくうち破られぬ様にこしらへて、かづき[四]つれてぞ攻めたりける。

切岸の高さ、堀の深さ幾程もなければ、走りかかつて屛に着かん事はいと安く覚えけれども、これもまた釣り屛にてやあらんと危ぶみて、さう無く《一気には》屛には着かず、皆堀の中におりひたつて、〔遠くから〕熊手[五]を懸けて屛を引きけるあひだ、すでに引き破られぬべう見えけるところに《いよいよ引き破られるかと見えたところへ》、城の内より、柄《え》の一、二丈[六]長き杓《ひしやく》に、熱湯の湧《わ》きかへりたるを酌《く》んでかけたりける《あびせかけたので》あひだ、冑《かぶと》[七]のてへん、わたがみ[八]のはづれ《すきま》より、熱湯身に徹つて《しみとおって》焼けただれければ、寄手こらへかねて《たまらず》、楯も熊手もうち捨てて、ばつと引きける見苦しさ、やにはに死ぬるまでこそ無けれども《すぐさま死ぬ者はいなかったけれども》、あるいは《ある者は》手足を焼かれて立ちもあがらず、あるいは《ある者は》五体[九]を損

一 これまでは、心のはやるまま楯《たて》も持たず。

二 携帯して戦うための楯。「はぐ」は、ここは、せまい板をつなぎ合せて一枚の楯に作ること。

三 革《かわ》を、にかわを溶いた水にひたし、鉄の槌《つち》で打ち固めたもの。鎧《よろい》の札《さね》などに用いる。

四 これを全員がそろって頭上にかざして攻めかけた。

五 先端に熊の手のような鉄製の爪を付けた、柄《え》の長い武器。対象にひっかけて落すのに用いる。

六 一丈は、約三メートル。

七 兜《かぶと》の鉢の頂上にある丸い穴。八幡座《はちまんざ》・神宿《かんやどり》とも言う。

八 鎧の背面最上部、これをもって胴をつるために左右の肩にあてる部分。

九 全身。仏教語で、筋・脈・肉・骨・皮とも、また、左右両ひざ・両手・首とも言う。

じて、病み臥する者[一〇]二、三百人に及べり。寄手てだてをかへて攻むれば《寄手が方法をかえて攻めれば》、城の中たくみをかへて防きけるあひだ《城中でも方法をかえて防戦するので》、今はともかくも《何とも》すべき様なくして、ただ食《じき》[一一]攻めにすべしとぞ議せられける《一決した》。かかりし後は、ひたすら《全く》軍《いくさ》をやめて、おのが[一二]陣々に櫓《やぐら》をかき、逆木《さかもぎ》を引いて遠攻めにこそしたりけれ。[一三]これにこそ、なかなか、城中の兵は慰む方もなく、機も疲れぬる《気力を失ってしまった》心地しけれ。

正成、落城と見せかけ火を放ち落ちる

楠、[一四]この城を構へたる事、暫時《ざんじ》の事なりければ、はかばかしく《あらかじめ十分な》兵《ひやう》粮《らう》なんど用意もせざれば、合戦始まつて城を囲まれたる事わづかに二十日《はつか》余りに、城中兵粮尽きて、今《あと》四、五日の食《じき》を残せり《残すだけ》。かかりければ《そこで》、正成諸卒《しよそつ》[一五]に向つて言ひけるは、「この間《このところ》数箇度《すかど》の合戦にうち勝つて、敵を亡ぼす事数を知らずといへども、敵大勢《〔なにぶん〕》なれば、敵[一六]へて物の数ともせず。城中すでに食尽きて助けの兵なし《援軍も望めない》。元来《ぐわんらい》[一七]、天《全》下《国の》の士卒《しそつ》に先立つて《先行して》、草[一八]創の功を志とする上は、節に当たり義に臨《節操を守り義理をつらぬく》んでは《にあたって》、命を惜しむべきにあらず。しかりといへども、事[一九]に臨《のぞ》んで

一〇 底本「臥す者」。
一一 兵糧の補給路を断ち、相手を飢えさせること。兵糧攻め。
一二 めいめいの陣に櫓を構え、逆茂木をはりめぐらして城からの逆襲にそなえ、遠方から矢を射かけて攻めるだけであった。
一三 これには、さすがの城内もなすすべがなく。
一四 なにぶんにも短期間でこの城の構築を行ったことなので。
一五 兵士たち。
一六 敵はいっこうに弱る気配を見せない。
一七 もともと。次行の「……とする上は」に掛る。
一八 天下平定の創業をなそうとするからは。
一九 事をなすのに、慎重に計略を考えて行う。「子《し》いはく、暴虎（虎に対し素手で向う）馮河《ひようが》（大河を徒歩で渡る）に死して悔ゆること無き者は吾ともにせざるなり。必ずや事に臨みて懼《おそ》れ、謀《はかりこと》を好みて成さん者なり」（『論語』述而）。

恐れ、謀《はかりこと》を好んで成すは勇士のするところなり。されば、暫くこの城を落ちて《退いて》、正成自害したる体《様子》を敵に知らせんと思ふなり。その故は、正成自害したりと見及ばば、東国勢さだめて《きっと》悦《よろこ》びを成して下向すべし《関東へ下るだろう》。下らば正成討つて出で《再度兵を挙げ》、[一]また上らば深山《みやま》に引き入り、四、五度が程東国勢を悩ましたらん《なぶりものにしてやれば》に、[二]などか退屈せざらん。これ[三]身を全うして敵を亡ぼす計略なり。[四]面々いかが計らひたまふ」と言ひければ、諸人皆、[五]しかるべしとぞ同《どう》じける。さらばとて《それならばと》、城中に大きなる穴を二丈ばかり《深さ二丈も》掘つて、この間《この数日》堀の中に多く討たれて臥したる《横たわる》死人《しびと》を二、三十人、穴の中に取り入れて、その上に炭《すみ》・薪《たきぎ》を積んで、[六]雨風の吹き洒《そそ》く夜をぞ待つたりける。正成が運や天命に叶ひけん《天に通じたか》、[七]吹く風にはかにいさごを挙げて、降る雨更にしのをつくがごとし。夜色《やしょく》[八]窈溟《えうめい》として[九]氈城《せんせい》皆帷幕《ゐばく》をたる。これぞ待つところの夜なりければ《これこそ期待したとおりの夜であるので》、城中に人を一人残し留めて、「われ等落ちのびん事《われわれが脱出して》、四、五町《四五町も逃げ》にも成りぬらん《たと思われる頃に》と思はんずる時、城に火を懸けよ」と言ひ置いて、

一　また東国軍が上ってくれば、われわれは山深く逃げ込み。
二　きっと、うんざりしてしまうだろう。「退屈」は、疲れて気力を失うこと。現在の「退屈」とは、やや語義が異なる。
三　生きながらえてついには敵を滅ぼす計略である。
四　皆の衆、いかがお考えか。
五　そのとおりだと賛成した。
六　風が吹き雨の降る夜を。
七　俄《にわ》かに吹き始めた風は砂をまき上げ、雨は篠竹《しのだけ》を突き並べた如く激しく降った。
八　くらやみに閉ざされること。
九　もうせん（毛織維を加工して作った織物）のとばりを張りめぐらした陣営は、皆ひっそりと幕をたれ閉じている。

皆物具《武具》を脱ぎ、寄手に紛れて《まぎれ込み》、五人、三人別々《べちべち》になり、敵の役所[一〇]の前、軍勢の枕の上を越えて、しづしづと落ちけり。正成、長崎[一一]が厩《むまや》の前を通りける時、敵これを見つけて、「何者なれば《だれだ》、御役所の前を案内も申さで《名のり挨拶もしないで》忍びやかに通るぞ」と咎《とが》めければ、正成「これは大将の御内《みうち》[一二]の者にて候ふが、道を踏み違《たが》へて[一三]候ひける」と言ひ捨てて、足ばやにぞ通りける。咎めつる者、「さればこそ《思ったとおり》怪しき者なれ。いかさま《きっと》馬盗人と覚ゆるぞ。ただ射殺せ」とて、近々と走り寄つて、真直中《まつただなか》[一四]をぞ射たりける。その矢、正成が臂《ひぢ》のかかりに答へて《関節に手ごたえあって》、したたかに《ぐさりと》立ちぬと覚えけるが、す[一五]はだなる身に少しも立たずして、〔矢は〕筈《はず》[一六]を返して飛びかへる。後《あとで》にその矢の痕《あと》を見れば、正成が年来《としごろ》[一七]信じて読みたてまつる観音経[一八]を入れたりける、はだの守《まぶ》りに矢当たつて、〔その経の〕[一九]一心称名《しょうみゃう》の二句の偈《げ》[二〇]に、矢[二一]さき留まりけるこそ不思議なれ。正成、[二二]必死の鏃《やじり》に死を遁《のが》れ、二十余町落ち延びて後《あと》を顧みければ、約束に違はず、はや城の役所どもに火をかけたり。寄手の軍勢火に驚い

一〇 警備の詰所。
一一 侍大将（大将軍の指揮のもと、実際に侍を指揮して戦闘する大将）の長崎。長崎四郎判官高貞とする本がある。
一二 じきじきの家来でござるが。
一三 どうやら道をまちがえました。
一四 真正面から射かけてきた。
一五 甲冑《かっちゅう》をつけぬ体には、どこにも傷がなく。
一六 矢筈（弓の弦をかけるところ）を逆転して（矢は）はね返った。
一七 永年。
一八 『妙法蓮華経』の二十五、「普門品《ふもんぼん》」の通称。
一九 「普門品」の「一心に名を称せば観世音菩薩即時に其《そ》の音声《おんじゃう》を観《み》ん、皆解脱《げだつ》を得ん」の偈《げ》。
二〇 経文の終りにおいて、仏の功徳をほめたたえる韻文。
二一 矢の先端がとまって貫通していなかったのは不思議なことだ。
二二 必殺の矢じりから死を逃れ。

＊功にはやる東国の大軍を相手に、絶えず先手をうって敵を翻弄《ほんろう》する正成の行動を痛快に描いている。神仏の助けをもかりて奇略の限りを尽す正成の人間像は、中国渡来の兵法の書を念頭において描かれたもの。また観音経により危機を脱したとするのは、『東鑑《あずまかがみ》』に頼朝の先例がある。理想化されてはいるが、東国兵とは対照的な畿内武士、それも全国を股《また》にかけて通商などに従事する非定住民（いわゆる悪党）の生態を、京童の眼と重ねつつとらえたものと思われる。

一　広島県芦品《あしな》郡、吉備津《きびつ》神社の神官、桜山慈俊《じしゅん》。一二三頁にその挙兵の事が見える。
二　広島県の東部に当る。

桜山、笠置の落城を聞き、備後一宮に火を放って自害

三　備中（岡山県の西部地方）へ手をのばすか。
四　広島県の西部に当る。
五　一時は味方に参った軍勢も今は皆離反し退散してしまった。
六　常に行動をともにする一族。
七　当初からずっと仕えてきた若い武者。

て、「すはや、城は落ちけるぞ」とて、勝ちどきを作つて《あげて》、「あますな《残らず討ちとれ》、漏らすな《逃がすな》」と騒動す。焼け静まりて後、城中をみれば、大きなる穴の中に炭を積んで、焼け死にたる死骸多し。皆これを見て、「あなあはれや。正成はや自害をしてんげり。敵ながらも、弓矢取つて、尋常《りっぱに》に死にたる者かな」と、誉《ほ》めぬ人こそ無かりけれ。

桜山《さくらやま》自害の事

さる程に、[一]桜山《さくらやまの》四郎入道は、[二]備後《びんごの》国半国ばかりうちしたがへて、[三]備中《びっちゅう》へや越えまし、[四]安芸《あき》をや退治せましと案じけるところに《思案していたところへ》、笠置の城《笠置の城の主上》も落ちさせたまひ、楠も自害したりと聞えければ、[五]一旦《いったん》の付き勢は皆落ち失《う》せぬ。[六]今は身を離れぬ一族、[七]年来《としごろ》の若党二十余人ぞ残りける。[八]この頃こそあれ、その昔は、武家、権を執《と》つて、[九]四海・九

州の内、[一〇]尺地《せきち》も残らざりければ、〔今逃げたとしても〕親しき者も〔われらを〕隠し得ず、[一一]疎《うと》きは、まして たのまれず。〔こうなっては〕人手にかかりて尸《かばね》を曝《さら》さんよりはとて、当国の[一二]一《いっ》宮《きゅう》へ参り、八歳に成りける[一三]最愛の子と、二十七に成りける[一四]年ごろの女房とを刺し殺して、社壇《しゃだん》に火をかけ、おのれが身も腹掻き切つて、一族・若党二十三人、皆灰燼《くわいじん》と成つて失せにけり。

桜山の所存

そもそも所こそ多かるに、わざと〔一宮の〕社壇に火をかけ、焼け死ににける桜山が所存《考え》をいかにと尋ぬるに、この入道、当社に首を傾けて《当社をあがめ尊び》年久しかりけるが、社頭《社殿》のあまりに破損したる事を歎きて、造営したてまつらんといふ大願をおこしけるが、〔なにぶん〕[一五]事大営《だいえい》なれば、志のみ有つて力《財力》なし。今度の〔主上の〕謀叛に与力《協力》しけるも、もつぱらこの大願を遂げんがためなりけり。[一六]されども神非礼《ひれい》をうけたまはざりけるにや、所願《願いは》空しう《かなえられず》して、討死せんとしけるが、「われ等この社を焼き払ひたらば、公家《朝廷》・武家《幕府》ともにやむ事を得ずして《やむなく》、いかさま《きっと》造営の沙汰有るべし。その身はたとひ[一七]奈落の底に堕在《だざい》すとも、この願をだに成就《なしとげ》し

八 最近は情勢も変化して来たが、その当時は、幕府が政権を掌握し全国くまなく厳しく統治していて。「その昔」は、桜山の合戦当時を、物語を書き進めている現時点「この頃」からふり返ったもの。
九 日本全国。「九州」は、古代中国で、全土を九つの州に分けたことによる語。
一〇 少しの土地も余さず、すみずみまでその支配権が及んでいたので。
一一 交りのない者にはなおさら身を託すわけにはゆかぬ。
一二 広島県芦品郡新市《しんいち》町宮内《みやうち》にある、吉備津神社。
一三 非常に愛している子。当時の「最愛」は、現代語のそれと異なる。
一四 永年連れ添った女房。
一五 事が大事業なので。
一六 しかし神はそのような功利に走る、礼を失した志をお受けにならないのか。『論語』の注釈書『論語集《しっ》解義疏《かいぎそ》』三に見えることば。中世、広く行われた。
一七 地獄へ堕《お》ちることになろうとも。「奈落」は、仏教語で地獄のこと。「堕在」は、地獄など悪い所に堕ちてそこにとどまること。

なば《れば》、悲しむべきにあらず」と、[一]勇猛の心をおこして、社頭にては焼け死ににけるなり。つらつら[二]垂迹和光《すいしやくわくわう》の[三]悲願を思へば、[四]順逆の二縁、いづれも[五]済度《さいど》利生《りしやう》の方便《はうべん》なれば、今生《現世での》の[六]逆罪をひるがへして、[七]当来の値遇《ちぐ》とや成《な》らんと、[八]これもたのみは浅からずぞ覚えける。

一 たけだけしい心。
二 仏・菩薩が、いかめしい姿をやわらげかくし、衆《しゅ》生《じょう》を救うために俗世に神となって現れること。
三 仏の、衆生を救おうとの慈悲深い願い。
四 順当な出来事によって仏縁を結ぶことを「順縁」と言い、悪事が因縁となって仏道に入ることを「逆縁」と言う。
五 衆生を救い利益《りやく》を与える手段なので。
六 （社殿に火を放つという）あるまじき重罪。
七 来世で救いを得る手がかりにもなろうかと。
八 実は、その信心の深さがしのばれるのであった。
＊ 順縁・逆縁いずれも衆生済度の方便とは言いながら、実にしたたかな桜山の所存は、乱世にふさわしい。それをうけとめる『太平記』作者の眼を見るべきだろう。

太平記巻第三

太平記　巻第四

巻第四の所収年代と内容

◇元徳四年（一三三二）の正月から三月まで。

◇前年元徳三年の笠置《かさぎ》の合戦の後日談を描くが、二つの内容から成る。一つには、幕府の事後処理をめぐって、事件に参画した人々の処刑・流罪を、それぞれ当事者の事態の受けとめ方、その縁者との悲しい別離において多様に描いて見せる。さらに一つには、先帝の皇子たちの後日談から先帝の隠岐《おき》遷幸を描く。そこでは、過ぎし日、俊明極《しゅんみんき》の呈した先帝の後日に関する予見を回想し、遷幸の場面では、北条の暴逆を平清盛の悪行になぞらえ、さらに呉越説話をからませた児島高徳《たかのり》の行動を描いて、やがて建武の中興による先帝復帰の伏線としている。量的に言って巻四のほぼ半ばを占める呉越説話の引用は、全般に中国古典との関係が特に顕著な『太平記』にふさわしい。

笠置《かさぎ》の囚人《とらはれびと》死罪流刑《るけい》の事付けたり藤房卿《ふぢふさきやう》の事

笠置城《かさぎのしろ》、攻め落さるるきざみ《時》、召し捕られたまひし人々の事《処罰について》、去年は歳末《さいまつ》の[一]計会《けいくわい》によつて暫くさしおかれぬ《手を付けずにおかれた》。[二]あらたまの[三]年立ちかへりぬれば、公家《朝廷の》の[四]朝拝《てうはい》、[五]武家の沙汰《さた》始まりて後、[六]東使工藤次郎左衛《くどうじらうざゑ》門尉《もんのじよう》・[七]二階堂信濃入道行珍《かいだうしなののにふだうぎやうちん》二人上洛《都に上り》して、死罪に行ふべき人々、流刑《るけい》に処すべき国々、[八]関東評定《ひやうぢやう》のおもむき〔をめぐり議論の上〕、六波羅にして定めらる。[九]山門・南都の諸門跡《もんぜき》、月卿《公卿》雲客《殿上人》・[一〇]諸衛《しよゑ》の司《つかさ》等に至るまで、罪の軽《けい》重《ぢゆう》によつて禁獄《監禁》・流罪に処すれども、[一一]足助《あすけ》次郎重範《しげのり》をば、[一二]六条河原に引き出だし、首を刎《は》ぬべしと定めらる。万里小路《までのこうぢ》大納言宣房《のぶふさ》卿は、[一三]子息藤房《ふぢふさ》・季房《すゑふさ》二人の罪科《とが》によつて、武家に召し捕られ、これ《宣房》も召《めし》[一四]人《うど》のごとくにてぞおはしける。齢《よはひ》すでに[一五]七旬《しちじゆん》に傾いて、万乗《ばんじよう》の聖主《天子》

一　諸事が重なり、とりこんで。
二　「年」「月」などの語に掛る、定型化したことば。
三　年が改まり元徳四年になったので。底本「立回れば」とあるのを、玄玖本《げんきゆう》などにより改める。
四　正月一日、大極殿で群臣が天皇に拝謁し、新年の賀を申し上げる儀式。
五　幕府の、正月の評定(執政のための会議)はじめ。
六　東国の使者。天正本は、「工藤次郎左衛門高景《たかかげ》」。
七　藤原乙麿《おとまろ》の子孫貞綱の息、執事《しつじ》行朝《ゆきとも》の法名。

東使上洛、囚人の処罰を評定

八　幕府の評定所で評定した内容。
九　謀叛に参加した叡山《えいざん》・奈良のもろもろの門跡。妙法院尊澄法親王、東南院僧正聖尋《しようじん》らを指す。
一〇　宮中を警固する、左右近衛など六衛府の役人。
一一　巻三、一一九頁に、笠置の一の木戸を固めていたことが見える。事実は、その息の重政か。巻一、二八頁注九参照。
一二　六条通と賀茂川べりとの交わる所。天正本は、巻四の末尾近くに、五月三日、処刑されたことを記している。
一三　二人とも、後醍醐《ごだいご》帝の笠置落ちに同行している。
一四　囚われ人。
一五　七十歳になろうとし。宣房は、当年七十五歳であるから、ここは老齢であることを示す類型表現を用いたもの。

足助、処刑ときまる　宣房ら悲嘆

は遠島《ゑんたう》に遷《うつ》されさせたまふべしと聞ゆ《いう噂だ》。二人の賢息[一]は、死罪にぞ行《処せ》はれんずらん《られるだろうし》と覚えて、わが身さへまた楚[二]の囚人《とらはれびと》と成りたまへば、ただ今まで命ながらへてかかる《このような》憂き事をのみ見聞く事の悲しければと、ひとかたならぬ《なみなみならぬ》思ひに、一首の歌をぞ詠ぜられける。

[三]長かれと何思ひけん世の中の憂きを見するは命なりけり

罪科有るも有らざるも、[四]先朝拝趨《はいすう》の月卿雲客《げつけいうんかく》、あるいは出仕[五]をとめられ、[六]桃源《たうげん》の迹《あと》を尋ね、あるいは官職を解《げ》せ《解かれ》られ、[七]首陽《しゆやう》の愁へをいだく。[八]運の通塞《つうそく》、時の否泰《ひたい》、夢とやせん幻《うつつ》とやせん。[九]時遷り事去つて、哀楽たがひに相《あひ》かはる、憂きを習ひの世の中に、楽しんでも何かせん、歎いても由《よし》無かるべし。

源《げん》中納言具行《ともゆき》[一〇]卿をば、佐々木[一一]佐渡《さどの》判官入道道誉《だうよ》、路次《ろし》[一二]を警固つかまつて、鎌倉へ下したてまつる。道にて失はるべき由《道中処刑されるはずと》、かねて《あらかじめ》告げ申す人や有りけん、逢坂《あふさか》[一三]の関を越えたまふとて、

[一四]帰るべき時しなければこれやこの行くを限りの逢坂の関

一 すぐれた子息。
二 囚われて他国にある人。もと『左伝』「成公九年」などに見られる、楚の鍾儀《しようぎ》が晋《しん》に囚われながら故国の礼を守ったという故事による。
三 長生きしようなどと、どうして思ったのだろうか。命ながらえて見るのは、このようにつらいことではないか。
四 先帝の後醍醐天皇にお仕えした公卿《くぎやう》・殿上人《てんじやうびと》。
五 朝廷に参ってお仕えするのをとめられ。
六 世間を離れて遁世し。「桃源」は、もと晋の陶淵明《とうえんめい》らの詩文により有名になった、湖南省桃源山の桃源洞の秘境をたとえとして引いた語。
七 飢餓のおそれ。『史記』「伯夷列伝」の故事による。周の武王をいさめて怒りにふれた伯夷は、周の俸禄をはむことをいさぎよしとせず、その弟叔斉《しゆくせい》とともに山西省の首陽山に隠れ、わらびを食べて過したが、ついに餓死したという。
八 運と不運、それに国家の時勢の衰えることと盛んなること。「象にいはく、戸庭を出でずとは、通塞を知ればなり」(『易経』節卦)。

具行、近江の柏原で斬られる

九 時と状況の変化につれ哀楽の情もその時々に変る、そのように住みづらいのが常であるこの世の中に。
一〇 村上源氏。正中の変の首謀者と見られていた。
一一 宇多源氏。従五位下宗氏《むねうじ》の息、高氏の法名。華美

[一五]勢多《せた》の橋を渡るとて、

　[一六]けふのみと思ふわが身の夢の世を渡るものかは勢多の長橋

この卿をば道にて失ひたてまつるべしとかねて《あらかじめ》定めし事なれば、[一七]近江《あふみ》の柏原《かしはばら》にて切りたてまつるべき由、[一八]探使《たんし》[一九]襲来していらてければ、道誉、中納言(具行)殿の御前に参り、「いかなる先世《せんぜ》の[二〇]宿習《しゆくしふ》によりてか、多くの人の中に《よりによってこのわたくしが》入道預かりまゐらせて、今更かやうに申し候へば、かつうは情けを知らざるに相似て《心外ながら人情を解さぬ者と思われましょうが》候へども、かかる身には力無き次第《いたし方ございません》にて候ふ。今までは《これまで》随分天下の赦しを待ちて《世論に訴えて赦しを待ち》日数を過ごし候ひつれども、関東より失ひまゐらすべき由、堅く《厳しく》仰せられ候へば、何事も先世のなすところと《前世の因縁によるものと》おぼしめし慰ませたまひ候へ」と、申しもあへず袖を顔に押し当てしかば、中納言殿も不覚の《思わず》涙すすみけるを、押《お》し拭《のご》はせたまひて、「誠にその事に候ふ《誠に仰せの通りでございます》。[二一]この間の儀をば、後世《ごせ》までも忘れ難くこそ候へ。[二二]命の際の事は、万乗の君《帝》すでに[二三]外土遠島《ぐわいとゑんたう》に御遷幸《ごせんかう》の由聞え候ふ上は《うかがいます以上は》、[二四]それ以下の事どもはなかなか力及ばず。

と奇行を事とするバサラ大名として著名。
一二 道中。読みは清音。
一三 滋賀県大津市の西部、京都市に接する逢坂山にあった関所。歌枕としても著名。
一四 二度と生きては越えられまい、この逢坂の関は、この度が見おさめになるだろう。『後撰集』十五「雑一」蟬丸の「これやこの行くも帰るも別れつつ知るも知らぬも逢坂の関」を念頭におく。
一五 琵琶湖から瀬田川へ流れ出す口にかけた中国風の橋。歌枕として著名で、古来道行《みちゆき》に詠みこまれた。
一六 今日限りと思う、この夢のような現世を生きるわが身であるが、今こうして渡る瀬田の長橋を再び渡ることがあろうか、まずあるまい。「渡る」に「渡世」と「渡橋」を掛ける。
一七 滋賀県坂田郡山東《さんとう》町にある地名。
一八 事実を見とどける役人、検使。
一九 たびたびやって来て、せかすので。
二〇 因縁。前世で行った善悪の行為が、現世に結果としてあらわれるとする仏教の思想に基づくことば。
二一 これまで体験しました事は。
二二 このわたくしの処刑されますことは。
二三 都から遠く離れた土地。
二四 しもじものわれわれがどのような処分をされようと、なんとも致しようがございません。

ことさら[一]この程の情けの色、誠に存命すとも謝《じや》し難くこそ候へ」とばかりにて（とおっしゃるだけで）、その後はものをも仰せられず。硯《すずり》と紙とを取り寄せて、御文こまごまとあそばして（したためられ）、「[二]たよりにつけて相《あひ》知れる方へ遣《や》りてたまはれ」とぞ仰せられける。かくて日すでに（いよいよ）暮れければ、御輿《こし》指し寄せて乗せたてまつり、[三]海道より西なる山際に松の一村（一群）ある下に、御輿を舁《か》き居《す》ゑたれば、[四]敷皮《しきがは》の上に居直らせたまひて（居ずまいを正されて）、また硯を取り寄せ、しづしづと辞世の[五]頌《じゆ》をぞ書かれける。

[六]逍㆓遥《ス》生死《ニ》㆒　四十二年
[七]山河一革《ひとたびあらたまツテ》　天地洞然《とうねんタリ》[八]

（生きも生きたり　この四十二年　今生死を超越すれば山河も様あらたまり天地広し）

六月十九日　某《それがし》と書いて、筆をなげうつて手をあざへ（組み）、座をなほしたまふとぞ見えし（居ずまいを正されるかと見えた時に）、[九]田児《たご》六郎左衛門尉、後へ回るかと思へば（見えた瞬間）、御首は前にぞ落ちにける。[一〇]哀れといふもおろかなり。入道泣く泣くその遺骸《ゆいがい》を烟となし（火葬し）、様々の作善《さぜん》を致して（仏事を営んで）ぞ菩提《ぼだい》を祈りたてまつりける。

いとほしきかな（おきのどくにも）、この卿（（具行））は、[一一]先帝（後醍醐帝）帥宮《そつのみや》と申したてまつりし頃より、

一　これまでに賜った御厚情は、この後仮に生きながらえることがありましても十分には謝意を尽せるものではございません。「謝」は古くはにごっても読んだ。
二　ついでがあれば、わが親しい方々にお届けくださ い。
三　主要な道路。山陽・東山・東海・北陸・山陰・南海・西海などを言う。ここは、東海道。
四　毛皮の敷物。
五　四句形式から成る韻文。この頌は禅的な達観の境地を濃く見せている。
六　「逍遥《せうえう》」は、思うがままに生きること。「生死」は、生れてから死ぬまで。
七　この期《ご》に及んで達観すれば山河も様相をかえて。
八　からりとして、広々としたさま。
九　清和源氏、多胡《たご》氏。名は未詳。
一〇　哀れということばではとても言い尽せない。
一一　「帥」は、太宰府の長官。親王は三品、臣は従三位の者がその官についたが、後、多くは親王がつき、これを「帥宮」と言う。『本朝皇胤紹運録《ほんちようこういんしよううんろく》』によれば、後醍醐天皇は、嘉元元年（一三〇三）十二月、十六歳で元服して三品に叙し、徳治三年（一三〇八）九月、皇太子に立っているから、この間のことを言うか。
一二　忠節な勤めぶりは、他にぬきんでていた。
一三　天皇のお耳に入ったならば。
一四　関白二条良実《よしざね》の孫。天台宗に入り、僧の最高位で

近侍《きんじ》して朝夕《てうせき》の拝礼《朝夕帝を拝し》怠らず、昼夜の[一二]勤厚《きんこう》他に異なり。されば次第に昇進も滞《とどこほら》ず、君の恩寵《御恩といつくしみ》も深かりき。今かく失《う》せたまひぬと[一三]叡聞《えいぶん》に達せば、いかばかり哀れにもおぼしめされんずらん《お思いになることかと》と覚えたり。

良忠、六波羅の訊問にも恐れず

同じき二十一日[一四]殿《との》法印良忠《りやうちゆう》をば、[一五]大炊御門《おほひのみかど》油小路《あぶらのこうぢ》の篝《かがり》、[一六]小《こ》串《ぐし》五郎兵衛秀信《ひでのぶ》召し捕りて、六波羅へ出だしたりしかば、[一七]越後守仲《なか》時《とき》、[一八]斉藤十郎兵衛を使ひにて申されけるは、「この頃一天の君《天下をおさめる帝》だにも叶《かな》はせたまはぬ御謀叛を、御身《あなたのような御身分で》なんど思ひ立ちたまはん事、[一九]かつうはやんごとなし、かつうは《それにまた》楚《そ》忽《こつ》《軽率でもございましょう》にこそ覚えて候へ。[二〇]先帝を奪ひまゐらせ《お連れ出し》んために《申し上げるために》、当所《当六波羅の》の絵《ゑ》図《づ》なんどまで持ち回られ候ひける条《事は》、[二一]武敵の至り重科《ぢゆうくわ》ならび無し。隠謀の企て[二二]罪責余り有り、はかりことの次第一々に述べられ候へ。つぶさに《くわしく》関東へ注進《報告しよう》すべし」とぞのたまひける。法印返事せられけるは、「[二三]普《ふ》天《てん》の下王土《したわうど》にあらずといふこと無し、卒土《そつと》の人、王民にあらずといふこと無し。たれか[二四]先帝の宸《しん》襟《きん》を歎きたてまつらざらん。人たる者これ《帝の嘆き》を喜ぶべきや。叡慮に代《帝の御心を帯》

ある法印に列した。殿は、摂政関白の称で、ここはその家系の一員であることから付したものであろう。
一五 大内裏郁芳《いくほう》門に面する東西の大通りと、南北の油小路との交点にあった京警備の詰所。
一六「おぐし」とも読む。三重県桑名郡多度神社の神官の家系か。巻一、三八頁に見える「範行《のりゆき》」と一門であろう。
一七 桓武《かんむ》平氏、北条仲時。当時、六波羅の北探題。
一八 巻一、三五頁に「六波羅《ろくはら》の奉行斉藤太郎左衛門尉利行《としゆき》」が見える。その一族か。『蓮華寺過去帳』(後日、番場《ばんば》に自害することになる北条一門の過去帳)に「斉藤十郎兵衛尉基親」が見える。
一九 一つには身の程をわきまえぬ、おそれ多いことです。
二〇 この事実は、これまで『太平記』に見えない。
二一 幕府に対し無法きわまりない。
二二 その罪は、責めても責め尽しがたい重罪だ。
二三 あまねく大空の下、日月の照らす限りの土地、いずれも国王の支配しない土地はなく、また、陸の続く限り住む人民はいずれも国王の支配しない人民はない。『詩経』「小雅」・『左伝』「昭公七年」などに見えることば。
二四 天皇の御心をお察し申し上げ嘆かぬ者があろうか。

つて《して囚われのお体を》玉体を奪ひたてまつらんと企つる事、[一]なじかはやんごとなかるべき。無道を誅せんがため《道ならぬ者を討つために》隠謀を企つる事、更に《全く》楚忽《軽率》の儀にあらず。始めより叡慮のおもむきを存知す。笠置の皇居へ参内せし条、子細《事は》[二]無し《したので》。しかるを[三]あからさまに出京のあとに、城郭固め無く、官軍敗北《敗北》のあひだ、[四]力無く本意《ほい》を失へり。その間に具行《ともゆき》卿〔と〕相談して綸旨《りんし》[五]を申し下し、諸国の兵にくばりし条勿論なり《事は事実だ》。[六]有る程の事はこれらなり」とぞ返答せられける。これによつて六波羅の評定様々なりける《六波羅ではさまざまの評議がなされたが》を、二階堂信濃入道《(行珍)》進んで申しけるは、「かの罪責勿論《もちろん》[七]の上は是非《文句》無く《なく》誅せらるべけれども、与党の人なんど《〔なお〕共犯者について》、なほ尋ね沙汰有つて《さらに訊問を行ってから》重ねて関東へ申さるべきかとこそ存じ候へ《報告の上　処置の指示を仰ぐべきかと思います》」と申しければ、[八]長井右馬《うまの》助《すけ》、「この義もつともしかるべく候ふ。これ程の大事をば関東へ申されてこそ」と申しければ、面々の意見一同せしかば《一致したので》、法印《(良忠)》をば[九]五条京極の篝〔の役人〕、加賀前司に預けられて禁籠《きんろう》[一〇]し、重ねて関東へぞ注進《報告》せられける。

一 決しておそれ多い僭越《せんえつ》な考えとは申せますまい。
二 当然の行動で、誤ったこととは思わない。
三 なにぶんにも突然京を離れたので（続くその後の備えとして）その守りがなく。
四 何とも致し方なく失敗に終った。
五 蔵人《くろうど》が天皇の命を奉じて直接発する文書。
六 事の次第は以上で尽きる。
七 疑いがない以上。
八 長井右馬助高冬。「東より御使には、長井の右馬助高冬といふ者なるべし」（『増鏡』久米のさら山）。
九 五条大通の、京極通と交わる所にあった警固の詰所。
一〇 牢《ろう》におしこめ。
一一 巻一、二八頁、正中の変当時から謀叛の一味に加わった人物。桓武《かんむ》平氏、権中納言正二位惟輔《これすけ》の息。
一二 桓武平氏で秩父氏の一門。『蓮華寺過去帳』に「川越三河入道乗誓」とある。この後、京の情勢が次第に変化する中で、関東より上洛《じようらく》する軍に名を連ねる。
一三 箱根の芦ノ湖に源を発し、小田原の南で相模湾に注ぐ川を早川と言う。その河口の辺りの地。
一四 藤原公季《きんすえ》の子孫、従二位実仲《さねなか》の息。
一五 藤原公季の子孫、従一位太政大臣公賢《きんかた》の息。
一六 警戒の念を解かなかったのか。
一七 巻二、九六頁に、唐崎浜《からさきはま》合戦で幕府の寄手の一人として見える宣道。

[一一]平宰相成輔《へいさいしやうなりすけ》をば、[一二]河越《かはごえ》三河《みかは》入道円重《ゑんぢゆう》具足〔連行し〕したてまつて、これも鎌倉へと聞えしが〔下すべしとの事だったが〕、鎌倉までも下し着けたてまつらで、[一三]相模《さがみ》の早川尻《はやかはじり》にて失ひたてまつる。侍従《じじゆう》中納言公明卿《[一四]きんあきらのきやう》・別当実世卿《[一五]べつたうさねよのきやう》二人をば、赦免の由にてありしかども〔するとのことであったが〕、なほも[一六]心ゆるしや無かりけん、[一七]波多野《はだの》上野介宣通《かうづけのすけのぶみち》・佐々木三郎左衛門尉〔(時信)〕に預けられて、なほも本の宿所へは帰りたまはず〔依然として帰宅は許されなかった〕。

[一八]尹大納言《ゐんのだいなごん》師賢卿《もろかたのきやう》をば、下総国《しもふさのくに》へ流して、[一九]千葉介に預けらる。この人[二〇]志学〔十五歳〕の年の昔より、和漢の才を事として〔学問に専念し〕、栄辱〔世の栄華と汚濁〕の中に心を止《とど》めたまはざりしかば、今遠流《をんる》の刑に逢へる事、つゆばかりも〔全く〕心に懸けて思はれず。盛唐の詩人[二一]杜少陵《とせうりよう》、[二二]天宝《てんぽう》の末の乱に逢うて、[二三]「路灩澦《えんよ》を経《ふ》、双蓬《さうほう》の鬢《びん》、天滄浪《さうらう》に落つ、一釣《いつてう》の舟」と[二四]天涯の恨みを吟じ尽し、わが朝〔日本の〕の[二五]歌仙[二六]小野篁《をののたかむら》は、隠岐国《おきのくに》へ流されて、[二七]海原《うなばら》や[二八]八十島《やそしま》かけて漕《こ》ぎ出でぬと、釣する海士《あま》に言伝《ことづ》て、旅泊の思ひを〔その旅の愁いを〕詠ぜらる。これ皆[二九]時の難易《なんい》を知つて、歎くべきを歎かず、運の窮達を見て〔運には浮き沈みのあるのを知って〕、悲

成輔、処刑　公明・実世、預けられる

一八 正中の変以来、謀叛首謀者の一人。巻一、二八頁注六参照。

一九 桓武平氏、千葉介貞胤《さだたね》。

二〇 「吾《われ》十有五にして学に志す」（『論語』為政）。

二一 杜甫《とほ》。巻一、三一頁注一三参照。

二二 唐の天宝十四年（七五五）の安禄山の乱。

二三 両方の鬢《びん》がよもぎのようにもつれた老体をひっさげて灩澦《えんよ》（夔州《きしゆう》から荊州へ赴く途中の地）を経、一艘《そう》の釣舟に乗り、はるばる滄浪の川に入ろうとする。『杜少陵詩集《としようりようししゆう》』一三「まさに荊南に赴かんとし李剣州に寄せ別る」の詩の一節。

師賢、流罪、病没

二四 遠い流謫《るたく》の地に赴く恨みを詩に詠み込み。

二五 すぐれた歌人。

二六 九世紀前半の歌人、漢学者。遣唐副使となっていったん出発しながら正使と争ってこれを批判し、病といつわり乗船せず、このため嵯峨《さが》上皇の怒りにふれ、承和五年（八三八）十二月、隠岐へ流されたことが『続日本後紀《しよくにほんこうき》』に見える。

二七 瀬戸内海を、多くの島を見ながら漕《こ》ぎ出したと。「わたの原やそしまかけてこぎいでぬと人にはつげよあまのつりふね」（『古今集』九・羇旅）による。

二八 底本は「や」を欠く。

二九 時勢に乗って順調に進める時と、時勢に乗れない時。

しみ有るを悲しまず。いはんや「主憂《しゆうれ》[一]ふるときは臣辱《はづか》しめらる、主辱しめらるるときは臣死す」といへり。たとひ骨を醢《ししびしほ》《塩づけにされ》にせられ、身を車ざき《車で股ざきにされようとも》にせらるるとも、いたむべき道にあらず《苦しみとも思わない》とて、少しも悲しみたまはず。ただ時により興[二]に触れたる諷詠《ふうえい》、なほざり[三]に日を渡る。今は憂き世の望み絶えぬれば、出家の志有る由、しきりに申されけるを、相模入道《高時》、「子細候はじ《さしつかえあるまい》」と許されければ、年いまだ強仕《きやうし》[四]に満たざるに、みどり《黒髪》の髪を剃り落し、桑門人《よすてびと》と成りたまひしが、幾程無く元弘[五]の乱出で来し始め、にはかに病に侵《をか》され、円寂《ゑんじやく》[六]したまひけるとかや。

春宮《とうぐう》[七]の大進《だいしん》季房《すゑふさ》をば、常陸国《ひたちの》[八]へ流して、長沼駿河守《ながぬまするがのかみ》に預けらる。中納言藤房をば、同国《（常陸）》に流して、小田《をだ》[九]民部大輔《みんぶのたいふ》にぞ預けられける。左遷・遠流の悲しみは、いづれも劣らぬ涙なれども、殊にこの卿の心中、推しはかるもなほ哀れなり。このころ中宮《中宮禧子のお側に仕える》の御方に、左衛門《さゑもんの》佐局《すけのつぼね》とて、容色《容姿》世にすぐれたる女房おはしましけり。去んぬる元《げん》

一 主君が憂える時は臣下はそれをとり除くため自らが犠牲になってはずかしめられるのもかまわず、主君がはずかしめをうける時は臣下はそれを除くべく死をも辞さない。『史記』「越世家」「范雎《はんしよ》列伝」などに類句が見られる。
二 その時々に興にのるままに詩文を詠み。
三 苦しむことなく、悠々と日を過す。
四 四十歳。「四十を強と曰《い》ふ、而して仕《しか》ふ」(『礼記』曲礼・上)による。師賢は、当時、西源院本によれば三十二歳、『尊卑分脈』によれば三十一歳である。
五 正慶元年十月。この「元弘の乱出で来し始め」は、当時、大塔宮《おおとうのみや》や楠《くすのき》正成《まさしげ》らの動きが見え始めたことを指す。
六 亡くなられたとか。僧侶《そうりよ》の死去することを「円寂」と言う。
七 皇太子宮の内政を執り行う役所、東宮坊の三等官。季房は、万里小路《までのこうじ》藤房の弟。天皇の笠置落ちにも同行。『増鏡』によれば下《しも》つ野《け》へ流されたとある。

季房・藤房、常陸へ遠流

八 現在の茨城県。
九 「兼秋《かねあき》」と明記する本があるが、「治久」が正しい。
一〇 西園寺実兼《さねかね》の邸。
一一 堂下に立って鼓笛を奏する楽人。「堂下の立部は鼓笛鳴る」(『白氏文集』三「立部伎」)による。「堂下」の読みは、清音。

一二 楽人のこと。玄宗皇帝が長安の王城の中の梨園において、楽人の子弟三百人を選んで俗楽を学ばせたという故事による。
一三 はげしく奏せられる絃楽器と、急な調子で奏せられる管楽器。「鞶」は、「繁」が正しい。
一四 みがきたてた金や玉のように美しい声が、さえてあざやかである。
一五 雅楽の一。二人舞で、舞楽の中で最も美しい青海波模様の服を着て舞う。ここはその音楽。
一六 奏せられる楽は、さながら花の下をなめらかに流れる鶯《うぐいす》の声、あるいは岩にせかれて流れる泉が氷の下にむせび泣くように聞える、その音のようである。以下、『白氏文集』十二「琵琶行」による。
一七 その音の変化はまさに怨《うら》むようであり、清く和らぐように調子に乗って移る。
一八 四本の絃が、一斉に絹を裂く如く音を発する。
一九 いったん撥《ばち》を払って、また重ねてかきならす。
二〇 一曲の清い音曲に、燕は感動して梁《はり》のあたりをとびかい、魚も水中におどろいてはね回る程だ。
二一 元亨から元弘までは八、九年の隔たりがある。三年は事実ではなく、類型的表現を用いたもの。
二二 夢幻ともさだかならぬ、はかない夫婦の一夜の枕をかわされた。
二三 貴族の正装を脱いで、武士の装束を身につけ。
二四 再び逢うこともおぼつかない。
二五 一夜逢った夢のようにはかない相手を忘れ難く。

亭《かう》の秋の頃かとよ（であったか）、主上北山殿[一〇]に行幸成つて、御賀の舞（お祝いの舞楽）の有りける時、堂下《たうか》[一一]の立部《りうぶ》の袖を翻《ひるがへ》し、梨園《りゑん》[一二]の弟子曲を奏せしむ（楽人に楽を奏させた）。鞶絃急管《はんげんきふくわん》[一三]いづれも金玉[一四]の声玲瓏《れいろう》たり。この女房琵琶《びは》の役に召され、青海波《せいがいは》[一五]を弾ぜしに、間関《けんくわん》[一六]たる鶯《うぐひす》の語りは、花の下になめらかなり。幽咽《いうえつ》せる泉の流れは氷の底になやめり。適怨清和節《てきゑんせいくわせつ》[一七]に従つて移る、四絃一声帛《しげんいつせいきぬ》[一八]を裂く如し。撥《はら》[一九]つてはまた挑《かか》ぐ。一曲の清音[二〇]、梁上《りやうじやう》に燕《つばめ》飛び、水中に魚跳《をど》るばかりなり。中納言ほのかにこれを見たまひしより、人知れず思ひそめける心の色、〔その思いが〕日にそひて深くのみ成り行けども、言ひ知らすべきたよりも無《つて》ければ、心に籠めて歎き明かし、思ひ暮らし（思い暮すこと）[二一]て三年（と三年の長きにも及んだ）を過ぎたまひけるこそ久しけれ。いかなる人目の紛れにや（どのように人の目をぬすんで）、露のかごとを結ばれけん（暫しの逢う瀬をもたれたか）、一夜《いちや》[二二]の夢の幻《うつつ》、さだかならぬ枕をかはしたまひにけり。その次の夜の事ぞかし、主上にはかに笠置へ落ちさせたまひければ、藤房衣冠[二三]を脱ぎ、戎衣《じゆうい》に成つて供奉《ぐぶ》せんとしたまひけるが、この女房にめぐり[二四]逢はん末の契りも知り難し。一夜[二五]の夢の面影《おもかげ》も名残有つて、今一度《いちど》見もし見えばや《逢いたいものだと》と思はれければ、かの女房の住みたまひける西の対《たい》[一]へ行きて見たまふに、時しも《おりあしく》こそあれ、今朝中宮の召しあつて、北山殿へ参りたまひぬと申しければ、中納言、鬢《びん》の髪を少し切つて、歌を書きそへてぞ置かれける。

　[二]黒髪の乱れん世までながらへばこれを今はの形見とも見よ

この女房立ち帰り、形見の髪と歌とを見て、読みては泣き、泣きては読み、千度《ちたび》・百度《ももたび》[三]巻き返せども、心乱れてせん方もなし。〔ついには〕懸かる涙に文字消えて、いとど思ひにたえかねたり《悲痛の思いに全く耐えかねるさまであった》。せめてその人の在所《居場所》をだに知つたらば、[四]虎伏す野辺、鯨《くぢら》の寄る浦なりとも、[五]あこがれぬべき心地しけれども、その行く末いづくとも聞き定めず。また逢はん世のたのみもいざや知らねば《再びめぐり逢う世があろうとも思えないので》、あまりの思ひにたへかねて、

　[六]書き置きし君が玉章《たまづさ》身にそへて後の世までの形見とやせん

〔この歌を〕先の歌に一首書きそへて、〔藤房の〕形見の髪を袖に入れ、[七]大井川の深き《深みに》淵に身を投げけるこそ哀れなれ。[八]君一日の恩のために妾《せふ》が百年の身を誤

一　主人や客のための寝殿（母屋《おもや》）に対し、東西に相対して造った、妻子の居間。
二　この乱世に女の身で生き抜かれるのは大変でしょうが、どうかおすこやかに。そしてこの髪をわが形見とも思ってください。髪は乱れやすいことから、「黒髪の」は「乱れ」の枕詞。
三　巻き返し巻き返し文を見たが。
四　恋の思いにかられれば、どのように危険で辺鄙《へんぴ》な所をも辞さず出かけようという心づもりを表すたとえ。『宴曲集』三「袖湊」などに見えることば。
五　相手を恋い慕う気持を抑えきれなかったが。
六　このままでは悲しみのために生きながらえることもおぼつかなく思われます。死後の世界まで、あなたの文をたずさえ行き、形見ともすることでしょうか。
七　京都市右京区嵐山《あらしやま》のふもとを流れる大堰《おおい》川。下流は桂《かつら》川と呼ぶ。
八　今になって思えば、あなたに対する一時の情けのために、わたくしは一生を誤ってしまった。『白氏文集』四「井底引銀瓶《せいていにひくぎんのへい》」に見えることば。
九　左大臣従一位、洞院実泰の息。主上の笠置落ちに同行している。巻二、九二頁注八参照。『増鏡』では、小山判官秀国に具されて下野《しもつけ》へ流されている。
一〇　太政大臣藤原基忠の息。主上が笠置へ落ちる前一時主上をかくまおうとした。巻二、九三頁注一九参照。ただし流刑地については異説がある。
一一　巻三、一三三頁の「春雅」と同じ。主上の笠置脱

つとも、かやうの事をや申すべき。

公敏・聖尋・俊雅・第四の宮流罪

按察大納言《あぜちのだいなごん》[九]公敏《きんとしの》卿は上総国《かづさのくに》、東南院の僧正[一〇]聖尋《しやうじん》は下総国《しもふさのくに》、[一一]峰《みねの》僧正俊雅《しゆんが》は対馬国《つしまのくに》と聞えしが、にはかにその儀《その定め》を改めて、長門国《ながとのくに》へ流されたまふ。[一二]第四の宮（静尊法親王）は但馬国《たぢまのくに》へ流したてまつて、その国の守護[一三]大田《おほたの》判官に預けらる。

八歳の宮御歌《おんうた》の事

第九の宮、白河の父帝をしのぶ

[一四]第九の宮は、いまだ御幼稚《幼く》におはしませばとて、[一五]中御門《なかのみかど》中納言宣明《のぶあきら》卿に預けられ、都の内にぞ御座《ぎよざ》ありける。この宮今年は八歳に成らせたまひけるが、常の人よりも御心様さかさかしく《お気立てがしっかりしていらっしゃったので》おはしましければ、常は「主上すでに人も通はぬ《人の訪れもない》隠岐国とやらんに流されさせたまふ上は、われひとり都の内にとどまりても何かせん。あはれわ

出の際捕われている。巻十一「長門の探題降参の事」に、この頃を回想して「笠置の合戦のきざみに筑前国《ちくぜんの》へ流されておはしけるが」と見え、『太平記』には混乱がある。

一二 巻八「主上みづから金輪《こんりん》の法を修せしめたまふ事」の記述によれば但馬へ流されていたのは第六の宮である。混乱がある。

一三 但馬の豪族。叡山西塔の僧常陸房昌明《ひたちぼうしようみよう》の子孫ともいう。巻八では、先帝側につき、宮を助けて兵を挙げる。

＊ 禅的な悟達に達した具行の死、藤房の中宮女房との悲しい離別をはじめ、元弘の乱に挫折《ざせつ》した忠臣たちの哀れな行為を抒情的に描く。なお、頭注に記したように登場人物について、前後混乱があり、『太平記』の未完成であることを、うかがわせる。

一四 『増鏡』「久米のさら山」によると、三位局廉子腹に三人の親王があり、その長子恒良《つねよし》が八歳で、後出の「つくづくと」の詠を詠んだと言うから、それか。

一五 藤原高藤の子孫、参議従二位経宣《つねのぶ》の息。『増鏡』には、「(三人の親王は) 幼うものしたまへば、遠き国までは移し奉らねど、もとの御後見をばあらためて、西園寺の大納言公宗《きんむね》の家にぞ渡したてまつる」(「久米のさら山」) とある。

れをも君の御座《いらっしゃるという》あるなる国のあたりへ流しつかはせかし。せめてはよそながらも〔帝の〕御行く末を承らん」とかきくどき《くどくどと繰り返し悲嘆にくれ》うちしをれて、御涙更にせきあへ《とどめようがない》ず。「さても君の押し籠められ御座ある白河[一]は、京近き所と聞くに、宣明はなど《なぜ》われを具足《連れて》して御所へは参らぬぞ」と仰せありければ、宣明卿涙を押さへて、「皇居程近き所にてだに候はば《皇居が近いところでありさえしますれば》、御伴《とも》つかまつてまゐらせん事子細有るまじく《わけもございませんが》候ふが、白河と申し候ふは、都より数《す》百里を経て下る道にて候ふ。されば能因《のういん》法師[二]が、

　都をば霞とともに出でしかど秋風ぞ吹く白河の関[三]

と詠みて候ひし歌にて、道の遠き程《道のりも遠く》、人を通さぬ関ありとは、おぼしめし《途中人の往来を妨げる関所のあることをお考えください》知らせたまへ」と申されければ、宮御涙を押さへさせたまひて、しばしは仰せ出ださるる事もなし。やや有つて、「さては宣明、われを具足して参らじと思へるゆゑに、かやうに申すものなり。白河の関と詠みたりしは、全く洛陽《らくやう》[四]渭水《ゐすい》の白河にはあらず。この関奥州の名所なり。このころ《近く》津守国夏《つもりくになつ》[五]がこれ《能因の歌》を本歌[六]にて詠みたりし歌に、

一　広く賀茂川の東一帯を白河と言ったが、当時、帝は六波羅に幽閉されていた。この後、宣明《のぶあきら》の言う白河は、京の白河を、福島県西白河郡古関村（現在白河市）にあった白河の関と偽ったもの。このように、父との再会を妨げるため父の配所を偽るという話は、『源平盛衰記』七「日本国広狭」の、成親父子の話（『平家物語』二「阿古屋の松」）にも見え、『太平記』はこの成親父子の話を念頭におくものであろう。

二　中古三十六歌仙の一人。橘諸兄《たちばなのもろえ》の子孫。たびたび、諸国を行脚《あんぎゃ》し、奥州にも下った。『袋草子』に言う、例の歌が、実際には京で詠んだものとする話は、能因の好《す》き心を説話化したものであろう。

三　都を出たのは春霞の立つ頃であったが、この白河の関には、はや秋風が吹いていることだ。

四　「洛陽」は中国周代の都のあった地。「渭水」はその近くを流れる川。ここは京の白河を渭水に譬《たと》えた。

五　後宇多院の北面、住吉神社神主津守国冬の息。

六　先人の歌を念頭に、その中の句をとり込んで新たに歌を詠み、表現の重層的効果をあげる手法を本歌取りと言い、その取られた先人の歌を本歌と言う。

七　かの能因法師は、白河の関で秋風にふれたが、このわたくしは、途中思わぬ日数を重ね、この京の白河で早くも秋風を感ずることだ。

八　京都の白河にあった鳥羽天皇の勅願寺、六勝寺の一。『新古今集』十六「雑上」に「最勝寺の桜はまりのかかり（蹴鞠《けまり》をする所）にて久しくなりにしを、そ

[七]東路《あづまぢ》の関までゆかぬ白河も日数経《へ》ぬれば秋風ぞ吹く

また[八]最勝寺《さいしょうじ》のかかり《蹴鞠場》の桜枯れたりしを、[九]植ゑかゆるとて、[一〇]藤原雅経《まさつね》朝臣、

[一一]馴《な》れ馴れて見しは名残の春ぞともなど白河の花の下陰《したかげ》

これ皆名は同じくして、所は替はれる証歌《証拠の歌》なり。よしや《ままよ》今は心に籠めて言ひ出ださじ《今後は心に秘めて父の事を口に出すまい》」と、宣明を恨めしく仰せられ、その後よりはかき絶え《全く》恋しとだに仰せられず。よろづ物憂き御気色《御様子》にて、[一二]中門《ちゅうもん》に立たせたまへるをりふし、遠寺《とほでら》の[一三]晩鐘《いりあひ》かすかに聞えければ、

[一四]つくづくと思ひ暮らして入逢《いりあひ》の鐘を聞くにも君ぞ恋しき

[一五]情中《こころうち》に動けば、ことば外にあらはる。御歌のをさをさしさ《そのお歌がお年のわりに大人びて》、あはれに聞えしかば、その頃京中の僧俗・男女、これを[一六]畳紙《たたうがみ》・扇に書き付けて、これこそ八歳の宮の御歌よとて、もてあそばぬ人《もてはやさない人は》は無かりけり。

の木年ふりて風に倒れたる由聞き侍《はべ》りしかば、男《をのこ》どもに仰せて、こと（異）木をその跡に移し植ゑさせし時、まづ罷《まか》りて見侍りければ、あまたの年々暮れにし春迄、たちなれにける事など思ひ出でて詠み侍りける」として、この歌をのせる。

九 ハ行下二段活用動詞をヤ行に、さらにその終止・連体形を混同した用法。

一〇 和歌・蹴鞠の家の飛鳥井《あすかい》頼経《よりつね》の息。後鳥羽・土御《つちみ》門《かど》・順徳天皇に仕え、『新古今集』撰者の一人。

一一 こうしてなれ親しんできたこの白河の桜の下かげであるが、これが見おさめになろうとは思いもしなかった。「白河」の「しら」に「知ら（ず）」を掛ける。

一二 道に面した門の中にあり、主殿につながる門。

一三 夕暮れを告げる鐘。

一四 父の身の上を案じて今日も一日過ぎてしまったが、夕暮れを告げる鐘の音を聞くにつけても、離れておわす父君の事が恋しく思い出される。

一五 心が動けば、おのずからそれがことばとして外にほとばしり詩となる。『詩経』「国風序」に見える。寛永版本は「情は」とする。

一六 畳んで懐中し、詠草などを書きつける紙。

＊『増鏡』にも、父を慕う皇子たちの悲嘆が描かれているが、八歳の宮の歌として世の人々がもてはやしたとするように、京の人々の帝に対する同情が成親父子の哀話を踏まえて、このような話を作り上げたものと思われる。

一宮《いちのみや》ならびに妙法院《めうほふゐん》二品親王《ほんしんわう》の御事

三月八日(元弘二年)、一一宮中務卿《いちのみやなかつかさの》親王(尊良)をば、佐々木大夫判官時信《たいふはんぐわんときのぶ》を路次《道中》の御警固にて、土佐の畑《はた》二へ流したてまつる。今まではたとひ秋刑《しうけい》三の《処》下《刑されて》に死して、四龍門原上《りゆうもんげんじやう》の苔《こけ》にうづもるとも、五都のあたりにてともかくもせめて成らばやと、天に仰ぎ地に伏し御祈念有りけれども、昨日すでに先帝をも流したてまつりぬと、警固の武士ども申し合ひけるを聞こしめして、御祈念の御憑《たの》みもなく《かいもなく》、いと心細くおぼしめしけるところに、武士どもあまた《多勢》参りて、中門に御輿《こし》を差し寄せたれば、押さへかねたる御涙の中に、

六せきとむるしがらみぞなき涙川いかに流るる浮身なるらん

同日、妙法院二品親王(尊澄法親王)をも、七長井左近大夫将監高広《さこんのたいふしやうげんたかひろ》を御警固にて、

一 巻三、一三七頁に、佐々木時信に預かりの身となったことが見える。
二 高知県幡多《はた》郡大方《おおがた》町有井川の地か。

尊良親王、土佐へ流される

三 秋は草木を枯死させることから、中国では刑罰をつかさどる官を秋官とした。この事から刑罰を秋刑と言う。
四 死ぬこと。『和漢朗詠集』下「文詞」の、白楽天が亡き親友元稹《げんしん》をしのんで詠じた詩の一節による。「龍門」は河南省洛陽市の西南にある龍門山。元稹を葬る。
五 同じ死ぬにしても都の近くで死にたいものだと。
六 この度の悲しみには、全く涙のとどめようのないことだ。これから後、この流されて行く不安な身は、どうなることだろうか。「なき」に「無き」「泣き」、「浮《うき》」に「憂き」、「流るる」に「涙川が流れる」「流罪される」を掛ける。
七 大江氏で、幕府評定衆の家系。従五位上貞重《さだしげ》の息。

尊澄法親王、讃岐へ流される

讃岐国《さぬきの》へ流したてまつる。〔法親王は〕昨日は主上御遷幸《せんかう》の由を承り、今日は一宮流されさせたまひぬと聞こしめし、御心を傷《いた》ましめたまひけり。八憂き名もかはらぬ同じ道に、九しかも別れて赴《おもむ》きたまふ御心の中《うち》こそ悲しけれ。はじめの程こそ別々にて御下りありけるが、十一日の暮程には、一〇一宮も妙法院ももろともに一一兵庫《ひやうご》に着かせたまひたりければ、一宮はこれより御舟にめして、土佐の畑へ御下りあるべき由聞えければ、〔法親王は一宮に〕御文をまゐらせたまひけるに、

一二今までは同じ宿りを尋ね来て跡無き波と聞くぞ悲しき

〔尊良親王〕一宮の御返事、

一三明日よりは迹《あと》無き波に迷ふとも通ふ心よしるべともなれ

配所はともに四国と聞ゆれば、せめては一四同国にてもあれかし《あってほしい》、事一五とふ風のたよりにも憂きを慰む一節《ひとふし》とも念じおぼしめしけるも叶《かな》はで、一宮は一六たゆたふ波に漕《こ》がれ行く、身を浮舟にまかせつつ、土佐の畑へ赴かせたまへば、一七有井《ありゐ》三郎左衛門尉が一八館《たち》のかたはらに一

八 同じ流人というつらい身を。
九 それも父子・兄弟別れ別れに。
一〇『増鏡』「久米のさら山」に、先帝が湊川の宿に到着当時、中務卿親王が昆陽野《こやの》にあり、その思いを詠じて父帝に奉ったことが見えるが、兄弟が兵庫に落ち合ったことは見えない。
一一 古く、現在の神戸市兵庫区会下山《えげやま》の東部一帯を兵庫と言ったが、南北朝期にはさらに広く南部海岸まで含む称として言われたらしい。『増鏡』には「福原の島より、宮は御舟にたてまつる」とある。
一二 これまではあなたと同じ宿場をたどって来ましたが、これからは、あなたの足跡もない波路をひとり下るのが悲しく思われます。
一三 いよいよ明日からは、あなたの足跡もない波路をひとり下ることになりますが、お互いに通い合う心を支えとして下りたく思います。
一四 四国は、讃岐《さぬき》・土佐・伊予・阿波の四カ国に分れるが、それらのいずれか一つの国に。
一五 おとずれる噂にも互いにつらさを慰める機会をえたいものと念じておられたが、それも叶《かな》わず。
一六 ただよう波の上にあてもなく漕《こ》がれて行く浮舟にわが身をまかせて。
一七 高知県幡多郡大方町有井川の地に住んだか。
一八 小規模のとりで。

室を構へて《造って》置きたてまつる。かの畑と申すは、南は山のそばにて高く、北は海辺《かいへん》にてさがれり。一松の下露扉《とぼそ》にかかりて、二いとど御袖の涙を添ふ。磯打つ波の音、御枕の下に《近くに》聞えて、三これのみ通ふ故郷《ふるさと》の、夢路も遠く成りにけり。四妙法院は、これ《兵庫》より引き別れて、備前国までは陸地《くがち》を経て、五児島《こじま》の吹上《ふきあげ》より船に召して、讃岐《さぬき》の六詫間《たくま》に着かせたまふ。これも海辺近き所なれば、七毒霧《どくむ》御身を侵《をか》して瘴海《しやうかい》の気すさまじく、漁歌《ぎよか》・牧笛《ぼくてき》の夕べの声、八嶺雲海月《れいうんかいげつ》の秋の色、すべて耳に触れ眼にさへぎる《眼にうつる》事の哀れを催し、御涙を添ふるなかだちとならずといふ事なし。

先帝隠岐へ遷幸と決定

先皇《後醍醐帝》をば、九承久《じようきう》の例にまかせ、隠岐国《おきのくに》へ流しまゐらすべきに定まりけり。臣として君をないがしろにし《軽視申し上げる》たてまつる事、関東《幕府》もさすが恐れ有りとや思ひけん、このために後伏見院の第一〇一の御子を御位に即《つ》けたてまつりて、〔新帝の手で〕先帝御遷幸の一一宣旨《せんじ》を成さるべしとぞ計らひ《計画した》申しける。天下の事においては《天下の執政に関しては》、今は一二重祚《ちようそ》の御望み有るべきにもあらざ《御期待もあり得ないことなので》

一 松の枝から落ちるしずくが、扉《とびら》にかかり。
二 ただでも涙にぬれる御袖を、しずくが一層ぬらすことだ。
三 せめて夢にでも故郷へ通うことがあってほしいその夢路も、波の音に妨げられて見られなくなることだ。「これ」は、「夢路」を指す。
四 慶長十年版本には、ここに、着岸当時より帰洛の祈禱《きとう》を始めたことを記す一文がある。
五 岡山県倉敷市児島下津井の吹上。
六 香川県三豊郡詫間町《たくま》。
七 以下、漢詩で、流謫《るたく》地の不順な気候と辺境の地であることを描く修辞を用いた様式的表現。「毒霧」は、毒気を含む霧、「瘴海」は、毒気の濃い海、「漁歌」は、漁夫のうたう歌、「牧笛」は、牧夫の吹く笛。
八 嶺《みね》にかかる雲や海に照りはえる月、いずれも秋の色が深く。
九 承久三年（一二二一）に、後鳥羽院が隠岐へ遷幸された先例。
一〇 持明院系、後伏見院の第一皇子量仁《かずひと》。後の光厳《こうごん》天皇。皇子は、後醍醐天皇の笠置落ちの直後、元徳三年九月二十日に践祚《せんそ》、同二年三月二十二日に即位。
一一 天皇の意志を、簡潔、すみやかに伝える文書。
一二 再度の即位。
一三 濃く煮出した丁子《ちょうじ》で染めた、黄味をおびた薄紅色の衣。仏事の法服などに着用した。

れば、遷幸以前に先帝をば法皇に成したてまつるべしとて、[一三]香染《かうぞめ》の御衣《ぎよい》を武家より調進《調えて献上したが》したりけれども、[一四]御法体《ごほつたい》の御事は、暫く有るまじき由を〔後醍醐帝は〕仰せられて、[一五]袞龍《こんりよう》の御衣をも脱がせたまはず、毎朝《まいてう》の[一六]御行水をめされ、仮《かり》の皇居を浄《きよ》めて、[一七]石灰《いしばひ》の壇になぞらへて、大神宮《だいじんぐう》の御拝有りければ、[一八]天に二つの日無けれども、国に二《ふたり》の王おはします心地して、武家ももちあつかひて《もてあまして見えた》ぞ覚えける。[一九]これも叡慮にたのみおぼしめす事有りけるゆゑなり。

俊明極参内《しゆんみんきさんだい》の事

去んぬる[二〇]元亨《げんかう》元年の春の頃、元朝《げんてう》より[二一]俊明極《しゆんみんき》とて、[二二]得智《とくち》の禅師《ぜんじ》来朝せり。天子ぢきに《直接》異朝《外国》の僧に御相看《ごしやうがん》の事は《お会いになる事は》、前々更に無かりしかども、この君《後醍醐帝》禅の宗旨に傾かせ《傾倒されて》たまひて、[二三]諸方参得《しよはうさんとく》の御志おはせし

一四 御出家なさることは。
一五 天皇の着る御衣。
一六 神仏に祈る前に水で身を清めること。
一七 清涼殿の東南隅の一室。下から土を積んで床と同じ高さにし、石灰で塗りかためてある。毎朝、天皇が伊勢神宮を遥拝《ようはい》するのに、地面におり立つのを模して造った場所。
一八 古くは中国の史書『呉志』に見え、日本では『日本書紀』以来、しばしば見られることば。
一九 先帝のこうした御ふるまいも、ひそかに御心に期するところがおありだからだ。
＊ 一の宮・妙法院兄弟の悲しい別れを描きながら、先帝の内心期するところのあることを描く。一方、幕府の態度は、いかにもうしろめたさに満ちて、すっきりしないものに描かれている。作者の意図するところを見るべきであろう。
二〇 『仏日焔慧《ぶつにちえんけい》禅師明極俊大和尚塔銘』(元の僧、曇噩《どんがく》著)によると、明極の来日は、元徳元年(一三二九)である。
二一 元朝十刹《じつさつ》の一、双林寺などの首座をつとめた高僧。竺仙梵僊《じくせんぼんせん》を伴って来日、北条高時に迎えられ建長寺に住したが、後醍醐天皇に招かれ南禅寺・建仁寺へと移った。楠正成が湊川出陣の前に参拝したという摂津の広巌寺を開き、建武三年(一三三六)に寂。
二二 徳と智のすぐれた禅僧。
二三 多くの師について、その教えを受けること。

かば、御法談《仏法談義》のために、この禅師を禁中《宮中》へぞ召されける。[一]事の儀式あまりに微々《びび》ならんは、わが朝《わが国》の恥なるべしとて、[二]三公・公卿も出仕のよそほひ《正式の服装をととのえ》をつくろひ、[三]蘭台《らんたい》・[四]金馬《きんば》も守禦《しゆぎよ》《守り》の備へを厳しくせり。夜半《やはん》に蠟燭《らつそく》《とぼし》をたてて禅師参内せらる。主上《帝》[五]紫宸殿《ししんでん》に出御成つて《お出ましになり帝の御座》玉座に席をすすめたまふ《席に着かれた》。禅師三たび拝礼《はいれい》をはつて、[六]香を拈《ねん》じて万歳を祝す《聖代をことほいだ》。時に勅問《ちよくもん》有つていはく、[七]「山に桟《かけはし》し、[八]海に航《ふなわたし》して[九]得々《とくとく》として来たる。[一〇]和尚《をしやう》何を以つてか度生《どしやう》せん」。禅師答へて言はく、[一一]「仏法緊要《ぶつぽふきんえう》のところを以つて度生せん」。重ねていはく、[一二]「正当恁麼《しやうたういんも》の時いかん」。答へていはく、[一三]「天上に星有り、皆北に拱《たんだく》す。人間水として東に朝《てう》せずといふこと無し」。御法談をはつて、禅師拝揖《はいいふ》《拝礼》して退出せらる。翌日[一四]別当実世卿《べつたうさねよのきやう》を勅使にて、[一五]禅師号を下さる。時に禅師、勅使に向つて、[一六]「この君[一七]亢龍《かうりゆう》の悔《く》い有りといへども、二度《ふたたび》帝位をふませたまふべき御相有り《おしるしが見えます》」とぞ申されける。今、君武臣《帝が臣下である武士》のために囚《とら》はれて、亢龍の悔いにあはせたまひけれども、かの禅師の相し申した《うらない申し上》

一 御面前での法談の儀式があまりにささやかでは。
二 左右大臣と内大臣、それに中納言と三位以上の貴族および四位の参議。
三 弁官の唐名。詔勅・宣旨の清書を行う少納言。
四 「金馬門」の略。漢代、未央宮《びおうきゆう》にあり、文学の士が出仕した所。ここは、その学士。
五 即位の儀式などを行う、内裏中央の正殿。
六 香をつまみ焚《た》いて。
七 けわしい山や崖《がけ》にはしごをかけて登り越え。
八 はるばると海を船で渡って。
九 意気さかんに。
一〇 和尚は、どのような方法をもって衆生《しゆじよう》を導こうとなさるか。「和尚」は、修行を積んだ僧侶《そうりよ》に対する敬称。天台宗では「かじょう」、法相《ほつそう》・律宗では「わじょう」、禅宗では「おしょう」と読んだ。
一一 仏法の最も根本の義をもって衆生を導こう。
一二 まさにその時、いかがするか。禅語を使った言い方。「正当」は、ちょうど、あたかも。「恁麼」は、宋代の俗語で禅録に用いられ、ある物の指示・肯定・疑問などの意を表す。
一三 天上にある星はいずれも北に向い、人間界にある水は、すべて東に流れる。きわめて当然のことだ、の意。五山の禅僧の語録をはじめ謡曲にも見られる句。
一四 検非違使の長官。実世については巻三、一三三頁注一六参照。実世は元徳元年（一三二九）当時、参議右大弁、元亨元年（一三二一）当時は公卿にも列していない。

一五 天皇から有徳の僧に賜る称号。ここは仏日焔慧《ぶつにちえんけい》禅師の号を指す。

一六 一六九頁注二〇の『塔銘』に「帝位を遜《ゆづ》り、師これを相して言はく、君亢龍の悔有りといへども後必ず践祚《せんそ》せんと。是《これ》に因りて帝祝髪せず、建武に位に復す」とある。

一七『易経』「乾卦」に見える言葉。昇りつめた龍は降るしかない。栄華の絶頂に達すれば衰亡に向う、の意。

一八『易経』「乾卦」に規定する、天子の位。

＊ 前段に引き続き、先帝に後日を期するところのあることを、曇噩《どんがく》の『塔銘』を踏まえて描き、建武の中興への伏線とする。

中宮、先帝との別れを悲しむ

一九 先帝は、当時、六波羅に幽閉の身であった。

二〇 簾《すだれ》をかかげてお会いになる。

二一 旅の宿りに波音を耳にし、月の照る長い海浜をさまようことになるわが身の将来を。

二二 遠く辺境に赴かれる主上の身の上を想像申し上げ。

二三 いつ望みが達せられようとも思えぬ世に。

二四 明けやらぬ長い夜を苦しむこととなり、いつまでも物思いにとりつかれるだろうと。

りし事なれば《げたことなので》、[一八]二度《ふたたび》九五《きうご》の帝位をふませたまはん事、疑ひ無しとおぼしめすによつて、法体《ほつたい》の御事は《御出家の事は》、暫く有るまじき由を強《強く》ひて仰せ出だされけり。

中宮御歎《おんなげ》きの事

《(元弘二年)》三月七日、すでに先帝《いよいよ後醍醐帝》隠岐国へ遷されさせたまふと聞えければ、中宮《(禧子)》夜に紛れて、[一九]六波羅の御所へ行啓《ぎやうけい》成らせたまひ、中門に御車を差し寄せたれば、主上出御《しゆつぎよ》有つて、御車の[二〇]簾《すだれ》をかかげらる。君は中宮を都に止め置きたてまつりて、[二一]旅泊《りよはく》の波、長汀《ちやうてい》の月に、さすらひたまはんずる行く末の事をおぼしめしつらね《たえず思い続けられ》、中宮はまた、[二二]主上を遥々《はるばる》と遠外《ゑんぐわい》におもひやりたてまつりて、[二三]何のたのみの有る世ともなく、[二四]明けぬ長夜《ちやうや》の心迷ひの心地し、長らへたるものおもひにならん一と、ともに語り尽くさせたまはば、秋の夜の千夜《せんや》を一夜《ひとよ》になぞらふとも、なほ詞《ことば》二残つて明けぬべければ、御心の中《うち》の憂き程は、その《それを》言の葉も及ばねば、《表す言葉もないので》三なかなか言ひ出ださせたまふ一節《ひとふし》もなし。ただ御涙にのみかきくれて、四つれなく見えし晨明《ありあけ》も、傾くまでに成りにけり。夜すでに《いよいよ》明けなんとしければ、中宮御車を回《めぐ》らして還御《くわんぎよ》成りけるが、御涙の中に、

五この上の思ひはあらじつれなさの命よさればいつを限りぞ

とばかり聞えて、《とだけ申し上げて》臥し沈ませたまひながら、帰る車の別れ路に、回《めぐ》六り逢ふ世のたのみなき、御心の中《うち》こそ悲しけれ。

先帝遷幸の事

明くれば三月七日、(元弘二年)七千葉介貞胤《ちばのすけさだたね》・八小山《をやまの》五郎左衛門・佐々木佐渡判

一 今この場でお互いの思いを語り尽そうとすれば、秋の夜長、千夜を一夜にすることができたとしても。

二 思いは尽せないまま夜も明けてしまいそうで。

三 (見つめ合うだけで) 一言もおっしゃらない。

四 薄情な有明《ありあけ》の月もすでに西の空に傾く頃になってしまった。「有明のつれなく見えし別れより暁ばかり憂きものはなし」(『古今集』十三・恋三)。

五 これ以上辛《つら》い思いをすることは、またとございますまい。辛さに死んだも同然のこのわが身が、この後いつまで生きながらえることでございましょう。

六 再びお会いになれるとも思えない、そのお心はまことに悲しいものであった。

＊中宮の先帝との悲しい離別を描いて、やま場である遷幸の場面へと盛り上げて行く。

七 千葉介胤宗《たねむね》の息。後、足利尊氏に降る。

八 小山下野守秀朝《しもつけのかみひでとも》。後、足利尊氏に従い、建武二年(一三三五)に、武蔵《むさし》の府中で戦死する。その弟秀政かとする説もある。

九 藤原伊尹《これただ》の子孫、従二位経尹《つねただ》の息。蔵人頭《くろうどのとう》で、京《きよう》職《しき》、修理職《しゆりしき》などの大夫(長官)を兼ねたのでこの称がある。行房は、この後も南朝に仕え、越前金崎《かねがさき》の合戦に尊良《たかよし》親王と行動をともにし自害する。

一〇 村上源氏、権中納言有忠の息。巻二、九二頁注九参照。

一一 お側にいてお世話をする女房。

先帝、京の人々の見送りの中を隠岐へ向う

先帝の道行《みちゆき》

官人道道誉《だうよ》五百余騎にて、路次《道中》を警固つかまつて、先帝を隠岐国へ遷したてまつる。供奉《ぐぶ》の人とては、[九]一条頭大夫行房《とうのだいぶゆきふさ》・[一〇]六条少将忠顕《ただあき》、[一一]御仮借《おんかいしやく》は、三位殿〔廉子〕御局《つぼね》ばかりなり。そのほかは、皆甲冑《かつちう》を鎧《よろ》ひて弓箭《せん》を帯せる《弓矢を携えた》武士ども、前後左右にうち囲みたてまつりて、七条《七条大路》を西へ、東洞院《ひがしのとうゐん》を下へ《南へ》御車をきし[一二]れば、京中貴賤・男女、小路《こうぢ》に立ちならんで、[一三]「まさしき一天の主《しゆ》を下《しも》として流したてまつる事のあさましさよ。武家《幕府の》の運命今に尽きなん」と、憚《はばか》る所なく言ふ声巷《ちまた》《町》に満ちて、ただ赤子《せきし》《幼児》の母を慕ふがごとく泣き悲しみければ、聞くに哀れを催して、警固の武士ももろともに《ともに》、皆鎧の袖をぞぬらしける《涙にぬらした》。

[一四]桜井の宿《しゆく》を過ぎさせたまひける時、〔先帝は〕[一五]八幡《やはた》を伏し拝み、御輿《おんこし》を舁《か》きすゑさせて、二度帝都還幸《再び都へ帰ることができるように》の事をぞ御祈念ありける。八幡大菩薩《はちまんだいぼさつ》と申すは、[一六]応神天皇の応化《おうげ》、[一七]百王鎮護《ひやくわうちんご》の御誓《ちか》ひあらたなれば、[一八]天子行《あん》在《ざい》の外までも、定めて擁護《おうご》の御眸《おんまなじり》をぞめぐらさるらんと、たのもしくこそおぼしめしけれ。湊川《みなとがは》を過ぎさせたまふ時、[一九]福原の京を御覧

一二 きしらせて行くと。
一三 臣下の身でありながら、天下の主である天皇その人を流したてまつることとの。
一四 大阪府三島郡島本町桜井。京都府と大阪府との境にある宿場。
一五 京都府綴喜《つづき》郡八幡町の石清水《いわしみず》八幡宮。応神天皇《おうじん》・神功皇后《じんぐう》・比売神《ひめがみ》の三神をまつる。
一六 仏が衆生《しゆじよう》を済度《さいど》するために別の姿を借りて現れた応化仏。八幡大菩薩は、もと九州の宇佐八幡を勧請《かんじよう》したものであるが、やがて応神天皇と神功皇后を祭神とする説が広まり、王城鎮護の神としてあがめられた。
一七 いつまでも天皇をお守りしようとの御誓いがあらたかで。「百王」思想は、神武より百代にわたり栄えるが、その後は天変地異が重なり日本は滅ぶだろう、というもの。源平動乱期以来、末法思想を基盤に強く叫ばれた。当時、百代目の接近に、人々は危機を感じ、例えば北畠親房《きたばたけちかふさ》は、「百王」を無窮の意に解する新説を唱えて皇位の永遠に続くことを祈った。ここも、その意に使ったもの。
一八 天子の仮の御所である隠岐の島においてもきっと守護してくださるだろうと。
一九 今の神戸市兵庫区を中心に、東は生田区、西は長田・須磨区にまたがった福原の旧都。源平動乱期の治承四年（一一八〇）平清盛が京都と寺院勢力との結び付きを断つためこの地へ遷都を強行した。湊川は、古く兵庫区の中央を南北へ流れていた。

ぜられても、平相国清盛《へいしやうこくきよもり》が、四海（全国を支配して）をたなごころに握つて平安城（京都の都を）をこの卑《ひ》湿《しつ》[一]（湿度の高い地に移したので）の地に遷したりしかば、幾程（間もなく）なく亡びしも、ひとへに上《かみ》を犯さんとせし奢《おご》りの末、はたして天のために罰せらるるぞかしとおぼしめし慰むは（手がかりとされた）しとなりにけり。印南野《いなの》[二]を末に御覧じて（遥か前方に見やりながら）、須磨の浦を過ぎさせたまへば、昔《むかし》[三]源氏の大将の朧月夜《おぼろづきよ》に名を立てて（浮名をたてて）、この浦に流され、三年《みとせ》の秋を送りしに、波[四]ただここもと（波の音が近くにきこえ）に立ちし心地して、[五]涙落つるとも覚えぬに、枕は浮くばかりに成りにけりと、旅寝の秋を悲しみしも、ことわりなり（もっともだと）とおぼしめさる。明石[六]の浦の朝霧に（の中に）、遠く成り行く淡路島（隠れ行く淡路島を振り返り）、〔やがて〕寄せ来る浪も高砂[七]の、尾上《をのへ》の松に吹く〔を聞き〕嵐、迹《あと》に幾重の山川を（多くの山川を越え渡って）、杉坂《すぎさか》[八]越えて美作《みまさか》や、久米《くめ》[九]の佐羅山《さらやま》[一〇]さらさらに、今（季節）は有るべき時ならぬに（から言って降るはずもないのに）、雲間の山に雪見えて、はるかに遠き峰あり。御警固の武士を召して、山の名を御尋ねあるに、「これは伯耆《はうき》の大《だい》[一一]山《せん》と申す山にて候ふ」と申しければ、暫く御輿を止められ、内証甚深（心をこめて）の法施《ほつせ》（法文をとなえられた）を奉らせたまふ。ある時は鶏唱《けいしやう》[一二]に茅店《ばうてん》の月を抹過《まつくわ》し、ある

一『延慶本平家物語』に、福原の京を「新都ノ躰宮室《ていきゆうしつ》卑質《ひしつ》ニシテ城地クタリ湿ヘリ、悪気漸降テ風波《ふうは》弥《いよいよ》冷《すさま》シ」(二末・山門衆徒都帰《リノ》為奏状《ヲ》捧《ル》事)とある。

二 兵庫県の、加古川と明石川とにはさまれる平野。いなみの。

三 光源氏は、春宮《とうぐう》(朱雀院《すざくいん》)の妃に擬せられていた朧月夜内侍《おぼろづきよのないし》(弘徽殿《こきでん》女御の妹)と恋仲になり、政敵弘徽殿女御に責められ、自ら須磨《すま》に下った。

四「須磨には、いとど心づくしの秋風に……浦波、夜々はげにいと近う聞えて、またなくあはれなるものはかかる所の秋なりけり。……ひとり目をさまして枕をそばだてて四方《よも》の嵐《あらし》を聞き給ふに、波、ただここもとに立ちくる心地して、涙おつともおぼえぬに枕うくばかりになりにけり」(『源氏物語』須磨)による。

五 ともすれば涙にくれがちで、その涙に枕も浮く思いがする。

六「ほのぼのと明石の浦の朝霧に島隠れ行く舟をしぞ思ふ」(『古今集』九・羇旅)による。

七 兵庫県高砂《たかさご》市。尾上は山の上。波も「高い」と「高砂」とを掛ける。

八『播磨鑑《はりまかがみ》』によれば、今の兵庫県佐用《さよう》郡上月《こうづき》町皆《かい》田《た》より岡山県英田《あいだ》郡作東《さくとう》町田原《たはら》へ越える坂。地名「杉坂」に「過ぎ」を掛ける。

九 岡山県津山市の佐良山。

一〇 語呂を合わせる。「美作や久米のさら山さらさらにわが名は立てじ万世《よろづよ》までに」(『古今集』二十・神遊

時は馬蹄《ばてい》に板橋《はんけう》の霜を踏破《たふは》して、行路に日をきはめければ《旅の日数を重ねたので》、都を御出有つて十三日と申すに、出雲《いづも》の一三見尾《みを》の湊に着かせたまふ。ここにて御船を船よそひして《御出航の用意をして》、渡海《とかい》の順風をぞ待たれける。

備後《びんご》三郎高徳《たかのり》が事付けたり呉《ご》・越軍《ゑついくさ》の事

その頃、備前国に、一四児島《こじま》備後三郎高徳《たかのり》といふものあり。主上笠置に御座ありし時、御方《〔主上の〕》に参じて義兵《正義の兵》を揚げしが、事いまだ成らざる先に笠置も落され、楠も自害したりと聞えしかば、力を失つてもだしけるが《やむなく静観していたが》、主上隠岐国へ遷《うつ》されさせたまふと聞きて、ふたごころ無き一族どもを《信頼のおける一族を》集めて評定《協議》しけるは、「一五志士《しじ》・仁人《じんにん》は、生を求めて以つて仁を害すること無し。身を殺して仁をなすことありといへり。されば昔、一六衛《ゑい》の懿公《いこう》が北狄《ほくてき》のために殺されてありしを見て、その臣

歌)。底本は「さらに〳〵」とある。

一一 鳥取県西伯郡《さいはく》にある山陰第一の高山。標高一七一三メートル。大己貴神《おおなむちのかみ》を祭神とする大神山神社があり、修験道場として知られた。

一二 鶏の夜明けを告げる声に起きて、茅葺《かやぶ》きの田舎茶屋の前を月光を踏んで通り過ぎ、ある時は板橋に降りる霜を馬の蹄《ひづめ》にけたてて行き。五山禅僧の南院国師の詩による。

一三 島根県八束郡《やつか》美保関町《みほのせき》にある港。

＊ 先帝の隠岐《おき》遷幸を都人の目を通してとらえ悲しむ。その道行《みちゆき》に、八幡の加護を思い、清盛の悪行も永くは続かなかったこと、光源氏の物語などを想起して、先帝の後日再起への伏線としている。

児島高徳、志を詩に託する

一四 岡山県児島郡に住んだ豪族。架空の人物とする説もあるが、宇多源氏の佐々木の子孫で、備後守和田二郎範長《のりなが》の息かと言う。三宅氏をも称した。この後、南朝に節を全うする。

一五 志ある人、仁を体した人は、命を惜しんで仁徳《じんとく》を害したりしない。むしろ自分の身を犠牲にしても仁道をなしとげることがある。『論語』「衛霊公」に見えることば。

一六 「狄人、衛の懿公を殺し、尽《ことごと》く其肉を食ひ、独り其肝を留む。懿公の臣弘演《こうえん》天《てん》を呼びて大に哭《こく》し、自ら其肝を出だして懿公の肝を其胎中に内《い》る」(『貞観政要《じょうがんせいよう》』貞観十一年)による。

に弘演《こうえん》といひしもの、これを見るに忍びず、みづから腹を掻き切つて、懿公が肝《きも》をおのれが胸の中に収め、先君[一]の恩を死後に報ひて失《う》せたりき。義[二]を見てせざるは勇《いさみ》無し。いざや臨幸《りんかう》の路次《ろし》[三]に参り会ひ、君を奪ひ取りたてまつて、大軍を起し、たとひ尸《かばね》を戦場に曝《さら》すとも、名を子孫に伝へん（武名を子孫のために輝かそう）」と申しければ、心ある一族ども、皆この義（計画）に同ず（に賛成した）。「さらば路次の難所にあひ待ちて（けわしい場所に待ち構えて）、その隙を伺ふべし（機会をねらおう）」とて、備前と播磨《はりま》との境なる船坂山《ふなさかやま》[四]の巓《いただき》に隠れ臥し、今や今やとぞ待つたりける。臨幸（行幸の一行の通過が）あまりに遅かりければ、人を走らかしてこれを見するに、警固（護送の）の武士、山陽道を経ず、播磨の今宿《いまじゆく》[五]より山陰道にかかり、遷幸を成したてまつりけるあひだ、高徳が支度（計画）相違してんげり。「さらば美作《みまさか》の杉坂《すぎさか》こそ、究竟《くつきやう》[六]の深山《みやま》なれ。ここにて待ちたてまつらん」とて、三石《みついし》[七]の山よりすぢかひ[八]に、道[九]もなき山の雲を凌《しの》ぎて、杉坂へ着きたりければ、主上はや院《ゐん》の庄《しやう》[一〇]へ入らせたまひぬと申しけるあひだ、力無く（やむなく〔一族は〕ここから散って行ったが）これより散り散りに成りにけるが、せめても（〔高徳は〕）この

一 先帝の恩を帝の亡き後に報いて死んだ。
二 人としてなさねばならぬ正しいことを知りながら、これをなそうとしないのは、真の勇気がないものだ。『論語』「為政」に見えることば。
三 道中で拝謁し。「路次」の読みは清音。
四 兵庫県赤穂郡上郡《かみごおり》町梨ヶ原から、岡山県備前市三石《みついし》へ越える峠。
五 姫路市今宿《いまじゅく》。その西方の地で街道が山陽・山陰両道に分れる。
六 うってつけの。
七 岡山県備前市三石。杉坂（英田《あいだ》郡作東町）は、その北方約三〇キロに当るが、そこへの直行経路はない。
八 ななめに。今宿回りではなく直行すること。
九 道も通わぬ山中を、たちこめる雲を分けながら。
一〇 津山市内の西端にある地。

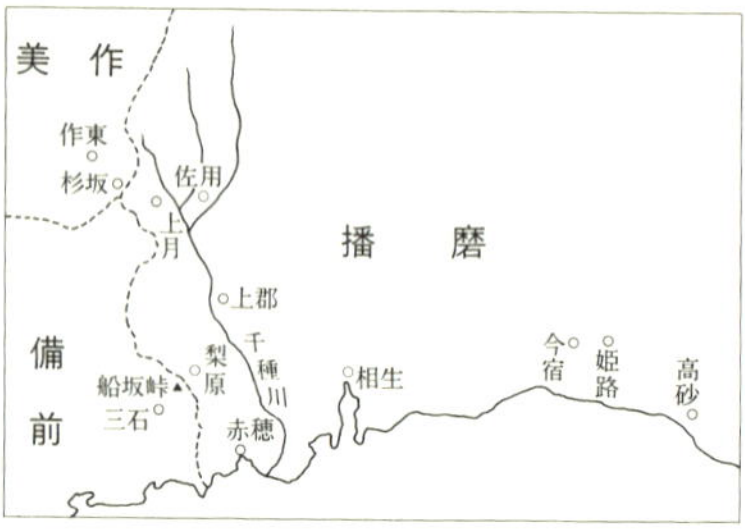

所存《思い》を上聞《じやうぶん》[一一]に達せばや《入れようと》と思ひけるあひだ、微服潜行《びふくせんかう》[一二]して時分をうかがひけれ《機会をねらっていたが》ども、しかるべき隙も無かりければ、君の御座ある《いらっしゃる》御宿の庭に大きなる桜木有りけるを押し削りて、大文字《おほもじ》に一句の詩をぞ書き付けたりける。

[一三]天莫《なかレ》レ空《むなシクスルコト》二勾践《こうせんヲ》一　天よ　勾践を見殺しにしたもうな

時《ニ》非《ズ》レ無《キニシモ》二范蠡《はんれい》一　いずれは忠臣范蠡の現れんものを

御警固の武士ども、朝《あした》[一四]にこれを見つけて、「何事をいかなる者が書きたるやらん」とて、読みかねて、すなはち《早速》上聞に達してんげり《先帝のお耳に入れた》。主上はやがて《すぐさま》詩の心《意味》を御さとり有つて、龍顔《りようがん》[一五]殊に御快《こころよ》く笑ませたまへども、武士どもは、あへてその来歴《わけ》を知らず、思ひとがむる[一六]事も無かりけり。

そもそもこの詩の心は《その詩の意味は》、昔異朝[一七]に呉《ご》[一八]・越《ゑつ》とてならべる二つの国あり。この両国の諸侯[一九]、皆王道を行はず、覇業《はげふ》[二〇]を務《つと》めとしけるあひだ、呉は越を討《う》つて取らんとし、越は呉を亡ぼしてあはせん《併合しようとした》とす。かく

一一 先帝のお耳。
一二 しのび姿で、ひそかに行き。
一三 後述の中国の故事に高徳《たかのり》の志を託した詩。「天は越王の勾践《こうせん》にもたとえるべき後醍醐天皇を空しく殺したてまつってはならぬ。天よ、先帝を見すてないでくれ。今、あの越王を救った范蠡にもたとえるべき忠臣がいないのでもない。范蠡たらんとする、このわたくしがいるのだから」の意。
一四 翌朝。
一五 お顔は、ひときわにこやかに。
一六 気がついて警戒を厳しくすることもなかった。
＊ その実在をめぐって種々説のある児島高徳ではあるが、建武の中興の達成へと作品を構想する作者は、以下に見るような呉越の故事を念頭に高徳像を描き上げたのであろう。
一七 外国である中国。
一八 呉《ご》は、前五世紀、春秋時代の列国の一。夫差《ふさ》の時代、越《えつ》王の勾践に滅ぼされた。越も同じく列国の一。前四世紀、楚《そ》に滅ぼされた。続く、『太平記』の話は、『史記』「越世家」を中心に、『呉越春秋』『越絶書《えつぜつしよ》』それに『伍子胥変文《ごししよへんぶん》』を思わせる伝承説話をもとり込んで構成されている。
一九 王から領地を与えられ、その地を支配する大名。「王道」は、儒教に説く道徳により行う仁政。
二〇 武力を以って世をおさえたので。

越王勾践、呉を攻める

のごとくあひ争ふ事累年《るいねん》[一]に及ぶ。[二]呉・越互ひに勝負をかへしかば、親の敵となり、子のあたと成つて、[三]ともに天を戴《いただ》く事を恥づ。[四]周のすゑの世に当たつて、呉国《ごのくに》の主《しゅ》をば呉王夫差《ふさ》と言ひ、越国《ゑつのくに》の主をば越王勾践《こうせん》とぞ申しける。ある時、この越王、[五]范蠡《はんれい》といふ大臣を召してのたまひけるは、「呉《ご》はこれ父祖のかたきなり《先祖代々の仇敵である》。われこれを討たずして、いたづらに年を送る事、[六]あざけりを天下の人に取るのみにあらず、かねて《あわせて》は父祖の尸《かばね》を[七]九泉《きうせん》の苔の下《墓の下》にはづかしむる恨みあり。しかればわれ今国の兵を召し集めて、みづから呉国へうち越《攻め入り》え、呉王夫差を亡ぼして、父祖の恨みを散ぜん《はらそうと》と思ふなり。汝は暫くこの国に留まつて、[八]社稷《しやしよく》を守るべし」とのたまひければ、范蠡諫《いさ》め申しけるは、「臣ひそかに事の子細を計るに《現状を分析しますのに》、今越の力を以つて呉を亡ぼさん事は、すこぶる《大変》以つて難かるべし《困難と思われます》。そのゆゑは、先づ両国の兵を数ふるに、呉は二十万騎、越はわづかに十万騎なり。誠に[九]小を以つて大に敵せず。これ呉を亡ぼしがたきその一つなり《理由の一つです》。次

一　多年。
二　呉越互いに勝ったり負けたりしたので、両国は親子の二代にわたる敵対国となり。
三　同じ天の下に生きることをいさぎよしとしない。『礼記』「曲礼・上」に見えることば。
四　殷《いん》につづく中国の王朝で、前五世紀に春秋時代を迎え、前三世紀に滅んだ。
五　越王勾践に仕えた忠臣。苦節の後、呉を滅ぼした。その後、計然《けいぜん》の説いた方策を用いて利殖をはかるため、斉からさらに陶へおもむき、陶朱公と称し三度にわたり巨額の富をたくわえた事が『史記』「貨殖」に見える。
六　天下の人々のあざけりをかうばかりでなく。
七　「九泉」は、幾重にも重なる地の底の意から、死の世界のこと。
八　国家。昔の中国で、王が建国にあたって土地の神（社）と五穀の神（稷）とをまつったことから言う。
九　小勢《こぜい》で大軍には抗しがたい。『孟子』「梁恵王《りようけいおう》・上」に見えることば。
一〇　以下、四季の儀は、唐の賈公彦《かこうげん》の『周礼正義《しゆらいせいぎ》』序などに見える。なお、このあたりの文は、古活字本『平治物語』「呉越戦ひの事」と近い。『平治物語』が流布する過程で『太平記』により加筆したものであろう。
一一　賢人が帰服し仕えている国は強いと申します。

には時[一〇]を以つて計るに《季節を考慮するに》、春夏《しゆんか》は陽《やう》の時にて忠賞を行ひ《忠ある者の賞を行い》、秋冬《しうとう》は陰《いん》の時にて刑罰をもつぱらにす。時今《いま》春のはじめなり。これ征伐《せいばつ》を致すべき時にあらず。これ呉を亡ぼしがたきその二つなり。次に、賢人[一一]の帰する所はすなはちその国強し。臣聞く《噂によりますと》、呉王夫差の臣下に伍子《ごし》[一二]胥《しよ》といふ者有り。智深うして人をなつけ《人々の親愛をえ》、おもんぱかり《思慮が深く》遠くして主《主に》をいさむ《諫言を呈した》。かれ《伍子胥が》呉国に有らん程は、呉を亡ぼす事かたかるべし。これその三つなり。麒麟《きりん》[一三]は角《つの》に肉有つてたけき形をあらはさず、潜龍《せんりゆう》は三冬《さんとう》[一四]に蟄《ちつ》して一陽来復《いちやうらいふく》[一五]の天を待つ。君《きみ》呉・越をあはせられ、中国[一六]に臨《のぞ》んで南面《なんめん》[一七]にして孤称《こしよう》せんとならば、しばらく兵を伏せ武《武力》を隠し、時《好機》を待ちたまふべし」と申しければ、その時越王大いにいかつてのたまひけるは、「礼記《らいき》[一八]に、父のあた《敵とは》にはともに天を戴《いただ》かずといへり。われすでに壮年[一九]に及ぶまで呉を亡ぼさず、ともに日月の光を戴く事[二〇]、人のはづかしむる所にあらずや。これを以つて兵を集むるところに、汝[二一]三つの不可を挙げてわれを留むる事、その義一つも道にかなはず《その非難は一つも道理に合っていない》。

一二 父と兄を楚に殺され、呉王をたよって仕えた。やがて公子光が呉王僚を討って自立し呉王闔廬《こうりょ》となると、これとともに国事を行い領土を拡大した。闔廬が越王と戦い負傷して死ぬと、続いてその太子の夫差に仕えた。『史記』「伍子胥列伝」に見える。

一三 以下「一陽来復の天を待つ」まで、麒麟の角は肉がおおってそのたけだけしさを見せないし、龍は冬の間、池にひそんでいて春の訪れを待つ、そのように強さをおさえて時機の到来を待つべきことを言う。

一四 冬季の三カ月は、かくれとじこもって。

一五 冬至になって冬がきわまり、春のきざしがはじめて見られる空。冬が去り春になる空。

一六 国の中央。都。

一七 帝位について天下を治めようとするのであれば。「南面」は、天子は南に向って臣下に対面することから、天子の位を言う。「孤称」は王がみずからを、たのむもののないみなしごであると称することから、転じて王侯が自分をへりくだって言う語。

一八 五経の一つ。古代中国の儒者の、礼儀に関する説を集めたもの。引用の文は、その「曲礼・上」に見える。

一九 三十歳代の元気さかんな年になるまで。

二〇 呉とともに同じ日月《じつげつ》の光の下にいるのは。

二一 上述の「三つの不可」は、いずれも『史記』には見えない。原典では、范蠡は、もっぱら戦の非なることを主張して王を戒めている。

先づ兵の多少を数へて戦ひを致すべくんば《戦いをいどもうというのであれば》、越は誠に呉に対し難し《対抗できない》。しかれども軍《いくさ》の勝負必ずしも勢《せい》の多少に依《よ》らず、ただ時の運による。または将の謀《はかりこと》による。〔現に〕されば呉と越と戦ふ事度々《どど》に及ぶ。〔しかも〕雌雄《しゆう》[一]互ひにかはれり。これ汝が皆知るところなり。今更に何ぞ越の小勢を以つて、呉の大敵に戦ふ事かなはじとわれを諫《いさ》むべきや。汝が武略《そなたの戦術》の足らざるところのその一つなり《のまずいところのひとつである》。次に時[二]を以つて軍の勝負を計ら[三]ば、天下の人皆時を知れり[四]。〔したがって〕誰か軍に勝たざらん。もし春夏は陽の時にて罰《誅伐》を行はずと言はば、殷《いん》[五]の湯王《たうわう》の桀《けつ》を討ちしも春なり。周[六]の武王の紂《ちう》を討ちしも春なり。されば天の時[七]は地の利にしかず、地の利は人の和にしかずといへり。しかるに汝今征伐を行ふべき時《好機》にあらずとわれを諫《いさ》むる、これ汝が智慮《考え》の浅きところの二つなり。次に[八]呉国に伍子胥《ごししよ》が有らん程《間は》は、呉を亡ぼす事叶《かな》ふべからずと言はば、われ遂に父祖の敵を討つて恨みを泉下に報ぜん事有るべからず《冥途の父の霊の恨みをはらす事は望めまい》。ただいたづらに《なすことなく》伍子胥が死せん事を待たば、死生命《ししやうめい》[九]あり、または老少[一〇]

一 勝敗は、その時々に入れかわっている。
二 四季の季節を考えて。
三 おもんぱかるのであるなら。
四 誰にだって季節はわかるはずだ。
五 『史記』の「夏・殷《いん》本紀」に、湯王が夏の桀王を討ったことが見える。ただし、それが春であったとの記述は見えない。夏・殷ともに中国伝説上の最古の王朝。
六 『史記』の「周本紀」に、周の武王が、その十二年二月、殷の都の南郊の牧野《ぼくや》に紂《ちゅう》を討ったことが見える。
七 天の与える好機を待つよりは、要害の地を確保することを考えるべきだし、要害の地を得ることよりもさらに大事なことは、民心の和合一致をはかるべきである。『孟子』「公孫丑《こうそんちゅう》・下」に見えることば。
八 以下、『太平記』の呉越説話は、『史記』と近い関係を示しながら、一部『伍子胥変文《ごししょへんぶん》』や『呉越春秋』と重なる個所もある。ただし『変文』『春秋』との直接の関係は疑わしい。
九 生死は、天命の決定するところである。
一〇 老少いずれが先立つとも知れぬ。

前後す。伍子胥とわれといづれをか先とする《どちらが先に死ぬだろうか》。この理を弁へず《この道理を理解しないで》、われ征伐を止《や》むべきや。これ汝が愚の三つなり。そもそもわれ多日《たじつ》[一一]に及んで兵を召す事、呉国へも定めて聞えぬらん《きっと知られているだろう》。事遅怠《ちたい》[一二]してかへつて呉王に寄せられなば、悔ゆとも益有るべからず《しかたあるまい》。[一三]さきんずるときは人を制し、おくれんずるときは人に制せらるといへり。事すでに《事はきまった》決せり。しばらくも止むべからず《ためらってはならない》」とて、越[一四]王十一年二月上旬に、勾践みづから十万余騎の兵を率して《ひきいて》、呉国へぞ寄せられける。

越王、会稽山に敗れる

呉王夫差《ふさ》これを聞いて、「小敵をば欺くべからず《あなどってはならない》」とて、みづから二十万騎の勢を率して、呉と越との境、夫椒県《ふせうけん》[一五]といふ所に馳せ向ひ、後《うしろ》に会稽山《くわいけいさん》[一六]をあて《置いて》、前に大河《たいが》を隔てて陣を取る。わざと敵を計らんために《おびき出すために》三万余騎を出だして、十七万騎をば、陣の後の山陰《やまかげ》に深く隠してぞ置いたりける。さる程に、越王、夫椒県にうちのぞ[一七]んで、呉の兵を見たまへば、その勢わづかに二、[一八]三万騎には過ぎじと覚えて、所々《しよしよ》にひかへたり。越王これを見て、思ふには《思ったよりも》似ず小勢

一一 早くから長期にわたって。
一二 おくれをとって逆に呉王に機先を制せられては。
一三 先手をうてば人を制し得るが、おくれをとっては人に制せられる。『史記』「項羽本紀」に見えることば。「おくれんずるときは」・玄玖本《げんきゆう》に「おくれんずるときは」の読みは、寛永版本に「後すするときは」・玄冴本に「後ニスル則ハ」とあるのによる。底本は「後則」とあるのみ。
一四 越王の治世になってその十一年。紀元前四八五年に当る。ただし『史記』「越王勾践世家」には「越王三年」とあり、月を記さない。
一五 江蘇《こうそ》省呉県にある太湖の中の夫椒山。包山《ほうざん》とも言う。
一六 浙江《せつこう》省紹興《しようこう》市にある山。
一七 その場所に至りのぞんで。この辺りの呉王のかけひきは、『史記』には見えない。
一八 二、三万騎にすぎまいと思われる小勢が散らばって待機している。

なりけりとあなどつて、十万騎の兵、同時《一時に》に馬を河水《かすい》[一]にうち入れさせ、馬筏《うまいかだ》[二]を組んでうち渡す。頃は二月上旬の事なれば《で春も浅く》、余寒《よかん》[三]なほ烈《はげ》しくして、河水氷につらなれり《川の面も水がはりつめている》。兵《つはもの》手凍《こご》つて弓をひくに叶《かな》はず。[四]馬は雪になづんで懸け引きも自在ならず。されども、越王攻め鼓《つづみ》[五]を打つて進まれけるあひだ、越の兵われ先にと轡《くつばみ》をならべ懸け入る。呉国の兵はかねてより《あらかじめ》、敵を難所におびき入れて《けわしい場所にさそいこんで》、取り籠めて討たんと議したる事なれば《計画していた事なので》、わざと一軍《ひといくさ》もせで夫椒県の陣を引き退いて《撤退して》会稽山へ引き籠る。越の兵勝つに乗つて《勝ちいくさの勢いに乗って》にぐるを追ふ事三十余里、四隊の陣を一陣に合はせて《四つに分けた軍を一つに合わせて》、左右を顧みず《左右の状況をも考えず》、馬の息も切るる程[六]、思《われ》ひ思ひに《先にと思うがままに》ぞ追うたりける。日すでに暮れなんとする時に《やがて日暮れにかかる頃》、呉の兵二十万騎、思ふ図に《思いどおりに》敵を難所へおびき入れて、四方《しはう》の山よりうち出でて、越王勾践を中に取り籠め、一人も漏らさじと攻め戦ふ《攻めつけた》。越の兵は、今朝《けさ》の軍に遠がけをして《強行軍をして》人馬《じんば》ともに疲れたる上、無勢《小勢》なりければ、呉の大勢に囲まれ、一所にうち寄せてひかへたり《一カ所に集まり陣をととのえた》。進んで前な

一　川の中。
二　流れのはやい大河を騎馬で渡る時にとる馬の隊形。強い馬を川上に、弱い馬を下に列ね、徒歩の兵がこれらに寄り添うようにして渡ること。「足利大音声をあげて、つよき馬をばうは手にたてよ、よはき馬をばした手になせ。馬の足の及ばうほどは、手綱をくれて歩ませよ。はづまばかいくつて泳がせよ。さがらう者をば、弓のはずにとりつかせよ。手をとり組み肩を並べて渡すべし」(『平家物語』四・橋合戦)。
三　相変らず寒さもきびしくて。
四　馬は雪に足をとられ難儀して進退も思うにまかせない。「なづんで」は、底本に「泥て」とある。「懸け」は、馬に乗って走ること。
五　攻撃合図の鼓。
六　息が切れる程に激しく。

る敵にかからん《攻めかかろうとすると》とすれば、敵は七嶮岨《けんそ》にささへて、鏃《やじり》をそろへて《矢先を揃えて》八待ち
かけたり。引き返して後《うしろ》なる敵を払はんとすれば《追い払おうとするものの》、敵は大勢にて、
越の兵疲れたり。進退ここにきはまつて、九敗亡《はいばう》すでに極《きは》まれり。さ
れども越王勾践は、一〇かたきを破りときをくだく事、一一項王《かうわう》が勢を呑《の》み、
一二樊噲《はんくわい》が勇にも過ぎたりければ、大勢の中へかけ入り、一三十文字にかけ
破り、一四巴《は》の字に追ひめぐらす。一五一所《いつしよ》にあひて三所《さんしよ》に別れ、四方を払
つて八面《はちめん》に当たる。一六頃刻《きやうこく》に変化して、百度《ももたび》戦ふといへども、越王つ
ひにうち負けて、七万余騎討たれにけり。
勾践こらへかねて《耐えかねて》、会稽山にうち上り、越の兵を数ふるに、討ち
残されたる兵、わづかに三万余騎なり。それもなかばは手を負うて《負傷して》、
ことごとく《すべて》矢尽きて《射尽くし》鋒《ほこさき》折れたり。勝負を呉・越にうかがうて《〔しかも〕呉越両軍の形勢をうかがって》いま《まだ態》
だいづかたへも着かざりつる《度を明らかにしなかった》隣国の諸侯《諸王侯》、多く呉王の方に馳せ加は
りければ、呉の兵いよいよかさなつて《勢いを増し》、三十万騎、会稽山の四面《しめん》を
囲む事、一七稲麻竹葦《たうまちくゐ》のごとくなり。越王一八帷幕《ゐばく》の内に入り、兵を集めて

七 防戦に有利なけわしい場所に陣を構え。
八 射かけようとして待機していた。
九 敗戦は決定的となった。
一〇 堅甲利兵《けんこうりへい》（堅固な甲冑《かつちゆう》と鋭い武器。転じてそれらを帯びる精兵）を打ち破ろうとするその決意は。
一一 項羽《こうう》の気力をもしのぎ。項羽は、戦国時代の列国の一つ楚の人。秦を滅《ほろ》ぼし西楚の覇王《はおう》となったが、漢の高祖と天下を争い紀元前二〇二年敗れて自殺した。
一二 樊噲の勇敢さをも越える程であったので。樊噲は、漢の高祖に従い秦を攻めて功があった。巻二十八「漢楚合戦の事」に、その武勇談が見られる。
一三 十の文字を書くように縦横にかけまわって敵の陣をかきみだす。
一四 水のうずまく形を表した巴《ともえ》模様のようにかけめぐって、敵を追いまわす。
一五 集まったと見るや次には三方向に勢《せい》を分け、四方八方にぶつかって行った。

越王、討死せんとするを大夫種《たいふしよう》に制止される

一六 刻々と方向を転じて百度戦うという奮戦のかいもなく。
一七 稲・麻・竹・葦が群がり生えるように、すきまなく、びっしりと集まっているさま。
一八 とばりと幕。中で作戦計画などを行う所。

のたまひけるは、「われ運命すでに尽きて、今この囲みに逢へり。これ全く戦ひ[一]のとがにあらず、天われを亡ぼせり。しかればわれ明日、士《し》[二]とともに敵の囲みを出でて《打ち破って》、呉王の陣《本陣》にかけ入り、尸《かばね》を軍門[三]にさらし、恨みを再生《さいせい》[四]に報《はらそう》ずべし」とて、越の重器《ちようき》[五]を積んでことごとく焼き捨てんとしたまふ。また王鼫与《わうせきよ》[六]とて、今年八歳に成りたまふ最愛《愛する》の太子、越王に従《したが》つて、同じくこの陣におはしけるを呼び出だしたてまつて、「汝《なんぢ》いまだ幼稚《若いので》なれば、わが死におくれて《わたしに死におくれて》敵に捕られ、憂き目を見ん事も《はずかしめにあうのも》心憂かるべし。もしまたわれ敵のためにとらはれて、われ汝より先立たば《お前を残して死ぬのは》、生前の思ひ忍びがたし《心残りとなり死にきれまい》。しかじ[七]汝を先立てて、心安く思ひ切り、明日の軍《いくさ》に討死して、九泉《死後》の苔の下《墓場の下》、三途《さんづ》[八]の露の底までも、父子《ふし》の恩愛を捨てじと思ふなり」とて、左の袖に涙を拭《のご》ひ、右の手に剣をひつさげ、太子の自害を勧めたまふ時に、越王の左将軍《さしやうぐん》[九]に、大夫種《たいふしよう》といふ臣あり。越王の御前に進み出でて申しけるは、「生《しやう》[一〇]を全くして命を待つ事は遠くして難《かた》く、死を軽く

一 戦闘のつたなきにあらず、天がわれを滅ぼすのである。
二 つわもの。家臣。
三 戦場。もと、軍隊が宿泊する陣営の入口。
四 再びこの世に生れかわって。
五 王位を象徴する宝器。
六 『史記』の「越王勾践世家」に、勾践の子として見える。しかしこの会稽の訓示の場には登場しない。『史記』では、「王鼫与」と記す。
七 いっそのことお前を先に死なせて。
八 死後、三途の川のほとりまでも。「三途」は、死後、初七日に渡ると言われる川。生前なした業《ごう》により、渡るのに三つの道があると言う。「露」は、上の「九泉の苔」の苔の縁語として用いたもの。
九 一軍の総大将。左右・前後などの将軍があった。「大夫」は、士の上、卿の下に位する官。『史記』に以下見るような種の献言は見られない。
一〇 天から定められた寿命を全うして生きながらえることはむつかしく、かえって節義のために死をいさぎよくすることはやさしいことです。

して節に随《したが》ふ事は近くして安し。君暫く越の重器を焼き捨て太子を殺す事を止《や》めたまへ。[一一]臣不敏《ふびん》なりといへども、呉王を欺いて《〔計略をめぐらし〕》君王の死を救ひ、本国に帰つて再び大軍を起し、この恥をすすがんと思ふ《そそぎたいと思います》。今この山を囲んで一陣を張らしむる《包囲して陣をしいている》呉の[一二]上将軍太宰嚭《じやうしやうぐんたいさいひ》は、臣がい《昔》にしへの《からの》朋友《ほういう》なり。[一三]久しくあひ馴《な》れてかれが心を察せしに、これ誠に[一四]血気の勇者なりといへども、[一五]飽くまでその心に欲有つて、後のわざはひを顧みず。またかの呉王夫差の[一六]行跡《かうせき》を語るを聞きしかば、智浅くして[一七]謀《はかりこと》短く、[一八]色に淫して道に暗し。君臣ともにいづれも[一九]欺くに安きところなり。そもそも今越の戦ひ、利無くして《戦況が不利となり》呉のために囲まれぬる事も、君范蠡が諫《いさ》めを用ひたまはざるゆゑにあらずや。願はくは君王、臣が[二〇]尺寸《せきすん》の謀を許され《用いられ》、敗軍《わが敗軍》数万の死を《命を》救ひたまへ」と諫め申しければ、越王理《道理》に折れて、[二一]「敗軍の将は再び謀《はか》らずと言へり。今より後の事は、しかしながら《すべて》大夫種にまかすべし」とのたまひて、重器を焼かるる事を止《や》め、太子の自害をも止められけり。

一一 いたらぬ臣下のわたくしではございますが。
一二 首席の大将で、大将軍・将軍の上位の官。「太宰嚭」は、宰相である嚭。
一三 永くつきあって、その気持を承知していますが。
一四 巻二十九「仁義血気勇者の事」に、合戦の場で勇猛に戦うけれども、味方の形勢が悪くなり、敵方から利をもってさそうと簡単に寝返るのを「血気の勇者」と言っている。『史記』でも、嚭《ひ》はそのような人物として描かれ、後日勾践に誅せられることになる。
一五 その時その時の利害に目がくらんで、後日どのような間違いが生ずるかを顧みない。
一六 行状に関する噂によると。
一七 策略も目先だけで見通しがなく。
一八 色香《いろか》の前には、道義をわきまえない。
一九 色と欲とをもってあざむくのに容易です。
二〇 わずかのはかりごと。「尺寸」は、自分を謙遜して言う語。
二一 敗れた将は、再び作戦や執政について考えをめぐらす資格がない。『史記』「淮陰《わいいん》侯列伝」に見えるごとば。

種、嚭を以って呉王の赦しを乞う

大夫種《たいふしよう》すなはち《早速》君の命をうけて《承って》、鎧《よろひ》を脱ぎ旗を巻いて、会稽山より馳せ下り、「越王勢《いきほ》ひ尽きて、呉の軍門に降《くだ》る」と呼ばはりければ、呉の兵三十万騎、勝ちどきを作つて、皆万歳《ばんぜい》を唱ふ。大夫種はすなはち呉の轅門《ゑんもん》[一]に入つて、「君王の陪臣《ばいしん》[二]、越の勾践の従者、小臣種慎んで呉の上将《じやう》軍の下執事《げしつじ》に属す」と言ひて、膝行頓首《しつかうとんしゆ》[三]して、太《たい》宰嚭《さいひ》が前に平伏す。太宰嚭床[四]の上に坐し、帷幕《ゐばく》を揚げさせて、大夫種に謁《えつ》す。大夫種あへて平視《へいし》[五]せず、面《おもて》[六]をたれ涙を流して申しけるは、「寡君《くわくん》[七]勾践、運極《きは》[八]まり勢尽きて、呉の兵に囲まれぬ。よつて今小臣種をして、越王長く呉王の臣と成り、一畝《いつぽ》[九]の民と成らん事を請《こ》はしむ。願はくは、先日の罪《今回の謀叛の罪を》を赦され、今日の死を助けたまへ《命をお助けください》。将軍もし勾践の死を救ひたまはば、越国を呉王に献じて、湯沐《たうぼく》[一〇]の地と成し、その重器を将軍に奉り、美人西施《せいし》[一一]を洒掃《しやさう》[一二]の妾《せふ》たらしめ、〔王の〕一日の歓娯《くわんご》[一三]に備ふべし。もしそれ、請ふ所望《願いが》叶《かな》はずして、つひに勾践を罪せ《討とう》んとならば《とされますのなら》、越の重器を焼き棄てて、士卒《しそつ》の心を一つにして、呉王

一 陣屋。もと、王者が軍を率いて屋外に止宿する時、車の轅《ながえ》を向い合せにして門を作り陣を構えたのでその門を言う。
二 君王に仕える、卑しい臣下のわたくし種は、謹んで呉の首将の下執事におとりなしを乞います。「小臣」は、身分の低い家来の意で、臣下の謙称。「下執事」は、貴人に仕えて事務を行う者。
三 「膝行」は、ひざを地にすりつけて行くこと。「頓首」は、頭をさげて地をたたくようにして敬礼すること。
四 一段高くした所。
五 おそれる気持を表して、相手をまともに見ない。「平視」は、顔を向い合せて直視すること。
六 うつむいたままで。
七 自分の仕える主君を謙遜して言う語。
八 運命が尽きて軍勢を失い。
九 わずか一畝の土地しか有さない民。古く中国では、六尺四方を一歩《ぶ》とし、百歩を一畝とする。約三三〇平方メートル。ここは、謙遜して言った語。
一〇 その地から得る収入を、沐浴《もくよく》の費用にあてる、その土地。周代、天子から諸侯に賜った土地を言った。
一一 楚《そ》の有名な美人。以下、西施のことは『史記』には見えず、『呉越春秋』に見える。
一二 掃除に従事する卑しい女。
一三 なぐさみ者にいたしましょう。

の堅陣《けんぢん》にかけ入り、軍門に尸《かばね》をとどむべし《さらしましょう》。臣平生《日頃》将軍と交はりを結ぶ事、[一四]膠漆《かうしつ》よりも固《かた》し。[一五]生前《しやうぜん》の芳恩《はうおん》ただこの事にあり。将軍早くこの事を呉王に奏して、[一六]臣が胸中の安否を存命のうちに知らしめたまへ」と、一度《いちど》は怒り《おどし》、一度は歎き、言を尽して申しければ、太宰嚭顔色誡に《満足の様子で》解けて、[一七]「事以つて難《かた》からず、われ必ず越王の罪をば申《ゆる》しなだむべし《していただこう》」とて、やがて《早速》呉王の陣へぞ参りける。太宰嚭すなはち呉王の玉座《ぎよくざ》《王の座》に近付き、事の子細を奏しければ《わけを申し上げると》、呉王大きに怒《いか》つて、「そもそも呉と越と国を争ひ、兵を挙ぐる事今日のみにあらず《今回だけの事ではない》。しかるに勾践運きはまつて呉のとりこ《捕虜》となれり。[一八]これ天のわれに与へたるにあらずや。汝これを知りながら、勾践が命を助けんと請ふ、あ[一九]へて忠烈《ちゆうれつ》の臣にあらず」とのたまひければ、太宰嚭重ねて申しけるは、[二〇]「臣不肖《ふせう》なりといへども、いやしくも将軍の号を許され《賜り》、越の兵と戦ひを致す日、謀《策略》をめぐらして大敵を破り、[二一]命を軽んじて勝つ事を快くせり。これひとへに[二二]臣が丹心《たんしん》の功と言ひつべし。[二三]君王のため

[一四]「にかわ」と「うるし」のように、よくねばり合う固い交わり。唐の李瀚《りかん》の著『蒙求《もうぎゆう》』に、雷義《らいぎ》と陳重《ちんちよう》の仲(『後漢書』に見える)を「陳雷膠漆」としてあげている。
[一五]一生の御恩に、このお願いをお聞きとどけください。
[一六]この願いの可否をわが存命の間にお示しくださ い。
[一七]そなたの願いは、けっして無理な願いではない。
[一八]こうなったのは、天がわれに与えた幸運ではないのか。『史記』「越世家」などに見られることば。
[一九]全く忠義な臣としてあるまじき事を言う。
[二〇]いたらぬわたくしではございますが。
[二一]わが命を顧みることなく戦い快勝をとげた。
[二二]わたくしの誠心努力の成果と申すべきでしょう。「言ひつべし」は「言ふべし」を強く言う表現。あるいは、さらに強く「言っつべし」と読んだのかも知れない。底本は「言つへし」とある。
[二三]ほかならぬ君王のために天下の平定を策するわたくしでありますから。

に天下の太平をはからんに、あに[一]一日も忠を尽し心を傾《かたぶ》けざらんや。つらつら事[二]の是非を計《はか》るに、越王、戦ひに負けて勢尽きぬといへども、残るところの兵なほ三万余騎、皆逞兵鉄騎《ていへいてっき》[三]の勇士なり。呉の兵多しといへども、昨日の軍《いくさ》に功有つて、今[四]より後《のち》は身を全うして、賞をむさぼらん事を思ふべし。越の兵は小勢なりといへども、志を一つにしてしかも遁《のが》[五]れぬ所を知れり。窮鼠《きゅうそ》[六]かへつて猫を嚙《か》み、闘雀《とうじゃく》[七]人を恐れずといへり。呉・越[八]重ねて戦はば、呉は必ず危《あや》ふきに近かるべし。しかじ[九]先づ越王の命を助け、一畝の地を与へて、呉の下臣と成さんには。しからば《そうすれば》君王、呉・越両国をあはするのみにあらず《併合するだけではなく》、斉《せい》[一〇]・楚《そ》・秦《しん》・趙《てう》も[一一]ことごとく朝《てう》せずといふ事有るべからず。これ根[一二]を深くし、蔕《ほぞ》を固うする道なり」と理《道理》を尽して申しければ、呉王すなはち《たちまち》欲に《激しい欲心にかられて》ふける心をたくましうして、「さらばはや《早く》会稽山の囲みを解いて、勾践を助くべし」とのたまひける。太宰嚭帰《〔呉王の陣から〕》つて大夫種にこの由を語りければ、大夫種大いに悦《よろこ》びて、会稽山に馳せ帰り、

一 一日たりとも忠節と努力を怠ることがございましょうか。
二 今後の見通し如何《いかん》を考えますのに。
三 「逞兵」は、すぐれたつわもの、「鉄騎」は、鉄の甲冑《かっちゅう》をつけた騎兵、転じて、精鋭な騎兵。
四 今後は身の安全をはかって、もっぱら恩賞を得ることだけを考えましょう。
五 今は逃げられぬところと心得ています。
六 追いつめられたねずみは、猫をも恐れずにはむかって行く。漢の経済書『塩鉄論』十「詔聖」などに見えることわざ。
七 弱い雀でも、相手と戦っている時は、そばにいる人をおそれない。出典は未詳であるが、流布本『曾我物語』五「呉越のたたかひの事」にも見える。
八 そんな越を相手にして重ねて戦ったのでは、かえって呉にとって危険でありましょう。
九 まず、越王の命を許し、わずかの土地を与え、呉の臣下とする方が得策でありましょう。
一〇 いずれも戦国時代の列国。
一一 すべて君王に従い、貢物《みつぎもの》を奉りましょう。
一二 根底を深く強くするのが、国家を安泰に保つ方法である。「蔕」は、根もとの意。『文選』六「魏都賦《ぎとふ》」などに見えることば。

勾践、囚《とりこ》となり姑蘇城の牢にいましめられる

越王にこの旨を申せば、士卒《家来》皆色をなほして《安堵して》、「[一三]万死《ばんし》を出でて一生《大変な危険を逃れて》に逢ふ《命を助かったのは全く》、ひとへに大夫種が智謀《ちぼう》にかかれり《よるものだ》」と喜ばぬ人も無かりけり。越王すでに[一四]降旗《かうき》を建てられければ、会稽の囲みを解いて、呉の兵は呉に帰り、越の兵は越に帰る。

勾践すなはち《ただちに》太子王鼫与《わうせきよ》をば、大夫種に付けて本国へ帰し遣はし、[一五]わが身は[一六]白馬素車《はくばそしや》に乗つて、越の[一七]璽綬《じじゆ》を首に懸け、みづから呉の[一八]下臣と称して呉の軍門に降《くだ》りたまふ。かかりけれども《このようにしながらも》、呉王なほ心ゆるさなかりけん《心をゆるさなかったのか》、「[一九]君子は刑人《けいじん》に近づかず」とて、勾践に面を見えたまはず《面会を許されない》。あまつさへ《そればかりか》勾践を[二〇]典獄《てんごく》の官に下され《身をあずけ》、[二一]日に行く事一駅駆《く》して〔すみやかに〕、呉の[二二]姑蘇城《こそじやう》へ入りたまふ。その有様《囚われの勾践の》を見る人、涙の懸からぬ袖はなし《涙を流さぬ者はなかった》。日を経て《数日を経て》〔勾践が〕姑蘇城に着きたまへば、すなはち《すぐさま》[二三]杻《てかせ》・械《あしかせ》を入れて、土の牢《ろう》にぞ入れたてまつりける。夜明け日暮るれども、月日《つきひ》の光をも見たまはねば、[二四]一生冥暗《めいあん》の中に向つて、歳月《さいげつ》の遷《うつ》りかはるをも知りたまはねば、[二五]涙の浮かぶ床の上、さこそは露も深かりけめ。

一三『貞観政要《じょうがんせいよう》』一に、唐の太宗に宰相（大臣）として仕えた房玄齢《ぼうげんれい》について「太宗いはく、玄齢昔われに従ひ天下を定む。つぶさに艱苦を嘗《な》め万死を出でて一生に遇へり」とある。
一四 降伏の意を表す旗。
一五『史記』では、勾践が越に帰り、臥薪嘗胆《がしんしょうたん》（行住坐臥《ぎょうじゅうざが》、胆をなめてわが身を苦しめる）の苦を課したことが見えるが、姑蘇城《こそじょう》に下獄したことは見えない。
一六 白い馬と、白木の、飾りをつけない車。「白馬」は、盟誓や祭祀《さいし》の犠牲に用い、「素車」は、凶事に用いた。
一七 天子の印章と、それにそえる組紐。
一八 呉の臣下になると称して。
一九 刑人に近づくのは、危険にさらされることになるので、君子は近づかない。斉の公羊高《くようこう》の撰『春秋公羊伝』「襄公《じょうこう》二十九年」などに見えることば。
二〇 刑務所の所長。
二一 日に一駅の速さで馬を走らせ。中国では古く三十里に一駅を置いたとする説があるが定かではない。
二二 呉の王城の地。江蘇省《こうそ》にある。
二三 罪人の手・足の自由を奪う刑具をはめて。
二四 このまま、一生くらやみに向ったままで、年月の過ぎ行くのも知らないことになるのかと。
二五 思えば、勾践としては悲しみの涙に床も浮ぶほどであったろう。

范蠡、ひそかに勾践を励ます

さる程に、范蠡《はんれい》越国にあつてこの事《勾践の下獄》を聞き、恨み骨髄に徹《しみとお》つて忍びがたし《耐えがたい》。あはれ《ああ》いかなる事をもして《何としても》、越王の命を助け、本国に帰りたまへかし。〔王と〕もろともに謀《はかりごと》をめぐらして、会稽山の恥をきよめんと、肺肝《はいかん》[一]を砕いて思ひければ、身をやつし《卑しい者の姿になって》形をかへ、簣《あじか》[二]に魚を入れてみづからこれをになひ、魚を売り商人《あきんど》のまねをして、呉国へぞ行きたりける。姑蘇城のほとりにやすらひて《たたずんで》、勾践のおはする所を問ひければ、ある人くはしく教へ知らせけり。范蠡嬉しく思ひて、かの獄の辺《ほとり》に行きたりけれども、禁門《きんもん》[三]警固隙《ひま》無かりければ、一行《いちぎやう》[四]の書を魚の腹の中に収めて、獄の中へぞなげ入れける。勾践あやしくおぼして、魚の腹を開いて見たまへば、

[五]西伯《せいはく》囚《とら》ハレ二羑里《いうり》ニ一　周の文王は羑里の地に囚われの身となり
重耳《ちようじ》走ルレ翟《てき》ニ　晋の重耳は翟に難を避けた
皆以テ為タリ二王覇《わうは》一　いずれも後日は天下を平定した人々
莫《なか》レ二死ヲ許スコトレ敵ニ一　されば君もゆめゆめお命を敵にゆだねたもうな

一　心を尽して計略をめぐらした結果。
二　土を盛るための竹かご。
三　宮城の門は警固が厳しかったので。
四　一くだりの手紙。魚の腹に書を収める話は、中国・日本のいずれの古典にもよく見られる。
五　『史記』では、会稽山に籠城する勾践を大夫種が励ましたことばとして「湯夏台に繫がれ、文王羑里に囚はれ、晋の重耳は翟《てき》に犇《はし》る、斉の小白は莒《きよ》に犇る、其れ卒《つひ》に王覇《わうは》たり、これに由てこれをみれば、なんすれぞ福とせざらんや」とある。「西伯」は周の文王。「羑里」は「羑里」が正しく殷《いん》代の獄舎の名。文王は、殷の紂王に囚われたが、許されて王業を達成した。「重耳」は、晋の文公。継母驪姫《りき》の讒言《ざんげん》を恐れて逃げ、苦労を重ねて十九年後、復帰した。巻十二「驪姫が事」には、その兄申生が継母のため死に追いやられた話が見える。

とぞ書いたりける。筆の勢ひ《筆の運びよう》、文章の体《てい》、まがふべく《まさしく》もなき范蠡がわざなりと《書いたものと》見たまひければ、かれいまだ憂き世にながらへて《生き続けて》、わがために[六]肺肝を尽しけりと、その志の程、哀れにもまたたのもしくも覚えけるにこそ、[七]一日片時《へんし》も生けるを憂しとかこたれし、わが身ながらの命も、かへつて惜しくは思はれけれ。

勾践、呉王の石淋をなめ、赦免される

かかりけるところに《こうするうちに》、呉王夫差にはかに[八]石淋《せきりん》といふ病を受けて、[九]身心とこしなへに悩乱《なうらん》し、[一〇]巫覡《ぶげき》祈れども験《しるし》無し。医師治《ぢ》すれどもいえず、[一一]露命すでに《いよいよ》危ふく見えたまひけるところに、他国より名医来たつて申しけるは、「御病まことに重しといへども、[一二]医師の術及ぶまじきにあらず。石淋の味をなめて[一三]五味《ごみ》の様《どの味かを》を知らする人あらば、たやすく療治したてまつるべし」とぞ申しける。「さらば誰かこの石淋をなめて、その味をしらすべき《教えることができようか》」と問ふに、[一四]左右の近臣相顧《あひ》みて、これをなむる人更になし。勾践これを伝へ聞いて涙を押さへてのたまはく、「われ会稽の囲みに逢ひし時、[一五]すでに罰《ばつ》せらるべかりし

六 胸の中に計画をめぐらしていることよと。
七 一日かた時も生きのびるのに苦痛なわが身ではあるが、范蠡の計略を期待するに及んで、うってかわり、軽々しくは扱えない、大切にすべき命と思われた。
八 腎臓《じんぞう》や膀胱《ぼうこう》に石状のものができ、大きいものは二四、五センチにもなって尿道をふさぐ淋病の一。なお、この石淋をなめる話も『史記』には見えない。『呉越春秋』に原話が見える。
九 身心ともに長く苦しみ。
一〇 みこが祈っても一向にそのききめがない。「巫」は女のみこ、「覡」は男のみこ。
一一 露のようにはかない命。
一二 医療の全く及ばぬというわけではございません。
一三 酸（すい）・苦（にがい）・甘（あまい）・辛（からい）・鹹（しおからい）の五つの味。
一四 そばにひかえる近臣たちは互いに顔を見あわせるだけで。
一五 当然処刑されるはずのところを。

を、今に《今まで》命助け置かれて、天下の赦《しゃ》を待つ事、ひとへに君王慈恵《じけい》の
厚恩《こうおん》なり。われ今これを以ってその恩を報ひずんば《報いなければ》、いづれの日を
か期《ご》せん」とて、ひそかに石淋を取ってこれをなめて、その味を医
師に知らせらる。医師味を聞きて《〔病に合った〕》療治を加へ、呉王の病忽ちに平癒《へいゆ》
してんげり。呉王大いに悦びて、「人《ひと》心有ってわが死を助く。われ
何ぞこれを謝する心無からんや」とて、越王を牢より出だしたてま
つるのみにあらず、あまつさへ《さらにその上》越国《えつのくに》を返し与へて、本国へ返り去
るべしとぞ宣下《せんげ》《仰せ下された》せられける。ここに呉王の臣伍子胥《ごししょ》と申す者、呉王
を諫《いさ》めて申しけるは、「『天の与ふるを取らざれば、かへってその咎《とが》
を得《う》』と言へり。この時越の地を取らず、勾践を返し遣はされん事、
千里の野辺に《広々とした野原に》虎を放つが如し。禍ひ《わざはひ》近きに在るべし」と申しけれど
も、呉王これを聞きたまはず、つひに勾践を本国へぞ返されける。
越王すでに《いよいよ》車の轅《ながえ》を回《めぐ》らして、越国へ帰りたまふところに、蛙《かはづ》
その数を知らず、車の前に飛び来たる。勾践これを見たまひて、

一 めぐみ深い厚い御恩によるものである。
二 いつの日に御恩に報いえましょう。
三 全治してしまった。
四 そなたの真心によりわれは死を免れた。
五 『史記』では、この伍子胥の忠告は、会稽山の合戦の後、太宰嚭《たいさいひ》による勾践助命の議のなされたところで行われる。
六 天の与えてくれる機会をものにしなければ、かえって天のとがをうける。『史記』では、この後、勾践が呉王を破り、呉王の乞いにこれをゆるそうとした時に范蠡が勾践をいましめることばとしてこれが見える。
七 程なく禍いを身にこうむることになりましょう。
八 轅（牛車《ぎっしゃ》に牛をつなぐための長い柄《え》）を回し、車の向きをかえて。
九 無数の蛙が。勾践が蛙を拝したことは『史記』には見えないが、『貞観政要』九に「勾践蛙に軾《しょく》し（礼をし）、卒《つひ》に霸業を成し」とあり、その注に「勾践は越王の名。越王すでに呉の敗る所となり、徳を修め兵を治め呉に恥を雪《そそ》がんと謀《はか》る。蛙を見、下車してこれを拝す。左右怪しみ問ふに、越王いはく、彼も亦《また》気有る者なりと」と見える。
一〇 前からの望みを達成できるであろうとの前兆。
一一 住みなれたもとの宮殿。

勾践、西施を呉王に奉る

「これは勇士《気力ある士》を得て[一〇]素懐《そくわい》を達すべき瑞相《ずいさう》なり」とて、車より下りてこれを拝したまふ。かくて越国へ帰つて、[一一]住み来し故宮《こきゆう》を見たまへば、いつしか三年《はやくも三年経つうちに》に荒れはて、[一二]梟《ふくろふ》松桂《しようけい》の枝に鳴き、狐蘭菊《らんぎく》の叢《くさむら》にかくる。払ふ人無く《掃除する人もなく》して[一三]閑庭《かんてい》に落葉満ちて[一四]蕭々《せうせう》たり。越王死を免れて帰りたまひぬと聞えしかば、范蠡《はんれい》、〔は〕王子王鼫与《わうせきよ》を宮中へ入れたてまつりぬ。越王の后《きさき》に西施《せいし》といふ美人おはしけり。容色世にすぐ《容姿は世に並びなく》れ、[一五]嬋娟《せんけん》たぐひ無かりしかば、越王殊に寵愛甚《はなは》だしくして、暫くも側《そば》を放したまはざりき。越王呉に捕られたまひし程は、その難を遁《のが》れんがために、[一六]身をそばめて隠居《いんきよ》したまひたりしが、越王帰りたまふ由を聞きたまひて、すなはち《すぐさま》[一七]後宮に帰り参りたまふ。年の三年《みとせ》を待ちわびて、たへぬ思ひに《耐えようもない思いに》沈みたまひける、歎きの程もあらはれて《様子も見えて》、[一八]鬢《びん》おろそかに、膚《はだへ》消えたる御形《おんかたち》、いとわりなくらうたけて《かえってあわれ深く》、[一九]梨花《りくわ》一枝《いつし》春の雨にほころび、喩《たと》へん方も無かりけり。[二〇]公卿《こうけい》・[二一]大夫《たいふ》・[二二]文武《ぶんぶ》百司《ひやくし》、ここかしこより馳《は》せ集まりけるあひだ、[二三]軽軒紫陌《けいけんしはく》の塵《ちり》に馳せ、

一二 ふくろうが松や桂《かつら》の枝に鳴き、きつねが蘭や菊のはえる草むらの中にかくれ棲《す》む。『白氏文集』一「凶宅」に見える句。もとの主人は罪せられ、今の主人も病死して荒廃しきった長安の大宅の様子を描いたことば。

一三 ひっそりとした庭。

一四 さびしげだ。

一五 姿のあでやかで、美しいさま。『史記』のこの話に西施は登場しない。

一六 身を宮中からしりぞけて、ひっそりと隠れ住んでおられたが。

一七 宮中で、后・妃・女官が住む建物。

一八 鬢の緑の黒髪も今は抜けて薄くなり、玉のような膚の色つやも衰えてしまったお姿。『白氏文集』四「陵園妾幽閉を憐むなり」に「青糸の髪落ちて叢鬢《そうびん》疎《まば》らに、紅玉の膚銷《き》えて繋裙《けいくん》（腰にまとう裳）緩《ゆる》し」とある。

一九 涙を流し悲しむ様が、あたかも一枝の梨の花が雨にぬれそぼつ風情で、その美しさはたとえようもなかった。『白氏文集』十二「長恨歌」に見えることば。

二〇 高位高官。中国の官で、三公（太師・太傅《たいふ》・太保）と九卿《けい》（少師・少傅《しようふ》・少保・冢宰《ちようさい》・司従・宗伯・司馬・司寇《しこう》・司空）。

二一 卿に次ぐ高い官位にある人。

二二 文官・武官のあらゆる役人たち。

二三 軽快な乗物が都の大路を塵《ちり》を蹴《け》たてて走り。

[一]冠珮丹墀《くわんぱいたんち》の月にざざめいて、堂上《たうしやう》[二]・堂下《たうか》再びさける花の如し。かかりけるところに《こうしているうちに》、呉国より使者来たれり。越王驚いて范蠡を以って事の子細《わけ》を問ひたまふに、使者答へていはく、「わが君呉王大王、淫《いん》[三]を好み色を重んじて、美人《美女》[四]を尋ねたまふ事天下にあまねし。しかれどもいまだ西施が如き顔色を見ず。越王、会稽山の囲みを出でし時、一言《いちごん》の約《約束》有り。早くかの西施を呉の後宮へかしづき入れたてまつり《ていねいにお入れ申し上げ》、后妃《こうひ》の位に備へん《后の位におつけしましょう》」との使ひなり。越王これを聞きたまひて、「われ呉王夫差《ふさ》が《の》陣に降《くだ》つて、恥を忘れ石淋をなめて命を助かりし事、全《決し》く国を保ち身を栄やかさんとにはあらず《て国を安泰にしわが身の栄華をはかろうためではない》。ただ西施に偕老《かいらう》[五]の契《ちぎ》りを結ばんがためなりき。生前[六]に一度《いちど》別れて、死して後《のち》再会を期《ご》せば、万乗《ばんじよう》[七]の国を保つても何かせん。さればたとひ呉越の会盟《くわいめい》[八]破れて、二《ふた》度《たび》われ呉のためにとりこに成るとも、西施を他国に送る事は有るべからず」とぞのたまひける。范蠡涙を流して申しけるは、「誠に君展《てん》[九]転《てん》の思ひを計るに《想像申し上げますと》、臣悲しまざるにあらずといへども、もし今西施

一 着飾った高位・高官が月夜の輝く御殿の庭を、美しい音をたてて散策しており。「冠珮」は、冠と佩玉《はいぎよく》(大帯にかける飾りの玉)、また、それを身につけた高位・高官。「丹墀」は宮中の庭。その庭から殿上に登る階段を丹漆《たんしつ》で赤く塗りこめたことから言う。「ざざめく」は玉のように美しい音をたてる。読みは濁音。

二 宮中いずこも再び花が咲いたようであった。

三 みだらな事を好み、女色にふけって。

四 美女を求めて広く天下に探しておられる。

五 夫婦そろって白髪になるまで添いとげること。『詩経』「鄭風《ていふう》」などに見られる語。

六 この現世で別れるのでは、たとえ死後に再会が可能だとしても。

七 王のおさめる国。都を中心に、そのまわり畿内《きない》の地域から、兵車一万台を差し出すことのできる国。周代、天子たる者の資格とされたことから言う。

八 国と国との間でとりきめた約束。

九 寝ても心がやすまらず、やたらと寝返りをうつ苦しい思い。「君王展転の思ひに感ずるが為に」(『白氏文集』十二「長恨歌」)による。

を惜しみたまはば、呉・越[一〇]の軍再び破れて、呉王また兵を発《はつ》すべし。さる程ならば《そうなっては》、越国を呉にあはせらるるのみにあらず《併合されるだけではなく》、西施をも奪はるべし。社稷をも傾けらるるべし《国家を危うくされましょう》。臣つらつら計るに、呉王淫を好み色に迷ふ事はなはだし《色におぼれることがいちじるしい》。西施呉の後宮に入りたまふ程ならば《お入りになったならば》、呉王これに迷うて、政《まつりごと》を失はん事疑ふところにあらず《きっと政治を忘れ失政をおかすでしょう》。[一一]国費《つひ》え民背かん時に及んで、〔こちらから〕兵を起し呉を攻めらるれば、勝つ事をたちどころに《さぞかしたちまちのうちに勝利を》得つべし《えましょう》。これ子孫[一二]万歳《ばんぜい》に及んで、夫人連理《れんり》の御契り久しかるべき道となるべし」と、一度は泣き一度は諫《いさ》めて理《道理》を尽して申しければ、越王理に折れて《道理に屈服して》、西施を呉国へぞ送られける。西施は[一三]小鹿《をしか》の角《つの》のつかの間も、[一四]別れて有るべき物かはと、思ふ中《なか》をさけられて、[一五]いまだ《まだ》いとけなき《幼い》太子王鼫与《わうせきよ》にも言ひ知らせず《それと知らせず》思ひ置き《思いを残しながら》、ならはぬ旅に《身になれない》出でたまへば、[一六]別れを慕ふ涙さへ、暫しが程も止《とど》まらで、〔その涙に〕袂の乾く隙もなし。越王はまた、これや限りの別れなるらんと《これが今生の見おさめかと》、たへぬ思ひに臥し沈みて、[一七]その方の空をはるばるとながめやりたまへば、[一八]遅々《ちち》

一〇 呉と越の間に再び戦いが始まって。西源院本に「呉越之会盟再ヒ破テ呉王又兵ヲ可レ発」とある。

一一 国がおとろえ、民が王の意にそむく時をねらって。

一二 子孫が永く栄え、西施との夫婦の仲も永遠のものとなられる方法でございましょう。「連理」は、二本の木の枝がつながっていること。夫婦の仲の良いことをたとえて言うことば。

一三 「小鹿」は、雄鹿。雄鹿の角は毎年春生えかわり、初夏の頃はまだ短い。このことから短いことのたとえとして「つかの間」にかかる語となる。「夏野行く小鹿の角の束《つか》の間も妹が心を忘れて思へや」（『万葉集』四）による。漢籍の世界に和歌の修辞を持ちこんだもの。

一四 別れてはとうてい生きていけない仲を裂かれて。

一五 底本は「未た幼なき太子王鼫与をも不言知」とある。寛永版本の読みに従う。西源院本は「太子王鼫与ヲモイヒ知ラス思ヒ奉レ置」、天正本は「未幼ノ太子王鼫与ヲモ行縁モ不知思置」とある。底本には混乱があるか。

一六 王や太子との別れを惜しむ涙は全くとどめようがなく。

一七 西施の立ち去る方の空を。

一八 暮れなずむ山ぎわの雲を見ても涙をもよおし。

たる暮《ぼ》山《さん》の雲、いとど涙の雨となり、むなしき[一]床にひとりねて、夢にもせめて逢ひ見ばやと、枕をそばだて〔枕に頭を横向きにして〕臥したまへば、添《そ》ふ[二]甲斐《かひ》無きおもかげに、せん方無く歎きたまふもげにことわりなり。

かの西施と申すは、天下第一の美人なり。よそほひ成して〔容姿をととのえ〕一度笑《ひとたびゑ》[三]めば、百《もも》の媚《こび》君が眼を迷はして、やうやく池上に花無きかと疑ふ〔池に咲く花もおのずから目にとまらなくなるほどだ〕。艶《えん》[四]閉ぢてわづかに見れば、ちぢのすがた人の心を蕩《とら》かして、忽ちに雲間に月を失ふかとあやしまる。されば一度《いちど》[五]宮中に入つて〔いったん宮中に入り〕君王の傍《そば》に侍《はべ》りしより、呉王の御心浮かれて、夜は夜もすがら淫楽をのみたしなんで〔色にふけり〕、世の政《まつりごと》をも聞きたまはず、昼はひねもすに遊宴をのみ事として、国の危ふきをも顧みず。金殿《きんでん》[六]雲をさしはさんで、四辺《しへん》三百里があひだ、山河《さんが》を枕の下にみおろしても、西施[七]と宴《えん》せし夢の中に、興を催さんためなりき。輦路《れんろ》[八]に花無き春の日は、麝臍《じやさい》[九]を埋《うつ》みて履《くつ》をにほはし、行宮《あんきゆう》[一〇]に月無き夏の夜は、蛍火《けいくわ》を集めてともしびにかふ〔替え〕。淫乱日を重ねて〔た　みだらな遊びに日々を過し〕更に止む時無かりしかば、上[一一]すさみ下すたるれ

一　ひとり寝のむなしさに、せめて夢にでも西施に逢いたいものと。

二　現実に寄りそうことのかなわぬ幻を相手に、思いの晴らしようもなく嘆かれるのも、もっともな事だ。

三　ひとたび笑うと愛嬌《あいきよう》が顔にあふれ、王の目をおちつかなくさせる。「眸《ひとみ》を回らして一笑すれば百の媚《こび》生じ、六宮《りくきゆう》の粉黛《ふんたい》（宮中の美人）顔色無し」（『白氏文集』十二「長恨歌」）による。

〔呉王、西施に溺れ政を忘れる〕

四　妖艶《ようえん》な姿を物かげにかくして時にちらりと見せると、そのさまざまな姿がかえって人々の心をとらえ、尽きぬ魅力を発揮し、その美しさには月も雲間にかくれたように目に入らなくなる。「ちぢのすがた」は、底本に「千態」とある。「わづかに両頬を舒《じよ》し、熟《つらつ》ら地上に花無きかと疑ひ、乍《たちま》ち双鬢《さうびん》を出だせば漸く天辺に月を失ふかと覚ゆ」（『遊仙窟』）。

五　「一朝選ばれて君王の側《かたはら》に在り……春宵短きに苦しみ日高《た》けて起き、これより君王早く朝せず、歓を承《う》け宴に侍して間暇無く、春は春遊に従ひ夜は夜を専らにす」（『白氏文集』十二「長恨歌」）による。

六　高くそびえて雲がかかり、三百里四方の山河をさながら枕の下に見おろすようなすばらしい御殿を造られたのも、西施との夢のような宴を楽しむためであった。

七　底本は「西施の」とある。

八　天子の御車の通路。

ども、佞臣《ねいしん》はおもねつて諫めせず。呉王万事酔ひて忘れたるが如し。〔ただ〕伍子胥これを見て、呉王を諫めて申しけるは、「君見ずや一二殷《いん》の紂王《ちうわう》妲妃《だつき》に迷ひて世を乱り、一三周の幽王褒姒《いうわうほうじ》を愛して国を傾けし事を。君今西施を淫したまへる事これに過ぎたり《これらの故事をも越えている》。国の傾敗《滅亡》遠きにあらず。願はくは君これをやめたまへ」と、一四言顔《げんがん》ををかし《恐れることなく》て諫め申しけれども、呉王あへて聞きたまはず。

ある時また呉王、西施に宴せんために《西施のために宴を催し》、群臣を召して一五南殿《なんでん》の花に酔ひを勧めたまひけるところに、伍子胥威儀を正しくして《礼服をいかめしく身につけ》参りたりけるが、さしも《見事に》玉を敷き金《こがね》をちりばめたる一六瑶階《えうかい》を登るとて、一七その裾《もすそ》を高くかかげたる事、あたか《まるで》水をわたる時の如し。その怪しき故《妙な振舞いをするわけを》を問ふに、伍子胥答へて申しけるは、「この一八姑蘇台《こそだい》、越王のために亡ぼされて草深く露しげき地とならん事遠きにあらず。臣もしそれまで命あらば、住みこし《住みなれた》昔の迹《あと》とて尋ね見ん時、さこそは《さぞかし》袖より余る一九荊棘《けいぎよく》の露も瀼々《じやうじやう》として深からんずらめと、行く末《将来の》の秋を思ふ故に、

九 中央アジア、朝鮮などに住むジャコウジカのへその辺りから採れる香料。香気が強い。
一〇 天子の旅先での仮の宮殿。
一一 宮中では官人たちの心がすさみ、人民も退廃したが、ごますりどもの側近は、王にへつらって諫言《かんげん》を行わない。
一二 『史記』「殷本紀」に、紂がおのれの才を誇り酒を好んで淫楽《いんらく》し、妲妃を寵愛《ちようあい》して国を乱したことが見える。
一三 『史記』「周本紀」に、幽王が褒姒を得るや正妃を退け、太子をも廃して褒姒腹の伯服《はくふく》を太子に立てようとしたことが見える。

伍子胥、命を賭して王を諫める

一四 正しくは「厳顔」で、おごそかな顔。「君につかふるの礼、その非有るにあへば必ず厳顔を犯し道を以つて諫争す」(『古文孝経』孔安国注)による。
一五 主殿の南殿で花見の酒をくみかわすところへ。
一六 玉で飾った美しい階段。
一七 裾をかかげて昇り呉の滅亡を予言する話は『史記』に見えず、『呉越春秋』『伍子胥変文』に見える。
一八 呉の王城の地、姑蘇山に築いた高殿。
一九 いばらものび放題で、それに露がしげくおりることだろう。「瀼々《じようじよう》」は、露がいっぱいにおくさま。「強呉滅びて荊棘《けいきよく》有り　姑蘇台《こそだい》の露瀼々たり」(『和漢朗詠集』下・故宮)による。

[一]身を習はして裙《もすそ》をばあぐるなり」とぞ申しける。忠臣諫《いさ》めをいるれども、呉王かつて《全く》用ひたまはざりしかば、あまりに《諫言にも限りがあり》諫めかねて、[二]よしや身を殺して危ふきを助けんとや思ひけん、伍子胥《ごししょ》、またある時、[三]ただ今新たに砥《と》より出でたる[四]青蛇《せいじゃ》の剣を持つて参りたり。抜いて呉王の御前に[五]とりひしいで申しけるは、「臣《わたくしが》この剣をとぐ事、邪を退け敵を払はんためなり。つらつら国の傾かんとするそのもとゐ《原因》を尋ぬれば、皆西施より出でたり。これに過ぎたる敵《かたき》有るべからず。願はくは西施が首を刎《は》ねて社稷《国家》の危ふきを助けん」と言ひて、[六]牙《きば》を嚙みて立つたりければ、[七]忠言耳に逆《さか》ふ時、君非を犯さずといふ事なければ、呉王大きに怒《いか》つて、伍子胥を誅せん《死刑にしようとした》とす。伍子胥あへてこれを悲しまず。[八]「争ひ諫《いさ》めて節に死するは、これ臣下の則《のり》なり。われまさに《むざむざ》越の兵の手に《〔かかって〕》死なんよりは、むしろ君王の手に死なん事、恨みの中の悦びなり。ただし《思うに》君王、臣が忠諫《ちゅうかん》を怒つてわれに死を賜ふ事、これ天すでに君を棄つるなり。君越王のために[九]滅ぼされて刑戮《けいりく》

一 あらかじめ体をならしておこうと。
二 いっそのことわが身を犠牲にして国の危機を救おうと思ったか。
三 研《と》いだばかりの。
四 青蛇のようにとぎすまされた剣。『白氏文集』四「鴟九剣《あきゅうけん》」で、名剣を評して「三尺の青蛇肯《あへ》て蟠《わだか》まらず」とあるのによるか。
五 くだけるばかりに強くにぎって。その強い決意のほどを示す行為を描いたもの。
六 歯をくいしばり怒って。
七 耳に痛い諫言は、必ず主君の反発をかうもので。「良薬口に苦《にが》けれども病に利あり、忠言耳に逆《さか》つて行に利あり」(『孔子家語』四)。
八 主君を諫めて節義のために死ぬのは臣下の道である。『古文孝経』「三才の注」に見えることば。
九 国を滅ぼされて処刑されるのは、三年を待たずしておこりましょう。

の罪に伏《ふく》せん事、三年を過ぐべからず。願はくは、臣が両眼をくじ《えぐり》つて《出して》呉の東門に掛けられて、その後首を刎《は》ねたまへ。一〇一双《いつさう》の眼いまだ枯れざるさきに、君勾践に亡ぼされて、一一死刑に赴きたまはんを見て、一笑を快くせん《快く笑ってやりましょう》」と申しければ、呉王いよいよ怒つて、すなはち《ただちに》伍子胥を誅せられ、その両眼をくじつて呉の東門の一二幢《はたほこ》の上にぞ掛けられける。

呉の乱れに范蠡兵を挙げ、呉王を討つ

かかりし後は、君悪を積めども《悪行を重ねても》、臣あへて諫めを献ぜず《臣下は恐れて誰も諫言申し上げない》、ただ一三群臣口をつぐみ、一四万人目を以つてす。范蠡これを聞いて、時すでに《いよいよ》到りぬと悦んで、みづから二十万騎の兵を率して《率いて》呉国へぞ押し寄せける。一五呉王夫差は、をりふし《ちょうど》晋国《しんのくに》呉を《に》叛《そむ》くと聞いて、晋国へ向はれたる隙《ひま》なりければ、防く兵一人もなし。范蠡先づ西施を取り返して越王の宮へ帰し入れたてまつり、姑蘇台を焼きはらふ。斉《せい》・楚《そ》の両国も越王に志を通ぜしかば、三十万騎を出だして、范蠡に力をあはす《協力した》。呉王これを聞いて、先づ晋国の戦ひをさしおいて呉国へ引き返し、

一〇 その両眼が乾ききらぬうちに。この話は『史記』にも見える。
一一 刑場におもむかれましょう、それを見て。
一二 先に小さな旗のついた矛で、軍を指揮するのに用いる。
一三 大勢いる臣下はすべて沈黙を守って。
一四 誰もが目くばせしあうばかりである。
一五『史記』では、范蠡は二度にわたって呉を攻め、初回は呉王が北上して黄地（河南省）におもむいた隙をねらい、さらに四年後、呉の衰えをまって攻め、三年にわたって包囲したことになっている。

越に戦ひをいどまんとすれば、前には呉[一]・越・斉《せい》・楚《そ》の兵、雲霞《うんか》の如く待ちかけたり。後《うしろ》にはまた晋国の《といふ》強敵、勝《かち》[二]に乗り追ひかけたり。呉王、大敵に前後をつつまれて《はさまれて》遁るべき方も無かりければ《のがれる方法もなかったので》、死[三]を軽んじ戦ふ事三日三夜、范蠡新手《新しい軍勢》を入れ替へて、息を継がせず攻めけるあひだ、呉の兵三万余人討たれて、わづかに百騎に成りにけり。呉王[四]みづからあひ当たる事三十二箇度、夜半《やはん》に囲みを解いて六十七騎を随へ、姑蘇山《こそざん》に取り上り、越王に使者をたてていはく、「君王[五]、昔会稽山に苦しみし時、臣夫差《ふさ》これを助けたり。願はくは、われ今より後、越の下臣と成つて、君王の玉趾《ぎよくし》[六]をいただかん。君もし会稽[七]の恩を忘れずんば、臣が今日の死を救ひたまへ」と、ことばを卑し《低くし》うし《てうやうやしく》礼を厚うし、降せん事をぞ請はれける。越王これを聞いて、い[八]にしへのわが思ひに、今人《いまひと》の悲しみさこそと哀れに思ひ知りたまひければ、呉王を殺すに忍びず、その死を救はんと思ひたまへり。范蠡これを聞いて、越王の御前に参つて、面《おもて》[九]を犯し申しけるは、「柯《から》[一〇]を

一 諸本ともに、「呉」を記すが、ないのが正しい。
二 勝運に乗って追って来た。
三 死を覚悟して恐れず三日三晩戦ったけれども。
四 直接、敵を迎え撃つこと三十二度にも及んだが、ついに。
五 相手を敬い「君王」と称し、みずからをへりくだって「臣」と使い分けている。
六 足もとにひざまずきましょう。「玉趾」は、相手の足の敬称。『史記』「越世家」に「今君王玉趾を挙げて孤臣を誅す。孤臣惟《た》だ命これを聴かん」とある。
七 会稽山に敗れたとき命を助けた、その恩をお忘れでなければ。
八 かつての自分の体験を思い出してみれば現在の相手の悲しみも思いやられるので。
九 相手を恐れはばかることとなく。
一〇 斧《おの》の柄《え》を作るために木の枝を切る時には、その長さの基準を遠くに求める必要はない。今、使っている斧を基準にすればよい。良い例がすぐ身近にあることのたとえ。ここは、越王自身がその先例であることを言ったもの。この辺りは『史記』の原典に近く、この句も「越世家」に見られる。

伐《き》るにその則《のり》遠からず。会稽のいにしへは《会稽山で戦った昔は》、天、越を呉に与へたり。しかるを呉王〔越を〕取る事無うして、忽ちにこの害に逢へり《この度の苦境に陥った》。今かへつて《逆に》天、越に呉を与へたり。取る事無くんば[二一]、越またかくの如く害に逢ふべし。君臣ともに肺肝を砕いて《心を尽して》、呉を謀《はか》る事[二二]二十一年、一朝《いつてう》にして棄てん事、あに悲しまざらんや《悲しいことではないでしょうか》。君非[二三]を行ふ時に顧みざるは臣の忠なり」と言ひて、呉王の使者いまだ帰らざるさきに、范蠡みづから[一四]攻《せ》め鼓《つづみ》を打つて兵を勧め《ふるいたたせ》、つひに呉王を生捕つて、軍門の前に引き出だす。[一五]呉王すでに面縛《めんばく》[一六]せられて呉の東門を過ぎたまふに、忠臣伍《ご》子胥《ししよ》が諫め[一七]に依つて首を刎《は》ねらるる時、幢《はたほこ》の上に掛けたりし一双の眼《両眼》、三年までいまだ枯れずしてありけるが、その[一八]眸《まなじり》明らかに開け《かっと開いて》、〔呉王を〕あひ見て笑へる気色《様子》なりければ、呉王これに面をまみゆる事《顔をあわせることは》、さすが恥づかしくや思はれけん、袖を顔に押し当てて、首《かうべ》をたれて過ぎたまふ。数万の兵これを見、涙を流さぬは無かりけり。すなはち《早速》呉王を典獄《獄吏》の官に下《くだ》され、会稽山の麓《ふもと》にてつひに首[一九]を刎ねたてまつる。

二一 古くは「無くは」で「無し」の連用形に「は」の付いた形であろうが、寛永版本の読みに従った。
二二 呉を討とうと努力して二十一年、（やっとめぐって来た天運を）一日で捨てるのは。
二三 君王が誤った行動をとる場合、これを拒むのは臣下として忠節の道である。
一四 攻撃を合図する鼓。
一五 『史記』では、勾践はなおも相手をあわれみ、甬《よう》東《とう》（浙江省《せっこう》）に流罪にしようとするが、呉王が辞退し、自害したとする。
一六 両手を後ろにしばられ顔を前につき出させられて。
一七 王に対し諫言《かんげん》を呈したため斬首された時。
一八 『史記』では、伍子胥の眼が見開いた事は見えない。夫差は、死にのぞんで顔をおおい、伍子胥にあわせる顔がないと恥じたとある。
一九 『史記』の話とは異なる。注一五参照。

古来（昔から）より俗（世の）の諺《ことわざ》にいはく、「会稽の恥をきよむる」とは、この事を言ふなるべし。

范蠡、五湖に隠棲

これより越王呉をあはするのみにあらず（併合するばかりではなく）、晋《しん》・楚《そ》・斉《せい》・秦《しん》を平らげ、覇者《はしゃ》[一]の盟主と成りしかば、その功（功績）を賞して、范蠡を万戸侯《ばんここう》[二]に封《ほう》ぜんとしたまひしかども（任命しようと）、范蠡かつて（全く）その禄を受けず、「大名の下（大いなる名声に）には久しく居るべからず（長くいすわってはいけない）。[三]功成り名遂げて（功績成り名をあげて）身退くは天の道なり（天の道にかなった生き方）」とて（だと）、つひに[四]姓名をかへ陶朱公《たうしゆこう》と呼ばれて、五湖《ごこ》[五]といふ所に身を隠し、世を遁れてぞ居たりける。釣《つり》して芦花《ろくわ》[六]の岸に宿すれば、半蓑《はんさ》[七]に雪を止め、歌《うたうた》うて楓葉の陰を過ぐれば（かえでの紅葉の下）、孤舟に秋を載せたり（一艘の小舟に落葉が散りかかる）。一蓬《いっぽう》[八]の月万頃《ばんきやう》の天、紅塵《こうぢん》の外に遊んで白頭の（白髪の）翁《おきな》と成りにけり。高徳《たかのり》この事を思ひなぞらへて（故事を念頭において）、一句の詩に千般の（さまざまの）思ひを述べ、ひそかに叡聞（それとなく先帝のお耳に入れたわけである）にぞ達しける。

先帝、隠岐に着く

さる程に、先帝は出雲《いづも》の三尾（美保）の湊に十余日御逗留有つて、順風に成りにければ、舟人纜《ともづな》を解いて御船よそひして（出船の御用意をして）、兵船《ひやうせん》三百余艘

一 武力をもって諸侯連盟の主領となったので。
二 一万の戸数を数える広い土地を所有する大名。
三 『老子』九に見えることば。
四 『史記』では、陶朱公と改名したことは見えるが范蠡の三度天下に名を成したことが描かれ、五湖に隠棲《いんせい》したことは見えない。五湖に隠棲の事は、『和漢朗詠集』下「雲」「山水」「述懐」に見える。
五 諸説があるが、隔湖《かくこ》・洮湖《ちょうこ》・射湖《しゃこ》・貴湖《きこ》・太湖《たいこ》の中の太湖を言うか。
六 芦の花の咲く岸に野宿をしては。
七 蓑《みの》の片側には雪の如く花びらが散りかかり。
八 苫葺《とまぶ》きの一艘の舟に乗り、広大な空に浮ぶ月を眺めては俗世間を離れて遊び。「紅塵」は俗世。
九 「時に雲海沈々として洞天日晩《く》れ」（『長恨歌伝』）による。
一〇 雲や山が、遥《はる》かに高々と見える空の東南に月が出ると。
一一 巻七、三二九頁に、後日、この判官が「六波羅没落の時、江州番馬《がうしうばんば》の辻堂にて腹掻き切つて失せにけり」と見え、『尊卑分脈』は、宇多源氏の宗清の息清高について「元弘三年五月九日江州馬場に於て自害」とする。これらから考えて、清高とあるべきか。
一二 国府のあった、島後《どうご》。御所は島根県隠岐郡西郷町にあったか。
一三 巻三、一三三頁に「左中将行房《ゆきふさ》」とある。頭大夫

は、蔵人頭《くろうどのとう》で四、五位の者の称。天皇の信任厚い者が任ぜられた。

一四 住むのも心憂いような竹の椽《たるき》で組んだ建物。つらいことの多いことと、竹の節の多いことを掛ける。

一五 涙がひまなく流れることと、松の垣根がすき間なく立ち並んだ様子を掛ける。

一六 中国で、とさか型の帽子を着て時刻をしらせる役人をいう。「雞人暁に唱ふ声明王の眠りを驚かす」(『和漢朗詠集』下・禁中)による。

一七 夜警をする役人が、一定の時刻に詰所で姓名を名のる、その声。

一八 清涼殿にあり、天皇の寝所の北にある、女房のひかえる部屋。「戸を明ける」と、「日の明ける」とを掛ける。『続後拾遺集』十六「雑中」後醍醐天皇の詠「うへのをのこども三首の歌つかうまつりしついでに 朝草花　露よりも猶ことしげし萩の戸の明くれば急ぐ朝まつりごと」を踏まえている。

一九 都での女御たちとの情愛こまやかな生活を夢見るにつけても。巫山は、四川《しせん》省巫山県の東南、巴山山脈の中の秀峰。楚の懐王が昼のまどろみに、巫山の神女に会いこれを寵愛《ちようあい》、別れにのぞんで神女は、自分は朝には朝雲となり、暮れには行雨《かうう》になるだろうと言い残す。王がさめて後に見るとその通りであった、と言う。

二〇 正月に北斗七星を礼拝する儀式。

二一 多くの役人。

前後左右に漕《こ》ぎ並べて《〔警固し〕》、万里の雲にさかのぼる《雲のたちこめる遙か沖へと漕ぎ出して行った》。時に[九]滄海《さうかい》沈々とし《青い海原は》て日西北の浪に没し《ひっそりとし日は西北の海に没し》、[一〇]雲山迢々《てうてう》として月東南の天に出づれば、漁舟《漁の舟》の帰る程見えて《が帰って来る頃なのかいさり火一つが》、一燈柳岸にかすかなり。暮るれば芦岸の煙に舟を《夕方にはもやのかかる芦の生えた岸に》つなぎ、明くれば松江《ずんがう》の風に帆を揚げ《松の並ぶ入江から風を受けて出帆し》、浪路に日数を重ぬれば、都を御出あつて後二十六日と申すに、御舟隠岐《おきの》国に着きにけり。[一一]佐々木隠岐判官貞清《さだきよ》、[一二]府《こふ》の島といふ所に、黒木《丸木造りの》の御所を作つて皇居とす。

玉扆《ぎよくい》に咫尺して召しつかはれける人とては《先帝のお側近く》、六条少将忠顕・[一三]頭大夫《とうのだいぶ》行房《ゆきふさ》、女房には三位殿の御局《おつぼね》ばかりなり《(廉子)》。昔の玉楼金殿《美しい御殿》にひきかへて、[一四]憂き節《ふし》茂き竹椽《たけたるき》、[一五]涙隙《ひま》なき松の墻《かき》、一夜を隔つる程もたへ忍ぶべき御心地ならず《一夜を過すのさえもたえ難いようなお心持であった》。[一六]雞人《けいじん》暁を唱へし声、[一七]警固の武士の番《とのゐ》を催す声ばかり、御枕の上に近ければ《お枕もと近くにきこえるので》、夜のおとどに入らせたまひても《お休みになられても》、つゆ《全く》まどろませたまはず。[一八]萩の戸の明くるを待ちし朝政《あさまつりごと》《夜が明けても今は朝廷の政務は》なけれども《ないけれども》、[一九]巫山《ぶざん》の雲雨《うんう》御夢に入る時も、誠に暁ごとの御つとめ《毎朝の勤行》、[二〇]北辰《ほくしん》の御拝もおこたらず。今年いかなる年なれば、[二一]百官《ひやくくわん》罪無く愁への涙を配所《配所の月を見ては愁えの》

の月にしたでて《涙をそそぎ》、[一]一人《いちじん》位をかへ《位を退き》、[二]宸襟《しんきん》を他郷の風に悩ましたまふらん。天地開闢《かいびゃく》より《創造のはじめから》このかた、かかる《このような》不思議を聞かず。されば天に掛かる日月も、[三]誰がために明らかなる事を恥ぢざらん。心無き草木もこれを悲しみ、花さく事を忘れつべし。

一 天皇。

二 御心を、なれない異国の風に悩まされるのであろうか。

三 誰のために輝くものなのか。言うまでもなく天皇のために輝くものだから、このような状態を面目なく思っていることだろう。

＊ 先帝の隠岐での苦節を抒情的に描きながら、呉越の故事（『史記』を主な典拠とする）を踏まえ、先帝を勾践に、鎌倉幕府を悪政を専らとする呉王に、児島高徳を范蠡になぞらえて、後日の先帝復帰への伏線としている。ここに見るような長文にわたる故事の引用は、『平家物語』には見られない手法で、『太平記』の一つの特色をなしている。『平家物語』の異本である『源平盛衰記』にも近い手法が見られる。しかし『太平記』の場合、その挿話が本話と緊密な関係にあるのに対し、『盛衰記』の場合、その挿話はしばしば本話から逸脱しがちである。

太平記巻第四

太平記　巻第五

巻第五の所収年代と内容

◇年次の上では巻三の元徳三年（元弘元年〔一三三一〕）十一月、後醍醐《ごだいご》天皇の笠置《かさぎ》落ちに続く。元徳四年三月、光厳《こうごん》天皇の即位、同年七月頃、大塔宮《おおとうのみや》の吉野入りまで。このように巻四から年次の上での経過はあまり見られない。

◇前巻に描いた先帝側に属する人々の落魄《らくはく》とは対照的に、光厳天皇の即位以下、持明院系の人々の栄華をもって巻を始める。この持明院への再度出仕をもとめられる先帝側の旧臣万里小路《までのこうじ》宣房《のぶふさ》の苦悩を描きつつ、乱世に処する論理を探る。持明院の栄華にもかかわらず、叡山《えいざん》根本中堂の新常燈の怪異のあったことを描いて動乱を予告し、その表れとして北条高時の乱れた逸楽を描き、これを北条一門滅亡の前兆とする。時間的にはこれらと並行する大塔宮の熊野から吉野落ちに、宮に随行する村上義光《よしてる》や片岡ら、さらには在地土豪野長瀬らの躍動的な行動を合戦談に描きながら、ここにも熊野権現や北野天神を登場させ、大塔宮への加護を描いて、北条一門の滅亡、ひいては持明院系の傾斜をにおわせる。

持明院殿《ぢみやうゐんどの》[一]御即位の事

元弘二年三月二十二日に、後伏見院《ごふしみゐん》の第一の御子（量仁）、御年十九にして、天子の位に即《つ》かせたまふ。御母は竹内《たけのうちの》[二]左大臣公衡《きんひら》の御娘（寧子）、後には広義門院《くわうぎもんゐん》と申せし御事（お方）なり。同じき年十月二十八日に、河原の[三]御禊《おんはらひ》あつて、十一月十三日に大嘗会《だいじやうゑ》[四]を遂《と》げ行はる。関白は鷹司《たかづかさ》の左大臣冬教《ふゆのり》[五]公、別当[六]は日野《ひの》中納言資名《すけな》卿にてぞおはしける。いつしか（早くも）当今《たうぎん》奉公の人々は（光厳帝に仕える人々は）、皆一時に（一度に）望みを達して、門前市《いち》[七]を成し（人が群集し）、堂上花のごとし（殿中は花のようにきらびやかだ）。

中にも梶井《かぢゐ》[八]二品《にほん》親王《しんわう》は、天台座主《ざす》に成らせたまひて、大塔《おほたふ》[九]・梨本《なしもと》の両門跡《もんぜき》をあはせて（ともに）御管領《くわんりやう》ありしかば（領有されたので）、御門徒（信徒）の大衆《だいしゆ》群集《くんじゆ》して、[一〇]御拝堂の儀式厳重（おごそか）なり。しかのみならず（そればかりか）御室《おむろ》[一一]の二品親王法守《ほふしゆ》、仁和《にんわ》

一 後深草院系の天皇。ここは光厳天皇。

二 公衡の号「竹林院の左府」と関係のある呼び名か。

三 大嘗会《だいじやうえ》に先だって行われる賀茂河原でのみそぎ。

四 天皇が即位後はじめて行う新嘗会で、天皇が神と一体化する儀式。即位が七月以前ならその年内の、七月以後なら翌年の十一月中旬の卯《う》の日に行う。

五 摂政関白、藤原冬平の息。

光厳天皇、即位

六 「別当」は、大嘗会の検校《けんぎやう》で、実際には三条実任《さねとう》・公明《きみあきら》の両名が当った。「資名」は、藤原内麿《うちまろ》の子孫、権大納言俊光の息。南朝の忠臣資朝《すけとも》とは兄弟。

七 一族繁栄する様を表すことば。『本朝文粋《ほんちやうもんずい》』六の橘直幹の「民部大輔に補せられんことを願ふ状」に見え、『平家物語』一「吾身栄花」などにも見える。

八 後伏見院の皇子、尊胤《そんいん》法親王。「梶井」は、もと紫野にあった天台門跡の一。梨本とも。尊胤はその門跡になったので言う。

九 「大塔」は、天台宗門跡梶井の一つの門流。

一〇 座主に着任し中堂の本尊を礼拝する儀。尊胤は第一二二代・第一二四代の両度座主に就いているが、はじめは正慶二年で、この時は拝堂の儀がなく、建武三年、再任の際に儀を行う。ここは持明院系の栄華を描くための虚構。

持明院系の栄華

一一 後伏見院の皇子。第一五代の御室。「御室」は、真言宗御室派の大本山仁和寺で、代々法親王が門跡としてその管長になった。

寺《じ》の御門跡に御移りあつて、[一]東寺一流の法水《ほつすい》をたたへて、[二]北極万歳《ばんぜい》の聖運を祈りたまふ《聖代の永遠なることを祈られた》。これ皆後伏見院の御子、今上皇帝の御連枝《兄弟》なり。

宣房《のぶふさ》卿二君《じくん》奉公の事

[三]万里小路《までのこうぢ》大納言宣房《のぶふさ》卿は、[四]元来《ぐわんらい》[五]前朝《ぜんてう》旧労の寵臣《ちようしん》にておはせし上、子息藤房《ふぢふさ》・季房《すゑふさ》二人《ににん》、笠置《かさぎ》の城にて生捕られて遠流《をんる》に処せられしかば、父の卿も[六]罪科深き人にてあるべかりしを、賢才の聞えありとて《才能ある人との評価が高く》、[七]関東別儀を以つてその罪を宥《なだ》め、当今《今上天皇》に召し仕はるべきの由奏し申《申し上げ》す《た》。これによつて、日野中納言[八]資明《すけあきら》卿を勅使にて、この旨を仰せ下されければ、宣房卿、勅使に対して申されけるは、「臣不肖の身《いたらぬ者で》なりといへども《はございますが》、多年奉公の労を以つて《永年お仕えしたそのおかげで》、君の恩寵《御恩》を蒙《かうむ》り、[九]官禄

一 真言宗東寺派の総本山、教王護国寺。仁和寺も同じ真言宗に属する。その東寺一派の教えを身につけて。「法水」は、垢《あか》を流し落す水に、煩悩《ぼんのう》を流し落す仏法をたとえた語。「流」「水」「たたへ」を縁語で使ってある。ただし法守がこの時、御室に移ったとするのは誤り。法守は正和三年（一三一四）十一月二十七日、七歳で入室、嘉暦二年（一三二七）、寺務についている（『仁和寺御伝』）。

二 帝位を、天の中心を占める北極星にたとえた語。

＊ 前巻で見た大覚寺系の落魄《らくはく》に対比して、持明院系の栄華を修辞・虚構ともに豊かに描く。

三 藤原高藤の子孫、従三位左京大夫資通《さきようのだいぶすけみち》の息。後醍醐天皇を補佐し、吉田定房・北畠親房《きたばたけちかふさ》とともに三房に数えられた。巻一、四六頁注七参照。

宣房、持明院殿への出仕を要請されるも受けず

四 もともと。

五 前の帝、後醍醐天皇に永くお仕えになった上に。

六 当然重罪に処せられるべき人であったが。

七 幕府では格別のとりはからいでその罪をゆるし。

八 俊光の息で、南朝に仕えた資朝とは兄弟。

九 官位と俸禄。

一〇 執政をお助けする官につき。元徳三年、大納言の官にあった。「汚し」は、謙譲のことば。

一一 君に仕える者として守るべき道は。以下、「奸人《かんじん》

ともに進み、あまつさへ《その上》政道輔佐《ふさ》[一〇]の名を汚《けが》し、『[一一]君につかふるの礼、その罪有るにあうて《政に誤りがある時は》、厳顔《げんがん》[一二]を犯して道を以つて諫《いさ》めあらそふ。三たび諫めていれざるとき《〔帝が〕用いない時は》、身を奉じて《謹んで》以つて退く。匡正《きやうせい》[一三]の忠有つて阿《あ》順《じゆん》の従無し。これ良臣の節なり。もし諫むべきを見て諫めざる、これを尸位《しゐ》[一四]といふ。退くべきを見て退かざる、これを懐寵《くわいちよう》といふ。懐寵・尸位は国の奸人《かんじん》[一五]なり』と言へり。君、今不義の行ひおはして、武臣《武家》のためにはづかしめられたまへり。これ臣があらかじめ知らざ《前もって承知していなかっ》るところによつて《たので》、諫言[一六]を献ぜずといへども、世人あに《〔だからといって〕どうして》その罪無きことを許さんや《認めましょうか》。中について《加えて特に》長子[一七]二人遠流《をんる》の罪に処せられて、われすでに七旬《しちじゆん》[一八]の齢《よはひ》に傾けり。後栄《こうえい》[一九]たれがためにか期《ご》せん。前非[二〇]なんぞまた恥ぢざらんや。二君《じくん》[二一]の朝《てう》に仕へて、はぢ[二二]を衰老《すいらう》の後に抱《いだ》かんよりは、伯夷《はくい》[二三]が行を学んで《にならい》、飢《う》ゑを首陽のもとに忍ばんにはしかじ《山に入り露命をつなぐことを選ぼう》」と涙を流してのたまひければ、資明卿、感涙をおさへかねて、暫しはものをものたまはず。

なり」までは『古文孝経』「諫争」の孔安国の注に見える文章。

一二 面と向って、その誤りを道理をもっていましめ申し上げる。「厳顔」は、おごそかな帝のお顔。

一三 専ら帝のためにその政治をただし、お世辞を言って仕えるようなことはしない。

一四 「尸位」は、その官位にありながら、職責を全うしないこと。「懐寵」は、主君の恩寵をたよりにし、退くべき時に官を退かないこと。

一五 国を乱し、侵す人。

一六 (私としては)おいさめ申し上げるわけにもまいらなかったが。

一七 上の子二人。藤房・季房の二人を指す。

一八 七十代の老齢に及んでいる。宣房は、当時七十五歳であった。

一九 いまさら誰のために栄華を望むことがあろうか。

二〇 過去のあやまちを繰り返し重ねて恥ずかしい思いをすることがあろうか。

二一 後醍醐帝・光厳帝の二人の主君に仕えて。この語は、『史記』「田単列伝」に見える。

二二 老いた今、恥をさらすよりは。

二三 周の文王の死後、その子武王は父の葬儀を了《お》えぬうちに殷《いん》の紂《ちゆう》王を討とうとしたので、伯夷《はくい》・叔斉《しゆくせい》の兄弟はこれをいさめたが聞き入れられず、そのため兄弟は山西省の首陽山《しゆようざん》に隠れ、わらびを食して露命をつないだという。『史記』の「伯夷列伝」に見える故事。

一 忠臣は必ずしも聖君を見込んで仕えるわけではない。仕えた上で奉公すべきことを見出し忠節を尽すのだ。『後漢書《ごかんじよ》』「馬援伝《ばえん》」に類句がある。

二 虞《ぐ》の人で大夫《たいふ》として仕えたが晋《しん》の献公に敗れ秦《しん》に送られた。後、脱出したが楚《そ》に捕われ、秦の繆《ぼく》（穆）公に救われ仕官を求められた。百里奚は、自分は亡国の臣であると辞退したが、繆公の熱意に動かされて仕官した。『史記』の「秦本紀」に見える。

三 斉《せい》の襄《じよう》公の乱政を恐れるその弟の糾《きゆう》は、管仲《かんちゆう》（夷吾《ろ》）らと魯に逃れた。襄公を継いで即位した桓公《かんこう》は、魯に対し糾の処刑と管仲の召喚を要請、魯は糾を殺害した。桓公は管仲を討つため魯に出兵しようとしたが、鮑叔牙《ほうしゆくが》が、もし桓公に天下平定の志があるならば管仲以外に補佐すべき人のないことを言っていさめた。桓公はその言に従い、管仲を赦してこれを大夫に任じた。『史記』の「斉太公世家」に見える。

四 九度にもわたり諸侯に対し桓公に忠誠を誓わせた。「桓公諸侯を九合するに兵車を以ってせざるは管仲の力なり」（『論語』憲問）。

五 管仲は莒《きよ》から斉に帰る途中の桓公をねらって、その「鉤《かご》」（帯のとめがね）を射るきわどい行為に及んだが、その管仲をも桓公は、鮑叔牙の言をいれて赦した。『史記』の「斉太公世家」に見える。

六 秦の繆（穆）公は楚の里人に捕われていた百里奚を五匹の牝羊と交換に救ったことが『史記』「秦本紀」

宣房、資明の説得に服し持明院に出仕

やや有つてのたまひけるは《〔資明が〕》、「『忠臣必ずしも主を択《えら》ばず[一]。仕へて治むべきを見るのみなり』といへり。されば百里奚《はくりけい》[二]は二たび秦《しん》の穆《ぼく》公《こう》に仕へて永く覇業を致さしむ《天下を平定させた》。管夷吾《くわんいご》[三]はかへつて《ゆるされて》斉《せい》の桓公《くわんこう》をたすけて、九[四]たび諸侯を朝《てう》せしむ。主以つて鉤を射るの罪をいふこと無し《[五]桓公は危うくわが命を奪おうとした管仲の罪をも赦した》。世[六]皆皮《かは》を鬻《ひさ》くの恥をいかんともせず《百里奚が穆公にあがなわれたことを非難しなかった》といへり《という》。なかんづく武家《特に幕府が》かくのごとくの許容の上は《このようにゆるした以上は》、賢息二人の流罪、いかでか赦免の御沙汰無からんや。それ伯夷《はくい》・叔斉《しゆくせい》飢ゑて何の益か有りし《飢えを忍んで何の意味があったか》。許由《きよいう》[七]・巣父《さうふ》遁れて用ふるに足らず《も世を遁れ隠れ住んでは役に立たなかった》。そもそも身を隠して永く来葉の一跡を断つと《子孫が世に出る道を閉ざすのと》、朝に仕へて遠く前祖の無窮を耀かさんと《朝廷に仕官して永く祖先からの窮まりない栄光を伝えるのと》、是非得失いづれのところにか有るや《いずれが正否得失かおわかりでしょう》。鳥獣[八]と群《ぐん》を同じくするは孔子の執《と》らざるところなり」と、資明卿理を尽して《道理を》責められければ《説得されたので》、宣房卿顔色誠に屈伏して《すっかり説き伏せられた様子で》、「『罪[九]を以つて生を棄つるときは《罪をえてそのまま死についたのでは》すなはち古賢夕べに改めよといふの勧めに違ふ《朝に誤りがあれば夕べにも改めよとの聖人の教えに背くことになる〔といって〕》。恥をしのんでいやしくも全うするときは《生きながらえては》、すなはち詩人《詩人の言う》なんの顔《かんばせ》かあるといふのそしりを犯す《生きて何の面目があるかとの非難を受ける》』と、魏《ぎ》の曹子建《さうしけん》が詩

を献ぜし表《へう》に書きたりしも、ことわりとこそ存ずれ《もっともと思われます》」とて、つひに参仕の勅答をぞ申されける《仕官申し上げるとの御返事をされた》。

中堂新常燈《しんじやうとう》消ゆる事

山鳩、中堂の新常燈を消す

その頃、都鄙《とひ》の間に《全国に》、希代《きたい》の不思議ども《世にまれな怪事》多かりけり。山門《比叡山》の根本[一〇]中堂の内陣《ないぢん》へ、[一一]山鳩一番《やまばとひとつがひ》飛び来たつて、新常燈の[一二]油錠《あぶらつき》の中に飛び入つてふためきける《ばたばたしたので》あひだ、燈明《とうみやう》忽ちに消えにけり。この山鳩、堂中のくらさに、行方に迷うて《方向を誤って》仏壇の上に翅《つばさ》をたれて居たりけるところに、なげし《長押》の方よりその色朱を指したる《朱を塗ったようにまっかな》ごとくなる鼬《いたち》一つ走り出でて、この鳩を二つながら《二羽とも》食ひ殺してぞ失《う》せにける。

新常燈の由来

そもそもこの常燈と申すは、[一三]先帝山門へ臨幸成りたりし時、いにしへ桓武《くわんむ》皇帝のみづから挑《かか》げさせたまひし常燈《おともしになられた常燈にならって》になぞらへて、御

に見える。その百里奚のことを誰も非難しなかった。
七 天下を譲るとの堯《ぎよう》の申し出を許由は拒み箕山《きざん》に隠れ、さらに九州の長にすると聞き、耳を穎川《えいせん》に洗った。山居して樹上に巣を構える巣父は穎川を汚れたとして渡らなかったと言う。『荘子』「逍遥遊《しようようゆう》」などに見える故事。
八 いかに世を避けるといっても鳥や獣と生きてゆけるものではない。『論語』「微子《びし》」に見えることば。
九『文選』二十「曹子建の表（道理を述べて王に奏する文）」に見える章句。「曹子建」（曹植《そうしよく》）は武帝の第三子。父に愛されたが傲慢《ごうまん》な性格ゆえに兄の文帝にうとまれ、失意のまま病死。ここは、わが身の進退についての矛盾した心中を表現したくだりである。
＊資明と宣房との問答を通して、固定した儒教倫理を越える、乱世に処する論理を構築して行く。
一〇 東塔にあり、延暦寺の中心をなす建物。内陣中央の厨子《ずし》に本尊の薬師如来を安置する。
一一 年次は合わぬが、元徳三（元弘元）年四月一日、鳩が飛び入り、新たに点ぜられた常燈を消したことが『園太暦《えんたいりやく》』康永四年（一三四五）四月十四日の条に見える。「元弘二年」の事とするのは虚構。
一二 燈心を入れて油に火をともす皿。
一三『元徳二年三月日吉《ひえ》社並叡山行幸記』に、後醍醐天皇が慈厳僧正に導かれて行幸、常燈を点じたことが見える。

手づから百二十筋《すぢ》の燈心を束《つか》ね、銀の御油錠《あぶらつき》に油を入れて、みづ《御自分》から掻き立てさせたまひし燈明なり《で燈心をかきたてておともしになった燈明である》。これひとへに皇統[一]の無窮《ぶきゆう》を耀《かかや》かさんための御願《ごぐわん》、かねては《あわせて》六趣《ろくしゆ》[二]の群類《ぐんるい》[三]の瞑闇《みやうあん》を照らす、慧光《ゑくわう》法燈の明らかなるにおぼしめしなぞらへて始め置かれし常燈なれば、[四]未来永劫《ようごふ》に至るまで消ゆる事なかるべきに、山鳩《やまばと》の飛び来たつてうち消しけるこそ不思議なれ。それを鼬《いたち》の食ひ殺しけるも不思議なり。

相模《さがみ》入道田楽《でんがく》をもてあそびならびに闘犬の事

またその頃[五]、洛中《都の中》に、田楽《でんがく》[六]をもてあそぶ事さかんにして、貴賤[七]こぞつてこれに着《ちやく》せり。相模《さがみ》入道《高時》この事を聞き及び、新座《しんざ》[八]・本座《ほんざ》の田楽を呼び下して〔京より鎌倉へ〕、日夜朝暮《てうぼ》にもてあそぶ《たのしむのに専らであった》事他事無し。入興《じゆきよう》[九]のあまり

一 皇室が永遠に栄えるようにとの、仏へのお願い。

二 衆生《しゆじよう》がそれぞれの業《ごう》によりおもむくという地獄・餓鬼・畜生・修羅《しゆら》・人間・天道の六道。

三 生きとし生けるものの迷う、その暗黒を照らし導く仏の知恵の光の明るさに燈光をなぞらえて。

四 未来、いついつまでも永遠に消えることがあってはならないのに。

＊ 元徳二年に起った叡山根本中堂新常燈の怪異をこの正慶元年当時の事として虚構することにより動乱の予兆とする。高時を山鳩に、足利尊氏《あしかがたかうじ》を鼬になぞらえたと考えることもできよう。

五 史実は、嘉暦四年（一三二九）一月のこと。

六 もと田の神を祭るための歌舞であったのが、南北朝の頃から芸能化したもので、能にも影響を与えた。『建武年間記』所収の「口遊《くちずさみ》」に「此頃都ニハヤル物」として「犬田楽ハ関東ノホロブル物ト言《いひ》ナガラ、田楽ハナホハヤルナリ」と見える。

七 身分の高下を問わずそろって、田楽に熱中した。

八 田楽の団体。京都白河の田楽を本座、奈良の田楽を新座と言った。『中楽談儀《さるがくだんぎ》』に「一忠以前、たうれん、かうれんとて名人有りける也。いづれも本座の者也。花夜叉《やしや》、藤夜叉は新座の者也」とある。

高時、田楽を愛好、華美を極める

九 興に乗って夢中になるあまり。

一〇 田楽を舞う芸能者。彼らは僧体であったので法師と言う。

一一 綾《あや》・薄物・錦《にしき》、刺繡《ししゆう》をほどこした織物などで飾って華美を極めた。

一二 「直垂」は武士の礼服、「大口」は裾口の大きな袴《はかま》。武士や大名が直垂を着る時に大口袴をはいた。『建武年間記』所収の「口遊」に、「下衆上臈《じやうらふ》ノキハモナク、大口ニキル美精好《びせいがう》」と見える。

一三 狂言師。

一四 『保暦間記《ほうりやくかんき》』に「応長元年十月二十六日最勝園寺入道死去、息男高時彼跡ヲ継グ、今年九歳也ケル」とあるのによれば高時は、正慶元年当時三十歳。「四十有余の古入道」と言うのは、その酔態を描くための修辞か。

一五 大阪市天王寺区にある、聖徳太子が物部《もののべ》氏を滅ぼすために四天王像を造って祈ったという金光明四天王大護国寺。

一六 「や」は感動詞。「えうれぼし」は、後に儒者仲範《なかのり》が「妖霊星」と判じているようにあやしい星のこと。妖霊星が現れて世の乱れるのを見たいものだ、の意。

一七 本来、宮中に仕える女を言うが、ここは幕府に仕える女の意に用いたもの。

に、むねとの《有力な》大名たちに一〇田楽法師を一人づつ預けて、装束を飾らせ《〔それぞれの〕舞装束を》けるあひだ《美しくととのえさせたので》、これはたれがし殿の田楽、かれはなにがし殿の田楽なんど言ひて、金銀珠玉をたくましくし《やたらに付け》、一一綾羅錦繡《りようらきんしう》をかざれり。宴《えん》に臨んで一曲を奏すれば、相模入道をはじめとして一族《〔北条〕》の大名、われ劣らじと一二直垂《ひたたれ》・大口《おほぐち》をぬいで抛げ出だす《〔褒美として〕投げ与えた》。これを集めて積むに、山のごとし。そのつひえ《出費》幾千万といふ数を知らず。

天下の乱れの予兆

ある夜一献《いつこん》のありけるに《小宴を催されたところ》、相模入道数盃《すはい》を傾け、酔ひに和して《のって》立つて舞ふ事やや久し。若輩の興を勧むる舞にてもなし《〔その舞は〕興味をそそうような美しい若者の舞でもない》。また《それに》一三狂者《きやうしや》のことばを巧みにするたはむれにもあらず《滑稽な物言いにより観客を笑わせる演技といったものでもない》。一四四十有余の古《ふる》入道、酔狂のあまりに《酔いほうけたあげくに》舞ふ舞なれば、風情《ふぜい》《優雅などとは》有るべしとも覚えざりける《とうてい思えない》ところに《そこへ》、いづくより来たるとも知らぬ新座・本座の田楽ども十余人、忽然として《ぱっと現れ》座席に列《つら》なつてぞ舞ひ歌ひける。その興はなはだよのつねに越えたり《そのおもしろさは当世の田楽舞には想像もできないものだった》。暫く有つて拍子《調子》を替へて歌ふ声を聞けば、「一五天王寺の一六やえうれぼしを見ばや」とぞはやしける。ある一七官女この声を聞いて、あまりのおもしろさに、障子《ふすま》の隙《すき》よりこれを見るに、新座・本座の田楽どもと見えつる《だと思った》者一人も人にてはなかりけり。あるいは[一]觜《くちばし》かがまつて鵄《とび》のごとくなるもあり、あるいは身に翅《つばさ》在つて、その形[二]山伏のごとくなるもあり。[三]異類・異形《いぎやう》のばけものどもが、姿を人に変じたるにてぞありける。官女これを見て、あまりに不思議に覚えければ、人を走らかして[四]城入道《じやうのにふだう》にぞ告げたりける。入道取る物も取り《すぐに》あへず、太刀を執《と》つてその酒宴の席に臨む。[五]中門を荒らかに歩みけるあし《〔城入道の〕》おとを聞きて、化者《ばけもの》は掻《か》き消すやうに失せ、《〔見ると〕》相模入道は前後も知らず《正気を失って》酔ひ伏したり。燈《ともしび》を挑《かか》げさせて遊宴の座席を見るに、誠に天狗《てんぐ》の集まりけるよと覚えて《思われて》、踏み汚《けが》したる畳の上に、禽獣《きんじう》の足跡多し。城入道暫く虚空をにらんで立つたれども、あへて《全く》眼にさへぎる《映る》者もなし。やや久しうして相模入道驚き覚めて《目がさめて》起きたれども、[六]惘然《ばうぜん》として更に知るところなし。後日に、[七]南家の儒者刑部少輔《ぎやうぶのせふ》仲範《なかのり》この事を伝へ聞いて、「『天下まさに乱れんとする時、妖霊星《えうれいぼし》といふ悪星《あくせい》下つて

『絵入り本太平記』より

一 くちばしの先がまがった、とんびのようなものもおり。

二 高山に起臥《きが》して行に励む修験者《しゆげんじや》。密教の秘儀を行い、その非凡な呪力《じゆりよく》のゆえに恐れられた。

三 人間ではない、奇怪な化け物。

四 巻十「高時ならびに一門以下東勝寺において自害の事」にも見え、藤原魚名《うおな》の子孫時顕《ときあき》を当てる説がある。「城」は、城介《じようのすけ》で、秋田城の主を兼ねた出羽介のこと。

五 街路に面する大門と主殿との間にある門。寝殿造りで、対の屋から南にのびる回廊に設けた。

六 ぼんやりと、放心状態で、全く記憶するところがなかった。

七 藤原不比等《ふひと》の四子が、それぞれ南・北・式・京の家をおこした。そのうち、長男武智麿《むちまろ》の家系を南家と言ったが、北家におさえられ藤原氏主流からはずれた。「刑部少輔」は、刑部省の次官で、従五位下相当。『参考太平記』は、仲範を貞嗣の子孫、丹後守保範《やすのり》の息とする。

災《わざは》ひを成す』といへり《ということだ》。しかも天王寺は、これ仏法最初の霊地にて、聖徳太子みづから日本[八]一州の未来記を留《とど》めたまへり。さればかの媚《ばけ》者《もの》が、天王寺の妖霊星と歌ひけるこそ怪しけれ。いかさま《きっと》、天王寺辺より天下の動乱出で来て、国家敗亡しぬと覚ゆ《滅ぶに違いあるまい》。あはれ《ああ》、国主《こくしゆ》徳を治め、武家《幕府》仁《じん》を施して、妖《えう》[九]を消すはかりことを致されよかし」と言ひけるが、はたして思ひ知らるる世《〔動乱の〕》に成りにけり。かの仲範、まことに未[一〇]然の凶《きよう》をかんがみける、博覧《その博識》の程こそありがたけれ。

相模入道かかる妖怪《こうした怪異》にも驚かず、ますます奇物《きぶつ》[一一]を愛する事、止《や》む時なし。ある時、庭前《ていぜん》に犬ども集まりて嚙《か》み合ひけるを見て、この禅[一二]門おもしろき事に思ひて、これを愛する事骨髄《こつずい》[一三]に入れり。すなはち諸国へ相触れて《命じて》、あるいは正税《しやうぜい》[一四]・官物《くわんもつ》[一五]に募《つの》りて犬を尋ね、あるいは権門[一六]・高家《かうけ》に仰せて《命じて集めさせたので》これを求めけるあひだ、国々の守護[一七]・国司[一八]、所々《各地》の一族大名[一九]、十疋《じつぴき》、二十疋飼ひ立てて、鎌倉へ引きまゐらす《献上した》。これ《〔幕府では〕》を飼ふに魚鳥《ぎよてう》を以つてし、これをつなぐに[二〇]金銀をちりばむ。そ

八 日本全国の将来を予言する未来記をお残しになった。聖徳太子作というのは、もとより偽作であるが、早く平安中期から見え始め、特に鎌倉時代に、この種の未来記が流行した（和田英松氏「聖徳太子未来記の研究」〈史学雑誌〉大正十年三月）。この天王寺の未来記については、巻六に「正成天王寺の未来記披見の事」の話が見える。

九 怪異のものの登場する余地のない政策を行われたい。

一〇 事前に大乱を予想した。

一一 げてもの。田楽や闘犬を指す。

一二 寺に入らず在俗のままで髪を剃《そ》り出家した男子。ここは高時をさす。

一三 骨にしみ入るほどの徹底ぶりだった。当時の闘犬流行については、二一二頁注六参照。

高時、闘犬を愛好

一四 国家に納める本来の税。雑税の対。

一五 田租・調庸のこと。ここは、本来の義を拡大して、幕府に納めるべき年貢《ねんぐ》の意に用いたもの。

一六 家柄が良く権勢のある貴族と、名門の武家。

一七 治安維持や武士統制のために幕府が地方に置いた官。巻一、一七頁注一三参照。

一八 朝廷が国を治めるため、令制により全土を六十六カ国二島に分け、それぞれの国に置いた行政官。

一九 北条一族で、多くの私有地を領有する有力者。

二〇 犬をつなぐのに、金銀を織りなした綱を用いた。

のつひえ《費用》はなはだ多し。〔犬を〕輿《こし》にのせて路次《街路》を過ぐる日は、道を急ぐ行人《通行人》も馬より下りてこれにひざまづき、農をつとむる里民《りみん》も《農耕を営む農民も》、夫《ぶ》[一]に取られてこれを舁《か》き、〔将軍の〕かくの如く賞翫《しやうぐわん》[二]軽からざりければ、肉[三]に飽き錦《にしき》を着たる奇犬《奇妙な犬》、鎌倉中に充満して、四、五千疋《びき》に及べり。月に十二度、犬合はせ《闘犬》の日とて定められしかば、一族大名、御内《みうち》[四]・外様《とざま》[五]の人々、あるいは堂上《御殿の内》に座を列ね、あるいは庭前に膝を屈して《座して》見物す。時《当日は》に両陣の犬どもを一、二百疋づつ放し合はせたりければ《戦わせたので》、入り違ひ追ひ合ひて、上に成り下に成り、かみ合ふ声、天を響かし地を動かす。心なき人《思慮のない人は》はこれを見て、「あらおもしろや。ただ戦ひ《全く戦闘で》に雌雄を《勝負を争う》決するに異ならず《のと変らない》」と思ひ、智ある人《心ある人》はこれを聞いて、「あないまいましや《不吉な事だ》。ひとへに郊原《かうげん》[六]に尸《かばね》を争ふに似たり」と悲しめり。見聞《けんもん》[七]のなぞらふるところ、耳目《じぼく》異なりといへども、その前相《ぜんさう》皆闘諍《とうじやう》死亡の中に在つて、あさましかりしふるまひなり。

一 その人夫にかり出されて犬の輿《こし》をかつぎ。

二 犬の好みようが大変なものだったので。

三 食肉を思うがままに食べ。

四 北条一門に属し、数国の守護を兼ねた有力者。特に執権嫡流の系を得宗《とくそう》と言い、幕府の執政に大きな影響を与えた。

五 北条に代々仕える家柄ではない、後に仕えるようになった、地頭《じとう》・御家人《ごけにん》たち。

六 荒野で犬が争って死体を食いちらす様に似ている。この場合の「郊原」は、死体を捨てて放置してある野を言うのであろう。「朝に紅顔あつて世路に誇れども、暮に白骨となつて郊原に朽ちぬ」（『和漢朗詠集』下・無常）。

七 こうした事態を見たり聞いたりする人の、その理解のしようはそれぞれ異なるけれども、要するに人間の戦闘や、その戦闘による死者続出の前兆をまのあたりに思わせ、あさましい限りであった。

＊ 享楽的な世相、これを率先してあおりたてる高時の頽廃《たいはい》を徳治主義の立場から批判し、闘諍の世の近いことを嘆く。天狗《てんぐ》の出現、その場に茫然《ぼうぜん》自失する高時を描いて緊迫感に満ちている。

八 源平のいずれかが担当し数度に及んでいる。

九 月の満ち欠けを見ても明らかなように、天の道理として、満ちたものは欠け、欠けたものは満ちるものである。そのようにおごりをきわめたものは必ず滅ぶことになっているので。『易経』「謙卦」などに見えることば。

かつて江の島弁才天、北条の栄華を予言

一〇 初代の治政者の生きている間。「一代」も「一世」も同じ。

一一 巻一、一九頁に「時政九代の後胤《こういん》、前《さきの》相模守平高時入道崇鑒《そうかん》が代に至りて」とあった。

一二 九代に及ぶまで天下を保ったことには。

一三 鎌倉幕府創立の当初。

一四 藤沢市江の島にまつる神社。祭神は、多紀理毘売命《たきりひめのみこと》・市寸島比売命《いちきしまひめのみこと》・田寸津比売命《たきつひめのみこと》。『東鑑《あずまかがみ》』寿永元年（一一八二）四月五日の条に、頼朝の意により文覚《もんがく》が弁才天をここに勧請《かんじょう》したことが見える。

一五 表が白、裏が青の柳がさねの衣。

一六 姿の美しい女が。

一七 箱根権現に仕える僧。箱根権現は、瓊瓊杵尊《ににぎのみこと》・木花咲哉姫命《このはなさくやひめのみこと》・彦火火出見尊《ひこほほでみのみこと》をまつる社。伊豆山権現とともに鎌倉幕府の尊崇《そんすう》を受けた。

一八 法華経の行者が、日本全国六十六カ国の霊場に各一部の法華経を納めるために回国するのを言う。

一九 よい果報を受けるべき、前世に行った善行。

時政榎島《ときまさえのしま》に参籠《さんろう》の事

時すでに澆季《げうき》に及んで《末の世になって》、武家天下の権を執《と》る事、[八]源平両家の間に落ちて度々《どど》に及べり。しかれども、[九]天道は必ずみてるをかくゆゑに、あるいは[一〇]一代にして滅《ほろ》び、あるいは一世をも待たずして失せぬ《滅びてしまった》。今相模入道の一家天下を保つ事、すでに[一一]九代に及ぶ。[一二]この事ゆゑ有り《わけがある》。

昔、[一三]鎌倉草創《さうさう》のはじめ、北条四郎時政、[一四]榎島《えのしま》に参籠して、子孫の繁昌を祈りけり。三七日《二十一日目》に当たりける夜、赤き袴に[一五]柳裏《やなぎうら》の衣《きぬ》着たる女房の、[一六]端厳美麗《たんげんびれい》なるが、忽然として《どこからともなく》時政が前に来たつて、告げていはく、「汝が前生《前世》は[一七]箱根法師なり。[一八]六十六部の法華経を書写して、六十六箇国の霊地に奉納したりし[一九]善根《ぜんこん》によつて、再びこの土《現世》に生《うま》るる事を得たり。されば子孫永く日本の主と成つて、栄花に誇るべし《栄華をきわめるだろう》。ただしその振舞ひ違ふ《道理に背く》所あらば、〔栄華は〕七代を過ぐべからず。わが言ふ所不審《疑念》あらば、国々に《〔法華経を〕》納めしところの霊地を見よ」と言ひ捨てて帰りたまふ。その姿をみければ、さしもいつくしかりつる《あれほど美しかった》女房、忽ちに[一]伏長《ふしだけ》二十丈ばかりの大蛇《だいじゃ》と成つて海中に入りにけり。その跡《あと》を見るに、大きなる鱗《いろこ》を三つ落せり。時政、所願[二]成就しぬと喜びて、すな《早速》はちかの鱗を取つて旗の紋《もん》にぞ押《紋として使用した》したりける。今の[三]三鱗形《みついろこがた》の紋《家紋》これなり。その後[四]弁才天《べんざいてん》の[五]御示現《ごじげん》にまかせて、国々の霊地へ人を遣はして、法華経奉納の所を見せけるに、俗名《ぞくみやう》の時政を法師の名にかへて、奉納筒《ばこ》の上に、「大法師時政《じせい》」と書きたるこそ不思議なれ。されば今、相模入道《高時》七代に過ぎて《を越えて》、一天下《〔なお〕天下》を保ちけるも、榎島《えのしま》の弁才天の御利生《御利益》、または過去の[六]善因に感じてんげるゆゑなり。今の《〔ところで〕》高時禅門《入道》、すでに七代を過ぎ九代に及べり。されば亡ぶべき時刻《じこく》到来して、か《こ》かる不思議の振舞ひ《のようなけしからぬ行為を》をもせられけるか、とぞ覚えける。

一 横にのびた長さが約六〇メートルもの。
二 神への願いが叶《かな》えられたと喜んで。
三  鱗《うろこ》三枚をかたどった紋。北条は早くからこの紋を用いていたようで、この『太平記』の話は、それを神話化したもの。
四 妙音天とも言い、音楽・弁才・財福などをつかさどるインドの川の神で、天女の姿である。日本では水神としてあがめられる。ここは例の大蛇をその化現《けげん》と見た。
五 お示しに従い。
六 時政が行った善行が原因となってその結果として保たれたものである。
＊『易経』に説く天道思想に、弁才天の予兆説話をからませて北条の滅亡が近いことを言う。

大塔宮《おほたふのみや》熊野落ちの事

大塔宮二品《にほん》親王《(護良)》は、笠置《かさぎ》の城の安否《あんぴ》[七]を聞こしめされんために《お知りになるために》、暫く南都の般若寺《はんにやじ》[八]に忍んで御座ありけるが《ひそんでいらっしゃったが》、笠置の城すでに落ちて、主上とらはれさせたまひぬと聞えしかば、虎の尾を履《ふ》む[九]恐れ御身の上にせまりて、天地《てんち》広しといへども、御身をかくさるべき所なし。日月《じつげつ》[一〇]明らかなりといへども、長夜《ぢやうや》に迷へる心地して、昼は野原の草[一一]に隠れて、露に臥す鶉《うづら》の床に御涙を争ひ、夜は孤村《こそん》[一二]の辻《つじ》にたたずみて、人をとがむる《人を見ては吠えかかる》里の犬に御心を悩まさる。いづくとても《どこへ行っても》御心安かるべき所無かりければ、かくても暫しはとおぼしめされける[一三]ところに、一乗院《いちじようゐん》[一四]の候人《こうにん》[一五]、按察法眼好専《あぜちほふげんかうせん》[一六]いかがして聞きたりけん《どのようにして聞きつけたのか》、五百余騎を率《ひきい》して、未明《びめい》[一七]に般若寺へぞ寄せたりける。をりふし《おりから》宮に付きたてまつたる人ひとりも無かりければ、一防《ひとふせ》き防きて落ちさせた《ひといくさ防ぎ戦って脱出され》

七 （後醍醐天皇のおかれた）情勢。
八 奈良市般若寺町にある真言律宗の寺。
九 危険なことのたとえ。『書経』「君牙《くんが》」・『易経』「履卦」に見えることばで、『平家物語』にも見える。
一〇 太陽や月が明るく輝くこの世であるのに、（親王は）まるで明けることのない闇の夜を迷う心地がして。

大塔宮、般若寺で危難にあう

一一 昼は露深い野原の草に身を隠して鶉と涙を争うばかりで。鶉と露との取り合せは、「秋深きいはれの野べのこ萩原うつろふつゆに鶉鳴くなり」（『夫木抄』十四）のように、和歌に見られる。「露」は涙の比喩《ひゆ》としても使われる語で、ここは縁語としての効果をも見せている。
一二 人里を離れたさびしい部落。
一三 このような状態でも暫くは安全かと思っていらっしゃったところへ。
一四 興福寺の塔頭《たつちゆう》で門跡。興福寺の別当（長官）を多く出した有力な院。
一五 門跡に仕えた、妻帯の僧。
一六 「按察」は、その保護者に按察使《あぜち》（地方行政の監督官）を有する者がその名としたもの。「法眼」は、法印に次ぐ僧の位。天正本に「内侍原《ないしはら》法眼好専」とある。内侍原は、一乗院に所属する塔頭。
一七 夜明け前に。

まふべき様も無かりける上《る方法もなかったしその上》、透間《すきま》もなく兵すでに寺内《じない》にうち入りたれば、一紛《まぎ》れて御出であるべき方《かた》もなし。二さらばよし自害せんとおぼしめして、すでに《はやくも》三おし膚《はだ》脱がせたまひたりけるが、四事叶《かな》はざらん期《ご》に臨《のぞ》んで、腹を切らん事はいと安かるべし。五もしや隠れて見ばやとおぼしめし返して、仏殿《本殿》の方を御覧ずるに、人の読みかけて置きたる六大般若《だいはんにゃ》の七唐櫃《からうど》三つあり。二つの櫃《ひつ》はいまだ蓋《ふた》を開《あ》けず、一つの櫃は、御経をなかばすぎ《半分以上》取り出だして蓋をもせざりけり。この蓋を開けたる櫃の中へ、御身を縮《しじ》めて伏させたまひ、その上に御経を引《ひき》きかづきて《かぶって》、八隠形《おんぎやう》の呪《じゆ》を御心の中に唱へてぞおはしける。もし捜《さが》し出だされば、やがて《すぐさま》突き立てんとおぼしめして、氷のごとくなる刀《短刀》を抜いて、御腹に指し当てて、兵《〔が〕》、「ここにこそ《ここにいた》」と言はんずる一言《言うであろうその言葉に》を待たせたまひける御心の中《耳をそばだてていらっしゃる御心のほどは》、おしはかるもなほ浅かるべし《想像に絶するものがあろう》。さる程に、兵、仏殿に乱れ入つて、仏壇の下、天井の上までも残る所無く捜《さが》しけるが、あまりに求めかねて《どうしても捜し出せず》、「これていの物こそ怪しけれ《こうしたものが怪しいのだ》。

一 ひそかに逃げ出す方法もない。
二 ままよ。「よし」は、覚悟を示す語。
三 膚脱ぎになるのを、強く言うことば。
四 せっぱづまってどうしようもなくなった時に。
五 あるいは逃げおおせるか隠れてみようと、考えなおされて。
六 『大般若波羅蜜多《はらみった》経』。大乗仏教初期の根本経典で、唐の玄奘《げんぞう》（「げんじょう」とも読む）訳、六百巻から成る。
七 中国風の櫃《ひつ》。脚が六本で、蓋《ふた》がある。

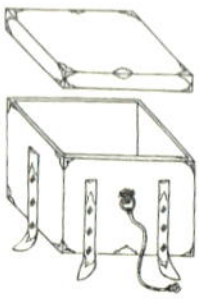
唐櫃

八 真言の一秘法で、摩利支天《まりしてん》の隠形印を結び、隠形真言を唱えて、悪魔・外道《げどう》の眼から姿を隠す、そのための呪文《じゅもん》。摩利支天については次頁注一〇参照。

あの大般若の櫃を開《あ》けて見よ」とて、蓋《ふた》したる櫃二つを開《あ》けて、御経を取り出だし、底をひるがへして《ひっくり返して》見けれども〔宮は〕おはせず。「蓋開《あ》きたる櫃は、見るまでも無し」とて、兵皆寺中《寺から》を出で去りぬ。宮は不《絶体》思議《絶命の》の御命をつがせたまひ《お助かりになり》、夢に道行く心地して《夢見る心地で》、なほ櫃の中におはしけるが、もし兵また立ち帰り、くはしく捜す事もやあらんずらん《あろうかと》と御思案有つて、やがて《すぐさま》、前に兵の捜し見たりつる櫃に入り替はらせたまひてぞおはしける。案のごとく《思ったとおり》、兵どもまた仏殿に立ち帰り、「前に蓋の開《あ》きたるを見ざりつるがおぼつかなし《気がかりだ》」とて、御経を皆うち移して見けるが、からからとうち笑うて、「大般若の櫃の中をよくよく捜したれば、大塔宮はいらせたまはで、[九]大唐《だいたう》の玄奘《げんざう》三蔵こそおはしけれ」とたはむれければ、兵皆一同に笑つて、門外へぞ出でにける。これひとへに[一〇]摩利支天《まりしてん》の[一一]冥応《みやうおう》、または[一二]十六善神の[一三]擁《おう》護《ご》による命なりと、[一四]信心肝《きも》に銘じ、感涙御袖をうるほせり。

かくては、南都辺の《奈良周辺の》御隠れ家〔にひそんでいたのでは身の安全は〕、暫くも叶ひがたければ、すなはち《さっそく》

九 唐櫃の中にあった、玄奘訳の『大般若経』をたとえて言ったもの。「三蔵」は、経・律・論の三種の仏教経典に精通した僧の称。玄奘は、中国河南省出身の学僧。仏法をその原典について究めようと、六二九年単身インドにおもむき、仏舎利や経文の原典をたずさえて六四五年に帰国、弟子たちとその漢訳に尽力した。上の「大塔」を「だいとう」と読んで、「大唐」と掛け洒落《しやれ》て言ったものとも解し得る。

一〇 「摩利支天」は梵語《ぼんご》で、威光・陽焔《ようえん》（かげろう）の意。よく身を隠し障礙《しようがい》を除くとされることから、武士の守り本尊とした。

一一 人の知らぬうちにこうむる仏の加護。

一二 般若経とその信者を守護する十六の善神。『陀羅《だら》尼集経《にしつきよう》』によると、提頭頼吒《だいずらた》・禁毘嚕《こんびろ》・跋折嚕《はずろ》・迦毘嚕《きやびろ》・弭闐《めいき》嚕《ろ》・鈍徒毘《どんとび》・阿儞嚕《あにろ》・娑儞嚕《さにろ》・印陀嚕《いんだろ》・婆姨《ばい》嚕《ろ》・摩休嚕《まぐろ》・鳩毘嚕《くびろ》・真陀嚕《しんだろ》・跋吒徒嚕《ばつだどろ》・毘迦嚕《びきやろ》・倶《く》鞞嚕《べいろ》の各神王を言う。

一三 加護によって助かった命であると。

一四 宮は改めて深く帰依《きえ》し、そのありがたさに涙にむせんだ。

大塔宮、十津川におもむく

般若寺を御出であつて、熊野[一]の方へぞ落ちさせたまひける。御供の衆《しゆう》には、光林房玄尊《くわうりんばうげんそん》[二]・赤松律師則祐《そくいう》[三]・小寺相模《こでらのさがみ》・岡本三河房《みかはばう》・武蔵《むさし》房《ばう》・村上彦四郎[四]・片岡八郎[五]・矢田《やだ》彦七・平賀《ひらがの》三郎[六]、かれこれ以上九人なり。宮をはじめたてまつて、御供の者までも、皆柿《かき》[七]の衣に笈《おひ》[八]を掛け、頭巾《ときん》[九]眉半《まゆはん》に責め、その中に年長ぜるを先達に作りたて《年かさの人を先導者にしたてて》、田舎山伏の熊野参詣《さんけい》するてい《様子に見せかけた》にぞ見せたりける。この君、元より龍楼《りゆうろう》鳳闕《ほうけつ》の内にひととならせたまひて《皇居の中に成人されて》、華軒香車の外を出でさせたまはぬ《飾りたてた貴人の車以外で外出されたことがないので》御事なれば、御歩行の長途《ちやうど》は、定めて《きっと》叶《かな》はせたまはじと、御供の人々、かねては心苦しく思ひけるに《はじめはおそれ多いことに思ったのであるが》、案に相違して、いつ習はせたまひたる《日頃きたえておかれたというわけでもないだろうに》御事ならねども、怪しげなる《みすぼらしい》単皮《たび》[一〇]・脚巾《はばき》[一一]・草鞋《わらんぢ》をめして《身につけ》、少しもくたびれたる御気色《様子》もなく、社々《やしろやしろ》の奉幣《参拝》、宿々の御つとめ《各宿場での山伏の勤行》おこたらせたまはざりければ、路次《道中》に行き逢ひける道者《修行者》も、勤修《きんしゆ》《修行》を積める先達《せんだち》も、〔宮を〕見とがむる事も無かりけり。由良《ゆら》[一二]の湊《みなと》を見渡せば、沖《おき》漕《こ》ぐ舟の梶《かぢ》[一三]をたえ、浦の浜ゆふ[一四]幾重《いくへ》とも、しらぬ浪路に鳴く千鳥《どこで鳴くのか波間に千鳥の声を聞き》、

一 和歌山県東牟婁《むろ》郡の霊地。本宮・新宮・那智の三社から成る熊野権現をまつる。
二 巻二、九六頁注一三の「玄尊」と同一人物か。
三 村上源氏、播磨《はりま》の守護職則村《のりむら》の息。この後、複雑な政治状況の中で、足利尊氏《あしかがたかうじ》にも重んぜられる。「小寺相模」は赤松の一門、頼季《よりすえ》を指すか。
四 清和源氏、名は義光《よしてる》。「義日」とも書く。
五 奈良・北葛城《かつらぎ》郡の武士。藤原氏の子孫を称す。
六 清和源氏、信濃《しなの》(今の長野県)出身の武士。
七 柿の渋で染めた無地の衣で、山伏が着た。
八 山伏らが仏具・食物等を入れて背負う箱型の具。
九 頭巾《ずきん》を、眉なかばに隠れる程、深くかぶり。
一〇 皮で作った足袋。
一一 脛《すね》に巻きつけて脚を保護する布。脚絆《きやはん》。
一二 和歌山県日高郡由良町。ただしここは「由良のとを渡る舟人梶をたえ行方も知らぬ恋の道かも」(『新古今集』十一・恋一)を修辞的に踏まえたもの。
一三 速い流れに梶をとられている船が見え。
一四 浜木綿《はまゆう》の葉が幾重にも重なるのを見ながら。
一五 和歌山県海南市藤白。藤白の海岸の松の根を洗うように寄せる白波。
一六 和歌山市和歌町の和歌浦一帯の海岸。
一七 和歌山市の西南部より雑賀崎《さいかざき》に至る土地。
一八 月光に照りはえる玉の名を持つ玉津島。
一九 長く続くなぎさと、まがりくねった入江。
二〇 唐の盧綸《ろりん》の詩の「孤邨《こそん》の樹色残雨に昏《くら》く、遠寺の

鐘声夕陽《せきやう》に帯ぶ」による。
二一 熊野詣での経路に配置された九十九王子（熊野神社の末社）のうち、第一位の五体王子神社。日高郡印《いん》南《なみ》町にある。
二二 木の茂みの中にあるほこら。
二三 熊野川上流の本宮、河口の新宮、那智山の那智大社の三社。阿弥陀・薬師・観音が衆生《しゆじよう》の苦しみを除くために神として現れたもの。
二四 仏法を護る、四天王などの神。
二五 仏に従う十二神将・八大童子・二十八部衆。
二六 金剛杵《こんごうしよ》を持ち忿怒《ふんぬ》の相をした童子。阿弥陀仏の化《け》身《しん》と言う。
二七 この世の人々を救うべく、月の光のようにこの世を照らし導いてくださるならば。「垂迹」は仏が衆生を救うために神となって現れること。「和光」は仏が衆生に近付き、その威徳の光を和らげていろいろの姿で現れること。「分段」は、行ったわざにより六道を輪廻《りんね》する運命にある凡人。「同居」は凡人も聖人も同居している現世。
二八 日本の創造神とされる男女の二神。
二九 この世に現れたもの。
三〇 朝廷の威光が逆賊のためにそこなわれることを、朝日が雲に隠されることにたとえたことば。
三一 神仏の深遠な御照覧。
三二 神が神としての威光を保つならば、どうして天皇も天皇としての威光を保たぬことがあろう。

紀《き》伊の路《ぢ》の遠山渺々《広々と見渡し》と、[一五]藤代《ふぢしろ》の松に掛かれる磯《いそ》の浪、[一六]和歌・[一七]吹上《ふきあげ》をよそに見て《遠方に見て》、[一八]月にみがける玉津島、光も今はさらでだに《その御威光も今はうすれただでさえ》、[一九]長汀曲浦《ちやうていきよくほ》の旅の路、心を砕く習ひなるに、[二〇]雨を含める孤村の樹《雨にうたれたさびしい村の木々》、夕べを送る《告げる》遠寺《ゑんじ》の鐘、哀れを催す時しもあれ《ちょうどその頃に》、[二一]切目《きりめ》の王子に着きたまふ。その夜は、[二二]叢祠《そうし》の露に御袖を片敷いて《ぬらして》、よもすがら《夜通し》祈り申させたまひけるは、「南無帰命頂礼《心より信じ礼拝し奉る》[二三]三所権現《さんじよごんげん》、満山《全山にいます》の[二四]護法、十万《大勢の》の[二五]眷属《けんぞく》、八万の[二六]金剛童子、[二七]垂迹和光《すいしやくわくわう》の月明らかに、分段同居《ぶんだんどうご》の闇を照らさば、逆臣《叛逆の臣》忽ちに亡びて、朝廷再び耀《かかや》く事をえしめたまへ。伝へ承る両所権現《新宮 本宮の両権現》は、これ[二八]伊弉諾《いざなぎ》・伊弉冉《いざなみ》の[二九]応作《おうさ》なり。わが君《(後醍醐帝)》その苗裔《べうえい》《子孫》として、[三〇]朝《てう》日《じ》忽ちに浮雲《ふうん》のために隠されて冥闇たり《くらやみとなった》。あに傷まざらんや《ああ悲しいことではないか》。[三一]玄鑒《げんかん》今むなしきに似たり《無力のようです》。[三二]神もし神たらば、君なんぞ君たらざらん」と、五体を地に投げて《体を投げ出すばかりにして》、一心に《懸命に心を尽して》誠をいたして祈り申させたまひける。丹誠無二《真心を尽しての祈りには》の御勤め、感応などかあらざらん《神もおこたえなさらぬはずはあるまいと》、神慮も暗に計られたり《神の御心もそれとなく想像された》。よもすがらの礼拝に御窮屈ありければ《お疲れになったので》、御肱《ひぢ》をまげて枕として、暫く御まどろみありける御夢に、鬢《びんづら》[一]結ひたる童子一人来たつて、「熊野三山の間は《辺りは》、なほも人の心不和にして、大儀成りがたし《大業を成し遂げがたい》。これより十津川《とつがは》[二]の方へ御渡り候ひて《いらっしゃって》[三]、時の至らんを《時期の来るのを》御待ち候へかし。[四]両所権現より案内者に付けまゐらせられて候へば《案内申し上げるよう御指示がありましたので》、御道しるべ《〔十津川までの〕御案内》つかまつるべく候ふ」と申すと御覧ぜられ、御夢はすなはち《たちまち》覚めにけり。これ権現の御告げなりけりとたのもしくおぼしめされければ、未明《びめい》[五]に御悦びの奉幣《ほうへい》[六]を捧げ、やがて《早速》十津川を尋ねてぞ分け入らせたまひける。その道の程三十余里が間には、たえて《全く》人里も無かりければ、あるいは高峰《たかね》[七]の雲に枕をそばたて、苔のむしろに袖を敷き、あるいは岩漏る水に渇をしのんで《のどをうるおし》、朽ちたる橋[八]に肝《きも》を消す。山路《さんろ》[九]もとより雨無くして、空翠《くうすい》常に衣をうるほす。[一〇]みあぐれば、万仞《ばんじん》の青壁《せいへき》刀《かたな》に削り、みおろせば、千丈の碧潭《へきたん》藍《あゐ》に染めり。数日の間かかる《このような》嶮難《けんなん》[一一]を経させたまへば、御身もくたびれはてて、流るる汗水の如し。御足は欠け損じて、草鞋《わらんぢ》皆血に染まれり。御供《とも》の人々も、皆その身鉄石《てつせき》

一 古代の男子の髪形。左右に分け、耳の上でたばねる。みずら。
二 熊野の西北、吉野の深山に発する川。ここは、その上流の土地、奈良県吉野郡十津川村。
三 「行く」「移る」などの敬語表現。
四 熊野三所権現のうち、中の宮の新宮、西の宮の本宮を言う。
五 夜も明けないうちに。
六 神にささげる幣《ぬさ》。
七 雲のたなびく高峰に岩石を枕とし、苔《こけ》を莚《むしろ》として野宿をし。
八 破損して危険な橋を渡り危ない思いをする。
九 山路は、雨も降らないのに、しっとりとした山気が衣をぬらす。この一文は、盛唐の詩人王維《おうい》の「山中」の詩を引いたもの。
一〇 見上げると、まるで刀で削ったようにけわしい緑色の山の側面が高くそびえ立ち、見おろすと、濃い藍

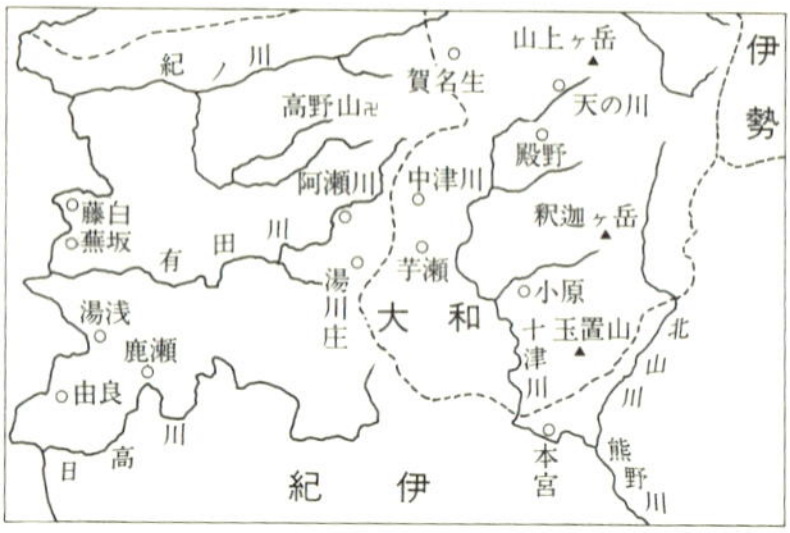

色をおびた川が深い谷底を流れる。『遊仙窟《ゆうせんくつ》』に見える文。「万仭」は「万尋」とも書く。一尋《ひろ》は、両手を広げた長さ。
一一 けわしい道。

にあらざれば、皆飢ゑ疲れて、はかばかしくも歩みえざりけれども《いっこうに距離をかせげなかったけれども》、御腰をおし《押し》、御手をひいて路の程十三日に《歩き続けること十三日目に》、十津川へぞ着かせたまひける。

宮ら、竹原・戸野にかくまわれる

宮をば、とある辻堂[一二]の内に置きたてまつて、御供の人々は、在家《民家》に行きて、〔自分たちは〕熊野参詣《さんけい》の山伏ども〔で〕、道に迷うて来たれる由を言ひければ、在家の者ども哀れみを垂れて《あわれに思って》、粟《あは》[一三]の飯《いひ》、橡《とち》[一四]の粥《かい》なんど取り出だして、その飢ゑを相助く《いやしてくれた》。宮にもこれらをまゐらせて《さしあげて》二、三日は過ぎけり。かくて[一五]は始終《しじゆう》いかがあるべしとも覚えざりければ、光林房玄尊、とある在家の、これぞさもある人の家なるらんとおぼしき所に《かなりの力を持つ者の邸に違いないと思われる所に》行きて《行って》、童部《わらんべ》の出でたるに家主《あるじ》の名を問へば、「これは、竹《たけ》[一六]原《はら》八郎入道殿の甥《をひ》に《で》戸野《との》[一七]兵衛《ひやうゑ》殿と申す人のところにて候ふ」と言ひければ、さてはこれこそ弓矢取つてさる者と聞き及ぶ者なれ《武士として力があると聞き及んでいる人物だ》。いかにも《ぜひ》して、これをたのまばやと思ひければ、門の内へ入つて、事の[一八]様《やう》を見聞くところに、内に病者有りと覚えて、「あはれ《ああ》たつとから《たっとい》

一二 道ばたにある小さな堂。
一三 粟《あわ》を米にまぜて炊いた飯。
一四 稗粥《ひえがゆ》に栃《とち》の粉をふりこんだもの。栃の実は、粉にひいて餅とし飢饉食とした。にがみがある。
一五 このままでは、つまるところどうしようもないと思われたので。
一六 今の奈良県吉野郡十津川村に住んだ有力者。
一七 吉野郡大塔村殿野に住んだ有力者。
一八 家の中の様子をうかがうと。

ん山伏の出で来たれかし《修験者が来てほしいものだ》。祈らせまゐらせん《お祈りをしていただきましょう》」と言ふ声しけり。玄尊、すは《それ》や究竟《くつきやう》[一]の事こそあれと思ひければ、声を高らかに揚《あ》げて、「これは三重《さんぢゆう》[二]の滝に七日うたれ、那智《那智大社》に千日籠《こも》つて、三十三所[三]の巡礼のためにまかり出でたる山伏ども、路踏み迷うてこの里に出でて候ふ。一夜の宿を借《か》し、[四]一日の飢ゑをも休めたまへ」と言ひたりければ、内より怪しげなる《むさくるしい》下女《げぢよ》一人出であひ、「これこそしかるべき仏神の御ぱからひと覚えて《御配慮と思われます》候へ。これの主《あるじ》の女房《奥さま》、物怪《もののけ》[五]を病ませたまひ候ふ。祈つてたばせたまひてんや《どうか御祈禱をお願いできませんか》」と申せば、玄尊「われらは[六]夫《ぶ》山伏《やまぶし》にて候ふあひだ、叶ひ候ふまじ《お役には立ちますまい》。あれ《あちらに》に見え候ふ辻堂に、足を休めて居られて候ふ先達《先導者》こそ、効験《かうげん》[七]第一の人にて候へ。この様《やう》[八]を申さんに、子細《しさい》候はじ」と言ひければ、女大いに悦びて、「さらばその先達の御房[九]、これへ入れ[一〇]まゐらせさせたまへ」と言ひて、喜びあへる事限り無し。玄尊、走り帰つてこの由を申しければ、宮をはじめたてまつて、御供の人皆かれが《戸野の》館《たち》へ入らせたまふ。宮、病者

一 うってつけの。好都合な。
二 那智山にある滝。一の滝・二の滝・三の滝がある。
三 那智山に始まり、美濃の谷汲《たにぐみ》に終る西国三十三カ所の観音。『法華経』「普門品《ふもんぼん》」に、観音が三十三種に変身するとある説に基づく。
四 (お布施《ふせ》にあずかり)一日でも結構です、飢えをしのがせてください。
五 人に取り付いて、悩ましたり、病ませたり、時には死に至らせる、生霊《いきりよう》・死霊・妖怪《ようかい》など。ここは、それによる病。
六 山伏の中で、笈《おい》などを負い、強力《ごうりき》をつとめる者。
七 祈禱《きとう》のききめがいちじるしいこと。「第一」は、程度のいちじるしいことを言う。
八 そなたの願いを申し上げれば、お聞きとどけくださるだろう。
九 僧侶《そうりよ》に対する敬称。ここは、それを山伏に用いたもの。
一〇 底本は「入り」とある。

の臥したる所へ御入りあつて、御加持《かぢ》[一一]あり。千手陀羅尼《せんじゆだらに》[一二]を二、三反《べん》高らかにあそばされて、御念珠《ねんじゆ》を押し揉《も》ませたまひければ、病者みづから口走つて、様々の事を言ひける。誠に明王《不動明王》の縛《ばく》[一三]に掛けられた《しばられたような》るていにて《様子で》、足手をしじめて《ちぢめてふるわせ》わななき五体《全身》に汗を流して、物怪《もののけ》はすなはち《たちまち》立ち去りぬれば、病者忽ちに平癒《へいゆう》す。主《あるじ》の夫《をつと》、なのめならず《非常に》喜んで、「われたくはへたる物候はねば、別[一四]の御引出物《おんひきでもの》までは叶《かな》ひ候ふまじ。まげて《どうか》十余日これに御逗留《とうりう》候ひて、御足を休めさせたまへ。例の《世に言う》山伏楚忽《そこつ》[一五]に忍びて御逃げ候ひぬと存じ候へば《突然ひそかに逃げ出されてしまいそうですから》、恐れながらこれを御質《しち》《抵当》にたまはらん」とて、面々《みんなの》の笈《おひ》どもを取り合はせて《取り集めて》、皆内にぞ置いたりける。御供の人々、上には《顔には》その気色《喜びの色を》を顕《あらは》さずといへども、下には《心中》皆悦び思へる事限り無し。かくて十余日を過ごさせたまひけるに、ある夜、家主《あるじ》の兵衛尉《ひやうゑのじよう》、客殿《きやくでん》に出で薪《たきび》[一六]なんどせさせ、よもやまの[一七]物語どもしけるついでに申しけるは、「[一八]かたがたは、定めて聞き及ばせたまひたる事も候ふらん。誠やらん、大塔宮京都

一一 祈禱。もと密教で手に印を結び真言を唱えて仏と一体の心境になることを言ったが、次第に病治療などのための現世利益《りやく》を目的とする祈禱の意に変った。
一二 千手経に見える八十二句の偈《げ》を唱える呪文《じゆもん》。密教・禅宗で唱える。
一三 不動明王が魔を縛るために左手に持った縄。
一四 これといったお礼を差し上げるわけにもまいりませんが、せめては。
一五 「山伏楚忽」とことわざに言うが、まさにそのように。語義は未詳。西源院本・玄玖《げんきゆう》本・南都本は「山伏骨ニ」、天正本は「山伏骨ナシトテ」。
一六 暖をとるための焚《た》き火などをさせたりして。
一七 あれやこれやの世間話。
一八 皆さん方はきっとお聞き及びの事もございましょう。

を落ちさせたまひて、[一]熊野の方へおもむかせたまひ候ひけんなる。[二]三山の別当定遍僧都《ぢやうべんそうづ》は、[三]無二の武家方にて候へば、〔宮が〕熊野辺に御忍びあらん事は、成りがたく覚え候ふ《困難と思われます》。あはれ《ああ》この里へ御入り候へかし《お入りになればいいものを》。所こそ[四]分内《ぶんない》はせまく候へども、四方皆嶮岨《けんそ》にて《けわしく》、十里、二十里が内へは、鳥もかけりがたき所にて候ふ《鳥も飛び越えがたい難所でございます》。その上《それに》、人の心偽らず《土地の人の心も純朴で》、弓矢を取る事世に越えたり《弓矢をとっても非常に強うございます》。されば、[五]平家の嫡孫維盛《これもり》と申しける人も、われらが先祖をたのんでこの所に隠れ、つひに源氏の世につつが無く《無事に》候ひけるとこそ承り候へ《お過しになられたと承っております》」と語りければ、宮、誠に嬉しげにおぼしめし《思っていらっしゃる》たる御気色顕れて《御様子をお見せになり》、「もし大塔宮なんどの、この所へ御たのみあつて入らせたまひたらば、たのまれさせたまはんずるか《お力になって差し上げるだろうか》」と問はせたまへば、戸野《とのの》兵衛、「申すにや及び候ふ《もちろんでございます》。[六]身不肖《ふせう》に候へども、それがし《わたくし》一人だに[七]かかる事ぞと申さば、[八]鹿瀬《ししがせ》・[九]蕪坂《かぶらざか》・[一〇]湯浅《ゆあさ》・[一一]阿瀬川《あぜかは》・[一二]小原《をばら》・[一三]芋瀬《いもせ》・[一四]中津川・[一五]吉野十八郷の者までも、手刺す者《手出しする者》候ふまじきにて候ふ」とぞ申しける。その時、宮、小寺相模《こてらのさがみ》にきつと《それと》御

一 熊野方面へ向かわれたとか申します。「なる」は伝聞の助動詞「なり」の連体形。
二 熊野三山の実質上の実権掌握者。定遍は『熊野別当系図』に定有の息として見えるが未詳。
三 他に比類のない幕府側の人間でありますので。
四 支配する土地。
五 『平家物語』十「維盛《これもり》熊野参詣・維盛入水」では、平維盛は、熊野に詣で、那智の沖に入水したとあるが、『源平盛衰記』では、或る説に言うとして、「那智の客僧等是《これ》を憐《あはれみ》て、滝奥の山中に庵室を造りて隠し置《おい》たり。其所《そのところ》今は広き畑と成《なつ》て、彼人の子孫繁昌しておはす。毎年に香を一荷、那智へ備ふる外は、別の公事《くじ》なし。故に爰《ここ》を香畷《かうばた》と云《いふ》と。入海は偽事《いつはりごと》云々《うんぬん》」（四十・中将入道入水の事）と見え、この種の落人《おちゅうど》伝説が当地に行われたことを物語っている。
六 至らぬ者ではございますが。
七 これこれしかじかと事情を話せば。
八 和歌山県有田郡広川町と日高郡日高町との境の峠の地。
九 海草郡下津町沓掛《くつかけ》の地名。
一〇 有田郡湯浅町。
一一 有田郡清水町内の地名。
一二 奈良県吉野郡十津川村小原《おわら》。
一三 十津川村五百瀬を「いもぜ」と読む。
一四 吉野郡野迫川《のせがわ》村中津川。

目くばせありければ、相模、この兵衛が側《そば》に居寄つて《にじり寄って》、「今は何をか隠し申すべき《隠しましょう》、あの先達の御房こそ大塔宮にて御座あれ《いらっしゃる》」と言ひければ、この兵衛なほもおぼつかなげにて《不審の様子で》、かれこれの顔《まわりの人々の》をつくづくとまもりけるに《見守っていたが》、片岡八郎・矢田彦七、「あら熱《あつ》や」とて、頭《と》巾《きん》を脱いで側《そば》にさし置く。実《まこと》の山伏ならねば、[一六]さかやきの跡隠れなし《はっきり見えた》。兵衛これを見て、「げにも《なるほど》山伏にてはおはしまさ[一七]ざりけり。[一八]賢《かしこ》うぞこの事申し出でたりける。あなあさまし《ああ大変なことをした》、この程《ここ数日の》の振舞ひ、さこそ《きっと》[一九]尾籠《びろう》におぼしめし候ひつらん」と以つての外に《非常に》驚いて、首《かうべ》を地に着け、[二〇]手をつかね、[二一]畳より下に蹲踞《そんこ》せり。にはかに《いそぎ》[二二]黒木の御所を作つて、宮を守護したてまつり、四方の山々に関をすゑ、路を切り塞《交通をさえぎり》いで、[二三]用心きびしくぞ見えたりける。[二四]これもなほ大儀の計略叶《かな》ひがたしとて、叔父竹原八郎入道にこの由を語りければ、入道やがて《早速》戸野が語らひに《依頼に応じて》従つて、わが館へ《自分の邸へ》宮を入れまゐらせ、[二五]無二の気色に見えければ、〔宮も〕御心安くおぼしめして、ここに半年ばかり御座ありける

一五 吉野郡全域の古称。江戸時代、大草公弼《おおくさこうひつ》の編んだ通史『南山巡狩録《なんざんじゅんしゅろく》附録』に、小川・龍門・川上・黒滝・国栖《くず》・池田・御料・阿智・賀官上・賀名生《あのう》・丹生《にゅう》・檜川《ひかわ》・古田・宗川・天の川・十津川・北山・奥の川を十八郷と称し、吉野十八荘司とも言った、とする。

一六 冠や兜《かぶと》があたるために、剃《そ》った前額部。

一七 底本は「御座せさりけり」。

一八 よくも大塔宮のことについてお話し申し上げたものだ。

一九 失礼な奴と思われたことでございましょう。

二〇 両手の指を胸の前に組み合せ敬礼する。

二一 畳敷きの所から、一段低い板の間におりてかしこまった。

二二 切り出したままで、皮がついている木で造った仮の御所。

二三 厳重に警備する様子である。

二四 こればかりでは宮を擁立《ようりつ》する企ても容易ではあるまいと。

二五 並びない忠誠を尽す様子なので。

程に、人に見知られじとおぼしめされける御支度《御配慮から》に、[一]御《ご》還俗《げんぞく》のていに成らせたまひければ、竹原八郎入道が《の》息女を[二]夜のおとどへ召されて、[三]御覚え他に異なり。さてこそ家主《あるじ》の入道も、いよいよ志を傾け、近辺の郷民《村人たち》ども、次第に帰伏《宮を敬服申し上げる様子で》申したる由にて、かへつて[四]武家をばさみしけり。

さる程に、熊野の別当定遍《ぢやうべん》、この事を聞いて、十津川《〔要害の地〕》へ寄せんずる事は、たとひ十万騎の勢ありとも叶《かな》ふべからず。ただその辺の郷民《里人》どもの欲心をすすめて《あおりたてて》、[五]宮を他所《たしよ》へおびき出だしたてまつらんと相《あひ》計つて、道路の辻に札を書いて立てけるは、「大塔宮を討ちたてまつたらん者には、[六]非職《ひしよく》・凡下《ぼんげ》をいはず、伊勢の[七]車間庄《くるまのしやう》を恩賞にあて行はる《与え》べき由を《ようとの趣旨の》、関東の[八]御教書《みげうしよ》これ有り。その上に《さらに加えて》、定遍先づ三日が中《うち》に[九]六万貫を与ふべし。[一〇]御内《みうち》伺候の人《宮の家来》、御手の人を討ちたらん者には五百貫、降人《かうにん》《降伏して来る》に出でたらん輩《ともがら》《者には》には三百貫、いづれもその日の中に必ず沙汰し与《ととのえて》ふべし」と定めて、奥《末尾に》に[一一]起請文《きしやうもん》の詞《ことば》を載せて、

一 僧体をやめて俗体にかえること。
二 寝室にお召しになり。底本は「夜る」、寛永版本は「夜」に「よん」の振り仮名を付す。
三 並ぶ者のない、宮の御寵愛《ちようあい》である。
四 幕府側を軽蔑《けいべつ》した。「さみし」は、軽蔑するの意味で、サ変動詞の連用形。

芋瀬、御旗を質にとり宮を逃がす　村上、御旗を奪い返す

五 宮を十津川から追い出し、よそへおびき出し申し上げようと策略をめぐらし。
六 官職のない農民も身分の卑しい者などをも、身分の差を問わず。
七 現在の三重県津市栗真《くりま》町の辺りにあった荘園。
八 将軍家の命令を、執権・連署・探題が奉じて伝達する文書。ここは将軍じきじきの通達であることを言う。
九 昔の金銭の単位。一貫は、一千文。当時宋銭を用い、米一升（一・八リットル）が約十文であった。
一〇 宮に直接仕える側近。
一一 上述の高札《こうさつ》に掲示した通達を、神にかけて実行するむねを誓う文。

一二厳密の法をぞ出だしける。それ移木《いぼく》一三の信は約一四を堅うせんがため、献《けん》一五芹《きん》のまひなひは志を奪はんがためなれば《相手の心を掌握するためであるから》、欲心強盛《がうせい》《欲の深い》の八庄司一六ども、この札を見てんげれば、いつしか《はやくも》心変じ色かはつて《態度が変って》、あやしき一七振舞ひどもにぞ聞えける。宮、「かくては《このままでは》この所の御すまひ始終《いずれただでは》悪しかりなん《すむまい》。吉野の方へも御出一八であらばや《おもむこうと思う》」と仰せられけるを、竹原入道、「いかなる事や候ふべき《なにほどの御心配がございましょう》」と強ひて留め申しければ、かれが心を破られん事も《相手のせっかくの心尽しを拒むのも》、さすがに叶はせたまはで、恐懼《きようく》一九の中に月日を送らせたまひける。結句《けつく》二〇、竹原入道が子どもさへ、父が命を背いて、宮を討ちたてまつらんとする企てありと聞きしかば、宮ひそかに十津川を出でさせたまひて、高野《高野山》の方へぞおもむかせたまひける。その路《途中》、小原・芋瀬・中津川といふ敵陣の難所を経て通る路なれば、なかなか《いっそ》敵をうちたのみて見ばや《敵を手なずけてみようと》とおぼしめされ、先づ芋瀬《いもせ》庄司がもとへ入らせたまひけり。芋瀬、宮をばわが館《邸》へ入れまゐらせずして、そばなる御堂《仏堂》に置きたてまつり、使者を以つて申しけるは、「三山《熊野三山》

一二 厳重な通達。
一三 中国の故事。法令を布告するにあたり、法令に偽りのないことを民に徹底させるため、長さ三丈（約九メートル）の木を都の市の南門に立て、これを北門に移した者には金を与えると布告した。民はこれを怪しんで移す者もなかったが、もの好きな一人がそれを移し、その場で金を与えられ、もって布告・法令に偽りのないことを明らかにした、という。『史記』「商君列伝」に見える。
一四 法令の守るべきことを知らせるため。
一五 『呂氏春秋』に見える語で、君主に物を贈ったり自分の意見を記して長上に呈する時の謙辞。「まひなひ」は、贈り物、賄賂《わいろ》。
一六 熊野で有力な八カ荘の荘司。荘園における年貢徴収などの事務を担当した役人で、領主から派遣された代官や、現地の有力な農民が任命された。ここは後者の現地民。
一七 宮たちに対し不穏な動きを見せるようになった。
一八 「御出で」はここは皇室関係の者が使う自称敬語。
一九 不安にかられながら。
二〇 とどのつまりは。「結句」は、もとは、漢詩文などの最終の句のこと。

の別当定遍《ぢやうべん》、武命を含んで《幕府の命令をおびて》、隠謀《おんぼう》[一]与党の輩《ともがら》をば関東へ注進つかまつる事にて候へば《告発いたしておりますから》、この道よりさう無く通しまゐらせん事《このままでお通し申しあげることは》、後《のち》[二]の罪科陳謝《ちんじや》するによんどころ有るべからず候ふ。さりながら《といって》宮を留《と》[三]めまゐらせん事は、その恐れ候へば、御供の人々の中に、名字[四]さりぬべからんずる人を一両人《一人二人》賜つて、武家へ召し渡し候ふか《幕府へ突き出すことにしますか》、しからずんば《さもなければ》[五]御紋の旗を賜つて、合戦つかまつて候ひつる支証《証拠》これにて候ふと、武家へ申すべきにて候ふ。この二つの間《あひだ》いづれも叶《かな》ふまじきとの御《ぎよ》意《い》にて候はば、力無く一矢つかまつらんずるにて候ふ《やむなく一戦申しあげましょう》」と、誠にまた余儀《よぎ》[六]もなげにぞ申し入れたりける。宮は、この事いづれも難儀《なんぎ》[七]なりとおぼしめして、敢《あ》へて御返事も無かりけるを、赤松律師則祐《そくいう》進み出でて申しけるは、「危《あや》[八]ふきを見て命をいたすは、士卒《しそつ》[九]の守るところに候ふ。されば紀信《きしん》[一〇]は詐《いつは》つて敵に降《くだ》り、魏豹《ぎへう》[一一]は留《とど》まつて城を守る。これ皆主の命に代りて名を留めし者にては候はずや《武名を後代に残した者ではございますまいか》。とてもかうても《どのような手段方法に訴えようと》かれが所存解けて《芋瀬が満足して》、御所を通しまゐらすべきにてだに候はば《宮をお通し申しあげることにさえなりますならば》、

一 陰謀に参加する者。
二 後日の追及に、申し開きするすべがございません。
三 捕え申し上げるなど、おそれ多くもございますので。
四 氏素姓のいい、名の知れた方。
五 宮の御紋章のついた旗。
六 困惑した様子で申し入れた。
七 聞き届けがたいとお考えになって。
八 主君の危険を見て生命を投げだすべき時は、いさぎよく一命をささげる。「利を見ては義を思ひ、危ふきを見ては命を授《さず》く」（『論語』憲問）などに見えることば。
九 家来として主君に尽すべきところです。
一〇 巻二、一〇五頁以下に見える。楚《そ》の項羽《こうう》のため危機に追い込まれた漢の高祖が、紀信の申し出により紀信が高祖と偽り名乗って敵の軍門に降ることを許し、その間に窮地を脱した。
一一 「魏豹」は、魏の諸公子の一人。楚の項羽の援けにより魏王となりながら、後、漢王に帰服。漢王の命により滎陽《けいよう》を守るが、楚に包囲され、同じ漢の臣周苛に誅《ちゆう》された。『史記』「高祖本紀」「魏豹列伝」に見える。

則祐御大事に代つてまかり出で候はん事は《御身に代って人質になり出かけますことは》、[一二]子細有るまじきにて候ふ」と申せば、平賀《ひらがの》三郎これを聞いて、「末座《ばつざ》[一三]の意見、卒爾《そつじ》の儀にて候へども、この艱苦《かんく》《苦難》の中に付きまとひたてまつたる人は《おとも申し上げる人は》、一人なりとも《ひとりたりとも》いへども、上の《宮の》御ためには、股《こ》肱《こうじ》[一四]耳目《ぼく》よりも捨てがたくおぼしめされ候ふべし。なかんづく《考えますのに》芋瀬《いもせの》庄司が申すところ、げにももだされがたく候へば《なるほど無視もできませんので》、その安きにつけて《容易な方について》、御旗ばかりを下され候はんに、何の煩ひか候ふべき《何のさしつかえもございますまい》。戦場に馬・物具《もののぐ》[一五]を捨て、太刀・刀を落して敵に取らるる事、さまでの《それほどの》恥ならず。ただかれが申し請《う》[一六]くる旨にまかせて、御旗を下され候へかし」と申しければ、宮げにも《もっともと》とおぼしめして、月日《つきひ》[一七]を金銀にて打つて着けたる錦《にしき》の御旗を、芋瀬庄司にぞ下されける。かくて宮は遙《はる》かに行き過ぎさせたまひぬ。暫く有つて、村上彦四郎義光《むらかみひこしらうよしてる》、遙かのあとに《ずっと後方から》さがり、宮に追着《おつつ》きまゐらせんと急ぎけるに、芋瀬庄司はしたなく《〔は〕ぐあいの悪いことに》道にて行きあひぬ。芋瀬が下人《げにん》[一八]に持たせたる旗を見れば、宮の御旗なり。村上怪しみて事《事情》の様を問ふに、

一二 異存はございません、喜んで御要望に応じましょう。
一三 卑しい身分をわきまえず、ぶしつけな考えを申し上げますが。
一四 御自分の股肱耳目（股《もも》・肘《ひじ》・耳・目など、身体にとって欠くことのできない大事なもの）にもかえがたい人々でございましょう。
一五 武具。
一六 望み申すところをいれて。
一七 月と日の形を、金・銀の箔《はく》で押し付けた錦地の御旗。錦は金糸や銀糸など、いろいろの糸で織った美しい厚地の織物。
一八 身分の低い家来。

[一]しかじかの由を語る。村上「こはそも何事ぞや。かたじけなくも四海《国》《全》の主《あるじ》にておはします天子の御子の、朝敵御追罰《御追討》のために、御門出《おんかどい》である《御進発の》路次《途中》に参りあひて、汝ら程の大凡下[二]の奴原《やつばら》が、さやうの事つかまつるべき様やある《そのような事をする法があってよいものか》」と言ひて、すなはち《ただちに》御旗を引き奪《ば》うて取り、あまつさへ《それぱかりか》旗持ちたる芋瀬が下人の大の男をつかんで、四、五丈[三]ばかりぞ抛《な》げたりける。その怪力比類無きに《なみはずれたのに》や怖《おそ》れたりけん、芋瀬庄司一言《いちごん》の返事もせざりければ、村上みづから御旗を肩に懸けて、程《間》無く《もなく》宮に追着《おつつ》き、義光、御前にひざまづいて[四]この様《やう》を申しければ、宮、誠に嬉しげにうち笑はせたまひて、「則祐《そくいう》が忠は、孟施舎《まうししや》[五]が《の心構》義を守り《えに従い》、平賀《ひらが》が智は、陳丞相《ちんしようじやう》[六]が謀《はかりこと》をえ、義光が勇は、北宮黝《ほくきゆういう》[七]がいきほひをしのげり。この三傑を以つて、[八]われなんぞ天下を治めざらんや」と仰せられけるぞかたじけなき。

その夜は、椎柴垣《しひしばがき》[九]の隙あらはなる《まばらな》山がつ[一〇]の庵《いほ》に、御枕を傾けさせ《お宿をおとりになって》たまひて《休まれ》、明くれば小原《をばら》へと志して、薪《たきぎ》負うたる山人《やまびと》[一一]の行き逢ひた

宮の一行、玉置の勢に阻まれる

一 これこれと、事の次第を。

二 全くしもじもの分際の者が。

三 一丈は約三メートルだから、約一五メートル。もちろん、この叙述には義光像の誇張がある。

四 これまでの経過。

五 孟施舎は、勝敗にかかわらず、どんな時にも恐れないのを第一とし、不動心をえようとした。北宮黝とともに斉《せい》の国の勇者。「孟施舎は曾子《そうし》に似、北宮黝は子夏《しか》に似たり。かの二子の勇は未だその孰《いつ》れか賢《まさ》れるやを知らず。然れども孟施舎は約を守れり。……孟施舎の気を守ることとは、又曾子の約を守りしことに如《し》かず」(『孟子』公孫丑《こうそんちゆう》・上)。

六 陳丞相にも肩を並べる謀をめぐらし。「陳」は漢の陽武《ようぶ》の人、陳平のこと。はじめ楚の項羽に仕えたが、後、漢の高祖に仕えた。しばしば奇策を用いて功があり、文帝の時、大臣に昇った。「丞相」は、大臣の唐名。

七 孟施舎とともに斉の勇者。

八 この三人のすぐれた勇者の力をもってすれば、このわたくしに天下を平定できぬわけはあるまい。

九 椎の木の群がり生えているのを垣根にしたもの。

一〇 山の住民。

一一 木こりなど、山に住む人。「山がつ」に同じ。
一二 吉野郡十津川村に玉置川の地名がある。その土地の豪族か。「庄司」は、荘園の領主から、年貢の徴収・治安維持など、現地の管理をゆだねられた、その地の有力者。
一三 完全に幕府側に属する人。
一四 卑しい民の言をも聞き捨てにはせず、その生活を知り善政を行う。「蒭」は、草刈り、「蕘」は、木こり。「驃楽《べうらく》驃楽と徒《いたづら》に喧喧《けんけん》たり、この蒭蕘の言を聞かんに如《し》かじ」(『白氏文集』三・驃国《ひょうこく》(ビルマ)楽)。
一五 道の警固に当る者に木戸を開けさせ、の意か。天正本に「警固ヲノケ木戸開テ」とある。「木戸」は、城戸・城門。
一六 敵の侵入を防ぐため、とげのある木の枝などを立てかけた柵《さく》。
一七 若い家来や召使いどもに武装させ。
一八 事は不首尾だ。まずいことだ。

るに、道の様《様子》を御尋ねありけるに、心なき《無知な》樵夫《きこり》までもさすが見知り《〔宮を〕》まゐらせてやありけん、薪を下し地にひざまづいて、「これより小原へ御通り候はん道には、一二玉置《たまきの》庄司殿とて、一三無二の武家方の人おはしまし候ふ。この人を御語らひ候はでは《味方にお付けになりませんと》、いくらの大勢にても、その前をば御通り候ひぬと覚えず候ふ《お通り抜けになれようとは思えません》。恐れある申し事にて候へども《おそれ多い申し上げようではございますが》、先づ人を一、二人、御使ひに遣はされ候ひて、かの人《〔玉置〕》の所存《考え》をも聞こしめされ候へかし」とぞ申しける。宮つくづくと聞こしめして《じっとお聞きになっていて》、「一四蒭蕘《すうぜう》のことばまでも捨てずと言ふはこれなり。げにも樵夫《きこり》が申すところ、さもと覚ゆるぞ《そのとおりと》」とて、片岡八郎・矢田彦七二人を、玉置《たまきの》庄司がもとへ遣はされて、「この道を御通りあるべし《〔宮が〕この道をお通りになる予定だ》。一五道の警固《けいご》に木戸を開き、一六逆木《さかもぎ》を引きのけさせよ」とぞ仰せられける。玉置庄司、御使ひに出であひて、事の由を聞いて、無返事にて《返事もせず》内へ入りけるが、やがて《すぐさま》一七若党・中間《ちゅうげん》どもに物具《もののぐ》させ、馬に鞍《くら》置き、事のてい《様子》さわがしげに見えければ、二人の御使ひ、「いやいや一八この事叶《かな》ふまじかりけり。さらば急ぎ走り帰つて、この由を申さん」とて、足ばやに帰れば、玉置が若党ども五、六十人、[一]取り太刀ばかりにて追つかけたり。二人の者立ち留《とど》まり、小松の二、三本ありける陰より跳《をど》り出でて、真《まつ》先《さき》に進んだる武者の馬の[二]諸膝薙《もろひざな》いで刎《は》ね落させ、[三]返す太刀にて首打ち落して、[四]のつたる太刀を押し直してぞ立つたりける。あとに続いて追ひける者どもも、これを見て、敢へて《進んで》近付く者一人もなし。ただ[五]遠矢に射すくめければ、片岡八郎、矢二筋《二本》射付けられて、今は助かりがたしと思ひければ、[六]「や殿、矢田殿、われはとても手負うた《大変な傷を負ったので》れば、ここにて討死せんずるぞ《討死しようと思うぞ》。[七]御辺《ごへん》は急ぎ宮の御方へ走り参つて、この由を申して、ひとまども落しまゐらせよ《ひとまず宮をお逃がせ申しあげよ》」と再往《再三》強ひて《強く》言ひければ、矢田も一所《いっしょ》にて討死せんと思ひけれども、げにも《なるほど》宮に告げ申さざらんは、かへつて不忠なるべければ、力無く《やむなく》、ただ今《今》討死する《討死しようとする》傍輩《仲間》を見捨てて帰りける、〔その〕心の中推《お》しはかられて哀れなり。矢田遙《はる》かに行き延びて跡を顧みれば、片岡八郎はや討たれぬと見えて、首

一 腰に帯びることなく、手に太刀を持ったままで。押っ取り刀で。急いでいる様を言う。
二 両方の膝を横切りに払い切って、その乗り手をはね落させ。
三 いったん切りつけておいてから、元へもどす太刀で前とは逆方向に切ること。
四 「のつたる太刀」は、人を斬ったためにゆがみまがってしまった太刀。その太刀を物に当てて元の形に押しなおし。「その頃かつてなかりし五尺三寸の太刀を以つて、敵三人懸けず胴切つて、太刀の少しのつたるを門の扉に当てて押しなほし」（巻八・山徒京都に寄する事）。
五 遠方から矢を射かけて、相手を身動きできぬようにしたので。
六 おいおい矢田殿。「や殿」の「や」は、呼びかけ、「殿」は、そなた、の意。
七 武士ことばで、同等もしくは少し目上の相手に対して使う対称代名詞。

八　運の詰るのと開くのは天命の決するところで、それを嘆いてみたとて、何ともならぬ。

九　身分の高い者、低い者合わせて三十余人の兵たち。出発当初九名の同行者であった（二二二頁参照）が、途中、戸野・竹原らの配下が加わったものか。玄玖《げんきゆう》本・西源院本は「上下六十余人」とする。

一〇　玉置の軍勢と思われる者が。

一一　全員が鎧兜を着て完全武装すること。

一二　楯《たて》を前に押し立てて進み。

一三　きりりとしたお顔に微笑を浮べられて。「玉顔」は、玉のように美しいお顔、また天皇のお顔の意であるが、ここは宮を天皇に準じて後者の意に用いたか。

一四　（従って来た）配下の者たち。

一五　武名を後世に永く残そう。

一六　ぜったいに。下の打ち消し「有るべからず」と呼応する。

一七　処刑された者の首を獄舎近くの門の木にさらす、その門。

を太刀の鋒《きつさき》に貫いて持つたる人あり。矢田、急ぎ走り帰つて《〔宮の待たれる所へ〕》、この由を宮に申しければ、「さては遁れぬ道に行きつまりぬ。[八]運の窮達《きゆうたつ》、歎くにことば無し」とて、御供の人々に至るまで、なかなか《かえって》騒ぐ気色《様子》ぞ無かりける。「さればとて、ここに留《とど》まるべきにあらず。行かれんずる所まで行けや《とにかく行ける所まで行こうではないか》」とて、[九]上下三十余人の兵ども、宮を先に立てまゐらせて、問ひ問ひ《〔道を〕尋ねながら》山路をぞ越え行きける。すでに中津川の峠を越えんとしたまひけるところに、向うの山のふたつの峰に、[一〇]玉置が勢と覚えて、五、六百人が程、[一一]ひた冑《かぶと》に鎧《よろ》うて[一二]楯を前に進め《〔さらに〕》、射手《いて》を左右へ分けて《〔包囲するようにして〕》ときの声をぞ揚げたりける。宮これを御覧じて、[一三]玉顔《ぎよくがん》殊におごそかにうち笑《ゑ》ませたまひて、[一四]御手《おんて》の者どもに向つて、「矢種の在らんずる程《矢のある限り》は、防き矢を射よ。《〔その間に〕》心静かに自害して、[一五]名を万《ばん》代《だい》にのこすべし。ただし各《おのおの》[一六]相構《あひかま》へて、われより先に腹切る事有るべからず。われすでに自害せば、面《わが顔の》の皮を剝《は》ぎ、耳鼻を切つて誰《た》が首とも見えぬやうにし成して捨つべし。そのゆゑは、わが首をもし獄[一七]

一 諸国で朝廷の側に志を寄せる者。
二 軍将諸葛孔明《しよかつこうめい》の死をかくして攻める蜀《しよく》軍を見て、魏《ぎ》の司馬仲達は、孔明いまだ死なずと、驚き退却したという故事。『三国志』などに見られる。
三 紀元三世紀、三国時代蜀漢の名相、亮《りよう》。孔明はその字《あざな》。劉備《りゆうび》に仕え戦術をもって忠誠を尽した。
四 魏の文帝ら三代に仕え、武功をもって実権を掌握し、後、魏を滅ぼして晋《しん》の高祖を称した。
五 今はとうてい逃れられぬところぞ。
六 卑怯《ひきよう》な振舞いをして。下二段活用動詞「きたなびる」の連用形に接続助詞「て」の付いた形。
七 一騎で千人の相手と戦えるような勇猛な兵。
八 攻め寄せた玉置の軍勢。
九 雌鳥が左の翼を上に、右の翼を下にして羽を畳むように。
一〇 隙をあけぬよう、楯を左右交互に重ねて並べ。「つきしとみて」のウ音便形。
一一 (寄手と、それを防ぐ兵の両方が) 攻めかかってきた、ちょうどその時。
一二 松を吹く風にひるがえして。

野長瀬の援けにより、宮、危機を脱する

門に懸けてさらされなば、[一]天下に御方《みかた》の志を存ぜん者は力を失ひ、武家《幕府》はいよいよ恐るる所なかるべし。[二]死せる孔明《こうめい》、[三]生ける仲達《ちゆうたつ》[四]を走らしむといふ事あり。されば、死して後までも威《威力》を天下に残すを以つて良将とせり。[五]今はとても遁れぬ所ぞ。相構へて《けっして》、人々[六]きたなびれて、敵に笑はるな」と仰せられければ、御供の兵ども、「なにゆゑか《どうして》、きたなびれ候ふべき《卑怯なまねをしましょうや》」と申して、御前に立つて、敵の大勢にて攻め上りける坂中の辺まで下り向ふ《坂の途中まで下って迎え撃った》。その勢わづか三十二人、これ皆[七]一騎当千の兵とはいへども《〔さすが〕》、敵五百余騎にうちあひて《対戦しては》、戦ふべきやう《戦いよう》は無かりけり《もなかった》。

[八]寄手《よせて》は、楯《たて》を[九]雌羽《めんどりば》につきしとうて[一〇]かづきあがり《頭上にかざし》、防ぐ兵は打物《刀剣》の鞘《さや》をはづして[一一]相《あひ》がかりに近付くところに、北の峰より、赤旗三《三本》ながれ、[一二]松の嵐《あらし》にひるがへして、その勢六、七百騎が程かけ出でたり。その勢次第に近付くままに《につれて》三手に分けて《三方に分れて》、ときの声を揚げて玉置《たまぎ》の庄司に相向ふ。真先《まつさき》に進んだる武者、大音声《だいおんじやう》を揚げて、「紀伊《きの》国の

住人、一三野長瀬《のながせの》六郎・同《おなじく》七郎、その勢三千余騎にて、大塔宮の御迎ひに参るところに、かたじけなくもこの君にむかひまゐらせて弓をひき、一四楯を列《つら》ぬる人は誰ぞや。玉置庄司殿と見るはひが目《誤りか》か。ただ今滅ぶべき武家《幕府》の一五逆命に従つて、即時《たちまち》に運を開かせたまふべき親王に敵対申しては、一六一天下のあひだいづれの所にか身を置かんと思ふ。一七天罰遠からず、これをしづめん事、一八われらが一戦の内にあり。一九余すな、漏らすな」とをめき叫んでぞかかりける《攻めかかった》。これを見て、玉置が勢五百余騎、叶《かな》はじとや思ひけん、楯を捨て、旗を巻いて、忽ちに四角八方《ばらばらに》へ逃げ散りぬ。

その後、野長瀬兄弟、冑《かぶと》を脱ぎ、弓を脇にさしはさうで《さしはさんで》遥かに《はるか下座に》かしこまる《ひかえた》。〔兄弟を〕宮の御前近く召されて、〔宮は〕二〇「山中《さんちゅう》のていたらく〔を見るに〕、二一大儀の計略、叶ひがたかるべき《困難に見えたので》あひだ、大和《やまと》・河内《かはち》の方へうち出でて、勢を《味方の》付けんため《軍勢を付けるため》に進発《しんぱつ》せしむるのところに《出発しようとしていたところへ》、玉置庄司ただ今のふるまひ《玉置の先ほどの攻撃に遭って》、二二当手《たうて》の兵、二三万死《ばんし》の内に一生をも得がたしと覚えつるに、不慮《思いがけず》のたす

一三 清和源氏で、今の和歌山県西牟婁《むろ》郡中辺路《なかへじ》町近露《ちかつゆ》に住んだ武士。
一四 楯を連ねて戦いをいどむのは誰だ。
一五 よこしまな命令。
一六 いずれ天皇の親政になるべきこの天下の、どこに生きながらえようとするのか。
一七 遠からず天罰をこうむるお前たちを平定するのは。
一八 われわれとの一戦でたちまちに決することだろう。
一九 (皆の衆、敵を)討ちもらすな、逃がすな。
二〇 吉野山中の状況。玉置ら、その地の者の大部分が幕府側に従う状況を言う。
二一 親政再興のための計画。

野長瀬、老松明神の告げにより馳せ参る

二二 味方の兵。天正本が「当千ノ兵」とするのは下に「万死の内に」とあるのに合わせたものか。玄玖本・西源院本もいずれも「当千ノ兵」。
二三 まず助かることは万に一つもあるまいと思われたのに。

けに逢ふ事、天運なほ《天運にはまだ》憑《たの》みあるに似たり《見放されぬと思われる》。そもそも一この事何として《どうして知っ》存じたりければ《て》、この戦場に馳《は》せあひて、《(玉置勢)》逆徒の大軍をばなびけぬ《討ち退けたの》るぞ《か》」と御尋ねありければ、野長瀬かしこまつて申しけるは、「昨《さく》日《じつ》の昼程に、年十四、五ばかりに候ひし童《わらは》の、名をば老松《おいまつ》といへり二と名のつて、『大塔宮、明日《みやうにち》十津川を御出であつて、小原へ御通り《お通りに》あらんずるが《なろうが》、一定《きっと》道にて難に逢はせたまひぬと覚ゆるを《おあいになるものと思われるので》、三志を存《そん》ぜん人は、急ぎ御迎ひに参れ』と、ふれ回り候ひつるあひだ《知らせてまわりましたので》、《〔宮の〕》御使ひぞと心得て参つて候ふ」とぞ申しける。宮、この事を御思案あるに、ただことにあらず《平常のことではないと》とおぼしめし合はせて《お思いになって》、年来《長年》御身を放されざりし四膚《はだ》の御守《おんまぶ》りを御覧ずるに、その《御守りの》口少し開《ひら》きたりけるあひだ、いよいよ怪しくおぼしめして、すなはち《さっそく》開き御覧ぜられければ、五北野天神の御神体を、金銅《こんどう》にて鋳《い》まゐらせられたる、その御眷属《けんぞく》、六七老松の明神の御神体、遍身《全身》より八汗がいて《汗をかいて》、御足に土の付きたるぞ不思議なる。「九さては佳運《かうん》神慮にかなへり。逆徒の退治、何の疑ひか有るべき」

一 われわれが窮地に陥っている事を。

二 底本は「と」なし。

三 宮に志のある人は。「ん」は推量の「む」。

四 膚に付けたお守り。「御守り」は、災難をのがれるように祈ってつける神のしるし。

五 京都市上京区の北野神社にまつられる菅原道真《すがわらみちざね》。

六 仏や菩薩《ぼさつ》に付き従うもの。

七 「老松の明神」は、『山州名跡志』八に、北野神社の摂社として見え、「菅神御愛の松の霊なり」とある。

八 底本に「汗がいて」とある。「いて」は、注ぐの意の上一段活用動詞「沃《い》る」の連用形に助詞「て」の付いた形。

九 これはきっと神の御心にかなって、われわれの運が開けてくるぞ。

とて、それより宮は、[一〇]槇野[一一]上野房聖賢《まきののかうづけばうしやうげん》がこしらへたる槇野の城へ御入りありけるが、ここもなほ分内狭くて《やはり土地が》悪しかるべしと御思案あり《お考えになり》て、[一二]吉野の大衆《だいしゆ》を語らはせたまひて《味方につけられ》、[一三]愛染《あいぜん》宝塔を城郭に構へ、[一四]岩切り通す吉野川を前に当てて、三千余騎を従へて、たてこもらせたまひけるとぞ聞えし。

一〇 奈良県五條市牧野。ここは、その地に住んでいた、の意。
一一 清和源氏。五條市上野の地名と関係があるか。
一二 吉野金峰山《きんぷせん》蔵王《ざおう》堂の支配に属する僧侶《そうりよ》。「大衆」は、大寺院の管理者的立場にある僧の支配下にある学生《がくしょう》や堂衆。中世には、これらの僧侶が管理僧の支配を振り切って独自の行動を起しがちであった。
一三 愛染明王《あいぜんみようおう》（敬愛をもって衆徒を解脱《げだつ》させる、外相は忿怒《ふんぬ》の明王）をまつった塔をとりでにしつらえ。
一四 切り立つ岩の間を流れる吉野川の急流を前にして。「吉野川岩切り通し行く水の音には立てじ恋ひは死ぬとも」（『古今集』十一・恋一）。
* 関東の命令に従う熊野別当や吉野在地武士の動きにもかかわらず、局面は、次第に先帝・大塔宮の側に有利に展開し始める。大塔宮の脱出を助ける摩利支天・両所権現・老松明神の加護、村上義光らの奮戦を、漢籍の世界をかり、また合戦語りの方法を用いて描き、逆に悪党芋瀬らの動きが悪党本来の性格を失って矮小化《わいしようか》されて描かれている。そこに『太平記』の構想を見るべきだろう。

太平記巻第五

太平記　巻第六

巻第六の所収年代と内容

◇元徳四年（元弘二年〔一三三二〕）三月の頃から、正慶二（元弘三）年二月の頃まで。

◇隠岐《おき》にある先帝をしのぶ三位局《さんみのつぼね》の悲嘆を描く中に、北野天神の神託をもって先帝復帰の予告を見る。はたせるかな、楠正成《くすのきまさしげ》が河内《かわち》・和泉《いずみ》を平定、さらに天王寺へ兵を進め奇略とかけひきを用いて関東軍を翻弄《ほんろう》する。楠は、天王寺に詣で未来記を披見、北条の滅亡の近いことを知る。その頃、大塔宮《おおとうのみや》の令旨《りょうじ》をえた赤松円心が播磨《はりま》に兵を挙げ、西国街道を遮断する。こうした情勢の変化に北条は大軍を京へ送り、その一軍が赤坂城を攻めることになるが、その関東軍に属する人見・本間がいち早く北条一門の滅びを予見して、単独行動をおこし覚悟の上の壮烈な討死をとげる。赤坂の合戦そのものは、水の補給路を断たれた赤坂勢の敗北とその降伏に終るが、当時の次第に急を告げる情勢の変化を読みとれぬ六波羅《ろくはら》探題がこれら捕虜を刑に処したため、これがかえって諸国の叛乱軍を鼓舞せしめることになる。局面は次第に北条の破局へと展開する。

[一]民部卿三位局《みんぶきやうさんみのつぼね》御夢想の事

[二]それ年光《ねんくわう》のとどまらざる事、[三]奔箭下流《ほんせんかりう》の水のごとし。哀楽たがひ（喜びと悲しみのと）に替はること（ってかわることは）、[四]紅栄黄落《こうえいくわうらく》の樹《き》に似たり。しかればこの世の中の有様、[五]ただ夢とやいはん、幻《うつつ》とやいはん〔しかも現実に〕。[六]憂喜《いうき》ともに感ずれば、袂《たもと》の露を（涙にぬ）催す事（れがちになるのは）、今に始めずといへども、去年（元徳三年）九月に笠置《かさぎ》の城破れて、先帝隠岐国《おきのくに》へ遷《うつ》されさせたまひし後は、百司の旧臣悲しみを抱いて（先帝に仕えたもろもろの官人は悲しみにくれ）、所《しよ》所《しよ》に籠居《ろうきよ》し、[七]三千の宮女（多くの官女）、涙を流して面々《いずれも》に伏し沈みたまふ有様、誠に憂き世の中のならひといひながら、ことさらあはれに聞えしは（特にあわれをさそったのは）、[八]民部卿三位《さんみ》殿の御局《おつぼね》にてとどめたり。

三位局に先帝還御の神託

それをいかにと申すに（と申しますのは）、〔この御局は〕先帝先朝の御寵愛《ちようあい》浅からざるうへ、大塔宮（護良親王）の御母堂（御母君）にてわたらせたまひしかば（いらっしゃったので）、かたへの（まわりの）女御《にようご》・后《きさき》は、[九]花のそば

先帝の旧臣・宮女、悲嘆

一 護良《もりよし》親王の母。村上源氏、民部卿三位大納言北畠師親《もろちか》の娘、従三位親子。
二 そもそも年月の過ぎ去る事は。
三 矢のごとく流れる急流のようだ。「虚弓避《さ》り難し、未だ疑ひを上弦の月の懸かれるに抛《なげう》たず、奔箭迷《まど》ひ易し、猶《なほ》誤りを下流の水の急《すみ》やかなるに成す」（『和漢朗詠集』上・雁）による。
四 春には紅い花を咲かせ栄えながら、秋には黄葉して枯れて行く木に似ている。「紅栄黄落す、一樹の春の色秋の声」（『和漢朗詠集』下・老人）による。
五 あまりにはかなく、夢と言おうか現実と言おうか、その区別もさだかではない。
六 世の無常を知りながらも喜び悲しみを感ずるのが人間であるから。
七「後宮の佳麗三千人」（『白氏文集』十二・長恨歌）による語。
八「……は……に（て）とどめたり」の表現は、室町時代の語り物に見られる常套《じようとう》表現。特に……であるのは……であった、の意。
九 すぐれた物のそばにあるため、ひどく見劣りすることをたとえたことば。『源氏物語』で光源氏に比べられる頭中将《とうのちゆうじやう》（紅葉賀《もみじのが》）などを言っているし、宴曲にも見られる広く流布していたことば。

の深山木《みやまぎ》の、色香も無きが如くなり。[一] しかるをよのなか《世が乱れはじめてからは》静かならざりし後は、[二]よろづ引き替へたる九重《ここのへ》の内の御住居《すまゐ》も定まらず、[三]荒れのみ増さる波の上に、舟流したる海士《あま》の心地して、寄る方もなき《よるべもない不安な思い》御思ひの上に《にかられるうえにさらに》うち添ひて、[四]君は西海《さいかい》の帰らぬ波に浮き沈み、涙隙《ひま》無き御袖の気色《けしき》と承りしかば、[五]むなしく思ひを万里の暁の月に傾け、宮《〔御子の〕》はまた南山《吉野山》の道なき雲に踏み迷はせたまひて《雲にとざされた道をお迷いになり》、あこがれたる御住居《さまよい歩く御身の上と承る》と聞ゆれど《けれども》、[六]書《しよ》を三春《さんしゆん》の暮の雁《かり》につけがたし。かれといひこれといひ《あれやこれやと》、一方ならぬ《なみなみならぬ》御歎きに、[七]青糸《せいし》の髪おろそかにして、いつの間に老いは来たりぬらんと怪しまれ、[八]紅玉《こうぎよく》のはだへ消えて、[九]今日を限りの命ともがなと、おぼしめしける御悲しみのやる方なさに、年来《としごろ》の御祈りの師とて《で》、[一〇]御誦経《おんじゆきやう》・御撫物《おんなでもの》なんど奉りける《差し上げていた》、北野の社《北野神社》[一一]僧の坊におはしまして、一七日《ひとなぬか》参籠の御志ある由《七日間おこもりになりたいと》を仰せられければ、〔僧としても〕このをりふし《時節がら》、武家の聞えも憚り無きにはあらねども《幕府の耳に入るのを恐れないわけでもないけれども》、日来《平素からの》の御恩も重く、今程の御有様《悲しまれる御様子も》も御いたはしければ、情け無くはいかが《むげにおことわりもいたしかね》と思ひて、拝

一 底本は「なり」を欠く。
二 宮中の変りように、三位局のおすまいも定まらず。
三 さながら荒れ狂う海上に舟をただよわせる海士のようで。「沖つ波荒れのみまさる宮のうちは年経て住みし伊勢の海人《あま》も舟流したる心地して寄らむ方なくかなしきに」(『古今集』十九・雑体)による。
四 恩寵《おんちよう》をこうむった先帝も帰るすべなく隠岐《おき》の島でたえず涙にかきくれていらっしゃると承っては。
五 明け方の月を眺めては、万里のかなた隠岐の島の先帝をむなしくおしのび申し上げるばかりで。
六 あの蘇武《そぶ》の故事のように、春の夕暮れ、手紙を雁に託するというわけにもいかない。「三春」は、陰暦一月から三カ月にわたる春。『源平盛衰記』八「漢朝蘇武」に、蘇武が雁に託した漢の昭帝への書状に「昔は巌穴の洞に籠《こも》り徒《いたづ》らに三春の愁嘆を送る」と見える。
七 黒くつやつやとした髪も、今はあせ、抜け落ちてまばらになり。この後の「紅玉のはだへ消えて」とともに、『白氏文集』四「陵園妾幽閉を憐れむの詩」に見えることば。
八 紅玉のように美しかった膚のつやもあせ。
九 いっそ今日限りで命尽きてくれればよいのにと。「忘れじの行く末まではかたければ今日を限りの命ともがな」(『新古今集』十三・恋三)。
一〇 けがれを祓《はら》い捨てるため身をなでる紙や布。
一一 神社付属の寺で神祇《じんぎ》のために仏事を行う僧。北野神社にも朝日寺・観音寺など寺や堂がある、その僧。

殿のかたはらに僅かなる一間《ひとま》をこしらへて、よのつねの[一二]青《なま》女房なんどの参籠《さんろう》したる由にて置きたてまつりけり（ように見せて）。あはれいにしへならば（世が世ならば）[一三]錦帳《きんちやう》によそほひを籠《こ》め、[一四]紗窓《しやさう》に艶《えん》を閉ぢて、[一五]左右の侍女《おもとひと》その数を知らず、あたりを輝かして（辺りも輝くばかりに）、いつきかしづきたてまつるべきに（大切にお仕え申しあげるべきであるのに）、いつ（いつの）しか引き替へたる（まにかうってかわって）御忍びの物籠りなれば（通夜参籠であるので）、都近けれども、事問ひかはす人もなし（お話し相手になる人もいない）。ただ[一六]一夜の松の嵐に御夢をさまされ、[一七]主《あるじ》忘れぬ梅が香に（道真ゆかりの梅の香に）、[一八]昔の春をおぼしめし出だすにも（過ぎ去った栄華の日々を思い出すにつけても）、[一九]昌泰《しやうたい》の年の末に、[二〇]荒人神《あらひとがみ》と成らせたまひし、〔道真の〕[二一]心づくしの御旅宿《おんたびね》までも、今は君の御思ひになぞらへ（先帝の御身の上を思いやられて）、または御身の歎きにおぼしめし知られたる（御身の嘆きにひきくらべられて思い知られるのであった）。あはれの色の数数に（あれやこれやと悲しみが重なるにつけても）、御念誦を暫く止《や》められて、御涙の内にかくばかり（ただ次のように）、

[二二]忘れずは神もあはれと思ひしれ心づくしのいにしへの旅

とあそばして、少し御まどろみありける、その夜の御夢に、[二三]衣冠正しくしたる老翁《らうをう》の、年八十有余なるが（八十余歳）、左の手に梅の花を一枝持ち、右の手に[二四]鳩の杖をつき、いと苦しげなるていにて（様子で）、御局の臥したま

一二 身分の低い若女房。
一三 錦《にしき》を使ったとばりの中に美しい姿をかくし。
一四 うすぎぬをはった窓の中にあでやかな姿をかくし。
一五 左右には多くの侍女がお仕えし。
一六 巻十二「聖廟《せいべう》の御事」に、菅原道真《すがわらみちざね》の怨霊《おんりよう》が荒れ狂った天慶《てんぎよう》年間、「大内《おおうち》の北野に千本の松一夜に生ひた」ので、ここに社壇を建て怨霊をまつったとある。早くからこの種の伝説・縁起が行われた。そのようないわれのある北野の松を吹く風の音によって。
一七 太宰府《だざいふ》へ移される道真が、「東風《こち》吹かば匂ひおこせよ梅の花主《あるじ》なしとて春な忘れそ」と詠んだという。
一八 道真の詠の「春な忘れそ」を踏まえている。
一九 道真は昌泰《しようたい》四年（九〇一）正月に左遷され、延喜三年（九〇三）二月、その地に薨《こう》じた。
二〇 姿を現じて霊威を示す神。『大鏡』などに道真が雷神となり世を恐れさせたことが見える。
二一 道真が筑紫《つくし》への旅路に心を悩ました話をも。「心をつくす（悩ます）」と地名「筑紫」とを掛ける。
二二 北野の神も昔の筑紫への悲しい旅をお忘れでなければ、どうか先帝や私の悲嘆を思いやってください。
二三 冠《かん》・袍《ほう》・指貫《さしぬき》・石帯《せきたい》だけの略装を言うが、平安中期以後、参内や儀式参列にも用いた。
二四 杖の頭部に鳩《はと》の形をつけたもの。鳩にあやかり、老人が食物にむせることのないように持ったという中国のしきたりに従ったもの。

ひたる枕の辺《へん》に立ちたまへり。〔御局が〕御夢心地におぼしめしけるは、[一]篠《ささ》の小篠《をざさ》の一節《ひとふし》も、問ふべき人も覚えぬ《人が訪ねて来るとも思えない》都の外の[二]蓬生《よもぎふ》に、怪しやたれ人《どなたが》の[三]道踏み迷へるやすらひぞやと御尋ねありければ、この老翁世にあはれなる気色《様子》にて、言ひ出だせる詞《こと》は無くて、持ちたる梅の花を御前にさし置いて立ち帰りけり。不思議やとおぼしめして御覧ずれば、一首の歌を短冊《たんじゃく》にかけり。

[四]めぐりきて遂にすむべき月影のしばしくもるを何歎くらん

〔御局は〕御夢さめて、歌の心《意味》を案じたまふに、君遂に還幸成つて、[五]雲の上に住ませたまふべき[六]瑞夢《ずいむ》なりとたのもしくおぼしめしけり。誠にかの[七]聖廟《せいべう》と申したてまつるは、[八]大慈大悲《だいじだいひ》の本地《ほんぢ》、天満天神の垂迹《すいしゃく》にてわたらせたまへば、一度歩みを運ぶ人《参拝する人は》、[九]二世の悉地《しつち》を成就《じやうじゆ》し、僅かに御名を唱ふる輩《ともがら》〔さえ〕、万事の所願《願いをかなえられる》を満足す。いはんや[一〇]千行万行《せんぎやうまんぎやう》の紅涙《こうるい》を[一一]滴《した》で尽して、七日七夜の[一二]丹誠《たんせい》をいたさせたまへば、[一三]懇誠《こんせい》暗に通じて、感応忽ちに告げあり《霊験あらたかなお告げがあった》。世すでに澆季《げうき》《末世》に及ぶといへども、信心誠《誠を尽して》

一 少しも。全く。同一語を重ねて語調をととのえ、「一節（短いもののたとえ）」の序としたもの。
二 よもぎが生え茂っている荒れはてた寂しい所。
三 道に迷って、たたずんでいらっしゃるのか。
四 時がたてばいずれは澄んだ姿を現すはずの月が、今しばらくかくれているのを、どうしてそなたは嘆くのか、嘆くまいぞ。「月」に、先帝をなぞらえている。
五 宮中。前の神の歌で先帝を月にたとえていたのを受けている。歌の「すむ」とこの「住ませ」とを掛けている。
六 めでたい夢のお告げ。
七 聖廟《せいびょう》。聖なる霊をまつる所。ここは、北野神社を指す。
八 広大ないつくしみをほどこされる観音が天満天神としてお姿を現されたものであるので。仏菩薩《ぼさつ》が衆生《しゅじょう》を救うために仮に神として現れることを「垂迹《すいじゃく》」と言い、その本来の身を「本地」と言う。ここは北野天神の本地を観音に見ている。「天神」は、本来、農耕祈雨の祭神で、これに政治の敗者道真の怨霊が結び付いた。天満天神の語は、早く慶滋保胤《よししげやすたね》の賽文《さいぶん》にも見える。
九 現世と来世にわたり悟りをえることを成就し。
一〇 悲しみのために流す千筋万筋の血涙。
一一 したたらせ尽して。「滴で」は、下二段活用動詞「したづ」の連用形。
一二 真心を尽して祈られたので。
一三 誠意が、目に見えないながら神に通じ。

ある時《信心する時は》は、霊鑑《れいかん》[一四]新たなりと、いよいよたのもしくぞおぼしめしける。

楠《くすのき》天王寺に出張《でばり》[一五]の事付けたり隅田《すだ》・高橋ならびに宇都宮《うつのみや》が事

元弘[一六]二年三月五日、左近将監時益《さこんしやうげんときます》[一七]・越後守仲時《なかとき》、両六波羅[一八]に補せ《任ぜられて》られて、関東より上洛《しやうらく》す。この三、四年は、常葉駿河守範貞《ときはするがのかみのりさだ》[一九]一人と《が司り》して、両六波羅の成敗を司つて《業務を執っていたが》ありしが、堅《かた》く辞し申しけるによつて《辞意を表明したためということだ》とぞ聞えし。

楠兵衛正成《ひやうゑまさしげ》は、去年[二〇]赤坂の城にて自害して焼け死んだる真似《ふり》をして落ちたりしを、〔幕府は〕実《まこと》と心えて、武家《幕府では》よりその跡に湯《ゆ》浅孫六《あさまごろく》[二一]入道定仏《ちやうぶつ》を地頭[二二]にすゑ置いたりければ、今は河内国《かはちの》においては、ことなる事《何事も起るまい》あらじ《と》と心安く思ひけるところに、同じき四月三日、楠、五百余騎を率し《ひきいて》て、にはかに湯浅が城へ押し寄せて、息をも継《つ》がせず攻め戦

一四 すぐれた鑑識（真実を見分ける力）を示される神のお目にとどまるものだと。

＊ 三位局への北野天神の神託を通して、この後の状況展開を示唆する。巷間《こうかん》に広く行われた北野天神縁起を踏まえて構成され、語りの世界を思わせる段である。

一五 戦闘のため、その戦場へおもむくこと。

一六 史実としては、時益・仲時の探題補任は二年前の元徳二年（一三三〇）のこと。この後の正成らの行動開始に対処するものとして年次を改めたものか。

時益・仲時六波羅探題に補せられ急遽上洛

一七 「将監」は、近衛府の三等官。時益は、北条執権の家系で、仲時・範貞とも一族。

一八 南北両六波羅探題。

一九 範貞が一人探題の任にあったのは正中元年（一三二四）までで、ここは、時益・仲時の急遽《きゆうきよ》上洛に結び付けるため虚構を用いたものか。

楠、奇略を用い、湯浅を降す

二〇 巻三「赤坂の城軍《しろいくさ》の事」（元徳三年十月）に見える。この度は、その約半年後の挙兵である。

二一 『湯浅系図』は、刑部《ぎやうぶ》入道貞重の息成重を太郎入道定仏とし、安田元久氏（『武士団』）は、宗国の息宗藤を孫六定仏とする。後日、南朝側に付く人物。

二二 幕府が荘園に置いた、治安維持・武士統制のための役職。

ふ。城中に兵粮《ひやうらう》の用意とぼしかりけるにや、湯浅が所領紀伊《きの》国の阿《あ》一瀬《ぜ》川《がは》より、人夫《にんぶ》二五、六百人に兵粮を持たせて、夜中に城へ入らんとする由を楠ほのかに聞いて、兵を道の切所《せつしよ》三へさし遣《つか》はし、ことごとくこれを奪ひ取つて、その俵に物具《武具》を入れ替へて、馬に負四ふせ人夫に持たせて、兵を二、三百人、兵士《ひやうじ》五のやうにいでたたせて《ような格好をさせて》、城中へ入らんとす。楠が勢これを追ひ散らさんとする真似をして、追つつ《追いかけた》返しつ《り退いたり》、同《ど》六士軍《しいくさ》をぞしたりける。湯浅入道これを見て、わが兵粮入《わが軍の兵糧を運び入》るる《れる》兵《つはもの》どもが、楠が勢《楠の軍勢》と戦ふぞと心えて、城中よりうつて出で、七そぞろなる敵の兵どもを、城中へぞ引き入れける。楠が勢ども、思ひのままに城中に入りすまして、俵の中より物具《もののぐ》ども取り出だし、ひしひしと《十分に武装して》固めて、すなはち《さっそく》八ときの声をぞ揚げたりける。城の外の勢、同時に木戸《城門》を破り、屏《へい》を越えて攻め入りけるあひだ、湯浅入道内外《ないげ》の敵にとり籠《こ》められて、戦ふべきやうも無かりければ、忽ちに九首をのべて、降人《かうにん》に出づ。

一 和歌山県有田郡清水《しみず》町にあった阿弖川荘《あてがわしょう》。
二 荷物運搬の人足。
三 要害の地。難所。
四 背負わせ。「負ふす」は「おほす（課す）」の東国的表現。ただし、この読みは寛永版本による。
五 鎌倉時代以後、荘園の領主がその荘園の農民を徴発して兵士に仕立てたもの。武装も簡略であった。
六 味方同士で戦闘（の真似）を行った。
七 入れるべき理由のない。入れてはならない。もともとの意味は、正常な認識や意識を離れて行動したり、そういう状態になること。
八 城外の味方に合図するための鬨《とき》の声。
九 首を差しのべて降伏して来た。

楠、六波羅勢を渡部へ誘い出す

楠その勢《(湯浅勢)》をあはせて七百余騎にて、[一〇]和泉《いづみ》・河内《かはち》の両国をなびけて《平定して》、大勢に成りければ、五月十七日に、先づ[一一]住吉・[一二]天王寺辺へうつて出で、[一三]渡部《わたなべ》の橋より南に陣を取る。しかるあひだ《そうこうするうちに》和泉・河内の早馬《急使》し[一四]きなみをうつて、楠すでに《いよいよ》京都へ攻め上る由告げ《〔六波羅へ〕》ければ、洛中の騒《洛中は大変な》動なのめならず《騒ぎようである》。武士《ぶし》東西に馳《は》せ散りて、貴賤《きせん》・上下あわつる《あわてる》事きはまりなし。かかりければ、両六波羅には、[一五]畿内《きない》・近国の勢、雲霞《うんか》のごとく馳《は》せ集まつて、楠今や攻め上ると待ちけれども、あへて《いっこうに その》その儀《様子》もなければ、「聞くにも似ず《噂とは違って》、楠小勢にてぞあるらん。こなたよ《〔それならば〕》り押し寄せてうち散らせ」とて、[一六]隅田《すだ》・[一七]高橋を両六波羅の[一八]軍奉行《いくさぶぎやう》として、[一九]四十八箇所の篝《かがり》ならびに[二〇]在京人、畿内・近国の勢を合はせて、天王寺へさし向けらる。その勢都合《総勢で》五千余騎、同じき二十日京都をたつて、尼崎《あまがさき》・[二一]神崎《かんざき》・[二二]柱松《はしらもと》の辺に陣を取つて、[二三]遠篝《とほかがり》を焼《た》いて、その《その夜》夜を遅しと《の明けるのを待ちかねていた》待ち明かす。楠これを聞いて、二千余騎を三手に分け、むねとの勢《主要な軍勢を》をば、住吉・天王寺に隠して、僅かに三百騎ばかりを、

一〇 大阪府の南部を和泉、北東部を河内と言った。
一一 大阪市住吉区の住吉神社の辺り。
一二 大阪市天王寺区の四天王寺の辺り。
一三 現在の天満・天神両橋の間に架っていた橋。天王寺の北方に当る。
一四 次々と。次々に打ち寄せる波を「しきなみ」と言い、ここは、波が寄せるように繰り返し使者をたてること。
一五 京都周辺の地。山城・大和《やまと》・河内・和泉・摂津の五カ国を言う。
一六 隅田通治《みちはる》。巻三、一一五頁に「六波羅の両検断、糟谷《かすや》三郎宗秋《むねあき》・隅田《すだ》次郎左衛門」とあった。
一七 巻三、一三七頁に「両検断《けんだん》高橋刑部左衛門《ぎやうぶざゑもん》・糟谷三郎宗秋」と見える。
一八 戦闘の総指揮を行う臨時の官。
一九 京の町の要所の警備を行った詰所の武士。
二〇 近畿周辺から上洛して京の警固に当った武士。
二一 兵庫県尼崎市神崎。
二二 大阪府高槻《たかつき》市柱本。
二三 遠くからでも見通しのきく所にかがり火を焚《た》いて。

渡部の橋の南にひかへさせ《待機させ》、大篝《おほかがり》二、三箇所に焼《た》かせて相向へり《敵に対した》。これは、わざと敵に橋を渡させて、水の深みに追つぱめ《追い落し》、雌雄《勝負》を一時に決せんがためとなり。

楠、隅田・高橋の勢をたばかり攻め落す

さる程に、明くれば五月二十一日に、六波羅の勢五千余騎、所々の陣を一所にあはせ《集め》、渡部の橋までうちのぞんで《攻め寄せて》、川向ひにひかへたる敵の勢を見渡せば、僅かに二、三百騎には過ぎず。あまつさへ《しかも〔敵軍は〕》痩《や》せたる馬に、[一]縄手綱《なはたづな》懸けたるていの武者どもなり。隅田《すだ》・高橋これを見て、「さればこそ《それ見たことか》、和泉・河内の勢の分際《規模》[二]、さこそあらめと思ふにあはせて、はかばかしき敵は一人も無かりけり。[三]この奴原《やつばら》一一に召し捕つて、[四]六条河原に切り懸けて《首をさらして》、[五]六波羅殿の御感《おほめ》に預からん」と言ふままに《言うがはやいか》、隅田・高橋[六]人まぜもせず、橋より下を一文字に《下流をさっと一直線に》ぞ渡しける。五千余騎の兵どもこれを見て、われ先にと馬を進めて、あるいは橋の上を歩ませ、あるいは[七]川瀬を渡して向ひの岸にかけあがる。楠が勢これを見て、[八]遠矢少々射捨てて《無駄に射て》一戦もせず、天王寺の

一 縄で間に合せた粗末な手綱をかけるといった程度の、貧弱な備えしかない兵である。
二 大したことはあるまいと予想していたが、それに加えて、その装備も、戦闘に役立ちそうなのをつけた敵兵は一人もいなかった。
三 この連中を一人一人捕えて。「奴原」は複数の相手を卑しめて言うことば。
四 平安時代から、その西岸を刑場とし、罪人の首をさらした。
五 六波羅探題殿。ここでは、二四九頁に見える時《とき》益《ます》・仲時《なかとき》のこと。
六 兵卒も連れずに単独で。
七 川の浅瀬。
八 実戦行動としてではなく、一種の示威のために遠くから射かける矢。
九 民家のある辺りまで。

方へ引き退く。六波羅の勢、これを見て、勝つに乗り《調子に乗って》、人馬の息をも継がせず《休ませず》、天王寺の北の在家《ざいけ》[九]まで、揉《も》み[一〇]に揉うでぞ追うたりける。楠、思ふ程《十分に》敵の人馬を疲らかして、二千騎を三手に分けて、一手《ひとて》は天王寺の東より、敵を弓手にうけて《左手に見ながら》かけ出づ。一手は西門[一一]の石の鳥居より、魚鱗《ぎよりん》[一二]がかりにかけ出づ《攻めて出た》。一手は〔南方の〕住吉《住吉神社の》の松の陰よりかけ出でて、鶴翼《かくよく》[一三]に立てて開きあはす《包囲してかかった》。六波羅の勢を見あはすれば、〔数の上では〕対揚《たいやう》[一四]すべきまでもなき大勢なりけれども、陣の張りやう[一五]しどろにて、かへつて《逆に》〔楠の〕小勢に囲まれぬべく《包囲されてしまいそうに》ぞ見えたりける。隅田・高橋これを見て、「敵うしろに大勢をかくしてたばかりけるぞ《だましたのだぞ》。この辺は馬の足立ち《足場》悪しうして叶《かな》はじ。広みへ敵をおびき出だし《広い所へ敵をおびき出して》、勢の分際《ぶんさい》[一六]を見計らうて、懸《か》けあはせ[一七]懸けあはせ勝負を決せよ」と下知しければ《命令を下したので》、五千余騎の兵ども、敵にうしろを切られぬ先にと《断たれぬ先に退けと》、〔北方の〕渡部の橋をさして引き退く。楠が勢これに利を得て《これで優位に立ち》、三方より勝つどき[一八]を作つて追つかくる。橋近く成りければ、隅田・高橋これを見て、「敵は大勢にては

一〇 激しく追いかけた。「揉む」は、大勢で激しく攻めかけること。

一一 天王寺の西門で、永仁二年（一二九四）、忍性《にんしよう》がそれまでの木を改めて石で建てたと言われる、高さ約八メートルの鳥居。夕日をのぞんで浄土を拝む場所としたことから、極楽浄土の東門とした。

一二 魚鱗の形のように先を細く、後方を広く隊列を組んだ攻め方。

一三 鶴《つる》が翼を広げたように、先頭を広く後方をせまく隊列を組んで、敵を中にとりこめるように隊列をととのえ。

一四 楠軍にとってまともには対抗しえない大軍ではあったが。

一五 その六波羅勢の陣の立てようは、しまりがなく。

一六 敵軍の力量を判断しながら。

一七 馬に乗って繰り返し攻めかけ、勝負をつけよ。

一八 気勢を高めるためにあげる勝利の鬨《とき》の声。勝鬨《かちどき》。

無かりけるぞ。ここにて返しあはせずんば《踏みとどまり応戦しなければ》、[一]大河《たいが》うしろに在つて悪しかりぬべし。返せや兵ども」と、馬の足を立てなほし立てなほし《たびたび立てなおして》下知しけれども《命令を下したが》、大勢の引き立てたる事なれば《浮き足立ったからには》、一返しも返さず、ただわれ先にと橋の危ふきをも言はず《考えず》、馳せ集まりけるあひだ、人馬ともにおし落されて、水に溺《おぼ》るる者数を知らず。あるいは[二]淵・瀬をも知らず[三]渡しかかつて死ぬる者も有り、あるいは岸より[四]馬を馳せ倒して、そのまま討たるる者も有り。ただ《ひたすら》[五]馬・物具を脱ぎ捨てて、逃げのびんとする者は有れども、返しあはせて《踏みとどまって》戦はんとする者は無かりけり。しかれば《こうして》五千余騎の兵ども、残り少なにうち成されて《残り少なくなるまで討たれて》、這う這う《やっとのことで》京へぞ上りける。その翌日に、何者かしたりけん、六条河原に[六]高札《たかふだ》を立てて、一首の歌をぞ書いたりける。

　[七]渡部の水いかばかり早ければ高橋落ちて隅田《すだ》流るらん

[八]京童《きやうわらんべ》のくせ《ならいで》なれば、この[九]落書《らくしよ》を歌《歌謡》に作つて歌ひ、あるいは語り伝へて笑ひけるあひだ、隅田《すだ》・高橋面目《めんぼく》を失ひ、しばらくは出仕をと

一 大河を後ろにして戦うことになり不利であろう。

二 川の深い所、浅い所もわからないで。

三 渡ろうとして深みにはまって死ぬ者もあり。

四 馬を落し倒して自らも負傷し。

五 馬をおり、甲冑《かつちゆう》を脱ぎ捨てて。玄玖《げんきゆう》本に「馬ヲ離レ物具ヲ捨テモ」とある。

六 広く示すために、交通の要所や盛り場などに、高くかかげた木の札。

七 渡部のあたりは、いったいどのように流れが速いのであろう、高く渡した渡部橋も落ちて隅田が流されることよ。「高い橋」に「高橋」の軍勢を掛け、高橋・隅田の両軍をからかった落書。

八 口うるさい京の群衆。『太平記』作者の、時代の動き、社会の変化をとらえる眼に、このような京童の眼が重なっている。

九 その時代の政治や人物の言行を諷刺《ふうし》するため戯画化した匿名の文書や詩歌。

どめ、虚病[一〇]《きよびやう》してぞ居たりける。

宇都宮、探題の厳命により天王寺へ向う

両六波羅これを聞いて、安からぬ事《おだやかならぬ事》に思はれければ、重ねて寄せんと議せられ《計画された》けり。その頃京都あまりに無勢なりとて《京の防備がおろそかであるというので》関東よりのぼせられたる宇都宮[一一]《うつのみや》治部大輔《ぢぶのたいふ》を呼び寄せ、評定《相談》有りけるは、「合戦のならひ、運に《〔として〕》よつて、雌雄[一二]《しゆう》かはる事、いにしへより無きにあらず。しかれども今度南方[一三]《なんぱう》の軍負けぬる事、ひとへに将のはかりことのつたなきによれり。また士卒《しそつ》の臆病なるがゆゑなり。天下の嘲哢《てうろう》口をふさぐにところなし《あざけりは封ずるすべもない》。なかんづく仲時まかり上りし後《探題の職を承って上洛して後》、重ねて《〔そなたが〕》御上洛の事は、凶徒[一四]《きようと》もし蜂起[一五]《ほうき》せば、御向ひあつて《出兵されて》静謐[一六]《せいひつ》候へとのためなり。今のごとくんば《こんなていたらくでは》、敗軍の兵をかり集めて、いくたびむけて候ふとも《差し向けましても》、はかばかしき合戦しつとも覚えず候ふ《効果のある合戦は望めそうにありません》。かつうは《その上》天下[一七]の一大事この時にて候へば、御向ひ候ひて、御退治候へかし」とのたまひければ、宇都宮辞退[一八]の気色《きしよく》無うして申されけるは、「大軍すでに利を失うて《いったん大軍をもって戦い敗れた》後《後は》、小勢にてまかり向ひ候はん事、いかにと《どうかと》存じ候へども、関東を

一〇 仮病を使って休んでいた。

一一 参考本は、藤原道兼の子孫、従五位上三河守宇都宮検校（宇都宮神社の官）貞綱の息公綱をあてる。この公綱は、後、先帝に降り、南朝に仕える。

一二 勝負が左右されること。

一三 南方の天王寺での合戦に敗れたことは。

一四 叛乱軍。

一五 蜂《はち》が群がりたつように、あちこちからいっせいに挙兵したならば。

一六 平定されるようにとの事である。

一七 今は幕府の存亡にかかわる、天下の一大事の時でありますから。

一八 しりごみをする様子は全く無く。

まかり出でし始めより、かやうの御大事にあうて、命を軽くせん事《身命をかえりみず事に》を存じ候ひき《当ろうと思いました》。[一]今の時分必ずしも合戦の勝負を見るところにては候はねば、一人にて候ふとも、先づまかり向つてひと合戦つかまつり《さしあたりわたくしどもが攻めかけ》、難儀に及び候はば、重ねて御勢をこそ申し候はめ《御加勢をお願い申しましょう》」と、誠に思ひ定めたるていに見えて《決意を固めた様子で帰って行った》ぞ帰りける。宇都宮一人[二]武命を含んで《帯びて》大敵に[三]向はん事、命を惜しむべきにあらざりければ、わざと宿所へも帰らず、六波羅よりすぐに、七月十九日の午《うま》の刻《正午》に都を出でて、天王寺へぞ下りける。[四]東寺辺までは主従僅かに十四、五騎が程と見えしが、[五]洛中にあらゆる所の手の者ども馳せ加はりけるあひだ、[六]四塚《よつづか》・[七]作道《つくりみち》にては、五百余騎にぞ成りにける。路次《道中》に行き逢ふ者をば、[八]権門《けんもん》・勢家《せいけ》を言はず、〔その〕乗り馬を奪ひ、人夫《にんぷ》をかけ立てて《追いたてて》通りけるあひだ、行[九]旅《かうりよ》の往反路《わうへんみち》を曲《ま》げ、[一〇]閭里《りより》の民屋《みんをく》とぼそ《戸》を閉《と》づ。その夜は、[一一]柱松《はしらもと》に陣を取つて明くるを待つ。その志、一人も生きて帰らんと思ふ者は無かりけり。

一　現段階では、合戦のなりゆきがどのように展開するものか予想もたてられませんので。
二　幕府の命令。ここは、六波羅探題の命令。
三　向う決意をした以上、死は覚悟の上であるから。
四　京都市南区九条大宮西にある真言宗東寺派の総本山。
五　洛中のあちこちにいたすべての部下が合流したので。「手の者」は、手下、部下。玄玖本《げんきゆう》に「所の」はなし。
六　九条朱雀《すじやく》の羅城門《らしようもん》跡のあたり。山崎・鳥羽方面へ通ずる街道の発する所。
七　四塚から鳥羽までの道。京と西国とを結ぶ重要な道として平安遷都に際して造られたので言う。現在は残らない。
八　官位の高い、権勢のある家をも全くはばかることなく。
九　通行の旅人も路を避けて回り道をし。
一〇　村里の民家。
一一　大阪府高槻《たかつき》市柱本。

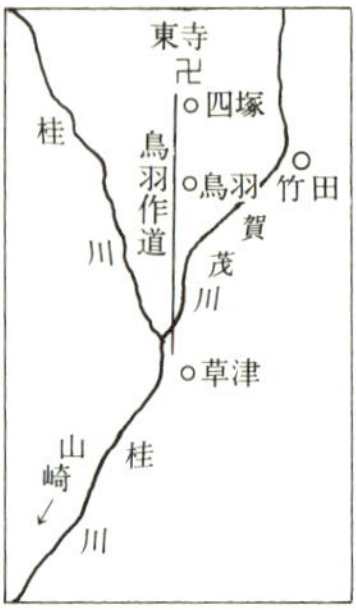

楠、はやる和田を制止する

一二 楠の一族で、『玉林院系図』によれば、正遠《まさとお》を和田孫三郎とする。巻三、一四〇頁には、和田五郎正遠を正成の舎弟とする。

一三 勝つきっかけを失って、しかも少ない軍勢である。上の「勝つに乗つて大勢なり」の対。

一四 相手の攻め寄せて来たのに対し、逆にこちらから攻撃をしかけて。

一五 要は兵士全体が心を一つにして相手に当るかどうかにかかっている。

一六 大勢に対しては恐れることなく軽く見て、小勢に対してはかえって恐れよと言うのはこの事だ。藤原孝範《たかのり》の故事熟語集『明文抄《みようぶんしよう》』に、『後漢書』に見えることばとして見られる。

一七 このあいだの。

一八 少ない軍勢で攻めかけて来るその心中を思えば。

一九 宇都宮神社に奉仕した紀氏・清原氏の子孫で、宇都宮氏に従属した。

さる程に、河内国の住人、[一二]和田《わだ》孫三郎《まござぶらう》、この由を聞いて、楠が前に来たつて言ひけるは、「先日の合戦に負け腹を立てて《負けたあまりに腹を立てて》、京より宇都宮を向け候ふなる《差し向けるそうですが》、今夜《こよひ》すでに柱松《はしらもと》に着いて候ふが、その勢僅かに六、七百騎には過ぎじと聞え候ふ。先に隅田《すだ》・高橋が五千余騎にて向つて候ひしをだに、われ等僅かの小勢にて追つ散らして候ひし《追い散らしたことでございます》ぞかし。その上今度《こんど》は御方《みかた》勝つに乗つて《勝運に乗って》大勢なり。敵は[一三]機を失つて小勢なり。宇都宮たとひ武勇の達人なりとも《武勇にすぐれていようと》、何程の事か候ふべき。今夜[一四]さか寄せにして、うち散らして捨て候はばや《蹴散らしてみせましょう》」と言ひけるを、楠暫く思案して言ひけるは、「合戦の勝負、必ずしも大勢・小勢に依らず。ただ[一五]士卒《しそつ》の志を一つにするとせざるとなり。されば[一六]大敵を見てはあざむき、小勢を見てはおそれよと申す事これなり。先づ思案するに、[一七]先度《せんど》のいくさに大勢うち負けて引き退く跡へ《後で》、宇都宮一[一八]人小勢にて相向ふ志、一人も生きて帰らんと思ふ者よも候はじ《だれ一人生きて帰ろうと思う者はおりますまい》。その上、宇都宮は坂東《ばんどう》一の弓矢取りなり。〔また〕[一九]紀《き》・清《せい》両党の兵、元来《もともと》戦場にのぞんで命を捨つる事、塵芥《ぢんかい》[一]よりもなほ軽くす。その兵七百余騎、志を一つにして戦ひを決せば、[二]当手《たうて》[三]の兵たとひ退く心なくとも、大半は必ず討たるべし。天下の事全くこのたびの戦ひに依るべからず《天下の勝敗は必ずしも今回の戦いで決するわけではない》。行く末《永く続く》遥《はる》かの合戦に、多からぬ御方、初度《しよど》のいくさに討たれなば、後日の戦ひにたれか力をあはすべき《誰が協力しようか》。[四]良将は戦はずして勝つと申す事候へば、正成においては、明日わざとこの陣を去つて《この陣から軍勢をひきあげて》引き退き、敵に[五]一面目《ひとめんぼく》あるやうに思はせ、四、五日を経て後、方々の峰に篝《かがり》[六]をたいて、一むしむす程ならば、坂東武者のならひ、程無く機疲れて《根気を失って》、『いやいや長居しては悪しかりなん、一面目有る時《面目の保てる間に》、いざや引つ返さん』と言はぬ者は候はじ。されば、懸くるも引くもをりによるとは《攻めるも退くもその場合場合によるとは》かやう《このような》の事を申すなり。[七]夜すでに暁天《げうてん》に及べり。敵定めて《きっと》今は近付くらん。いざさせたまへ《さあおいでなされ》」とて、楠、天王寺を立ちければ《ひきあげたので》、和田・[八]湯浅ももろともに、うち連れてぞ引きたりける《退いた》。

宇都宮、天王寺に入るも、気疲れて退く

夜明ければ、宇都宮七百余騎の勢にて、天王寺へ押し寄せ、古《こ》[九]

一 (命を)塵《ちり》や芥《あくた》よりも軽いものに思って、かえりみない。
二 勝負を決しようと必死で戦えば。
三 わが方の兵。味方の兵。
四 『孫子』「謀攻」に類句が見られるが、なお出典は明らかでない。いずれにしろ兵法の書によるものであろう。
五 いったんは敵に面目をほどこさせ。
六 かがり火を焚《た》き、(鬨《とき》の声をあげて)ひと攻め攻めかけるならば。
七 夜もいよいよ明け方になった。
八 二四九頁に「武家よりその跡に湯浅孫六《ゆあさまごろく》入道定《ぢやう》仏《ぶつ》を地頭にすゑ置いたりければ」とあり、これが楠の奇略に敗れ降伏して従っていた。

宇《う》津《づ》の在家《民家》に火を懸け、ときの声をあげたれども、敵なければ出であはず。「たばかりぞすらん《きっと何かたくらみがあるのだろう》。この辺は馬の足立ち《足場が》悪しう《悪くて》して、道狭きあひだ、一〇かけ入る敵に中をわられな、後《うしろ》をつつまれな」と下知《命令し》して《て》、紀《き》・清《せい》両党馬の足をそろへて《馬を並べて》、天王寺の東西の口よりかけ入つて、二、三度までかけ入りかけ入りしけれども、敵一人も無うして、たき捨てたる篝に一一烟《けむり》残つて、夜はほのぼのと明けにけり。宇都宮、戦はざる先に一《ひと》勝ちしたる心地して、一二本堂の前にて馬より下り、一三上宮太子《じやうぐうたいし》を伏し拝みたてまつり、「これひとへに武力の致すところにあらず、一四ただしかしながら神明《しんめい》・仏陀《ぶつだ》の擁護《おうご》に懸かれり」と、一五信心を傾け、歓喜の思ひを成せり《よろこびの思いにひたった》。やがて《ただちに》京都へ早馬を立て、「天王寺の敵をば、即時に追ひ落し候ひぬ」と申したりければ、両六波羅《南北両探題》を始めとして、一六御内《みうち》・外様《とざま》の諸軍勢に至るまで、宇都宮が今度の振舞ひ抜群なりと、誉めぬ人も無かりけり。宇都宮、天王寺の敵をたやすく追つ散らしたる心地にて、面目は有るてい《様子》なれども、やが《ただち》

九 大阪市南区高津《こうづ》町。天王寺の北に当る台地。

一〇 攻め寄せる敵に味方の軍の中を破られるな、背後から包囲されるな。

一一 「烟」を、底本は「燈」とする。慶長十年版本により改める。

一二 本尊の如意輪像を安置する金堂。

一三 天王寺の開山である聖徳太子。『日本書紀』の「推古紀」に、天皇が太子を愛して宮殿の南に位置する上殿《かみつみや》に居住させたことから、太子を上宮太子、うえのみやのみこ、と言ったとある。

一四 すべて、神や仏の加護によるものである。「ただ」は強意。

一五 信じたてまつる心を尽して。

一六 北条一族、それ以外の諸軍勢もすべて。

一 農民の武装したゲリラで、敵陣を奇襲したり、敗残者を襲ったりした。南北朝時代からその行動が見られる。
二 敵を牽制《けんせい》して、遠く隔たった所に焚《た》くかがり火。
三 秋篠（奈良市秋篠町）のあたりの山。「や」は、感動を表す。西行の「秋篠やと山の里や時雨《しぐ》るらんいこまのたけに雲のかかれる」（『新古今集』六・冬）により、和歌的修辞を生かしたもの。「生駒の嶽」は、大阪府と奈良県との境にある標高六四二メートルの山。
四 塩を焼くための藻草を敷くの音が通じるところから「しぎつ」の枕詞としたもの。
五 現在の大阪市住吉区住之江公園付近を、古く「敷津の浦」と言った。
六 天王寺の西、古く海岸線の入り込んでいたあたりを言ったものか。
七 このあたり、「漁舟の火影は寒うして浪を焼く」（『和漢朗詠集』下・山水）による。「漁舟」を寛永版本は「ぎょせん」と読む。「いさり火」は、漁船が夜、魚を集めるために焚く火。
八 底本は「推量して」とあるが、慶長十年版本・寛永版本に「推量れて」とあるのにより改める。
九 二晩、三晩に及び。
一〇 東南・西南・東北・西北の四方。上の「東西南北」とともに、あらゆる方向に、の意。寛永版本は「しゆい」と読む。
て《に》続いて敵の陣へ攻め入らん事も、無勢なれば叶《かな》はず。また誠のいくさ一度もせずして引つ返さん事もさすがなれば《やはりぶざまなので》、進退きはまつたるところに、四《〔楠の側では〕》、五日を経て後、和田・楠《和田と楠が》、和泉《いづみ》・河内《かはち》の[一]野伏どもを四、五千人かり集めて、しかるべき《〔それに〕》兵二、三百騎さしそへ、天王寺辺に[二]遠篝火《とほかがりび》をぞたかせける。「すはや敵こそうち出でたれ」と騒動して、ふけ行くままに《夜のふけるにつれて》これを見れば、[三]秋篠《あきしの》や外山《とやま》の里、生駒《いこま》の嶽《だけ》に見ゆる火は、晴れたる夜の星よりもしげく、[四]藻塩草《もしほぐさ》[五]志城津《しぎつ》の浦、住吉・[六]難波《なには》の里にたく篝《かがり》は、[七]漁舟《ぎよしう》にとぼすいさり火の波をたくかと《波を焦がすかと思わ》怪しまる《れるほどだ》。すべて大和《やまと》・河内・紀伊《きの》国に、ありとある所の山々浦々に、篝をたかぬ所は無かりけり。その勢幾万騎あらんと、[八]おしはか《思われる》られておびたたし《おびただしさであった》。かくの如くする事[九]両三夜に及び、次第に相近付《〔篝火が宇都宮の陣に〕》けば、いよいよ東西南北・[一〇]四維《しゐ》・上下に充満して、[一一]闇夜《あんや》に昼をかへたり。宇都宮これを見て、敵寄せ来たらば一軍《ひといくさ》して、雌雄《勝負》を一時に決せんと志して、馬の鞍をもやすめず《おろさないで》、[一二]鎧の上帯《うはおび》をも解かず待ちかけたれども、いくさは無うして、敵のとり回すいきほひ《敵がじりじりと包囲を縮める圧力に》に一三勇気疲れ、武力《ぶりよく》たゆんで、あはれ引き退かばやと思ふ心つきけり《ああこれはかなわぬ退却したいものだと思う心が起きてきた》。かかるところに《こうするうちに》、紀・清両党の輩《ともがら》も、「われ等が僅かの小勢にて、この大敵に当たらん事は、始終いかがと覚え候ふ《結局耐えられまいと思われます》。先日当所《この地》の敵を事ゆゑ無う《こともなく》追ひ落して候ひつるを一面目にして《一つの名誉と考えて》、御上洛候へかし」と申せば、諸人皆一四この議に同《どう》じ、七月二十七日の夜半ばかりに、宇都宮、天王寺を引きて《退いて》上洛すれば、翌日早旦《早朝》に、楠やがて《ただちに》入り替はりたり。誠に宇都宮と楠と相《あひ》戦うて勝負を決せば、一五両虎二龍《りやうこじりゆう》のたたかひとして、いづれも死を共にすべし。されば互ひにこれ《この事》を思ひけるにや、一度は楠ひきて《退いて》、一六謀《はかりこと》を千里の外《そと》にめぐらし、一度は宇都宮退《しりぞ》いて、一七名を一戦の後に失はず。これ皆智謀深く、一八おもんぱかり遠き良将なりしゆゑなりと、ほめぬ人も無かりけり。

楠の人望あつく、味方する輩多し

さる程に、楠兵衛正成は、天王寺にうち出でて一九威猛《ゐまう》をあらはすといへども、二〇民屋に煩《わづら》ひをもなさずして、二一士卒《しそつ》に礼を厚くしけるあひ

一一 まるで闇夜が昼に変ったようだ。
一二 鎧の胴を締める麻布の紐《ひも》。「胴先の緒」とも言う。
一三 気疲れし戦意を失って。
一四 この意見に賛成し。
一五 いわゆる両虎の闘いの故事（『史記』の「春申君列伝」などに見える）のとおり、たけだけしい虎同士が戦い、二匹の龍が戦ったのでは、共倒れになるだろう。この警句は、本来、勇猛な者同士が戦えば、どちらか一方が倒れる、との意。それを『太平記』は、ともに倒れる意に解している。
一六 千里の遠くにあって、はかりごとをめぐらし。武将（ここは正成）の戦略がすぐれていることを表す類型表現。
一七 せっかく得た名誉を無謀な一戦で失うようなことはしなかった。
一八 遠い将来のことにまで思いをめぐらす良将であったためだと。
一九 たけだけしさを発揮したが。
二〇 民家には迷惑をかけることなく。
二一 士卒には、主人として士卒に対し尽すべき礼を厚くして扱ったので。

だ、近国は申すに及ばず、遐壌遠境《かじやうゑんきやう》[一]の人牧《じんぼく》[二]までもこれを聞き伝へて、われもわれもと〔楠勢に〕馳せ加はりける程に、そのいきほひやうやく（次第に）強大に（強大となり）して、今は京都より（から）も、討手を左右《さう》[三]無く下さるる事は、叶《かな》ひがたしとぞ見えたりける。

正成、天王寺に未来記を披見、倒幕を予見する

正成天王寺の未来記披見《ひけん》の事

元弘二年八月三日、楠兵衛正成住吉[四]に参詣し、神馬《しんめ》[五]三疋《びき》これを献ず。翌日天王寺に詣でて、白鞍《しろくら》[六]置いたる馬、白輻輪《しらぷくりん》[七]の太刀、鎧一両[八]そへてひきまゐらす（献上した）。これは、大般若経《だいはんにやきやう》[九]転読[一〇]の御布施[一一]なり。啓白《けいびやく》[一二]事終つて、宿老《しゆくらう》[一三]の寺僧巻数《くわんじゆ》[一四]をささげて来たれり。楠すなはち（ただちに）対面して申しけるは、「正成不肖《ふせう》[一五]の身として、この一大事（重大な謀叛）を思ひ立つて候ふ事、涯分をはからざる（身の程をわきまえぬことのようではございますが）に似たりといへども、勅命の軽からざる（勅命の重きを思えば）、礼儀を（それに従うべき礼

一 遠い土地。「遐」は遠く離れている意。
二 人民を養い治める立場にある豪族。
三 そう簡単に下すことは。
＊ 時益・仲時両探題が着任、上洛するというあわただしい状況の中に、知謀深慮にたけた正成の、奇略に富む的確な行動を、湯浅・隅田・高橋・宇都宮との応戦に描き分ける。正成の武勲談に終始すると言ってよい。
四 大阪市住吉区住吉町の住吉大社。底筒男命《そこづつおのみこと》・中筒《なかづつ》男命《おのみこと》・表筒男命《うわづつおのみこと》・神功《じんぐう》皇后をまつり、国を守り、海路平安・農耕・和歌を司る神として尊崇を受けた。
五 祭礼の時の神の乗用として献ずる馬。
六 銀で前輪と尻輪《しりわ》をふちどりした白覆輪の鞍。
七 鞘《さや》などを、銀メッキの金具でふちどりして飾った太刀。銀覆輪の太刀。
八 ひとかさね。「両」は、装束・鎧などを数える助数詞で、普通は「領」と書く。
九 『大般若波羅蜜多《はらみった》経』。大乗仏教の根本経典。六百巻から成る。
一〇 経文の主要部分だけを抜き読みすること。「真読」の対。「転読の」は、転読のための、の意。
一一 信者が寺や僧に贈る品物。
一二 法会《ほうえ》のはじめに仏に願いを申し上げること。
一三 年老い、経験豊かな僧侶《そうりよ》。

存ずるによつて《節をわきまえまして》、身命の危ふきを忘れたり。しかるに両度の合戦《二度にわたる合戦に》、いささか勝つに乗つて《少々勝運にめぐまれ》、《〔そのおかげで〕》諸国の兵招かざるに馳せ《募りもしないのに進んで》加はれり。これ天の時《天が勝機》を与へ、仏神擁護の眸を回らさるるかと覚え《お守りくださり目をおかけくださるかと思われます》候ふ。誠やらん、伝へ承れば、上宮太子のそのかみ《その昔聖徳太子御在世の頃に》、一六百王治天《ひやくわうちてん》の安危をかんがへて、日本一州《全国》の一七未来記を書き置かせたまひて候ふなる《書き置かれたとか承ります》、拝見もし苦しか《さしつかえ》らず候はば《なければ》、今の時に当たり候はん巻ばかり《今の世について記された巻だけ》、一見つかまつり候は《一目拝見できないでしょうか》ばや」と言ひければ、宿老の寺僧答へて言はく、「一八太子守屋《もりや》の逆臣を討つて、はじめてこの寺を建て、仏法を弘《ひろ》められ候ひし後、神代《かみよ》より始めて持統《ぢとう》天皇の御宇《ぎよう》に至るまでを記されたる書三十巻をば、一九前代旧事本紀《ぜんだいくじほんぎ》とて、二〇卜部宿禰《うらべのすくね》これを相伝《伝えて》して、二一有職《いうしよく》の家を立て候ふ。その外《ほか》にまた一巻の秘書を留《と》められて候ふ。これは持統天皇以来、二二末世代々の王業《王の治政》、天下の二三治乱を記されて候ふ。これをばたやすく人の披見する事は候はねども《開いて見ることはできませんが》、別儀を以つて《特別のとりはからいで》ひそかに見参に入れ候ふ《こっそり御覧に入れましょう》べし」とて、すなはち《さっそく》二四秘府の二五銀鑰《ぎんやく》を開いて、二六金軸《こんぢく》の書一巻を取り出

一四 読んだ経巻や陀羅尼《だらに》の名称とその読誦《どくじゆ》の回数を書いた目録。巻三、一二一頁注二六参照。
一五 至らぬ、愚かな身。謙譲の語。
一六 百代にわたる世の平和と乱れを予見して。
一七 未来を予見して記した文書。巻五、二一五頁注八参照。
一八 用明天皇二年、聖徳太子が蘇我馬子《そがのうまこ》とはかり物部《もののべの》守屋大連《おおむらじ》を討ち、摂津に四天王寺を建立《こんりゆう》した。
一九 「前代旧事本紀」は『先代旧事本紀』で、神代より推古朝に及ぶ十巻の書。序に蘇我馬子が勅を奉じ太子の撰するところとするが、平安初期の偽書で、記紀など先行文献からの撰録。「三十巻」とするのは『日本書紀』との混同か。
二〇 中臣《なかとみ》家と並ぶ神職の家。吉田神社・平野神社の神官をつとめた。「宿禰」は、本来、八姓の中の第三位であったが、後、その出自にかかわらず有力者に与えられた。卜部家が『旧事本紀』を伝えたとの確証はない。
二一 朝廷の儀礼や故実を詳しく伝える家柄。
二二 仏法の行われぬ衰えた末の世。釈迦入滅後、正法・像法・末法の世を経過するとし、その年数の数え方には諸説があるが、永承七年（一〇五二）をもって末世に入ったとする見方が強く行われた。
二三 世の乱れと、その平定。
二四 大切な品を入れて保管する倉。
二五 銀製のかぎ。
二六 金塗装の軸で仕立てた巻物。

だせり。正成悦びてすなはち《さっそく》これを披覧《ひらん》するに、不思議《不思議な》の記文一段《一条の文章が》あり《あった》。その文に言はく、

一 人王九十五代に当たつて、天下一度《いったん》乱れて主《帝》安からず。この時二 東魚《とうぎょ》来たつて四海《全国》を呑《の》む。日西天《せいてん》に没《い》ること三百七十余箇日、西鳥来たつて東魚を食らふ。その後海内《天下》一に帰すること三年、三 獼猴《みこう》のごとくなる者の天下をかすむる《天下を思うがままに支配すること》こと三十余年、四 大凶《だいきょう》変じて一元《いちげん》に帰すと云々《うんぬん》。

正成不思議に覚えて、よくよく思案してこの文を考ふるに、先帝すでに《まさに》人王の始めより九十五代に当たりたまへり。「天下一度《ひとたび》乱れて主安からず」とあるは、これこの時なるべし。五 「東魚来たつて四海を呑む」とは、逆臣相模《さがみ》入道《高時》の一類《一門》なるべし。「西鳥、東魚を食らふ」とあるは、関東を滅ぼす人有るべし。「日西天に没《い》る」とは、先帝隠岐国《おきのくに》へ遷《うつ》されさせたまふ事なるべし。「三百七十余箇日」とは、明年の春の頃、この君隠岐国より還幸成つて、再び帝位に即《つ》か

一 神代に対し、神武以後、天皇の代を言う。巻一、一六頁に「神武《じんむ》天皇《てんわう》より九十五代の帝《みかど》、後醍醐天皇の御宇に当たつて……」とあった。

二 吉田隆長（一二七七～一三五〇）がその兄定房の談話・日記を抄録した『吉口伝《きつくでん》』に、太子の未来記に「人王九十六代、天下大兵乱、東魚来たりてこれを静む。しかる後西鳥、東魚を食らふ。東大寺宝蔵朱塗箱あり。この箱の中に八寸の鏡あり。鏡の裏の文にいはく、人王九十五代の御宇、東夷と戦ひて負くべし。ただし七百三十日已後《いご》、東夷に代りて並びて帝位に即き国土安穏、天下太平、政淳素に帰すと云々」と見えると言う。『太平記』は、これを「三百七十余箇日」に改めているが、「日西天に没る」を元弘二年三月の先帝隠岐遷幸に当て、「東魚を食らふ」を翌三年五月の六波羅滅亡に当てたか。「西鳥」は、まさしく正成を指すのであろう。

三 猿の一種で、オオザル。

四 大変な苦難が一変して元どおり平和な状態にもどる。

五 現在の情勢を言うのであろう。

六 天下のくつがえるのも遠くはあるまいと。

七 金メッキした金具で鍔《つば》などを飾りたてた太刀。実戦用のものではなく、引出物《ひきでもの》などに用いた。

八 仏が衆生《しゅじょう》を救うため、菩薩《ぼさつ》・神、あるいは人体を借りて現れたものを大権者と言い、それを聖者として

せたまふべき事なるべしと、文の心を明らかにかんがふるに《意味を十分に分析してみると》、天下[六]の反覆《はんぷく》久しからじとたのもしく覚えければ、金《こがね》[七]作りの太刀一振り、この老僧に与へて、この書をばもとの秘府に納めさせけり。

後に思ひ合はするに、正成がかんがへたる所、更に《全く》一事も違《たが》はず。これ誠に大権聖者《だいごんしやうじや》[八]の末代をかんがみて《末代のためを思って》、記し置きたまひし事なれども、文質三統《ぶんしつさんとう》[九]の礼変《れいべん》少しも違はざりけるは、不思議なりし讖文《しんもん》なり。

赤松入道円心に大塔宮の令旨《りやうじ》を賜ふ事

その頃、播磨《はりまの》国の住人、村上天皇第七の御子、具平《ぐへい》[一〇]親王六代の苗《べう》裔《えい》《子孫》、従三位季房《すゑふさ》が末孫《ばつそん》に、赤松次郎入道円心[一一]とて、弓矢取つて無双《ならびない》の勇士有り。元来《生れながら》その心潤如《くわつじよ》[一二]として、人の下風《したて》[一三]に立たん事を思はざりければ、この時絶[一四]えたるを継ぎ、すたれたるをおこして、名をあ《名声をあげ》

尊称する語。ここは聖徳太子をたたえて言った語。

九 中国の王朝三代に見られた変遷と全く変らない法則を説くのは不思議な讖文（未来予言の文）であった。文（かざりたてるのを尊ぶ）、質（地味なことを尊ぶ）のいずれを政策とするか、その礼制は夏《か》・殷《いん》・周の三代にわたり変ったけれども、それらの変化を越えて人倫の大綱は変らなかったとする思想。ここは、その思想を天皇親政を人倫の大綱にかなったものとして正当化する論理の拠り所としたもの。『論語』に馬《ば》融《ゆう》や孔安国の注を記載した『何晏集解《かあんしつかい》』に見えることば。

＊ 正成の天王寺参詣に、聖徳太子の未来記と称するものを織り込み、倒幕・先帝復帰への構想を盛り上げて行く。

一〇 赤松氏については諸種系図があり、その代数には異同があるが、ここは具平親王の六代目の季房の、その子孫の意。具平親王は、村上天皇の皇子。「具平」の読みは、寛永版本によるが、「ともひら」とも読む。

一一 則村《のりむら》。大塔宮の熊野落ち（巻五、二二二頁）に随行した則祐《そくゆう》は、その息。

赤松円心、大塔宮の令旨を賜り、播磨に挙兵

一二 度量が広く、小事にこだわらぬさま。

一三 支配下にあることを潔しとしなかったので。

一四 普通、天皇が旧儀を再興し昔の盛時にもどすことを言うのに使う表現を、赤松氏の家運再興を描くのに用いた。

らはし、忠をぬきんでばやと思ひけるに（人にぬきんでて忠節を尽そうと考えていたところ）、この二、三年大塔宮（護良親王）に（お）つきまとひたてまつて（つかえ申しあげて）、吉野十津川の艱難《かんなん》を経ける（経験した）、円心が子息律師則祐《そくいう》、令旨[一]をささげて来たれり。披覧するに（開いて見ると）、「不日《ふじつ》[二]に義兵（正義の兵）を揚げ、軍勢を率し（率いて）、朝敵を誅罰《ちゅうばつ》せしむべし（討伐せよ）。その功有るにおいては（その功績があれば）、恩賞よろしく請ふによるべき（望みどおりに恩賞を与えよう）」の由載《の》せられたり。委細（くわしい）の事書《ことがき》十七箇条の恩裁《おんさい》[三]を添へられたり。条々いづれも家の面目（いずれの条項も家の名誉となるものであり）、世の所望する事なれば（世の人々の望むところなので）、円心なのめならず（非常に）悦《よろこ》んで、先づ当国佐《さ》用庄《よのしやう》[四]苔縄《こけなは》の山に城を構へて、与力（協力する）の輩《ともがら》を相《あひ》招く（募った）。その威やうやく（威力が次第に）近国にふるひければ、国中（播磨の国の）の兵ども馳せ集まつて、程無くその勢一千余騎に成りにけり。ただ（全く）、秦《しん》の世すでに傾かんとせしつひえに乗つて（衰微の兆候が現れた時にその機に乗じて）、楚《そ》[五]の陳勝《ちんしよう》が蒼頭《さうとう》[六]にして、大沢《だいたく》におこりしにことならず。やがて杉坂[七]・山里《やまのさと》二箇所に関をする、山陽・山陰の両道をさしふさぐ。これより西国の道（西国への道）止《とど》まつて、国々の勢上洛する事をえざりけり。

一　本来、皇太子や三后の発する文書。ここは広く皇族一般の発する文書の意に用いたもの。
二　日数を経ることなく、すみやかに。
三　恩賞に賜るべく決定している事項。
四　今は兵庫県赤穂郡に属し、その北辺、千《ち》種《くさ》川の渓谷を赤松谷と言い、近くに白旗・苔縄の地がある。
五　『史記』「陳渉世家」に見える、秦の二世皇帝の元年、大沢《だいたく》郷（安徽《あんき》省）に呉《ご》広《こう》とともに叛乱を起し即位、楚《そ》にならって国号を張楚としたという故事。ただし、『太平記』の古本にこの故事の引用は見えない。
六　底本は「異蒼頭」とある。「蒼頭」は、青い頭巾《ずきん》をかむった下っぱの兵卒。「陳勝」は、徴発されて漁陽（河北省密雲県の東南の地）の守備についた九百人の貧民の中の一人であった。
七　「杉坂」は『播磨鑑《はりまかがみ》』によれば、今の兵庫県佐用郡上月《こうづき》町皆田《かいた》より岡山県英田《あいだ》郡作東《さくとう》町田原へ越える坂。「山里」は赤穂郡上郡《かみごおり》町山野里。
＊　赤松入道円心の挙兵を共感をもって描き、前段からひき続いて、事の急になることを述べる。
八　足柄峠より東の、相模《さがみ》・武蔵《むさし》・上総《かずさ》・下総《しもうさ》・上《こう》野《ずけ》・下野《しもつけ》・安房《あわ》・常陸《ひたち》の八カ国。
九　北条の一族。名は時治。
一〇　北条朝時の子孫を名越と称した。『保暦間記』に「遠江入道宗教法師」と見える。
一一　民部少輔北条宗泰の息。正慶二年、鎌倉で討死。
一二　北条有時の子孫を伊具と称した。

関東の大勢上洛の事

さる程に、畿内《きない》・西国《さいこく》の凶徒《叛乱軍》、日をおつて蜂起《ほうき》《挙兵》する由、六波羅より早馬を立てて関東へ注進せらる《報告された》。相模入道《高時》大きに驚いて、さらば討手をさし遣はせとて、相模守《さがみのかみ》の一族、その外《ほか》[八]東八箇国の中に、しかるべき《強力な》大名どもを催し《召集して》立ててさし上せらる《上洛させた》。先づ一族《北条一門》には、[九]阿曾《あその》弾正少弼《だんじやうせうひつ》・[一〇]名越遠江入道《なごやのとほたふみのにふだう》・[一一]大仏前陸奥守貞直《おさらぎのさきのむつのかみさだなほ》・同じき武蔵左近将監《むさしのさこんのしやうげん》・[一二]伊具《いぐの》右近大夫将監・[一三]陸奥右馬助《うまのすけ》、[一四]外様《とざま》の人々には、[一五]千葉大介《ちばのおほすけ》・[一六]宇都宮三河守・[一七]小山《をやまの》判官・[一八]武田伊豆三郎・[一九]小笠原彦五郎・[二〇]土岐伯耆《はうき》入道・[二一]葦名《あしなの》判官・三浦若狭五郎(氏明)・千田《ちだの》太郎・[二二]城《じやうの》太宰大弐《だざいのだいに》入道・[二三]佐佐木隠岐《おきの》前司・同じき備中守・[二四]結城《ゆふきの》七郎左衛門尉・[二五]小田《をだの》常陸《ひたちの》前司・[二六]長崎四郎左衛門尉・同じき九郎左衛門尉・[二七]長江《ながえの》弥六左衛門尉・[二八]長沼駿河守《するがの》・[二九]渋谷《しぶや》遠江守・[三〇]河越《かはごえ》三河入道・[三一]工藤《くどう》次郎左衛門高景《たかかげ》・[三二]狩野《かのの》七

一三 大仏維貞《これさだ》の息、家時か。参考本は高直をあてる。
一四 北条の一族以外の人々。
一五 千葉貞胤《さだたね》。桓武《かんむ》平氏。
一六 藤原北家。宇都宮貞宗か。
一七 小山下野守秀朝。
一八 清和源氏、信武。
一九 甲斐《かい》源氏、貞宗か。
二〇 土岐頼貞。法名存孝。
二一 桓武平氏、三浦氏。名は未詳。
二二 藤原景盛の子孫で、秋田城介《じようのすけ》についたので「城」と言う。

高時、討手を京へ派遣

二三 宇多源氏、清高か。ただしこの清高は、巻四・巻七で、隠岐の先帝を守護していたとあり混乱がある。
二四 藤原氏、結城親光《ちかみつ》か。
二五 藤原北家、時知か。巻四で、笠置合戦後、常陸に流された藤房を預かったという小田民部大輔《みんぶのたいふ》と関連があろう。
二六 巻三で笠置に出兵した泰光（実は高貞）。ただし外様ではない。九郎左衛門尉は、師宗か。
二七 桓武平氏の鎌倉氏の一門か。
二八 藤原秀郷《ひでさと》の子孫。名は未詳。
二九 桓武平氏、秩父《ちちぶ》氏。名は未詳。
三〇 巻四、一五九頁に河越三河入道円重《えんじゆう》が見えるが、『蓮華《れんげ》寺過去帳』に「川越参河入道乗誓」とある。
三一 藤原南家。
三二 藤原南家、伊東氏。

郎左衛門尉・[一]伊東常陸《ひたちの》前司・同じき大和《やまとの》入道・安藤藤内左衛門尉《(高貞)》・[二]宇佐美《うさみ》摂津《つの》前司・二階堂出羽入道《(道蘊)》・同じき下野《しもつけの》判官・同じき常陸《(宗元)》介・[三]安保《あぶの》左衛門入道《(道勘)》・[四]南部《なんぶの》次郎・[五]山城四郎左衛門尉、これ等をはじめとして、むねとの《主だった》大名百三十二人、都合その勢三十万七千五百余騎、九月二十日、鎌倉をたつて《出発して》、十月八日先陣すでに京都につけば、後陣《ごぢん》はいまだ[六]足柄《あしがら》・箱根に[七]支へたり。これのみならず、[八]河野九郎、四国の勢を率して《率いて》、大船三百余艘にて、尼崎《あまがさき》よりあがつて[九]下京《しもぎやう》に着く。[一〇]厚東《こうとう》入道・[一一]大内介《おほちのすけ》・[一二]安芸熊谷《あきのくまがえ》、周防《すはう》・長門《ながと》の勢を引き具して、兵船二百余艘にて、[一三]兵庫よりあがつて[一四]西の京に着く。甲斐《かひ》・信濃《しなの》の源氏七千余騎、[一五]中山道《なかせんだう》を経て[一六]東山に着く。[一七]江馬《えま》越前守・[一八]淡河右京亮《あいかはうきやうのすけ》、[一九]北陸道七箇国の勢を率して《率いて》、三万余騎にて、[二〇]東坂本を経て上京《かみぎやう》に着く。

物じて《すべて》諸国七道《日本全国》の軍勢、われもわれもと馳せ上りけるあひだ、[二一]京白河の家々に居余り《あふれ》、醍醐《だいご》・[二二]小栗栖《をぐるす》・[二三]日野・[二四]勧修寺《くわんじゆじ》・嵯峨《さが》・仁和寺・[二五]太秦《うづまさ》の辺、[二六]西山・[二七]北山・[二八]賀茂・[二九]北野・[三〇]革堂《かうだう》・[三一]河崎《かうさき》・清水《きよみづ》・

一 藤原南家。名は未詳。
二 藤原南家、工藤・伊東氏の一門。名は未詳。
三 武蔵七党の丹党《たんのとう》の一族か。
四 清和源氏、武田氏の一門。名は未詳。
五 藤原南家、工藤氏の一門。名は未詳。
六 相模《さがみ》と駿河《するが》の国境の難所。
七 大軍がはやる力をおさえてとどまっていた。
八 通治《みちはる》か。後日、足利尊氏《あしかがたかうじ》と行動をともにする。
九 京都南部。三条通以南を言う。
一〇 山口県厚狭《あさ》郡東部に住んだ土豪。
一一 周防権介《すおうのごんのすけ》。百済《くだら》よりの帰化人系と称する。
一二 桓武平氏、北条氏の一門。安芸の豪族。
一三 神戸市兵庫区南岸の港。
一四 京都市右京区。特に御室《おむろ》・桂《かつら》方面の地域を指す。
一五 南の東海道と北の北陸道との中にある山道の意で、その経路は時代により変化がある。
一六 賀茂川の東側の地域。
一七 桓武平氏、北条氏の一門。名は未詳。
一八 桓武平氏、北条時房の孫。名は時治。
一九 若狭《わかさ》・越前（福井県）、越中（富山県）、加賀・能登《のと》（石川県）、越後・佐渡（新潟県）の七国。
二〇 大津市坂本。比叡山の東麓《とうろく》。「上京」は京都の三条通以北の地域。
二一 京都の町は言うまでもなく、賀茂川の東一帯まで。
二二 醍醐の西部、伏見区小栗栖の一帯。
二三 醍醐の南部、伏見区日野の一帯。

吉野・赤坂・金剛山へ派兵　長崎一行の威容

三二六角堂の門の下、鐘楼《しゆろう》の中までも、軍勢の宿らぬ所は無かりけり。日本小国なりといへども、これ程に人の多かりけりと、はじめて驚くばかりなり。

さる程に、元弘三年正月晦日《末日》、諸国の軍勢八十万騎を三三三手に分けて、吉野・赤坂・金剛山《こんがうせん》、三つの城へぞ向けられける。先づ吉野へは、二階堂出羽入道道蘊《だううん》を大将として、わざと他の勢を交へず、二万七千余騎にて、三四上道《かみみち》・下道《しもみち》・中道《なかみち》より三手に成つて相向ふ。赤坂へは、阿曾弾正少弼《せうひつ》を大将としてその勢八万余騎、先づ天王寺・住吉に陣を張る。金剛山へは、陸奥《むつ》右馬助、搦手の大将としてその勢《背後から攻める軍の大将として二十》二十万騎《万騎を率い》、三五奈良路よりこそ向はれけれ。中にも三六長崎悪四郎左衛門尉は、別して《特に》三七侍大将を承つて《拝命して》、大手へ《正面の戦場へ》向ひけるが、わざとおのれが勢《自分の軍勢を誇》の程を人に知られんとや思ひけん《り示そうと思ったのか》、一日引きさがりて《行程を遅らせて》ぞ向ひける。その三八行装《ぎやうさう》、見物の目をぞ驚かしける。先づ三九旗差《はたざし》、その次にたくましき馬に四〇厚総《あつぶさ》懸けて、四一一様の鎧《よろひ》着たる兵八百余騎、二町ばかり先立て

二四 栗栖野の南。山科《やましな》区勧修寺仁王堂町の一帯。
二五 右京区内。百済《くだら》系帰化人の秦《はた》氏の住んだ地域。
二六 西京区大原野石作町西山辺りの山。
二七 衣笠・船岡・岩倉一帯の山。
二八 北区上賀茂から左京区下鴨《しもがも》にかけての地域。
二九 上京区の西北部、北野神社のあたり。
三〇 革の衣を着した行円の開いた行願寺《ぎようがんじ》(中京区行願寺門前町)のある土地。古くは一条油小路にあった。天台宗延暦寺派の寺。
三一 上京区染殿町のあたり。
三二 中京区堂之前町にある、もと勅願の頂法寺。
三三 河内《かわち》道、大和《やまと》道、紀伊道の三方に。
三四 奈良盆地を南北に貫く三本の道。桜井から東の山沿いに北上する上道《かみつみち》、橿原《かしはら》市八木から北上する下道《しもつみち》、明日香から香具山・耳成《みみなし》山の間を北上する中道《なかつみち》。
三五 伏見口から奈良へ通う奈良街道。
三六 前出の長崎四郎左衛門尉(高貞)。「悪」は、倫理上の悪ではなく、性質の荒いことを表す。
三七 大将軍の下にあって、実際に合戦で武士たちを指揮する大将。
三八 旅の服装・用意。この場合は合戦のための支度。
三九 馬上、大将のしるしの旗をささげ持つ者。
四〇 厚く大きい総を掛けた華美な飾り。鞦《しりがい》、鞅《むながい》、面繫《おもがい》にかける飾り。
四一 縅毛《おどしげ》などが全員おそろいの鎧。

て、馬を静めてうたせたり（しずしずと馬を進めた）。わが身は（自らは）その次に、[一]纐纈《かうけつ》の鎧直垂《ひたたれ》に、[二]精好《せいがう》の[三]大口を張らせ、[四]紫下濃《むらさきすそご》の鎧に、[五]白星の五枚冑《ごまいかぶと》に、[六]八龍を金にて打つて付けたるを、[七]猪首《ゐくび》に着なし、[八]銀のみがき付けの脛当《すねあて》に、金《こがね》作りの太刀二振《ふたふり》はいて（おびて）、[九]一部黒《いちのへいぐろ》とて[一〇]五尺三寸有りける坂東一の名馬に、[一一]塩干潟《しほひがた》の捨小舟《すてをぶね》を金貝《かながひ》にすりたる鞍《くら》を置いて、款冬《やまぶき》色（黄色）の厚《あつ》総《ぶさ》懸けて、三十六差いたる（三十六本差した）[一二]白磨《しらずり》の銀筈《ぎんはず》の、[一三]大中黒《おほなかぐろ》の矢に、[一四]本繁籐《もとしげどう》の弓の真中握つて、小路をせばしと歩ませたり（小路をところ狭しと勢いよく歩ませた）。[一五]片小手《かたこて》に[一六]腹当《はらあて》して、[一七]諸具足《もろぐそく》したる中間（雑兵）五百余人、二行《にぎやう》に（二列に並んで）列を引き、馬の前後に従つて、しづかに路次をぞ（しずしずと道筋を）歩みける。その後四、五町引きさがりて、思ひ思ひに鎧うたる（鎧を付けた）兵十万余騎、冑《かぶと》の星を輝かし、鎧の袖を重ねて（つらねて）、[一八]沓《くつ》の子を打つたるがごとくに、道五、六里が程支へたり（続々と進軍した）。その勢ひ《いきほ》決然として（りんとして）天地を響かし、山川《さんせん》を動かすばかりなり。この外《ほか》外様（北条以外の）の大名五千騎、三千騎（〔もしくは〕）、引き分け引き分け（それぞれの隊列を組んで）、昼夜十三日まで、引きも切らで（切れ目なく続いて）ぞ向ひける。わが朝《てう》は申すに及ばず、唐土《たうど》・天竺《てんぢく》・[一九]太元《たいげん》・[二〇]南蛮

一 糸でくくったまま染め、糸を解いて結び目を白く現したもの。くくり染め。
二 縦・横糸ともに上質の生糸を用いた、緻密《ちみつ》で華美な織物。
三 裾口の広く大きい袴を、派手に身につけ。
四 上から下へ次第に紫を濃く染めた縅毛《おどしげ》の鎧。
五 鉢板に打ちつけられた鋲《びょう》を銀メッキした兜《かぶと》。五枚の錣《しころ》板からなる兜を五枚兜と言う。
六 黄金の八匹の龍を前立物《まえだてもの》として打ち付けた兜。
七 猪のように首が短く見えるように着て。前立物をたかだかと見せるための着方。
八 銀メッキをかけてみがきたてた、脛《すね》を包み保護するための鉄製の防具。
九 今の岩手県二戸《にのへ》郡一戸《いちのへ》町産の黒毛の馬。
一〇 馬の前足先から肩までの高さが五尺三寸あること。四尺を標準とするから、これは大変な駿馬《しゅんめ》。
一一 潮のひいた州に小舟の残った情景を金・銀などの金属薄片でもって蒔絵《まきえ》にしてはり付けた鞍。
一二 弓弦《ゆづる》をかける部分（筈）を白くみがいた銀製の。
一三 矢羽の中央を横に黒く、広く染めたもの。
一四 握る部分より下方を、びっしりと籐《とう》で巻いた弓。
一五 利き腕の自由を妨げぬよう左腕だけにつけた腕の防具。「に」は「を付け」の意。
一六 袖や草摺《くさずり》のない、雑兵の用いた略式の鎧。
一七 太刀をはき、弓・矢を持った。
一八 くつ底に打った釘のようにびっしりと。

も、いまだこれ程の大軍をおこす事、有りがたかりし《できないことだと》事なりと、思はぬ人こそ無かりけれ。

赤坂合戦の事付けたり人見《ひとみ》・本間《ほんま》抜懸《ぬけが》けの事

さる程に、赤坂の城へ向ひける大将阿曾《あそ》弾正少弼《せうひつ》、二一後陣の勢を待ちそろへんがために《合流するために》、天王寺に両日《二日間》逗留《とうりう》有つて、同じき二月二日午《うま》の刻《正午》に、二二矢合はせ有るべし、二三抜懸《ぬけが》けの輩《ともがら》においては《があるならば》、罪科たるべき《処罰するであろうと》の由をぞふれられ《申しくだされた》ける。ここに武蔵国の住人に、二四人見《ひとみ》四郎入道恩阿《おんあ》といふ者あり。この恩阿、二五本間九郎資貞《すけさだ》に向つて語りけるは、「御方の軍勢雲霞《うんか》の如くなれば《大勢なので》、敵陣を攻め落さん事疑ひなし。ただし事の様《状況の推移を考えてみると》を案ずるに、関東《鎌倉幕府》天下を治めて権をとる事、すでに二六七代に余れり。二七天道盈《み》てるを欠く理《ことわり》、遁るる《のがれようがない》ところなし。その上、臣として《臣下の身で》

一九 一二七一年、蒙古のクビライが今の北京の辺りに都して建てた国。中国本土・満州・蒙古・安南にまで領域を拡げたが、一三六八年に滅んだ。

二〇 フィリピン・インドネシヤなど南方の国。

* これまでの先帝側の動きに続いて幕府側の行動開始をその勢揃《ぞろ》えから描き盛り上げる。その中にひときわ人目をひく華美なよそおいの長崎悪四郎左衛門尉が添描され、『太平記』らしい世界を見せる。

二一 後方の陣を固める軍勢。

二二 開戦の合図に両方より鏑矢《かぶらや》を射合せること。

人見・本間、赤坂にて覚悟の討死

二三 功にはやり、味方の軍を抜け出して単独で攻め入ること。集団戦を一般とするこの時代には禁じられていた。

二四 猪俣党《いのまたとう》の人見光行。『楠木合戦注文』に「二月二十二日……なかんづく本間又太郎、同じく舎弟与三先陣たり。……父子打死す。……人見六郎入道、同じく甥《をひ》総二郎入道と主従十四人、同所において打たれをはんぬ」と見える。

二五 今の神奈川県厚木市に住んだ、小野氏の一族。

二六 巻一、一七頁に義時以来七代を経たとする。

二七 月の満ち欠けに見るように、満ちたものは欠け、欠けたものは満ちるという天の道理。『易経』「謙卦」に見えることば。

君を流したてまつる積悪[一]、〔によって〕あにはたしてその身を滅ぼさざらんや《どうしてその身を滅ぼさぬことがあろうか》。それがし《わたくし》不肖《ふせう》[二]の身なりといへども、武恩[三]を蒙《かうむ》つて齢《よはひ》すでに七旬《七十歳》に余れり。今日より後さしたる《これという》思出《おもひで》[四]もなき身の、そぞろに《目的もなく》長生きして、武運[五]の傾かんを見んも、老後の恨み、臨終のさはり《往生のさまたげ》とも成りぬべけれ《なろうから》ば、明日の合戦に先駆《さきが》[六]けして、一番に討死して、その名を末代に遺《のこ》さんと存ずるなり」と語りければ、本間九郎心中《しんちゆう》[七]にはげにもと思ひながら、「枝葉《しえふ》[八]の事をのたまふものかな。これ程なるうちこみ《集団戦に》の軍に、そぞろなる《むこうみずな》先駆けして討死したりとも、さして高名《手柄》とも言はれまじ。さればただそれがしは、人なみにふるまふべきなり《行動するつもりである》」と言ひければ、人見よにも《いかにも》無興《ぶきよう》[九]げにて、本堂の方へ行きけるを、本間怪しみ思ひて人をつけて見せければ、〔人見は〕矢立《やたて》[一〇]を取り出だして、石の鳥居[一一]に何事《なにをしているのか》とは知らず、一筆書き付けて、おのれ《自分の》が宿へぞ帰りける。本間九郎、さればこそ[一二]、この者に一定《いちぢやう》[一三]明日先駆けせ[一四]られぬと心ゆるし《ゆだんすること》無《となく》かりければ、〔本間は〕まだ宵《よひ》よりうつたつて《陣を出発し》、ただ一騎、東条《とうでう》[一五]を指して向

一 積み重ねて来た悪事。「善積らざるときは以つて名を成すに足らず、悪積らざるときは以つて身を滅るに足らず」(『易経』繋辞下伝)。
二 愚かな者。自分をへりくだって言う言葉。
三 武家(北条)の恩をこうむって。北条氏の禄を食《は》んで。
四 心がけるべき事がら。
五 幕府の運。
六 戦場で味方の軍よりも先に出て戦うこと。前頁に見るように、この時代の集団戦には不都合として禁じられていた。
七 もっともな考えだと内心は思いながら。
八 つまらぬことをおっしゃるものです。
九 不愉快な様子で。
一〇 軍陣の中などで用いた小さい硯箱《すずりばこ》。箙《えびら》の矢を立てて納めておく所(矢立)に入れて携帯したので、この名がある。
一一 天王寺の西門。二五三頁に「一手は西門の石の鳥居より」とある。
一二 やはり思ったとおりだなあ。
一三 きっと。
一四 先駆けされるに違いあるまい。「ぬ」は、動作・状態を強く確かめる意の助動詞。
一五 現在の大阪府富田林《とんだばやし》市内の地。

ひけり。石川河原[一六]にて夜を明かすに、朝霞《あさがすみ》の晴れ間より、南の方を見ければ、紺[一七]の唐綾《からあや》をどしの鎧に、白母衣《しろほろ》[一八]懸けて、鹿毛《かげ》[一九]なる馬に乗つたる武者一騎、赤坂の城へぞ向ひける。何者やらんと馬うち寄せてこれを見れば、人見四郎入道なりけり。人見、本間を見つけて言ひけるは、「よべ《昨夜》のたまひし事を実《まこと》と思ひなば、孫[二〇]ほどの人に出し抜かれまし」とうち笑うてぞ、しきりに馬をはやめける。本間あとについて、「今は互ひに先を争ひ申すに及ばず《先を争うには及びません》。一所《いつしよ》にて尸《かばね》を曝《さら》し、冥途《めいど》までも同道申さんずるぞよ《御いっしょにまいりましょう》」と言ひければ、人見「申すにや及ばん《申すまでもないこと》」と返事して、あとになり先になり、物語してうちける《馬を進めたが》が、赤坂の城の近く成りければ、二人の者ども、馬の鼻をならべてかけあ[二一]がり、堀の際までうち寄つて、鐙《あぶみ》踏ん張り弓杖《ゆんづゑ》[二二]ついて、大音声《だいおんじやう》を揚げて名のりけるは、「武蔵国の住人に、人見四郎入道恩阿、年積つて七十三、相模国の住人本間《ほんま》九郎資貞《すけさだ》、生年《しやうねん》三十七、鎌倉を出でしより軍の先陣を懸けて、尸を戦場に曝さん事を存じて《しかばねを戦場にさらそうと思って攻め寄せて来ました》相向へり。

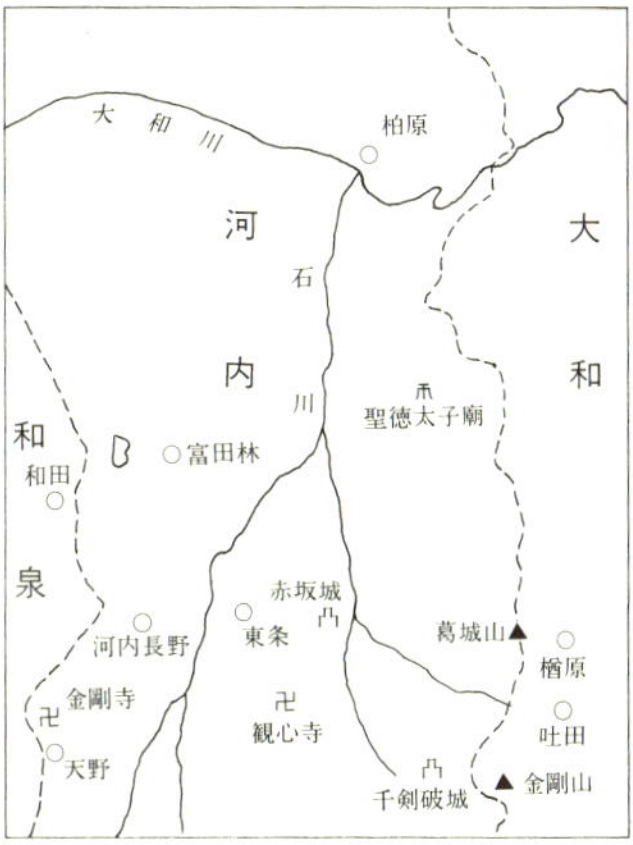

一六 金剛山の西側に源を発し、大阪府柏原《かしわら》市で大和川に合流する川。ここは、赤坂城の麓の河原。

一七 紺色を地に、中国風の模様を浮き織りにした綾を細く切って重ね合せて麻を心にしたもので縅《おど》した鎧。

一八 敵の矢を防ぐために背中に負い風をはらませる、絹など布製の袋状のもの。

一九 体が鹿に似た茶褐色で、たてがみ・尾・足の下部が黒い馬。

二〇 孫の年ほどのそなたに、うまくだまされ、出し抜かれるところでしたなあ。

二一 城のある山の斜面へ駆け登って。

二二 弓を杖とし地面に突き立てて。

われと思はん人々は、出であひて手なみ《〔われわれの〕》の程を御覧ぜよ」と声々に呼ばはつて、城をにらんでひかへたり。城中の者どももこれを見て、「[一]これぞとよ、坂東武者の風情《ふぜい》とは。ただこれ熊谷《くまがえ》[二]・平山が一谷《いちのたに》[三]の先懸けを伝へ聞いて、うらやましく思へる者どもなり。あとを見るに続く武者もなし。またさまで《それ程の》大名[四]とも見えず。溢《あぶ》[五]れ者の不敵武者[六]に跳《をど》[七]り合ひて、命失うて何かせん《命を失って何になろう》。ただ置いて《相手にしないで》事の様を見よ《なりゆきを見よ》」とて、東西鳴りを静めて《どこもしんと静まりかえって》返事もせず。人見、腹を立て、「早旦《早朝》より向つて名のれども、城より矢の一つをも射出ださぬは、臆病の至りか《限りか〔それとも〕》、敵をあなどるか《見くびるか》。いで《さあ》その義ならば《そのつもりなら》、手柄の程を見せん《〔わが〕腕前をお見せしよう》」とて、馬より飛び下りて、堀の上なる細橋[八]さらさらと走り渡り、二人の者ども出屏《だしべい》[九]の脇にひつそうて[一〇]、木戸《城門》を切り落さんとしける《破ろうとしたので》あひだ、城中これに騒いで《驚いて》、土小間《つちざま》[一一]・櫓《やぐら》[一二]の上より雨の降るがごとくに射ける矢、二人の者どもが鎧に、蓑《みの》[一三]の毛のごとくにぞ立つたりける。本間も人見も、元より討死せんと思ひ立つたる事なれば《決心したうえでの行動なので》、何かは[一四]一足《ひとあし》も引くべ

一 これを言うのだそうだ、坂東《ばんどう》武者の風情（独特の気質）とは。相手をからかう思いをこめている。
二 熊谷父子が平山に先んじて一谷へおもむくが、やがて平山が追い着き、互いに先を争って攻めかけたという話。『平家物語』九「一二之懸」、『源平盛衰記』三七「熊谷父子城戸口に寄す并平山同所に来る」に見えるが、『太平記』の話そのものが、これを念頭において描かれたものであろう。
三 神戸市須磨区の西端の地で、鉢伏山などの山岳が海岸にせまる所。その最も東の谷を一谷と呼ぶ。
四 多くの土地を私有し、力を持った武士。
五 おちぶれて、しかも無法な者。
六 こわさ知らずの無鉄砲な武者。
七 戦いをいどんで。
八 堀の上に渡された細い橋。
九 矢や石を放つために突き出して作った塀《へい》。
一〇 ぴたりと身体をくっつけて。
一一 土塀に、攻撃・物見のため明けた小さな窓。
一二 攻撃・物見のために城壁や城門に建てた高い楼。
一三 矢の多く立つ様子が、蓑の毛の毛羽立ったように見えた。
一四 どうして一足も退くことがあろう、一歩も退かず。

本間資忠、父の後を追い討死

き、命を限りに、〔戦い〕二人ともに一所《いっしょ》にて討たれけり。

これまで付き従うて最後の十念[一五]《じふねん》勧めつる《を促した》聖《ひじり》[一六]、二人が首を乞《こ》ひ得て、天王寺に持つて帰り、本間が子息源内兵衛資忠《げんないひやうゑすけただ》に、〔二人の抜駆けの〕はじめより《一部始終を》の有様を語る《語って聞かせた》。資忠父が首を一目見て、一言をも出ださず、ただ涙に咽《むせ》んで居たりけるが、いかが思ひけん《何を思ったのか》、鎧[一七]を肩に投げ懸け、馬に鞍《くら》置いてただ一人うち出でんとす。聖怪しみ思ひて、鎧の袖[一八]を引き留め、「これ[一九]はそも、いかなる事にて候ふぞ。御親父《ごしんぷ》もこの合戦に先懸けして、ただ名を天下の人に知られんとばかりおぼしめさば、父子《父子と》ともにうち連れてこそ向はせたまふべけれ《もに連れ立って戦場におもむかれたでしょう》ども、〔そうされなかったのは父君が〕命をば相模殿《高時》に献《たてまつ》り、恩賞をば子孫の栄花にのこさんと《繁盛のために伝えようと》、おぼしめしけるゆゑにこそ、人より先に討死をばしたまふらめ《先駆けをして討死なさったのでしょう》。しかるに思ひこめたまへる所もなく《心中深くお考えにもならず》、また敵陣にかけ入つて、父子ともに討死したまひなば、たれかその跡を継ぎ、たれかその恩賞をかうむるべき。子孫無窮《永く》に栄ゆるを以つて、父祖の孝行をあらはす道《先祖に孝行を尽す道》とは申すなり。御悲歎の

一五 死にのぞんで唱える十度の念仏。その度数については異説があり、一度で十念に当るとも言う。

一六 従軍僧として戦場にのぞみ、負傷者の手当てや死者の葬儀などを執り行った時衆（一遍上人が開いた浄土宗の一派、時宗の同志）の僧。敗軍の将で遁世《とんせい》した者などがなった。かれらはその見聞をいくさ語りとして語り、『太平記』の成立にもかかわっているものと思われる。

一七 投げかけるようにして、すばやく鎧を身につけ。

一八 鎧の側面にとりつけ、肩から腕にかけて覆い護る大袖。

一九 これはまたいったい、何をなさるおつもりか。

余りに、是非無く死をともにせんとおぼしめすは《たって死をともにしようと思われるのは》[一]ことわりなれども、暫く止《と》まらせたまへ」と固く制しければ、資忠涙をおさへて力無く《やむなく》、着たる鎧を脱ぎ置きたり。聖、さては[二]制止にかかはりぬと嬉しく思ひて、本間が首を[三]小袖につつみ、葬礼のために、かたはら《近くの》なる野辺へ越えける《おもむいた》、その間に、資忠今は止《と》むべき人なければ、すなはち《早速》うち出でて、先づ[四]上宮太子の御前に参り、「[五]今生《こんじやう》の栄耀《えいえう》は、今日を限りの命なれば、祈るところにあらず。ただ[六]大悲の[七]弘誓《ぐぜい》の誠有らば、父にて候ふ者の討死つかまつり候ひし戦場の、同じ[八]苔《こけ》の下に埋もれて、[九]九品《くほん》[一〇]安養《あんやう》の同じ[一一]うてなに生るる身となさせたまへ」と、泣く泣く祈念をこらして、涙とともに立ち出でけり。石の鳥居を過ぐるとて《通り過ぎようとして》見れば、わが父とともに討死しける人見四郎入道が書き付けたる歌あり。[一二]これぞ誠に後世までの物語に留《とど》むべき事よと思ひければ、右の小指を喰ひ切つて、その血を以つて、一首を側に書き添へて、赤坂の城へぞ向ひける。城近く成りぬる所にて、馬より下り、弓を脇に

一 （父子の情として）もっともな事ながら。
二 自分の忠告に従ったと。「かかはる」は、相手のことばに従い、行動をさしひかえる。底本は「拘」の字をあてる。
三 礼装の下に着る筒袖の衣。
四 聖徳太子の創建になる四天王寺。本尊は如意輪観音。その御前に参り。
五 今日を最期とする命であるから、この世での栄華を今さら祈ろうとも思わない。
六 多くの人々の苦しみを救おうとする観音の広大な慈悲心。
七 衆生《しゅじょう》を救おうという広大な誓いがおありなら。
八 地下。墓の下。
九 極楽浄土のこと。浄土には、上中下各三品、都合九つの別があると言うことから浄土を九品と言う。
一〇 安養浄土、すなわち極楽のこと。ここに生れる人は、さまざまな楽しみを得ると言われた。
一一 極楽浄土に生れた者がすわるという、蓮《はす》の花の形をした台。
一二 死におもむくに当って和歌を残すという事は、後世、物語として語り伝えられることだろう、自らもその物語に名を残そうと思ったので。

さしはさんで、[一三]木戸《きど》を叩《たた》き、「城中の人々に申すべき事あり」と呼ばはりけり。やや暫く在つて、兵二人櫓《やぐら》の[一四]小間《さま》より顔をさし出だして、「[一五]たれ人にて御渡り候ふや」と問ひければ、「これは《わたくしは》、今朝《こんてう》この城に向つて討死して候ひつる本間九郎資貞が嫡子、源内兵衛資忠と申す者にて候ふなり。[一六]人の親の子をおもふあはれみ、心の闇に迷ふならひにて候ふあひだ、〔子の将来を思うあまり〕ともに討死せん事を悲しみて、われに知らせずして、ただ一人討死しけるにて候ふ。相伴ふ者無くて、[一七]中有《ちゆうう》の途《みち》に迷ふらん、さこそと思ひやられ候へば、〔さぞかし迷っていることであろうと思いますので〕同じく〔その道づれとして〕討死つかまつて、無き後《あと》まで父に孝道を尽し候はばやと存じて、ただ一騎相向つて候ふなり。城の大将に、この由を申され候ひて、木戸を開かれ候へ。父が討死の所にて、同じく命を止めて、その望みを達し候はん」と[一八]慇懃《いんぎん》に事を請ひ、涙に咽《むせ》んでぞ立つたりける。[一九]一の木戸を固めたる兵五十余人、[二〇]その志孝行にして、相向ふところやさしくあはれなるを感じて、すなはち《早速》木戸を開き、[二一]逆木《さかもぎ》を引きのけしかば、

一三 城門。

一四 物見や攻撃のための小さな窓。

一五 どなたでござるか。「渡る」は、「ゐる」の敬語。

一六 人の親たる者、子のことを思えば、理性を失って迷うのが常でございますので。藤原兼輔の「人の親の心は闇にあらねども子を思ふ道にまどひぬるかな」(『後撰集』十五・雑一)による。

一七 生《せい》ある者が死から次の世に生れかわるまでの間。この間、亡魂が迷っていると言う。普通、四十九日間を言う。

一八 ねんごろに願いを申し。

一九 城の、一番外側の城門。

二〇 親のことを思って行動に出る、その孝行な志のあわれであるのに感心して。玄玖本《げんきゆう》は「其志ノ剛ニシテ義ノ向フ処ヲ情《やさ》シク哀ナルヲ感ジテ」とする。古本はいずれも玄玖本に近い。

二一 敵の侵入を防ぐために、とげのある枝などを外側に向けて並べ組んだ柵《さく》。

資忠馬にうち乗り、城中へかけ入つて、五十余人の敵と火を散らし《火花を散らして》てぞ切り合ひける《激しく戦った》。つひに父が討たれしその跡《あと》にて、太刀を口にくはへてうつぷしに倒れて、《〔太刀に〕》貫かれてこそ失《う》せにけれ。惜しいかな、父の資貞は、無双《並びない》の弓矢取りにて、国のために要須《えうしゆ》[一]たり。また子息資忠は、ためしなき《無類の》忠孝の勇士にて、家のために栄名《えいめい》[二]あり。人見は、年老い齢《よはひ》傾きぬれども、[三]義を知つて命を思ふ事、時とともに消息《せうそく》す。この三人同時に討死しぬと聞えければ、知るも知らぬもおしなべて、歎かぬ人は無かりけり。

石の鳥居に人見・本間の遺詠

[四]すでに《早くも》先懸《さきが》けの兵ども、ぬけぬけに《抜駆けをして》赤坂の城へ[五]向つて討死する由[六]披露《ひろう》有りければ、《〔寄手の〕(阿曾弾正)》大将すなはち《ただちに》天王寺をうつたつて馳せ向ひけるが、上宮太子《四天王寺》の御前にて、馬より下り、石の鳥居を見たまへば、左の柱に、

花さかぬ[七]老木《おいき》の桜朽ちぬともその名は苔《こけ》の下に隠れじ

と一首の歌を書いて、その次に「武蔵国の住人、人見四郎恩阿《おんあ》、生

一 なくてはならぬ重要な人物。
二 ほまれある名声をもたらした。
三 義理をわきまえ、運命を知って時の変化にさからわず身を処した。「消息す」は、ものごとがその時変化する意。「天地の盈虚《えいきよ》、時とともに消息す」(『易経』豊卦)。
四 「すでに」は、「披露有りければ」にかかる。
五 底本は「向へ」とある。
六 報せがあったので。
七 今さら花を咲かせるなど思いもよらぬこの年になっては、何の功名を立てることなく朽ちてしまうほかないのだけれども、せめてこの度の先駆けの功績によって、その名を死後いつまでも埋れることのないように残したいものだ。
八 南朝の元弘三年に当る。西暦一三三三年。読みは清音。

年七十三、正慶《しやうきやう》[八]二年二月二日、赤坂の城へ向つて、武恩（幕府の恩にこたえる）を報ぜんために、討死[九]つかまつりをはんぬ」とぞ書いたりける。また右の柱を見れば、

[一〇]まてしばし子を思ふ闇に迷ふらん六つの街《ちまた》の道しるべせん

と書いて、「相模国の住人、本間九郎資貞が嫡子源内兵衛資忠、生年十八歳、正慶二年仲春《ちゆうしゆん》[一一]二日、父が死骸を枕にして、同じ戦場に命を止《とど》めをはんぬ」とぞ書いたりける。父子の恩義、君臣の忠貞、この二首の歌にあらはれて、骨は化して黄壌《くわうじやう》[一二]一堆《いつたい》の下に朽ちぬれど、名は留まつて、[一三]青雲九天《せいうんきうてん》[一四]の上に高し。されば今に至るまで、石碑《せきひ》[一五]の上に消え残れる三十一字（かすかに残っている〔二首の〕詠歌）を見る人、感涙を流さぬは無かりけり。

さる程に阿曾弾正少弼《あそのだんじやうせうひつ》、八万余騎の勢を率して赤坂へ押し寄せ、城の四方二十余町、雲霞《うんか》[一六]のごとくに取り巻いて、先づときの声をぞ揚げたりける。その音《おと》、山を動かし地を震ふに[一七]、蒼涯《さうがい》[一八]もたちまちに裂けつべし。この城三方は、岸高うして屏風《びやうぶ》を立てたるがごとし。

九 討死を遂げるものである。「をはんぬ」は物事の完了したことを表し、その事実を確認する語感があるようである。
一〇 暫く待たれよ父君、子を思うゆえに中有《ちゆうう》の旅にお迷いでしょう。やがて追い着きまいらせて、「六つの街」すなわち六道の辻の御案内を申しましょう。
一一 春三カ月のうちの中の月。陰暦二月の称。
一二 墓の盛り土の下。「黄壌」は、黄色の土、「一堆」は、一つの盛り上がったもの。
一三 その名声は後代まで伝わって。
一四 天上まで鳴り響いた。「青雲」は、晴れ渡った空。「九天」は、天を方角により九つに区分するところから、大空のこと。
一五 四天王寺西門の石の鳥居を指す。
＊ 幕府の余命短いことを見通した人見と本間、その後を追う本間の子息の先駆けと討死を、『平家物語』九の熊谷・平山の先陣争いの話を踏まえて描きながら、それを幕府の滅びへの構想にのせている。

阿曾、八万騎で攻めるも、城ゆるがず

一六 雲や霞のたなびくような大軍をもって取り囲んで。
一七 ふるわせたのには。
一八 青い苔の生えている崖《がけ》も、たちまち裂けてくずれ落ちてしまいそうである。

南の方ばかりこそ、平地《へいち》につづいて、堀を広く深く掘り切つて、[一]岸の額《ひたひ》に屛《へい》を塗り、その上に櫓《やぐら》をかきならべたれば、[二]いかなる大力早《だいりきはや》態《わざ》なりとも、たやすく攻むべき様ぞなき《方法がなかった》。されども寄手大勢なれば、思ひあなどつて《相手を軽く見て》[三]楯《たて》にはづれ、[四]矢面《やおもて》に進んで、堀の中へ走り下りて、[五]切岸《きりぎし》をあがらんとしけるところを、屛の中より、[六]究竟《くつきやう》の射手ども[七]鏃《やじり》を支へて[八]思ふ様《やう》に射けるあひだ、軍《いくさ》の度ごとに、[九]手負《ておひ》・死人五百人、六百人、射出だされざる時はなかりけり《死傷者を出さぬことがなかった》。これをも《〔しかし寄手は〕》痛まず《ひるまず》、[一〇]新手《あらて》を入れ替へ入れ替へ、十三日までぞ攻めたりける。されども城中少しも弱らず見えけり。

こゝに播磨《はりまの》国の住人、[一一]吉川《きつかは》八郎といふ者、大将の前に来たつて申しけるは、「この城のていたらく《様子》、[一二]力攻めにし候はば、左右《さう》無く《簡単には》落つべからず候ふ。楠《くすのき》この一両年《一二年の間》が間、和泉《いづみ》・河内《かはち》を管領して《支配して》、そくばくの《多くの》兵粮《兵の食糧》を取り入れて[一三]候ふなれば、兵粮《ひやうらう》も左右無く尽き候ふまじ。つらつら思案を回《めぐ》らし候ふに、この城三方は、谷深うして地につづ

一 岸の崖《がけ》っぷちに塀《へい》を塗り建て。
二 どのように大力の、行動のすばやい兵であっても。
三 楯のかげからとび出し。
四 矢の飛んで来る前面に出て行って。
五 切り立った崖。
六 きわめて強い。
七 そろって矢をつがえて。「支ふ」は攻撃の効果を一層あげるため、ほとばしる力をこらえたくわえて、相手をねらうこと。
八 思いのまま効果的に射たので。
九 負傷者。
一〇 まだ戦っていない新しい軍勢。

吉川、用水路を断ち、城兵を苦しめる

一一 藤原南家、工藤氏の一門。
一二 策を用いず、ただ力だけをたのんで攻めたのでは。
一三 いるようですから。「なれ」は伝聞の助動詞「なり」の已然形。

かず、一方は平地にて、しかも山遠く隔たれり。さればいづくに水有るべしとも見えぬに、[一四]火矢《ひや》を射れば、[一五]水弾《みづはじき》にてうち消し候ふ。こ《この》のごろ《数日》は雨の降る事も候はぬに、これ程まで水の[一六]卓散《たくさん》に候ふは、い《きっ》かさま《と》南の山の奥より、地の底に[一七]樋《ひ》を伏せて城中へ水を懸け入るるかと覚え候ふ。[一八]あはれ[一九]人夫《にんぶ》を集めて、[二〇]山の腰を掘りきらせて御覧候へかし」と申しければ、大将げにもとて《なるほどと》、人夫を集め、城へつづきたる山の尾を、一文字《直角に》に掘り切つて見れば、案の如く《想像したとおり》土の底に[二一]二丈余りの下《深さに》に、樋を伏せて《埋めて》、側に石を畳み、上に[二二]真木《まき》の[二三]瓦をうつふせて、水を十町余りの外よりぞ懸けたりける《ひいていた》。この《〔城内では〕》揚水《あげみづ》を止められて後、城中に水とぼしくして、軍勢口中《こうちゅう》の渇《かつ》忍びがたければ《耐えがたくなったので》、四、五日が程は、草葉に置ける朝の露をなめ、夜気《やき》にうるほへる地に身を当て《はいつくばって》て《〔なめ〕》雨を待ちけれども、雨降らず。寄手これに利をえ《力づいて》、隙《ひま》なく火矢を射けるあひだ、[二四]大手の櫓二つをば焼き落しぬ。城中の兵、水を飲ま《飲まず》で《に》十二日に成りければ、今は精力《気力》尽きはてて、防くべきてだて《方法》も無

一四 鏑《かぶら》の中に火を入れて射る矢。
一五 空気の力によって水をとばす竹製の装置。水鉄砲。
一六 多く。沢山。「卓散」の用字は諸本も同じで、『運《うん》歩色葉集《ぽいろはしゅう》』『易林本節用集《せつようしゅう》』など古辞書にも見える。
一七 竹や木で作った、水を運ぶための管。樋《とい》。
一八 どうか。下に願望・命令表現をともなって願いを表すことば。
一九 仕事にかり集められた庶民。
二〇 山のすそ。後に「山の尾」とある。背後の山から城へと続く山のすそを指す。
二一 約六メートル。
二二 檜《ひのき》。
二三 上を覆う物。玄玖本《げんきゅう》は「瓦」を消して「板」と改めている。
二四 正面の城門の櫓。

かりけり。死んだる者は再び帰る事なし。いざ《さあ》やとても死なんずる命を《どちらにしても死ぬ命を》、各《おのおの》力のいまだ墜《お》ちぬ先にうち出でて、敵に刺し違へ、思ふ様に討死せんと、城の木戸を開いて同時にうち出でんとしけるを、城の本人《ほんにん》[一]平野将監《しやうげん》[二]入道、高櫓《たかやぐら》[三]より走り下り、袖をひかへて《〔人々の〕袖をとって制止し》言ひけるは、「暫く楚忽《そこつ》[四]の事なしたまうそ。今はこれ程に力尽き、喉《のんど》乾いて疲れぬれば《気力が衰えたので》、思ふ[五]敵に相逢《あひ》はん事有りがたし。名もなき人の中《ちゆう》[六]間《げん》・下部《しもべ》[七]どもにいけどられて、恥を曝《さら》さん事心憂かるべし。つらつら事の様《やう》を案ずるに、吉野[八]・金剛山の城、いまだ相支へて《もちこたえて》勝負を決せず。西国[九]の乱いまだ静まらざるに、今降人《かうにん》[一〇]に成つて出でたらん者をば、人に見こらせじとて、討つ事有るべからずと存ずるなり。とても《所詮》叶はぬわれ等なれば《助かる可能性のないわれらのことゆえ》、暫く事を謀《はか》つて降人に成り《様子を見て降人になり》、命を全うし《生きながらえ》て時至らん事を《て時機の来るのを》待つべし」といへば、諸卒皆この義に同じて《兵たちはこの提案に賛成して》、その日の討死をば止めてんげり。

平野の言により城兵降るも、全員処刑される

さる程に次の日、軍《いくさ》の最中に、平野入道高櫓に上つて、「大将の御《〔寄手に向い〕》

一 城の主。

二 河内の豪族。『楠木合戦注文』に「すでに楠木城を構ふる所皆以つて打ち落されをはんぬ。今においては三、四箇所と云々《うんぬん》、大手本城判平野将監入道、すでに三十余人降人に参りをはんぬ」と見える。

三 全軍を指揮するために高く築いた櫓。

四 軽率な事をしなさるな。「たまうそ」は「たまひそ」のウ音便形。

五 相手として不足のない敵に合戦をいどむ事は困難である。

六 武家で、武士と下男との間に位《くらい》する家来。

七 下っぱの従者。「いけどられて」を、底本は「虜られて」と誤る。慶長十年版本は「討たれて」。

八 巻五に記された、大塔宮の一行が、吉野の大衆《だいしゅ》をかたらって待機する事実を指す。

九 二六五頁以後に記された、大塔宮の令旨《りょうじ》をえて赤松入道円心が播磨《はりま》に兵を挙げている事実を指す。

一〇 降伏した者を斬ったのでは、今後、降伏しても赦《ゆる》されまいとかえって相手方に決死の思いを促すことになるだろう、そのように思わせまいとしてたぶん討つことはないだろうと思われます。

一一 二六七頁、関東より上洛の軍の中に「渋谷《しぶや》遠江守」と見える。桓武平氏。
一二 相手の言うところを聞かせたところ。
一三 このわけを京へ参って弁明しようと思っていましたところ。
一四 押し寄せられましたので。「申し」は相手に対する謙譲。
一五 首をさしのばして。生かすも殺すも相手の思いのままにすること。
一六 罪科をおゆるしにならないとの仰せでございますならば。
一七 もとから持っていた土地。もともとの所領。
一八 将軍が、所領の所有を承認すること。
一九 将軍家の命令を、執権・連署が奉じて伝達する文書。探題が下すこともある。
二〇 二六七頁、関東より上洛の軍の中に見える。名は師宗か。

方へ申すべき子細候ふ《ことがございます》。暫く合戦を止めて聞こしめし候へ」と言ひければ、〔寄手の〕大将[一一]渋谷十郎を以つて[一二]事の様を尋ぬるに、平野木戸口《城門》に出で会ひて、「楠、和泉・河内の両国を平《たひ》らげて、威《ゐ》を振るひ候ひしきざみに《状況にあって》、一旦の《その場の》難を遁れんために、心ならず御敵に属して候ひき《つき従いました》。[一三]この子細京都に参じ候ひて申し入れ候はんとつかまつり候ふところに、すでに《いち早く》大勢を以つて[一四]押しかけられ申し候ふあひだ、弓矢取る身の習ひにて候へば、一矢つかまつりたるにて候ふ《一戦したものでございます》。その罪科をだに御免有るべきにて候はば《おゆるしくださいますならば》、[一五]首をのべて降人に参るべく候ふ。[一六]もし叶《かな》ふまじきとの御定《ごぢやう》にて候はば、力無く《やむなく》一矢つかまつりて、尸《かばね》を陣中に曝《さら》すべきにて候ふ。この様をつぶさに《くわしく》申され候へ」と言ひければ、大将大いに喜びて、[一七]本領《ほんりやう》[一八]安堵《あんど》の[一九]御教書《みげうしよ》を成し《賜り》、殊に功あらん《功績のある》者には、すなはち恩賞を申し沙汰すべき《ただちに恩賞を申し受けるよう手配しようと》由返答して、合戦をぞ止めける。城中に籠《こも》るところの兵二百八十二人、明日死なんずる命をも《明日には死ぬことになる命とも》知らず、水に渇《かつ》せるたへがたさに《のどのかわきに耐えかね》、皆降人に成つてぞ出でたりける。[二〇]長崎九郎左衛門尉これを受け取つて、先づ降人の法[一]なればとて、物具《鎧兜》・太刀・刀を奪ひとり、高手《たかて》[二]・小手《こて》[三]にいましめて[四]、六波羅へぞ渡しける。降人の輩《ともがら》、「かくの如くならば、ただ討死すべかりけるものを」と後悔すれども甲斐《かひ》無し。日を経て京都に着きしかば、六波羅にいまし《捕え》め置いて、合戦の事はじめなれば《合戦を始めるのにさいさきを祝う事なので》、軍神《いくさがみ》[五]に祭りて、人に見ごりさせよとて《見せしめにせよと》、六条河原[六]に引き出だし、一人も残さず首を刎《は》ねて懸けられけり《さらし首とした》。これを聞いてぞ、吉野・金剛山に籠りたる兵どもも、いよいよ獅子《しし》[七]の歯がみをして、降人に出でんと思ふ者は無かりけり。罪を[八]ゆるうするは将の謀《はかりこと》なり、といふ事を知らざりける六波羅の成敗《処置》を、皆人ごとに《だれもがそろって》おしなべて、悪しかりけりと申ししが、幾程も無う《[その六波羅が]まもなく》してことごとく滅びけるこそ不思議なれ。情《なさ》[九]けは人のためならず。余りに驕《おご》りを極《きは》めつつ、雅意《がい》[一〇]にまかせてふるまへば、武運《武家の運》も早く尽きにけり。因果の道理を知るならば、心有るべき事どもなり《肝に銘ずべきことだ》。

太平記巻第六

一 定められたしきたりであるので。
二 腕の、肘《ひじ》から上の部分。
三 腕の、肘から下、手首までの部分。
四 この場合、腕を後ろに回し、手首から肩まで厳重に縛り上げて。
五 戦闘の武運をつかさどる神。出陣にあたり、捕虜などの血をこれにささげて戦勝を祈った。
六 その西岸が、古くから刑場であった。
七 獅子のように歯がみをして怒りたけり。
八 罪状の追及を寛大にするのは、将たる者の心得るべきことである。
九 諺《ことわざ》。人に情けをかけておけばその良い報いを得る。以下、古本に見えない。流布本の加筆。
一〇 わがまま。我意。この用字は古くから使われたようで、『下学集《かがくしゅう》』など中世の辞書にも「我意の義」として見られる。
＊ 吉川の機転により水脈を断って平野ら城兵を降伏に追いこむが、情勢を見通せぬ六波羅は、無謀にもこれを処刑することによって、かえって敵側の決死の勇気を鼓舞することになるとする。こうしたところにも、幕府の衰運を見る作者の構想が見られる。平野らのかけひきが、この時代の武士の性格を物語っているし、この時代性を読みとれない幕府の思考の膠着《こうちゃく》性がその衰運をいよいよ濃くするというのが『太平記』作者の言いたいところであろう。

太平記　巻第七

巻第七の所収年代と内容

◇正慶二年（元弘三年〔一三三三〕）正月（史実は二月）から同三月（史実は閏《うるう》二月）末まで。

◇大塔宮《おおとうのみや》の追討に向う二階堂道蘊《どううん》らは、六万の大軍をもって吉野を攻めるが、らちがあかない。ようやく吉野執行《しゅぎょう》の奇襲により攻略。これを迎え撃つ大塔宮らは村上父子の奮戦により窮地を脱する。一方、千剣破《ちはや》（千早）にたてこもる楠《くすのき》は、小勢ながらその奇計をもってよく敵の大軍を翻弄《ほんろう》し時をかせぐ。やがて状況の変化が見え始めると、関東の名家新田義貞が大塔宮の綸旨《りんし》をえて先帝側に意を通じ、東国へととって返したため、寄手は窮する。この関東勢のためらう隙《すき》をついて播磨《はりま》に赤松が兵を挙げ、京と西国の間を遮断《しゃだん》、続いて四国の河野一族も先帝側につく。こうして状況はととのった。先帝は神仏の加護をえてひそかに隠岐《おき》を脱出、名和一族を頼り船上山《ふなのうえやま》にたてこもる。これを攻めようとする佐々木らは、神意に阻まれて敗走、諸国の勢は続々と先帝のもとへ馳《は》せ参じる。

吉野の城軍《しろいくさ》の事

道蘊、吉野城を攻める

元弘三年正月十六日[一]、二階堂出羽入道道蘊《にかいだうではのにふだうだううん》[二]、六万余騎の勢にて、大塔宮《おほたふのみや》の籠《こも》らせたまへる吉野の城へ押し寄する[三]。菜摘川《なつみがは》[四]の川淀《かはよど》[五]より城の方を見上げたれば、峰には白旗・赤旗・錦《にしき》の旗、深山《みやま》[六]おろしに吹きなびかされて、雲か花かと怪しまる。麓《ふもと》には数千の官軍[七]、かぶと[八]の星を耀《かかや》かし、鎧[九]の袖を連ねて、錦繍《きんしう》[一〇]をしける地のごとし。峰高うして道細く、山けはしうして苔《こけ》[一一]なめらかなり。されば幾十万騎の勢にて攻むるとも、たやすく落すべしとは見えざりけり《攻め落せそうには見えなかった》。

寄手、城兵に翻弄《ほんろう》され退屈

同じ十八日の卯《う》の刻(午前六時頃)より、両陣互ひに矢合[一二]はせして、入れ替へ入れ替へ攻め戦ふ。官軍はもの[一三]の馴れたる案内者どもなれば、ここの[一四]つまり《行き止り》、かしこの難所《要所》に走り散つて、つめ合はせ開き合はせ《馳せ集まったり散ったりして》、散々

一 巻六で、関東軍の京都からの派兵を正月晦日《みそか》、赤坂合戦を二月二日としているので、この「正月十六日」は時間的に合わない。『金峯山吉水院主律師真遍言上状』に、道蘊の吉野攻めを閏《うるう》二月朔日《ついたち》とすることなどから見て、ここは二月の誤りと見られる。

二 執事・評定衆などの要職についた藤原貞藤《さだふじ》。

三 「押し寄す」の終止・連体形の一本化した形。平安朝末期から見られる現象である。

四 奈良県吉野郡吉野町奈摘《なつみ》の辺りを流れる吉野川。

五 川の流れが深くよどんだ所。

六 奥深い山から吹きおろす風。

七 この後、「官軍は」「寄手は」と対比があるので、吉野城の麓に待機していた宮の軍か。

八 兜《かぶと》の鉢に並べ打ち付けた金属の鋲《びょう》。

九 底本は「鐙」と誤る。

一〇 (鎧《よろい》の縅毛《おどしげ》が) 錦《にしき》や、縫いとりをした美しい布を敷いたように美しく見える。

一一 苔《こけ》が生え、足がすべって登りにくい。

一二 合戦開始の合図に、互いに鏑矢《かぶらや》を射合うこと。

一三 土地になれ、あたりの地理に明るい者どもなので。

一四 以下、「散々に射る」まで、戦闘描写の類型表現。

に射る。寄手は死生不知《ししやうふち》[一]の坂東《ばんどう》武士なれば、親子討たるれども〔互いに〕かへりみず、主従滅ぶれどもものの数ともせず《いっこうに頓着しないで》、乗り越え乗り越え攻め近づく。夜昼七日が間、息をもつがず《ほっとして休む間もなく》相《あひ》戦ふに、城中の勢三百余人討たれければ、寄手も八百余人討たれにけり。いはんや、矢に当たり石に打たれ、生死《しやうじ》[二]のあひだを知らざる者は、幾千万といふ数を知らず。血は草芥《さうかい》[三]を染め、尸《かばね》は路径《ろけい》《路ばた》によこたはれり。されども城のてい《城の兵の様子は》少しもよわらねば、寄手の兵多くは退屈[四]してぞ見えたりける。

吉野執行の勢、搦手より回り大手と呼応して城を破る

ここにこの山の案内者[五]とて、一方へ向はれたりける《一隊を統率していた》吉野の執行《しゆぎやう》[六]岩菊丸《いはぎくまる》、おのれが手の者《手下の者》を呼び寄せて申しけるは、「東条[七]の大将金沢[八]右馬助殿《うまのすけどの》は、すでに赤坂の城を攻め落して、金剛山[九]へ向はれたりと聞ゆ。当山の事、われ等案内者たるに依つて、一方を承つて《一隊を率いて》向ひたるかひもなく、攻め落さで《落さないで》数日を送る事こそ遺恨《残念だ》なれ。つらつら事の様《状況》を案ずるに《を考えると》、この城を大手《正面》より攻めば、人のみ討たれて、〔城を〕落す事有りがたし《〔は〕困難である》。推量するに《思うに》、城の後《うしろ》の山金峰山《きんぶせん》[一〇]には、けはしきをた

一 死を恐れぬ無鉄砲な関東武士なので。
二 瀕死《ひんし》の重傷を負った者は。
三 あたりの雑草や地面を真赤に染め。
四 緊張の連続に、疲れ果てて気力を失った様子だった。現代語とは意味が違っている。
五 土地の様子に明るい者として。
六 吉野の金峰《きんぶ》山《せん》寺蔵《ざ》王《おう》堂にあって、事務や法会《ほうえ》をとりしきる官。岩菊丸については未詳。
七 東条方面に向った隊の大将。東条は、現在の大阪府富田林《とんだばやし》市内の地。
八 北条貞将《さだゆき》。ただし巻六「赤坂合戦の事」で、寄手の大将軍とあったのは、阿《あ》曾《その》弾正少弼《だんじようしようひつ》である。『太平記』には混乱があるか。
九 次の段に見るように、金剛山の千剣破《ちはや》城に楠《くすのき》の軍勢が待機していた。それを攻めに向ったと言うのである。
一〇 本来、吉野山から大峰《おおみね》山にかけての修験道《しゆげんどう》の霊山の総称であるが、ここは蔵王堂を中心とする、そのま

のんで、敵さまで《それほどの》勢を置いたる事あらじと覚ゆるぞ。物馴れたらん一一ずる足軽の兵を百五十人すぐつて《選び出して》かちだちに《歩兵とし》なし、夜に紛《まぎ》れて金峰山より忍び入り、一二愛染宝塔《あいぜんほうだふ》の上にて、夜のほのぼのと明けはてん時、鬨《とき》の声を揚げよ。城の兵鬨《とき》の音《こゑ》に驚いて一三度を失はん時、一四大手・搦手《からめて》三方より攻め上つて城を追ひ落し、宮を生捕りたてまつるべし」とぞ下知《命令》しける。さらばとて、案内知つたる兵《山の様子や地理に詳しい兵》百五十人をすぐつて、その日の暮《くれ》程より金峰山へ回《まは》して、岩を伝ひ谷を上るに、案のごとく、〔城兵は〕山のけはしきをたのみけるにや、ただここかしこの梢《こずゑ》に、旗ばかりを結ひ付け置いて、防くべき兵《防戦に立つ》一人もなし。〔寄手の〕百余人の兵ども、思ひのままに忍び入つて、木の下岩の陰に、弓矢を伏せて《横たえ》、冑《かぶと》を枕にして、夜の明くるをぞ待つたりける。あひ図の頃にも成りにければ《打ち合せておいた頃にもなったので》、大手五万余騎、三方より押し寄せて《三方から手分けをして攻め寄せて来た》攻め上る。一五吉野の大衆《だいしゆ》五百余人、一六攻め口におり合ひて防き戦ふ。寄手も城の内も、互ひに命を惜しまず、一七追ひ上《のぼ》せ追ひ下《おろ》し、火を散らして《火花を散らして〔激しく〕》ぞ戦うたる。かかると《こうしている》

わりの山を指す。

一一 嶮難《けんなん》な所でも行動が敏捷《びんしよう》で奇襲などに役立つ兵。

一二 愛染明王をまつる塔。巻五、二四一頁注一三参照。

一三 あわてふためくのを見とどけて。

一四 玄玖本《げんきゆう》・西源院本など「搦手」なし。この後にも「大手五万余騎、三方より押し寄せて」とあるので、ここは誤りだろう。正面を三方向から攻め上り、の意と見るのが正しい。

一五 吉野の蔵王堂に住む、学生《がくしやう》（仏教を学ぶ僧）と堂衆（寺院で雑役に従事する下級の僧）。

一六 寄手の攻めて来る所。

一七 寄手は相手を追いあげようとし、城兵は寄手を追い落そうとし。

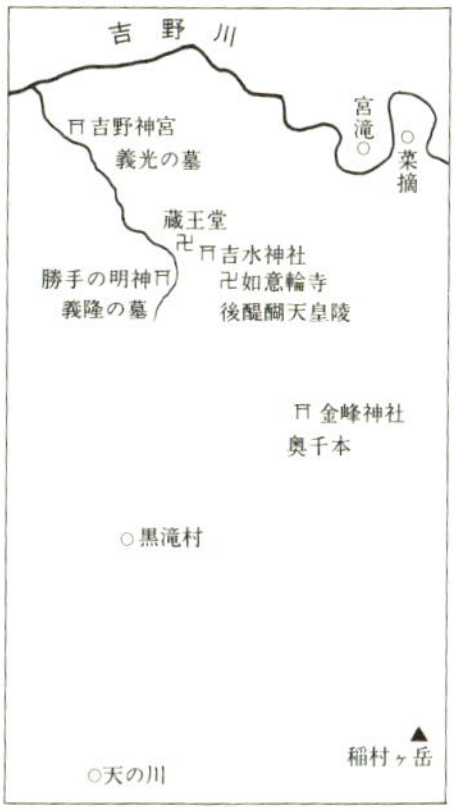

一 （大塔宮ら城内の兵の）意表をついて。
二 吉野山中にあり、天忍穂耳命《あめのおしほみみのみこと》ほか五神をまつる。蔵王堂の南方に位置する。吉野八社明神の一。
三 金峰山寺の本堂。昔、役《えん》の行者が修行のうちに感得したという蔵王権現像を本尊としてまつる。
四 赤い地に金銀の糸で模様を織り出した直垂。本来、大将級の武将が鎧の下に着するもの。
五 火の燃えるような、あざやかな紅の緘毛《おどしげ》の鎧。
六 巳の刻は午前十時頃で、まだ真昼正午に達していない。これを新しく色彩のあざやかなことにたとえて用いた形容。
七 きっちりと身に着けられ。鎧をゆり上げて札《さね》と札との間をつめるようにし、受ける矢に対し強くすることをも言う。
八 前立物として龍の頭を金物で打ったもの。
九 一面に金箔《きんぱく》をおき、その上に薄くうるしを塗ってみがき上げたもの。
一〇 鉄または革製の、脛から上を守る武具。鎌倉末期から、騎馬武士が用いるようになった。
一一 刀身の長さが一メートル強の小さな薙刀《なぎなた》。
一二 底本は「は」を欠く。
一三 （本陣のまわりに）大きな幕をかけて。

大塔宮、最後の酒宴　小寺相模、敵の首をさげて舞う

ころ《うちに》に、金峰山より回りたる搦手《からめて》の兵百五十人、愛染宝塔よりおり下つて、在々所々《あちらこちらに》に火を懸けて、鬨《とき》の声をぞ揚げたりける。吉野の大衆、前後の敵を防きかねて《防ぎきれず》、あるいはみづから腹を掻《か》き切つて、猛火《みやうくわ》の中へ走り入つて死ぬるも有り、あるいは向ふ敵に引つ組んで、さしちがへてともに死ぬるもあり。思ひ思ひに討死をしける程に、大手の堀一重《ひとへ》は、死人に埋《う》まりて平地《へいち》になる。

さる程に、搦手の兵、[一]思ひも寄らず[二]勝手《かつて》の明神《みやうじん》の前より押し寄せて、宮の御座有りける《おいでになられる》[三]蔵王堂《ざわうだう》へ討つてかかりける《攻めかかったので》あひだ、大塔宮、今は遁《のが》れぬところなりとおぼしめし切つて《覚悟をなさって》、[四]赤地の錦の鎧直垂《よろひひたたれ》に、[五]火威《ひをどし》の鎧の[六]まだ巳《み》の刻《こく》なるを[七]透間もなくめされ、[八]龍頭《たつがしら》の冑《かぶと》の緒をしめ、[九]白檀磨《びやくだんみが》きの[一〇]脛当《すねあて》に、[一一]三尺五寸の小長刀《こなぎなた》を脇にさしはさみ、〔宮に〕劣らぬ兵二十余人、前後左右に立て、敵のむらがつてひかへたる《待ち構える》中へ走りかかり、東西を払ひ《東西へと敵を追い払い》、南北へ追ひ回し、黒煙《くろけぶり》《土煙》を立てて切つて回らせたまふに、寄手、大勢なりといへども、〔宮の〕わづかの小勢に切り

立てられて、木の葉の風に散るがごとく、四方の谷へさつとひく。

敵引けば宮は蔵王堂《一二》の大庭《前の広庭に》に並《な》み居させたまひて《（人々を）並びすわらせて》、大幕《一三》うち揚げて、最後の御酒宴あり。宮の御鎧に立つところの矢七筋、御頬《ほほ》さき、二《一四》の御うで二箇所突かれさせたまひて、血の流るる事滝のごとし。しかれども立つたる矢をも抜きたまはず、流るる血をも拭《のご》ひたまはず、敷皮の上に立ちながら、大盃《おほさかづき》を三度傾けさせたまへば《ほされたので》、小寺相模《一五》《こでらのさがみ》、《一六》四尺三寸の太刀のきつさきに、敵の首をさし貫いて、宮の御前にかしこまり、「《一七》戈鋋剣戟《くわせんけんげき》をふらす事、電光《でんくわう》のごとくなり。《一八》磐石巌《ばんじやくいは》を飛ばす事、春の雨に相《あひ》同じ。しかりとはいへども、天帝《一九》の身には近づかで、《二〇》修羅《しゆら》《（天帝）》かれがために破らる」と、はやしを揚げて《うたいはやして》舞ひたる有様は、《二一》漢・楚《そ》の鴻門《こうもん》に会《くわい》せし時、楚の項伯《かうはく》と項荘《かうさう》とが剣を抜いて舞ひしに、樊噲《はんくわい》、庭に立ちながら、帷幕《ゐばく》《幕》をかかげて項王をにらみしいきほひ《威勢》もかくや《このようかと》と覚ゆるばかりなり。

村上義光《よしてる》、宮の身代りとなり討死

大手《正面》の合戦、事急なりと覚えて《いよいよ急を告げるようで》、敵・御方《みかた》の鬨の声相交《あひ》はりて聞

一四 肩と肘《ひじ》の間の部分。
一五 巻五「大塔宮熊野落ちの事」の頃から宮の随行者として見える。
一六 騎馬集団戦の多くなる南北朝期の戦闘形態から太刀は長くなる傾向があり、『太平記』では七尺三寸の例（巻三十二・神南合戦の事）が見えるので、この「四尺三寸」（約一・三メートル）は、まず標準的な長さと言える。
一七 刀剣を振り回し戦うこと。以下「破らる」まで能のキリ舞の類の舞拍子を思わせる文句。
一八 蹴散らす岩石が、まるで春雨のようになって飛び散る。
一九 仏教護持の守神である帝釈天《たいしやくてん》。
二〇 帝釈天と対立抗争する悪神の阿修羅《あしゆら》。両者の争いは、『長阿含経《ちようあごんきよう》』などの経典以下、謡曲「俊成忠度《しゆんぜいただのり》」など、多くに見られる。
二一『史記』の「項羽本紀」に見える話。漢の高祖が謝罪のために鴻門（陝西省《せんせい》）に出むき項羽に会う。その酒宴の席上、項羽のおだやかな性格をよしとせず、はやる項荘（項羽の従弟《いとこ》）は、しきりに高祖を刺そうとねらうが、項羽同様に慎重な項伯（項羽の末の叔父）にはばまれて果さない。そのうち、高祖に従う武将の樊噲《はんかい》が入り来り、帷《とばり》を開いて西向きに立ち、目をいからせて項羽をにらみつけた、と言う。この話は、巻二十八「漢楚《かんそ》合戦の事」に見える。

えけるが、げにも《どうやら》その戦ひにみづから相当たる事多かりけり《直接戦闘にのぞんで戦ったことが多かったようで》と見えて、一村上彦四郎義光《よしてる》、鎧に立つところの矢十六筋、枯野に残る冬草の、風に伏したる如くに《風に吹き折られたように》折り懸けて、宮の御前に参つて申しけるは、「大手の二一の木戸、言ふかひなく《〔が〕いくじなくも》攻め破られつるあひだ、二の木戸に《第二の城門でも》支《ちこたえて》へて数刻相《あひ》戦ひ候ひつるところに、御所中の《御陣の中での》御酒宴の声、三すさまじく聞え候ひつるについて《ひかれて》参つて候ふ。敵すでにかさに取り上《のぼ》つて《圧倒する力を有し》、御方《〔一方〕》四の気《気力を失いはてておりますので》の疲れ候ひぬれば、この城にて功《手柄》を立てん事、今は叶《かな》はじと覚え候ふ。いまだ敵の勢をよそへ回し候はぬさきに《まだ寄手が城のまわりに軍勢を回して包囲しきらぬ前に》、一方より《一つの口から》うち破つて、五ひとまづ落ちて御覧あるべしと存じ候ふ。ただし後《あと》に残り留《とど》まつて戦ふ兵なくば、御所《宮さま》の落ちさせたまふものなりと心得て、敵いづくまでもつづきて、六追つ懸けまゐらせつと覚え候へば、恐れある事にて候へども、めされて候ふ錦の御鎧直垂《ひたたれ》と、御物具《鎧兜》とを下したまはつて、七御諱《おんいみな》の字を犯《をか》して、敵を欺《あざむ》き、御命に代りまゐらせ候はん」と申しければ、宮「いかでかさる事あるべき《とんでもないことを言う》。死なば一所《いつしよ》

一 清和源氏。巻五、二二二頁注四参照。以下、鎧《よろい》に矢の立つ様の描写は、軍記物語の類型表現。

二 一番外側の城門。

三 ぞっとするように。死を決意した上での酒宴なので、そのように聞えたのであろう。

四 底本は「の」を欠く。

五 底本の慶長八年版本には「一歩」。玄玖《げんきゅう》本・寛永版本などの諸本により改める。

六 きっと追いかけ申し上げるでしょうから。「まゐらせつ」の「つ」は、確認の意の助動詞。寛永版本は「追懸まゐらせんと」とある。

七 僭越《せんえつ》ながら、お名前を拝借して。「諱」は、貴人の実名を尊んで言う。ここは「尊仁《そんにん》」の名を指す。二九四頁参照。

にてこそ、ともかくもならめ《死のうではないか》」と仰せられけるを、義光ことばを荒らかにして、「かかるあさましき御事や候ふ《そんなばかげた事があってよいでしょうか》。漢の[八]高祖、滎陽《けいやう》[九]に囲まれし時、紀信《きしん》[一〇]、高祖の真似をして楚[一一]を欺かんと乞ひしをば、高祖これを許したまひ候はずや。これ程に言ふかひなき御所存《お考えで》にて、天下の大事をおぼしめし立ちける事こそうたてけれ《情けないことです》。はや《早く》その御物具《もののぐ》を脱がせたまひ候へ」と申して、御鎧の上帯《うはおび》[一二]をときたてまつれば、宮げにもとや《もっともと》おぼしめしけん、御物具、鎧直垂《よろひひたたれ》まで脱ぎ替《か》へさせたまひて、「われもし生きたらば汝が後生《ごしやう》[一三]を弔《とぶら》ふべし。ともに敵の手にかからば、冥途《めいど》までも同じちまた《道》に伴ふべし」と仰せられて、御涙を流させたまひながら、勝手《かつて》の明神の御前を南へ向つて落ちさせたまへば、義光は二の木戸の高櫓《たかやぐら》に上り、はるかに見送りたてまつて、宮の御後影《おんうしろかげ》のかすかに隔たらせたまひぬるを見て、今はか《今はこれ》うと《までと》思ひければ、櫓のさま[一四]の板を切り落して、身をあらはにして、大音声《だいおんじやう》を揚げて名のりけるは、「天照大神《てんせうだいじん》の御子孫、神武天皇より

八 巻二「紀信が事」に見える。漢の高祖が楚《そ》の項羽と戦って利あらず、滎陽《けいよう》城に包囲された時、その臣の紀信が高祖の許しをえて自ら高祖と偽り名乗り降伏した。楚の軍がこれにあざむかれるうちに高祖は危機を脱し成皐《せいこう》に落ちたという。『史記』「項羽本紀」に見られる話。

九 河南省成皐県の西南部の地。

一〇 漢の高祖に仕えた忠臣。

一一 楚の項羽の軍。

一二 鎧の胴を締める麻布の紐《ひも》。繰締緒《くりしめのお》。

一三 そなたが死後、浄土へ往生できるよう弔ってやろう。

一四 見張り、攻撃のための小さな窓、その窓にとりつけた板のとびら。

九十五代の帝《みかど》、後醍醐天皇第二の皇子[一]、一品《いっぽん》[二]兵部卿親王尊仁《そんにん》、逆臣のために亡ぼされ、恨[三]みを泉下《せんか》に報ぜんために、ただ今自害する有様《〔その〕》を見置いて、汝らが[四]武運忽ちに尽きて、腹をきらんずる時の手本にせよ」と言ふままに《言うが早いか》、鎧を脱いで櫓《やぐら》より下へ投げ落し、錦の鎧直垂の袴《はかま》ばかりに《〔なり〕》、練貫《ねりぬき》[五]の二《ふたへ》[六]小袖をおしはだ[七]脱いで、白く清げなるはだに、刀をつき立てて、左の脇より右のそば腹《わき腹》まで一文字に掻《か》き切つて、はらわた摑《つか》んで櫓[八]の板になげつけ、太刀を口にくはへて、うつ伏しに成つてぞ伏したりける。大手・搦手《からめて》の寄手これを見て、「[九]すはや大塔宮の御自害あるは《御自害なさるぞ》。われ先に御首をたまはらん」とて、四方の囲[一〇]みを解いて、一所に集まる。その間に、宮は差し違へて《入れ違いに》天《てん》[一一]の川《かは》へぞ落ちさせたまひける。

南より回りける吉野の執行《しゅぎゃう》が勢五百余騎、多年[一二]の案内者なれば、道をよこぎり[一三]かさに[一四]回りて、うち留めたてまつらんと取り籠《こ》むる。村上彦四郎義光《よしてる》が子息兵衛蔵人《ひゃうゑくらうど》義隆《よしたか》は、父が自害しつる時、ともに

一 大塔宮は、巻一、二五頁に第三の宮として見える。
二 「一品」は、親王の位の第一。ただし大塔宮は、『天台座主記』によれば三品。「兵部」は、国家の兵権をつかさどる兵部省で、「卿」はその長官、要職であった。法名を「尊雲」と言う。
三 （怨霊《おんりょう》となって）恨みをはらすため。「泉下」は、冥途《めいど》。
四 戦闘での運がたちまち尽きて。戦闘に敗れて。
五 生糸を縦糸にし、灰汁《あく》などで煮てやわらかくした絹糸を横糸にして織った絹織物。
六 小袖（礼装の際に下に着こむ筒袖の衣）を二枚重ねて着たもの。
七 膚脱ぎになるのを強く言う言葉。
八 櫓の側面や床《ゆか》の板。
九 ややっ。予想外の事が起きた時に発する言葉。
一〇 包囲の陣。
一一 奈良県吉野郡天川《てんかわ》村。吉野町から直線距離にして約一五キロ南方。
一二 多年住みなれて、土地の状況に明るいので。

村上義隆、父の後を追い討死

一三 行く手をふさぎ妨害し。天正本の「サヘキル」とするのに従って解釈する。玄玖本は「道ヲモトメ」。
一四 相手に対し優位な位置を占め圧力をかけて。

腹を切らんと、二の木戸の櫓の下まで馳せ来たりけるを、父大いに諫《いさ》めて、「[一五]父子の義はさる事なれども、しばらく生きて宮の御[一六]先途《せんど》を見はてまゐらせよ」と庭訓《ていきん》[一七]を残しければ、力なく《やむなく》しばらくの《しばらくは生き》命を延べて《のびて》、宮の御供にぞ候ひける。落ち行く道の軍《いくさ》、事すでに急《状況は切迫して》にして《いて》、討[一八]死せずば宮落ち得《え》させたまはじと覚えければ、義隆ただ一人踏み留まりて、追つてかかる敵の馬のもろ[一九]膝薙《な》いでは切[二〇]りすゑ、平首《ひらくび》[二一]切つては刎《〔相手を〕》ね落させ、つづら[二二]折りなる細道に、五百余騎の敵を相《あひ》受けて《引き受けて》、半時《一時間》ばかりぞ支へたる《こらえた》。義隆、節[二三]石《せつ》のごとくなりといへども、その身金鉄《きんてつ》ならざれば、敵の取り巻いて射ける矢に、義隆すでに十余箇所の疵《きず》をかうむりてんげり。死[二四]ぬるまでも、なほ敵の手にかからじとや思ひけん、小竹《こたけ》[二五]の一群《ひとむら》有りける中へ走り入つて、腹搔き切つて死ににけり。村上父子が敵を防き、討死しけるその間に、宮は虎口《ここう》[二六]に死を御遁《のが》れあつて、高野山《かうやさん》[二七]へぞ落ちさせたまひける。

出羽《では》入道道蘊《だううん》は、村上が宮の御まねをして腹を切つたりつるを、

一五 父子の義理を守って父とともに自害しようとするのはもっともなことだが。
一六 御行方を見とどけ申し上げよ。
一七 教訓。
一八 自分が留まって討死覚悟で戦わなければ。「ずば」は「ずんば」と読むか。
一九 両脚の膝《ひざ》をともに。
二〇 (馬に乗る相手を)斬り倒し。
二一 馬の首の側面、たてがみの下の平らな部分。
二二 幾重にも折れまがった細い道。
二三 忠節心は石のように固いとは言っても。
二四 同じ死ぬにしても、敵の手にはかかるまいと思ったものか。
二五 丈《たけ》が低く、細い竹。
二六 今にも虎《とら》に食われそうな危険な状態。
二七 『高野春秋』十に、二階堂道蘊《どううん》の探索にも高野山の大衆が宮を大塔《だいとう》の天井の梁《はり》の間にかくまったとする記述を見せ、その種の伝承が行われたらしいが、高野山は当時中立的な態度を持していたようで、この話は史実かどうか疑わしい。

宮の首、にせ首とわかり道蘊の功むなし

真実《まんまこと》と心得《え》て、その首を取つて京都へ上《のぼ》せ、一六波羅の実検《じつけん》にさらすに、ありもあらぬ者の首《宮とは似ても似つかぬ別人の》なりと申しける。二獄門にかくるまでもなく《かけてさらすまでもなく》て、三九原《きうげん》の苔に埋《うづ》もれにけり。道蘊は、吉野の城を攻め落したるは四専一《せんいつ》の忠戦なれども、大塔宮を討ちもらしたてまつりぬれば、なほ安からず思ひて《残念に思って》、やがて《早速》高野山へ押し寄せ、五大塔《だいたふ》に陣を取つて、宮の御在所《居所》を尋ね求めけれども、一山《いちざん》の衆徒《しゆと》皆心を合はせて、宮を隠したてまつりければ、数日の粉骨《苦労》かひもなくて、〔寄手は転じて〕六千剣破《ちはや》の城へぞ向ひける。

千剣破《ちはや》の城軍《しろいくさ》の事

千剣破の城の寄手は、七前の勢八十万騎に、また八赤坂の勢、〔それに〕吉野の勢馳せ加はつて百万騎に余りければ、城の四方二、三里が間は、九見

一 六波羅探題の面前で首の主の真偽を確かめたところ。
二 罪人の首をさらすために、獄舎近くの門、もしくは刑場に設けた台。その近くの木にかけることもあった。
三 中国で、墓地のこと。
四 第一の戦功であったが。
五 高野の金剛峰寺《こんごうぶじ》の中心部をなす根本大塔。
六 大阪府南河内郡千早赤阪村。金剛山の西に、その城跡がある。
＊ 力攻めでは落ちなかった吉野城も、吉野の執行《しゆぎよう》に背後をつかれ落城するが、矢傷を負い死を覚悟する宮の酒宴、その宮を脱出させようと身代りに立つ村上父子の奮戦が、いずれも豪快に描かれ、血なまぐさいわりに暗さがない。鴻門《こうもん》の会の故事の引用に見られるように、『史記』など漢籍の世界を念頭において描いたものだろう。
七 すでに前から寄せていた関東軍。
八 巻六、二六九頁に「赤坂へは、阿曾弾正少弼《せうひつ》を大将としてその勢八万余騎、先づ天王寺・住吉に陣を張る。金剛山へは、陸奥《むつ》右馬助、搦手の大将としてその勢二十万騎、奈良路よりこそ向はれけれ」とあった。

楠、大軍を相手に防戦

九 料金を取り、見せ物として催される相撲。

物相撲《すまふ》の場のごとくうち囲んで、一〇尺寸《せきすん》の地をも余さず充《み》ち満ちたり。一一旌旗《せいき》の風に翻《ひるがへ》つて靡《なび》く気色《様子は》は、秋の野の尾花《すすきの穂》が末よりも繁く、一二剣戟《けんげき》の日に映じて耀《かかや》きける有様は、一三暁の霜の枯草にしけるがごとくなり。大軍の近づく所には、一四山勢《さんせい》これがために動き、鬨《とき》の声の震《ふる》ふ中には、一五坤軸須臾《こんぢくしゆゆ》にくだけたり。〔城内は〕この勢にも恐れずして、わづかに千人に足らぬ小勢にて、たれをたのみ《誰を頼りにするでもなく》いつを待つともなきに《またいつ援軍が来るあてもなく》、城中にこらへて防き戦ひける楠が心の程こそ一六不敵なれ。

この城東西は谷深く切れて《深い谷に隔てられて》、人の上るべき《人の登れる》様《やう》もなし《方法もない》。南北は一七金剛山につづきて、しかも一八峰絶えたり。されども《とは言っても》高さ二町ばかりにて、回り一里に足らぬ小城なれば、一九何程の事か有るべきと、二〇寄手これを見侮《あなど》つて《甘く見て》、始め一両日の程は《一二日の間は》、二一向ひ陣をも取らず、二二攻め支度《じたく》をも用意せず、われ先にと城の木戸口の辺まで、かづきつれて《〔楯を〕かざし連ねて》ぞ上つたりける。城中の者ども、少しもさわがず静まりかへつて、高櫓《たかやぐら》の上より、大石《たいせき》を投げかけ投げかけ、楯《たて》の板を二三微塵《みぢん》に打ち砕いてただよふ《〔敵が〕浮き足立》

一〇 (寄手の軍勢が)全くすき間もないぐらい。「尺寸」は、せまい場所の意。
一一 いくさの旗。以下二行は、和歌的な叙景法を借りたもの。
一二 刀剣が日光を受けてきらめく様子は。
一三 枯草に置く明け方の霜のようである。
一四 大軍の移動によって地響きをたて、山が動いて見える。「山勢」は、山のかたち。
一五 地の軸もたちまちくだけ飛ぶかと見えた。
一六 無謀なほど大胆である。

寄手、大石攻めにあい負傷者多数

一七 金剛山(標高一一二五メートル)を主峰とする葛《かつら》城《ぎ》山地を指す。
一八 千剣破城がまわりの峰から高くそびえ立つのを言う。諸本「峰峙《そばだち》タリ」とある。
一九 何のことがあろう(攻め落すのは)たやすいこと。
二〇 底本は「と」を欠く。
二一 相手に対し正面から向う主力の陣。
二二 攻撃に必要な、十分の準備もしないで。
二三 こなごなに。

ところを（つところを）、差しつめ差しつめ射けるあひだ（次から次へと矢をつがえて射たので）、〔寄手は〕四方の坂よりころび落ち、落ち重なつて手を負ひ（負傷し）、死をいたす者（死ぬ者）、一日が中に五、六千人に及べり。長崎四郎[一]左衛門尉《ざゑもんのじよう》、軍奉行《いくさぶぎやう》[二]にてありければ、手負《ておひ》・死人の[三]実検をしけるに、執筆《しゆひつ》[四]十二人、夜昼三日が間、筆をも置かず記せり。さてこそ「今より後は、大将の御許しなくして合戦したらんずる輩《ともがら》をば（合戦にはやる者があれば）、[五]かへつて罪科に行はるべし」とふれられければ（命令を下されたので）、軍勢暫く軍《いくさ》を止めて、先づおのれが陣々をぞ構へける（めいめいの陣を固めた）。

ここに、[六]赤坂の大将[七]金沢右馬助《かなざはうまのすけ》、[八]大仏奥州《だいぶつあうしう》に向つてのたまひけるは、「[九]前日（この前）赤坂を攻め落しつる事、全く士卒の高名にあらず（兵士の戦功によるものではない）。城中の構へをおしいだして（推測して）、水を留めて候ひしに依つて（断ってやりましたので）、敵程なく降参つかまつり候ひき。これを以つて（この前例を考えて）この城を見候ふに、これ程わづかなる山の巓《いただき》に、[一〇]用水有るべしとも覚え候はず。また[一一]あげ水なんどを、よその山より[一二]懸けべきたより（手だて）も候はぬに、城中に水[一三]卓散《たくさん》に有りげに見ゆるは（あるようにも）、いかさま（きっと）東の山の麓に流れたる谷水《たにみつ》を、夜々（毎晩）[一四]に汲む

寄手、城の水を断とうとするが楠にその備え有り

一 長崎高貞。巻一、四四頁注一参照。
二 戦闘で総指揮をとる役。
三 確認し計算をしたところ。
四 書記役。戦闘にてその記録を残すのが通例であった、その役。
五 （恩賞はおろか）逆に処罰されるであろう。
六 赤坂方面に向った大将。
七 金沢貞将《さだまさ》。貞冬を当てる説もある。北条義時の息、実泰の系を金沢と号する。
八 『保暦間記《ほうりやくかんき》』によって、「陸奥守右馬権助高直」であるとわかる。
九 その戦闘は巻六「赤坂合戦の事」に見える。
一〇 用水だめ。
一一 高い所へ揚げる水。まわりの山からいったん低地へ落し、その圧力を利用して引きあげる水。
一二 読みは、寛永版本による。下二段活用動詞「懸く」で、本来、終止形「懸く」につくべき「べし」が、その連用形についた形。この「べし」への接続法は、室町時代以後に多く見られる現象。
一三 豊富に。沢山。この用字は、『運歩色葉集』『温故知新書』などにも見られる。
一四 底本は「に」を欠く。

かと覚えて候ふ。あはれ《どうか》むね[一五]との人々一両人《一二名》に仰せ付けられて、この水を汲ませぬやうに御ぱからひ《おはからいください》候へかし」と申されければ、両大[一六]将「この義《この意見はもっともと思われます》しかるべく覚え候ふ」とて、[一七]名《な》越《ごや》越前守を大将として、その勢三千余騎をさし分けて《分け遣わして》、水の辺《谷水のほとり》に陣を取らせ、城より人おり《おりて》下りぬべき《来そうな》道々に、逆木《さかもぎ》[一八]を引いて《しかけて》ぞ待ちかけける。楠は元来《ぐわんらい》勇気智謀あひ兼ねたる《ともにすぐれた》者なりければ、この城をこしらへけるはじめ、用水のたよりをみるに《手だてを考えたところ》、五所《五カ所》の秘水[一九]とて、峰通る山伏の、秘して《ひそかに》汲む水この峰に有つて、しただる《たまる》事一夜に五斛《ごこく》[二〇]ばかりなり。この水いかなる旱《ひでり》にもひる《涸れる》事なければ、形の如く《まず平素のとおり》人の口中をうるほさん事、相違《不足は》あるまじけれども《あるまいが》、合戦の最中は、あるいは火矢[二一]を消さんため、また喉《のんど》の乾く事繁ければ、この水ばかりにては《だけでは》不足なるべしとて、大《おほき》なる木を以つて水舟《みづふね》[二二]を二、三百うたせて《作らせて》、水を湛《たた》へ置いたり。また数百箇所作りならべたる役所[二三]の軒《のき》に継樋《つぎどひ》[二四]を懸けて、雨ふればあまだれを少しも余さず舟にうけ入れ、舟の底に赤土《あかつち》[二五]を沈めて、水の性《しやう》[二六]を

一五 腕に覚えのある、主だった。

一六 二人の大将。南都本は、巻六「関東の大勢上洛の事」に「千剣破《ちはや》大将大仏陸奥守《おさらぎのむつのかみ》同武蔵左近将監《むさしさこんのしやうげん》」とあり、玄玖本《げんきゆう》は、この赤坂攻めを「両大将陸奥右馬助井《ならびに》長崎四郎左衛門」とする。

一七 巻三、一二四頁、笠置合戦の当時、関東よりの派遣軍の中に「名越右馬助《なごやうまのすけ》」が見える。名越は、北条氏の一族。

一八 敵の侵入を防ぐため、とげのある木の枝などを立てかけた柵《さく》。

一九 人の目につかぬ所にある水。

二〇 約九〇〇リットル。「斛」は、石《こく》。

二一 鏑矢《かぶらや》の中に火を入れて放った矢。

二二 水をためるための入れ物。水槽《すいそう》。

二三 兵士の待機する小屋。

二四 継ぎ足してつないだ樋《とい》。

二五 鉄分が多く、ねばりけのある赤味をおびた土。

二六 水の質。

損ぜぬやうにぞこしらへられたりける《工夫してあった》。この水を以つて、たとひ五、六十日雨降らずともこらへつべし《耐えられるだろう》。その中《うち》にまたなどかは雨降る事無からん《まさか雨の降らぬことはあるまいと》と、了簡《れうけん》[一]しける智慮の程こそ浅からね。されば城よりは、あながちに《無理をして》この谷水を汲まんともせざりけるを、水ふせきける《水辺を固めていた》兵ども、夜毎《ごと》に機をつめて《緊張しきって》今や今やと待ちかけけるが、始めの程こそありけれ《それも続いたものの》、後には次第次第に心おこたり機ゆるまつて《警戒心をゆるめ油断して》、「この水をば汲まざりけるぞ《この水を汲んだのではなかったのだ》」とて、用心の体《てい》少し無沙汰に《おろそかに》ぞ成りにける。楠これを見すまして《見はからって》、究竟《くつきやう》[二]の射手をそろへて、二、三百人夜に紛《まぎ》れて城よりおろし、まだしののめ[三]の明けはてぬ霞隠《かすみがく》[四]れより押し寄せ、水辺《すいへん》につめて居たる者ども《ひかえていた〔寄手の〕兵を》、二十余人切り伏せて、透間もなく切つて《激しく》かかりけるあひだ《かかったので》、名越越前守こらへかねて、本《もと》の陣へぞ引かれける。寄手数万の軍勢これを見て、渡り合はせんとひしめけども《戦いをいどもうと騒ぎたてたけれども》、谷を隔て尾を隔てたる道なれば《山すそを越えて行く道なので》、たやすく馳せ合はする兵もなし。とかくしける《あれこれするうちに》その間に、《〔敵の〕》捨て置いたる旗・大幕[五]なんど取り持たせて《分捕らせて》、

一 考えをめぐらし、見通しをたてておいた、その思慮の深さは大したものだった。

二 きわめて強力な射手を選《よ》り集めて。

三 「しののめ」は、東の空が白んでくるころ、転じて夜明け。

四 霞の立ちこめる中から。西源院本・玄玖《げんきゅう》本などに「霧ノマキレニ」とある。

五 野外に陣を設ける時、まわりに張りめぐらす幕。

楠が勢しづかに城中へぞ引き入りける。その翌日、城の大手《正面》に三本[六]唐笠《がらかさ》の紋書いたる旗と、同じき紋の幕とを引いて《かかげて》、「これこそ皆名越殿より賜つて候ひつる御旗にて候へ。御紋付いて候ふあひだ、他人のためには無用に候ふ。御中《みうち》[七]の人々これへ御入り《おいでになって》候ひて、召さ《お持ち》れ候へかし《帰りください》」と言ひて、同音《どうおん》[八]にどつと笑ひければ、天下の武士[九]どもこれを見て、「あはれ《ああ》名越殿[一〇]の不覚や」と、口々に言はぬ者こそ無かりけれ。

名越一家の人々この事を聞いて、安からぬ事に思はれければ《無念に思ったので》、「当手《たうて》[一一]の軍勢ども、一人も残らず、城の木戸《城門》を枕にして討死をせよ」とぞ下知せられ《命令を下された》ける。これによつて、かの《(名越)》手の兵五千余人、思ひ切《死を決意》つて《して》、討てども《〔城中より〕》射れども用ひず《構わず》、乗り越え《〔死傷者を〕》乗り越え、城の逆木《さかもぎ》一重《ひとへ》引き破つて、切岸《きりぎし》[一二]の下までぞ攻めたりける。されども岸高うして切り立つたれば、やたけに[一三]思へどものぼり得ず。ただいたづらに《なす事なく》城を睨《にら》み、怒《いか》りを押さへて息つぎ居たり《ひと息入れていた》。この時、城の中より、切岸の

六 三本の傘を組み合せた紋。ここは名越の家紋で、沼田頼輔氏（『日本紋章学』）によれば『太平記』のこの記述が、史籍に見える始めと言う。

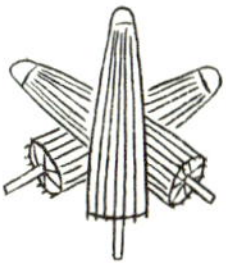

三本唐笠の紋

七 御一族の御家来衆。

八 声をそろえて。

九 並び居る諸国の武士たち。

一〇 名越殿が、してやられたことよ。

辱しめられた名越勢、競い攻め、重ねていためつけられる

一一 わが方の兵たち。味方の軍勢。

一二 けわしく、そびえ立った崖《がけ》。

一三 いよいよいきりたったけれども、のぼることはできない。玄玖本「弥猛ニ」。

上によこだへて置いたる大木十ばかり切つて落しかけたりけるあひだ、将碁倒《しやうぎだふ》し[一]をする如く、寄手四、五百人圧《おし》[二]に討たれて死ににけり。これに（大木を避けようと）ちがはんとしどろ[三]に成つて騒ぐところを、十方の櫓より指し[四]落し思ふ様《さま》に射けるあひだ、五千余人の兵ども、残りずくなに討たれて、その日の軍《いくさ》は果てにけり。まことに志の程はたけけれども（勇ましいけれども）、ただし出だしたる事もなくて（効果のあることは全くできないで）、若干《そくばく》（多勢）討たれにければ、「あはれ恥《はぢ》[五]の上の損かな」と、諸人（世の人）の口ずさみ[六]はなほ止《や》まず。尋常《よのつね》[七]ならぬ合戦の体《てい》を見て、寄手も侮《あなど》りにくくや思ひけん、今は始めのやうに勇み進んで攻めんとする者も無かりけり。

長崎四郎左衛門尉〔軍奉行の〕この有様を見て、「この城を力攻めにする事は（武力だけで攻めたのでは）、人の討たるるばかりにてその功成り難し（事は成りそうにない）。ただ取り巻いて食《じき》攻め[八]にせよ」と下知して、軍《いくさ》を止《や》められければ、〔寄手も〕徒然《とぜん》[九]に皆たへかねて、花[一〇]の下《もと》の連歌師どもを〔都から〕呼び下《くだ》し、一万句[一一]の連歌をぞ始めたりける。その初日の発句[一二]をば、長崎九郎左衛門師宗《もろむね》、

寄手、兵糧攻めにより、城内を苦しめる

一 将棋の駒を縦一列に並べておいて端の駒を押して順番に他の駒を倒す遊び。
二 物を押しつけるためのおもし。ここは大木。
三 右往左往し、あわてふためくところを。
四 上から下へ向けて思いのままに射たので。
五 散々恥をかいた上に、焦って損までしたことよ。
六 軽蔑《けいべつ》をこめた噂《うわさ》。
七 普通の合戦とは勝手が違うのを見て。楠の戦闘の仕方が従来の戦闘形式を破る意表をついたものであることを言う。
八 兵糧《ひようろう》攻め。相手の兵糧運送を妨害し飢えさせること。
九 することもなく退屈なあまりに。
一〇 寺社の祭礼や、桜の花の下で連歌を興行したことから、転じて専門の連歌師を言う。
一一 五七五と七七の繰り返し千句を一単位とし十回行う長連歌。この興行形式は鎌倉初期から見られ、南北朝・室町期にかけ広く行われた。この場合も数日にわたり行われたのであろう。
一二 連歌の第一句。長連歌の開始に当って詠まれるものなので、特に重視され、一座の中、上手な者や宗匠が詠むのを常とした。興行の場の時節・風景などを詠み込むことが要請される。この師宗（巻六、二六七頁注二六）の句の場合、「山桜」の語がそれである。
一三 春になれば他の花に先がけていち早く咲く山桜

よ、早く咲いておくれ。「かつ」は、いち早くの意と「勝つ」を掛ける。戦闘に先だち戦勝の予兆を見せよとの願いを含ませて詠んだもの。
一四 発句を受けて付ける七七の句。発句の意にさからわず、さらりと付けるのを良いとした。
一五 巻六、二六七頁に「次郎左衛門高景《たかかげ》」とある。関東八カ国の有力大名に列する一人。
一六 せっかく咲いても、山桜にとって嵐がにくい仇《かたき》となることだろう。この句は発句の戦勝を祈る予祝の意をぶちこわすことになっている。
一七 連歌としての技巧が巧みで。「さきがけ」「かつ」という戦闘用語を「かたき」で受け、作法にかなっていることを言う。
一八 山桜の自然詠としてはととのっているが。
一九 二人で行う遊び。筒に入れた二個の賽《さい》を振り、出た目の数だけ自分の駒を相手の陣に進め、早く完全に入れ終った方を勝とする。
二〇 本茶（京都栂尾《とがのお》産）と非茶（それ以外の産）を分ち、それらを点じ百服試みてその判別を競う遊び。
二一 歌を批判し合って勝負を競う歌合。
二二 木切れなど塵《ちり》の意であるが、ここは藁くず。その藁くずを人の身長に合わせ。
二三 太刀や弓矢。
二四 蝶番《ちょうつがい》やかけがねを付け数枚を畳んだり、つないだりするようにした楯。

一三さきかけてかつ色みせよ山桜

としたりけるを、一四脇の句、工藤《くどう》一五二郎右衛門尉、

一六嵐や花のかたきなるらん

とぞ付けたりける。まことに両句ともに詞《ことば》一七の縁たくみにして、句の一八体《てい》は優《いう》なれども、御方《みかた》をば花になし、敵を嵐に喩《たと》へければ、禁忌《縁起の悪い》なりける表事《へうじ》かなと《詠みようだと》、後にぞ思ひ知られける。大将の下知《命令》に従ひて、軍勢皆軍《いくさ》を止めければ、慰む方や無かりけん《ひまをもてあましたのであろうか》、あるいは碁・双六《しごろく》一九を打つて日を過ごし、あるいは百服茶《ひやつぷくちや》二〇・褒貶《ほうへん》二一の歌合《うたあはせ》なんどをもてあそんで夜を明かす。これにこそ、城中の兵は、中々《かえって》悩まされたる心地して、心を遣る方も無かりける《心の晴らしようがなかった》。

楠、藁《わら》人形をもって寄手を翻弄《ほんろう》

少し程経て後、正成「いでさらば《さあそれならば》、また寄手〔を〕たばかりて〔敵の〕居眠りさまさん」とて、芥《あくた》二二を以つて人長《ひとだけ》に、人形を二、三十作つて甲冑《かつちう》をきせ、兵仗《ひやうぢやう》二三を持たせて、夜中《やちゆう》に城の麓に立て置き、前に畳楯《でふだて》二四をつき《衝立とし》並べ《て並べ》、そのうしろにすぐりたる《腕よりの》兵五百人を交へて《集めおいて》、夜のほのぼのと

明ける霞《かすみ》の下《中》より、同時に鬨《とき》をどつと作る。四方の寄手鬨の声を聞いて、「すはや《そら》城の中よりうち出でたるは《討って出て来たぞ》。これこそ敵の運の尽くるところの[一]死狂《しにぐる》ひよ」とて、われ先にとぞ攻め合はせける《応戦しようとした》。城の兵かねて巧みたる事なれば《あらかじめ計画しておいた事なので》、[二]矢軍《やいくさ》ちとする様にして、〔敵を〕大勢相近《あひ》づけて、人形ばかりを木がくれ《木のかげ》に残し置いて、兵は皆次第次第に城の上へ引き上る。寄手、人形を実《まこと》の兵ぞと心得《え》て、これを討たんと相集まる。正成、所存のごとく《思いどおりに》敵をたばかり寄せて、大石《だいせき》を四、五十、一度にばつとはなす《落した》。一所《いっしょ》に集まりたる敵三百余人、やにはに《たちまち》討ち殺され、半死半生の者五百余人に及べり。軍《いくさ》はてて《終って》これを見れば、[三]あはれ大剛《たいがう》の者かなと覚えて、一足も引かざりつる兵、皆《みな》人にはあらで、藁《わら》にて作れる人形なり。これを討たんと相集まつて、石に打たれ矢に当たつて死せるも[四]高名《かうみやう》ならず。またこれを危ぶみて進み得《え》ざりつるも、臆病の程あらはれて言ふかひなし《臆病の限りで全くお話にならない》。ただとにもかくに《どちらにしても》も万人の物笑ひとぞ成りにける。

一 死を覚悟しての捨て身の行動。

二 矢いくさをするまねだけをして、ほんの少しあしらっておいて。

三 ああ、なんと強く勇敢な人たちであることよと思われたが、一歩も退かなかった兵たちは、実はすべて人間ではなくて。

四 手柄でも何でもない。

五 『新古今集』十一「恋一」、『和漢朗詠集』下「雲」の読み人しらずの「よそにのみ見てややみなん葛城《かづらき》や高間の山の峰の白雲」をもじったもの。この引歌は中世にも広く人口に膾炙《かいしゃ》していた。「白雲」の一語を「楠」に置きかえただけで、古典的な代表歌を落書に詠みかえた巧みさを見るべきである。この技巧から、この種の落書の詠作者が、かなり和歌に精通した階層の人間であることがうかがわれ、ひいてはそれを物語にとり込む『太平記』作者が、かなり知的水準の高い人間であったことを想像させる。

これより後は、いよよ《いよいよ》合戦を止めけるあひだ、諸国の軍勢ただいたづらに城を守り上げて居たるばかりにて《見守り見上げているだけで》、するわざ一つも無かりけり。ここにいかなる者か詠みたりけん、[五]一首の古歌《こか》を翻案《作りかえて》して、大将の陣の前にぞ立て[六]たりける。

[七]よそにのみ見てややみなん葛城《かづらき》のたかまの山の峰の楠《くすのき》

軍《いくさ》も無くてそぞろに《どうしようというあてもなく対決している退屈さに》向ひ居たるつれづれに、諸大将の陣々に、[八]江口・[九]神崎の傾城《[一〇]けいせい》どもを呼び寄せて、様々の遊びをぞせられける。

名越叔父・甥《おい》、双六の目を争い刺し違えて死ぬ

名[一一]越遠江入道と同じき兵庫助《[一二]ひやうごのすけ》とは、伯叔《をぢ》・甥《をひ》にておはしましけるが、ともに[一三]一方の大将にて、[一四]攻め口近く陣を取り、役所《陣小屋》を並べてぞおはしましける。ある時遊君《遊女》の前にて双六《しごろく》を打たれけるが、賽《さい》の目を論じて、[一五]いささか詞《ことば》の違ひ《行き違いがあったためか》けるにや、伯叔・甥二人突き違へ《刺しちがえて》てぞ死なれける。両人の郎従《[一六]らうじゆう》ども、何の意趣《恨み》もなきに、差し違へ差し違へ、片《[一七]へん》時《し》が間に死ぬる者二百余人に及べり。城の中よりこれを見て、「十[一八]善の君《(後醍醐帝)》に敵をしたてまつる《そむき申しあげる》天罰によつて、自滅する人々の有様見

六 (落書として) はりつけた。
七 楠勢を見上げているばかりで、全く手出しもできないのでしょうか、の意。「たかまの山」(高間山)は、葛城連峰の一峰。
八 大阪市東淀川区に江口の地名がある。淀川から神崎川に分流する入口の地。
九 尼崎《あまがさき》市に神崎の町名がある。江口の下流の地。江口・神崎とも、西国と京とを結ぶ水路の要地。
一〇 遊女。美女の色香におぼれて城や国を傾け滅ぼすという中国の故事からできた語。
一一 巻六、二六七頁、関東より上洛の北条一門の軍勢の中に名を連ねる。
一二 兵器を管理する兵庫寮の次官。巻十一「越中守護自害の事」にも、「越中守護名越遠江守時有……甥の兵庫助貞持」とあるが、ここの両人とは当然別人であろう。あるいは、これらの人名については異伝・誤りがあるのかも知れない。
一三 同じ方面を攻める大将で。
一四 相手の城へ攻め入るところの近くに。
一五 少々。底本は「聊の」。
一六 家来たち。
一七 一瞬の間に。読みは清音。
一八 十善戒を守った功徳により得た帝位、転じて天皇を言う。巻三、一一九頁注一九参照。

よ」とぞ笑ひける。まことにこれただ事にあらず、天魔《てんま》[一]波旬《はじゅん》の所行《しわざ》かと覚えて、あさましかりし珍事なり《かと思われるようなあさましく思いがけない事件であった》。

寄手、長梯をかけて攻めんとし焼き殺される

同じき三月四日、関東より飛脚《ひきやく》[二]到来して、「軍《いくさ》を止《や》めていたづら《無駄に》に日を送る事しかるべからず《よろしくない》」と下知せられければ、むねと《主だった》の大将たち評定有つて《協議して》、御方《みかた》の向ひ陣《正面の陣》と敵の城とのあひだに、高く切り立つたる堀に橋を渡して、城へ討つて入らんとぞ巧《たく》[三]まれける。これがために、京都より番匠《ばんしやう》《大工》を五百余人召し下し、五六、八九寸[四]の材木を集めて、広さ一丈五尺[五]、長さ二十丈[六]余りに梯《かけはし》をぞ作らせける。梯す《い》でに《よいよ》作り出だしければ、大縄《おほつな》を二、三千筋《すぢ》付けて、車木《くるまき》[七]を以つて巻き立て、〔梯を〕城の切岸《きりぎし》の上へぞ倒し懸けたりける。魯般《ろはん》[八]が雲の梯《かけはし》もか《この》くやと覚えて巧みなり《ようかと思われる程よくできている》。やがて《早速》はやりをの兵ども《心のはやり勇む兵たち》五、六千人、橋の上を渡り、われ先にとすすんだり。あはやこの城ただ今うち落され《今にも陥ちそうに》ぬと見えたる《見えたときに》ところに、楠かねて《あらかじめ》用意やしたりけん、投げ松明《たいまつ》[九]のさきに火を付けて、橋の上に薪《たきぎ》を積めるがごとくに投げ集めて、水[一〇]は

一 仏法や、人の善行を妨げる悪魔。欲界第六天の魔王。「波旬」は、その名。

二 急を報せる早馬。

三 工夫《くふう》をめぐらされた。

四 厚さ五、六寸（約一五〜一八センチ）から八、九寸の良材。西源院本など古本は「五六八九寸安ノ郡ナトヲ」とする。「安《あん》ノ郡」は、山口県阿武《あぶ》郡から産出した良材。

五 約四・五メートル。

六 約六〇メートル。

七 重い物を引き上げるのに用いる木の滑車。

八 魯の哀公の時の有名な工匠公輸《こうしゅ》のこと。『淮南子《えなんじ》』「脩務訓《しゅうむくん》」に、宋への遠征を制止しようとする墨子《ぼくし》に対し、楚王が、天下の名匠魯般の作る雲梯《うんてい》（雲の高さにまで伸びる梯）をもって宋を攻めるとよいだろうと言ったことが見える。

九 焼討ちするために敵に投げ込む松明《たいまつ》。

一〇 水鉄砲。空気の圧力を利用して水をとばす竹製の器具。

じきを以つて、油を滝の流るるやうにかけたりけるあひだ、火、橋《はし》桁《げた》に燃え付きて、渓風《たにかぜ》[一一]炎を吹き布いたり《激しく吹きつけた》。なまじひ《なまじっか》に渡りかかりたる兵ども、前《さき》へ進まんとすれば、猛火《みやうくわ》盛んに燃えて身を焦《こ》がす。帰らんとすれば、後陣[一二]の大勢前の難儀をも言はず支へたり。そば《〔梯の〕横へ》へ飛びおりんとすれば、谷深く巌《いはほ》そびえて肝《きも》を冷《ひ》やし、いかがせんと身《入り》を揉うで《乱れて》押しあふ程に、橋桁中より《途中から》燃え折れて、谷底へどうど落ちければ、数千《すせん》の兵同時に猛火の中へ落ち重なつて、一人も残らず焼け死ににけり。その有様、ひとへに八大地獄[一三]の罪人の、刀山《たうせん》[一四]・剣樹《けんじゅ》[一五]につらぬかれ、猛火[一六]・鉄湯《てつたう》に身を焦《こ》がすらんもかくやと思ひ知られたり。

寄手、野伏の奇襲に悩まされ敗退

さる程に、吉野・十津川《とつがは》[一七]・宇多《うだ》[一八]・内郡《うちのこほり》[一九]の野伏《のぶし》[二〇]ども、大塔宮の命《命令を》を含んで《受けて》相集まる事七千余人、ここの峰、かしこの谷に立ち隠れて、千剣破《ちはや》の寄手どもの往来《行き来の》の路を差し塞《ふさ》ぐ。これに依つて諸国の兵の《(寄手)》兵粮忽ちに尽きて、人馬《じんば》ともに疲れければ、転漕《てんさう》[二一]にこらへかねて《耐えかねて》、

一一 谷を吹き抜ける風。谷間であるため上昇気流が生じ、風を吹きあげたのをいう。

一二 後陣が、前に進む兵の難儀をも知らず押して来るので、退くこともできない。

一三 熱気に苦しめられる八つの地獄。等活《とうかつ》・黒縄《こくじょう》・衆《しゅ》合《ごう》・叫喚《きょうかん》・大叫喚・焦熱・大焦熱・無間《むげん》の八熱《はちねつ》地獄のこと。

一四 刀剣が上向きに生えている山。

一五 すべてが刀剣でできている木。

一六 地獄で、罪人を責めるために用意された、燃えさかる火と、湯のように溶けて湧《わ》きたつ鉄。

一七 吉野の南、十津川の上流、吉野郡十津川村。

一八 吉野の東北、奈良県宇陀《うだ》郡。

一九 吉野郡の西北隅。現在の五條市の辺り。千早赤坂に接する土地。

二〇 農民の武装したゲリラ。敵陣を奇襲したり、敗残兵を襲ったりした。南北朝時代からその活躍が見られる。社会史的には、かれらの動きがこの時代の動乱の根底にあった。

二一 兵糧の運搬。「転」は陸運、「漕」は海運。

百騎、一百騎引《退いて》いて帰るところを、[一]案内者の野伏ども、所々《あちこちの要所》のつまりづまり《要所に》に待ち受けて《待ちかまえて》、《〔寄手を〕》討ち留《と》めけるあひだ、日々夜々に討たるる者数を知らず。[二]希有《けう》にして命ばかりを助かる者は、馬・物具《鎧兜》を捨て、衣裳を剝《は》ぎ取られて裸なれば、あるいは破《や》れたる蓑《みの》を身にまとひて膚《はだへ》ばかりを隠し、あるいは草の葉を腰に巻いて恥《はぢ》をあらはせる《恥をさらした》落人《おちうど》ども、毎日に引きも切らず《ひっきりなしに》、十方へ逃げ散る。前代未聞《ぜんだいみもん》の恥辱なり。されば日本国の武士どもの、[三]重代《ぢゆうだい》したる物具・太刀・刀は、皆この時に至つて失せにけり。名越遠江入道、同じき兵庫助二人は、[四]詮無《せんな》き口論してともに死にたまひぬ。その外《ほか》の軍勢ども、親は討たるれば、子は[五]髻《もとどり》を切つてうせ、主疵《きず》をかうむれば、《〔主を〕》郎従助けて引き帰すあひだ、始めは八十万騎と聞えしかども、今はわづかに十万余騎に成りにけり。

一 地理に明るい、この土地の農民兵たちが。

二 （運よく）まれに。

三 先祖から代々伝えて来た。名詞「重代」のサ変動詞化した形。

四 無意味な。

五 たぶさ（髪をたばねた部分）を切り、出家の身となって逃げ。

＊ 軍勢の数と物量に頼る無器用な関東軍を、小勢ながら十分にととのった準備と奇計をもって翻弄《ほんろう》する楠勢、工藤の不吉な脇句、だれが詠んだか落首、それに名越一族間の愚かな争いを描いて、関東軍の敗北を必然のものとする。そうした見通しが、この時代の関東武士と畿内《きない》武士の生態を描き分けながら、そこに余裕のある笑いをかもし出す。最初の、仰々しいばかりの大軍が、後には野伏のゲリラ戦の前に全くなすすべなく裸で落ち行く様が滑稽である。これを諷《ふう》する落首は、このような物語を展開する作者の階層がいかなるものであるかを物語っており、その叙事のあり方は、いかにも余裕に満ちている。

新田《にった》義貞《よしさだ》に綸旨《りんし》を賜ふ事

新田義貞、討幕を企てる

[六]上野《かうづけの》国の住人[七]新田小太郎義貞《にったのこたらうよしさだ》と申すは、八幡太郎義家《はちまんたらうよしいへ》十七代の後胤《こういん》、源家《げんけ》嫡流《ちやくりう》の名家《めいか》《名門》なり。しかれども[八]平氏世を執《と》つて、四海《全国》皆その威に服するをりふし《時勢》なれば、力無く《やむなく鎌倉幕府の命令》関東の催促に従つて、金剛山《金剛山攻め》の《の》搦手《からめて》にぞ向はれける。

ここにいかなる所存《考え》か出で来にけん、ある時、[九]執事《しつし》[一〇]船田《ふなだ》入道義昌《よしまさ》を近づけてのたまひけるは、「[一一]いにしへより源平両家朝家《てうか》《朝廷》に仕へて、平氏世を乱る時は《平氏が世を乱す時は》源家これを鎮《しづ》め、[一二]源氏上《かみ》を侵《をか》す日は平家これを治む。義貞[一三]不肖《ふせう》なりといへども、当家《源氏》の[一四]門楣《もんぴ》として、譜代《代々》[一五]弓矢の名を汚《けが》せり。しかるに今、相模入道《北条高時》の行跡《ふるまい》を見るに、滅亡遠きにあらず《その滅亡は目前に迫っている》。われ[一六]本国に帰つて[一七]義兵を挙げ、[一八]先朝の宸襟《しんきん》を休めたてまつらんと存ずるが、[一九]勅命をかうむらでは叶《かな》ふまじ。いかがして《どのようにして》大塔宮の[二〇]令旨《りやうじ》を

六 現在の群馬県。

七 清和源氏。新田朝氏《ともうじ》の息で、『尊卑分脈』によれば、天下第一の武将として源氏に武名をもたらした義家の十代目の子孫。関東の有力者で、後日、足利《あしかが》の対立勢力となり、南朝側に付く。

八 桓武《かんむ》平氏の北条を指す。

九 武家にあって、その家政に従事する者の長。読みは、古くは清音であった。

一〇 新田義貞の家来で、群馬県山田・勢多《せた》両郡の地の豪族。勢多郡新里《にいさと》村新川の善昌寺《ぜんしょうじ》を開いたと言う。

一一 『平家物語』一に「昔より今に至るまで、源平両氏朝家に召《めし》つかはれて、王化にしたがはず、おのづから朝権をかろんずる者には、互にいましめをくはへしかば、代のみだれもなかりしに」(二代后)とある。

一二 源氏が天皇に背く時は、平家がこれを鎮めた。

一三 おろかもの。自己の謙譲語。

一四 家柄。門の上の横梁《はり》の意から転じた語。

一五 武家の家門を継ぐことを謙遜して言った言葉。

一六 生活の本拠とする国。ここは、上野《こうずけ》。

一七 正義のために立ち上がる兵。

一八 先帝後醍醐《ごだいご》天皇の御心。

一九 天皇方の命令を賜らなければ、ことをうまく運べまい。

二〇 元来は皇太子もしくは三后の下す文書を言ったが、次第に皇族一般の下す文書にも用いた。

賜つて、この素懐《そくわい》[一]を達すべき」[二]と問ひたまひければ、船田入道畏《かしこま》つて、「大塔宮はこの辺の山中に忍びて[三]御座候ふなれば、義昌方便《手だてを》をめぐらして《考えて》、急いで令旨を申し出だし候ふべし《令旨を申し受けてまいりましょう》」[四]とこと安げに領掌《りやうじやう》申して、おのが役所《陣小屋》へぞ帰りける。

船田、野伏を通じ宮の綸旨を受ける

その翌日、船田おのが若党[五]を三十余人、野伏の姿にいでたたせて《扮装させて》、夜中に[六]葛城《かづらき》の峰へ上《のぼ》せ、わが身は落ち行く勢《軍勢》の真似をして、朝まだき《早朝》の霞隠れに《霞のたちこめる中を》、追つつ返しつ《追いかけたり退いたり》、半時《一時間》ばかり[七]同士軍《どしいくさ》をぞしたりける。宇多《うだ》・内郡《うちのこほり》の野伏どももこれを見て、〔船田の兵を〕御方の野伏ぞと心得《え》、力を合はせんために、余所《よそ》の峰よりおり合ひて近付きたりけるところを、船田が勢の中に取り籠《こ》めて、十一人まで生捕りてんげり。船田この生捕りどもを解きゆるして《いましめを解いて》、ひそかに申しけるは、「今汝等《なんぢら》をたばかり搦め捕りたる事《策略を用いて捕えたのは》、全く誅せんためにあらず《決して討とうためではない》。新田殿本国へ帰つて、御旗を挙げんとしたまふが《先帝のために兵を挙げようとされるのだが》、[八]令旨なくては叶《かな》ふまじければ、汝等に大塔宮の御座所《御所》を尋ね問はんために召し捕りつるなり。命惜しくば、

一 年来の思い。
二 寛永版本は「べし」とある。
三 いらっしゃるそうでございますから。「なり」は伝聞の助動詞。
四 気安く引き受けて。
五 手下の若侍。
六 千剣破城の背後にある金剛山のこと。標高一一二五メートル。
七 味方同士のいくさ（の真似）をした。
八 大塔宮の出す文書。前頁注二〇参照。

案内者《道案内をして》してこなたの使ひ《当方の使者を》をつれて、宮の御座あんなる所《いらっしゃるという》へ参れ」と申しければ、野伏ども大いに悦びて、「その御意にて候はば《そのような御用件でございましたら》、いと安かるべき事にて候ふ。[九]この中に一人暫しの暇《いとま》を賜り候へ。令旨を申し出《い》だして、まゐらせ候はん」と申して、残り十人をば留め置き《〔人質として〕》、一人宮の御方《おんかた》へとてぞ参りける。今や《〔船田らが〕》今やと相待《あひ》つところに、一日有つて令旨を捧《ささ》げて来たれり。開いてこれを見るに、令旨にはあらで、[一〇]綸旨《りんし》の文章に書かれたり。その詞《ことば》に言はく、

綸言《りんげん》[一一]をかうむつていはく、化《くわ》[一二]を敷き万国を理《り》するは、明君の徳なり。[一三]乱をさめて四海《全国》を鎮むるは、武臣の節[一四]なり。頃年《きやうねん》[一五]のあひだ、高時法師が一類《一族》[一六]朝憲をないがしろにして、ほしいままに逆威《ぎやくゐ》[一七]を振るふ。積悪《せきあく》[一八]の至り天誅《天罰》すでにあらはる。ここに累年《るいねん》[一九]の宸襟《しんきん》を休めんがために、まさに一挙[二〇]の義兵を起さんとす。叡《えい》[二一]感《かん》もつとも深し。抽賞《ちうしやう》[二二]なんぞ浅からん。早く関東征伐の策《はかりこと》をめぐらし、天下静謐《せいひつ》[二三]の功をいたすべし。[二四]ていれば綸旨かくのご

九　われわれの中の一人にしばらく行動の自由をお与えください。
一〇　蔵人《くろうど》が天皇の命令を奉じて直接発する文書。大形の宿紙《しゆくし》（すき返しの、薄墨色の紙）を用いる。
一一　帝の仰せ。
一二　よく人民を導き、全国を治めるのは。
一三　底本に「撥乱」とある。この二字は、『論語』「泰伯」に見えるが、『何晏集解《かあんしつかい》』はこれを「馬融いはく乱治なり」と注している。
一四　行うべき道。
一五　この数年にわたり。
一六　朝廷の定めた掟《おきて》をおろそかにし。
一七　よこしまなふるまいをする。
一八　悪行の積り重なった結果。
一九　数年にわたる天皇の御心配。
二〇　一つの行動として正義のための兵を挙げようとしている。
二一　（その行動は）帝の御感にあずかるところ、きわめて深い。
二二　事を成し遂げた暁《あかつき》には、とりわけ恩賞を大きくして功績に報いよう。
二三　天下平定の功績を成し遂げよ。
二四　というわけで、帝の御心を受けて、以上のように通達するのである。「ていれば」は「といへれば」の略。公の文書の末にすえる定型表現。

とし。よつて執達《しつたつ》[一]くだんのごとし。《仰せは以上の通りである》

元弘三年二[二]月十一日　　　　　左少将[三]

新田小太郎殿

綸旨《りんし》の文章、家の眉目《びぼく》[四]に備へつべき綸言なれば《おことばであるので》、義貞なのめならず《非常に》悦びて、その翌日《あくるひ》より虚病して《仮病を使って》、急ぎ本国へぞ下られける。むねとの《主要な》軍《いくさ》をもしつべき勢どもは、とにかくに事を寄せて《あれこれと口実を設けて》国々へ帰りぬ。〔こうして〕兵粮運送の道絶えて、千剣破《ちはや》の寄手以つての外《ほか》に《すっかり》気を失へ《気力を喪失し》る由《ているとこ》聞えければ、また六波羅より宇都宮《うつのみや》[五]をぞ下されける。紀《き》[六]・清《せい》両党千余騎寄手に加はつて、いまだ屈せざる[七]新手《あらて》なれば、やがて《早速》城の堀の際《きは》まで攻め上つて、夜昼少しも引き退かず、十余日までぞ攻めたりける。この時にぞ、屏《へい》の際《きは》なる鹿垣《ししがき》[八]・逆木《さかもぎ》皆引き破られて、城も少し防きかねたるていにぞ見えたりける《防戦しきれないように見えた》。されども紀・清両党の者とても、斑足王《はんぞくわう》[九]の身をもからざれば《身を借りることもできないので》、天をも翔《かけ》り難し。龍伯公《りゆうはくこう》[一〇]が力を得ざれば《持たないので》、山をもつんざき[一一]難し。あまりにせん方や無かりけ

一 上意を受けて下へ通達する。公文書の定型表現。

二 参考本は、二月十八日当時、大塔宮はなお吉野にあることから「二月」を「三月」の誤りだろうとする。

三 参考本はこの後「船上山の合戦」に大塔宮が大山寺に送ったという令旨を載せ、その執筆者を「左少将定恒《さだつね》」とする。あるいはこの綸旨の執筆者と同一人か。

四 面目をあげるのにふさわしい。

五 巻六「宇都宮が事」で天王寺合戦に、関東から上洛していた宇都宮治部大輔《じぶのたいふ》（公綱）の派遣されたことが見える。その人か。

紀・清両党、加勢し攻めるも落城せず

六 宇都宮大明神に奉仕した紀氏と清原氏の子孫。宇都宮氏に従属した。

七 いまだ疲れていない新手の軍勢なので。慶長十年版本などは「いまだ気を屈せざる」とある。

八 猪や鹿の侵入を防ぐべく田畑に設けた、竹や木枝を粗く編んだ垣。ここはそれを戦場に用いたもの。

九 仏教説話に見える天羅《てんら》国の王子。千人の王の首を取ろうと鬼神と協力して空を飛びかけり、九百九十九人まで捕えおいた。最後に普明王を捕え、ここで千人の首を斬ろうとしたが無常の理を悟り悪心を翻して千人を赦したと言う。『仁王経《にんのうきょう》』以下、『宝物集《ほうぶつしゅう》』『流布本曾我物語』『塵添壒嚢抄《じんてんあいのうしょう》』などに見える。

一〇 異郷遍歴説話に見られる大人《だいじん》国の王で、丈《たけ》が三十丈もあったと言う。『山海経《さんかいきょう》』『列子』などに見える。

ん、おもてなる兵には《戦場の前面に出る兵には》軍《いくさ》をさせて、後《うしろ》なる者は手々《てんで》に鋤《すき》・鍬《くは》を以つて、山を掘り倒さんとぞ企てける。げにも《なるほど》大手[一二]の櫓《やぐら》をば、夜昼三日が間に、念なく[一三]掘り崩してんげり。諸人これを見て、ただ始めより軍《いくさ》を止めて掘るべかりけるものをと後悔して、われもわれもと掘りけれども、《〔なんといっても〕》まはり一里に余れる《過ぎる》大山なれば、さうなく《たやすくは》掘り倒さるべしとは見えざりけり。

赤松蜂起《あかまつほうき》の事

さる程に、楠[一四]が城強くして、京都は無勢なりと聞えしかば、赤松[一五]二郎入道円心《ゑんしん》、播磨《はりま》の国の苔縄《こけなは》[一六]の城より討つて出で、山陽《せんやう》・山陰《せんおん》の両道をさし塞《ふさ》ぎ、山里《やまのさと》[一七]・梨原《なしがはら》[一八]の間に陣をとる。

ここに備前《びぜん》[一九]・備中《びつちゆう》・備後《びんご》・安芸《あき》・周防《すはう》の勢ども、六波羅の催促に《六波羅探題の命令により》

一一 ばりばりと破り裂くわけにもゆかない。

一二 表正面の第一の門。

一三 想像し難いことながら、わけなく楽々と掘りくずしてしまった。

＊ 新田の討幕決起について、その知謀に加えて綸旨の下ったことを記し、作者の新田に寄せる期待を見せている。一方、新手の力攻めをもってしても攻めあぐねる紀・清両党が、城を掘りくずしにかかるというばかばかしい行動を滑稽に描いている。この両者の対照的な描きように作者の、幕府滅亡への構想が明らかに見てとれよう。

一四 二九六頁に千剣破《ちはや》城の攻略に八十万の関東軍が出向いたとあり、そのために京都の防備が全くなされていないとの噂《うわさ》がたったことを言う。

一五 清和源氏、赤松則村《のりむら》の法名。巻六、二六五～六頁で大塔宮の令旨を賜って兵を挙げた。後日、足利方に味方し尊氏《たかうじ》を助け、一族栄華の基を築く。

一六 兵庫県赤穂郡上郡《かみごおり》町の地名。千種《ちくさ》川沿いの地。

赤松・伊東、西国勢の上洛を阻止

一七 上郡町山野里。ここから梨ヶ原へとほぼ山陽道に沿っている。赤松・苔縄の南方に当る。

一八 山野里の西南、船坂峠の東麓の地。

一九 備前・備中は岡山県、備後・安芸は広島県、周防は山口県の旧国名。

依つて上洛《しやうらく》しけるが、三石《みついし》[一]の宿《しゆく》にうち集まつて、山里《やまのさと》の勢を追ひ払うて通らんとしけるを、赤松筑前守《あかまつちくぜんのかみ》[二]、船坂山《ふなさかやま》[三]に支へて《防戦して》、むねとの《主だった》敵二十余人を生捕りてんげり。しかれども、赤松これを討たせずして、情け深く相交《あひまじ》はりけるあひだ《扱ったので》、伊東大和二郎《いとうやまとのじらう》[四]、その恩を感じて、忽ちに武家与力《よりき》[五]の志を変じて、官軍合体《がつてい》[六]の思ひをなしければ、先づおのれが館《たち》の上なる三石山《みついしやま》に城郭を構へ、やがて《早速》熊山《くまやま》[七]へとり上りて義兵を挙げたるに、備前の守護[八]加地源二郎左衛門《かぢのげんじらうざゑもん》[九]、一戦に利を失うて《敗れて不利となり》、児島《こじま》[一〇]をさして落ちて行く。これより西国[一一]の路いよいよ塞がつて、中国[一二]の動乱なのめならず。

西国より上洛する勢をば伊東に支へさせて《阻止させて》、後は思ひも無かりければ《背後の不安がなくなったので》、赤松やがて《早速》高田兵庫助《ひやうごのすけ》[一三]が城を攻め落して、片時《しばらくも》も足を休めず、[一四]山陽道をさして攻め上る。路次《道中各地の》の軍勢馳せ加はつて、程無く七千余騎に成りにけり。この勢にて六波羅を攻め落さん事は、案の内《思いのまま》なれども、もし戦ひ利を失ふ事あらば《不利になることがあれば》、引き退いて暫く人馬をも休めん

一 岡山県備前市三石。船坂峠を越えた西麓。
二 『赤松系図』によれば、則村（円心）の次男貞範《さだのり》が筑前守雅楽助《うたのすけ》で、法名世貞《せいてい》。
三 梨ヶ原から三石へ越えるけわしい峠。船坂峠。兵庫・岡山両県の県境。
四 吉備《きび》の豪族。
五 幕府に対する協力の志。
六 先帝側の軍勢に参加しようと思ったので。
七 岡山県赤磐《あかいわ》郡熊山町。三石の西方約二〇キロ。
八 幕府が治安維持・武士統制のため国々に置いた役職。
九 底本「加治」。宇多源氏の佐々木盛綱の子孫。盛綱が藤戸渡りの功により児島を賜ってから、この土地の豪族となった。現在、岡山市内に可知の地名が残る。

赤松、摩耶《まや》に築城

一〇 前項の可知を含む、昔の児島郡。
一一 中国・九州の総称。
一二 中国の諸勢は大騒ぎをした。
一三 兵庫県赤穂郡上郡町に古く高田郷の地名があった。その土地の豪族であろう。苔縄の東方に当る。

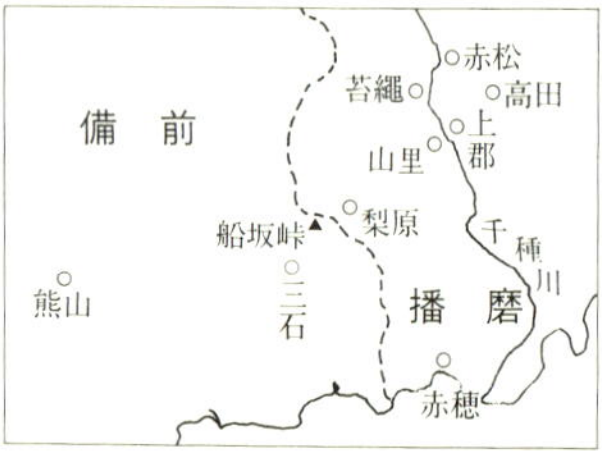

ために、兵庫の北に当たつて摩耶《まや》[一五]といふ山寺の有りけるに、先づ城郭を構へて、敵を[一六]二十里が間につづめたり。

河野《かうの》謀叛の事

六波羅には〔六波羅方では〕、一方の討手にはとたのまれける〔一軍の大将にと期待していた〕宇都宮は、千剣破《ちはや》の城へ向ひつ、西国の勢は、伊東に支へられて〔伊東大和に阻止されて〕上り得ず。今は、四国の勢を摩耶の城へは向くべしと〔差し向けようと〕評定せられける〔合議〕ところに、[一七]後《のち》の二月四日、伊予《いよの》国より早馬を立てて、「[一八]土居《どゐの》二郎・[一九]得能弥三郎《とくのうのやさぶらう》、[二〇]宮方に成つて旗をあげ〔兵を挙げ〕、当国〔伊予〕の勢を相付けて〔かたらって〕土佐国へうち越ゆるところに〔攻め入ろうとしたところ〕、去月《きよげつ》十二日、[二一]長門の探題[二二]上野介時直《かうづけのすけときなほ》、兵船三百余艘にて当国へおし渡り〔渡海し〕、[二三]星岡《ほしがをか》にして合戦をいたすところに、長門・周防の勢一戦にうち負けて、死人・手負《ておひ》、その数を知らず。あまつさへ〔その上に〕時直父子行《ゆく》

一四 底本は「山陰道」と誤る。
一五 神戸市灘《なだ》区、六甲山の一峰。山上に忉利天上寺《とうりてんじょうじ》がある。現在、あたりの山を摩耶山と呼ぶ。
一六 京都までの距離を二十里以内に縮めた。
＊ 楠の奮闘によって諸国の情勢が急を告げ始める。赤松の巧みな伊東懐柔策の成功により、京は西国との通路を断たれる。物語は、これら状況の変化を軽快にはこぶ。
一七 閏《うるう》二月のこと。『増鏡』「月草の花」に、「今年は正慶二年（元弘三年）といふ。閏二月あり。後の二月の初めつかたより」とある。
〔伊予より、四国の急を告げ来る〕
一八 河野氏族で、愛媛県松山市土居町の豪族。土居通《みち》益《ます》。
一九 河野氏族で、愛媛県周桑《しゅうそう》郡丹原《たんばら》町徳能の豪族。得能通綱《みちつな》。
二〇 先帝の味方。
二一 鎌倉期に、蒙古の襲来にそなえ、鎮西探題に準ずるものとして設けられた。北条の一門を任じ、長門《ながと》・周防《すおう》両国の守護を兼ね、御家人の指揮統制に当らせた。
二二 北条時政の子孫、実村《さねむら》の息か。時房の子息にも時直が見えるが、これは時代が合わない。
二三 松山市星岡町。

方《へ》を知らずと云々《うんぬん》[一]。それより後、四国の勢ことごとく土居・得能に属《しよく》[二]するあひだ、その勢すでに六千余騎、宇多津《うたつ》[三]・今張《いまばり》[四]の湊に船をそろへ、ただ今《今にも》〔都へ〕攻め上らんと企て候ふなり。御用心有るべし」とぞ告げたりける。

先帝船上《ふなのうへ》へ臨幸の事

畿内《きない》[五]の軍《いくさ》いまだ静かならざるに、また四国・西国日を追つて《四国九州の諸国が日を経るにつれて》乱れければ、人の心、皆薄氷《はくひよう》[六]を履《ふ》んで、国の危ふき事、深淵に臨《のぞ》むがごとし。

「そもそも今かくのごとく天下の乱るる事は、ひとへに先帝の宸襟《しんきん》[七]より事おこれり。もし逆徒《ぎやくと》[八]さしちがう[九]て奪ひ取りたてまつらんとす《〔先帝を〕奪い取り申し上げることがあろう》る事もこそあれ《かも知れない》、相構へて《心して》よくよく警固つかまつるべし」と、〔幕府では〕隠岐《おき》[一〇]

一 ……と言うことだそうです。この語は、別に、引用などの省略を表すことがある。
二 従ったので。
三 香川県綾歌《あやうた》郡宇多津《うたづ》町。
四 愛媛県今治《いまばり》市。
* 四国の有力者と言えば河野をあげるべきだが、その一族も先帝側につき、長門探題の軍を破った。その報を告げる早馬に、状況変化のますます急なることを描く。
五 京都周辺。これまで見て来た吉野や千剣破《ちはや》などの状況を言う。
六 薄い氷の上を歩むように不安で、国の危うい事とは深いよどみの淵におもむくようだ。『古文孝経』「諸侯」に『詩経』に言うとして見える「戦々兢々《きようきよう》として深淵に臨むが如く、薄氷を履むが如し」による。

佐々木義綱、先帝に諸国の情勢を語る　先帝、御所を脱出

七 天皇のお考え。
八 幕府に叛逆する連中。
九 警固の者が諸国の情勢に心を奪われて任務がおろそかになる、その隙をねらって。
一〇 巻四、二〇三頁に「佐々木隠岐判官貞清《さだきよ》」とするが、正しくは清高か。三二二頁に「隠岐判官清高《きよたか》」と見える。

判官が方へ下知せられければ《命じられたので》、判官、近国の[一一]地頭《ぢとう》・[一二]御家人《ごけにん》を催して《集めて》、[一三]日番《ひばん》・夜回り《よまはり》隙もなく、[一四]宮門《きゆうもん》を閉ぢて警固したてまつる。閏《うるふ》二月下旬は、[一五]佐々木冨士名《ささきふじなの》判官が番にて、[一六]中門の警固に候ひけるが、いかが思ひけん、[一七]あはれこの君を取りたてまつて、謀叛を起さば《起そうとい》や《う》と思ふ心ぞ付きにける。されども申し入る《〔先帝に〕》べきたより《手だて》も無くて、案じ煩ひけるところに、ある夜御前《先帝》より[一八]官女を以つて、御盃《さかづき》を下されたり。判官これを賜つて、よきたより《機会》なりと思ひければ、ひそかにかの官女を以つて申し入れけるは、「[一九]上様《うへさま》にはいまだ知ろ《まだ御存じではご》しめされ候はずや《ざいませんか》。楠兵衛正成、金剛山に城を構へてたてごもり候ひしところに、東国勢百万余騎にて上洛し、去んぬる二月のはじめより攻め戦ひ候ふといへども、城は剛《つよ》うして、寄手すでに引き色に《敗色が濃うご》成つて候ふ《ざいます》。また備前には、伊東大和《いとうやまとの》二郎、三石《みついし》と申す所に城を構へて、山陽道をさし塞ぎ候ふ《固め閉ざしております》。播磨《はりま》には、赤松入道円心、宮《大塔宮》の[二〇]令旨《りやうじ》を賜つて、摂津《つの》国まで攻め上り、[二一]兵庫の摩耶《まや》と申す所に、陣を取つ

一一 幕府が国府・荘園に置いた治安統制のための役職。
一二 将軍と直接の主従関係にある者の敬称。
一三 日直と夜警。
一四 先帝の御在所の門。
一五 後に義綱と見える。布自奈《ふじな》（島根県八束《やつか》郡玉湯《たまゆ》町布志名）の豪族。宇多源氏か。
一六 一番外の大門と主殿との間にある門。
一七 願望表現をともなって希望の思いを表すことば。
一八 天皇にお仕えする女。
一九 高貴な身分の相手を尊んで言うことば。ここは先帝に対して言う。
二〇 本来、皇太子や三后の発する文書。ここは広く皇族一般の発する文書の意に用いたもの。赤松が令旨を得て挙兵したことは、巻六、二六五～六頁に見える。
二一 慶長十年版本など「兵庫の北」とある。

一　圧迫し。
二　土地（ここは京の近くの兵庫の辺を指す）をかすめ取り。
三　威勢をその近国にふるっております。
四　世に宣言しております。
五　帝の御運の開ける時が。
六　島根県隠岐《おき》の島を構成する島前《どうぜん》諸島のうち、その南を占める知夫里《ちぶり》島。ただし行在所《あんざいしよ》は、島後《どうご》の周吉《すき》郡西郷《さいごう》町池田の国分寺で、知夫里島より船出したとするのは当らないらしい。
七　現在の島根県の東半分の旧国名。
八　現在の鳥取県の西半分の旧国名。
九　（先帝を）追撃申し上げるように見せかけて。

て候ふ。その勢すでに三千余騎、京を縮《しじ》[一]め地[二]を略して、勢ひ[三]近国に振るひ候ふなり。四国には、河野の一族に《の》、土居《どゐの》二郎・得能弥三郎《とくのうのやさぶらう》御方《(先帝側)》に参って旗を挙げ候ふところに《兵を挙げましたところ》、長門《ながと》の探題上野介時直《かうづけのすけときなほ》、かれ《(河野)》にうち負けて、行方《ゆきかた》を知らず落ち行き候ひし後、四国の勢ことごとく土居・得能に属し候ふあひだ《付き従いましたので》、すでに大船をそろへて、これ《(隠岐)》へ御迎ひ《(先帝を)》に参るべしとも聞え候ふ。また先づ京都を攻むべしとも披露《ひろう》[四]す。[五]御聖運開かるべき時、すでに《いよいよ》至りぬとこそ覚えて候へ。義綱が当番の間に、忍びやかに御出《い》で候ひて、千波《ちぶり》[六]の湊《みなと》より御船に召され、出雲《いづも》[七]・伯耆《はうき》[八]の間、いづれの浦へも《どこの海岸へでも》風にまかせて御船を寄せられ、さ《しか》りぬべからん《るべく役に立ちそうな》ずる武士を御憑《たの》み候ひて、暫く御待ち候へ。義綱恐れながら攻《九》めまゐらせんためにまかり向ふ体《てい》にて、やがて《そのまま》御方に参り候ふべし《(義綱)》」とぞ奏し申しける。官女この由を申し入れければ、主上なほもかれいつはりてや申すらんとおぼしめされけるあひだ、義綱が志《こころざし》の程をよくよく伺《うかが》ひ御覧ぜられんために、かの官女を義綱に

ぞ下されける。判官は、面目身に余りて覚えける上、[一〇]最愛またはなはだしかりければ、[一一]いよいよ忠烈《ちゆうれつ》の志をあらはしける。「さらば汝《なんぢ》先づ出雲国へ越えて《渡って》、同心すべき一族を語らひて《協力するであろう一族を味方につけて》御迎ひに参れ」と仰せ下されける程に、[一二]義綱すなはち《ただちに》出雲へ渡つて、[一三]塩冶《えんや》判官を語らふに《誘ったところ》、塩冶いかが思ひけん、義綱を[一四]ゐこめて置いて、隠岐国へ帰さず。主上しばらくは義綱を御待ち有りけるが、あまりに事[一五]滞《とどこほ》りければ、ただ運にまかせて御出《い》であらんとおぼしめして、ある夜の[一六]宵《よひ》の紛《まぎ》れに、[一七]三位殿の御局《おつぼね》の御産《御出産》の事近付いたりとて御所を御出である由にて《と見せかけ》、主上[一八]その御輿《こし》にめされ、[一九]六条少将忠顕《ただあき》朝臣ばかりを召し具して、ひそかに御所をぞ御出でありける。この体《てい》にては、[二〇]人の怪しめ申すべき上、[二一]駕輿丁《かよちやう》も無かりければ、御輿をばやめられて《お捨てになられ》、かたじけなくも十善の天子、みづから[二二]玉趾《ぎよくし》を草鞋《さうあい》の塵《ちり》に汚《けが》して、みづから泥土《でいど》の地を踏ませたまひけるこそあさましけれ。

先帝、野人の導きにより千波《ちぶり》の湊へ着く

頃は[二三]三月二十三日の事なれば、[二四]月待つ程の暗き夜に、そことも知《どことも知れぬ》

一〇 (その官女を)たいそう愛したので。
一一 先帝に対し、人なみすぐれて忠誠の志を示した。
一二 以下四行、義綱が塩冶を誘うくだりは、西源院本・神田本など古本には見えない。
一三 宇多源氏、佐々木氏の高貞。現在の出雲市塩冶《えんや》町出身の武士。
一四 捕えて閉じこめ。慶長十年版本・寛永版本は「をゐこめ」とする。これらによれば、「追い込め」の意となる。
一五 事がはこばなかったので。
一六 日が暮れて月もまだ出ない暗闇にまぎれて。
一七 先帝に同行していた三位局廉子。
一八 三位局の召される御輿。
一九 巻四、一七三頁に、隠岐での先帝の側近くに仕える一人として見えた忠顕。
二〇 人が怪しく思い申し上げるし、それに。
二一 輿を舁《か》く下役人。
二二 お足に草履をお履きになり。
二三 神田本は「閏二月二十三日」、『増鏡』は「閏二月二十四日」とする。これらが正しい。
二四 月の出がおそく、それを待ちかねる暗闇の夜に。陰暦で二十三日は二十三夜と称し、念仏を唱えたり飲食をしながら月の出を待つ月待行事が行われた。

らず遠き野の、道をたどりて歩ませたまへば、今は遥《はる》かに来ぬらんとおぼしめされたれば《思われたのに》、[一]あとなる山はいまだ滝の響きのほのかに聞ゆる程なり。もし追つ懸けまゐらする事もやあるらん《あるいは敵が追いかけ申し上げることもあろうかと》と、恐ろしくおぼしめしければ、一足《ひとあし》も前《さき》へと御心ばかりは進めども、[二]いつ習はせたまふべき道ならねば、夢路をたどる心地して、ただ[三]一所《いつしよ》にのみやすらはせたまへば、こはいかがせんと思ひ煩ひて、忠顕朝臣御手を引き、御腰を押して、今夜いかにもして湊の辺までと[四]心をやりた《〔忠顕は〕心は急がれ》まへども《たけれども》、心身ともに疲れはてて、[五]野径《やけい》の露に徘徊《はいくわい》す。夜いたくふけにければ、里遠からぬ鐘の声《近くの里から鐘の音が》の月に和して聞えけるを《月光の中を響いて聞えるのを》、道しるべ《目標として》に尋ね寄りて、忠顕朝臣ある家の門をたたき、「千波《ちぶり》の湊へは何方《いづかた》へ行くぞ」と問ひければ、内より怪しげなる《身分の低い》男一人出で向つて、主上の御有様を見まゐらせけるが、[六]心なき田夫野人《でんぶやじん》なれども、何となくいたはしくや思ひまゐらせけん、「千波の湊へは、これよりわづかに五十町ばかり候へども、道《みち》南北へ分かれて、いかさま《きっと》御迷ひ候《お迷いになる》

一 （実際には）あとにした山からまだあまり隔たらず、その滝の音もかすかに聞えるほどの距離であった。
二 夜中にこのような道をお歩きになるのははじめての事なので。
三 ともすれば、一つの場所から動かず、お休みになりがちであるので。
四 底本は「を」を欠く。
五 露の置く野路をさまよい歩く。
六 物の道理もわきまえぬ卑しい農民ではあるが。

ひぬと存じ候へば《ことと思いますので》、御道しるべつかまつり候はん《御案内申し上げましょう》」と申して、主上を軽々《かるがる》と負ひまゐらせ、程なく《間もなく》千波の湊へぞ着きにける。ここにて時[七]打つ鼓《つづみ》の声を聞けば、夜はいまだ五更《ごかう》[八]の初めなり。この道の案内者つかまつりたる男、かひがひしく《てきぱきと》湊の中を走り回つて、伯耆国《はうきのくに》へ漕《こ》ぎもどる商人船《あきんどぶね》の有りけるを、とかう語らひて《あれこれと交渉をして》、主上を屋形《やかた》[九]の内に乗せまゐらせ、その後暇《いとま》申してぞ止まりける《［その地に］》。この男まことにただ《ただの》人にあらざりけるにや《農民ではなかったのだろうか》、君御[一〇]一統の御時に、もつとも忠賞有るべし《特にその忠節に報いようと》と、国中を尋ねられけるに、われこそそれ《その農夫》にて候へと申す者、つひに無かりけり。

夜もすでに明けければ、船人《ふなうど》[一一]纜《ともづな》[一二]を解いて、順風《追い風》に帆を揚げ、湊の外に漕ぎ出だす。船頭、主上の御有様を見たてまつて、ただ人にてはわたらせたまはじとや思ひけん、屋形の前にかしこまつて申しけるは、「かやうの時御船をつかまつて候ふ《あやつり申しあげるのは》こそ、《［本当に］》われ等が生涯の面目にて候へ。[一三]いづくの浦へ寄せよと御定《ごぢやう》に従ひて、御船の梶《かぢ》をば

七 時を報ずる鼓。古くから、時を報ずるのに鐘や鼓を打った。

八 一夜を五つ（五更）に分け、その最後の時刻。現在の午前三時から五時まで、もしくは午前四時から六時までとも言う。その「初め」とあるから、三時もしくは四時頃。

九 舟に屋根をしつらえた所。

一〇 天下の平定を果された時に。

千波を出船、船頭の機転と仏舎利の加護により難を脱し名和に着御

一一 船頭。

一二 舟をつなぎとめるために艫《とも》（後部）に付けた綱。

一三 どこそこの浦へ寄せよと御命令くだされば、その御命令のままに。

つかまつり候ふべし」と申して、まことに他事もなげなる《全く忠誠そのものの様子である》気色《きしよく》なり。忠顕朝臣これを聞きたまひて、隠してはなかなか悪しかりぬと《かえって悪かろうと》思はれければ、この船頭を近く呼び寄せて、「これ程におし当てられぬる上は《推測し言い当てられた以上は》、何をか隠すべき《隠す必要はあるまい》。屋形の中に御座あるこそ《いらっしゃる方こそ》、日本国の主《あるじ》、かたじけなくも十善の君《帝》にていらせたまへ《いらっしゃるぞ》。汝等も定めて《きっと》聞き及びぬらん、去年《こぞ》より隠岐判官が館《たち》に押し籠められて御座ありつるを、忠顕盗み出だしまゐらせたるなり。出雲《いづも》・伯耆《はうき》の間に、いづくにても[一]さりぬべからんずる泊《とま》りへ、急ぎ御船を着けておろしまゐらせよ。御運開きなば、必ず汝を[二]侍《さぶらひ》に申し成して《とりたてて》、[三]所領一所《いっしよ》の主《ぬし》に成すべし」と仰せられければ、船頭まことに嬉しげなる気色《様子》にて、[四]取梶《とりかぢ》・面梶《おもかぢ》取り合はせて、[五]片帆《かたほ》にかけてぞ馳《は》せたりける。今は海上二、三十里も過ぎぬらんと思ふところに、同じ追風に帆懸けたる船十艘ばかり、出雲・伯耆をさして馳せ来たれり。[六]筑紫船《つくしぶね》か[七]商人船《あきんどぶね》かと見れば、さ《そう》もあらで《ではなくて》、隠岐判官清高《きよたか》、主上を追ひたてまつる船にてぞありける。

一 適当な船着場へ。
二 本来、公家・貴人に武具をもって仕える者を言ったが、鎌倉時代以後、武家社会の確立によってその上級武士を言うようになった。
三 領地一カ所を与えてその領主《りようしゆ》としてやろう。この場合有力な公家や寺社に寄進された荘園の現地支配・収益権を与えようとするものであろう。
四 船を左へ又は右へとうまくあやつって。
五 横風を受けて船を走らせるために帆を正面よりもななめ寄りにかたよせて張って。
六 この場合、北陸・山陰から九州へ通う船。
七 商いのために商人が用いる船。

船頭これを見て、「かくては叶ひ候ふまじ《このようにしてはおられません》。これに御隠れ候へ」と申して、主上と忠顕朝臣とを船底にやどしまゐらせて《お移し申し上げて》、その上にあ[八]ひ物とて、乾《ほ》したる魚の入りたる俵を取り積んで、水手《すいしゅ》[九]・梶取《かんどり》[一〇]その上に立ちならんで櫓《ろ》をぞ押したりける。さる程に、追手《おひて》の船一艘、御座船《ござぶね》[一一]に追つ付いて、屋形の中に乗り移り、ここかしこ捜しけれども見出だしたてまつらず。「さてはこの船には召さざりけり。もし《あるいは》あやしき船や通りつる《不審な船が通らなかったか》」と問ひければ、船頭「今夜の子《ね》[一二]の刻ばかりに、千波《ちぶり》の湊を出で候ひつる船にこそ、京上臈《きやうじやうらふ》[一三]かとおぼしくて、冠《かぶり》[一四]とやらん着たる人と、立烏帽子《たてゑぼし》[一五]着たる人と二人乗らせたまひて候ひつる。その船は、今は五、六里も先立ち候ひぬらん《先に進んでいましょう》」と申しければ、「さては疑ひもなき事なり。早《はや》、船をおせ《進めよ》」とて、帆[一六]を引き梶をなほせば、この船はやがて《たちまち》隔たりぬ。今はかうと心安く覚えて《今はもう安全だと思って》、あとの浪路をかへりみれば、また一里ばかりさがりて、追手の船百余艘、御座船を目に懸けて《目がけて》、鳥の飛ぶがごとくに追つ懸けたり。船頭これ

八 採取期と採取期の間に食用に供するため保存された干魚や塩魚の総称。
九 水夫。この場合は、一般の漕《こ》ぎ手。
一〇 本来、梶《かじ》取りの意であるが、ここは、船頭を補佐する者を言う。

一一 天皇の乗っていらっしゃる船。

一二 真夜中の十二時頃。
一三 都の宮中の高貴な人。
一四 宮中で衣冠束帯用に用いる礼装のかぶり物。
一五 成人の男子が日常用いたかぶり物が烏帽子で、それを貴族は威儀をととのえるため、漆で固めて立てたところから、「立烏帽子」と言う。

一六 帆を立て梶を取って方向を定めると。

召しに応じ名和、先帝を船上山に奉じて挙兵

を見て、[一]帆の下に櫓《ろ》を立てて、万里を一時に（一気に）渡らんと、声を帆に挙げて（かけ声を高くあげて〔櫓を〕）押しけれども、をりふし風たゆみ（折悪しく風がやみ）、潮向うて（潮の流れもさからって）、御船更に（全く）進まず。水手《すいしゆ》・梶取《かんどり》いかがせんとあわて騒ぎけるあひだ、主上船底《ふなぞこ》より御出で有つて、膚《はだへ》の御護《まぶ》りより[二]仏舎利《ぶつしやり》を一粒《いちりふ》取り出ださせたまひて、[三]御畳紙《たたうがみ》に乗せて、波の上にぞ浮けられ（浮べられた）ける。[四]龍神[五]これを納受《なふじゆ》やしたりけん、海上にはかに風かはりて、御座船をば東へ吹き送り、追手（〔逆に〕）の船をば西へ吹きもどす。さてこそ主上は[六]虎口《ここう》の難の《を》御遁れあつて、御船は時の間に（あっという間に）、伯耆国[七]名和《なわ》の湊に着きにけり。

六条少将忠顕朝臣一人、先づ船よりおりたまひて、「この辺にはいかなる（だれが）者か弓矢取つて人に知られたる（すぐれた武士として名を知られているか）」と問はれければ、道行く人立ちやすらひて（立ち止って）、「この辺には、[八]名和又太郎長年《なわのまたたらうながとし》と申す者こそ、その身さして（それほどの）名有る武士にては候はねども、家富み一族広う（多く）して、心がさある（思慮深い）者にて候へ」とぞ語りける。忠顕朝臣よくよくその[九]子細を尋ね聞きて、やがて（ただちに）勅使を立てて仰せられけるは、[一〇]「主上、隠岐

一 帆を張った上にさらに櫓まで使って。
二 仏陀《ぶつだ》や聖者の遺骨。
三 畳んで懐中し、鼻紙として、また詠草などを書きつけるのに用いる紙。
四 仏法を護持する八部衆の一、龍王。
五 これをお受けとりになったのか。底本は「これに」とあるが、玄玖本《げんきゆう》など古本に従って改めた。
六 今にも虎《とら》に食われそうな危険な状態。
七 鳥取県西伯《さいはく》郡名和町にあった港。
八 村上源氏を称する。『名和系図』によれば助国《すけくに》の息で「長田《をさだ》又太郎伯耆太守東市正村上太郎左衛門尉」と見える。現在の名和町の地に住んだ武士。
九 長年の「家富み一族広うして、心がさある者」である事について、その詳細を。
一〇 底本は「は」を重複する。

判官が《の》館《たち》を御逃げあつて、今この湊に御座あり。長年が武勇かねて《前から》[一一]上聞《じやうぶん》に達せしあひだ、御憑《たの》みあるべき由を仰せ出ださるるなり。憑《頼り》まれまゐらせ候ふべしや否《いな》や《になってくれますかどうか》、すみやかに勅答申すべし」とぞ仰せられたりける。名和又太郎は、をりふし一族ども呼び集めて、酒飲うで居たりけるが、この由を聞いて、案じ煩うたる《判断に苦しむ》気色にて《様子で》、ともかくも《何とも》申し得ざりけるを、[一二]舎弟[一三]小太郎左衛門尉長重《ながしげ》、進み出でて申しけるは、「いにしへより今に至るまで、人の望むところは名と利《名声と利益》との二つなり。われ等かたじけなくも十善の君に憑《たの》まれまゐらせて、尸《かばね》を軍門《戦場》に曝《さら》すとも、名を後代に残さん事、生前《しやうぜん》の思出《おもひで》、死後の名誉たるべし。ただ《今は》一筋に思ひ定めさせたまふより外の儀あるべしとも存じ候はず《ひたすら決意を固められる以外に考えようはないと存じます》」と申しければ、又太郎をはじめとして当座《その座》に候ひける一族ども、二十余人皆この儀に同じてんげり《意見に賛成した》。「さらばやがて《早速》合戦の用意候ふべし。定めて《きっと》追手もあとよりかかり候ふらん《攻めて来るでしょう》。長重は主上の御迎ひに参つて、すぐに[一四]船上山《ふなのうへやま》へ入れまゐらせん。かたがた

一一 先帝のお耳に入っていたので。

一二 実の弟。

一三 『太平記』には長年の舎弟とあるが、『名和系図』によれば、長年の弟長義《ながよし》の息に長重が見え、これを「大井太郎左衛門尉能登守大蔵少輔《せふ》」とする。また『名和系譜』に、長年の甥《おい》信貞《のぶさだ》を「小太郎、左衛門尉、因幡守《いなばのかみ》、建武三年六月晦日、京六角猪熊に於て討死」とある。

一四 鳥取県東伯《とうはく》郡赤碕《あかさき》町の西南部にある、標高六八〇メートルの山で、現在は「せんじょうさん」と読む。

はやてうつ立つて《早速準備をととのえて》、船上《船上山》へ御参《おんまゐり》候ふべし」と言ひ捨てて、鎧一《いっ》[一]縮《しゅく》して走り出でければ、一族五人腹巻[二]取つて投げ懸け投げ懸け[三]、皆[四]高紐《たかひぼ》しめて、ともに御迎へにぞ参じける。にはかの事にて御輿《おんこし》なんども無かりければ、長重《ながしげ》着たる鎧の上に荒薦《あらこも》[五]を巻いて、主上を負ひまゐらせ、鳥の飛ぶがごとくして、船上《ふなのうへ》へ入れたてまつる。長年、近辺《きんぺん》の在家に人を回し《民家に人を遣わし》、「思ひ立つ事有つて、船上に兵粮《兵の食糧》を上ぐる事あり。わが倉の内にあるところの《われわれの倉におさめてある》米穀《べいこく》を、一荷《いっか》[六]持つて運びたらん者には、銭《ぜに》[七]を五百づつ取らすべし」と触れたりける《命令を下したので》あひだ、十方より人夫《にんぷ》五、六千人出来《しゅつらい》[八]して、われ劣らじと持ち送る《われもわれもと競って運搬した》。一日が中に、兵粮五千余石[九]運びけり。その後、家中の財宝ことごとく人民《にんみん》[一〇]・百姓に与へて、おのれが館《たち》に火をかけ、その勢百五十騎にて船上に馳せ参り、皇居を警固つかまつる。長年が一族〔の〕[一一]、名和七郎と言ひける者、武勇の[一二]謀《はかりこと》有りければ、白布《しらぬの》五百端《たん》[一三]有りけるを、旗にこしらへ、[一四]松の葉を焼いて煙にふすべ、近国の武士どもの家々の紋を書いて、こ

一 鎧一具を身につけて。
二 実戦用の略式の鎧。
三 上から投げかけるように急いで身につけて。
四 鎧の肩上についていて、胸板の紐《ひも》と結んで胴をつるための紐。それを「しめる」とは、きっちりと武装をととのえることを言う。
五 荒く編んだこも。
六 一人でになうことのできる荷物の単位。
七 当時流通していた宋銭《そうせん》を五百銭ずつ。応仁以前の米価は、一石《こく》が、およそ千二百五十銭から千銭であった。
八 現れ来って。
九 一石は約一八〇リットルだから、九〇万リットルに当る。もちろん誇張がある。
一〇 ここは、名和の支配下にある人々。現代語と異なり「にんみん」と読む。
一一 『名和系図』によれば、長年の弟に竹万氏高《ちくまうじたか》があり、「竹万七郎入道　正平十六年三月二十日逝去　法名覚妙」とする。合戦記録『伯耆巻』も長年の弟を七郎氏高とする。
一二 戦闘のための智略。武略。
一三 端は反。材質や産地などによって一定しないが、普通、一反は幅三四センチ、長さ八メートル。
一四 (白布を) 松葉の煙でいぶして古めかしく見せ。
* 諸国の情勢変化を背景に先帝は行動を開始する。

後日あるいは神の使者だったかと思い合される田夫の協力、船中における船頭の機転、さらに仏舎利の加護により危機を脱出する。続いて名和一族の協力を畳みかけるように描いて、物語は北条討伐へと軽快に展開する。

この木の本、かしこの峰にぞ立て置きける。この旗ども、峰の嵐に吹かれて、陣々に翻《ひるがへ》りたる様、山中に大勢充満したりと見えておびたたし《大変な勢いである》。

船上《ふなのうへ》合戦の事

さる程に同じき二十九日《(正慶二年三月)》、隠岐判官《(清高)》・佐々木《ささき》[15]弾正左衛門《だんじやうざゑもん》、その勢三千余騎にて南北より押し寄せたり。この船上《ふなのうへ》と申すは、北は大山《だいせん》[16]に続きそばだち《高くそびえ》、三方は地さがりに[17]、峰に懸かれる白雲腰[18]を回れり。にはかにこしらへたる城なれば、いまだ堀の一所をも掘らず《まだ一つの堀をも掘っていないし》、屏の一重をも塗らず《一重の塀をも構えていない》、ただ所々に大木少々切り倒して逆木《さかもぎ》[19]にひき、坊《ばう》[20]舎《しや》の甍《いらか》を破つて、かい楯[21]にかけるばかりなり。寄手三千余騎、坂中《さかなか》まで攻め上つて、城中をきつと見上げたれば、松柏《しようはく》[22]生ひ茂つていと

一五 参考本は金勝院本により「昌綱」とするが不明。

一六 鳥取県の西伯・東伯・日野の三郡と岡山県の真庭《まにわ》郡にまたがる山で船上山の南西に当る。最高峰は標高一七一三メートル。修験道の道場大山寺《だいせんじ》がある。船上山が「北は大山に続きそばだち、三方は地さがり」と言うのは現実の地勢に合わない。城描写の類型表現であろう。

隠岐判官ら、船上山を攻める

一七 地が低くすそを引いていて。

一八 山のふもと。

一九 敵の侵入を防ぐため、とげのある木の枝などを立てかけた柵《さく》。

二〇 （大山寺の）僧侶《そうりよ》の宿坊の屋根を破壊して。

二一 垣のように楯《たて》を並べただけである。ここは、破壊した坊舎の屋根瓦や柱、板を垣のように立て並べただけの状態を言う。掻楯《かいだて》。

二二 常緑樹の松と柏《かしわ》。

深き木陰に、勢《せい》の多少は知らねども《不明であるが》、家々の旗四、五百流れ、[一]雲[二]に翻《ひるがへ》り日に映じて見えたり。さてはや近国の勢どもの、ことごとく馳せ参りたりけり、この勢ばかりにては《これだけの軍勢では》攻め難しとや思ひけん、寄手皆[三]心にあやしみて進み得ず。城中の勢どもは、[四]敵に勢の分際《ぶんさい》を見えじと、木陰に[五]ぬはれ伏して、時々射手《いて》を出だし、遠矢を射させて日を暮らす。

天、先帝に味方し、寄手総くずれとなる

かかるところに《こうしているうちに》、[六]一方の寄手なりける佐々木弾正左衛門尉、遥《はる》かの麓にひかへて居たりけるが、いづ方より射るともしらぬ流れ矢に、右の眼《まなこ》を射ぬかれて、やにはに《たちまち》伏して死ににけり。これによつて、その手《佐々木の軍勢》の兵五百余騎、色を失うて《恐れて》軍《いくさ》をもせず。〔寄手の〕[七]佐《さ》渡前司《どのぜんじ》は、八百余騎にて搦手へ向ひたりけるが《敵の背後を突こうと向ったが》、にはかに旗を巻き冑《かぶと》を脱いで降参す。隠岐判官は、なほかやうの事をも知らず、搦手の勢は定めて《きっと》今は攻《敵陣》め近づきぬらんと心得て《に迫っていることだろうと思って》、[八]一の木戸口《きどぐち》に支へて《ひかえて》、[九]新手《あらて》を入れ替へ入れ替へ、時移るまで《数時間にわたって》ぞ攻めたりける。日すでに《いよいよ》西山に隠れなんとし

一 旗などを数える語。
二 雲のようにたなびき、太陽に照り映えていた。
三 不安に思ってあえて進もうとしない。底本は「あやしみ」に「危」の字を当てる。
四 軍勢の実際の数を敵に知られまいと。
五 草などにまぎれるように隠れ伏して。「ぬはれ」は、下二段動詞「縫はる」の連用形。
六 一つの方向を攻めていた。
七 この人物、未詳。
八 第一の城門を攻める陣。
九 まだ戦闘に従事していない、新しい軍勢。底本は「悪手」とする。

ける時、にはかに天かき曇り、風吹き雨降る事車軸《しやぢく》[一〇]のごとく、雷《いかづち》の鳴る事山を崩《くづ》すがごとし。寄手これにおぢわなないて《おびえふるえて》、ここかしこの木陰に立ち寄つてむらがり《散らばって》居たる《待機していた》ところに、名和又太郎長年・舎弟《実弟》太郎左衛門長重《ながしげ》・小次郎長生《ながたか》[一一]が射手[一二]を左右に進めて、散々に射させ、敵の[一三]楯《たて》の端のゆるぐところを、得たりやかしことぬきつれて[一四]討つてかかる。大手の寄手千余騎、谷底へ皆まくり落されて《ころがり落されて》、おのれが太刀・長刀《なぎなた》に貫かれて命をおとす者その数を知らず。隠岐判官ばかりからき命《危うい命》を助かりて、小舟一艘に取り乗り、本国《隠岐》へ逃げ帰りけるを、国人《こくにん》[一五]いつしか心変はりして《早くも先帝の側に寝返って》、津々《つつ》[一六]浦々《うらうら》を固めふせきける《の守りを固めていどみかかる》あひだ《ので「上陸できず」》、波にまかせ風に従ひて、越前の敦賀《つるが》[一七]へ漂ひ[一八]寄りたりけるが、幾程も無くして六波羅没落の時《六波羅探題が敗北した時》、江州番馬《がうしうばんば》[一九]の辻堂[二〇]にて腹掻き切つて失せにけり。世澆季《げうき》[二一]に成りぬといへども、天理[二二]いまだ有りけるにや、余りに君を悩ましたてまつりける隠岐判官が、三十余日が間に滅びはてて、首[二三]を軍門の幢《はたほこ》に懸けられけるこそ不思議なれ。

一〇 車の心棒のように太い雨が降ること。大雨の降る様子のたとえ。
一一 寛永版本は「ながなり」の振り仮名をも左にあわせ記す。
一二 左右に射手をひかえさせて進み。
一三 敵の先頭部隊が楯をくずして逃げ腰になるところを、ここぞとばかりに。
一四 太刀を抜き、そのきっさきをそろえて討ってかかった。
一五 国衙《こくが》（各国にある中央権力の支配機関）の支配下にある、その地の有力者。土着の武士。
一六 各地の港や海岸。
一七 福井県敦賀市。昔、北陸の要港であった。
一八 ただよい、ようやくたどり着いたものの。
一九 近江《おうみ》の国（滋賀県）坂田郡米原《まいばら》町番場《ばんば》。巻九「越後守仲時已下《いげ》自害の事」に「佐々木隠岐前司・子息次郎右衛門、同じき三郎兵衛、同じき永寿丸」と見える。
二〇 道ばたに建てられた小さな堂。
二一 人情が薄く、乱れた末の世。
二二 天が決定する正しい道理。
二三 戦場で首をさらされること。「幢」は先に矛《ほこ》のついた旗で、軍を指揮するのに用いた。ここは、その矛の先に首をつらぬきさらしものにされたことを言う。

一 高貞は、三一九頁では勅使冨士名の協力要請にすぐには応ぜず、これを捕え幽閉したとあった。
二 大伴氏の子孫で、現在の島根県出雲市朝山町に住んだ武士。
三 鳥取県日野郡日野町金持《かもち》に住んだ武士。
四 大山にあった修験《しゆげん》道場、天台宗大山寺の僧兵。
五 島根県西半分の旧国名。
六 三善氏の子孫を称する、邑智《おおち》郡邑智町の武士。
七 藤原氏を称する御神本《みかもと》氏。那賀《なか》郡三隅《みすみ》町の武士。
八 底本は「は」を欠く。以下「備後国には」「備中には」「備前には」いずれも「は」を欠く。
九 安芸の国（広島県の西半分）の豪族で、北条氏。
一〇 桓武《かんむ》平氏、土肥《とい》氏の一流。
一一 岡山県英田《あいだ》郡作東《さくとう》町江見に住んだ武士。
一二 久米郡旭町垪和《はが》に住んだ武士。底本「方賀」。
一三 未詳。美作の豪族で、これも菅家の一党か。
一四 岡山県真庭《まにわ》郡落合町（鹿田《かつだ》・栗原《くりはら》・垂水《たるみ》を南三郷と称した）に住んだ武士。
一五 藤原秀郷《ひでさと》の子孫。江田（広島県三次《みよし》市）の武士。
一六 藤原秀郷の子孫。広島県双三《ふたみ》郡吉舎《きさ》町の武士。
一七 一宮吉備津神社の社家で、品治《ほんち》姓。
一八 三次市に住んだ武士で三善氏。
一九 岡山県新見市に住んだ武士。
二〇 岡山県川上郡成羽《なりわ》町に住んだ武士。
二一 源平時代に那須与一宗隆が戦功により備中に所領

諸国の勢、船上山へ馳せ参る

主上隠岐国より還幸《くわんかう》成つて《お帰りになり》、船上に御座ありと聞えしかば、国々の兵どもの馳せ参る事、引きも切らず《絶え間がなく続いた》。先づ一番に出雲《いづも》の守護[一]塩冶《えんや》判官高貞《たかさだ》、冨士名《ふじなの》判官とうち連れ、千余騎にて馳せ参る。その後、[二]浅山二郎《あさやまじらう》八百余騎、[三]金持《かなぢ》の一党三百余騎、[四]大山《だいせん》の衆徒《しゆと》七百余騎、すべて出雲・伯耆《はうき》・因幡《いなば》三箇国の間に、弓矢に携《たづさ》はる程の武士どもの、参らぬ者は無かりけり。これのみならず[五]石見国《いはみの》には、[六]沢《さは》・[七]三角《みすみ》の一族、[八]安芸国《あきの》には、[九]熊谷《くまがえ》・[一〇]小早川《こばいかは》、美作国《みまさかの》には、菅家《くわんけ》の一族〔である〕、[一一]江《え》見《み》・[一二]芳賀《はが》・[一三]渋谷《しぶや》・[一四]南三郷《みなみさんがう》、備後国《びんごの》には、[一五]江田《えだ》・[一六]広沢《ひろさは》・[一七]宮《みや》・[一八]三吉《みよし》、備中には、[一九]新見《にひみ》・[二〇]成合《なりあひ》・[二一]那須《なす》・[二二]三村《みむら》・[二三]小坂《こさか》・[二四]河村《かはむら》・[二五]庄《しやう》・[二六]真壁《まかべ》、備前には、[二七]今木《いまぎ》・[二八]大富太郎幸範《おほどみのたらうよしのり》・[二九]和田備後二郎範長《わだびんごのじらうのりなが》・[三〇]知間二郎親経《ちまのじらうちかつね》・[三一]藤井《ふぢゐ》・[三二]射越五郎左衛門範貞《いのこしごらうさゑもんのりさだ》・[三三]小嶋《こじま》・[三四]中吉《なかぎり》・[三五]美濃権介《みののごんのすけ》・[三六]和気弥次郎季経《わけのやじらうすゑつね》・[三七]石生彦三郎《をしこひこさぶらう》、このほか四国・九州の兵までも、聞き伝へ聞き伝へ、われさきにと馳せ参りけるあひだ、その勢船上山《ふなのうへやま》に居余り《あぶれて》て、四方の麓二、三里は、木の下、草の陰までも、人ならずと言ふ所は無かりけり。

太平記巻第七

荏原荘を賜ったことから始まる一族。
二二 注二〇「成合」と同じ地にいた武士。
二三 岡山県浅口《あさくち》郡小坂（鴨方《かもがた》町）に住んだ武士。
二四 浅口郡川村（鴨方町）に住んだ武士。
二五 児玉の一党で、岡山県小田郡草壁庄（矢掛《やかけ》町）に住んだ武士。
二六 総社《そうじゃ》市真壁に住んだ武士。
二七 岡山県邑久《おく》郡今城《いまき》（邑久町）に住んだ武士。児島と同族。
二八 邑久郡邑久町大富に住んだ武士。児島と同族。
二九 玉野市和田に住んだ武士。児島高徳の父。
三〇 邑久郡邑久町福中に住んだ武士。
三一 岡山市藤井に住んだ武士。
三二 和田・児島と一族。岡山市西大寺射越《いこし》の武士。
三三 児島半島の武士。「児島」が正しい。
三四 未詳。巻八、巻九に備前の国の住人として、中吉十郎・弥八が見えるが、いずれも北朝方である。
三五 備前一宮吉備津神社の社家。「三野」が正しい。
三六 吉備の磐梨別《いわなしわけ》の一族。和気郡和気町の武士。
三七「いわなし」とも読む。和気町田原の武士。
＊ 嶮難《けんなん》の地ながらにわか造りの船上山の城。これを攻める佐々木・佐渡らの諸勢は、はじめから相手の気迫におされっぱなしで、ついに天の罰をこうむり敗れて横死をとげる。城へと馳せ集まる中国・四国・九州諸勢の勢揃《せいぞろ》えともども、状況の急激な変化を躍動的に描いている。

太平記　巻第八

巻第八の所収年代と内容

◇正慶二年（元弘三年〈一三三三〉）閏《うるう》二月から同じく四月まで。

◇前巻に見た船上山《ふなのうえやま》の先帝に呼応する諸国の動きに、六波羅《ろくはら》は、さしあたって、膝《ひざ》もとをおびやかす赤松勢を追い払うため大軍を派遣するが逆に敗退。それば かりか勢いづいた赤松勢は一気に京へと迫る。赤松は小勢をもってよく六波羅の大軍を翻弄《ほんろう》するが、長途の疲れにいったん退く。やがて立ち直った赤松は、山崎をおさえ、京と西国との通路を断つ。この情勢に山門が呼応して行動を開始。六波羅勢の実態を見届けた赤松は再度京を攻め洛中《らくちゅう》に戦うが疲れて山崎へ退く。戦局進展せずとの報に先帝は金輪《こんりん》の法を修して奇瑞《きずい》をえ、早速、六条忠顕《ただあき》を大将として派兵。堂上貴族の忠顕を大将としては、しかるべき戦果も上がらないが、六波羅勢は谷堂など霊寺霊社に火を放つ乱行に及び、その滅びを早める。狼狽《ろうばい》した六波羅の動きを契機に、事態は急激に進展を見せ始めるのがこの巻の描くところである。

摩耶《まや》合戦の事付けたり酒部《さかべ》・瀬川《せがは》合戦の事

先帝すでに船上《ふなのうへ》[一]に着御成つて《お着きになって》、隠岐《おきの》[二]判官清高《きよたか》合戦に打ち負けし後、近国の武士ども、皆《〔船上山へ〕》馳せ参る由、出雲《いづも》・伯耆《はうき》の早馬しきなみに《後から後へ次々と》うつて、六波羅へ告げたりければ、事すでに珍事[三]に及びぬと、聞く人色《青く》を失へり《なって恐れた》。

これにつけても、京近き所に敵の足[四]をためさせては叶《かな》ふまじ。先づ摂津国《つのくにの》摩耶《まや》[五]の城へ押し寄せて、赤松を退治すべしとて、佐々木判官[六]時信《ときのぶ》・常陸前司《ひたちのぜんじ》[七]時知《ときとも》に、四十八箇所[八]の篝《かがり》、在京人[九]ならびに三井寺[一〇]法師三百余人を相副《あひそ》へて、以上五千余騎を、摩耶の城へぞ向けられける。その勢、閏《うるふ》二月《（正慶二年）》五日京都を立つて《出発して》、同じき十一日の卯の刻《（午前六時頃）》に、摩耶の城の南の麓、求塚《もとめづか》[一一]・八幡林《やはたばやし》[一二]よりぞ寄せたりける。赤松入道こ

山陰の動きに、幕府驚愕《きょうがく》

六波羅の佐々木時信ら摩耶を攻めるも敗れる

一　鳥取県の東伯《とうはく》郡にある船上山。
二　宇多源氏、佐々木宗高の息清高。前巻の最後、「船上合戦の事」に寄手清高らの敗北が描かれていた。
三　とんでもない一大事に至ったと。
四　足を落ち着かせては、京の安全にとって不都合であろう。
五　神戸市灘《なだ》区にある、六甲山系の一峰。
六　宇多源氏。六波羅に仕える有力大名の一人。
七　六波羅の頭人《とうにん》であった。巻二、九六頁に「時朝《ときとも》」と見える。
八　京の要所に篝火を焚《た》いて警備に当った武士。
九　近畿周辺から上洛《じょうらく》して京の警備に当った武士。
一〇　三井寺《みいでら》の衆徒《しゅと》。三井寺で雑役に従事し、僧兵の主戦力となった下級僧侶《そうりょ》。
一一　うばら・ちぬの二人から求婚されたうない処女《おとめ》が窮して身を投げ、二人の男も後を追ったという生田川伝説に基づく塚が、灘区都通、阪神電鉄西灘駅の南にあり、その辺りの地。
一二　灘区八幡町。求塚の東北の地。

れを見て、わざと敵を[一]難所《なんじよ》におびき寄せんために《さそい出すために》、足軽の[二]射手《いて》一、二百人を麓へ下《おろ》して、[三]遠矢少々射させて城へひき上りけるを、寄手勝つに乗つて《勝った勢いに乗って》五千余騎、さしもけはしき[四]南の坂を、人馬《じんば》に息も継《つ》がせず、揉《も》みに揉うでぞ挙《あ》げたりける《大勢が入り乱れて攻め登った》。この山へ上《のぼ》るに、[五]七曲《ななまがり》とてけはしく細き路あり。この所に至つて、寄手少し上りかねて支へたりけるところを《立ちどまっていたところを》、[六]赤松律師則祐《あかまつりつしそくいう》・[七]飽間《あくま》九郎左衛門尉光泰《みつやす》、二人南の[八]尾《を》崎《さき》へ下《お》り降つて、矢種《矢》を惜しまず散々に射けるあひだ、寄手少し射しらまかされて《矢に勢いをくじかれて》、互ひに人を楯に成して《他の人を楯にして》、その陰にかくれんと《そのかげへ隠れようと》色めきける気色を見て《あわてふためくその様子を見て》、赤松入道子息信濃守[九]範資《のりすけ》・[一〇]筑前守貞範《さだのり》・[一一]佐《さ》用《よ》・[一二]上月《かうづき》・[一三]小寺《こでら》・[一四]頓宮《はやみ》の一党五百余人、[一五]鋒《きつさき》をならべて、大山《たいざん》のくづるるがごとく[一六]二の尾よりうつて出でたりけるあひだ、寄手[一七]後《あと》より引つ立てて、返せと言ひけれども、耳にも聞き入れず、われ先にと引きけり《退いた》。その道、あるいは[一八]深田《ふけだ》にして馬の蹄膝《ひづめ》を過ぎ、あるいは[一九]荊棘《けいぎよく》生ひ繁つて、行くさきいよいよ狭ければ、返さんとするも叶は

一 けわしくて攻撃をしかけにくい場所。
二 奇襲などに役立つ敏捷《びんしよう》な兵。
三 実戦行動としてではなく、一種の示威として遠くから射る矢。
四 摩耶《まや》へとりかかる南面の坂。
五 幾重にも折れまがっている道のこと。
六 村上源氏、播磨《はりま》の守護職（治安維持・武士統制のため、多くは土地の有力者をもって任ぜられた幕府の官）則村《のりむら》（円心）の息。巻五、二二二頁、大塔宮《おおとうのみや》の熊野落ちに同行した。
七 村上源氏、赤松氏の一門。『小林系図』によると、則村の弟円光の息。「あきま」とも読む。
八 山の峰からさがってくる、その先端。
九 赤松則村の息。信濃守で摂津の国の守護職。
一〇 則村の次男。法名世貞。
一一 兵庫県佐用《さよう》郡佐用町。その地の豪族として、三三九頁に、赤松の一族、「佐用兵庫助範家《のりいへ》」が見える。
一二 佐用郡上月《こうづき》町。赤松氏で、則村の三代の祖家範の兄景盛を上月次郎と号した。
一三 赤松の一族。「木寺」とも書く。
一四 備前・備中の豪族。寛永版本は「とんぐう」とも読む。
一五 太刀の先端をそろえ並べて。
一六 同じ山の、頂上に次いで高い所。山腹。「尾」は峰の意。
一七 後方の軍勢から逃げ出し。

ず、[二〇]防かんとするもたよりなし。されば、城の麓より[二一]武庫川《むこがは》の西の《西の川》はたまで《岸》道三里が間、人馬いやが上に《次々と》重なり死んで、行く人[二二]路を去り敢へず。向ふ時《攻め向った時》七千余騎と聞えし六波羅の勢、わづかに千騎にだにも足らで引つ返しければ、京中・六波羅の周章《あわてようは大変であった》なのめならず。しかりといへども、敵近国より起つて《〔敵の赤松方には〕近国より応じて》属《つ》き従ひたる勢、さまで《それほど》多しとも聞えねば、たとひ《〔敵が〕》一度、二度勝つに乗る事有りとも、何程の事か有る[二三]べきと、敵の[二四]分限を推し量《はか》つて、[二五]引けども機をば失はず。

かかるところに《こうするうちに》、備前国の[二六]地頭《ぢとう》・御家人《ごけにん》も、[二七]大略《たいりやく》敵に成りぬと聞えければ、〔六波羅方では〕摩耶の城へ勢重ならぬさきに《協力する軍勢がふえない間に》討手を下せとて、同じき二十八日、また一万余騎の勢をさし下さる《差し向けられた》。赤松入道これを聞いて、「[二八]勝軍《かちいくさ》の利は、謀《はかりこと》不意に出でて、[二九]大敵の気を凌《しの》いで須臾《しゆゆ》に変化して先んずるにはしかじ」とて、三千余騎を率《率い》し、摩耶の城を出でて、[三〇]久々智《くくち》・[三一]酒部《さかべ》に陣を取つて待ちかけたり《待ち受けた》。三月十日、六波羅勢すでに[三二]瀬川《せがは》に着きぬと聞えければ、合戦は明日にてぞあらんずらんとて《明日になるであろうと》、

一八　深い泥田で、馬の蹄は沈み膝《ひざ》まで没して。
一九　いばらが茂って、行く先をせまく閉ざしたので。
二〇　防戦体勢をたてようにもその方法がない。
二一　摩耶からは遙か東方、西宮《にしのみや》市と尼崎《あまがさき》市との境を流れる川。
二二　死骸で道を閉ざされ、道行く人は通れないほどだった。
二三　寛永版本は「べし」とする。
二四　動員し得る兵力。
二五　（六波羅方は）退却はしたものの、一向に悲観はしなかった。「機」は気力の意。
二六　「地頭」は、治安維持・武士統制のために、幕府が国府・荘園に、多くは地主層を任命した官。「御家人」は、将軍と直接の主従関係にある者。

六波羅勢、重ねて摩耶を窺《うかが》う
赤松、小笠原を相手に苦戦

二七　ほとんどが先帝方についたと。
二八　勝ちいくさの利を得るには、敵の意表をついて。「兵勝の術はひそかに敵人の機を察して速《すみや》かにその利に乗じて疾《と》くその不意を撃て」（『六韜《りくとう》』一）による。
二九　敵の大軍の気力を越え、機敏に変化して先手をうつのが一番だ。
三〇　尼崎市久々知《くくち》。
三一　尼崎市に上坂部、下坂部の町名がある。
三二　大阪府箕面《みのお》市瀬川。箕面市の西南隅の地。

赤松すこし油断《ゆだん》して、一村雨《ひとむらさめ》の過ぎけるほど物具の露をほさんと、わづかなる《まばらにある》在家《農家》にこみ入つて《押し入って》、雨の晴れ間を待ちけるところに、尼崎《あまがさき》より船を留《とど》めてあがりける阿波《あは》の小笠原《をがさはら》、三千余騎にて押し寄せたり。赤松わづかに五十余騎にて、大勢の中へかけ入り、面《おもて》も振らず戦ひけるが、大敵凌ぐに叶はねば《大勢の敵に耐えきれず》、四十七騎は討たれて、父子六騎にこそ成りにけれ。六騎の兵、皆しるしをかなぐり捨てて、大勢の《〔敵の〕》中へさつと交はりてかけまはりけるあひだ《駆けまわったので》、敵これを知らで《知らなかったので》やありけん《あろうか》、また天運の助けにやかかりけん《よってか》、いづれもつつが無う《〔六騎は〕全員無事に》して、御方の勢の、昆陽野《こやの》の宿《しゅく》の西に三千余騎にてひかへたる《待機していた》、その中へ馳せ入つて、虎口《ここう》に死を遁《のが》れけり。六波羅勢は、昨日の軍《いくさ》に敵の勇《ゆう》鋭《えい》を見るに、小勢《〔相手が〕》なりといへども欺《あざむ》き難しと思ひければ、瀬川の宿にひかへて進み得ず。

赤松は、また敗軍の士卒《しそつ》を集め、おくれたる勢を待ちそろへんためにかからず《〔すぐには〕攻めかけず》、たがひに陣をへだてていまだ雌雄を決せず《勝負に出ようとしない》。丁壮《ていさう》そ《す》

一 にわか雨がひとしきり降り過ぎる間、雨やどりをして甲冑《かっちゅう》のぬれたのを乾かそうと。
二 清和源氏、甲斐《かい》長《なが》房《ふさ》が阿波の国（徳島県）守護に任じてから阿波の豪族となった。
三 わき目もふらず懸命に戦ったが。
四 家紋を描いて敵味方の区別をした笠じるしなど。兜《かぶと》の後ろなどに付けた。
五 兵庫県伊丹《いたみ》市昆陽《こや》。伊丹市の西部地域。京より西《にしの》宮《みや》を通って山陽へ向う街道の途中の宿場。
六 危ないところを助かった。「虎口」は、虎に食われそうになるような危険な状態。
七 勇敢で非常に強いことを見ているので。
八 軽くは見がたい。
九 血気さかんな若い兵士。

赤松勢、瀬川に数万の六波羅勢を奇襲し敗走させる

ぞろに軍旅につかれなば《ることもなく戦場で退屈したのでは》、[一〇]敵に気を奪はるべしとて、同じき十一日、赤松三千余騎にて、敵の陣へ押し寄せて、先づ事の体を伺ひ見るに《相手の様子をうかがうと》、瀬川の宿の東西に、[一一]家々の旗二、三百流れ、梢《こずゑ》の風にひるがへして、その勢二、三万騎も有らんと見えたり。御方をこれに合はせば《くらべると》、[一二]百にしてその一、二をもたくらぶべしとは見えねども、戦はで[一三]勝つべき道なければ、ひとへにただ討死と志《こころざ》して、筑前守《（赤松）》貞範《さだのり》・[一四]佐用《さよ》兵庫助範家《のりいへ》・[一五]宇野《うの》能登守国頼《のとのかみくにより》・[一六]中山五郎左衛門尉光能《なかやまのごらうざゑもんのじようみつよし》・飽間《あくま》九郎左衛門尉光泰《みつやす》、郎等《家来》ともに七騎にて、竹の陰より[一七]南の山へうちあがつて進み出でたり。敵これを見て、[一八]楯の端《はし》少し動いて、かかるか《攻撃をしかけて来るか》と見ればさもあらず《と見ればそうではなく》、色めきたる気色に見えけるあひだ《あわてて浮き足立つ様子に見えたので》、七騎の人々馬より飛び下り、竹の一村《むれ》しげりたるを[一九]木楯《こだて》に取つて、さしつめ引きつめ《次々と矢をつがえ》散々にぞ射たりける。瀬川の宿の南北三十余町に、[二〇]沓《くつ》の子を打つたるやうにひかへたる《待機していた》敵なれば、何かははづるべき《矢のはずれようがない》、[二一]矢頃《やごろ》近き敵二十五騎、真逆《まつさかさま》に討ち落されければ、[二二]矢面《やおもて》なる人を楯にして、[二三]馬を射

一〇 敵におされて戦闘意欲を失うであろうと。
一一 各武将の旗二、三百本が。
一二 百分の一、二にも当るまいと思われたが。「たくらぶ」は、くらべる、の意。
一三 勝つ方法もないので。「道なければ」を底本は「道なれば」とする。
一四 赤松の一族で、『赤松系図』によれば為範の息。
一五 赤松の一族で、頼定の息。
一六 赤松の一族で、間島景能の息。
一七 箕面《みのお》の南、豊中《とよなか》の北部、島熊山《しまくまやま》の辺か。
一八 (人が動くのか) 楯の上端がゆらぎ。
一九 立木 (ここは竹) を身を隠す仮の防壁として。「木楯」は「小楯」とも書き、間に合せの楯。
二〇 沓の底に打った釘《くぎ》のようにびっしりと。一説に、「沓の子」を、馬の口にはめる「口籠《くつこ》」と解し、馬が口籠をはめられて動きがとれないようにいっぱいに、の意とも言う。
二一 矢の届く所にいた。
二二 矢のとんで来る前面にいた人を楯にしてそのかげに隠れ。
二三 馬を射られまいと隊列を乱し、隊列をととのえるすべがなかった。玄玖本《げんきゅう》は「馬ヲ射サセジト馬ノ足ヲ立煩タリ」。

赤松勢、敗走する六波羅勢を追い京に迫る

させじと立てかねたり。平野《ひらのの》[一]伊勢前司・佐用《さよ》・上月《かうづき》・田中[二]・小寺《こでら》・八木[三]・衣笠《きぬがさ》[四]の若者ども、「すはや《それ》敵は色めきたるは《負け色を見せたぞ》」と、胡籙《えびら》[五]をたたき、勝つどきを作つて、七百余騎轡《くつばみ》[六]をならべてぞかけたりける《攻めかけた》。大軍の靡《なび》[七]くくせなれば、六波羅勢前陣返せ[八]ども、後陣続かず。行く《退路は》さきは狭し《せまくて》、「しづかにひけ」といへども、耳にも聞き入れず。子は親を捨て、郎等は主を知らで《主人を見捨てて》、われ先にと落ち行きける程に、その勢大半討たれて、わづかに《やっとのことで》京へぞ帰りける。

赤松は、手負《負傷者》・生捕《いけど》りの首三百余、〔を〕宿河原《しゅくがはら》[九]に切り懸けさせて《さらし首にさせ》、また摩耶の城へ引つ返さんとしけるを、円心が子息帥律師則祐《そつのりつしそくいう》進み出でて申しけるは、「軍《いくさ》[一〇]の利は、勝つに乗つて、にぐるを追ふにしかず《敗走する敵を追撃するのが最善の方法です》。今度寄手の名字[一一]を聞くに、京都[一二]の勢数を尽して向つて候ふなる。この勢ども、今四、五日は長途の負け軍《遠征のしかも負けいくさに》にくたびれて、人馬ともに物の用に立つべからず。臆病神《おくびやうがみ》[一三]の覚《さ》めぬさきに、続いて攻むるものならば、などか六波羅を一戦の中に攻め落さでは候ふべき《きっと六波羅を一いくさで攻め落せましょう》。これ太《たい》[一四]

一 以下、赤松勢。平野は、播磨の豪族。姫路・三木に平野郷の地名があり、そのいずれかの出身だろう。
二 赤松の一族で則村の息氏範《うじのり》の家系を田中と言う。
三 赤松の一族であるが未詳。
四 赤松の一族で、岡山県和気《わけ》郡和気《わけ》町衣笠の出身。
五 矢を入れて背負う道具のうち、矢立式のもの。箙《えびら》をたたいて鬨《とき》の声をあげることは、合戦談にしばしば見られる。
六 馬を並べて。「轡」は、馬に手綱をつけるため、その口にかませる金具。
七 負け戦の時の常として。
八 先に進む軍は果敢にとって返し戦おうとするが、後陣が続かない。
九 大阪府茨木《いばらき》市道祖本《さいのもと》の辺。
一〇 合戦を有利に戦うには。
一一 三三五頁に、六波羅に仕える有力者佐々木時信・常陸《ひたち》時知《ときとも》以下、四十八箇所の篝《かがり》、在京人、三井寺法師など五千余騎を摩耶《まや》の攻略に遣わした、とあった。
一二 六波羅勢は、大半の勢力をつぎ込んで攻めて来たようです。
一三 臆病神が立ち去る前に。戦意を失っている間に。
一四 『史記』「周本紀」に見える太公望。武王に仕え、賢帝文王の創業をひきつぐのに努力した。兵法の書を著し、兵法家張良もこれに学んだと言う。

公《こう》が兵書《ひやうしよ》に出でて、子房《しばう》[一五]が心底《しんてい》[一六]に秘せしところにて候はずや」[一七]と言ひければ、諸人皆この義に同じて《賛成して》、その夜やがて《ただちに》宿河原を立つて、路次《道中の》の在家《農家》に火をかけ、その光を松明《たいまつ》[一八]にして、逃ぐる敵に追つすがうて《追いかかって》攻め上りけり。

三月十二日合戦の事

西国勢迫るとの報に六波羅狼狽《ろうばい》　桂川《かつら》を隔てて迎撃

六波羅には、かかる事[一九]とは夢にも知らず、摩耶の城へは大勢下しつれば、敵を攻め落さん事日を過ぐさじ《一日とかかるまいと》と、心安く思ひける。その[二〇]左右《さう》を今や今やと待ちけるところに、寄手打ち負けて逃げ上る由披露有つて《報せがあって》、実説はいまだ聞かず《真相はまだ明らかでない》。なにとある事やらん《どうなっているのだろうかと》、不審端《はし》[二一]多きところに、三月十二日申《さる》の刻（午後四時頃）ばかりに、淀[二二]・赤井[二三]・山崎[二四]・西岡《にしのをか》[二五]辺、三十余箇所に火を懸けたり。「こは何事ぞ」と問ふに、「西国の勢す

一五 張良の字《あざな》。秦《しん》の始皇帝に追われるうち、黄石公《こうせきこう》（秦の隠士）に会い、太公望が著した兵法の書を与えられ、これに学んで、後、漢の高祖に仕え秦を破った。
一六 肝に銘ずる兵法ではございませんか。
一七 底本は「候すはや」とある。
一八 底本は「手松」とある。
＊ 諸国の動きをおもんぱかり、とりあえず膝《ひざ》もと近くの摩耶の赤松勢を追い払おうとする六波羅勢。その圧倒的な大軍が、規模の上では百分の一、二にも達しない赤松勢に散々な敗北を喫する。しばしば引用が見られる中国兵書の理論を具現したような戦闘が、赤松勢の動きに即して小気味よく描かれている。
一九 さきに摩耶へ遣わした大軍が敗れ、赤松勢の追撃を受けているということ。
二〇 当然勝利が予想される、その結果を。
二一 詳細は定かでなく不審に思われるうちに。「端」は末端で、詳細の意。
二二 京都市伏見区淀。桂川・宇治川・木津川にのぞむ水郷の地。
二三 淀から羽束師《はつかし》・樋爪《ひづめ》までの間、桂川にのぞむ地。
二四 乙訓《おとくに》郡大山崎《おおやまざき》町。
二五 淀・羽束師の西方一帯を指す。

でに三方より寄せたり」とて、京中上を下へ返して《ひっくり返したように》騒動す。両六波羅《(探題の仲時・時益)》驚いて、[一]地蔵堂の鐘を鳴らし、洛中の勢を集められけれども、むねとの勢は《主要な軍勢は》、摩耶の城より追つ立てられ《〔赤松勢に〕》、右往左往《うわうざわう》[二]に逃げ隠れぬ。その外は、[三]奉行・[四]頭人《とうにん》なんど言はれて《などと奉られて》肥《こ》え脹《ふく》れたる者どもが、馬に舁《か》き乗せられて《押し乗せられて》、四、五百騎馳せ集まりたれども、皆ただあきれ迷へるばかりにて、さしたる義勢も無かりけり《これといったうわべの意気込みさえなかった》。六波羅の北の方《北探題》、左近将監仲時《さこんしやうげんなかとき》、「事の体を見るに《状況を察するに》、なにさま《何としても》、ゐながら《このまま動かず》敵を京都にて相待たん事は、武略の足らざるに似たり《戦略として能のないことに思われる》。洛外《らくぐわい》に馳せ向つて防くべし《〔敵を〕》」とて、[五]両検断、隅田《すだ》・高橋に在京の武士二万余騎を相副《そ》へて、[六]今在家《いまざいけ》・[七]作道《つくりみち》・[八]西の朱雀《しゆしやか》・[九]西八条辺へさし向けらる。これは、この頃南風に雪とけて、河水岸に余る時《あふれる時節》なれば、桂川《かつらがは》をへだてて戦ひをいたせとの謀《はかりこと》なり。

則祐ら赤松勢、桂川を渡る

さる程に、赤松入道円心、三千余騎を二つに《二隊》分けて、[一〇]久我縄手《こがなはて》・[一一]西の七条より押し寄せたり。大手の勢《正面の軍》、桂川の西の岸にうちのぞん

一『中古京師内外地図』によれば、六波羅蜜寺《みつじ》に接して地蔵堂があった。それか。
二 あちこちとうろたえて。
三 訴訟の審理・判決原案の作成を行う引付《ひきつけ》奉行。
四 引付衆（訴訟の裁判官）の長官。
五 二人の検断（刑事裁判を検察し断罪する官）。巻三、一一五頁に「(元徳三年）九月一日、六波羅の両検断、糟谷《かすや》三郎宗秋《むねあき》・隅田《すだ》次郎左衛門」、一三七頁に「(元徳三年十月）八日、両検断高橋刑部左《ぎやうぶざ》衛門《ゑもん》・糟谷三郎宗秋」とあった。その後、隅田が復したか。
六 京都市伏見区深草今在家町。
七 朱雀大路の南端から鳥羽《とば》へ通ずる道。平安遷都にあたり造られたと言う。
八『中古京師内外地図』によると、七条大路と朱雀大路の交わる、その西側を西朱雀とする。
九 東大宮大路と八条大路の交わる、その西北の辺を言う。東寺《とうじ》の北に当る。
一〇 作道が上鳥羽《かみとば》から久我《こが》に至り、それから山崎へと通ずる田畑の中の一筋道。「久我畷」とも書く。
一一 西大宮大路と七条大路との交わる辺り。
一二 鳥羽の離宮（伏見区中島御所ノ内町）の中にあった庭園の築山の辺から吹き来る風によって。
一三 旗のひるがえるさま。
一四 伏見区中島御所ノ内町にあった白河・鳥羽両上皇の離宮。

で、川向ひなる六波羅勢を見渡せば、[一二]鳥羽《とば》の秋山風《あきやまかぜ》に、家々の旗[一三]翩《へん》翻《ぽん》として、[一四]城南《せいなん》の離宮の西門より、作道《つくりみち》・[一五]四塚《よつづか》・[一六]羅城門《らしやうもん》の東西、[一七]西の七条口まで支へて《かためて》、雲霞《うんか》の如くに充満したり。されどもこの勢《（六波羅勢）》は、桂川を前にして防けと下知《命ぜられた》せられつるそのおもむき《命令を》を守つて、川をばたれも越えざりけり。寄手はまた、思ひの外、敵大勢なるよと思《し》惟《ゆい》して《考えて》、さう無く《むやみに》討つて懸からんともせず。ただ両陣たがひに川を隔て、[一八]矢軍《やいくさ》に時をぞ移しける。中にも師律師則祐《そつのりつしそくいう》、馬を踏み放して《おりて》歩立《かちだ》ちになり、[一九]矢たばね解いて押しくつろげ《矢をばらばらにし》、[二〇]一枚楯の陰より、引《次々》きつめ《と矢をつがえ》引きつめ散々に射けるが、矢軍ばかりにては、勝負を決すま《勝負を決することは》じかり《できまいと》と独言《ひとりごと》して、脱ぎ置いたる鎧を[二一]肩にかけ、冑の緒をしめ馬の[二二]腹帯《はるび》を固めて、ただ一騎岸より下に打ち下《おろ》し、手綱《たづな》かいくり《ひきあやつって》渡さんとす。父の入道《則村（円心）》遥かに見て、馬をうち寄せ[二三]面《おもて》に塞《ふさ》がつて制しけるは、「[二四]昔佐々木三郎が藤戸《ふぢと》を渡し、[二五]足利《あしかが》又太郎が宇治川を渡したるは、かねて《あらかじめ》[二六]みをじるしを立てて案内を見置き、[二七]敵の無勢を目に懸けて、

一五 九条朱雀、羅城門の辺り。
一六 朱雀大路の南端。門はこの当時すでになかった。
一七 京都の七口の一で、七条通の西端にあり、山陰道丹波路に通じた。
一八 矢だけを射かわして時間を過した。
一九 箙《えびら》の、背に当る所に二つ折りにした紐《ひも》をその中央で固定し、その左右を開いて矢を束ねる、その緒。
二〇 一枚板で作った、持ち運びに軽便な楯。
二一 肩に投げかけるように無雑作に着て。西源院本など古本に「鎧ヲ取テ肩ニナケカケ」とある。
二二 鞍《くら》を固定するために馬の腹に締める帯。読みは「はらおび」のつづまった形。
二三 前に立ちふさがって。
二四『源平盛衰記』四十一「盛綱藤戸を渡す児島合戦」に、佐々木三郎盛綱が児島藤戸の渡り（児島湾の西から水島灘に通じていた水道）を馬で渡したと見える。
二五『源平盛衰記』十五「宇治合戦」に、足利又太郎忠綱が宇治川を馬で渡した、とある。
二六 佐々木の場合、彼が戦闘の前夜、浦人を案内にたて、浅瀬にその目じるしとして「小竹を切り集めて、水の面よりちと引き入れて立てて」（『源平盛衰記』四十一「盛綱藤戸を渡す児島合戦」）おき、渡したことを言う。
二七 足利の場合、源頼政の軍に吉野・奈良の法師がまだ加わらない無勢の間に足利の軍がうって渡したことを言う。

先をば懸けし者なり。川上の雪消え、水増さりて[一]淵瀬《ふちせ》も見えぬ大河を、かつて案内も知らずして渡さば《全く勝手も知らず渡ろうとしても》、渡さるべきか。たとひ馬強くして渡る事を得たりとも、あの大勢の中へただ一騎懸け入りたらんは、討たれずといふ事《必ず討たれてしまうだろう》[二]有らざるべし。[三]天下の安危《あんき》、かならずしもこの一戦に限るべからず《よるとは思わない》。暫く命を全うして《生きながらえて》、君《（先帝）》の御代を待たんと思ふ心のなきか」と、再三強ひて止《と》めければ、則祐[四]馬を立てなほし、抜いたる太刀を収めて申しけるは、「[五]御方と敵と対揚《たいやう》すべき程の勢にてだに候はば、われと手を砕かずとも《自ら手を下して苦労しなくとも》、[六]運を合戦の勝負にまかせて見候ふべきを、御方はわづかに三千余騎、敵はこれに百倍せり。[七]急に戦ひを決せずして、敵に無勢の程を見透《みす》かされなば、戦ふといふとも利有るべからず《勝ち目はありますまい》。されば太公《太公望の》が[八]兵道《ひやうだう》の詞《ことば》に、『[九]兵勝《へいしょう》の術は、ひそかに敵人の機を察して《気合の程をうかがって》、すみやかにその利に乗つて《好機を利用して》、疾《と》くその不意を撃て《早く相手の》』と言へり。これわが[一〇]困兵《こんぺい》を以つて敵の強陣《がうぢん》を破る謀《はかりこと》にて候はずや」と言ひ捨てて、[一一]駿馬《しゅんめ》に鞭を進め《鞭打って》、漲《みなぎ》つて流るる[一二]瀬枕《せまくら》

一 深みと浅瀬。
二 底本は「可不有」とある。寛永版本は「不レ可レ有ル」とあるが、その誤りを正す。
三 天下の成り行き。「安危」は、平和と乱れ。
四 桂川へうって入らんとしていた姿勢を立てなおして、父の方に向けて。
五 味方に敵と互角に戦えるだけの軍勢さえありますならば。
六 合戦の勝敗を運にまかせて見ておられましょうが。
七 すみやかに勝負をつけず、敵に味方の小勢であるのを見抜かれては。
八 『六韜《りくとう》』一に見える兵法のことばに。
九 戦いに勝つすべは。
一〇 不利な状況にあって苦しむ兵。『六韜』四に見える語。
一一 動きのすばやい、良馬。
一二 早く流れる浅瀬の水が川石などに当ってふくれ上がっている所。

に、逆波《さかなみ》[一三]を立ててぞ泳《およ》がせける。これを見て、飽間《あくま》九郎左衛門尉・伊東大輔《たいふ》[一四]・川原林《かはらばやし》[一五]二郎・小寺相模《こでらのさがみ》[一六]・宇野能登守国頼《くにより》、五騎続いてさつとうち入れたり。宇野と伊東は、馬強うして一文字に《〔川と〕直角に》流れをきつて渡る。小寺相模は、逆巻く水に馬を放されて《流されて》、冑の手反《てへん》[一七]ばかりわづかに浮かんで見えけるが、波の上をや泳ぎけん、水底《みづそこ》をや潜《くぐ》りけん、人より前《さき》に渡り付いて、川の向うの流州《ながれす》[一八]に、鎧の水したでて《したたらせて》ぞ立つたりける。かれ等五人が振舞ひを見て、よのつねの者ならず《ただ者ではないと》とや思ひけん、六波羅の二万余騎、人馬東西に辟易《へきえき》[一九]して、あへて懸け合はせんとする者なし《合戦をいどもうとする者がない》。あまつさへ《その上に》楯の端[二〇]しどろ[二一]に成つて、色めきわたる所を見て《逃げ腰になるのを見て》、「先懸けの御方[二二]討たすな、続けや」とて、信濃守《（赤松）》範資《のりすけ》・筑前守貞範《さだのり》、真先に進めば、佐用《さよ》・上月《かうづき》の兵三千余騎、一度にさつとうち入りて《〔川へ〕》、馬筏《うまいかだ》[二三]に流れ[二四]をせきあげたれば、逆水《さかみつ》岸に余り、流れ[二五]十方に分かれて、元の淵瀬《ふちせ》[二六]はなかなかに《かえって》、陸地《くがぢ》を行くがごとく[二七]なり。三千余騎の兵ども、向ひの岸にうち上《あが》り、死を一挙[二八]の中に軽

一三 さかまく波。
一四 備前吉備《きび》の豪族であるが未詳。
一五 菅原氏とも、藤原氏とも言うが未詳。
一六 「木寺」とも書く。巻五に大塔宮の熊野落ち随行者の一人として見える。赤松の一族、頼季《よりすえ》か。宇野国頼の兄に当る。
一七 てっぺん。いただき。
一八 流れにはさまれた中州《なかす》。
一九 おそれをなし、相手を避けて左右に道を明け。
二〇 楯《たて》の上端部。
二一 整然と立てていた楯が乱れ始め。ここは、楯のかげにかくれる兵士たちがたじろぎを見せるため、こちらから見れば楯の上端が動き始めるさまを描く。
二二 先陣として討って出た味方。
二三 筏を組むように馬を縦横に並べて泳がせ、速い流れを渡すこと。
二四 川の流れをせき止めるほどであったので、水が岸にあふれ。
二五 流れは馬筏にせかれて多くの流れに分断され。
二六 もともと水の流れていた深みや浅瀬は。
二七 底本は「と」を欠く。
二八 命を惜しまず、一気に勝負をつけようと。

くせんと、進み勇める勢を見て、六波羅勢叶《かな》はじとや思ひけん、いまだ戦はざるさきに、楯を捨て旗を引いて、作道《つくりみち》を北へ、東寺《とうじ》を指して引くも《退く者も》有り、一竹田河原《たけだかはら》を上《のぼ》りに、二法性寺大路《ほつしやうじおほぢ》へ落つるもあり。その道二、三十町が間には、捨てたる物具《甲冑》、地に満ちて、三馬蹄《ばてい》の塵《ちり》に埋没す。

さる程に、〔赤松方の〕西七条の手《軍勢》、四高倉《たかくら》少将の子息左衛門佐《さゑもんのすけ》・小寺《こでら》・衣笠《きぬがさ》の兵ども、はや京中へ攻め入りたりと見えて、五大宮・猪熊《ゐのくま》・堀川・油小路《あぶらのこうぢ》の辺、五十余箇所に火をかけたり。また八条・九条の間にも戦ひ有りと覚えて、六汗馬《かんば》東西に馳せ違ひ、ときの声天地を響かせり。七ただ大三災《だいさんさい》一時に起つて、世界ことごとく八劫火《ごふくわ》のために焼け失せるかと疑はる。京中の合戦は、夜半《夜中ごろ》ばかりの事なれば、めざすとも《前方も見えぬ闇夜》知らぬ《の中を》暗き夜に、ときの声ここかしこに聞えて、勢《軍勢》の多少も、九軍立《いくさだ》ちの様も見分けざれば、いづくへ何《なに》と向うて《どのように》、軍《いくさ》をすべしとも覚えず。京中の勢《（六波羅勢）》は、先づただ一〇六条河原に馳せ集まつて、あきれたる体《なすすべもなく放心》

一 京都市伏見区竹田。深草の西、下鳥羽の東で、賀茂川の東岸。
二 法性寺（「ほうしょうじ」とも読む）は藤原忠平の建立。九条大路から賀茂川を越えた東にあり、その門前から伏見へ通ずる道を法性寺大路と言った。
三 馬の蹴《け》立てる塵をかぶって、空しく埋もれるばかりであった。
四 藤原長良《ながら》の子孫の播磨守永康《はりまのかみながやす》の家系を高倉と称した。参考本は、忠俊とするが未詳。
五 大宮大路。以下、いずれも南北に走る通りの名。

洛中の兵火に、六波羅勢なすすべなし

六 駆け回り汗にぬれた馬。
七 仏教で言う三つの災いが一時に起きたようで。仏教では、世界が成立・存続・破壊・空漠の四期を循環すると言い、その第三期には世界を破壊に導くため七回の火災、一回の水災、重ねて七回の火災、一回の風災がこの順で起ると言う。
八 仏教で言う、宇宙が破壊する終末の期に起る火災。
九 戦列の立て方。
一〇 六条の賀茂河原。
＊ 肥満するのみで戦闘には全く役立たぬ六波羅の要人である奉行・頭人をはじめ、軍の主要戦力を敗北に追いこまれ、なすすべのない六波羅勢。かたや、小勢をもって大軍に当るには天運をも自ら切りひらくほかなしと果敢に討って出る赤松則祐ら

にてひかへたり《状態でたむろしていた》。

持明院殿《ぢみやうゐんどの》六波羅に行幸《ぎやうかう》の事

[一一]日野《ひの》中納言資名《すけな》・同じき[一二]左大弁《さだいべん》宰相資明《すけあきら》二人同車《どうしや》して、内裏《だいり》へ参りたまひたれば、[一三]四門いたづらに開き《開けっぱなしで》、警固の武士は一人もなし。[一四]主上南殿《なんでん》[一五]に出御成つて《お出ましになり》、「たれか候ふ《たれかいるか》」と御尋ねあれども、衛府《ゑふ》[一六]・[一七]諸司の官、蘭台《らんだい》[一八]・金馬《きんめ》[一九]の司《つかさ》も、いづちへか行きたりけん、勾当《こうたう》[二〇]の内《ない》侍《し》・上童《うへわらは》[二一]二人より外は、御前に候ずる者《近くお仕えする者》無かりけり。資名・資明二人御前に参じて、「官軍戦ひ弱くして、逆徒《ぎやくとご》[二二]期せざるに《予期もしないのに》洛中に襲ひ来たり候ふ。かやうにて御座候はば《このままでいらっしゃっては》、[二三]賊徒さし違へて、御所中へも乱入つかまつり候ひぬと覚え候ふ。急ぎ三種《さんじゆ》の神器を先立てて《奉じて》、六波羅へ行幸成り候へ」と申されければ、主上やがて《早速》瑶輿《えうよ》[二四]に召され、

の軍勢の動きを、中国の兵法を具体化する形で誇張をおりまぜて描く。

一一 藤原真夏《まなつ》の子孫、権大納言俊光《としみつ》の息。後日、出家するが続けて光厳《こうごん》天皇に仕える。

一二 中務・式部・治部・民部の四省を監督する太政官の事務局である左弁官の筆頭職員で、ここは参議を兼ねる。資明は資名の弟。なお、寛永版本は「同車」を「どうじや」と読んでいる。

一三 四方の門。建春・建礼・宜秋《ぎしゆう》・朔平《さくへい》の各門。

一四 光厳天皇。後伏見上皇の皇子。北朝第一代の帝で、元徳三年九月、十九歳で践祚《せんそ》、同四年三月即位。

光厳天皇ら六波羅へ臨幸

一五 紫宸殿。

一六 皇居で警衛・儀仗《ぎじよう》・巡検などに従事する、左右の近衛・兵衛・衛門の六衛府。

一七 諸役所。

一八 弁官の唐名。詔勅・宣旨の清書を行う少納言。

一九 「金馬門」の略。漢代、未央宮《びおうきゆう》にあり、文学の士が出仕した所。ここは文官のこと。

二〇 後宮の三等官である掌侍《ないしのじよう》四人の中の第一の官。天皇への奏請、勅旨の伝達などを担当する。

二一 貴族の子弟で、天皇の側近に仕える少年・少女。

二二 叛逆者。ここは、赤松勢を指して言う。

二三 賊徒が殿上人《てんじようびと》と入れ違いに。

二四 美しい玉で飾りたてた輿《こし》。

[一]二条河原より六波羅へ臨幸《お移りになる》成る。その後、[二]堀河大納言・[三]三条源大納言・[四]鷲尾《わしのをの》中納言・[五]坊城宰相《ばうじやうのさいしやう》以下《いげ》、[六]月卿[七]雲客《げつけいうんかく》二十余人、路次《途中にお出迎え》に参着して《して》供奉《ぐぶ》したてまつりけり《お供申し上げた》。これ《(主上の行幸)》を聞こしめし及んで、[八]院・[九]法皇・[一〇]春宮・[一一]皇后・[一二]梶井《かぢゐ》二品《にほん》親王まで、皆六波羅へと御幸成るあひだ、供《お供》奉《の》の[一三]卿相《けいしやう》雲客、軍勢の中に交はりて、[一四]警蹕《けいひつ》の声しきりなりければ、これさへ六波羅の仰天ひとかたならず《驚きはひととおりではなかった》。にはかに[一五]六波羅の北の方をあけて、仙院皇居《上皇の御所》となす。事の体《てい》騒がしかりし有様なり《あわただしい様子であった》。

河野・陶山の奮闘により六波羅勢攻勢に出る

やがて両六波羅《両探題》は七条河原にうつ立つて、近付く敵を相待つ。この大勢を見て、敵《(寄手)》もさすがにあぐんでや思ひけん《もてあましたのか》、ただここかしこに走り散つて、火を懸け鬨《とき》の声を作るばかりにて、同じ陣にひかへたり。両六波羅これを見て、「いかさま《どうやら》、敵は小勢なりと覚ゆるぞ。向つて追つ散らせ」とて、[一六]隅田《すだ》・高橋に三千余騎を相副《そ》へて、[一七]八条口へさし向けらる《派遣された》。[一八]河野九郎左衛門尉・[一九]陶山《すやま》次郎に二千余騎をさし副へて、[二〇]蓮華王院《れんげわうゐん》へ向けられけり。陶山、河野に向つて言ひけ

一 二条通と賀茂川とが交わる辺り。
二 村上源氏、権中納言具俊《ともとし》の息、具親《ともちか》か。
三 権大納言三条実忠《さねただ》か。ただし実忠は藤原氏。
四 藤原末茂《すえしげ》の子孫、権中納言隆良《たかよし》の家系を鷲尾と称するが誰を指すか未詳。
五 藤原道隆の子孫、左中将俊輔《としすけ》の息、坊門清忠《ぼうもんきよただ》の誤りか。巻十六「正成兵庫に下向の事」に、「坊門の宰相清忠」と見える。宰相は参議。
六 天皇を日になぞらえるのに対し、月にたとえられる公卿《くぎょう》。
七 清涼殿の殿上の間に昇ることを許された人。
八 後伏見院。
九 花園上皇か。ただし花園上皇の出家は建武二年(一三三五)であるから正慶二年当時、法皇とは言えない。寛永版本は「院の法皇」とするが、古本に従う。
一〇 邦良《くによし》親王(後二条院の皇子)の皇子、康仁《やすひと》親王。ただし『増鏡』に両院の臨幸は見えるが、東宮の行啓は二十六日。
一一 花園上皇の皇女、寿子内親王。
一二 後伏見院の皇子、天台座主《ざす》尊胤《そんいん》法親王。
一三「卿相」は大臣、大・中納言、参議、三位以上の貴族。
一四 天皇や貴人が通行する際に、声をかけ先払いする、その声。

るは、「何ともなき取り集め勢《何のとりえもない寄せ集めの勢》に交はつて軍《いくさ》をせば、なまじひ《なまじっか》に足《あし》[二一]に纏《まと》ひに成つて懸け引き《進退も思うにまかせまい》も自在なるまじ。いざや六波羅殿よりさし副へられたる勢をば、八条河原にひかへさせて、鬨《とき》の声を挙げさせ、われ等は手勢[二二]をひきすぐつて、蓮華王院の東より、敵の中へ懸け入り、蜘手《くもで》[二三]・十文字[二四]に懸け破り、弓手《ゆんで》《左》・馬手《めて》[二五]に相付いて[二六]、追物射《おうものい》[二七]に射《射》て《て》くれ候はん《やりましょう》」と言ひければ、河野「もつともしかるべし《それがよかろう》」と同じ《賛成し》て《て》、外様《とざま》[二八]の勢二千余騎をば、塩小路《しほのこうぢ》[二九]の道場の前へさし遣はし、河野が勢三百余騎、陶山が勢百五十余騎はひき分けて《行動を別にして》、蓮華王院の東へぞ回りける。合図[三〇]の程にも成りければ、八条河原の勢、鬨の声を揚げたるに、敵これに立ち合はせん《立ち向おうと》と、馬を西頭《にしがしら》[三一]に立てて相待つところに、陶山・河野四百余騎、思ひも寄らぬ後《(東方)》より、鬨《とき》をどつと作つて、大勢の中へ懸け入り、東西南北に懸け破つて、敵を一所《いつしよ》にうち《集まら》寄せず《せないで》、追つ立て追つ立て攻め戦ふ。河野と陶山と一所に合うては両所《二方向に》に分かれ、両所に分かれてはまた一所に合ひ、七、八度が程ぞ

一五 巻二、一〇二頁に、同じく持明院殿の御幸の際、六波羅府の北にある探題の邸を皇居としたとある。
一六 両人は巻六、二五一頁に「軍奉行《いくさぶぎやう》」として見える。
一七 八条大路の西端。今は桂《かつら》大橋を渡り桂へ入る所。
一八 巻六、二六八頁、関東より上洛の軍の中に「河野九郎」（通治《みちはる》か）が見える。
一九 巻三、一二五頁、笠置《かさぎ》の城攻めの軍に「備中国の住人陶山藤三義高《すやまとうざうよしたか》」が見える、その一族か。天正本は高通《たかみち》と傍書する。『蓮華寺過去帳』は清直。
二〇 現在の三十三間堂（東山区七条通東大路西入下ル）。後白河院創建の天台宗の寺。
二一 足手まとい。邪魔。
二二 （思いのままに動かせる）自分の家来。
二三 蜘蛛《くも》の脚のように四方八方へ動いて戦うさま。
二四 大勢の敵の中を、縦横に思うがまま駆け回り戦うさま。
二五 底本は「妻手」。乗馬の際、手綱をにぎる右手。
二六 射やすいように引きつけて。
二七 獣を馬で追って射る、追物射のように。
二八 代々仕える自分の手下ではない、他家の勢。
二九 七条大路の一本南の塩小路、東洞院《ひがしのとういん》東にあった時衆の七条道場、金光寺《こんこうじ》のこと。
三〇 あらかじめ約束していた時刻。
三一 馬を西向きに立てて。八条河原は、蓮華王院の西方に当る。

[一]揉うだりける。〔赤松勢の〕長途に疲れたる歩立《かちだ》ちの武者《徒歩の武士》、[二]駿馬《しゅんめ》の兵にかけ悩まされて《ひっかき回されて》、討たるる者その数を知らず。手負《負傷者》を捨て、[三]道をよこぎつて散り散りに成つて引つ返す。陶山・河野、逃ぐる敵には目をも懸けず、「西七条辺の合戦、何とあるらん心元無し《どうなっているか不安だ》」とて、〔さらに西の〕また七条河原をすぢかひに《ななめに突っ切って》、[四]西へ打つて[五]七条大宮にひかへ、朱雀の方を見遣《や》りければ、〔六波羅方〕隅田・高橋が三千余騎、〔が〕〔赤松方〕高倉左衛門佐・小寺・衣笠が《の》二千余騎に懸け立てられて《騎馬で攻めたてられ》、馬の足をぞ立てかねたる《騎馬の隊列をととのえかねている》。河野これを見て、「かくては御方討たれぬと覚ゆるぞ。いざや打つて懸からん」と言ひけるを、陶山「しばし」と制しけり。「その故は、この陣の軍《いくさ》いまだ雌雄《勝負を》決せざるさきに、力を合はせて御方を助けたりとも、隅田・高橋が口のにくさは《にくらしくも》、[六]わが高名にぞ言はんずらん。しばらく置いて、事のやう《戦のなりゆきを》を御覧ぜよ。敵たとひ勝つに乗るとも、何程の事か《たとい一時は敵が勝運に乗って気勢をあげてもなにほどの》有るべき《事があろう〔大したことはあるまいと〕》」とて、見物してぞ居たりける《高見の見物をしていた》。

陶山ら、小寺・衣笠の勢をも追い払う

さる程に、〔六波羅方〕隅田・高橋が大勢、小寺・衣笠が小勢に追つ立てられ、

一 激しく攻め込んで行った。
二 足の速い、すぐれた馬に乗った（六波羅方の）兵。
三 列を乱し、道にあふれ、ばらばらになって後退して行く。
四 七条大路を西へ走らせ。
五 七条大路と東大宮大路の交わる辺。
六 ずるく、自分の手柄のように言いふらすだろう。

返《退こう》さんとすれども叶《かな》はず、朱雀を上《北へ》りに、[七]内野《うちの》を指して引くもあり、七条《七条大路》を東へ向つて逃ぐるもあり。馬に離れたる者は、心ならず返し《やむなくひき返して》合はせて《戦って》死ぬるもあり。陶山これを見て、「あまりにながめ居て《傍観していて》、御方の弱りし出だしたらん《味方の弱るがままにしておくのも》も由なし《不都合だ》。いざや《さあ》今は懸け合はせん《攻め込もう》」といへば、河野「子細にや及ぶ《言うまでもないこと》」と言ふままに《言うが早いか》、両勢を一手に成して《一軍に統合して》、大勢の中へ懸け入り、時移るまで《数時間にわたって》ぞ戦ひたる。[八]四武《しぶ》の衝陣《しようぢん》固きを砕いて、[九]百戦の勇力《ゆうりよく》変に応ぜしかば、寄手《(赤松勢)》またこの陣の軍《いくさ》にもうち負けて、[一〇]寺戸《てらど》を西へ引つ返しけり。

赤松兄弟深入りして敗れ、山崎へ落ちる

筑前守《(赤松)》貞範《さだのり》・律師則祐《そくいう》兄弟は、最初に桂川を渡しつる時の合戦に、逃ぐる敵を追つ立てて、後《あと》に続く御方の無きをも知らず、ただ主従六騎にて、[一一]竹田を上《北へ》りに法性寺《ほつしやうじ》の大路へ懸け通り、六条河原へうち出でて、六波羅の[一二]館《たち》へ懸け入らん《攻め入ろうと》とぞ[一三]待つたりける。《〔ところが〕》東寺より寄せつる御方、はやうち負けて引つ返しけりと覚えて、東西南北に敵より外はなし。さらばしばらく敵に紛れてや御方を待つ《敵軍の中にまぎれこんで味方を待とうかと》と、六騎の人

七 北野の南、上京区の西南部に位置し、大内裏のあった土地。早くから、鬼の出現する話が行われるほど荒廃していた。

八 武勇の士で編成して四陣を作り、力を合わせて敵陣に攻め入ること。『六韜《りくとう》』四に、敵に前後を囲まれ糧道を絶たれた時の兵法として「にはかにこれを用ふればすなはち勝ち、ゆるやかにこれを用ふればすなはち敗る、かくの如くする者、四武衝陣を為す」と説く。

九 多くの合戦に従軍し鍛え上げた勇力をもってその場その場に対処したので。

一〇 京都府向日《むこう》市寺戸町。

一一 深草の西、下鳥羽の東で、賀茂川の東岸。

一二 小さな城。ここは、六波羅府の役所。

一三 (あらかじめ打ち合せておいた味方の軍勢の集まるのを) 待っていた。

人、皆笠符[一]《かさじるし》をかなぐり捨てて《ひき破り捨てて》、一所にひかへたるところに、隅田・高橋《〔陣内を〕》うち回つて、「いかさま《きっと》、赤松が勢ども、なほ[二]御方に紛れて、この中に在りと覚ゆるぞ。川を渡しつる敵なれば、馬・物具《武具》のぬれ《すべて》ぬは有るべからず《ぬれているはずだ》。それをしるしにして、組討ちに討て」と呼ばはりけるあひだ、貞範も則祐も、なかなか《かえって》敵に紛れんとせば悪しかりぬべしとて、兄弟・郎等《家来》わづか六騎、轡[三]《くつばみ》をならべ、わつとをめいて《叫んで》敵二千騎が中へ懸け入り、ここに名乗り、かしこに紛れて相戦ひけり。《〔六波羅勢は〕》敵これ程に小勢なるべしとは思ひ寄るべき事ならねば《まさか相手が六騎の小勢とは思ってもいないので》、《〔大勢が〕》東西南北に入り乱れて、同士《どし》討ちをする事数刻《すこく》なり。[四]大敵をはかるに勢ひ久しからざれば、郎等四騎皆所々にて討たれぬ。筑前守は押し隔て[五]られぬ。則祐はただ一騎に成つて、七条を西へ大宮[六]を下《くだ》りに落ち行きけるところに、[七]印具《いぐ》尾張守が郎従八騎追つ懸けて、「敵ながらもやさしく覚え候ふ《けなげに見えますぞ》者かな。たれ人にておはするぞ《どなたでいらっしゃるか》。御名乗り候へ」と言ひければ、則祐馬をしづかに打つて《歩ませ》、「身不肖[八]《ふせう》に候へば、名乗

一 集団戦で、軍の所属を示すために兜《かぶと》や、鎧の袖に付けた小さな旗。

二 今もなお退かず、味方の中にまぎれ込んで。

三 「轡」は、手綱をつけるために馬の口にかませる金具。それを「ならべ」るとは、馬を並べる意。

四 大敵を相手に戦い、長くもちこたえられるだけの軍勢がないので。神田本・天正本には「大敵ヲ謀ルニ勢カサナラザレバ」とある。

五 (則祐は)力と頼む貞範からも離れてしまった。

六 東大宮大路を南へ。

七 巻六、二六七頁、上洛する関東軍の中に「伊具《いぐの》右近大夫将監」が見える。北条の一族。

八 (謙遜して)とるにたらぬ、愚か者でございますので。

り申すとも御存知有るべからず候ふ。ただ首を取つて、人に見せられ候へ」と言ふままに《言っておいて》、敵近付けば返し合はせ《ひき返して戦い》、敵引けば馬を歩ま《馬をめざす方へ》せ《と進ませ》、二十余町が間、敵八騎とうち連れて、心しづかにぞ落ち行きける。西八条[九]の寺の前を、南へうち出でければ、信濃守貞範[一〇]三百余騎、羅城門《らしやうもん》の前なる水のせぜらきに馬の足を冷やして、敗軍の兵を集めんと、〔赤松の〕旗うち立ててひかへたり。則祐これを見付けて、諸鐙《もろあぶみ》[一一]を合はせて馳せ入りければ、〔この則祐を〕追つ懸けつる八騎の敵ども、「善《よ》き敵と見つるものを、つひに討ち漏らしぬる事の安からずさよ《くやしいことよ》」と言ふ声聞えて、〔あきらめて〕馬の鼻を引[一二]つ返しける。しばらく有れば、七条河原・西朱雀にて懸け散らされたる兵ども、ここかしこより馳せ集まつて、また千余騎に成りにけり。赤松、その兵を東西の小路より進ませ、七条辺にて、また鬨《とき》の声を揚げたりければ、六波羅勢七千余騎、六条院[一三]を後に当てて、追つつ返しつ二時〔約四時間〕ばかりぞ攻め合ひたる。かくては軍《いくさ》の勝負いつ有るべしとも覚えざりけるところに、河野と陶山とが

九 いずれの寺か未詳。
一〇 三三六頁に「筑前守貞範《さだのり》」とある。神田本・西源院本などはここを「信濃守範資《のりすけ》筑前守貞範」とするので、底本は誤り。範資は、貞範の兄。
一一 両方の鐙で馬の腹を同時に打ってけしかけ、速く走らせて。
一二 もと来た方向へ向けて帰って行った。
一三 鎌倉時代の小百科辞書とも言うべき『拾芥抄《しゅうがいしょう》』によると、六条南、室町東にある輔親《すけちか》(伊勢の神官)の邸で、海《あま》の橋立《はしだて》と号し、連理の樹があった、と言う。

河野・陶山、御感にあずかり臨時の除目

一 白河院の造営した鳥羽の離宮。城南離宮とも言う。
二 太刀の先端。
三 全身、血を浴びて。
四 毛皮の敷物。官位によりその種類に区別があった。豹《ひよう》・虎・熊などは高貴の人が使用。多くは鹿皮を用いた。ここは、その高位者用のものを使用したのであろう。
五 敵の首を実検して、その主が誰であるかを確かめる。
六 複数の相手に対する敬称。
七 直接御自分の命を投げ出して戦わなければ。
八 寄手の防ぎようがなかったろうと思います。
九 おほめになった。
一〇 定例ではなく、臨時に官位の昇進・任命の宣旨を下されて。
一一 宮中の馬寮《めりよう》で飼育した、皇族が使用する馬。
一二 あっぱれ、武士として名誉のあることだなあ。

勢五百余騎、大宮《（東大宮大路）》を下り《南へ》にうつて出で、後をつつまん《背後から包囲しようと》と回りける勢に後陣《〔赤松勢は〕》を破られて、寄手そくばく《多く》討たれにければ、赤松わづかの勢に成つて、山崎を指して引つ返しけり。

河野・陶山勝つに乗つて、作道《つくりみち》の辺まで追つ懸けけるが、赤松《赤松勢が》ややもすれば《ともすれば》取つて返さん《反撃に出ようとするその様子を見て》とする勢を見て、「軍《いくさ》はこれまでぞ。さの《そんな》み長追ひなせそ《に深追いをするな》」とて、鳥羽殿[一]の前より引つ返し、虜《いけどり》二十余人、首七十三取つて鋒《きつさき》[二]に貫いて、朱《あけ》[三]に成つて六波羅へ馳せ参る。主上《（光厳帝）》は御簾《ぎよれん》を捲《ま》かせて叡覧《御覧になられた》あり。両六波羅《両探題》は、敷皮[四]に座してこれを検知[五]す。「両人《（河野 陶山）》の振舞ひ、いつもの事なれども、殊更《ことさら》今夜の合戦に、かたがた[六]手[七]を下し命を捨てたまはずば、叶ふまじ[八]とこそ見えて候ひつれ」と再三《二度三度》感じて賞翫《しやうぐわん》[九]せらる。その夜やがて《早速》臨時[一〇]の宣下《せんげ》有つて、河野九郎をば対馬守《つしまのかみ》に成されて、御剣を下され、陶山二郎をば備中守に成されて、寮[一一]の御馬を下されければ、これを見聞く武士、「あつぱれ[一二]弓矢の面目や」と、あるいは羨《うらや》み、あるいは猜《そね》[一三]んで、その名《両人の名声》天下に

一三 ねたましく思って。

一四 京都郊外の農民。

一五 底本は「を」を欠く。

一六 敵の武将の首でないものを、それといつわって。にせ首にして。

一七 京に住む口うるさい町人たち。『太平記』の成り立ちに、これら京童の間に語られた噂《うわさ》が大きな役割を果した。

一八 利息を付けてお返しなさい。

一九 身体を幾つにも分けふやして、この様子では、どうやら敵は尽きることがなさそうだ。

* 六波羅の刑事検察官でありながら虚勢をはるだけで実行力を欠く隅田・高橋両検断。対照的に行動力に富む陶山・河野両名、それに寄手の赤松兄弟。首実検に赤松円心の首が五つも並ぶという珍事。いずれも当世の退廃を、物見高い京童の眼を借りて、傍観的ながら諷刺《ふうし》と笑いをもって描く。

六条河原に首をさらすに、円心の首と称するもの五つあり

知られたり。

軍《いくさ》散じて《終って》翌日に、隅田・高橋京中を馳せ回つて、ここかしこの堀・溝に倒れ居たる手負《負傷者》・死人の首どもを取り集めて、六条河原に懸け並べたるに、その数八百七十三あり。敵《〔実は〕》これまで《これほど》多く討たれざれども、軍《いくさ》もせぬ六波羅勢ども、われ高名したり《自分が手柄をたてた》と言はんとて、洛中・辺土《へんど》[一四]の在家人《ざいけにん》なんどの首[一五]を仮首《かりくび》[一六]にして、様々の名を書き付けて、出だしたり《差し出した》ける首どもなり。その中に、赤松入道円心と札を付けたる首五つあり。いづれも見知つたる人無ければ、同じやうにぞ懸けたりける。京童部《きやうわらんべ》[一七]これを見て、「首を借りたる人、利子《りこ》[一八]を付けて返すべし。赤松入道分身[一九]して、敵の尽きぬ相なるべし」と、口々にこそ笑ひけれ。

禁裡《きんり》仙洞《せんとう》御修法《みしほ》の事付けたり山崎合戦の事

寺社に静謐《せいひつ》を祈るも効験なし

この頃、四海大いに乱れて、兵火《へいくわ》[一]天をかすめり。聖主[二]扆《い》[三]を負うて、春秋安き時無し。武臣矛《ほこ》[四]を建てて、旌旗《せいき》[五]しづかなる日無し。これ法《ほふ》[六]威《ゐ》を以つて逆臣を鎮めずんば、静謐《せいひつ》[七]その期《ご》有るべからずとて、諸寺・諸社におほせて、大法《だいほふ》[八]・秘法《ひほふ》をぞ修《しゆ》せられける。梶井宮は、聖主の連枝、山門の座主《ざす》にておはしましければ、禁裏に壇を立てて、仏眼《ぶつげん》[九]の法を行はせたまふ。裏辻《うらつじ》[一〇]の慈什《じじふ》僧正は、仙洞にて薬師《やくし》[一一]の法を行はる。武家[一二]また山門・南都・園城寺《をんじやうじ》の衆徒《しゆと》の心を取り、霊鑑《れいかん》[一三]の加護を仰がんために、所々の庄園を寄進し、種々の神宝をたてまつて祈禱をいたされしかども、公家《くげ》[一四]の政道正しからず、武家の積悪[一五]禍ひを招きしかば、祈るとも神非礼《しんひれい》[一六]を享《う》けず、語らへども人利欲[一七]に耽《ふけ》らざるにや、ただ日を逐《お》つて、国々より急を告ぐる事隙無かりけり。

赤松、山崎をおさえ京への交通を断つ

去る三月十二日の合戦に、赤松うち負けて山崎を指して落ち行きしを、やがて追つかけて討手をだに下したらば、敵足をたむまじか

全国
年中
武士
叛逆の臣
命じて
(尊胤法親王)　帝の
御兄弟　延暦寺　管長
宮中　祈禱の壇を立て
院の御所
機嫌をうかがい
神聖な宝物
政治
幕府　この混
乱を招いているので
味方にしようとしても
諸国から　叛乱の報せの絶え間がなかった
〔六波羅方より〕ただちに
足を留めず逃散したもの

一 戦火の煙が空をおおい暗くした。
二 聖天子。ここは光厳《こうごん》天皇。
三 屏風《びようぶ》を背に、玉座に着いて。「扆」は、中国で、天子が諸侯を引見する時に、玉座の後ろに立てる、斧《おの》の形を赤の絹で縫いとりをした屏風。
四 武器をふるって戦い。「矛」は、中国の武器で、両刃の剣に長い柄《え》の付いたもの。
五 軍旗の動かぬ日は無かった。
六 仏法の威力。
七 世の静まる時が来るまい。
八 密教の重要な修法。
九 仏眼尊を本尊として、息災延命を祈る修法。
一〇「裏辻」は、西園寺家から出た分家。「慈什」は、慈弁・慈勝とする諸本もある。藤原公季《きんすえ》の子孫、左中将長嗣《ながつぐ》の子に、横川長吏《よかわちようり》、法性寺座主権僧正慈什が見られる。それか。
一一 七仏薬師の法。叡山《えいざん》の四修法の一。東方浄瑠璃《じようるり》世界の教主である七仏を本尊とし、息災・安産を祈る。
一二 六波羅探題。
一三 神仏のすぐれた力をもって保護をいただくために。
一四（持明院方の）朝廷。
一五 積り重なった悪事。
一六 神は、礼にそむいた祈りを聞き届けてはくださらない。『論語集解義疏《しつかいぎそ》』三に見

り《を》しを、今は何事か有るべきとて《〔六波羅方は〕もう大丈夫と》、油断せられし《〔追撃をやめ〕》によつて、敗軍《（赤松方）》の兵、ここかしこより馳せ集まつて、程無く大勢に成りければ、赤松、[一八]中院《なかのゐんの》中将貞能《さだよし》を取り立てて、[一九]聖護院宮《しやうごゐんのみや》と号し《〔偽り〕称し》、山崎・[二〇]八幡《やはた》に陣を取り、[二一]川尻をさし塞《ふさ》ぎ、[二二]西国往反《わうへん》の道をうち止《とど》む。これによつて、洛中の商買《京中のあきない》止《とど》まつて、士卒《兵士》皆[二三]転漕《てんさう》の助けに苦しめり。両六波羅これを聞いて、「赤松一人に洛中を悩まされて、今士卒《兵士たち》を苦しむる事こそ安からね《しゃくなことだ》。去る十二日の合戦の体《てい》を見るに、敵さまで《それほどの》大勢にても無かりけるものを、[二四]言ふかひ無き聞き懼《お》ぢして、敵を[二五]辺境の間にさしおくこそ、[二六]武家後代の恥辱なれ。[二七]所詮今度においては、官軍《わが六波羅方》さへぎつて《から先手を打って》敵陣に押し寄せ、八幡・山崎の両陣を攻め落とし、賊徒を川に追つぱめ《追い落し》、その首を取つて[二八]六条河原に曝《さら》すべし」と下知《命令》せられければ、[二九]四十八箇所の篝《かがり》ならびに[三〇]在京人、その勢五千余騎、五条河原に勢ぞろへして、三月十五日の卯の刻《（午前六時頃）》に、山崎へとぞ向ひける。この勢、始めは二手に分けたりけるを、[三一]久我縄手《こがなはて》は路細く、[三二]深田《ふけだ》なれば、

えることば。
一七 いかに欲深い人間も、いつも欲得ずくで動くとは限らないものか（誘いには乗らず）。
一八 村上源氏。良平・定平とする諸本がある。巻二、九四頁「師賢登山の事」に見える中院左中将貞平（陸《む》奥守《つのかみ》定成の息、定平）の誤りか。三六七頁にも「中院定平」と見える。
一九 巻一、二六頁に先帝の第四の宮とする静尊法親王か。
二〇 石清水《いわしみず》八幡宮のある京都府綴喜《つづき》郡八幡《やわた》町。
二一 河口。川下。ここは、木津川・宇治川・桂《かつら》川が合流して淀《よど》川になる辺。
二二 中国・四国・九州方面への交通路。
二三 （戦闘どころか）海陸の兵糧《ひょうろう》の運送にかり出されて苦労をした。
二四 いくじなくも相手の噂《うわさ》に恐れをなして。
二五 （都に近い）国境の辺。
二六 幕府にとって後の代まで恥となることだ。
二七 いずれにしても、この次の戦闘では。
二八 六条通の賀茂川べり。平安時代から、その西岸を刑場とし、罪人の首をさらした。
二九 要所要所に篝火を焚《た》いて町の警固に当った詰所の武士。
三〇 周辺から上洛して京の警固に当った武士。
三一 久我から山崎へと通ずる一本道。
三二 （道をとりまく地帯は）深い泥田であるので。

馬の懸け引き《進退》も自在なるまじとて《思うにまかせまいと思い》、八条より一手に成り《二手を一手にまとめ》、桂川を渡り、川島《かはしま》[一]の南を経て、物集女《もづめ》[二]・大原野《おほはらの》[三]の前よりぞ寄せたりける。赤松これを聞いて、三千余騎を三手に分かつ。一手《一隊》には足軽[四]の射手《いて》をすぐつて五百余人、小塩山《をじほやま》[五]へ回す。一手をば野伏《のぶし》[六]に騎馬の兵を少々交へて千余人、狐川《きつねがは》[七]の辺にひかへさす。一手をばひたすら[八]打物《うちもの》[九]の衆八百余騎をそろへて、向日明神《むかうのみやうじん》[一〇]の後《うしろ》なる松原の陰に隠し置く。六波羅勢、敵[一一]これまで出で合ふべしとは思ひ寄らず、そぞろに《むやみに》深入りして、寺戸《てらど》[一二]の在家《民家》に火を懸けて、先懸けすでに向日明神の前をうち過ぎけるところに、善峰《よしみね》[一三]・岩蔵《いはくら》[一四]の上より、足軽の射手一枚楯[一五]手々《てんで》にひつさげて麓におり下つて、散々に射る。寄手〔六波羅勢〕の兵どもこれを見て、馬の鼻を並べて〔敵を〕懸け散らさんとすれば、山嶮《けは》しうして登り得ず、広《広い》みにおびき出だして《場所へさそい出して》討たんとすれば、敵これを心得て懸からず《出て来ない》。「よしや《ええままよ》人々、はかばかしからぬ《とるにたらぬ》野伏どもに目を懸けて《目をつけて相手とし》、骨を折りては何かせん《何にもならない》、ここをばうち捨てて、山崎へうち通れ」と議して《話がきまって》、西岡[一六]

一 右京区川島。桂の南、物集女の北の地。寛永版本には「カウシマ」と振り仮名がある。
二 向日《むこう》市物集女町。
三 向日市の西方、西京区大原野。大原山（小塩山）を背後に、西高東低の傾斜段丘地。
四 動きのすばやい雑兵。
五 西京区大原野小塩町にある、大原野の背後の山。
六 農民の武装したゲリラ。
七 山崎から八幡へ渡る渡し場。川の流れに変化があるので現在いずれとは定め難い。
八 もっぱら。前の「野伏に騎馬の兵を少々交へて」に対する。
九 刀を帯びた正規の軍。
一〇 小塩山にある天台宗の金蔵寺《こんぞうじ》の守護神。
一一 まさか敵がここまで出て来て応戦しようとは思いもよらず。寛永版本は「べし」を「べき」と読む。
一二 向日市寺戸町。
一三 釈迦岳の支峰を善峰と言い、その中腹に善峰寺がある。
一四 西京区大原野石作《いしつくり》町岩倉。金蔵寺の辺。
一五 一枚板で作った、持ち運びに便利な軽い楯。
一六 淀《よど》・羽束師《はつかし》の西方一帯。旧長岡京の地。

を南へうち過ぐるところに《馳せ進めて行くうちに》、坊城左衛《ばうじやうさゑ》門《もん》[一七]五十余騎にて、思ひもよらぬ向日明神の小松原より懸け出でて、大勢の中へ切つて入り、敵を《（六波羅勢は）》小勢と侮《あなど》つて、真中に取り籠《こ》めて、余[一八]さじと戦ふところに、田中《（赤松勢）》・小寺・八木・神沢《かんざは》、ここかしこより百騎、二百騎思ひ思ひに懸け出でて、魚鱗《ぎよりん》[一九]に進み鶴翼《かくよく》[二〇]に囲まんとす。これを見て、狐川にひかへたる勢《（赤松勢）》五百余騎、六波羅勢の後を切らん《後方を遮断しようと》と、縄手《あぜ道》を伝ひ、道をよこぎつて《退路をさえぎって》うち回るを見て《包囲しようとするのを見て（六波羅勢）》、京勢叶《かな》はじとや思ひけん、捨て鞭《むち》[二一]を打つて引つ返す。片時《へんし》[二二]の戦ひなりければ、京勢多く討たれたる事は無けれども、堀・溝・深田《泥田》に落ち入つて、馬・物具《甲冑》皆取る所[二三]もなくよごれたれば、白昼に京中をうち通るに、見物しける人ごとに、「あはれ《ああ》さりとも《それにしても》、陶山《すやま》・河野を向けられたらば、これ程にきたなき[二四]負けはせじものを」と笑はぬ人もなかりけり。されば京勢この度うち負けて、向[二五]はで京に残されたる河野と陶山が手柄《の武勲が》の程、いとど名高く成りにけり。

一七 赤松方の一人。藤原高藤の子孫を「坊城」と言うが、「左衛門」は未詳。西源院本・天正本は「西岡ノ坊夫左衛門尉」、玄玖《げんきゆう》本は「西岡兵部左衛門」とあり、定まらない。

一八 一人残らず皆殺しにしようと戦っていたところに。

一九 先端を細く、後方を広く隊形を組んで進み。

二〇 鶴が羽をひろげたように、前方を広くひろげて敵を中に包囲しようとした。

二一 退却するのに馬の尻を強く鞭打つこと。

二二 ごく短時間の。

二三 手をふれようもないぐらい、すっかりよごれたので。

二四 「取る所もなくよごれ」ているそのきたなさと、その負けようのみにくさとをかけて嘲笑《ちようしよう》したもの。

二五 かえって戦いには出ないで京に残った。

＊ 神仏にも見放された六波羅勢は、赤松側のゲリラ戦法に悩まされ、泥まみれになって敗走。これを京童の眼をもってきたない負けようと嘲笑する作者。今後を見越した構想のもとに、作者は余裕に満ちた笑いをもって合戦談を続ける。

山徒京都に寄する事

京都に合戦始まりて、官軍ややもすれば利を失ふ由、その聞《うわさ》え有りしかば、大塔宮《おほたふのみや》より[一]牒使《てふし》を立てられて、山門の衆徒をぞ語らはれける。これによつて、三月二十六日、一山の衆徒、[二]大講堂の庭に会合して、「それわが山は[三]七社[四]応化《おうげ》の霊地として、[五]百王鎮護《ひやくわうちんご》の藩籬《はんり》となる。高祖大師開基を占《し》めたまひし始め、[六]止観《しくわん》の窓《まど》の前には、[七]天真《てんしん》独朗《どくらう》の夜の月を弄《もてあそ》ぶといへども、[八]慈慧《じゑ》僧正貫頂たるの後、忍辱《にんにく》の衣の上に、たちまちに魔障降伏の秋の[九]霜を帯ぶ。しかつしよりこのかた、[一〇]妖孽《えうげつ》天にあらはるるときは、すなはち法威をふつてこれをはらふ。逆暴国を乱るときは、すなはち神力を借つてこれを退く。かるがゆゑに神を山王《さんわう》と号す。すべからく[一一]非三非一《ひさんひいち》の深理にあるべし。山を

情勢の変化に、山門の衆徒も宮方に寝返る

一 回文《まわしぶみ》を持ち運ぶ使者。
二 延暦寺の中心的な建物の一つで、学問修練のための道場。
三 比叡山の鎮守神で、二十一社からなり、これらを上・中・下の各七社に分けることから七社とも言う。最澄《さいちょう》が延暦寺を開いた時に大山咋神《おおやまくいのかみ》と三輪大神をまつったもの。
四 仏が七社となり現れた霊験あらたかな土地。「応化」は仏が衆生《しゅじょう》を導くため種々な形を借りてこの世に現れること。
五 永遠に続く聖代をお護りするその防禦《ぼうぎょ》の垣根となる。
六 天台宗の道場。「止観」は、修行により、心を外部に乱されず特定の対象に注ぎ、正しい知恵によってその対象を見るという天台の実践法。
七 道場で満月を見つつ悟りに入るのであるが。ありのままの対象を認める円満な悟りを「天真独朗」と言い、天台の止観を象徴する語で、『摩訶止観《まかしかん》』にも見える。
八 第一一代天台座主良源《りょうげん》のおくり名。荒廃していた叡山を復興、その中興の祖として教学の最盛期をもたらした。九八五年寂。
九 よく切れる剣。その鋭く光るさまが秋の霜に似ていることから言う。良源の次の余慶《よけい》の頃から僧兵の動きが見え始める。

比叡《ひえい》と言ふ。《〔それは〕》仏法[一二]・王法の相比《あひひ》する所以《ゆゑん》なり。しかるに今四海《全国》まさに乱れて、一人《いちじん》[一三]安からず。武臣積悪《北条一門の悪業がつもって》のあまり、はたして《はたせるかな》天まさに誅[一四]を下さんとす。その先兆《前兆》賢愚[一五]無きにあらず、ともに世の知るところなり。王事もろいことなし《帝王の事業に不安はない》。釈門《しやくもん》[一六]たとひ出塵《しゆつぢん》の徒たりといへども、この時《この今こそ》なんぞ報国の忠を尽すこと無からんや。早く武家合体《がつてい》[一七]の前非を翻《ひるがへ》して、よろしく朝廷扶危《ふき》[一八]の忠胆《ちゆうたん》を専らにすべし」と僉議《せんぎ》しければ、三千《全山》一同に、「もつとももつとも」と同《どう》じて、院[一九]々谷々へ帰り、すなはち《ただちに》武家追討の企て《計画に専らであった》の外他事無し。

山門の大衆、京へ押し寄す

山門すでに《いよいよ》来たる二十八日、六波羅へ寄すべしと定めければ、末寺・末社の輩《ともがら》は申すに及ばず、所縁《それぞれのゆかりにより》に従つて近国の兵《〔山門に〕》馳せ集まる事、雲霞《うんか》の如くなり。二十七日、大宮[二〇]の前にて着到[二一]をつけけるに、十万六千余騎と注せり《記録した》。大衆のならひ《比叡山の僧徒のつねとして大変な血気のはやりようであるので》、大はやりきはめ無き所存なれば、この勢京へ寄せたらんに、六波羅よも一たまりもたまらじ《おそらくひとたまりもあるまい》。聞き落ち《軍勢の様子を聞いただけで逃げ出すだろうと》にぞせんずらんと思ひあなどつて、八幡・山崎の御方《（赤松勢）》にも牒し合《連絡をと》

一〇 災変の前兆。
一一 （山王の名の意味は、その山王の文字が表しているように）三つの真理が実は個々の理ではなく一つの真理であること、逆に一つの真理が同時に三つの真理を内包しているという深い理念を表しているのだ。「山王」の文字の構成については例えば『日吉《ひえ》山王新記』に、文字を分解して「竪《たて》の三点（|||）を下して横の一点（一）を加へ、三点（三）を引いて竪の一点（|）を加ふ」とある。拆字《たくじ》と言う。
一二 仏法と王法とが相並んでこそ、ともに成り立ち得るものであることを表している。「比叡」の「比」をこのように理解したものであろうか、『延慶本平家物語』は「叡慮ニ比《くら》ヘルカ故ニ比叡山トモ名《なづ》ク」（一本・後二条関白殿滅給事）とする。
一三 天皇。
一四 逆臣（北条一門）を討とうとする。
一五 賢人・愚人によりその理解する所に差がないわけではないが、そうした差を越えて皆十分予見する所である。
一六 僧侶《そうりよ》がたとい世俗を捨てた輩であると言っても。
一七 幕府に協力してきたこれまでの誤りを改めて。
一八 朝廷の危機を救う忠誠の心を尽せ。
一九 それぞれの院や住坊に。
二〇 日吉山王二十一社のうち、上の七社の中の大宮。
二一 馳せ集まった兵を記録したところが。

はせず（らず）して、二十八日の卯の刻（午前六時頃）に、法勝寺《ほつしようじ》[一]にて勢ぞろへ有るべしとふれたりければ（命令を下したので）、物具をもせず（武装もせず）、兵粮をもいまだつかはで（食事もまだとらないで）、あるいは今路《いまみち》[二]より向ひ、あるいは西坂[三]よりぞおり下る。両六波羅（探題）これを聞いて、「思ふに、山徒[四]たとひ大勢なりといふとも、騎馬の兵一人も有るべからず。こなたには馬上の射手（騎馬の）をそろへて三条河原[五]に待ち受けさせて、懸け開き懸け[六]合はせ、〔敵を〕弓手（左）・馬手に着けて（右に引きつけて）、追物射《おうものい》[七]に射たらんずるに、山徒心はたけしといへども（いかに勇敢であっても）、歩立《かちだ》ちに力疲れ、重鎧《おもよろひ》に肩を引かれ（疲れさせ）、片時《たちまち》が間《ま》に疲るべし。これ小を以つて大を砕き、弱[八]きを以つて剛《つよ》きをとりひしぐてだてなり」とて、七千余騎を七手に分けて、三条河原の東西に（辺りに）陣を取つてぞ待ち懸けたる。大衆《だいしゆ》かかる（こうなろ）べしとは（うとは）思ひもよらず、われさきに京へ入つてよからんずる宿をも（人よりもよい宿を）取り、財宝をも管領《くわんりやう》[九]せんと志して、宿札《やどふだ》[一〇]どもを面々に二、三十づつ持たせて、先づ法勝寺へぞ集まりける。その勢を見渡せば（その大衆の軍勢を見渡すと）、今路・西坂・古塔下《ふるたふげ》[一一]・八瀬《やせ》[一二]・藪里《やぶさと》[一三]・下松《さがりまつ》[一四]・赤山口《せきさんぐち》[一五]に支《ひか》へて（ひかえて）、前陣すでに法

一　左京区岡崎の地にあった白河天皇の勅願寺。
二　修学院から音羽《おとわ》川に沿い四明岳《しめいがだけ》を経て延暦寺に至る坂を雲母坂《きららざか》と言い、この坂から延暦寺東塔を経て東坂本へ下る道を今路越えと言う。『山城名勝志』十三に「石橋ヨリ北志賀東坂本ヘ行道ヲ今道越ト云、是ハ叡山東坂本ヘ通ヒ北国ヘ越ルニ便アレバ後世ニ開ケル道ナルニ依テ今道トハ云トゾ」とある。
三　延暦寺から四明岳を経て修学院へ下る雲母坂。
四　山門の衆徒。
五　三条通の東端、賀茂川べり。
六　騎馬で散ったり集まったりして。
七　馬で追いながら獣を射るように。
八　小勢をもって大勢を破り、劣勢をもって強敵を打ち破る方法である。
九　わがものにしようと思って。このあたり、大衆たちの、統制に欠け、自己本位の欲望むき出しの行動を描く。
一〇　宿泊者の名を記す札。
一一　今路越えに対し、東塔から穴太《あのう》（大津市坂本穴太町）へ下る古路《ふるみち》越えのことか。
一二　左京区八瀬。叡山の西麓。
一三　左京区一乗寺の辺の古称。
一四　左京区一乗寺下《さが》リ松町。
一五　左京区修学院開根坊《かいこんぼう》町の赤山明神の辺。

一六 左京区岡崎真如堂前町にある天台宗の真正《しんしよう》極楽寺。
一七 叡山の山上。
一八 西坂本。
一九 山門の勢と六波羅の勢。
二〇 山門側の十分の一にも満たない。
二一 余裕と自信に満ちているようであるが、そのように思うのも、もっともだと思われる。
二二 左右に開いて相手の背後へと馬で駆け回った。

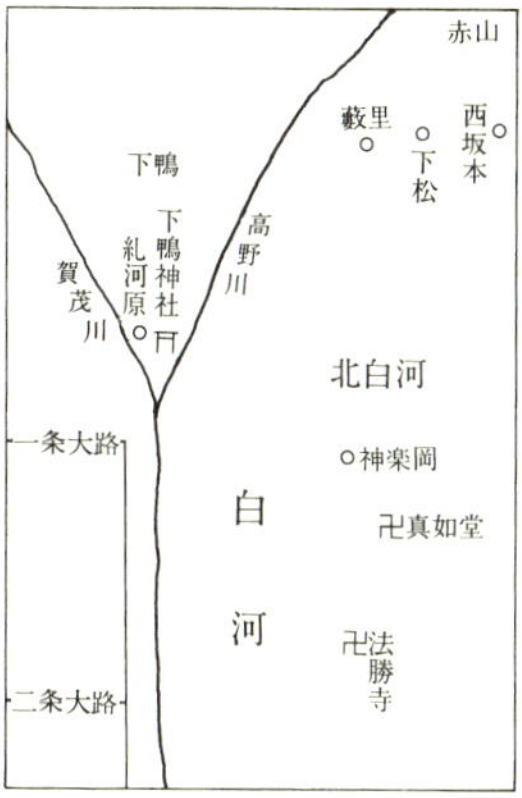

大衆、佐治らの反撃にあい、山上へ敗退

勝寺・真如堂《しんによだう》[16]につけば、後陣はいまだ山上《さんじやう》[17]・坂本[18]に充ち満ちたり。甲冑《かつちう》に映ぜる朝日は、電光の激するに異ならず《稲妻のきらめくのに違わない》。旌旗《軍の旗》を靡《なび》かす山風は、龍蛇《りゆうじや》の動くに相似たり。山上と洛中[19]との勢の多少を見合はする《比べると》に、武家《(六波羅勢)》の勢は十[20]にしてその一にも及ばず。げに《全く》もこの勢にては、たやすくこそと、六波羅を見おろしける山法師の、心の程を思へば、大様《おほやう》[21]ながらもことわりなり。

さる程に、前陣の大衆、しばらく法勝寺について《待機して》後陣の勢を待ちけるところへ、六波羅勢七千余騎、三方より押し寄せて鬨《とき》をどつと作る。大衆鬨の声に驚いて、物具《甲冑》、太刀よ、長刀《なぎなた》よとひしめい《大混乱して》て、取る物も取りあへず、わづかに千人ばかりにて、法勝寺の西門の前に出で合ひ、近付く敵に抜いて《〔太刀を〕》かかる。武士はかねてよりたくみたる事《あらかじめ作戦をたてていたことなので》なれば、敵のかかる時は馬を引つ返してばつと引き《退き》、敵とどまれば開き合はせて[22]後へかけ回《まは》る。かくの如く六、七度が程、か《騎》け悩ましける《馬で攻めかけたので》あひだ、山徒は皆歩立《かちだ》ちの上、重鎧《おもよろひ》に肩をおされて《いためて》、次第に疲れたる体《様子》にぞ見えける。武士はこれに利を得て《これを好機と見て》、射手をそろへて散々に射る。大衆これに射立てられて、平場《ひらば》[一]の合戦叶《かな》はじとや思ひけん、また《再び》法勝寺の中へ引つ籠《こ》もらんとしけるところを、丹波《たんばの》国の住人、[二]佐治孫五郎《さちのまごごらう》といひける兵、〔法勝寺の〕西門の前に馬を横たへ《乗りつけて》、その頃[三]かつてなかりし五尺三寸の太刀を以つて、敵三人懸けず《わけもなく》胴[四]切つて、太刀の少しのつたる《まがったのを》を門の扉に当てて押しなほし、なほも敵を相待ちて、西頭《にしかしら》[五]に馬をぞひかへたる。山徒これを見て、その勢ひにや辟《へき》[六]易《えき》しけん、また法勝寺にも敵有りとや思ひけん、法勝寺へは入り得ず、西門の前を北へ向つて、真如堂の前、神楽岡《かぐらをか》[七]の後を二つに分かれて、ただ山上へとのみ《ひたすら叡山へと志して》引つ返しける。

豪鑒・豪仙、とって返し討死

ここに東塔[八]の南谷《みなみだに》、善智房《ぜんちばう》[九]の同宿[一〇]に、豪鑒《がうかん》・豪仙《がうせん》とて三塔名誉[一一]の悪僧[一二]あり。御方[一三]の大勢に引つ立てられて、心ならず北白河[一四]を指して引きけるが、豪鑒、豪仙を呼び留《と》めて、「軍《いくさ》のならひとして勝つ時もあり、負くる時もあり、〔勝負は〕時の運による事なれば、〔負けるもまた〕恥にて恥ならず。

一 平地。玄玖本《げんきゅう》などの「広ミ」（広場）が正しいか。
二 藤原氏の子孫と称する足立氏の一門。丹波の国青《あお》垣《がき》町佐治（兵庫県氷《ひ》上《かみ》郡）出身の武士。
三 今まで見たこともないような長さ（約一・六メートル）の太刀で。太刀の長さは、三尺四、五寸（約一メートル）が標準であったが、鎌倉中期以後、騎馬戦が一般化する中で、槍の登場もあって長身の太刀が使われるようになった。もっとも全体の重量には限度があるので、刀身は長身化するにつれて薄く細長くなった。
四 腹部をすっぱり切り放ち。
五 馬を西向きにして待機した。
六 恐れをなしたか。
七 今の左京区吉田山。
八 延暦寺の三塔の一で、さらに東・西・南・北・無動寺の五つの谷に分れる。
九 宿坊の一。
一〇 同じ宿坊に住んでいる僧。
一一 叡山全体でも名の知れた。
一二 腕力の強い、勇猛な僧侶《そうりょ》。「悪」は倫理的な意味の語ではない。
一三 味方の大軍が浮き足立つものだからそれにひかれて。
一四 賀茂川の東一帯を白河と言い、その北部、すなわち神楽岡の北の辺を言う。

しかりといへども、今日の合戦の体《さま》、山門の恥辱、天下の[一五]嘲哢《てうろう》たるべし。いざや、御辺相ともに《そなたとともに》返し合はせて討死し、二人が命を捨て、三塔《全山》の恥をきよめん《すすごう》」と言ひければ、豪仙「言ふにや及ぶ《言うまでもないこと》、もつとも[一六]庶幾《そき》するところなり」と言ひて、二人踏み留《とど》まつて、法勝寺の北の門の前に立ち並び、大音声《だいおんじやう》を揚げて名乗りけるは、「これ程に引つ立つたる《浮き足立った》大勢の中より、ただ二人返し合はするを以つて、三塔《全山一》一の《番の》[一七]剛《かう》の者とは知るべし。その名をば定めて《きっと》聞き及びぬらん。東塔の南谷、善智坊の同宿に豪鑒・豪仙とて、一山《全山》に名を知られたる者どもなり。われと思はん武士ども、寄れや。[一八]打物《うちもの》して[一九]自余《じよ》の輩《ともがら》に見物させせん」と言ふままに《言うが早いか》、[二〇]四尺余りの大長刀《おほなぎなた》、[二一]水車《みづぐるま》に回して、跳《をど》りかかり跳りかかり、火を《火花を》散らしてぞ切つたりける。これを討ち取らんと相近付きける武士ども、多く馬の足を薙《な》がれ、[二二]冑の鉢《はち》をわられて、討たれにけり。かれ等二人、ここに半時《(約一時間)》ばかり支へて《もちこたえて》戦ひけれども、続く大衆一人もなし。敵雨の降る如くに射ける矢に、二人な

一五 笑いぐさとなろう。
一六 望むところだ。
一七 剛勇な者とはわかるだろう。
一八 太刀・槍・薙刀《なぎなた》などで戦って。
一九 他の者どもに見物させてやろう。
二〇 刀身約一・二メートルの。
二一 水車の回るように振り回して。
二二 兜の、頭部を覆う主要部分。鉄や皮で作る。

がら十余箇所疵《きず》を蒙《かうむ》りければ、「今は所存[一]これまでぞ。いざや冥途《めいど》まで同道せん」と契《約束して》りて、鎧脱ぎ捨て、[二]押膚脱《おしはだ》ぎ、腹十文字に掻《か》き切つて、同じ枕にこそ伏したりけれ。これを見る武士ども、「あつぱれ日本一の剛の者どもかな」と惜しまぬ人も無かりけり。[三]前陣の軍《いくさ》破れて引つ返しければ、[四]後陣の大勢は軍場《いくさば》をだに見ずして、道《途中》より山門へ引つ返す。ただ豪鑑・豪仙二人が振舞ひにこそ《によって》、山門の名をば揚げたりけれ。

四月三日合戦の事 付けたり 妻鹿《めが》孫三郎《まござぶらう》勇力《ゆうりよく》の事

[五]去月《きよくわつ》十二日、赤松[六]合戦利無くして引き退きし後は、武家《(六波羅方)》常に勝つに乗つて、敵を討つ事数千人なりといへども、四海《全国はいっこうに》いまだ静かならず、あまつさへ《そればかりか》山門また武家に敵して、[七]大嶽《おほだけ》に篝火《かがりび》を焼《た》き、[八]坂本

一 山門の恥をすすごうとする、その思いも達した。さあこれまでだ。
二 膚脱ぎになるのを強く言うことば。
三 叡山の僧兵の先陣を承った軍勢が敗れて後退したので。
四 後続の大軍は戦場を見ることさえなく。
＊ 衆徒が山門の由来を語って先帝方への協力を決意するまでは威勢もよかったが、欲心にかられての読みの浅さにかえって六波羅勢の戦術にはまる、その結末のだらしなさが描かれている。全山に知れわたる悪僧、豪鑑・豪仙の奮闘によってかろうじて叡山の面目を保つ、その両人の躍動的な行動描写が目につく。
五 三四一頁の三月十二日の合戦を指す。
山門の衆徒、意見分裂し宮方の軍勢弱まる
六 戦闘の勝機に恵まれず京を退いてからは。
七 比叡山の最高峰、大比叡。標高八四八・三メートル。

に勢を集めて、なほも六波羅へ寄すべしと聞えければ、[九]衆徒の心を取らんために、武家より[一〇]大庄《だいしやう》十三箇所、山門(延暦寺)へ寄進す。その外《ほか》、む《おも》ね《だった》との衆徒に[一一]便宜《びんぎ》の地を一、二箇所づつ、祈禱《きたう》のためとて恩賞を行はれける。さてこそ山門の[一二]衆議《しゆぎ》心々《こころごころ》に成つて、武家に心を寄する衆徒も多く出で来にければ、〔一方〕八幡・山崎の官軍(赤松勢)は、先度《さきの》京都の合戦に、あるいは討たれ、あるいは疵《きず》を蒙《かうむ》る者多かりければ、その勢大半減じて、今はわづかに一万騎に足らざりけり。

赤松勢、京を攻めるも敗退

されども、[一三]武家の軍立《いくさだ》ち、京都のありさま《京都の防禦体勢は》恐るるに足らずと〔赤松は〕見すかしてんげれば《実態を見通してしまったので》、七千余騎を二手に分けて、四月三日の卯の刻(午前六時頃)に、また京へ押し寄せたり。その一方には《一隊としては》、[一四]殿法印《とののほふいん》良忠《りやうちゆう》・[一五]中院定平《なかのゐんのさだひら》を両大将として、伊東・[一六]松田・頓宮《はやみ》・[一七]富田《とんだの》判官が一党、ならびに[一八]真《ま》木《き》・[一九]葛葉《くずは》の[二〇]溢《あぶ》れ者どもを加へて、その勢都合三千余騎、伏見・[二一]木幡《こはた》に火を懸けて、鳥羽・竹田より押し寄する。また一方には、赤松入道円心を始めとして、[二二]宇野《うの》・[二三]柏原《かしはばら》・佐用《さよ》・真島《ましま》・[二四]得平《とくひら》・[二五]衣笠《きぬがさ》・[二六]菅家《くわんけ》

八 西坂本。
九 衆徒に追従《ついしよう》してその協力を求めようと。
一〇 大きな荘園。
一一 何らかのゆかりがあって、管理するのに便利な土地。
一二 大勢の衆徒の意見が分裂して。
一三 六波羅方の軍勢の配置のしようから見て。
一四 天台の僧で、笠置《かさぎ》合戦の当時から、その活躍が見られた。巻四、一五六頁注一四参照。
一五 村上源氏、陸奥守《むつのかみ》定成の息。「貞平」とも書く。巻二、九四頁注八参照。
一六 藤原秀郷《ひでさと》の子孫、備前の松田氏。
一七 出雲守《いずものかみ》佐々木泰清の家系。
一八 大阪府枚方《ひらかた》市岡本町の辺。
一九 枚方市楠葉《くずは》。
二〇 おちぶれて無法な行為に出る者。
二一 京都府宇治市木幡。
二二 以下、赤松頼則《よりのり》の子孫。将則《まさのり》を宇野新大夫、為永《ためなが》を柏原弥三郎、範家《のりいえ》を佐用三郎、景能《かげよし》を間島（真島）太郎、頼景《よりかげ》を得平三郎と言った。
二三 兵庫県佐用郡佐用町から南光町の辺の出身。
二四 佐用郡三日月町得平の出身。
二五 赤松の一族。三四〇頁注四参照。
二六 美作《みまさか》菅家の一党。菅原氏で、この後、その一門の動きが多く見られる。

の一党、都合その勢三千五百余騎、川島《かはしま》[一]・桂《かつら》の里に火を懸けて〔軍を進め〕、西の七条よりぞ寄せたりける。両六波羅（両探題）は度々《どど》の合戦にうち勝つて、兵皆気を挙げける上（士気をあげているうえに）、その勢（味方の）をかぞふるに、三万騎に余りけるあひだ、敵すでに近付きぬと告げけれども、仰天の気色もなし（驚く様子もなかった）。六条河原に勢ぞろへして、しづかに手分けをぞせられける（冷静に戦術を考えて軍勢の手分けをされた）。〔即ち〕山門今は武家に志を通ずといへども、またいかなる野心をか存ずらん（謀叛の心を示すかも知れぬ）、油断すべきにあらずとて、佐々木判官時信《ときのぶ》[二]・常陸前司《ひたちのぜんじ》[三]時朝《ときとも》・長井《ながゐ》[四]縫殿《ぬひ》秀正《ひでまさ》に三千余騎をさしそへて、紀河原《ただすがはら》[五]へ向けらる。去月《きよぐわつ》十二日の合戦も、その方[六]より勝つたりしかば吉例《きちれい》なりとて、河野と陶山《すやま》とに五千騎を相副《そ》へて、法性寺大路《ほつしやうじおほぢ》[七]へさし向けらる。富樫《とがし》[八]・林が一族、島津[九]・小《こ》早川《ばいかは》が両勢に（の二氏の軍勢）、国々の兵六千余騎を相副《そ》へて、八条東寺辺へさし向けらる。厚東《こうとう》[一〇]加賀守・加治《かぢ》[一一]源太左衛門尉《げんたざゑもんのじよう》・隅田《すだ》[一二]・高橋・糟谷《かすや》・土[一三]屋・小笠原[一四]に七千余騎を相副へて、西七条口[一五]へ向けらる。自余の兵（その他の）千余騎をば、新手《あらて》[一六]のために残して、いまだ六波羅に並み居たり。そ

一 桂川流域にある京都市西京区川島・桂。
二 宇多源氏。常陸前司時朝とともに巻二の唐崎《からさき》浜合戦に参加している。
三 六波羅頭人の従四位下常陸介《ひたちのすけ》和泉守《いづみのかみ》時知《ときとも》。
四 大江氏。山形県長井市の出身で、広元の息時広より長井を称した。一族の宗衡《むねひら》が唐崎浜合戦に参加。
五 左京区下鴨《しもがも》神社の辺りを紀里、紀森と言い、賀茂川と高野《たかの》川との合流点の、特に賀茂川寄りの側を紀河原と言う。
六 その方角から勝利のきっかけを得たので縁起が良いとして。三月十二日の合戦に、同じ河野と陶山が八条河原で宮方を破ったので、六波羅から見て同じ南方に当る九条河原の法性寺大路へさし向けたもの。
七 法性寺から伏見へ通ずる南北の大路。三四六頁注二参照。
八 富樫・林いずれも藤原利仁《としひと》の子孫で、加賀の豪族である。
九 島津は、清和源氏で、頼朝の子孫を称する。越前の豪族。小早川は、土肥《とい》実平の子孫で、小田原市小早川の豪族。
一〇 巻六、二六八頁に、幕府の召集に長門《ながと》から厚東入道の上洛したことが見える。山口県厚狭《あさ》郡東部の土豪。
一一 巻七、三一四頁に見える「備前の守護加地源二郎左衛門」の一門か。
一三 先に高橋・糟谷とともに六波羅検断として見え

の日の巳の刻《(午前十時頃)》より、三方[一七]ながら同時に軍《いくさ》始まつて、入れ替へ入れ替へ攻め戦ふ。寄手《(赤松方)》は騎馬の兵少なくして、歩立《かちだ》ち[一八]射手多ければ、小路《こうぢ》小路を塞《ふさ》ぎ、鏃《やじり》をそろへて散々に射る。六波羅勢は歩立ちは少なくして、騎馬の兵多ければ、懸け違ひ懸け違ひ[一九]、敵を中に籠めんとす《とりこめようとする》。孫氏《そんし》[二〇]が千反《せんぺん》のはかりこと、呉氏《ごし》[二一]が八陣《はちぢん》の法、互ひに知つたる道なれば、ともに破られず囲まれず、ただ命をきはの[二二]戦ひにて、更に[二三]勝負も無かりけり。終日《ひねもす》戦ひて、すでに夕陽《夕暮れ》に及びける時、河野と陶山《(六波羅方)》と一手《一隊》に成つて、三百余騎轡《くつばみ》をならべて懸けたりけるに、木幡《こはた》の寄手、足をもためず懸け立てられて《踏み止まりようもなく追い立てられ》、宇治路《うぢぢ》[二四]をさして引き退く。陶山・河野、逃ぐる敵をばうち捨てて、竹田河原を直違《すぢか》ひ[二五]に、鳥羽[二六]殿の北の門をうち回り、作道《つくりみち》へかけ出でて、東寺の前なる寄手を取り籠めんとす。作道十八町に充満したる寄手、これを見て、叶《かな》はじとや思ひけん、羅城門の西を横切りに、寺戸《てらど》[二七]をさして引つ返す。小早川《(六波羅方)》と島津安芸前司《あきのぜんじ》とは、東寺の敵に向つて、追つつ返しつ戦ひけ《攻めたり退いたりして戦ったが》

た。

一三 藤原秀郷《ひでさと》の子孫で小山氏の一族。

一四 甲斐《かい》源氏。巻六、二六七頁に「小笠原彦五郎(貞宗か)」が見える。

一五 山陰道へ通ずる要所。

一六 新しい戦力として残しておき。

一七 法性寺大路・八条東寺・西七条口の三方向ともに。

一八 徒歩で弓を射る兵。

一九 赤松勢のまわりを馬で駆けちがいながら。

二〇 孫子(春秋時代、斉《せい》の兵法家)の説く、神出鬼没・千変万化する戦術。

二一 呉起《ごき》(戦国時代、衛の兵法家)の説く、八つの方式に軍陣を立てる戦術。車箱《しゃそう》・車輪・曲二・鋭・直・衡《こう》・掛《かい》・鵝《が》鶴《かく》の八陣。孫子・諸葛孔明《しょかつこうめい》にもそれぞれ八陣の法がある。

二二 命をかけての戦い。決死の戦闘。

二三 (互いに譲らず)両軍全く互角の戦いだった。

二四 宇治へ通ずる路を志して退却した。

二五 ななめに突っ切って。

二六 伏見区中島御所ノ内町にあった城南離宮。

二七 京都府向日《むこう》市寺戸町。

るが、おのが陣の敵《味方の》を河野と陶山とに払はれて《先を越されて追い払われ》、御方の負けをしつる事よと《味方におくれをとったことよと》無念に《残念に》思ひければ、西の七条へ寄せつる敵に逢うて、花やかなる一軍《ひといくさ》せんと言ひて、西八条を上りに西朱雀[一]《にししゆしやか》へぞ出でたりける。ここに赤松入道、究竟[二]《くつきやう》の兵をすぐつて、三千余騎にてひかへたりければ、さう無く破るべき様も無かりけり《これを簡単に撃破する方法もなかった》。されども島津・小早川が横合ひに懸かるを見て《側面から攻めかけるのを見て》、戦ひ疲れたる六波羅勢、力を得て三方より攻め合はせけるあひだ、赤松が勢たちまちに開き靡いて《左右に開き退いて》、三所[三]にひかへたり。

赤松勢、頓宮《はやみ》・田中四勇士の奮闘

ここに赤松が勢の中より、兵四人進み出でて、数千騎ひかへたる敵の中へ是非無く《がむしゃらに》うつて懸かりけり。その勢ひ決然として《その意気込みは大変なもので》、あたか《まるで》樊噲[四]《はんくわい》・項羽[五]《かうう》が怒れる形にも過ぎたり《怒った形相よりもすごみがあった》。近付くにしたがつてこれを見れば、長[六]《たけ》七尺ばかりなる男の、髭《ひげ》両方へ生《お》ひ分かれて、まなじりさ[七]かしまに裂けたるが、鎖[八]《くさり》の上に鎧を重ねて着、大立挙げ[九]《おほだてあ》の脛当《すねあて》に、膝鎧[一〇]《ひざよろひ》懸けて、龍頭[一一]《たつがしら》の冑《かぶと》猪《ゐ》首[一二]《くび》に着なし、五尺余り[一三]の太刀を帯《は》き、八[一四]

一 朱雀《すざく》大路と七条通の交わる西側の地。
二 最強の兵をえりすぐって。
三 三隊に分れて踏みこたえようとした。
四 漢の高祖に仕えた武将。鴻門《こうもん》の会で項羽のために危機に陥った高祖を救った話で有名。
五 西楚《せいそ》の王で、漢の高祖と戦って敗れた。巻二十八「漢楚合戦の事」に、樊噲・項羽両人の勇猛な対決談が見える。
六 身長約二・一メートル。
七 かっと見開いたまなじりを逆立てて。
八 くさりかたびら。細かいくさり網を布地に合わせて仕立てた下着。
九 脛当てで、膝《ひざ》から上を特に大きくし、ももの部分を覆い防禦《ぼうぎょ》するようにしたもの。
一〇 佩楯《はいだて》とも言い、草摺《くさずり》と脛当てとの間の隙をふさいで、ももと膝を守るもの。
一一 龍の形を前立物《まえだてもの》として正面に打ち付けた兜《かぶと》。
一二 兜の前立物をたかだかと見せるため、猪のように首が短く見え

膝鎧

尺余りの[一五]かなさい棒の八角なるを[一六]手本《てもと》二尺ばかりまるめて、まことに軽《かろ》げにひつさげたり。数千騎ひかへたる六波羅勢、かれ等四人が有様を見て、いまだ戦はざる先に三方へ分かれて引き退く。敵を招いて、かれ等四人、大音声を揚げて名乗りけるは、「備中《びつちゆうの》国の住人[一七]頓宮又次郎入道《はやみまたじらうにふだう》・子息孫三郎《まごさぶらう》・[一八]田中藤九郎盛兼《たなかとうくらうもりかね》・同じき舎弟弥九郎《やくらう》盛泰《もりやす》といふ者なり。われ等父子・兄弟、少年の昔より、[一九]勅勘武敵《ちよくかんぶてき》の身と成りしあひだ、山賊《さんぞく》を業として一生を楽しめり《生きる手段としてこれまで楽に生きて来た》。しかるに今幸ひにこの乱出来《しゆつらい》して、かたじけなくも万乗の君の御方に参ず《おそれ多いことながら 帝の御軍勢に馳せ参じた》。しかるを[二〇]先度の合戦さしたる《大した》軍《いくさ》もせで、御方の負けしたりし事、われ等が恥と存ずるあひだ、今日においては、たとひ御方負けて引くとも、引くまじ。敵強くとも、[二一]それにもよるまじ。敵の中をわつて通り、六波羅殿にぢきに《直接》対面申さんと存ずるなり」と[二二]広言《くわうげん》吐いて、[二三]仁王《にわう》立ちにぞ立つたりける。島津安芸前司これを聞いて、子息二人、手の者《手下》どもに向つて言ひけるは、「日頃《ひごろ》聞き及びし西国一の大力《だいりき》とはこ

るように兜を着ること。

一三 約一・五メートル余り。

一四 約二・四メートル余り。

一五 いぼのある太い鉄の棒。軍記物語には珍しいが早く『古今著聞集《ここんちよもんじゆう》』にも見える。

一六 手で握る部分二尺（約六〇センチ）ばかりは、八角でなく丸く削り、握りやすくして。

一七 人名は未詳。寛永版本は「とんぐう」の読みも記す。

一八 赤松氏。三四〇頁、瀬川の合戦に「田中」が見える。

一九 帝の怒りにふれ、無法者となったので。

二〇 前回、三月十二日の合戦に。

二一 なにするものぞ、意に介すまい。

二二 大言壮語して。

二三 仁王（金剛力士）像のように、たけだけしく立った。

れなり。かれ等を討たん事、大勢にては叶《かな》ふまじ。御辺《そなた》たちはしばらく外にひかへて、自余《他の》の敵に戦ふべし。われ等父子三人相近付いて、進んづ退いつしばらく悩ましたらん《進んだり退いたりしてしばらく相手を苦しませてやれば》に、などかこれを討たざらん《どうして討てないわけがあろうか》。たとひ力こそ強くとも、身に矢の立たぬ事有るべからず。たとひ走る事早くとも、馬にはよも追つつかじ。多年稽古の犬笠懸《いぬがさがけ》[一]け、今の用に立てずんば《たてなければ》、いつをか期すべき《いつの用にたてると言うのか》。いでいで《さあさあ》不思議《変った》の一軍《ひといくさ》して人に見せん」と言ふままに《言うが早いか》、ただ三騎うちぬけて《駆け出して》、四人の敵に相近付く。田中藤九郎これを見て、「その名はいまだ知らねども、たけくも思へる《［あっぱれ］勇猛な心意気だなあ》志かな。同じくは《いっそのことそなた》御辺を生捕《いけど》つて、御方に成して軍《いくさ》せさせん」とあざ笑うて、くだんの《例の》金棒《かなぼう》をうち振つて、しづかに歩み近付く。島津も馬をしづしづと歩ませ寄つて、矢頃《やごろ》[二]に成りければ、先づ安芸前司《（島津）》、三人張り[三]に十二束三伏《そくみつぶせ》[四][五]しばし固めてちやうど放つ。その矢あやまたず田中が右の頬《ほほ》[六]さきを《から》、冑《かぶと》の菱縫《ひしぬひ》[七]の板へかけて、篦《の》[八]中《なか》ばかり射通したりけるあひだ、急所の痛手に弱りて《重傷に》、さしもの大

一 弓の競技。走る犬を馬上から追いかけながら射る犬追物と、馬上から遠距離に置いた的（古くは笠）を射る笠懸け。

二 矢を射るのに都合のよい距離。

三 三人がかりで弦を張る強い弓。

四 矢の長さを示す。射手のこぶし十二の幅と指三本の幅の長さ。人によりその長さには違いがあるが、十二束を標準の長さとした。

五 しばらく引きしぼって、ばしっと射放った。「ちやうど」は、事を勢いよく行うさまを表すことば。

六 出っぱった、ほほ骨のあたり。

七 兜の頸部を覆う板のもっとも下端の板。×型に飾り縫いにとじつけていることから、この名がある。

八 篦（矢の矢じりを支える竹の部分）の半分が菱縫の板から抜け出て見えるほど深く。

力なれども、目くれて更に進み得ず《目がくらんで全く進めない》。舎弟の弥九郎走り寄り、その矢を抜いてうち捨て、「君《(後醍醐帝)》の御敵は六波羅なり。兄の敵は御辺《そなた》なり。九余すまじ」と言ふままに《言うが早いか》、兄が金棒をおつ取り《すばやく取って》振つて懸かれば、頓宮《はやみ》父子、おのおの五尺二寸の一〇太刀をひきそばめて、小躍り《おどりあがって》して続いたり。島津元より物一一馴れたる馬上の達者、一二矢継ぎばやの手ききなれば《弓の達人なので》、少しも騒がず。田中進んで懸かれば《〔島津は〕》、一三あひの鞭《むち》を打つて押一四しもぢりにはたと《ぱっと》射る。田中馬手《右へ》へ回れば、弓手を越えて《〔島津は〕左へ体を開いて》ちやうど射る。一五西国名誉の打物《うちもの》の上手と、一六北国無双の馬上の達者と、追つつ返しつ懸け違へ《進んだり退いたり互いに行きかい》、一七人交ぜもせず戦ひける。前代未聞《みもん》の見物《けんぶつ》なり。さる程に島津が矢種《矢》も尽きて、打物に成らんとしけるを見て《太刀で戦おうとするのを見て》、かくては《こうなっては》叶はじとや思ひけん《かなわないと思ったか》、一八朱雀の地蔵堂より北にひかへたる小早川《(六波羅方)》、二百騎にてをめいてかかりける《わっと叫んで攻めかかったので》に、田中が後《うしろ》なる勢ばつと引き退きければ、田中兄弟・頓宮《はやみ》父子、かれこれ《合わせて》四人の一九鎧の透間、二〇内冑《うちかぶと》に各《おのおの》矢二、三十筋射立てられて、二一太刀をさかさまにつきて、二二皆立ちずく

九 生きたままでは通すまいぞ。
一〇 太刀を抜き体にひきつけて構え。
一一 戦闘になれた、騎馬の名手。
一二 次々と矢をつがえ、すばやく射ること。
一三 敵がうってかかるまぎわに、鞭打って相手の呼吸をはずすこと。
一四 相手を後方へかわしておいて、身をねじるようにし、ふり返りざま矢を射ること。
一五 西国で名高い太刀の名手（田中）と。
一六 北国には並ぶ者のない騎馬の名手（島津）とが。
一七 他の人をまじえず一騎打ちに戦った。
一八 『山城名勝志』七に「七条南朱雀西に権現堂有り、本尊勝軍地蔵権現、疑ふらくは此の堂乎」として朱雀地蔵堂をあげ、『中古京師内外地図』にもその場所に朱雀地蔵が見える。
一九 鎧から露出している部分。
二〇 兜のひさしの内側。顔面。
二一 抜刀した太刀の先を地につき、杖にして。
二二 立ったまま、動かずに死んでしまった。

有元兄弟と武田兄弟との死闘

みにぞ死にたりける。見る人聞く人後までも、惜しまぬ者は無かりけり。

美作国《みまさかのくに》の住人菅家《くわんけ》[一]の一族《(赤松方)》は、三百余騎にて四条[二]猪熊《ゐのくま》まで攻め入り、武田兵庫助《たけだひやうごのすけ》[三]・糟谷《かすや》・高橋が一千余騎の勢と懸け合ひて《戦いをいどんで》、時移るまで《数時間にわたり》戦ひけるが、後《あと》なる《後方にいた》御方の引き退きぬる体《様子》を見て、[四]もとより引かじとや思ひけん《もともと絶対に退くまいと決心していたのか》、また[五]向ふ敵に後《うしろ》を見せじとや恥ぢたりけん、有元菅《ありもとくわん》[六]四郎佐弘《しらうすけひろ》・同じき五郎佐光《すけみつ》・同じき又三郎佐吉《またさぶらうすけよし》、兄弟三騎、近付く敵に[七]馳せ並べ、引つ組んで伏したり。佐弘は、今朝の軍《いくさ》に膝口《ひざぐち》[八]を切られて力弱りたりけるにや、武田七郎におさへられて首を掻かれ、佐光は武田二郎が首を取る。佐吉は武田が郎等と刺し違へて、ともに死ににけり。敵二人もともに兄弟、御方二人も兄弟なれば、「死に残つては何かせん。いざやともに勝負せん」とて、佐光と武田七郎と、持ちたる首《〔兄弟の〕》を両方へ投げ捨てて、また引つ組んで刺し違ふ。これを見て、〔赤松方の〕[九]福光彦二郎佐長《ふくみつひこじらうすけなが》・[一〇]殖月彦五郎重佐《うゑつきのひこごらうしげすけ》・[一一]原田彦三郎佐秀《はらだひこさぶらうすけひで》・

一 美作に住んだ、菅原氏の一族。
二 四条通と猪熊小路との交わる辺。
三 甲斐《かい》源氏。巻六、二六七頁、関東から上洛《じょうらく》した軍の中に「武田伊豆三郎」が見える。その一門か。
四 底本をはじめ諸本は「元来」とある。「がんらい」と読むべきかも知れない。
五 攻め来る敵に後ろを見せるのを恥と思ったのか。
六 美作菅家（菅原）の一族。以下『有元系図』に、佐高の子、菅四郎佐弘、佐弘の弟、五郎佐光、佐光の弟、又三郎佐吉が見える。
七 馬を駆け並べ、組み討ちして地上に落ちた。
八 ひざがしら。
九 美作菅家党の一族。
一〇 美作菅家党の一族。『殖月系図』に、彦九郎安嗣《やすつぐ》の子として見える。岡山県勝田《かつた》郡勝央《しょうおう》町植月《うえつき》の出身。
一一 桓武《かんむ》平氏。岡山県久米《くめ》郡中央町原田の出身。

鷹取彦二郎種佐《たかとりひこじらうたねすけ》[一二]、同時に馬を引つ返し、《〔六波羅勢と〕》むずと組んではどうど落ち、引つ組んでは刺し違へ、二十七人の者ども、一所《いつしよ》にて皆討たれければ、その[一三]陣の軍《いくさ》は破れにけり。

妻鹿長宗の豪力

播磨国《はりまの》の住人《(赤松方)》妻鹿《めが》[一四]孫三郎長宗《まごさぶらうながむね》と申すは、薩摩《さつま》[一五]の氏長《うぢなが》が末《子孫》にて、力人にすぐれ、器量《わざが世に傑出していた》世に越えたり。生年《しやうねん》十二の春の頃より、好んで相撲を取りけるに、[一六]日本六十余州の中には、遂に片手[一七]にも懸かる者無かりけり。[一八]人は類《るい》を以つてあつまるならひなれば、相伴《あひ》ふ一族十七人、皆これよのつねの人には越えたり《世間一般の人の力よりもすぐれていた》。されば他人の手を交へずして《借りることなく》一陣《先頭》に進み、[一九]六条坊門大宮《ろくでうのばうもんおほみや》まで攻め入つたりけるが、東寺・竹田より勝軍《かちいくさ》して帰りける六波羅の勢三千余騎に取り巻かれ、十七人は討たれて孫三郎一人ぞ残つたりける。「生きてかひ無き命なれども、[二〇]君の御大事これに限るまじ。一人《いちにん》なりとも生き残つて、後《後日〔帝の〕》の御用にこそ立ため」とひとりごととして、ただ一騎西朱雀を指して引きけるを、[二一]印具《いぐ》駿河守の勢五十余騎にて追つ懸けたり。その中に年の程

一二 美作菅家党の一族。鷹取郷(津山市内)の出身。
一三 四条猪熊での戦闘は、赤松方の敗北に終った。
一四 兵庫県姫路市飾磨《しかま》区妻鹿の出身。赤松氏と縁戚関係があったものか。円心の甥《おい》とも言う。
一五 薩摩隼人《はやと》で、後、平氏を称した。仁明天皇の代の相撲の名人。
一六 日本全国を探しても。巻一、一六頁に、日本全国として「六十六箇国」とある。
一七 長宗が片手でかかっても、これに勝てる者はなかった。
一八 人間というものは、似た者同士が集まる習性があるので。「方は類を以って聚《あつ》まり、物は群を以って分れて吉凶生ず」(『易経』繋辞《けいじ》・上)によることわざ。
一九 六条坊門小路(五条と六条の中間)と東大宮大路との交わる辺。
二〇 後醍醐天皇の御運にとって重大な時機と言うのは、何も今だけではあるまい。
二一 巻六、二六七頁、上洛する関東軍の中に「伊具右近大夫将監」が見える。北条の一族。

二十《はたち》ばかりなる若武者、ただ一騎馳せ寄せて、引いて《退いて》帰りける妻鹿孫三郎に組まんと近付いて、鎧の袖に取り着きけるところを、孫三郎これを物ともせず、長き肘《ひぢ》をさし延べて、〔相手の〕鎧の総角《あげまき》[一]を摑《つか》んで中《ちゆう》にひつさげ、馬の上[二]三町ばかりぞ行きたりける。この武者[三]しかるべき[四]者にてやありけん、「あれ討たすな」とて、五十余騎の兵あとについて追ひけるを、孫三郎尻目《しりめ》[五]にはつたとにらんで、「敵も敵[六]によるぞ。一騎[七]なればとて、われに近付いてあやまちすな《ひどい目にあうなよ》。ほしがらば《ほしいのなら》、すはこれ取らせん《そら取らせてやろう》、うけ取れ」と言ひて、左の手にひつさげたる鎧武者を、右の手に取り渡して《移しかえて》[八]、えいと抛《な》げたりければ、あとなる馬武者六騎が上を投げ越して、深田《ふけだ》[九]の泥の中へ、見えぬ程こそうちこ《〔深く〕投げ込ん》うだれ《だ》。これを見て、五十余騎の者ども、同時に馬を引つ返し、逸《いち》[一〇]足《あし》を出だしてぞ逃げたりける。

赤松入道は、殊更《ことさら》今日の軍《いくさ》に、憑《たの》み切つたる《信頼しきった》一族の兵どもも、所々にて八百余騎討たれければ、気疲れ力落ちはてて《気力を失い力を落して》、八幡・山崎

一 鎧の背中に付けた、あげまき結びをした飾りの紐《ひも》。
二 馬に乗ったままで三町ほど走った。
三 例の二十ばかりの若武者。
四 印具の軍勢にあって、名のある重要な人物であったのか。
五 ひとみだけ動かして横目ではったとにらんで。
六 ひと口に敵といってもいろんな敵がある。よく相手を見届けよ。
七 ただわれ一人だからと言って（甘くみて）。
八 底本は「に」を欠く。
九 深い泥田。
一〇 速足をかけて。
＊ 一進一退の戦闘を描き、一応は寄手赤松方の完敗に終るが、六波羅方が守勢に回った事は否定できない。これまでの山崎合戦や比叡山の衆徒の動き、それにこの四月三日の合戦へと、六波羅は相次ぐ先帝側の攻撃にさらされる。この章段では、敗北に終りながら赤松側の頓宮・田中・島津・妻鹿らの、いずれも誇張に満ちた豪快な戦闘を描き、これを「前代未聞の見物」とするところに、『太平記』の合戦談のありようが見られる。

へまた引っ返しけり。

主上《しゆしやう》みづから金輪《こんりん》の法を修せしめたまふ事　付けたり千種殿《ちくさどの》京合戦の事

京都数箇度《すかど》の合戦に、官軍（赤松勢）毎度うち負けて、八幡・山崎の陣も、すでに小勢《こぜい》に成りぬと聞えければ、主上（後醍醐帝）、天下の安危《あんき》[一一]いかが有らんと宸襟《しんきん》[一二]を悩まさる。船上《ふなのうへ》の皇居に壇[一三]をたてられ、天子みづから金輪《こんりん》[一四]の法を行はせたまふ。その七箇日に当たりける夜、三光天子《さんくわうてんし》[一五]光を並べて、壇上に現じたまひければ、御願忽ちに成就しぬと《聞き届けられたと》、たのもしくおぼしめされける。

さらば、やがて《ただちに》大将[一六]をさし上《のぼ》せて、赤松入道に力を合はせ、六波羅を攻むべしとて、六条少将[一七]忠顕朝臣《ただあきあつそん》を頭中将《とうのちゆうじやう》[一八]に成し、山陽《せんやう》・山陰《せんおん》両道の兵の大将として、京都へさし向けらる。その勢伯耆国《はうきのくに》[一九]をたち

一一 （今後の情勢の）安否は、どうなろうかと。
一二 天皇の御心。
一三 祈禱《きとう》を行うための護摩壇。
一四 ボロン（大日如来の説いた真言）の一字を真言（呪文《じゆもん》）とし、除災・浄罪を祈る一字金輪法《いちじきんりんぽう》。
一五 三光天子が並んで壇上に現れ、光ったので。「三光天子」は、日・月・星を言う。この語は『法華経』などに見える。

後醍醐天皇、船上山にて修法　そのしるし有り

一六 後醍醐天皇側の総大将。
一七 村上源氏、権中納言有忠《ありただ》の息である千種《ちくさ》忠顕。早くから後醍醐天皇の忠臣として見える。
一八 蔵人所《くろうどどころ》の長官である蔵人頭《くろうどのとう》と近衛中将を兼ねたもの。蔵人頭は重要な官であったため、近衛中将・中弁を任ずることが多かった。忠顕は、正慶二年八月、頭左中将に任ぜられるから、この当時はまだこの官にはなかったはず。

六条忠顕を上洛させる　途中篠村にて第六の宮の軍合流

一九 以下、伯耆・因幡《いなば》は鳥取、出雲《いずも》は島根、美作《みまさか》は岡山、但馬《たじま》は兵庫、丹後は京都、丹波は兵庫と京都、若狭は福井の各府県に当る。

忠顕の大軍、六波羅を攻める

しまで、わづかに千余騎と聞えしが、因幡《いなば》・伯耆《はうき》・出雲《いづも》・美作《みまさか》・但馬《たじま》・丹後・丹波・若狭《わかさ》の勢ども馳せ加はつて、程なく二十万七千余騎に成りにけり。また第六〔(後醍醐帝の)〕の若宮[一]は、元弘の乱の始め、武家〔幕府〕にとらはれさせたまひて、但馬国へ流されさせたまひたりしを、その国の守護大田《おほた》[二]三郎左衛門尉《さぶらうざゑもんのじよう》取り立てたてまつて〔大将と仰ぎ申し上げて〕、近国の勢を相催し〔集めて〕、すなはち〔ただちに〕丹波の篠村《しのむら》[三]へ参会す。大将頭中将〔(忠顕)〕なのめならず〔非常に〕悦びて、すなはち〔早速〕錦[四]の御旗を立て、この宮を上将軍《じやうしやうぐん》[五]と仰ぎたてまつて、軍勢催促〔召集〕の令旨《りやうじ》[六]を成し下されけり。

四月二日〔(正慶二年)〕、宮、篠村を御立ちあつて〔御出発になって〕、西山[七]の峰堂《みねのだう》を御陣に召さ〔とされ〕れ、相従ふ軍勢二十万騎、谷堂《たにのだう》[八]・葉室《はむろ》[九]・衣笠《きぬがさ》[一〇]・万石大路《まんごくおほぢ》[一一]・松尾《まつのを》[一二]・桂の里に居余つて、なかばは野宿に充ち満ちたり〔野宿の状態で満ちあふれていた〕。殿法印良忠《とののほふいんりやうちゆう》[一三]は、八幡[一四]に陣を取る。赤松入道円心は、山崎[一五]にたむろを張れり〔設けた〕。かの〔(赤松の)〕陣と千種殿《ちくさどの》〔(忠顕)〕の陣と、相去る事〔離れること〕わづかに五十余町が程なれば、方々牒《はうばうてふ》[一六]し合はせてこそ京都へは寄せらるべかりしを、千種頭中将、わが勢の

一 巻四、一六三頁、笠置《かさぎ》の城軍《しろいくさ》の結果、但馬の国へ流されたのは「第四の宮静尊法親王」とある。混乱があるか。
二 巻四、一六三頁に「その国の守護大田《おほたの》判官に預けらる」とある。
三 京都府亀岡市の東部、王子・森・浄法寺の辺。
四 朝廷の軍のしるしとした錦地の旗。
五 中国で首席の大将。大将軍、将軍の上位の官。
六 もともと皇太子・三后の発する文書を言うが、広く皇族の出す文書にも及ぶようになった。
七 京都の西山、西京区御陵《みささぎ》峰ヶ堂の法花山寺。三井寺の勝月上人開山。「今旧跡峯山と曰ふ、地蔵院と浄住寺との間、丹波の国王子村に通ずる道有り、麓より登ること十町ばかりにして堂跡あり」(『山城名勝志』十)。
八 右京区松室《まつむろ》の松尾神社の南、苔《こけ》寺の北にある谷堂最福寺。延朗上人の旧跡。現在、延朗堂がある。
九 西京区山田葉室町。
一〇 西京区竜安寺衣笠下町。
一一 右京区松尾万石町。寛永版本は「大路」を「をふみち」と読む。
一二 西京区松尾。
一三 関白二条良実《よしざね》の孫。天台の僧。「殿」は、摂政関白の称で、その家系の一人であることから言った。

多きをや[一七]たのまれけん、またひとり高名にせんとや思はれけん《また手柄をひとりじめにしようと》、ひそかに日を定めて、四月八日の卯の刻《(午前六時頃)》に、六波羅へぞ寄せられける。

「あら不思議、今日は[一八]仏生日《ぶつしやうにち》とて、[一九]心あるも心なきも、灌仏《くわんぶつ》の水に心を澄まし、[二〇]供花《くげ》・焼香《せうかう》に経をひるがへして《経文を読んで》、[二一]捨悪修善《しやあくしゆぜん》を事とするならひなるに、時日こそ多かるに《よりによって》、[二二]斎日《さいじつ》にして合戦を始めて、[二三]天魔《てんま》波旬《はじゆん》の道を学ばる条《行為をまねられるのは》、心得がたし《理解しがたい》」と、人々[二四]舌を翻《ひるがへ》せり。さて敵・御方の士卒《兵士》、[二五]源平《げんぺい》たがひに交はれり《入り乱れて戦った》。[二六]笠符《かさじるし》無くては、同士《どし》討ちも有りぬべしとて、〔忠顕の軍は〕白き絹を一尺づつ切つて、「風」といふ文字を書いて、鎧の袖にぞ付けさせられける。これは、孔子《こうし》のことばに、「[二七]君子の徳は風なり。小人の徳は草なり。草に風を加ふる時は、[二八]のえふ《なび》さずといふ事なし《かないということはない》」といふ心なるべし《意味をこめたものであろう》。六波羅には、敵を西に待ちける故に、三条より九条まで、大宮面《おもて》に屏《へい》を塗り《塗り築き》、櫓《やぐら》をかいて《構えて》射手を上げて、小路小路に兵を千騎、二千騎ひかへさせて、[二九]魚鱗《ぎよりん》に進み[三〇]鶴翼《かくよく》に囲まん《包囲しようと》様をぞ謀りける《計画した》。「寄手の大将は誰《た》そ」と問ふに、

一四　石清水《いわしみず》八幡宮のある綴喜《つづき》郡八幡町。
一五　軍勢の集合場所。陣営。
一六　互いに連絡をとり合って。
一七　たのみにして自信を持たれたのか。
一八　釈迦如来の降誕を祝う日。釈迦像を洗浴したりこれに水を灌《そそ》いだりする。
一九　道理を解する人も解しない人も、釈迦像に水を灌《そそ》いでみずからの心のけがれを清め。
二〇　仏前に花を供え香を焚《た》き供養すること。
二一　専ら悪業を捨て善業をおさめるのが慣例であるのに。
二二　在俗の人が身を慎み善行を積んで精進すべく定めた日。
二三　仏法や人の善行を妨げる悪魔。欲界第六天の魔王。「波旬」は、その名。
二四　非難した。
二五　村上源氏の千種忠顕を主戦力とする先帝側と、桓《かん》武《む》平氏の北条に従う六波羅側とが。
二六　集団戦の際に、敵味方の区別をするために鎧の袖・兜《かぶと》の後ろなどに付けた小さな旗。
二七　風が吹いて草をなびかせるように、君子がその徳によって人民を教化すること。『論語』「顔淵」に見えることば。
二八　「のえふす」は「のきふす」「のいふす」の転。
二九　前をせまく、後方を広く開いた隊形。
三〇　前を広く開き、後方をせまくした隊形。

「前帝第六の若宮、副将軍は千種《ちくさ》頭中将忠顕朝臣」と聞えければ、「さては軍《いくさ》の成敗心にくからず《勝敗はもうわかっている》。源《みなもと》[一]は同じ流れなりといへども、江《かう》[二]南《なん》の橘《たちばな》、江北《かうほく》に移されて、枳《からたち》と成るならひなり。弓馬の道を守る武家の輩《ともがら》と、風月《ふうげつ》[三]の才を事とする朝廷の臣と戦ひを決せんに、武家勝たずといふ事有るべからず」とおのおの勇み進んで七千余騎、大宮面にうち寄せて、寄手遅しとぞ待ちかけたる。

宮方敗退し、名和・児島も退く

さる程に、忠顕朝臣、神祇官《じんぎくわん》[四]の前にひかへて、勢を分けて、上は大《おほ》[五]舎人《どねり》より下は七条《七条大路》まで、小路ごとに千余騎づつさし向けて攻めさせらる。（六波羅方）武士は要害《えうがい》[六]をこしらへて、射打《いうち》[七]をおもて《陣の前面》に立て、馬武者《うまむしや》を後《うしろ》に置きたれば、敵のひるむところを見て、懸け出で[八]懸け出で追つたてけり。（忠顕の軍）官軍は、一二重、三重に新手を立てたれば、一陣引けば二陣入りかはり、二陣うち負くれば三陣入りかはつて、人馬[九]に息を継がせ、[一〇]煙塵《えんぢん》天をかすめて攻め戦ふ。官軍も武士[一一]ももろともに、義[一二]によつて命を軽んじ、名[一三]を惜しみて死を争ひしかば、御方を助けて進むは有

一 先祖はともに皇室に発しながら。忠顕は村上源氏、北条は桓武平氏で、ともに皇室の子孫であることを言う。
二 揚子江の南の橘を北に移し植えると枳になる。種を同じくしながら、環境や育ちを異にすると質を異にするようになることのたとえ。『淮南子《えなんじ》』「原道訓」などに見えることば。
三 文官として文の道により朝廷に仕える者とが。
四 天神地祇の祭典を司り、全国の神官を監督する役所。ここはその建物を言う。大内裏の郁芳門《いくほうもん》を入りすぐ南に位置する。ここから郁芳門を出ると東西に走る大炊《おおい》御門に面する。
五 大舎人寮。宮中に宿直し雑事を担当、行幸に供奉《ぐぶ》する舎人の役所。神祇官の南西に位置し、その西側を通って美福門を出ると南北に走る壬生《みぶ》小路に出る。
六 防備態勢を十分にととのえたとりで。
七 弓を射る兵。寛永版本は「射手」とする。
八 馬武者が駆け出しては敵を追い討ちした。
九 疲れた人や馬に休みを与えつつ。
一〇 土ぼこりを、あたかも天に立ち昇る煙のようにたてて。
一一 幕府側につく武士。
一二 それぞれ主人のために尽すという道理に従って自らの命を軽んじ。こうした義の思想は『太平記』に多く見られるが、例えば「命は義に縁《よ》つて軽し」（『後漢

れども、敵に遇《あ》うて退くは無かりけり。かくてはいつ勝負有るべしとも見えざりけるところに、〔先帝方の〕但馬・丹波の勢どもの中より、かねて《あらかじめ》京中に忍びて人を入れ置きたりけるあひだ、ここかしこに火を懸けたり。をりふし辻風《つむじ風》烈しく吹いて、猛煙《みやうえん》後に《背後に》立ち覆《おほ》ひければ、一陣《第一陣》に支へたる《を固めていた六波羅方の》武士ども、大宮面《大宮通》を引き退いて、なほ京中にひかへたり。六波羅《六波羅探題》これを聞いて、弱からん方へ向けんとて用意に残し留めたる佐々木判官時信《ときのぶ》・隅田《すだ》・高橋・[一四]南部《なんぶ》・[一五]下山《しもやま》・河野・陶山《すやま》・富樫《とがし》・小早川《こばいかは》らに五千余騎をさし副《そ》へて、[一六]一条・二条の口へ向けらる。この新手に[一七]かけ合ひて、（先帝方）但馬の守護[一八]大田三郎左衛門討たれにけり。丹波国の住人、（先帝方）[一九]荻野彦六《をぎのひころく》と[二〇]足立三郎《あだちさぶらう》は、五百余騎にて[二一]四条油小路《あぶらのこうぢ》まで攻め入りたりけるを、備前国の住人、[二二]薬師寺八郎《やくしじのはちらう》・[二三]中吉十郎《なかぎりのじふらう》、[二四]丹《たん》・[二五]児玉《こだま》が勢ども七百余騎、相支へて《協力して戦っていたが》戦ひけるが、二条の手破られぬと見えければ《二条の先帝方の寄手が敗れたと見えたので》、荻野・足立ももろともに《味方ともどもに敗れて後退した》、御方の負けして引つ返す。[二六]金持《かなぢ》三郎《さぶらう》は、七百余騎にて、[二七]七条東洞院《ひがしのとうゐん》まで攻め入つたりけ

書』朱穆）など、もともとは漢籍に発する思想である。
一三 名誉を重んじ決死の戦闘を行ったので。
一四 清和源氏、甲斐《かい》の武田氏の一門。山梨県南巨摩《こま》郡南部《なんぶ》町の出身。巻二十一の「笛吹の峠軍の事」に「甲斐の源氏……南部常陸守下山十郎左衛門」と見える。
一五 清和源氏、甲斐の武田氏の一門。南巨摩郡身延《みのぶ》町下山の出身。
一六 一条大路・二条大路の、西京極大路と交わる、それぞれの西口。
一七 馬上から戦いをいどみ。
一八 三七八頁に第六の宮を奉じて先帝方に馳せ参じたとある。
一九 三八五頁に先帝方の「荻野彦六朝忠《ともただ》」として見える。武蔵の小野氏の一門か。
二〇 武蔵足立氏（藤原北家を称す）の子孫か。
二一 四条大路と油小路との交わる辺。
二二 藤原秀郷《ひでさと》の子孫か。
二三 巻七、三三〇頁に、船上山へ馳せ参じた者の中に、備前の「中吉《なかぎり》」として見えるが、ここは別人か。
二四 武蔵を根拠としていた七つの同族的武士集団である武蔵七党の一、丹の党。
二五 武蔵七党の一、児玉党。
二六 巻七、三三〇頁に船上山へ馳せ参じた者の中に、「金持の一党」が見える。伯耆《ほうき》の武士。
二七 七条大路と東洞院大路との交わる辺。

るが、深手《重傷》を負うてひきかねけるを、播磨国の住人肥塚《こいづか》[一]が一族（六波羅方）、三百余騎が中に取り籠めて、出し抜いて[二]いけどりてんげり。丹波国神《み》池《いけ》[三]の衆徒（先帝方）は、八十余騎にて五条西洞院[四]まで攻め入り、御方の引くを《退いたのも》も知らで戦ひけるを、備中国の住人（六波羅方）、庄三郎《しやうのさぶらう》[五]・真壁四郎《まかべのしらう》、三百余騎にて取り籠め、一人も余さず討ちてんげり。方々《はうばう》の寄手（先帝方）、あるいは討たれ、あるいは破られて、皆桂川の辺まで引いたれども、名和小次郎《なわのこじらう》[六]と児島備後三郎《こじまびんごのさぶらう》[七]とが向ひたりける《向った》一条の寄手はいまだ引かず、懸けつ返しつ《進んだり退いたり数時間にわたって》時移るまで戦ひたり。防くは陶山と河野にて、攻むるは名和と児島となり。児島と河野[八]とは一族にて、名和と陶山とは知り人[九]なり。日頃[一〇]のことばをや恥ぢたりけん、後日の難をや思ひけん《後で非難されるのをきらったか》、死んでは尸《かばね》をさらすとも、逃げて[一一]名をば失はじと、互ひに命を惜しまず、をめき叫んでぞ戦ひける。大将頭中将（忠顕）は、内野《うちの》[一二]まで引かれたりけるが、一条の手（名和　児島）なほ相支へて戦ひ《もちこたえて合戦の最中であると報せがあったので》なかばなりと聞えしかば、〔大将は〕また神祇官《じんぎくわん》の前へ引つ返して、使ひを立てて児島と名和とをよび返さ

一　桓武平氏らしいが未詳。
二　他の味方の軍に先がけて攻め、（金持を）生捕りにした。
三　兵庫県氷上《ひかみ》郡春日《かすが》町多利《たり》の妙高山山上にある天台宗の寺院。養老二年（七一八）、法道仙人の開基。聖武《しようむ》天皇の勅願所ともなった。
四　五条大路と西洞院大路が交わる辺。
五　庄・真壁ともに、巻七では船上山へ馳せ参じた者として見えるが、ここでは文脈から推して六波羅方の勢と見られる。巻七の庄・真壁とは別人か。
六　巻七、三二九頁、船上山にて先帝を保護した名和一族の中に「小次郎長生《ながたか》」が見える。
七　巻四、一七五頁、先帝隠岐《おき》遷幸の際に途中馳せ参ろうとした児島（底本は以下「小」をあてる）備後三郎高徳《たかのり》のこと。
八　「児島」は宇多源氏。「河野」は孝霊《こうれい》天皇の子孫を称するが未詳、伊予の豪族。この両氏の関係は明らかでないが、あるいは縁戚関係があったか。
九　（敵・味方に別れて戦ってはいるが）知り合いの仲である。
一〇　常に言っていた勇ましいことばを恥ずかしく思ったのであろうか。
一一　逃げたりして名誉を失うことはすまいと。
一二　北野の南、上京区の西南部に位し、大内裏のあった土地。

[一三] 挨拶《あいさつ》して。
[一四] 夕暮れ。
[一五] 西京区御陵峰《みささぎみね》ヶ堂《どう》。三七八頁注七参照。
[一六] 大将の下に位置し、軍を指揮する侍。
[一七] 都から少し離れて陣をしき。山城から離れ、それ以遠の地に後退することをほのめかすもの。
[一八] (お考えください)どういうわけで赤松がわずか千余騎の軍勢で三度まで京へ攻め入り、敗れながらなお八幡・山崎にとどまっているのか(その赤松の心中を)。「いかなれば」は、「去らで候ふぞ」にかかる。三三七頁に、赤松は三千余騎を率いていたとある。

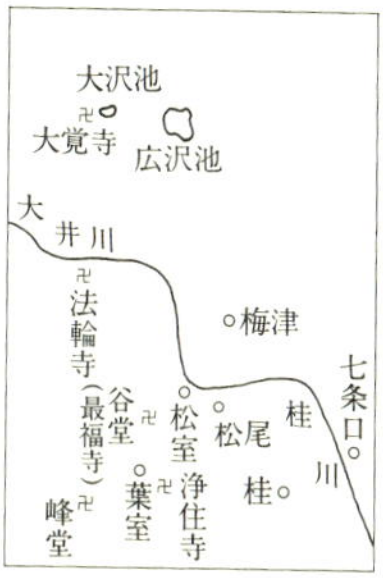

忠顕、高徳の反対をふり切り京を落ちる　高徳これを怒る

れけり。かれ等二人、陶山と河野とに向つて、「今日すでに日暮れ候ひぬ。後日にこそまた見参《けんざん》に入らめ《お目にかかろう》」と色代《しきだい》[一三]して、両陣ともに引き分けて、各《おのおの》東西へ去りにけり。

夕陽《せきやう》[一四]に及んで、軍《いくさ》散じければ《戦いが終ったので》、千種殿《(大将忠顕)》は、本陣峰《みね》堂《のだう》[一五]に帰つて、御方の手負《負傷者》・討死《死者》をしるさるるに《記録されたところ》、七千人に余れり。その内にむねとたのまれたる《主要戦力として》大田・金持《かなぢ》の一族以下数百人討たれをはんぬ。よつて、一方の侍大将[一六]とも成るべき者とや思はれけん、児島備後三郎高《たか》徳《のり》を呼び寄せて、「敗軍の士力《兵》疲れて再び戦ひ難し。都近き陣は悪しかりぬと覚ゆれば《不都合と思われるので》、少し境を隔てて[一七]陣を取り、重ねて近国の勢を集めて、また《再度》京都を攻めばや《京都を攻めようと思うが》と思ふはいかに計らふぞ《いかが考えるか》」とのたまへば、児島三郎聞きもあへず《聞くやいなや》、「軍《いくさ》の勝負は時の運による事にて候へば、負くるも必ずしも恥ならず。ただ引くまじき所を引かせ《退くべきでないのを退かせたり》、かくべき所をかけざるを《攻めるべき所を攻めないのを》大将の不覚《誤り》とは申すなり。いかなれば[一八]、赤松入道はわづかに千余騎の勢を以つて、三箇度まで京都へ攻め入り、叶はねば引き退いて、遂に《「しかも」結局》八幡・山崎の陣をば去らで候ふぞ。御勢たとひ過半討たれて候ふとも《半数以上が討たれたとしても》、残るところの兵なほ六波羅の勢よりは多かるべし。この御陣《（西山の陣）》、[一]後《うしろ》は深山《みやま》にて前は大河なり。敵もし寄せ来たらば、好むところのとりでなるべし《うってつけのとりでとなりましょう》。[二]あなかしこ、この御陣を引かんとおぼしめす事、しかるべからず候ふ《あってはなりません》。ただし御方の疲れたるつひえに乗つて《衰えに乗じて》、敵夜《よ》討《うち》に寄する事もや候はんずらんと存じ候へば、高徳は[三]七条の橋づめに陣を取つて相待ち候ふべし。御心安からんず《信用のおける》る兵どもを四、五百騎が程、[四]梅津・[五]法輪の渡しへさし向けて、警固をさせられ候へ」と申し置いて、すなはち《ただちに》児島三郎高徳は、三百余騎にて、七条の橋より西にぞ陣を固めたる。千種殿《（大将忠顕）》は、児島に言ひ《忠告さ》恥ぢ《れて》しめられて、暫しは峰堂におはしけるが、敵もし《もしや》夜討にや寄せんずらんと言ひつることばに驚かされて、いよいよ臆病心やつきたまひけん、夜半過ぐる程に、[六]宮を御馬に乗せたてまつて、[七]葉室《はむろ》の前をすぢかひに《突っきって》[八]八幡を指してぞ落ちられける。備後三郎、かかる事《こんな事》

一 背後の西山、前の桂《かつら》川を指す。

二 下の「べからず」と呼応し、ゆめゆめ……してはならないの意の副詞。身分の高い相手に対し、その言葉や行為を制止することば。

三 「橋づめ」は、橋のたもと。七条の橋と言えば、賀茂川にかかる七条通の延長線上の橋を言うが、ここは西山であるので、桂川と大宮丹波路の交わる辺を言うか。

四 右京区梅津。四条通の西末に当る。桂川をはさんで松尾《まつのお》に対する。

五 法輪寺（西京区嵐山。大堰《おおい》川の右岸にある真言宗御《お》室派《むろは》の寺）の辺の、大堰川の渡し場。

六 前出の、第六の宮（実は第四の宮か）とあった静尊法親王。

七 西京区山田葉室《はむろ》町。桂川より西、衣笠山を背にする地。

八 石清水八幡宮。

とは思ひもよらず、夜深方《よふけがた》に峰堂を見やれば《見渡すと》、星の如くに耀《かかや》き見えつる篝火《かがりび》、次第に数消えて、所々《しよしよ》にたきすさめり[九]。〔高徳は〕これは、あはれ《ああどうしたことだ》大将の落ちたまひぬるやらんと怪しみて《大将その人がすでに退却してしまわれたかと怪しんで》、事の様を見んために、葉[一〇]室大路より峰堂へ上るところに、荻野《をぎの》彦六朝忠《ひころくともただ》、浄住寺《じやうぢゆうじ》[一一]の前に行き合ひて、「大将すでによべ[一二]子《ね》〔十二時頃〕の刻に落ちさせたまひて候ふあひだ、力無く《やむなく》われ等も丹波の方へと志してまかり下り候ふなり。いざさせたまへ《さあおいでください》、うち連れ申さん」と言ひければ、備後三郎大きに怒つて、「かかる臆病の人を大将とたのみけるこそ越度《をちど》[一三]なれ。さりながらも[一四]ぢきに事の様を見ざらんは、後難《こうなん》[一五]も有りぬべし。〔そなたは〕はや御通り候へ。高徳はなにさま《とにかく》峰堂へ上つて、宮の御跡を見たてまつて、追つつき申すべし」と言ひて、手の者ども[一六]をば麓に留《と》めて、ただ一人落ち行く勢の中を押し分け押し分け、峰堂へぞ上りける。大将のおはしつる本堂へ入つて見れば、よく《よほど》あわてて落ちられけりと覚えて、錦《にしき》の御旗、鎧直垂《よろひひたたれ》まで捨てられたり。備後三郎腹を立てて、「あはれ

九 燃え尽きようとして、その残り火がちらちらと見えている。「すさむ」は、勢いが尽き衰えること。
一〇 葉室へ通ずる大路の意か。
一一 西京区山田開キ町（葉室の中）にある叡尊《えいそん》の開基、葉室氏（藤原）の建立した律宗《りつしゆう》の寺。
一二 昨夜。底本や西源院本などに「夜部」とある。慶長十年版本・寛永版本は「夕部」。
一三 過失。あやまち。
一四 自分の眼で、直接、しかと。
一五 後日、非難をこうむることもあろう。
一六 底本や寛永版本は「兵」とあるが、西源院本、玄玖《げんきゆう》本などによって改める。

この大将いかなる堀・がけへも落ち入つて死にたまへかし《どこでもよい堀にでもがけにでも落ち込んで死んでしまえばよい》」とひとりごとして、しばらくはなほ堂の縁[一]に歯がみをして《歯をくいしばり〔怒って〕》立つたりけるが、今は[二]さこそ手の者どもも待ちかねたるらめと《きっとわが家来たちも待ちかねていることであろうと》思ひければ、錦の御旗ばかりを巻いて、下人《げにん》[三]に持たせ、急ぎ浄住寺の前へ走り下り、手の者うち連れて馬を早めければ、追分《おひわけ》[四]の宿《しゆく》の辺にて、荻野彦六にぞ追つつきける。荻野は、丹波・丹後・出雲・伯耆へ落ちける勢の、篠村・稗田《ひえだ》[五]辺にうち集まつて三千余騎有りけるを相伴ひ、路次《道中》の野伏《のぶし》[六]を追ひ払うて、丹波国高山寺《かうせんじ》[七]の城にぞたてごもりける。

谷堂《たにのだう》炎上の事

千種頭中将《ちくさのとうの》（忠顕）は、西山の陣を落ちたまひぬと聞えしかば、翌日四月九日、京中[八]の軍勢（六波羅方）、谷堂・峰堂以下《いげ》、浄住寺・松尾《まつのを》・万石大路《まんごくおほぢ》・

一 室の外側に設けた、せまい板敷き。
二 底本は「さてこそ」とある。
三 身分の低い家来。
四 丹波路の宿場で、今の京都府亀岡市追分町。
五 亀岡市稗田野《ひえだの》。
六 農民の武装したゲリラ。敵を奇襲したり敗残者を襲ったりした。
七 兵庫県氷上《ひかみ》郡氷上町にある、天平年中、法道仙人の開基になる寺。
＊ 三光天子出現の奇瑞《きずい》、諸国の兵の参加を見るなど先帝方の京都進撃を快調に描きながら、大将とはいえ堂上貴族上がりの六条忠顕の無能による敗退を、現実に戦闘を進めた児島・赤松ら武将の側から描く。それに、宮方と六波羅方の識別に困難を感じさせるような、作品として散漫とも言うべき両軍の集団戦の描写は、巻二十二辺り以降に特に顕著に見られる『太平記』の特色をすでに見せ始めていると言える。
八 玄玖本では、この段の末尾に六波羅勢の行為について「此《かか》ル霊瑞奇特ノ大伽藍ヲ敵陣ニ取リタレハトテ悉ク被レ亡ケルハ」としているので、ここも六波羅側の軍勢の行為を言うのであろう。

六波羅勢、葉室・松尾の寺社を掠奪《りやくだつ》放火

九 家屋や資財を没収し。

一〇 今の延朗堂の辺にあったか。
一一 底本は「三尊院」。嵯峨《さが》にあり、嵯峨天皇の勅願により慈覚大師の創立。ただしこれでは位置が離れ過ぎ疑問が残る。
一二 建物を数えるための接尾語。元来は軒の意。
一三 仏の教えを三種に分けた中の経蔵と論蔵。
一四 義家四世の子孫で、義信の息。両親を失い十四歳で園城寺の永証《えいしよう》に学びさらに天台に入る。しばしば松尾明神が彼を訪ねて来たり、その法華経読誦《どくじゆ》を聴聞したと言う。
一五 仏道を志す者に課せられる修善・精神統一・煩悩《ぼんのう》断絶のための基本的修行。
一六 大山咋神《おおやまくいのかみ》。上賀茂神社の祭神賀茂別雷《わけいかずちの》神の父神。中世以降、酒造神としても有名。
一七 仏法を守るあげまき（幼童の髪形）姿の天人。
一八 智（煩悩を断つ精神作用）を有し行《ぎよう》を深く積んだ上人。
一九 義理・人情が薄くて軽薄な末世。
二〇 透徹した智は悠然《ゆうぜん》と流れる川のごとくに持続され、明るい法（教え）は、きらきらと光り輝く燈火のように現世に光り輝いている。清浄な智（精神作用）を清い流れに、明るい教えを燈の光にたとえた文句。
二一 四方がそれぞれ三間の、経文を納める建物。
二二 仏教が一切の衆生《しゆじよう》の間に広く行われ、迷いを打ち砕く、その意味を表して。
二三 珍しい木や石を配した。

谷堂の由来

葉室《はむろ》・衣笠《きぬがさ》に乱れ入つて、仏閣《ぶつかく》・神殿を打ち破り、僧坊・民屋《みんをく》を追《つい》[九]捕《ふ》し、財宝をことごとく運び取つて後、在家《民家》に火を懸けたれば、をりふし魔風《おりから悪魔のような風が》烈しく吹いて、浄住寺・[一〇]最福寺《さいふくじ》・葉室・衣笠・[一一]二尊院《にそんゐん》、惣じて堂舎三百余箇所《合わせて寺院の建物》、在家《民家》五千余宇《う》[一二]、一時に灰燼《くわいじん》と成つて、仏像・神体・[一三]経論《きやうろん》・聖教《しやうげう》《経典》、忽ちに寂滅の煙と立ち上る《煙となって滅びてしまった》。

かの谷堂と申すは、八幡殿《（源義家）》の嫡男対馬守義親《つしまのかみよしちか》が嫡孫、[一四]延朗《えんらう》上人造立《ざうりふ》の霊地《聖なる土地》なり。この上人、幼稚の昔より《幼時から》、武略累代の家を離れ《代々武士であるその家を離れ》、ひとへに寂寞《じやくまく》無人《さびしい》の室《むろ》を卜《し》めたまひし後、[一五]戒《かい》・定《ぢやう》・慧《ゑ》の三学を兼備して《あわせ学んで》、六根清浄《ろくこんしやうじやう》の功徳をえたまひしかば、法華読誦の窓の前には《身心を清浄にする功徳をえられたので法華経を読誦する》、[一六]松尾の明神座列して耳を傾け《〔上人に〕並び座して聴聞し》、真言秘密の扉《とぼそ》の中には《密教秘儀の道場の中では》、[一七]総角《そうかく》の護法手をつかねて《手を合わせて拝み》奉仕《ぶし》したまふ《仕えられた》。かかる[一八]有智《いうち》・高行《かうぎやう》の上人草創せられしみぎりなれば《創立された道場なので》、五百余歳の星霜《年月》を経て、末世・[一九]澆漓《げうり》の今に至るまで、[二〇]智水流れ清く、法燈《ほつとう》光あきらかなり。[二一]三間四面《さんげんしめん》の輪蔵《りんざう》には、[二二]転法輪《てんぼふりん》の相を表《へう》して、七千余巻の経論を納めたてまつられけり。[二三]奇樹・怪

浄住寺の由来

石の[一]池上《ちじやう》には、[二]兜率《とそつ》の内院を移して、四十九院の楼閣《ろうかく》を並ぶ。[三]十二の欄干《てすりには》、[四]珠玉天にささげ、[五]五重の塔婆《たふば》、金銀月を引く。あたかも極楽浄土の[六]七宝荘厳《しつぽうしやうごん》の有様もかくやと覚ゆるばかりなり。

また浄住寺と申すは、[七]戒法流布《るふ》の地、[八]律宗作業《さごふ》のみぎり《道場》なり。釈尊[九]御入滅のきざみ《時》、[一〇]金棺《きんくわん》いまだ閉ぢざる時、[一一]捷疾鬼《せふしつき》といふ鬼神、ひそかに[一二]双林の下《もと》に近付いて、[一三]御牙《きば》を一つ引つ欠いて《引き抜いて》これを取る。[一四]四《し》衆《しゆ》の仏弟子驚き見て、これを留《とど》めんとしたまひけるに、片時が間に《〔鬼は〕あっという間に》[一五]四万由旬《ゆじゆん》を飛び越えて、[一六]須弥《しゆみ》のなかば《中腹》[一七]四王天《しわうてん》へ逃げ上る。[一八]韋駄天《ゐだてん》追ひつめ奪ひ取り、これを得て、その後漢土の《中国の》[一九]道宣律師《だうせんりつし》に与へらる。しかつしより《それ以来》このかた、《〔例の牙を〕》[二〇]相承《さうじよう》して、わが朝《わが国》に渡せしを、嵯峨《さが》天皇の御宇《御代》に、始めてこの寺に安置したてまつらる。おほいなるかな《偉大なことよ》、[二一]大《たい》聖世尊《しやうせそん》滅後[二二]二千三百余年の以後、仏肉《仏の肉体》なほ留《とど》まつて、《〔その教えが〕》広く天下に流布する事あまねし。

かかる[二三]異瑞奇特《いずいきどく》の大伽藍《大寺院》を、咎《とが》無うして滅ぼされけるは、ひとへ

一 池のほとり。
二 「兜率の内院」は、欲界六天の第四に当る兜率天《とそつてん》にあり、将来仏となるべき菩薩《ぼさつ》が住み、弥勒《みろく》菩薩が説教している場所。ここは、これをまねて四十九もの建物が軒を並べていることを言う。
三 十二は、十二因縁・十二神将・十二天など、仏教で聖なる数字とされる。
四 美しい真珠や玉が高々と飾られ。
五 五重の塔は、金銀をちりばめて月光に照り輝いている。
六 宝物が美しく輝くさまも、こうしたものかと思われるほどである。
七 戒律の法が広く行われる土地で。
八 律（釈尊が悪行を禁ずるために定めた規範）を研究実践する宗派。「作業」は、行う意で、呉音で「さごう」と読む。
九 煩悩を断ち、悟りの境に入ること。一般に聖者や高僧の死を言う。ここもその意。
一〇 金で作った棺。
一一 足が速く、すばやいと言われる羅刹《らせつ》（悪鬼）。
一二 釈尊が入滅した所にあった沙羅《さら》双樹。
一三 釈尊の犬歯。
一四 教団を構成する比丘《びく》（僧）・比丘尼《びくに》（尼）・優婆塞《うばそく》（男の信者）・優婆夷《うばい》（女の信者）。
一五 距離の単位。約六〇キロとも一二〇キロとも。
一六 古代インドの宇宙観による、世界の中心をなす高

に武運《幕府の運》の尽くべき前表《前兆》かなと、人皆[二四]唇《くちびる》を翻《ひるが》へしけるが、はたして幾《間》程《もなく》もあらざるに、[二五]六波羅、皆番馬《ばんば》にて亡び、一類《その一門》ことごとく[二六]鎌倉にて失せける事こそ不思議なれ。「[二七]積悪《せきあく》の家には必ず余殃《よあう》有り」とは、かやうの事をぞ申すべきと、思はぬ人も無かりけり。

太平記巻第八

山、須弥山《しゅみ》。その頂上に帝釈天《たいしやくてん》を囲む三十三天の宮殿、中腹の四方に四天王の宮殿があると言う。
一七 須弥山の中腹にある四天王の住む所。
一八 仏教伽藍《がらん》の守護神で、足の速いことで有名。
一九 唐代の律宗の僧で、南山律宗の祖。史学者としても功績を残した。
二〇 代々に伝えて。
二一 大いなる聖人、つまり釈尊。
二二 釈尊の入滅は紀元前三八三年とされるので、この正慶二年は、一七一六年後に相当する。
二三 非常に不思議なしるしのある。
二四 非難したが。
二五 この後、五月、探題仲時らが近江《おうみ》の番場《ばんば》に自刃する（巻九「越後守仲時以下自害の事」）。
二六 同じく五月、高時らが鎌倉に自刃する（巻十「高時ならびに一門以下東勝寺において自害の事」）。
二七 悪事を積み重ねて来た一族は、必ずわざわいに見まわれる。『易経』「文言伝」などに見えることば。
＊ 谷堂・浄住寺の縁起を引用しながら、これら霊寺霊社に火を放ち掠奪《りやくだつ》を行った六波羅が、やがてその咎《とが》をこうむり亡ぶべき運命にあることを予告する。一巻をしめくくるにふさわしい結びで、次いで新しい事態の出来《しゅったい》することをほのめかしている。

解説

太平記を読むにあたって

山下宏明

一　はじめに

ある日――正確な日付はわからない。けれども登場する人物の没年から想像して、まず観応《かんのう》元年（一三五〇）以前であることは間違いない――足利《あしかが》一族の廟所《びょうしょ》である京都の等持寺《とうじじ》に、法勝寺《ほっしょうじ》の慧鎮《えちん》上人が、当時執筆中であったと思われる『太平記』の中、さしあたり三十余巻を持参し、足利将軍尊《たか》氏《うじ》の実弟で兄を補佐していた直義《ただよし》の閲覧に供した。当日、これを天台の碩学《せきがく》、玄恵《げんえ》（玄慧とも）法印に朗読させたのであるが、これを聴いていた直義は、あまりに事実と違う個所の多いことを不満に思って、書き入れや削除《さくじょ》を命じ、その間しばらく他見を禁じた。以後、おそらく直義らの検閲を受けながら、修正が行われ、一時中断することもあったが、重ねてその切り継ぎ作業が続けられたと言う。

かつては九州探題《たんだい》として幕府の九州経営に尽力し、足利政権の確立に大きく貢献した、しかも足利の一支族である今川貞世《いまがわさだよ》（貞治六年、出家して了俊《りょうしゅん》と号す）が、その著『難太平記《なんたいへいき》』に、このことを次のように記している。

昔等持寺にて法勝寺の慧鎮上人この記（太平記）を先づ三十余巻持参したまひて錦小路殿《にしきこうぢどの》（足利直義）の御目にかけられしを、玄恵法印に読ませられしに、多く悪き事も誤りも有りしかば、（直義の）仰せに言はく、「これは且《か》つ見及ぶ中にも以つてのほかちがひめ多し。追つて書き入れ、また切り出すべき事など有り。その程外聞あるべからざる」の由《よし》、仰せ有りし。後に中絶なり。近代重ねて書き続けり。ついでに入筆どもを多く所望して書かせければ、人、高名《かうみやう》数を知らず書けり。さるから随分《ずいぶん》高名の人々も且つ勢ぞろへばかりに書き入れたるもあり。一向略したるも有るにや。

いったい、『太平記』のどこが、どのように間違っているとして、直義は加筆・削除を行えと命じたのだろうか。その非難する一例を挙げてみよう。現存の『太平記』では巻九に入るが、北条政権がいよいよ滅亡に近づいた頃、北条の配下にあった足利高氏(後に尊氏)が寝返って後醍醐天皇の側につき、結果的に北条の滅亡を早めることになったのだが、この所を、例の慧鎮の持参した『太平記』では、高氏が後醍醐天皇に「降参せられけり」と書いてあったらしい。事実は一つ、要するに高氏が後醍醐天皇の側に鞍《くら》がえしたということで、これを降参と見るか、先を見越して戦術転換を行ったと見るか、それとも後醍醐天皇に忠誠を尽そうとしたと見るか、それは見る人の立場によって違ってこよう。しかし、ともかく直義や今川貞世の側から見て、「降参せられけり」という書き方は「無念」な事であった。このままでは放っておけない。この『太平記』は慧鎮や玄恵などが関与しながらどうも間違いが多い。十中、八、九がでたらめだ、と言うのである。こうして直義の命令により一時執筆がとどめられ修正が行われたのであった。この結果、戦闘に参加した人々やその縁者などから戦功の中告が多く寄せられることになる。

さて、われわれは、この今川らの主張をどう考えたらよいであろうか。なるほど今川貞世や、その主人に当る尊氏・直義らの立場から事態を見れば、『太平記』の書きようには、いろいろ不都合もあろう。また、せっかくの戦功をあげながら公平な評価をされていない人々から見ても不満はあろう。

しかし、このように散々けちを付けられ、十中、八、九はでたらめだとまできめつけられた『太平記』の作者は、これらの非難をいったいどのように受けとめたであろうか。われわれは、直義や貞世の立場からではなく、『太平記』作者の身になって考えてみなければならない。そうすることが『太平記』を読むということであろう。確かに、『太平記』のような作品は、直義や貞世あるいは作中に登場する人物やその縁者の支えを抜きにしては成り立たなかったろう。であればこそこの直義の命令によって『太平記』は大いに修正を施されることになった。しかし作者は、決して、当時の読者、それもこのようにごく限られた特定の人々のためにのみ『太平記』を書こうとしたのではない。だからおそらく直義らの申し立てにあって、その処理に困惑したことであろう。修正や加筆を行いつつ、時には申告者の氏名を、作中、戦闘場面に先立つ勢揃《せいぞろ》えの中に登録させることで何とかお引きとり願ったこともあったらしい。『難太平記』にはそう書いてある。

なおしばらく作者の心中を推察しながら話を進めよう。直義より異議申し立てのあった、高氏の後醍醐天皇側への鞍がえについて、現存の『太平記』はすっかり書き改め、責任をむしろ北条高時の無理難題に求め、高氏の変り身をいかにももっともなこととして描いている。「降参」の字はどこにも見あたらない。

とにかく作者にとってこうした異議申し立ては迷惑なことだったろう。いつ、だれが、どのような戦功を挙げたか、それを網羅《もうら》しなければならないなどとは考えてもいなかったろうし、何よりも事態を万事尊氏や直義の都合のよいようにばかり見なければならぬなど、思いもしなかったろう。第一、そんな事を考えていたのでは、今日、『太平記』がこのように日本の代表的な古典として読者の目にふれることもなかったろう。室町時代に入ると、まさしくこのような戦闘に参加した人たちの要請を受けて書かれ、あるいは為政者の側からとらえた軍記が大量に生み出されることになるのだが、それらと『太平記』とを同次元に論じられたのでは、『太平記』作者にとって迷惑千万というものだ。どうも『太平記』作者の関心は、今川貞世らの意図するところと全く違っていたように思われる。にもかかわらずわたくしがあえてこれを引き合いに出したのは、『太平記』が、このような非難を浴びせ不満を感じた人たちときわめて近い所で書かれ、かれらによって読まれたことが事実であり、それに遺憾《いかん》ながらかれらの非難を全く無視できなかったこともまた否定できない事実であったからである。それに、この『難太平記』の指摘するところが、少なくとも現存する『太平記』の成り立ちを考える上では重要な示唆をも与えるからである。言いかえれば、それこそ不本意ながら、この今川貞世の指摘を通して『太平記』の実態を認識する有力な手がかりが得られるのであり、そうすることが作品を読み進める上で、その読みを一層深めることになるだろうからである。

二　『難太平記』の語るもの

いったい、『難太平記』とは、どのような著述であるのか。本書の書かれたのは、応永九年（一四〇二）である。貞世は、早く二代将軍義詮《よしあきら》の死を契機に出家し了俊と号していたが、その執政に大いに実をあげた九州探題の職を、幕府内部の争いにまきこまれ、また政策上、将軍との不一致もあって、応永二年、解任されていた。将軍義満の嫌疑が深まる中、ついに応永七年には、上杉憲定《のりさだ》の軍の追討を受け、これに降伏している。こうして応永九年当時、了俊は七十八歳の高齢に達していた。了俊には、三代将軍義満の代になり、次第に家運の傾く今川の家を何とかせねばならないという思いがあった。そのあせりのために、かつて父範国《のりくに》から聞いていた尊氏・直義の頃の盛時がおのずからしたわしく思われる。勿論、そこには義満への不満がある。ところが、どうしたことか『太平記』は、敬愛する二人、すなわち尊氏・直義の行動や、彼らに仕えた今川一門の行動を正しく描いていない。どうも『太平記』には間違いが目につく。ぜひこれは指摘しておかねばならない。将軍家内部の争い、それに義満の識見の無さがわざわいし、わがライバル大内義弘《よしひろ》の讒言《ざんげん》もあってとかく将軍の嫌疑をこうむりがちなこのわが身の潔白をも書き残しておきたい――こうした今川一門の立場を主張するのが『難太平記』である。だから個々の事件について、一々、今川家としての立場からの意見を述べている、その一つ一つの解釈は割り引いて読む必要があろう。けれども事件そのものについては、何と言っても著者了俊がその父から聞き、また自らが体験したところでもあり、「ひが覚え多かりぬべきをば皆略したり。たしかに覚え、また支証分明（証拠十分）の事ばかりを申すなり」と、自負をもって記しているのであるから、まず信用してよいだろう。例の直義が『太平記』の執筆を中止させたという話も、もともと錦小路殿直義その人の口から出た話かも知れない。このように考えると、『太平記』が成立する時点で起った事柄は、先ず実際にあったことと見て誤りあるまい。ただし誤解しないでいただきたいが、わたくしは、決して直義や了俊のように、『太平記』には間違いが多いと言おうとするものではない。むしろ、でたらめばかりだときめつけられた慧鎮や玄恵の側から見てみようとするものである。

『太平記』の研究者の間でも、もっとも重要な課題とされているのであるが、どうやら『太平記』の成立にきわめて近い所にいたらしい慧鎮や玄恵が、直義をはじめ当時の人たちの非難をどのように受けとめたか、それらの非難がどのように『太平記』に影響を与えたか、それとも本質的には影響を与えなかったのかどうかが、わたくしには興味深い問題なのである。例の玄恵は、著名な天台の学問僧で、宋学《そうがく》にも精通し、後醍醐天皇をはじめ、持明院《じみょういん》・大覚寺《だいかくじ》の両統の対立を越えて皇室・貴族、さらには幕府からも高く評価された人物である。しかも、一方で、不思議な事に狂言や『平家物語』の編者だとも言われていた。狂言や『平家物語』については、どうやら誤伝であるらしいが、それにしてもなぜそのような言い伝えがなされたのか、無視すべきことではあるまい。それはとにかく、この『太平記』と玄恵との関係については、玄恵と近かったはずの直義の発言であり、それに了俊自身が玄恵と生存年代を一部同じくするのであるから、かなりの信憑性《しんぴょう》がある。現に、旧加賀藩主前田家の文庫である尊経閣《そんけいかく》に伝わる、好学の士前田綱紀《まえだつなのり》(一七二四年没)の手びかえノートである『桑華《そうか》書《しょ》志《し》』に、関白の官をもきわめた歌学者一条兼良《いちじょうかねら》(一四八一年没)が校合の手を加えたらしい『太平記』写本の奥書が記録されている。それによると、「賢恵《ママ》」(玄恵だろう)を『太平記』の原作者とし、その子息の伊牧《いぼく》が書き継ぎを行ったとある(鈴木登美恵氏の紹介による)。また伊勢の神宮徴古館《ちょうこかん》に伝わる写本には、玄恵が『太平記』を再構成したとする伝承を記す奥書のあることが紹介(長谷川端氏)されている。もう一人の慧鎮は、後醍醐天皇をはじめ五代の天皇の親任をえた高僧で、弘安四年(一二八一)七月、近江《おうみ》浅井郡今西庄の生れ、十五歳の年、叡山《えいざん》の西塔院南尾戒上坊《にしのとういんみなみおかいじょうぼう》に入門したが、二十三歳、名声を嫌ってここを去り中山真如堂《なかやましんにょどう》から南禅寺《なんぜんじ》へ、さらに黒谷《くろたに》へと移った清僧であったと言う。

これら玄恵・慧鎮と『太平記』との関係については、慧鎮の属する法勝寺をいわば『太平記』制作の工房として、この寺に出入りするもろもろの遁世《とんせい》の聖《ひじり》や山伏、あるいは合戦の敗残者といった人たちからいろいろな情報や資料を手に入れながら、小島法師（後述）という芸人が、これを一編の作品としてまとめあげた。その工房の主が慧鎮であり、その監修者の立場にあったのが玄恵ではなかったか、とも長谷川端氏は言う。ちょうど『平家物語』について、行長という遁世者が作者で、盲目の芸人性仏《しょうぶつ》と協力して、延暦寺の長官をもつとめたことのある慈円の世話を受けつつ書かれたのではないかとされる事情と似ている。

三　『太平記』成立の事情とその後の経過

『太平記』の作者や制作の場については、なお今後研究が進められるであろうが、ここで『難太平記』が記録していたもう一つの問題、『太平記』の成立事情について検討しておきたい。はじめにかかげた『難太平記』の文章を思い出していただきたい。要約すると、まず、法勝寺の慧鎮上人が、三十余巻を等持寺に持参し、これを直義の閲覧に供し、玄恵に朗読させた。ところが、直義は、その『太平記』に、自分の見聞したところとはかなりの違いがあり、間違いがあるようなので改訂の必要から、一時、外に出すのを禁じた。そして切り継ぎが行われる。いったんその作業を中断、最近再開されたが、多くの人たちからその一門や知人の勲功について申告がなされ、その処理は大変な作業で、十分満足できる結果はえられなかった、と言うのである。つまり『太平記』の成立事情について、

(1)　まず三十余巻が完成したとすること。

(2)　足利直義の命令により改訂が行われ、その作業はもっぱら功名書き入れの扱いにあったとする

こと。

の二点に注目したい。軍記としての性格から言って、『太平記』は、その成立の当初から功名書き入れのための情報収集がずいぶん行われたことと思われる。それに『太平記』が世に流布するようになってからも、いろいろ功名の書き入れの行われたことが、現存する諸本をめぐって明らかにされている（後述）。『太平記』諸本の精力的な調査の成果の一つが、この功名書き入れの指摘にあったと言っても過言ではない。しかも鈴木登美恵氏によれば、これらの書き込みにもかかわらず、『太平記』の文学作品としての質にはさほどの影響を与えていないと言う。直義らの要請により訂正や功名の書き入れが行われながら、『難太平記』の著者今川了俊をして「この記の作者は宮方深重《みやかたしんちょう》の者にて」とまで言わせたような、『太平記』作者の意図する主題や構想が厳然として存在し続けたのである。あの複雑な南北朝の内乱期から室町時代にかけての時代を生きる以上、直義や了俊ならずとも政治的な利害意識の働くのはやむをえぬことであったろう。人々の目にはついつい「宮方的に過ぎる」と言いたくなるような――勿論『太平記』の世界は、そんなにせまいものではないけれども――ものが、それこそ『太平記』にはあるわけで、それを探るのが『太平記』を読むことの一つの重要な課題であろう。言いかえれば、あの内乱期の数々の事件の中にどっぷりつかっていた人たちに言わせれば「宮方（南朝）びいき」と言わざるを得ないものが何であったかを『太平記』の中に問わねばならない。

　すでに見たように、『難太平記』によれば慧鎮が三十余巻の『太平記』を持参し、玄恵が朗読したと言う。これを事実だとすると、玄恵の没した観応元年（一三五〇）以前に三十余巻の『太平記』が成立していたことになる。その時期をさらにしぼると、この『太平記』の読まれた場所、等持寺の建《こん》立《りゅう》された暦応《りゃくおう》元年（一三三八）以後ということになろう。もっとも現存の『太平記』では、すでに巻二十七において玄恵その人の死を描いているので、当時の三十余巻という巻数は、現存本の巻数の立て方とはかなり違ったものであったはずである。玄恵の死以前を描く、現存本で言って二十五、六巻よりも短いものを三十余巻として構成していたものであろう。『太平記』のような、歴史を描く作品の性格から考えて、暦応二年の後醍醐天皇の崩御を、一時期を画するものとしてとらえた、現存本の巻二十一あたりまでのものではなかったかと推定されている。

ここにもう一つ、興味深い資料がある。文明二年（一四七〇）の跋文《ばつぶん》を有し、今川心性《しんせい》（伝など明らかでない）の編と言う『太平記評判理尽抄《たいへいきひょうばんりじんしょう》』は、『太平記』の成立について、十数回にわたる書き継ぎと修正の過程を考え、新田義貞《にったよしさだ》や玄恵ら十数名を『太平記』の作者として挙げているが、それらは内乱に登場する当事者やそれに近い人物が多い。もとよりその説をそのまま信用するわけにはゆかないけれども、『太平記』が一度に出来たものではなく、複雑な段階を経て成ったものとし、それぞれの作者を想定するのは、確かに『太平記』の真実を言い当てているだろう。少なくとも室町後期の頃の『太平記』の一つの読み方を示すものとして興味深い。それにその説も、さきに見た『桑華書志』に記録される一条兼良校合本の奥書に記すところと重なる部分があり、おそらくそのような言い伝えが室町後期には行われていたのであろう。

とにかく『太平記』は複雑な経過をたどって出来上がったものらしい。ここでよく引き合いに出されるのが、巻一の冒頭「後醍醐天皇御治世の事付けたり武家繁昌の事」の一節（一六頁）に、南北朝の内乱の始まりを描いて、

今に至るまで四十余年、一人として春秋に富めることをえず。

とある個所である。内乱の始まりを元亨《げんこう》四年（一三二四）のいわゆる正中の変に見るか、それとも元《げん》

弘《こう》元年（一三三一）のいわゆる元弘の乱に見るかによって違ってくるけれども、この「今に至るまで四十余年」とあるのに注目すると、一三六〇〜七〇年の頃には『太平記』の執筆が行われていたと推定できる。ところが、諸本の中で、より古い形を伝えていると思われる古本の中に、「四十余年」を「三十余年」とするものがあり、さらに断片の資料ではあるけれども「二十余年」とするものがある。これらによると、『太平記』の執筆時期は一三四〇〜五〇年にもさかのぼれるわけで、この諸本の異同から、『太平記』の各諸本が、一三四〇〜五〇年から一三六〇〜七〇年へと書きかえられて行ったのではないかとも考えられるわけである。

このような本文異同を、どの程度まで手がかりにできるかは、なお検討を要するだろう。成立の経過はさておき、その時期について考えてみると、『東寺百合文書《とうじひゃくごうもんじょ》』におさめられる永和《えいわ》三年（一三七七）九月二十八日、法勝寺執事公文慶承《こうぶんけいしょう》の花厳院御房《けごんいんのごぼう》あて書状に、

かねてまた太平記二帖《でふ》たしかに返しまゐらせつかまつり候ひをはんぬと云々《うんぬん》。

と見えるから、おそくとも永和三年以前に『太平記』の成立していた事は確かである。いや、実はもっと古く、注目すべき記録がある。北朝に仕えた当時の一大学者、洞院公定《とういんきんさだ》の日記の応安七年（一三七四）五月三日の条に、

伝へ聞く、去る二十八、九日の間、小島《こじま》法師円寂《えんじゃく》すと云々《うんぬん》、これ近日天下にもてあそぶ太平記の作者なり、およそ卑賤の器《うつは》たりといへども、名匠《めいしゃう》の聞えあり、無念といふべし。

とある。ちなみに洞院家は皇室の外戚として威を振った西園寺《さいおんじ》家の分家である。この記録は、現在のところ『太平記』に言及するもっとも古い記録である。これによると、当時無官ではあったがやがて権中納言に復することになる洞院公定が、卑賤の生れながら小島法師という者の死を哀惜し、この法

師が、当時天下にもてはやされていた『太平記』の作者であると言うのである。公定の「卑賤の器」という記録を俟《ま》つまでもなく、「法師」を称する者が古く平安時代以来、寺社に所属して雑役に従事する隷属民であったことからも、小島法師が当時どのような階層にある者として見られていたかは明らかである。その「小島」について、江戸時代に編まれた『興福寺年代記《こうふくじねんだいき》』に、

太平記は鹿園院《ろくをんゐん》（足利義満）の御代外嶋と申しし人これを書く、近江の国の住人。

とある。そしてこの「外嶋」は草書体のくずしから「小嶋」とも読め、『洞院公定日記』に言う「小島」と同一人物である可能性が強い。つまり近江の国の住人、小島なる人が浮び上がってくるわけである。このような芸能人によく見られることだが、例えば琵琶法師の「明石覚一《あかしかくいち》」のように、その出身地を名に付けることがある。これを在名《ざいみよう》と言う。この事から考えて、例の「小島」も、あるいは近江の地名ではないかと思われる。長谷川端氏は、滋賀県守山《もりやま》市に小島の地名を見出し、この地とゆかりのある者ではないかと言う。

しかしこの「小島」には異説もある。資料として時代は下がるが、室町幕府政所《まんどころ》の沙汰人蜷川親俊《にながわちかとし》が、政務の諸行事を記録した『親俊日記』に、「西陣小嶋法師《にしじん》」を称する複数の人間が見える。歴史学者の横井清氏は、その「西陣」界隈《かいわい》が、北は、延暦寺の説教の家を以って知られる安居《あぐい》院の居住地から、南は、これも陰陽道《おんみようどう》の家でしばしば説話に登場する安倍晴明《あべのせいめい》で有名な一条戻橋《もどりばし》までを画する地域であることに注目する。この地域は、かつて零細な陰陽師や雑芸者の集まり住む土地であったことから、安居院を中心とする説教師たちからの情報・伝説の収集が可能で、『太平記』を書くにはうってつけの場所であった。おそらく複数の小島法師がいたと思われ、その中から一人の名匠「小島法師」を送り出したと想定するのが横井氏の考えである。

ともあれこの小島法師については、なお研究を待たねばならない。さきに紹介した慧鎮や玄恵との関係についても明らかでないけれども、さしあたっては、公家でもなく武家でもない「卑賤の器」を以って呼ばれる法師が作者に想定されること、そして南北朝の内乱のまだ完全に終結しない応安年間には『太平記』が成立していた、それも次に見るように現存の四十巻の形をなしていたらしいことを確認するにとどめよう。この点でも、動乱が完全に終結して後、かなりの時間をかけて作られていった『平家物語』とは性格が違うわけである。

四　四十巻本『太平記』の成立はいつか

『太平記』の成立については、前述のような複雑な経過があったようだ。勿論その当時の『太平記』がどのような形態や構成を示していたかは知るすべもない。しかし例えば高野《たかの》辰之《たつゆき》氏の紹介された、応仁・文明頃の写しになる、九条家の旧蔵で『銘肝腑集抄《めいかんぷしゅうしょう》』の書名を有する『太平記』断簡の巻首には「太平記上之上」とあったそうである。冊数はわからないけれども、三巻仕立てのものであったらしい。しかし今はその三巻形式の実態もわからないし、『難太平記』に言う書き継ぎが行われつつあった当時の形態もわからない。しかし現存の諸本は、どうやら足利の監修により固定させられた以後のもののようで、そのためか諸本の間の異同は、『平家物語』の場合ほどには顕著ではない。

ところで『太平記』が現存の諸本に見られるような四十巻の形態をとるに至ったのはいつのことであろうか。

平田俊春氏によると、仁和寺に『聖徳太子《しょうとくたいし》未来記《みらいき》』の断簡が蔵せられる。それは、洞院公定と同時代人である四条隆郷《たかさと》が至徳四年閏《うるう》五月、公定の本を以って写したものである。それには公定による書き込みが伝えられ、その書き込みが現存四十巻本『太平記』に依っている。したがって至徳四年（一三八七）以前に四十巻本の『太平記』が成立していたことになる。

永徳二年（一三八二）に成立した、神武天皇から後花園《ごはなぞの》天皇に及ぶ年代記『神明鏡《しんめいきょう》』が、四十巻本『太平記』に依っている。したがって、永徳二年以前の成立である。

作中、巻二十四「大仏供養の事」に、天龍寺が二度の火災にあったことを記しているが、同寺は応安六年（一三七三）九月に三たび火災にあっている。したがって四十巻本の成立は、天龍寺が三たび火災にあう応安六年より前である。

巻三十五「北野通夜物語の事」に「そもそも元弘より以来、天下大いに乱れて三十余年、一日もいまだ静なる事を得ず」とあるので、このあたりの執筆の時期は、元弘の乱より三十余年経過した時点、すなわち貞治元年（一三六二）から応安四年（一三七一）の間である。

巻三十九「法皇御葬礼の事」に、今上《きんじょう》（後光厳《ごこうごん》天皇）が、故光厳院追福のための法華八講を営んだことを記している。これは応安三年七月の七回忌法要を示す。したがってそれ以後の成立でなければならない。

以上の諸条件を満たすとすれば、応安三〜四年の頃には、すでに現存本に見るような四十巻本の成立していたことが想像できるだろう。

五　現存の『太平記』にはどのようなテキストがあるか

既に指摘してきたように、現存の『太平記』は、『平家物語』の場合と違って諸本の間の違いが、それほど顕著でない。

その中でも古い形を伝えると思われる諸本は、いずれも巻二十二を欠いている。いったい、この巻二十二には、どのような事が書かれていたのだろうか。その前後の巻とのつながりから想像するのだが、新田義貞の弟義助《よしすけ》の越前・美濃《みの》における戦闘、つまり新田と足利の戦闘が記されてよいはずなのに、この記事を有する『太平記』が一本も存在しない。おそらく巻二十二にはこれが描かれていたのであろう。にもかかわらずこれが見られないのだから、どうやら現存の諸本のもっともみなもとの本が生み出されて間もなく欠巻になったとしか考えられない。現在、巻二十二を有する諸本も、例の新田・足利の戦闘は欠いたままで、他の巻々を適宜再構成して形のみ巻二十二を埋めたものらしい。この四十巻本の『太平記』に依っている事が明らかである『神明鏡』がやはりこの義助の戦闘の記事を欠き、中御門宣胤《なかみかどのぶたね》が先祖の行為を探るために借覧した『太平記』がやはり巻二十二を欠いていたらしい（『宣胤卿記』永正十四年八月一日の条）ことも、この推測を裏付けているだろう。

そしてこの巻二十二の欠巻は、早くから問題にされていたようで、『理尽抄《りじんしょう》』は、「武州入道（細川頼之か）」が焼き捨てたのだと言い、最近でも、『難太平記』に見たような足利氏の圧力がこの巻二十二の欠巻にも作用したのだとする説がある。どうも偶然に散佚《さんいつ》したといったものではなさそうである。

ともあれ、この巻二十二を欠くのが古い形であると考えられるところから、この巻二十二の処理のし方によって諸本の分類が可能（高橋貞一氏）であり、さらに全巻にわたって巻の構成のあり方が諸本の間で異なることに注目して諸本を四類に分ける説（鈴木登美恵氏）がある。この四分類法は、本文の異同からなされる諸本の分類とも合うのでさしあたってこの方法に従うと、諸本は次のように分類される。

　すなわち四十巻の中、巻二十二を欠いたまま都合三十九巻から成る諸本、つまりこれが諸本の中ではもっとも古い形を伝えるものであるが、これを甲類本とする。中でも、もと神田《かんだ》孝平《たかひら》氏が所蔵した神田《かんだ》本は、後に述べる丙類、天正《てんしょう》本からの切り継ぎがあるが、その切り継ぎされた部分を除くと現存の諸本の中では最古の本文を伝える。同じ甲類に分類される、玄玖《げんきゅう》という人が写した玄玖本は、一部、山名氏や赤松氏に関する記事が詳しく、『難太平記』に見たような功名書き入れが行われたものらしい。現存の諸本の中、書写された年代としてはもっとも古い、永和年間に写された永和本は、巻三十二に相当する部分のみが残る一冊本であるが、玄玖本と同じように佐々木・土岐氏の側からの書き入れが見られる。龍安寺《りょうあんじ》の僧がその書写に参加したかとも言われる、応永の頃の写しの西源院《せいげんいん》本は、神田本や玄玖本などとはかなりのずれを見せ、たとえば正成の描き方に成長が見られ、講釈として用いられたものか文体は口語の色を濃くしている。ともあれ、『太平記』が足利の意向によって固定された、その当時の形は、これら甲類の諸本にもっとも濃く伝えられている。幸いなことに、高橋貞一氏により、この古本の集成翻刻（『新校太平記』上下 思文閣刊）が行われていて研究に便利である。

　他の巻々を再編成し便宜的に巻二十二を埋め、とにかく四十巻の形に構成している諸本を乙類本とする。その諸本として前田家に伝わる前田本や、本書の底本とした流布本などがあるが、これらの諸本は、例えば丙類の天正本など、他の諸本の本文をもあわせとり込んでいて、いわば諸本の集成と整理を行ったものである。

諸本の中で甲類本ともっとも大きな隔たりを示すのが丙類の、天正年間の写しになる天正本などである。この丙類本は、乙類本と同じように巻二十二を埋めるとともに、特に年代をおって記事を配列しようとする傾向が強く、そのため他の史料による書き加えをも行ったものである。それに足利幕府の要職につき、『太平記』においてもきわだった動きを見せる佐々木道誉《どうよ》ら近江佐々木氏の立場に立った加筆や修正が顕著である。

丙類本のようないちじるしい再構成は行わないが、甲類本の形態を四十一巻ないし四十二巻に編成しなおしているのが丁類の、妙智房豪精《みょうちぼうごうせい》の所有していた豪精本と京都大学に蔵せられる京大本である。

以上、四類に分けられる諸本を通じて見出される顕著な傾向として、『難太平記』が指摘し、また天正本などに見られるような、特定の家の要請による功名の書き入れや修正がある。それに『太平記』は、後で述べるように語られた文学でもあった。そのために伝承文学の常として、その伝承の過程で、記事・構成の整理や政道批判の添加が見られるし、伝承者の語りよう、つまり語り手の作品へのかかわりようが話に抒情性を添えるなど、『太平記』を質的にも変えて行ったものと思われる。

六　『太平記』はどのように享受されたか

『太平記』を制作し享受した人たちは、どのような階層の人たちであったか。例えば『洞院公定日記』に登場する小島法師を、公定は「卑賤の器《うつは》」とは言っているけれども、何と言っても当時最高の貴族で有識者であった公定が「名匠」と評するのであるから、その小島法師の教養はかなり高いものであったろう。その事は、何よりも『太平記』そのものが雄弁に物語ってくれるであろう。つまりこの『太平記』を制作し享受した人々というのは、知的にもかなり高い水準にあったと想像される。例えば大納言の中御門宣胤《なかみかどのぶたね》が、その先祖の内乱当時の行為を『太平記』の中に求めて読んでいる——同じような一門意識を以って『太平記』を実録・史料としてとらえ、関連する個所を作中から抄出した「抜書《ぬきがき》」の存在することも、このような享受のされ方を物語っている。これらは、一門意識による功名書き入れ、切り継ぎと同じ姿勢と言える。そしてその享受のあり方としては、当然、読書の対象とされることが多かったと思われるが、同時に一方では、例えば宮中において『太平記』を女官たちのために音読してやったり、寺院で法華経を読誦《どくじゅ》した後に禅僧が『太平記』を読み聞かせるなど、音読の形をとることも多かったらしい。ただ、それがどのような音読であったか、『平家物語』の語りとどのような違いがあったのか、くわしいことはわからない。けれども、先ず楽器を使用した形跡がなく、せいぜい張扇《はりおうぎ》（外側を紙などで包んだ、拍子をとるために打つ扇）を使ったかと思われるぐらいなので、『平家物語』のような音曲性豊かな語りとは違って、より朗読に近いものであったろうと思われる。しかし室町中期の写しと言われる神田本に「二重」「三重」「乱」という、おそらく曲節の譜記と思われるものがごく一部に見られる。また西源院本にも、その総目録の中、巻十二の「兵部卿親王流刑の事」の下に「読物アリ」とある。その「読物」とは、護良《もりよし》親王が、後醍醐天皇にその思いを訴えて書いた手紙を指す。これらの曲節や「読物」は、平家琵琶に類似のものがあり、琵琶法師による平家琵琶が流行していた当時のことであるから、講釈風の音読を原則とはしながら、時には平家琵琶の語りを模して語る部分が全く無かったとは言えないだろう。勿論そのような語りを行うことのできるのは、一般の貴族ではなく、例えば小島法師のような専門の伝承者であったろう。『太平記』の作中にも登場するが、時宗《じしゅう》の僧で、戦場におもむき、負傷者の治療や、死者の葬儀を営む遁世《とんせい》者がおり、かれらは、その見聞した合戦の模様を語ることがあった。かれらを物語僧と呼んでいた。物語僧の中には、もと敗残の武士といった者もあり、これら物語僧が、後に室町時代のお伽衆《とぎしゅう》にも成長をとげるのだが、かれらがいわゆる軍記物語の制作にかかわりを持ったことは、室町時代の軍記にしばしば見られる事実である。例の小島法師が、おそらくその物語僧の一人であったろうし、『太平記』の成立にも、疑いなく、これら物語僧の語りが参加していたはずである。

　物語僧の中で、注目すべき一人をあげておこう。室町時代の五山の禅僧の記録である『蔭凉軒日《いんりょうけんにち》録《ろく》』に江見《えみ》河原入道《がわらにゅうどう》という人物が登場する。この入道が、主人の季《き》瓊真蘂《けいしんずい》をその湯治先の有馬《ありま》に訪ねて『太平記』の赤松入道円心の手柄ばなしの部分を音読している。加美宏氏によるとその江見河原入道が、『太平記』においてはなばなしい活躍をする赤松の子孫であり、それに真蘂がやはり赤松の一族である。この真蘂の周辺は、赤松一門のたまり場のようなものではなかったかと言う。ところで下って江戸時代に入ると、江戸の町を『太平記』を講釈して歩く講釈師が見え始めるが、かれらの中に、赤松姓を名乗る者が多かった。おそらく「赤松」の名が、講釈師のいわば芸名として固定したものであろうが、この事実は、かれら講釈師の芸が、室町時代の物語僧の芸を伝えるものであることを物語っているのであろう。

七　『太平記』は、文学作品である

見てきたように、『難太平記』の著者や足利直義らが主張したような功名書き入れの要求が『太平記』の成り立ちを規定している事は確かである。『太平記』のような、聴き手に支えられて存在する伝承文学にあっては、この享受の側からの要請を無視できない。しかしながら、『太平記』の作者と享受者とは確実に一線を画している。それに享受者そのものが多様で、単に功名書き入れを要請する特定の家の人たちだけが享受者であったわけではない。『太平記』は、決して戦闘に功績のあった人々の戦功を記録する〝軍忠状《ぐんちゅうじょう》〟ではなかった。室町時代にどっと作り出される、軍忠状としての性格の濃い軍記と『太平記』とを同じ次元の作品と見てはならない。『太平記』は、時に説教の後の余興として語られることがあった。それは勿論説教と無縁ではないけれども、説教そのものではない。娯楽としての文学性を有したはずである。例えば巻二の、佐渡に流された父を訪ねて行く阿新《くまわか》の話を見ればよい。それは明らかに一編の独立の話を成していて、読者や聴衆をまるで浄瑠璃《じょうるり》を思わせる世界に引き込んで行くであろう。このように『太平記』は、軍忠状ではなく、明らかに文学作品として存在したわけである。

この第一分冊におさめる八巻を通観した限りでも、確かに、軍忠状としての意味を持った合戦談がかなり多く見られることを否定はできない。しかしながらその合戦談というのが、単なる軍忠状としての記録を越えて豊かな文学性を備えていることはさらに否定できない事実であると思われる。加えて『太平記』は、合戦談のほかにも、歴史評論とも言うべき広い視野からの論述や、日本は勿論、中国・インドにもわたる盛り沢山な説話類を有し、実に多様な世界を展開している。その意味で、『太平記』は決して軍忠状そのものではなかった。では、『太平記』は、どのような意味で文学作品であり得たのか。この課題についての論は、最終巻の解説に残しておこうと思う。足利直義によって、一時は執筆を中断させられることもあったような『太平記』の作者が、本当に描こうとしたものは、今日、ほかでもない文学作品として読むことを通して次第に明らかになってくるはずである。

付録

太平記年表

一、この年表は、『太平記』に記された内容と、関連する史実を対照させ、『太平記』の構成や虚構を探り、その読解を深めるために作成したものである。
一、和暦の欄に（　）で示した月日は、改元の日付である。また、南朝の年号は（　）で囲み、併記した。
一、○で囲んだ月は、閏月を示す。
一、歴史事項の欄には、注目すべき史実と文学史上の出来事を掲げたが、月日が不明の場合は＊印を付してその年度の末尾に記した。（　）内のアラビア数字は、死没者の享年を示す。
一、『太平記』記事の配列は、作中に示されている年次に従い、年代順に並べた。
＊史実の年次と異なる場合は、その末尾に＊印を付し、正しい年次を示した。
＊作中、月日の明記されていない事項については、その前後の文章から推定して記し、推定不能の場合は月日の欄に（ナシ）として示した。
＊検索の便を考え、当該記事を収める巻と頁を、（巻一、一九）の形で示した。頁数はその記事の記され始める箇所を以って示す。
一、この年表は、『太平記㈠』に収めた巻一から巻八までの事項に限った。第二分冊以降にも、それぞれ収録する巻の年表を付す。
一、この年表は、長坂成行・山下宏明の共同執筆になるものである。

天皇	後醍醐				
先皇	後宇多・後伏見・花園				
将軍	守邦親王				
執権	北条高時				
西暦	**和暦**	**月日**	**歴史事項**	**月日**	**太平記記事**
一三一八	文保二	3・29	○後醍醐天皇、即位。	（ナシ）	○北条高時のはからいにより、後醍醐天皇、即位。（巻一、一九）
		7・7	○内裏詩歌合。		
		7・28	○西園寺実兼の娘禧子、女御として入内。	（ナシ）	○天皇、大津・葛葉以外の新関を停止する。（巻一、二〇）＊建武元年
		8・24	○記録所始めの儀あり。日野資朝、記録所の寄人となる。	8・3	○西園寺実兼の娘禧子、皇妃となるが天皇の寵愛なし。（巻一、二三）
		10・30	○二条為世に『続千載和歌集』撰進の命下る。	（ナシ）	○天皇、阿野廉子を愛し、これを三后に准ず。（巻一、二四）＊建武二年
一三一九	元応元（四・二八）	1・19	○東大寺の衆徒、訴訟のため八幡の神輿を奉じ入洛して強訴。		
		1・27	○他阿没（83）。		
		4・13	○三井寺戒壇建立に反対し、延暦寺の衆徒蜂起。		
		4・19	○『続千載和歌集』四季部を奏覧。		
		4・25	○延暦寺の衆徒、三井寺を焼く。		
		⑦・22	○資朝・玄恵ら、宮中で論語を談ず。		
		8・7	○天皇、女御禧子を中宮とする。		
一三二〇	元応二	3・11	○万里小路宣房、学問を興し、人材を登庸すべしと説く。		
		3・14	○宣房、民の疾苦を聞くべきことを説き、婦人の政治干渉する弊を訴える。		
		4・11	○後宇多法皇、御所にて徳政の儀などを評定。		

天皇	後醍醐
院	後宇多・後伏見・花園
東宮	守邦親王
執権	北条高時

西暦	年号	月日	事項	季	
一三二〇	元応二	5・4	○花園上皇御所にて連歌。		
		8・4	○二条為世、『続千載和歌集』を奏覧。		
			＊この年、二条良基生れる。		
一三二一	元亨元（二・二三）	1・20	○花園上皇御所にて和歌会。	春	○俊明極、来朝し参内、後醍醐天皇に重祚の相ありと見る。（巻四、一六九）
		6月	○この月大旱。	夏	○大旱により飢人多し。（巻一、二〇）
		7・7	○量仁親王御所にて連句会。		
		8・15	○安福殿にて御歌合。	（ナシ）	○勅命により二条町に仮屋を設け、米穀を放出廉売させる。（巻一、二一）
		9・26	○亀山殿探題五十首。		＊元徳二年
		10月	○亀山殿にて百韻連歌。		
		12・9	○後宇多法皇の院政を停止し、後醍醐天皇自ら執政、記録所を再興する。	（ナシ）	○天皇、記録所へ出御、訴えを聞く。（巻一、二二）
一三二二	元亨二	2・18	○日野資朝、花園上皇の文談に参加、政道を語る。この頃両者の会談多し。	春	○中宮禧子、懐妊の祈禱を行うが三年まで御産なし。実は関東調伏のための擬装。（巻一、二七）＊嘉暦元年
		2・27	○資朝、花園上皇の尚書談義に参加。談義は以後二年にわたり続く。		
		5月	○天皇、討幕を謀議。	（ナシ）	○日野俊基、偽って籠居。ひそかに諸国を下見、謀叛に備える。（巻一、二八）
		7・27	○禁中にて宋学の風盛行。		
		8・16	○虎関師錬、『元亨釈書』を撰進。	（ナシ）	○日野資朝ら、無礼講・文談に擬して謀叛を企てる。（巻一、三〇）
		9・10	○西園寺実兼没（74）。		
		11・24	○為世、勧進五社奉納歌合。		
一三二三	元亨三	5・3	○鎌倉に大地震。		
		6・16	○大内記日野俊基、蔵人に補せらる。		

天皇	後醍醐
上皇	後伏見・花園
将軍	守邦親王
執権	北条高時

（続き）諸人これを非難。

7・2 ○二条為藤に『続後拾遺和歌集』撰進の命下る。

10・3 ○万里小路藤房、蔵人頭に補せらる。

一三二四　正中元（三・九）

1・27 ○内裏当座歌合。

3・23 ○天皇、石清水へ行幸。

4・17 ○天皇、賀茂へ行幸。

6・25 ○後宇多法皇崩御（58）。

9・19 ○六波羅勢、討幕に参加する土岐・多治見を討ち、日野資朝・俊基を逮捕（正中の変）。

9・23 ○万里小路宣房、勅使として鎌倉へ下る。

9・28 ○幕府の使者工藤ら入洛。

10・4 ○工藤ら、資朝・俊基を関東へ護送。

10・22 ○宣房、鎌倉から帰京。

11・1 ○資朝らが無礼講と称し裸形にて会合するとの噂を、花園上皇、宸記に記録する。

＊この年、洞院公賢・北畠親房、大納言に補せらる。

一三二五　正中二

①・7 ○花園上皇、資朝佐渡配流・俊基赦免の由を伝聞。

2・9 ○東使、西園寺実衡をして、資朝を流

後醍醐		
後伏見・花園		
守邦親王		
北条高時	金沢貞顕	北条守時

一三二五	正中二		罪に処し俊基を赦免する由を奏させる。		
		11・22	○東使佐々木清高、兵を率いて入洛。		
		12・18	○藤原為定、『続後拾遺和歌集』四季部を奏覧。		
			＊この年、義堂周信生れる。		
一三二六	嘉暦元（四・二六）	3・13	○北条高時、病により出家。		
		3・16	○金沢貞顕、執権となる。		
		3・20	○東宮邦良親王（後二条上皇の皇子）没（20）。		
		3・23	○佐々木高氏、出家し道誉と号す。		
		3月頃	○為藤・為定『続後拾遺和歌集』を奏覧。		
		4・24	○北条守時、執権となる。		
		5・7	○斎藤利行没。		
		6・1	○中宮禧子御産の祈りあり。		
		7・24	○幕府、後伏見上皇の皇子量仁親王（のちの光厳天皇）を皇太子とする。		
		10・17	○天皇、勅書を賜り関東調伏の流言につき弁明。		
			＊この年、四辻善成・今川了俊生れる。		
一三二七	嘉暦二	3・12	○興福寺にて僧徒の間に闘諍あり。堂宇焼失する。	春	○南都大乗院禅師房と六方の大衆との争いあり。興福寺の金堂など諸堂が焼

天皇	後醍醐				
上皇	後伏見・花園				
将軍	守邦親王				
執権	北条守時				
					失。(巻二、八九)
		4・1	○中宮禧子、着帯の儀。		
		7・7	○内裏当座百首、内裏百韻連歌あり。		
		10・9	○中宮、一向に御産なし。よって京極殿に行啓、五大尊合行護摩を結願す。		
		10・24	○天皇、法勝寺大乗会に行幸。		
		12・6	○大塔宮護良親王、天台座主となる。 *この年、法守法親王、御室に就任。 またこの年までに『五代帝王物語』成る。		
一三二八	嘉暦三	5・21	○尊円法親王、『異本拾玉集』を撰。		
		10・24	○法勝寺大乗会あり、天皇臨幸。		
一三二九	元徳元(八・二九)	1・30	○北条高時、この頃田楽に耽る。		
		3月	○内裏探題和歌会。		
		春	○元僧、楚俊明極、来朝。		
		6月	○天皇、楚俊を紫宸殿に召し、仏日焔慧禅師の号を贈る。		
		7・7	○内裏当座和歌会・内裏七十韻連歌。		
				9・18	○謀叛に参画の土岐頼員、妻に事を漏らす。妻、父斉藤に事を話し、斉藤、六波羅に密告。(巻一、三五)
				9・19	○六波羅では、ただちに兵を集める。(巻一、三七)*正中元年 ○六波羅軍、土岐・多治見を奇襲し討ち取る。(巻一、三八)
		10・26	○天皇、法勝寺大乗会に臨幸。 *この年、細川頼之生れる。		

後醍醐	後伏見・花園	守邦親王	北条守時	一三三〇	元徳二	2月	○花園上皇、皇太子量仁親王に『誡太子書』を贈る。	2・4	○後醍醐天皇、万里小路藤房に命じ、東大・興福両寺への行幸の準備をさせる。(巻二、五二)
						3・8	○天皇、東大・興福両寺へ行幸。	3・8	○東大・興福両寺へ行幸。(巻二、五二)
						3・27	○天皇、延暦寺へ行幸。大塔宮を呪願師、尊澄法親王を導師とする。大講堂供養。	3・27	○比叡山へ行幸、大講堂供養。実は討幕計画のため。(巻二、五三)
						4・1	○大判事中原章房、清水寺にて殺害される。	5・10	○東使長崎・南条上洛、日野資朝・俊基を捕える。(巻一、四四) *正中元年
								5・27	○東使、資朝・俊基を鎌倉へ護送。(巻一、四五) *正中元年
						6・11	○米価高騰により二条町に仮屋を建て商人をして米穀を廉売させる。	7・7	○天皇、吉田冬房に北条高時あての告文を書かせ、その怒りを鎮めようとする。(巻一、四六) *正中元年
						9・17	○大納言北畠親房、出家。	(ナシ)	○勅使万里小路宣房、告文を関東へ下す。告文を披見した斉藤利行頓死。(巻一、四七) *利行死去は嘉暦元年
						12・27	○北条仲時、六波羅探題に補せらる。*この年、『徒然草』起筆か。	(ナシ)	○高時、恐れて告文を返進、俊基を赦し、資朝を佐渡へ流す。(巻一、四八) *正中二年
				一三三一	元徳三（元弘元）	2・18	○天皇、阿野廉子を従三位に叙す。	(ナシ)	○倒幕の計画漏れ、高時、東使二階堂・長井を上洛させる。(巻二、五四)

後醍醐

後伏見・花園

守邦親王

北条守時

(八・九)

4・1	○延暦寺の常燈消える。
	○内裏探題和歌会。
5・5	○北条高時、長崎・南条を上洛させ、日野俊基・文観・円観らを捕えさせる。
6月	○俊基・文観・円観ら、鎌倉へ護送される。

5・11	○東使、円観・文観・忠円を六波羅へ召し捕る。(巻二、五五)
(ナシ)	○智教・教円も捕われる。(巻二、五五)
(ナシ)	○二条為明、捕われるが一首の詠により赦される。(巻二、五六)
6・8	○東使、円観・文観・忠円を鎌倉へ護送。(巻二、五八)
6・24	○三人の僧、鎌倉に着く。(巻二、六〇)
(ナシ)	○山門に兵火あり。(巻二、八九) *正慶元年
7・3	○大地震あり。紀伊千里浜、干上がる。(巻二、八九)
7・7	○地震により、富士の絶頂(禅定)崩れる。(巻二、八九)
7・11	○日野俊基、再び捕われ関東へ護送される。(巻二、六四)
7・13	○円観ら三人の僧、流罪に処せられる。(巻二、六二) *正慶元年
7・26	○俊基、鎌倉に着き拘禁される。(巻二、六八)
(ナシ)	○天皇謀叛の処理をめぐって長崎、二階堂と論争。(巻二、七〇)
8・22	○東使二階堂ら三千余騎にて上洛の噂あり、京都騒動。(巻二、九〇)

後醍醐

後伏見・花園

守邦親王

北条守時

一三三一

元徳三（元弘元）

8・24	○後醍醐天皇、にわかに宮中を逃れ、南都へ行幸。
8・25	○六波羅探題、兵を遣わし宣房・公明・実世・成輔を逮捕。妙法院・大塔宮、東坂本にて六波羅軍と戦い、ついで笠置へ走る。
8・27	○天皇、鷲峰山から笠置へ行幸。同日六波羅軍、叡山を攻める。持明院の皇族、六波羅北方へ移る。
8・28	○六波羅の兵、佐々木時信・海東某ら叡山を攻める。

8・24	○大塔宮、後醍醐天皇に南都への脱出を促す。（巻二、九〇）
8・25	○天皇、南都東南院へ入御。（巻二、九三）
8・26	○天皇、さらに鷲峰山へ入る。（巻二、九三）
8・27	○天皇、笠置の石室へ臨幸。（巻二、九三）
同	○花山院師賢、天皇を僭称し、比叡山に登る。（巻二、九四）
同	○持明院の皇族、難を避けるため六波羅北方へ御幸。（巻二、一〇三）
（ナシ）	○六波羅軍、叡山へ向けて発向。（巻二、九五）
（ナシ）	○唐崎浜にて激戦の末、六波羅軍、山門勢に敗れる。（巻二、九六）
（ナシ）	○ひそかに天皇の身代りとなって叡山にあった師賢、衆徒に正体を見破られ、脱出し笠置に向う。（巻二、一〇三）
（ナシ）	○大塔宮の執事、安居院中納言澄俊、捕われて六波羅へ連行され、山門の衆徒四散。（巻二、一〇四）
8・29	○八王子にあった妙法院・大塔宮、叡山を落ち石山へ赴く。（巻二、一〇四）
（ナシ）	○笠置にて天皇、霊夢をこうむり河内の楠正成を召す。（巻三、一一一）

後醍醐
後伏見・花園
守邦親王
北条守時

9・1	○六波羅軍、平等院に到着。
9・2	○六波羅軍、笠置城を攻める。
9・5	○幕府、大仏貞直・金沢貞冬・足利高氏らに命じ兵を率いて西上させ、安達・二階堂を遣わし花園上皇に皇太子(量仁)の践祚を促す。
9・6	○六波羅軍、重ねて笠置城を攻める。
9・14	○これより先、楠正成、赤坂に挙兵。この日、和田助家ら、正成を攻める。
9・20	○後伏見上皇の詔により、皇太子量仁、践祚(光厳天皇)。

月日	太平記
(ナシ)	○正成、笠置へ参り尽力を約す。(巻三、一二三)
(ナシ)	○六波羅探題、笠置の動きに近国の呼応するのを牽制するため、佐々木時信をして近江を押えさせる。(巻三、一二五)
9・1	○六波羅検断の軍勢、宇治平等院に進む。十万の大軍がこれに馳せ加わる。寄手の中の高橋、功にはやり矢合せを待たず抜駆けして笠置へ寄せ、木津川辺にて敗退。(巻三、一二五)
9・2	○六波羅軍、笠置へ発向、七万五千余にてこれを包囲。(巻三、一二七)
9・3	○笠置城攻防戦あり。城方、足助重範・本性房奮闘する。ために寄手は苦戦し、遠攻めに日を過す。(巻三、一二八)
9・11	○寄手、正成が赤坂に挙兵する旨を六波羅に知らせ、派兵を促す。(巻三、一二三)
9・13	○備後よりの早馬、桜山の挙兵を六波羅に告げる。探題範貞、事を関東に注進。(巻三、一二三)
9・20	○北条高時、討手の大軍を上京させる。二十万余の関東軍、この日、鎌倉

光厳・後醍醐	
後伏見・花園	
守邦親王	
北条守時	
一三三一	
元徳三（元弘元）	

9・26	○大仏・金沢・足利ら関東軍、笠置城に向う。
9・27	○陶山・小見山、笠置を背後から襲い、城中に放火。
9・28	○関東軍、笠置城を落す。後醍醐天皇、逃れて大和へ臨幸。
9・29	○後醍醐、有王山にて捕われ平等院へ移される。尊澄法親王・万里小路藤房・源具行も捕われる。花山院師賢、出家し、ついで捕われる。
10・3	○後醍醐、平等院より六波羅へ遷幸。
10・4	○六波羅探題、神璽を光厳天皇に渡すよう後醍醐に奏請。
10・6	○後醍醐、剣璽を光厳天皇に渡す。
10・8	○生捕りの尊良・尊澄・具行ら、大名の邸に分け預けられる。

	を発向。（巻三、一三一）
9・30	○大軍の前陣、美濃・尾張に達し、後陣は高志・二村にかかる。この日、笠置城への寄手陶山・小見山、暗夜にまぎれて城中に入り放火。（巻三、一三五）
同	○後醍醐天皇、笠置を脱出し、赤坂を指して山中をさまよう。（巻三、一三二）
（ナシ）	○後醍醐、有王山のふもとにて深須らに捕われ奈良の内山へ移される。（巻三、一三三）
10・2	○後醍醐、宇治平等院へ移され、東使に神器の譲渡を強要されるが拒絶。（巻三、一三四）
10・5	○後醍醐、平等院から六波羅へ移される。（巻三、一三六）
（ナシ）	○中宮禧子、後醍醐に琵琶を贈り、和歌の贈答あり。（巻三、一三六）＊正慶元年
10・8	○六波羅両検断の高橋・糟谷、捕虜を諸大名に預ける。（巻三、一三七）

光厳・後醍醐

後伏見・花園

守邦親王

北条守時

一三三二

正慶元（元弘二）（四・二八）

月日	事項	太平記月日	太平記記事
		10・9	○後醍醐、三種の神器を光厳天皇に渡す。（巻三、一三七）
10・13	○光厳天皇、富小路皇居に移る。	10・13	○新帝光厳、即位、内裏へ入る。（巻三、一三七）＊正慶元年
10・15	○関東軍、赤坂城の楠正成を攻める。	（ナシ）	○関東軍、楠正成のこもる赤坂城を攻める。正成、相次ぐ奇計を以って寄手を苦しめるが、長期戦の備えなく、城に放火し、自害をよそおって脱出。（巻三、一三八）
10・21	○赤坂落城し、正成逃れる。		
11・28	○東使、後醍醐及び公卿らの処分を決定し、花園上皇の聖断を請う。	（ナシ）	○備後にて宮方として挙兵した桜山四郎入道、笠置・赤坂の宮方敗北を知り、一宮に放火し自害。（巻三、一四八）＊正慶元年
12・27	○幕府、光厳天皇に奏し、後醍醐・尊良・尊澄の流刑地を決す。		
1・17	○後醍醐、密かに六波羅脱出をはかるが果さず。	正月	○東使上洛し、生捕りの人々の処置を評定。（巻四、一五三）
1・21	○備後にて宮方に呼応し挙兵していた桜山四郎入道、吉備津宮に放火自害。（日付存疑）	（ナシ）	○万里小路宣房も捕われ、先帝（後醍醐）遠流と決定。（巻四、一五三）
同	○天王寺に合戦あり。	（ナシ）	○先帝、隠岐へ遷幸ときまる。幕府、遷幸の儀を新帝（光厳）の宣旨により運ぼうとする。幕府、先帝に出家を促すが先帝は拒否。（巻四、一六八）＊元徳三年
2・22	○正成、上赤坂城に関東軍と戦う。関東軍の本間三兄弟討死。		

天皇	院	将軍	執権	西暦	年号
光厳・後醍醐	後伏見・花園	守邦親王	北条守時	一三三二	正慶元（元弘二）

2月	○この月、中宮禧子、琵琶を後醍醐に献ず。
3・7	○後醍醐、六波羅を出御、隠岐へ向う。
3・8	○幕府、尊良親王を土佐、尊澄法親王を讃岐、静尊法親王を但馬、聖尋を下総、僧正俊雅を長門へ流し、皇子恒良、成良らを西園寺公宗邸へ移す。
3・11	○配流の両宮、兵庫に会し、これより尊良は土佐へ赴く。
3・21	○京極為兼没（79）。
3・22	○光厳天皇、太政官庁にて即位。
春	○『花山院師賢百首』成る。
4・1	○後醍醐、見尾より隠岐へ向う。

3・5	○北条時益・仲時、六波羅探題に補せられ、上洛。（巻六、二四九）＊元徳二年
3・6	○中宮禧子、先帝との別れを惜しむ。（巻四、一七一）
3・7	○先帝、京を発つ。（巻四、一七三）
（ナシ）	○途中、備前の児島高徳、先帝を奪いとろうとするが叶わず、その志を一句の詩に託す。（巻四、一七五）
3・8	○一宮中務卿親王（尊良）土佐へ流され、妙法院二品親王（尊澄）は讃岐へ流される。（巻四、一六六）
3・11	○両宮、兵庫に着き、離別の情を交わす。（巻四、一六七）
3・22	○後伏見上皇の第一皇子量仁（光厳天皇）、十九歳で即位。（巻五、二〇七）
（ナシ）	○先帝、都を出立後十三日目に出雲見尾の湊に着く。（巻四、一七五）
（ナシ）	○先帝、都を出て二十六日目に隠岐に到着。（巻四、二〇三）
（ナシ）	○大塔宮の母三位局、北野神社に参籠、先帝の還幸近しとの示現をこうむる。（巻六、二四五）
4・3	○楠正成、赤坂に湯浅定仏の城を攻め

光厳・後醍醐	
後伏見・花園	
守邦親王	
北条守時	

4・10	○花園上皇、洞院公賢・万里小路宣房らの参朝を許し、文観・円観らの流罪を決定。
4・13	○延暦寺に火災。
4・22	○賀茂祭に後伏見・花園上皇、光厳天皇ら臨幸。
5・22	○平成輔、相模早川尻にて処刑される。
5月	○幕府、花山院師賢を下総、洞院公敏・万里小路季房を下野、同藤房を常陸に流し、源具行を関東へ下す。

	落す。（巻六、二四九）
（ナシ）	○先帝の旧臣万里小路宣房、その賢才を見込まれ、日野資明の説得により光厳天皇にも出仕。（巻五、二〇八）
その頃	○叡山根本中堂の新常燈消える怪あり。（巻五、二一二）＊元徳三年
（ナシ）	○北条高時、田楽に耽る。（巻五、二一三）＊元徳元年
（ナシ）	○妖霊星出現の怪あり。儒者仲範、これを戦乱の前兆と占うが、高時これを意にせず、闘犬に耽る。（巻五、二一四）
（ナシ）	○大塔宮、般若寺に潜み、世情を窺うところを一乗院の候人好専に襲われる。（巻五、二一九）
（ナシ）	○大塔宮、熊野の方へ逃れる。（巻五、二二三）
5・17	○正成、渡部の橋の南に布陣し、京を窺う。よって六波羅では隅田・高橋をその追討に遣わす。（巻六、二五一）
5・21	○渡部の橋にて両軍戦闘。隅田・高橋の軍、正成に謀られ深入りしてぶざまに敗走。（巻六、二五三）
（ナシ）	○源具行・日野資朝・俊基の死罪決定。（巻二、七三）
（ナシ）	○資朝の子阿新、佐渡へ流罪の父を尋ね行く。（巻二、七三）

天皇	光厳・後醍醐
院	後伏見・花園
将軍	守邦親王
執権	北条守時
西暦	一三三二
年号	正慶元（元弘二）

月日	事項	太平記月日	太平記記事
6・2	○日野資朝、佐渡にて処刑される(43)。(『常楽記』は5・25)	5・29	○日野資朝、斬られる。(巻二、七六)
		(ナシ)	○阿新、父の仇を討ち、佐渡を脱出。(巻二、七八)
6・3	○日野俊基、鎌倉にて処刑される。	(ナシ)	○日野俊基、斬られる。(巻二、八四)
6・6	○大塔宮、令旨を熊野へ伝える。山徒、これを六波羅に告げる。大塔宮、在京の噂あり、人心動揺。	(ナシ)	○俊基の青侍助光および俊基の北の方出家。(巻二、八八)
6・19	○佐々木道誉、源具行を近江柏原に斬る(43)。(『常楽記』は5・25)	6・19	○源具行、佐々木道誉に伴われ鎌倉下向の途中、柏原にて処刑される。(巻四、一五四)
6・21	○六波羅、殿法印良忠を捕えるが、良忠逃れ去る。	6・21	○殿法印良忠、六波羅にて今回の謀叛の次第を訊問される。(巻四、一五七)
		(ナシ)	○平成輔、鎌倉へ下される途中、相模早川尻にて処刑される。(巻四、一五九)
		(ナシ)	○侍従中納言公明・別当実世、拘禁される。(巻四、一五九)
		(ナシ)	○花山院師賢、下総へ流され出家ののち病死。(巻四、一五九)
		(ナシ)	○万里小路季房・藤房、常陸へ流される。(巻四、一六〇)
		(ナシ)	○按察大納言公敏は上総、東南院僧正聖尋は下総、峰僧正俊雅は長門へそれぞれ流される。(巻四、一六三)
		(ナシ)	○第四の宮は但馬の大田判官に、第九の宮は中御門宣明に預けられる。(巻四、一六三)

光厳・後醍醐

後伏見・花園

守邦親王

北条守時

6・26　○竹原八郎、大塔宮の令旨を奉じ伊勢へ出兵。

（ナシ）　○大塔宮、十津川辺に潜み、竹原にかくまわれる。（巻五、二三五）

（ナシ）　○熊野別当定遍に察知され、大塔宮の一行、十津川を脱出し高野方面へ向う。（巻五、二三〇）

（ナシ）　○大塔宮、錦旗を与え芋瀬庄司の追撃を逃れる。（巻五、二三二）

（ナシ）　○大塔宮、玉置庄司に包囲されるが、野長瀬兄弟の援助により危地を脱し、槇野から吉野の城へ入る。（巻五、二三四）

7・19　○両六波羅の依頼により、宇都宮治部大輔決意を固め、楠正成の追討に向う。（巻六、二五五）

（ナシ）　○正成、宇都宮の戦意を推測し、これとの応戦を避け退く。（巻六、二五七）

（ナシ）　○宇都宮、天王寺を攻めるが敵無し。（巻六、二五八）

7・27　○宇都宮、包囲する野伏の遠攻めに気力疲れ、陣を解き帰洛。（巻六、二五九）

7・28　○楠勢、宇都宮の帰洛後、元に復す。その軍勢、徐々に強大となる。（巻六、二六一）

8・3　○正成、住吉神社に参る。（巻六、二六二）

8・4　○正成、天王寺に参り未来記を披見、

光厳・後醍醐

後伏見・花園

守邦親王

北条守時

一三三二

正慶元（元弘二）

8・19　○後醍醐、願文を出雲鰐淵寺に納める。

10・28　○光厳天皇、河原の御禊あり。

10月　○花山院師賢、下総にて没（32）。

11・13　○光厳、大嘗会の儀あり。

11月　○大塔宮、還俗して吉野に挙兵、楠正成も千剣破に挙兵。

12・9　○大塔宮の兵、山崎へ入る。

12・28　○大塔宮、令旨を発して高野山の兵を促すが僧徒応ぜず。

12月　○正成、赤坂城を攻め湯浅定仏を降す。

一三三三

正慶二（元弘三）

1・10　○大塔宮、令旨を下し粉河寺の僧兵を徴す。

1・11　○関東軍、入洛。

1・14　○正成、河内・和泉方面の守護代を攻め、これを破る。この日、尊胤法親

その頃　幕府の滅亡を予見する。（巻六、二六二）

9・20　○赤松入道円心、大塔宮の令旨をこうむり播磨に挙兵、山陽・山陰両道の交通を遮断。（巻六、二六五）

10・8　○畿内・西国の情勢変化により、北条高時、大軍を京へ派遣。（巻六、二六七）

○関東軍の先陣、京に着く。後陣は足柄・箱根にあり。さらに四国・中国・信濃などの兵も入洛。（巻六、二六八）

10・28　○光厳天皇、河原の御禊を行う。（巻五、二〇七）

11・13　○光厳、大嘗会の儀を行う。（巻五、二〇七）

（ナシ）　○光厳の即位により持明院の尊胤・法守、それぞれ天台座主・御室に就任。（巻五、二〇七）＊尊胤の就任は正慶二年、法守の就任は嘉暦二年

光厳・後醍醐

後伏見・花園

守邦親王

北条守時

	王、天台座主に補せらる。		
1・15	○関東軍、千剣破へ向う。夜、和泉堺に正成と戦って敗れる。	1・16	○関東軍の将二階堂道蘊、六万余の勢を率い大塔宮のこもる吉野城を攻める。(巻七、二八七) *二月
1・17	○関東軍、天王寺に正成を攻めるも敗退。	1・18	○吉野城の攻防開始。城の守り固く、七昼夜に及ぶ激戦にも落城せず。(巻七、二八七)
1・19	○関東軍、天王寺辺に城砦を作る。正成、これを攻める。		
1・21	○赤松円心、宮方に応じ播磨に挙兵。	(ナシ)	○吉野執行、搦手より城内に忍び入り放火。大塔宮、村上父子が身代りとなる間に脱出し高野へ向う。(巻七、二八八)
1・22	○正成、兵を収めて葛城に帰る。		
1・23	○宇都宮、天王寺に至り正成の城を攻める。		
1・29	○東使、二階堂道蘊、入洛。	1・30	○寄手の関東軍、三手に分れ吉野・赤坂・金剛山へ向う。(巻六、二六九)
2・2	○正成の兵、吉野執行を討ち敗走させる。	2・2	○赤坂へ向った阿曾勢の中より、人見恩阿・本間資貞、抜懸けして討死。本間の子息資忠も父の後を追い討死。(巻六、二七一)
		(ナシ)	○阿曾勢、十三日間にわたり赤坂城を攻めるが、城内弱らず。(巻六、二七九)
		(ナシ)	○吉川八郎の示唆により、寄手、城への水を断ち、火矢を放つ。このため城兵力尽き、平野の言に従い降伏し再起を期すが、結局処刑される。(巻六、二八〇)

光厳・後醍醐			
後伏見・花園			
守邦親王			
北条守時			
一三三三			
正慶二(元弘三)			
2・22	○関東軍、赤坂城を攻める。	(ナシ)	○関東軍、千剣破城を包囲。楠正成、奇計を以って寄手を悩ます。(巻七、二九六)
2・27	○関東軍、楠正成の詰城千剣破(千剣破城とは別)を攻略。	(ナシ)	○千剣破城を攻める関東軍、軍紀が乱れ、名越の叔父と甥、賽の目を争い刺し違える。(巻七、三〇五)
2月	○光厳天皇、延暦寺に命じ、兵乱鎮圧を祈らせる。	2・11	○関東軍の将新田義貞、討幕を志し、船田入道の斡旋により大塔宮の綸旨を受ける。(巻七、三〇九)
②・1	○吉野落城、村上父子討死。大塔宮、高野山へ逃れる。関東軍、正成のこもる千剣破城を攻める。	2・12	○義貞、虚病して本国へ下る。(巻七、三二)
		同	○長門探題上野介時直、四国の謀叛を鎮めるために渡るが、却って敗退。(巻七、三五)
		(ナシ)	○千剣破の寄手に紀・清両党加わり猛攻、しかし城方動ぜず。(巻七、三三)
		(ナシ)	○赤松円心、播磨を出て、兵庫の摩耶に城を構え、京を窺う。(巻七、三三)
		②・4	○伊予よりの早馬、土居・得能が宮方となって挙兵した旨を告げる。(巻七、三五)
		②・5	○六波羅、佐々木時信、常陸前司時知らを摩耶の赤松討伐に遣わす。(巻八、三三五)
②・11	○赤松円心、六波羅軍を摩耶に破る。長門探題北条時直、兵を率いて伊予に攻め入るが土居らに敗れる。	②・11	○六波羅軍、摩耶を攻めるが苦戦。敗れて京へ逃げ帰る。(巻八、三三五)

光厳・後醍醐

後伏見・花園

守邦親王

北条守時

②・24　○後醍醐、密かに隠岐を脱出、出雲に向う。

②・28　○後醍醐、伯耆に行幸。名和長年、後醍醐を奉じ船上山に挙兵。佐々木清高ら、船上山を攻める。

3・1　○六波羅軍、摩耶山を攻めるが敗退。

3・2　○佐々木清高、敗走し山陽・山陰の宮方勢力強大となる。

3・10　○赤松円心、六波羅軍と瀬川に戦い、苦戦。

3・11　○千剣破攻めに加わっていた新田義貞、大塔宮より綸旨を賜り病と称して帰国。

3・12　○円心、京に入り六波羅軍と戦う。後伏見・花園両上皇・光厳天皇、六波羅北方に行御幸。

3・13　○菊池武時、鎮西探題英時を攻めるが敗退。

②下旬　○隠岐にて後醍醐の警固に当る佐々木冨士名判官、宮方に志を寄せ後醍醐に隠岐脱出を促す。（巻七、三二六）

②・28　○六波羅軍、重ねて摩耶へ出兵。（巻八、三三七）

3・4　○関東より千剣破の寄手に飛脚あり、攻撃を促すが、寄手、正成の奇計、野伏の奇襲に悩まされ敗退。（巻七、三〇六）

3・10　○六波羅軍、摂津瀬川に到着し赤松を奇襲。赤松危うく逃れる。（巻八、三三七）

3・11　○赤松勢、六波羅軍を破り勢いに乗じて京へ迫る。（巻八、三三八）

3・12　○赤松勢、淀・山崎辺に放火。在京の六波羅軍隅田・高橋ら、これを討とうとして発向。（巻八、三四一）

（ナシ）　○両軍、桂川を隔てて対陣。赤松則祐、渡河。六波羅軍、京中に退く。（巻八、三四二）

（ナシ）　○光厳天皇ら、難を避け六波羅へ臨幸。（巻八、三四七）

（ナシ）　○河野・陶山の奮闘により、六波羅軍、攻撃に出る。（巻八、三四八）

	光厳・後醍醐
	後伏見・花園
	守邦親王
	北条守時
	一三三三
	正慶二（元弘三）

3・15	○赤松円心、山崎に六波羅軍を大破。
3・17	○千種忠顕ら、兵を率いて京に向う。但馬守護大田、静尊法親王を奉じ、忠顕と丹波篠村で会す。
3・27	○北条高時、名越高家・足利高氏に命じて鎌倉を進発、上洛させる。（日付存疑）

（ナシ）	○赤松兄弟、深入りし敗れて山崎へ退く。（巻八、三五二）
（ナシ）	○河野・陶山らの功に対して臨時の除目あり。赤松勢の首を六条河原に曝す。（巻八、三五四）
（ナシ）	○京にて天下静謐の祈りを行うが効験無し。（巻八、三五六）
（ナシ）	○赤松円心、中院中将貞能を立て聖護院宮を僭称させ、山崎・八幡に布陣、西国からの交通を断つ。（巻八、三五六）
3・15	○六波羅軍、山崎に赤松勢を攻めるが散々に敗北。（巻八、三五七）
3・23	○後醍醐、佐々木義綱の導きにより、隠岐を脱出し出雲へ渡る。（巻七、三九）＊②・24
（ナシ）	○名和長年、後醍醐の召しに応じ船上山に挙兵。（巻七、三三四）
3・26	○大塔宮、山門の衆徒を語らう。衆徒僉議あり、宮方への協力を決定。（巻八、三六〇）
3・27	○大宮の前に大衆の大軍集まる。（巻八、三六二）
3・28	○山門の衆徒、法勝寺に下るが軽率な戦により敗れ、山上へ退く。悪僧、豪鑒・豪仙討死。（巻八、三六三）

天皇	光厳・後醍醐	後醍醐
上皇	後伏見・花園	後伏見・花園・光厳
将軍	守邦親王	
執権	北条守時	
西暦	一三三四	一三三五
年号	建武元（一・二九）	建武二

月日	史実
4・3	○円心・殿法印良忠ら、六波羅を攻めるが敗退。
4・8	○忠顕、京を攻め敗北。静尊法親王を奉じ男山へ退く。
4・9	○谷堂・峰堂他、炎上。
4・20	○関東軍、千剣破城を攻める。大塔宮、所在の敵を討って千剣破を救援する。
	*この年、新関を停止。
4・26	○天皇、阿野廉子を三后に准ず。

月日	太平記
（ナシ）	○六波羅の介入により、山門の衆徒意見分裂、宮方の兵減少。（巻八・三六七）
3・29	○佐々木清高ら、船上山を攻めるが敗退。諸国の軍勢、船上山に馳せ参じ後醍醐に仕える。（巻七、三三七）
（ナシ）	○後醍醐、船上山にて御修法、奇瑞あり。千種忠顕、大軍を率い京へ発向す。途中、篠村より第六の宮の軍も加わる。（巻八、三七七）
4・2	○第六の宮、西山峰堂に布陣。（巻八、三七八）
4・3	○赤松勢、二手に分れ京を攻める。四勇士ら奮戦するが敗退。（巻八、三六七）
4・8	○千種忠顕の軍、赤松に連絡せず単独で京を攻めて敗退。忠顕、児島高徳の制止を振り切り京を落ちる。（巻八、三七八）
4・9	○六波羅軍、葉室・松尾の寺院を掠奪、放火。（巻八、三六六）

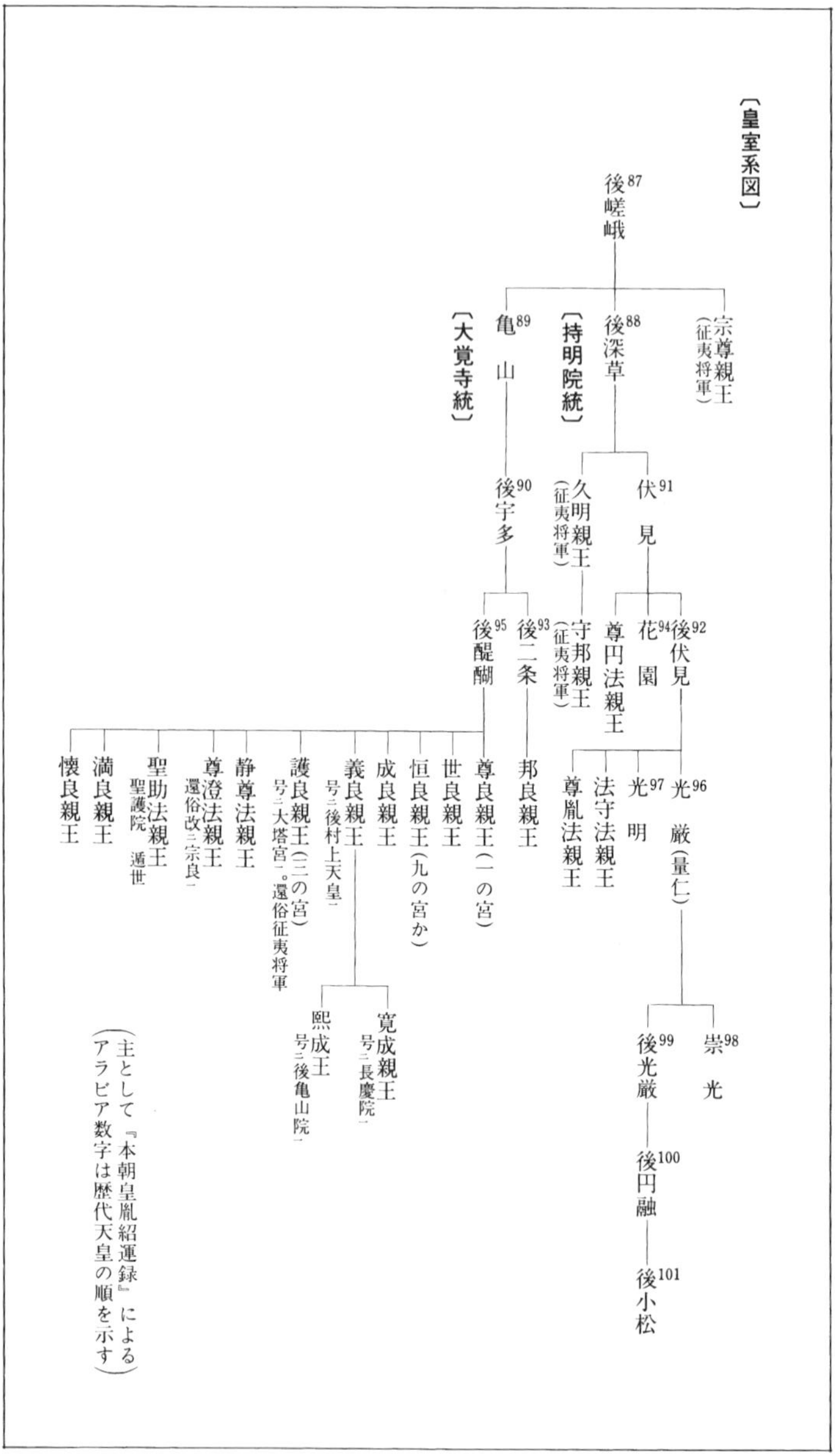

（主として『本朝皇胤紹運録』による
アラビア数字は歴代天皇の順を示す）

〔赤松略系図〕

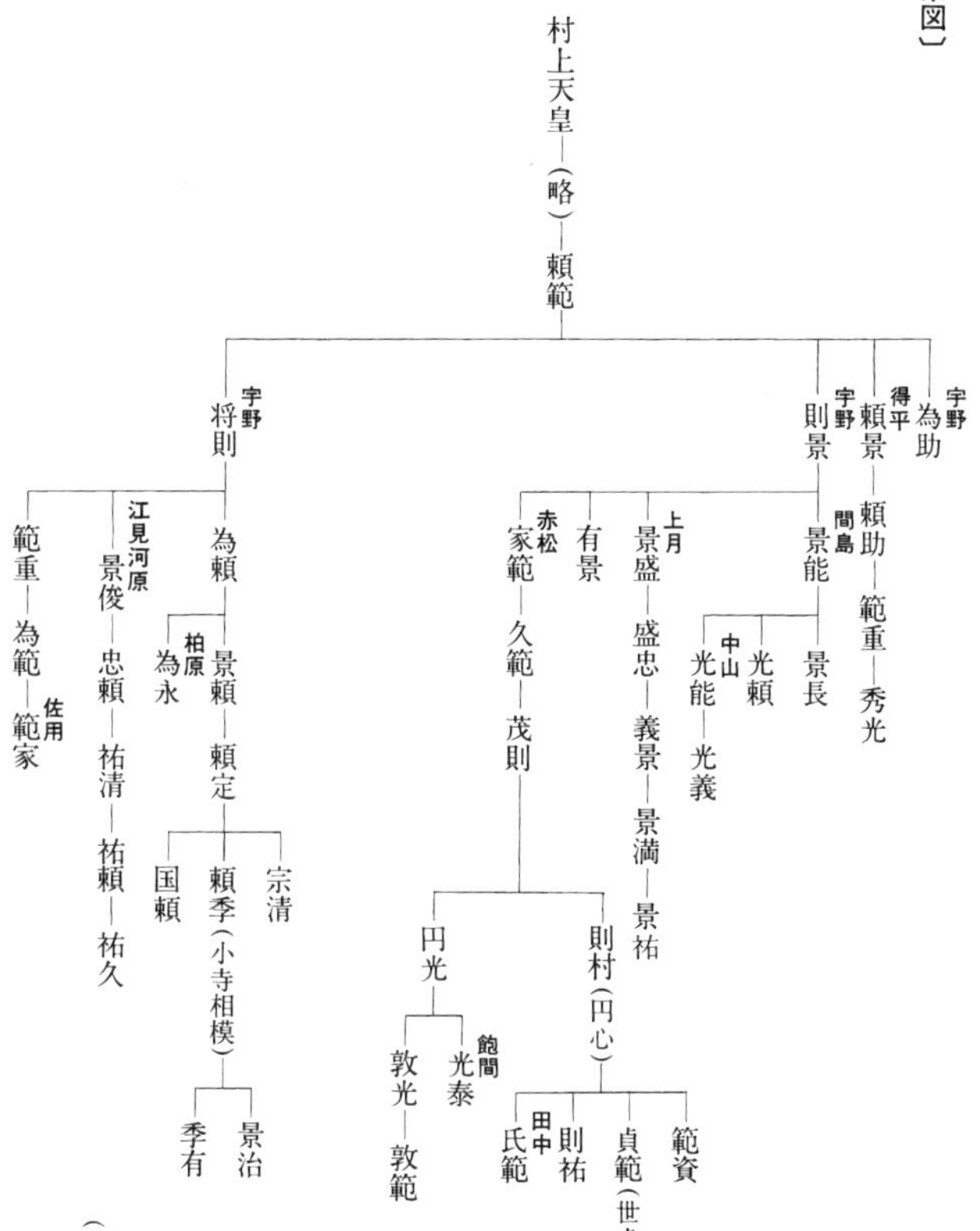

（『赤松系図』による）

〔藤原略系図〕

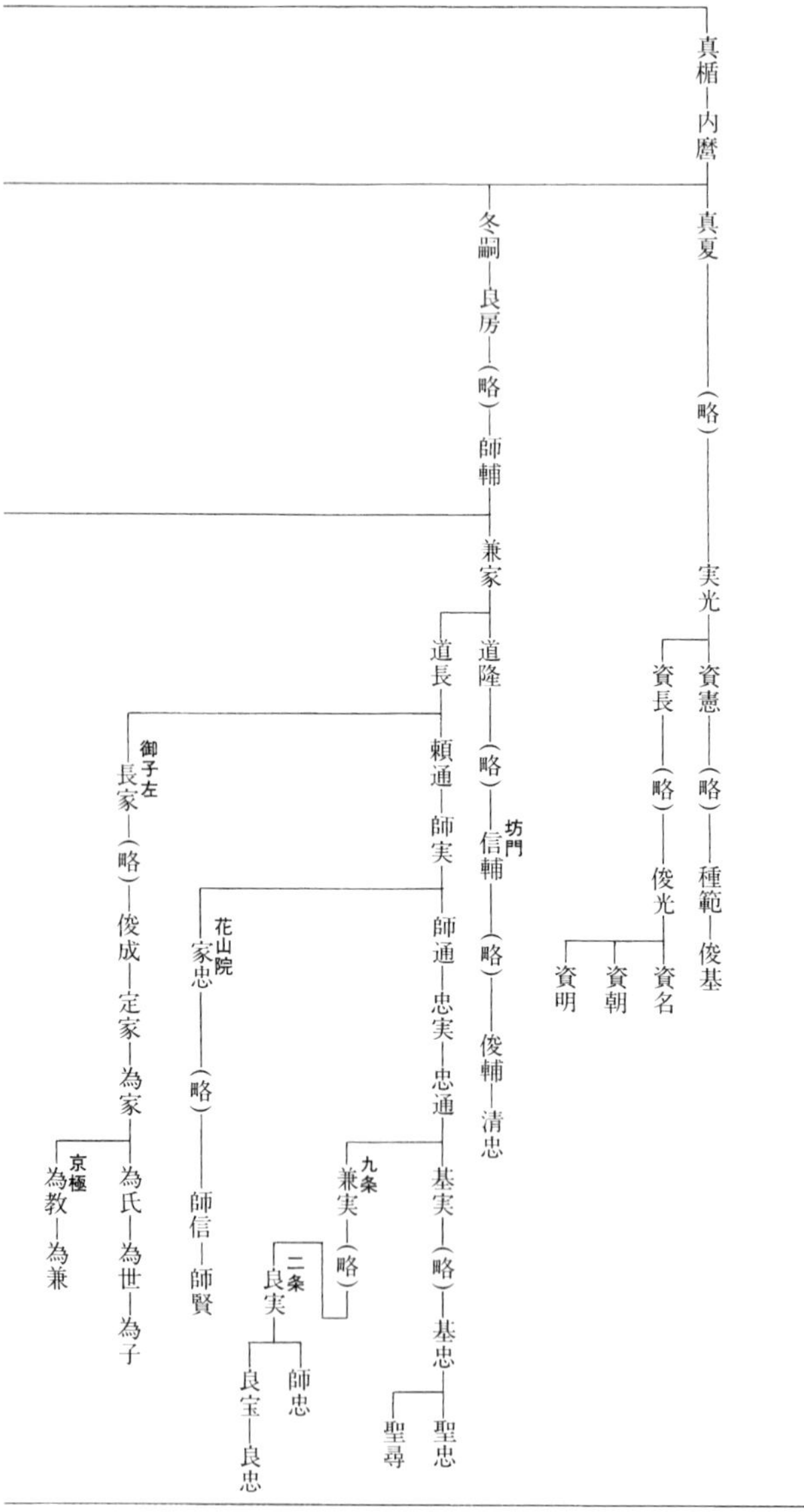

真楯
内麿
真夏
(略)
実光
資憲
(略)
種範
俊基
資長
(略)
俊光
資名
資朝
資明
冬嗣
良房
(略)
師輔
兼家
道隆
(略)
坊門
信輔
(略)
俊輔
清忠
道長
頼通
師実
師通
忠実
忠通
基実
(略)
基忠
聖忠
聖尋
九条
兼実
(略)
二条
良実
師忠
良宝
良忠
花山院
家忠
(略)
師信
師賢
御子左
長家
(略)
俊成
定家
為家
為氏
為世
為子
京極
為教
為兼

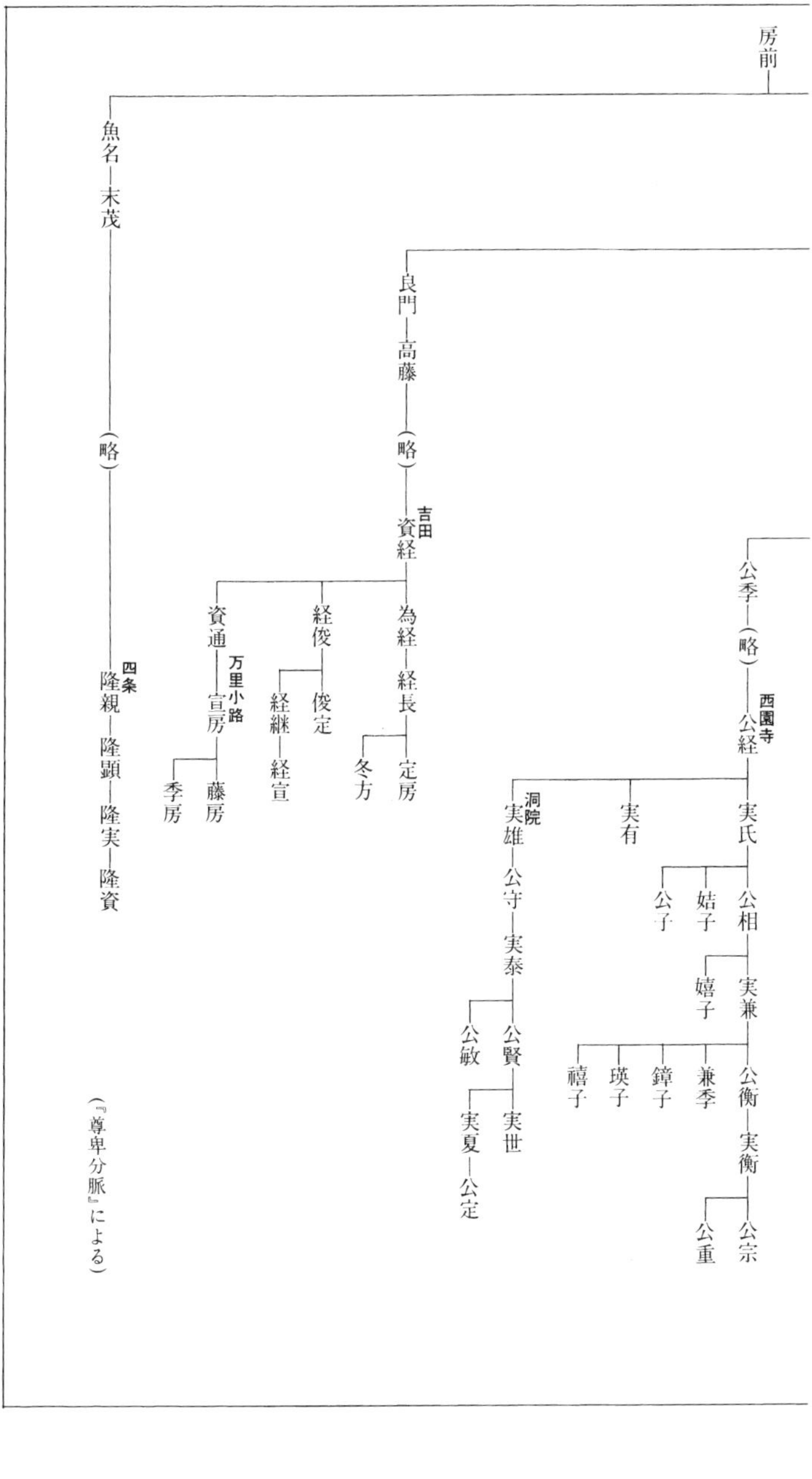
房前
魚名—末茂—（略）—四条 隆親—隆顕—隆実—隆資
良門—高藤—（略）—吉田 資経
為経—経長—定房
冬方
経俊—俊定
経継—経宣
資通—万里小路 宣房—藤房
季房
公季—（略）—西園寺 公経
実氏—公相—実兼—公衡—実衡—公宗
公重
兼季
鏱子
瑛子
禧子
嬉子
姞子
公子
実有
洞院 実雄—公守—実泰—公賢—実世
実夏—公定
公敏

（『尊卑分脈』による）

〔北条系図〕

- 平時方
  - 時政[1]
    - 政子（＝源頼朝）
      - 頼家
        - 公暁
      - 実朝
    - 宗時
    - 義時[2]
      - 泰時[3]（江間）
        - 時氏
          - 経時[4]
          - 時頼[5]
            - 時宗[8]
              - 貞時[9]
                - 泰家
                - 高時[14]
                  - 邦時
                  - 時行
            - 時輔
            - 宗政
              - 師時[10]
            - 時厳（桜田）
            - 宗頼
              - 兼時
              - 宗方
      - 朝時（名越）
        - 公朝
        - 光時
        - 時章
          - 公時
            - 時家
              - 貞家
                - 高家
        - 時長
        - 時幸
        - 教時
        - 時基
      - 重時
        - 為時
        - 長時[6]
          - 義宗（赤橋）
            - 久時
              - 守時[16]
                - 益時
              - 英時
        - 時茂
          - 時範
            - 範貞
              - 重高
        - 義政（塩田）
          - 時治
          - 国時
        - （以下左方へ続く）
      - （以下左方へ続く）
    - （以下左方へ続く）

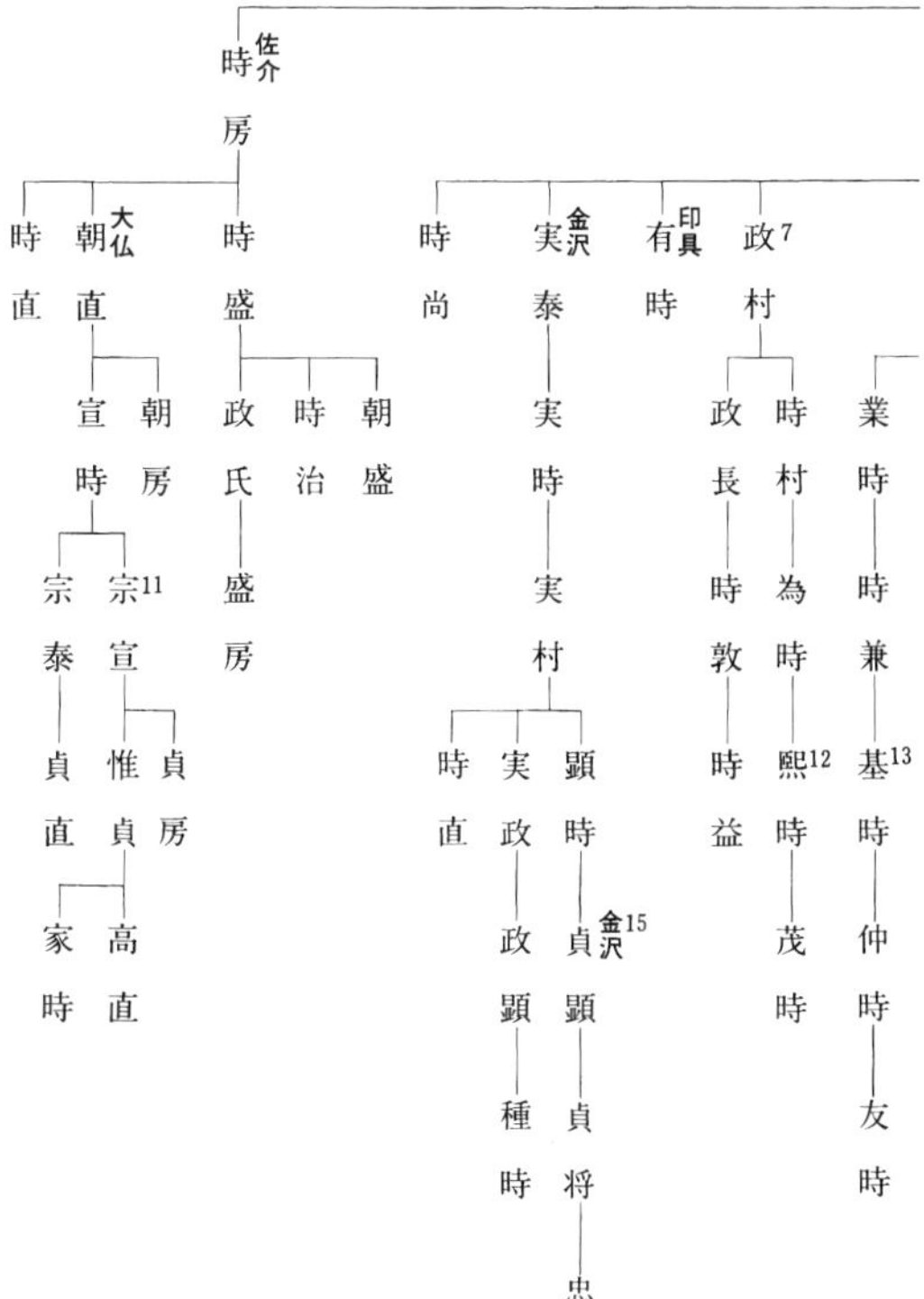

（主として『尊卑分脈』『北条系図』による
アラビア数字は執権就任の順を示す）

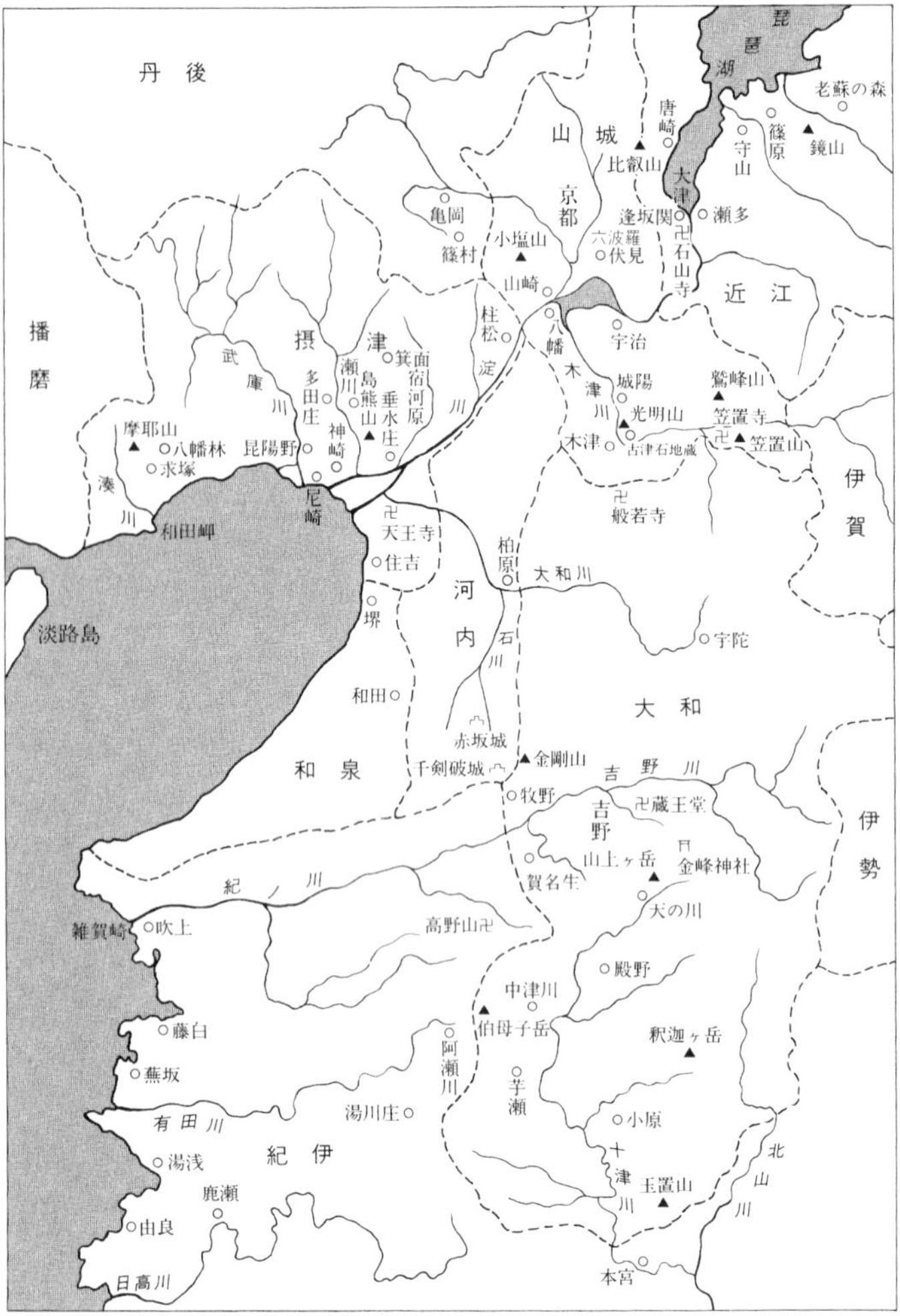

丹後
琵琶湖
老蘇の森
唐崎
篠原
守山
鏡山
山城
比叡山
大津
京都
瀬多
逢坂関
亀岡
篠村
小塩山
六波羅
伏見
石山寺
山崎
近江
宇治
播磨
摂津
柱松
八幡
武庫川
多田庄
瀬川
箕面
島熊山
宿河原
垂水庄
淀川
木津川
城陽
鷲峰山
光明山
笠置寺
笠置山
摩耶山
八幡林
求塚
昆陽野
神崎
木津
古津石地蔵
伊賀
湊川
尼崎
般若寺
和田岬
天王寺
住吉
柏原
大和川
淡路島
河内
堺
石川
宇陀
和田
大和
赤坂城
和泉
千剣破城
金剛山
吉野川
牧野
吉野
蔵王堂
伊勢
山上ヶ岳
金峰神社
賀名生
紀ノ川
天の川
雑賀崎
吹上
高野山
殿野
中津川
伯母子岳
阿瀬川
藤白
蕪坂
釈迦ヶ岳
芋瀬
湯川庄
有田川
小原
北山川
紀伊
湯浅
十津川
玉置山
鹿瀬
由良
本宮
日高川

近畿地方

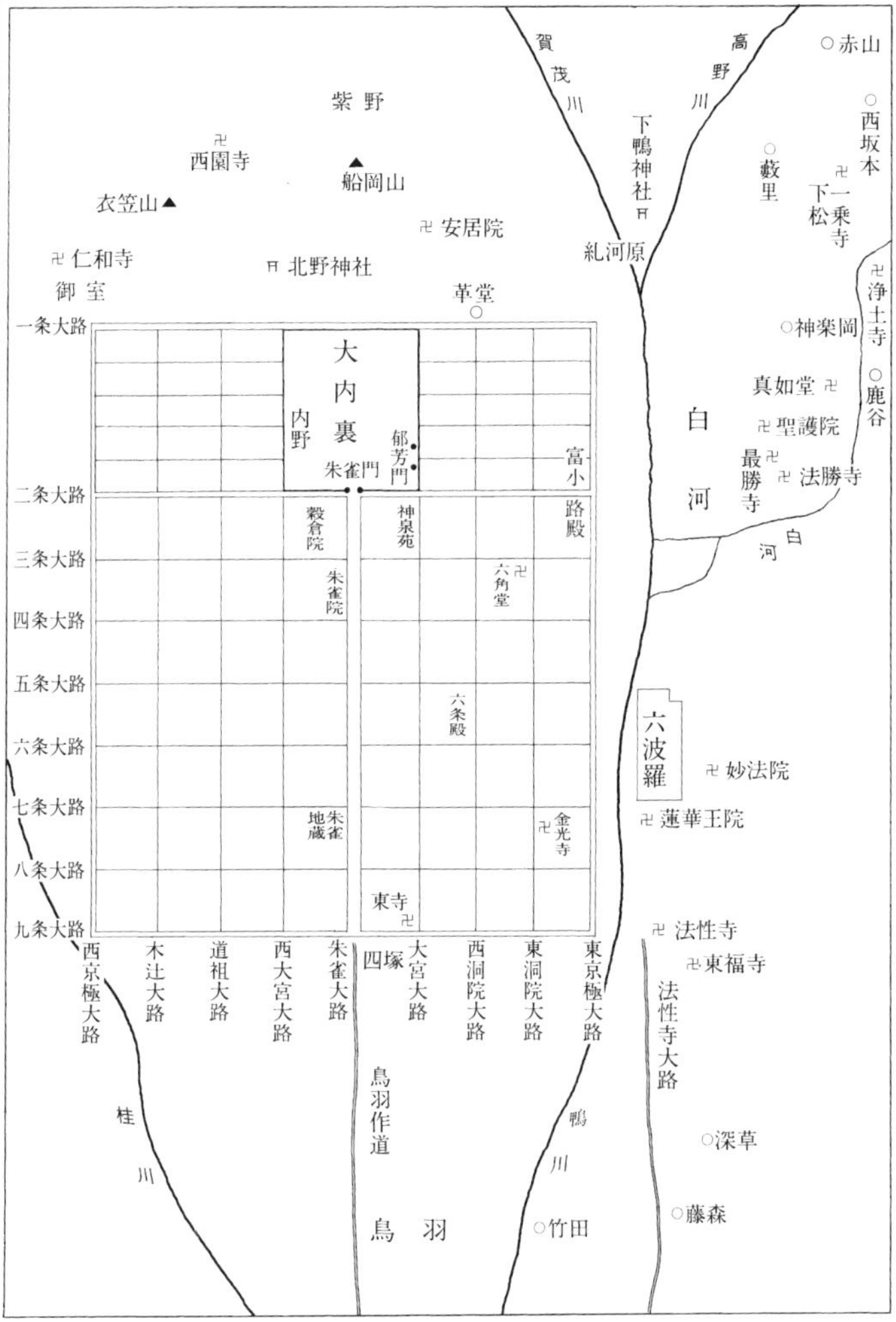
賀茂川
高野川
赤山
西坂本
紫野
西園寺
船岡山
下鴨神社
藪里
一乗寺
下松
衣笠山
安居院
仁和寺
御室
北野神社
糺河原
浄土寺
革堂
神楽岡
一条大路
大内裏
内野
真如堂
鹿谷
白河
聖護院
郁芳門
朱雀門
富小路殿
最勝寺
法勝寺
二条大路
穀倉院
神泉苑
白河
三条大路
朱雀院
六角堂
四条大路
五条大路
六条殿
六条大路
六波羅
妙法院
七条大路
朱雀地蔵
金光寺
蓮華王院
八条大路
東寺
九条大路
法性寺
東福寺
西京極大路
木辻大路
道祖大路
西大宮大路
朱雀大路
四塚
大宮大路
西洞院大路
東洞院大路
東京極大路
法性寺大路
鳥羽作道
桂川
鴨川
深草
藤森
竹田
鳥羽

平安京周辺

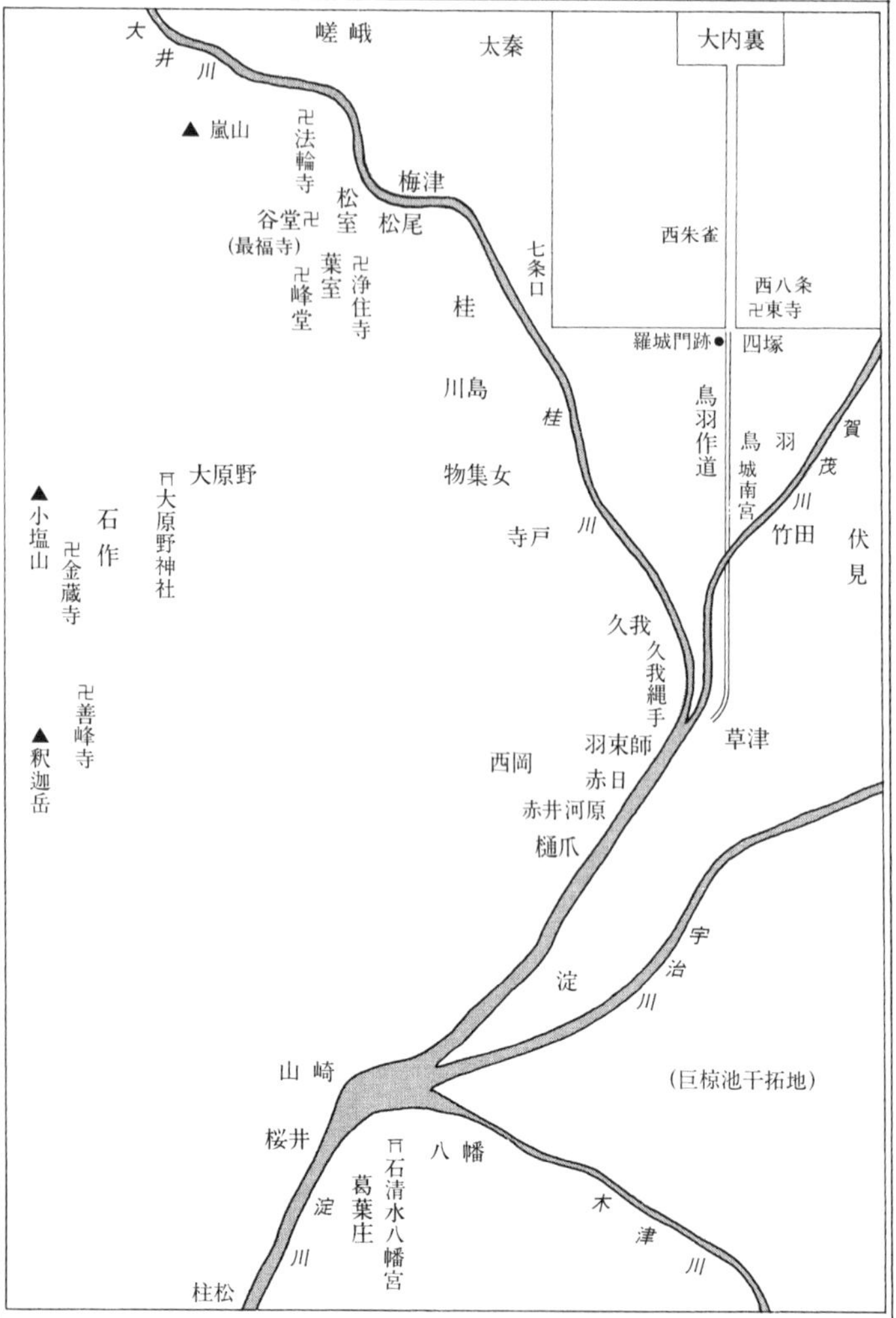
大井川
嵯峨
太秦
大内裏
嵐山
法輪寺
梅津
谷堂
(最福寺)
松室
松尾
葉室
浄住寺
峰堂
七条口
西朱雀
西八条
東寺
桂
羅城門跡
四塚
川島
桂川
鳥羽作道
鳥羽
城南宮
賀茂川
大原野
物集女
大原野神社
小塩山
石作
金蔵寺
寺戸
竹田
伏見
久我
久我縄手
善峰寺
釈迦岳
羽束師
草津
西岡
赤日
赤井河原
樋爪
宇治川
淀
山崎
(巨椋池干拓地)
桜井
石清水八幡宮
八幡
葛葉庄
淀川
木津川
柱松

洛南 洛西

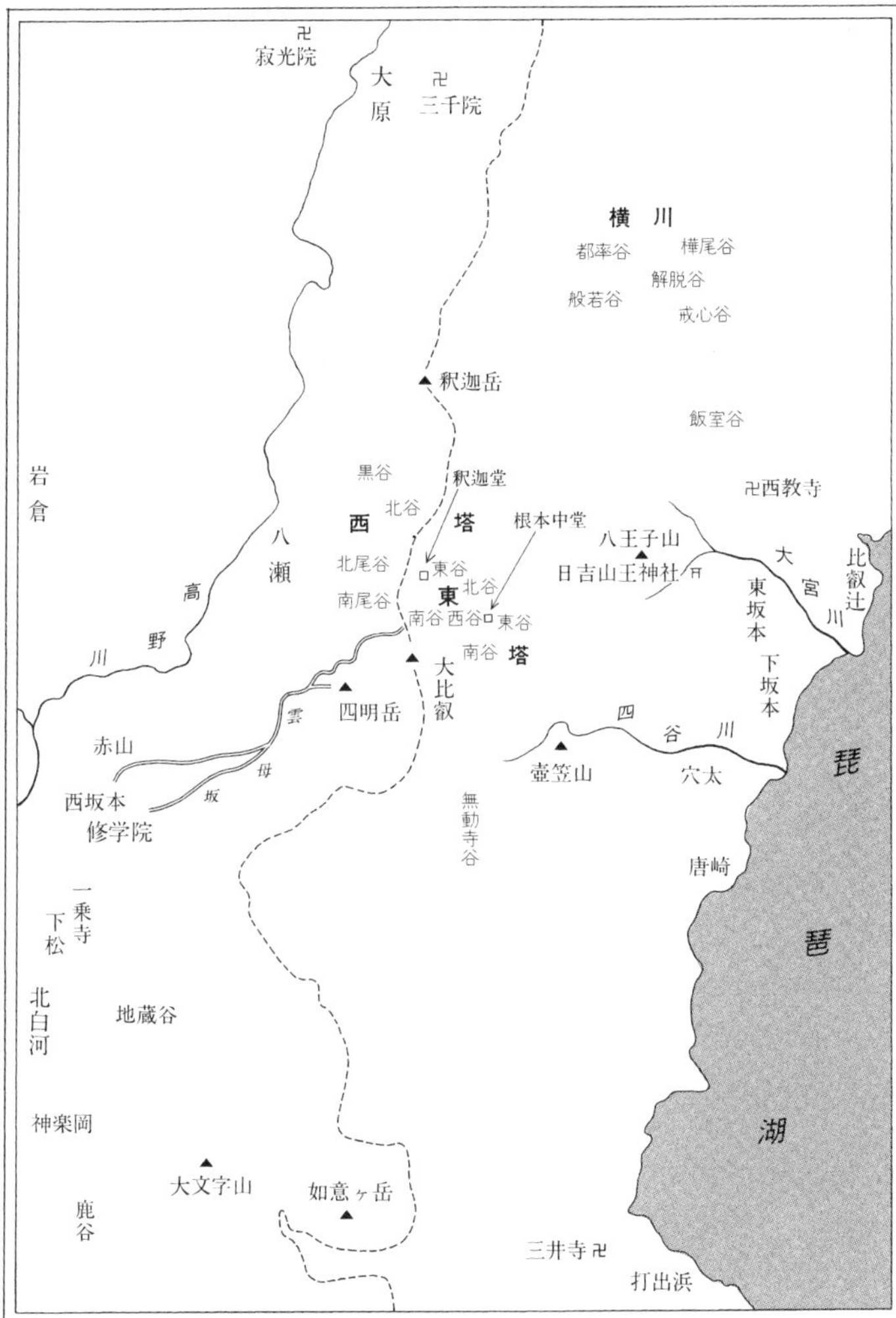
寂光院
大原
三千院
横川
都率谷
樺尾谷
解脱谷
般若谷
戒心谷
釈迦岳
飯室谷
岩倉
黒谷
釈迦堂
西教寺
北谷
西
塔
根本中堂
八王子山
八瀬
北尾谷
東谷
日吉山王神社
大宮川
比叡辻
高野川
南尾谷
東
北谷
東坂本
南谷
西谷
東谷
南谷
塔
下坂本
大比叡
四明岳
四谷川
雲母坂
赤山
壺笠山
穴太
琵琶湖
西坂本
修学院
無動寺谷
唐崎
一乗寺
下松
北白河
地蔵谷
神楽岡
大文字山
如意ヶ岳
鹿谷
三井寺
打出浜

比叡山周辺

新潮日本古典集成〈新装版〉

太《たい》平《へい》記《き》 一

平成二十八年七月三十日 発行

校注者 山《やま》下《した》宏《ひろ》明《あき》

発行者 佐藤隆信

発行所 株式会社 新潮社

〒一六二-八七一一 東京都新宿区矢来町七一

電話 〇三-三二六六-五四一一(編集部)

〇三-三二六六-五一一一(読者係)

http://www.shinchosha.co.jp

印刷所 大日本印刷株式会社

製本所 加藤製本株式会社

装画 佐多芳郎/装幀 新潮社装幀室

組版 株式会社DNPメディア・アート

乱丁・落丁本は、ご面倒ですが小社読者係宛お送り下さい。
送料小社負担にてお取替えいたします。
価格はカバーに表示してあります。

ISBN978-4-10-620853-9 C0393

新潮日本古典集成

古事記　西宮一民
萬葉集　一〜五　青木生子・井手至・伊藤博・清水克彦・橋本四郎
日本霊異記　小泉道
竹取物語　野口元大
伊勢物語　渡辺実
古今和歌集　奥村恆哉
土佐日記　貫之集　木村正中
蜻蛉日記　犬養廉
落窪物語　稲賀敬二
枕草子　上・下　萩谷朴
和泉式部日記　和泉式部集　野村精一
紫式部日記　紫式部集　山本利達
源氏物語　一〜八　石田穣二・清水好子
和漢朗詠集　大曽根章介・堀内秀晃
更級日記　秋山虔
狭衣物語　上・下　鈴木一雄
堤中納言物語　塚原鉄雄
大鏡　石川徹

今昔物語集　本朝世俗部　一〜四　阪倉篤義・本田義憲・川端善明
梁塵秘抄　榎克朗
山家集　後藤重郎
無名草子　桑原博史
宇治拾遺物語　大島建彦
新古今和歌集　上・下　久保田淳
方丈記　発心集　三木紀人
平家物語　上・中・下　水原一
金槐和歌集　樋口芳麻呂
建礼門院右京大夫集　糸賀きみ江
古今著聞集　上・下　西尾光一・小林保治
歎異抄　三帖和讃　伊藤博之
とはずがたり　福田秀一
徒然草　木藤才蔵
太平記　一〜五　山下宏明
謡曲集　上・中・下　伊藤正義
世阿弥芸術論集　田中裕
連歌集　島津忠夫
竹馬狂吟集　新撰犬筑波集　木村三四吾・井口壽

閑吟集　宗安小歌集　北川忠彦
御伽草子集　松本隆信
説経集　室木弥太郎
好色一代男　松田修
好色一代女　村田穆
日本永代蔵　村田穆
世間胸算用　金井寅之助・松原秀江
芭蕉句集　今栄蔵
芭蕉文集　富山奏
近松門左衛門集　信多純一
浄瑠璃集　土田衞
雨月物語　癇癖談　浅野三平
春雨物語　書初機嫌海　美山靖
與謝蕪村集　清水孝之
本居宣長集　日野龍夫
誹風柳多留　宮田正信
浮世床　四十八癖　本田康雄
東海道四谷怪談　郡司正勝
三人吉三廓初買　今尾哲也